W0338886

SPICA

VERLAGS- & VERTRIEBS GMBH

1. Auflage, September 2014

Digitalisierung und Bildbearbeitung: Fundusgalerie - Birgit Kugel
Gesamtherstellung: SPICA Verlag- & Vertriebs GmbH
Umschlagabbildung: Ute Patel-Missfeldt
Printed in Europe
ISBN 978-3-943-168-60-0

Karina Albrecht • Ute Patel-Missfeldt

# Holundertee mit Doppelkorn

Satirischer Roman

www.spica-verlag.de

# Befleckte Ehre

In einem Kornfeld, schön und weit,
es trug ein goldverbrämtes Kleid,
wuchs eine Distel, mittendrin
und streckte sich zur Sonne hin.

Sie liebte es im Wind zu tanzen,
doch nicht im Takt der Körnerpflanzen.
So fühlten diese sich gestört,
der Distel Dasein unerhört
und brabbelten: “Scher dich bloss weg,
du olles Unkraut bist nur Dreck.”

Da kam die Hummel angeflogen
und hat der Distel Brust gesogen,
so lange, bis sie alle war,
bedankte sich: “Bis nächstes Jahr.”

Flog brummend in die Atmosphäre
und schiss den Halmen auf die Ähre.

# Erster Teil
# Der Rosinenbaum

Es gibt Menschen, denen nichts ferner liegt, als das Spiegelbild ihrer Erinnerung in maßstabsgerechter Größe zu betrachten. Lärmend streifen sie über die Kartoffelfelder ihres Heldentums, auf denen dressierte Erdbeeren reifen. Wie oft schon hatte Karo Lewin staunend am Rain solcher Felder gestanden! Und wie oft schon musste sie feststellen, dass die Früchte des Feldes madig waren. Als Quintessenz dieser häufigen Enttäuschungen war ihr die Erkenntnis geblieben, dass es gar nicht darauf ankam ein Held zu sein, man musste dies einfach nur glauben. Wie ein verwirrtes Huhn durchs Leben gehen, das nach jedem abgesetzten Haufen Hühnerkacke laut gackernd ein Ei verkündete.

So was nannte man dann wohl ein gesundes Selbstbewusstsein, eine Eigenschaft, die Karo niemals besessen hatte. Wie einen Keks zerbröselte sie alles, was ihr der Tag bescherte und zerteilte die Krümel solange, bis nichts mehr übrig blieb. Diese Kunst beherrschte Karo bis zur Perfektion, auch wenn sie lieber darauf verzichtet hätte. Nur allzu gern würde sie ein Glücksgefühl auch einmal länger als eine Stunde auskosten. Aber spätestens nach Ablauf dieser Glücksstunde waren die Fäulnisbakterien aktiviert und begannen ihre zerstörerische Arbeit: ›War das wirklich gut? …, Hätte ich bloß nicht …, was die jetzt wohl denken? …‹

Eine schreckliche, äußerst ungesunde Angewohnheit, die nicht zu kontrollieren war. Woher kam sie? Ein Erbteil konnte sie nicht sein. Starke, selbstbewusste Vorfahren reihten sich in einer endlosen Kette, deren Glieder nicht eine Schwachstelle aufwiesen. Hatte vielleicht der etwas seltsam anmutende Vorgang ihrer Geburt damit zu tun? Sie war nicht, wie die Natur es üblicherweise vorsieht, ins Leben gepresst worden. Karo Lewin war ins Leben gefallen. Und zwar auf den Kopf.

Welche normale, mitteleuropäische Frau bringt ihr Kind im freien Fall zur Welt und stürzt dabei zeitgleich mit ihm auf die harten, nackten Steinfliesen eines Küchenfußbodens?

»Daran bist du ganz allein Schuld«, pflegte ihre Mutter, Rose Lewin, zu sagen. »Drei Tage sind eine Menge Zeit. Und die solltest du laut Termin noch in meinem Bauch verbringen. Schließlich hatte ich den Schwiegereltern noch nicht mitgeteilt, dass was Kleines unterwegs ist. Aber du hattest schon damals keine Geduld. Nichts kannst du akkurat zu Ende bringen. Deine Schuld!«

Ach, ja? Jedenfalls brauchte Karo für ihren ersten Schrei keinen Klaps auf den Hintern. Die Kopfnuss war ausreichend.

Und dann war da noch etwas. Karo musste bei ihrer Landung direkt auf die Fontanelle geknallt sein, wobei wahrscheinlich ein Fremdkörper durch deren noch sehr durchlässige Membran in ihren Kopf gelangt war. Vielleicht ein auf dem Boden liegendes Katzenhaar oder eine beim Ausfegen vergessene Erbse. Ja, es muss wohl eine Erbse gewesen sein. Jetzt schwamm dieses Ding in Karos Hirnflüssigkeit herum und machte ihre Gedankengänge manchmal zu einem wahren Trip durch den Gemüsegarten. Was sich darin äußerte, dass sie ab und zu so komische Sachen sagte: »Manchmal ist das Leben so klein, dass es in eine Walnuss passt. Und auf dem Fußboden, ganz unten, da wo sich Tischbeine mit Stuhlbeinen um heruntergefallene Brotkrümel zanken, lauert der Nussknacker.«

»So'n Quatsch«, sagte Rose dann, »was hat 'n Nussknacker auf 'm Fußboden zu suchen? Der gehört auf den Tisch. Und Stuhlbeine können sich nicht mit Tischbeinen zanken, schon gar nicht um Brotkrümel. Oder willst du mir vielleicht unterstellen, dass ich nich' ordentlich ausfege?« Derlei nüchterne Zerstörungsattacken auf Karos intellektuelle Gemüseeintöpfe brachten die Erbse in ihrem Kopf erst so richtig in Schwung. Wie wild begann das kleine Ding in der Hirnflüssigkeit herumzupaddeln und entfesselte eine wahre Sturmflut mit dem Ergebnis, dass Karo noch mehr Quatsch erzählte.

»Du hast bei deiner Geburt einen zu starken Schlag auf den Kopf gekriegt«, sagte Rose dann und tippte sich mit dem Zeigefinger an die Stirn. Eine für Karo jedes Maß der Verachtung übersteigende Geste, die ihr dann solche Weisheiten entlockte wie: »Der Orgasmus einer Sau dauert dreißig Minuten.«

In einem Alter, in dem andere Kinder anfangen ›Mama‹ zu sagen, sagte Karo zu ihrer Mutter »Mums«. Und dieses Mums war ihr durch nichts auszutreiben. Warum auch, Mums reimt sich prima auf bums und Baby hatte nun mal bums gemacht. Später gefiel ihr dieser Ausdruck, weil er eine passende Umschreibung für das Verhältnis zwischen ihr und ihrer Mutter war. Mums macht einen dicken Hals und den bekommt Rose sehr schnell, wenn Karo nicht ihrer Meinung ist, was durchaus häufiger vorkommt.

Diese ewigen Streitereien und Meinungsverschiedenheiten begannen ja schon mit dem Tag von Karos Geburt und dieser lag, auch wenn Karo gerade mal zwanzig Jahre alt war, seit Ewigkeiten zurück. Die Art und Weise, in der Karo Lewins Geburt verlief, war ein Orakel für ihr künftiges Lebens, in dem es nichts gab, was einfach und komplikationslos ablief. Alles glich irgendwie dieser spektakulären Aktion des Auf-die-Weltfallens. So wie an jenem kalten Tag vor unendlich langer Zeit.

# Lewin

Es ist eine frostige Nacht im November 1959. Die Bäuerin hat am Abend den Kachelofen nochmal ordentlich angefüttert. Eine derartige Verschwendung lässt sich nur mit der Tatsache, dass lieber Besuch im Hause ist, rechtfertigen. Rose, die noch nicht Mums ist, liegt auf der Couch im Wohnzimmer und kann nicht einschlafen. Ihr ist kotzelendig. Der Ofen bollert, dass sich die Kacheln biegen, Rose schwitzt. Das tropische Klima erzeugt Halluzinationen, die in wilden Tänzen von Blütenketten geschmückten Hula-Hula-Mädchen gipfeln. Nur ein Federbett, das so schwer ist, als wäre es nicht mit Federn, sondern mit Federviechern gefüllt, hält sie davon ab, sich den braunhäutigen Schönen anzuschließen.

Die Tür zum Schlafzimmer der künftigen Schwiegereltern steht halb offen. Natürlich schnarcht der Bauer. Was soll er sonst tun? Unnatürlich ist nur die Lautstärke. An der Wand, direkt über ihr, tickt der alte Regulator und assoziiert in Rose Verse aus Wilhelm Buschs Max und Moritz: »Ricke-racke, ricke-racke geht die Mühle mit Geknacke.«

Der Regulator ist eine Mühle, eine Zeitmühle, zermahlt Zeit zu Staub. Sobald ein Staubsack halb gefüllt ist, muss die Regulator-Mühle der Welt dieses Ereignis mit einem kirchglockenähnlichen »Bim-Bam« verkünden. Die Krönung aber ist das Ankündigen eines vollen Sackes, denn die Regulator-Mühle begnügt sich nicht damit den Einen auszubimmeln, sie zählt auch gleich die anderen noch einmal mit.

Flaches Atmen führt zu Hyperventilieren. Rose will lieber hyperventilieren, als den Schlenkerbewegungen eines Schiffes bei Orkanstärke zu trotzen. Sobald sie versucht normal zu atmen, versetzen die ausgeleierten Sprungfedern der Couch die Polster in heftige Schlingerbewegungen, ebenso den Inhalt ihres Magens. Nachdem die Ankündigung des zwölften Staubsackes die Fensterscheiben zum Klirren gebracht hat, fühlt Rose, dass es nur noch zwei Möglichkeiten gibt: Entweder, um Hilfe zu rufen oder auf die Suche nach Trinkwasser zu gehen. In Anbetracht der späten Stunde entscheidet sie sich für Letzteres und krabbelt endlich erschöpft unter der Bettdecke hervor.

Im Flur staunt sie sofort wieder über die streifenfreie Sauberkeit. Der Bohnerwachsduft verursacht Brechreiz. Rose konnte nicht ahnen, was für eine Putzorgie angekündigter Besuch in diesem Hause auslöste.

Wenn es um so existentielle Belange wie Sauberkeit und Ordnung ging, spaltete sich die Familie in zwei feindliche Parteien. Zur ersten gehörten ihr Freund Hannes, sein Vater Karl und seine Großmutter Karoline. Karoline Lewin war damals schon dreiundneunzig Jahre alt und liebte nichts mehr als ihren Kater Gottfried und jegliche Arten von Büchern, in denen sie tagsüber, (ohne Brille!), schmökerte. Sie durchlebte ihre Geschichten derart intensiv, dass sie tagelang Muskelkater hatte, wenn beispielsweise einer der Romanhelden auf der Wanderschaft war oder auch nur Holz hackte. Als Karoline »Die Kameliendame« verschlang, plagten sie heftige Hustenanfälle, in deren Folge sie Blut spuckte. Die besorgte Familie beschloss den Doktor zu bestellen, doch unmittelbar nach Beenden der Lektüre war Karoline wieder vollkommen gesund.

Karoline und die beiden Männer gehörten zur Fraktion der Schmutzfinken, jedenfalls war das die Meinung der gegnerischen Partei, die Hannes Mutter Else und seine Schwester Betty bildeten. Diese beiden an sich herzensguten Frauen wurden beim Klang des Wortes Besuch zu wahren Bestien. Kein Teppich, der nicht von seinem Platz gerissen und verklopft wurde, nicht das winzigste Spinnennetz blieb unentdeckt und wurde erbarmungslos zerstört. Dicke Staubschwaden lagen in der Luft, verursachten vorübergehende Blindheit und Keuchhusten. Der krönende Abschluss dieser Prozedur war stets die Herrichtung des Flurs. Die rotbraunen Steinfliesen wurden kräftig mit Bohnerwachs eingerieben und nach dem Trocknen blank gebohnert. Niemand beherrschte die hohe Kunst des Bohnerns so perfekt wie Betty. Es war ein Genuss ihr bei dieser Arbeit zuzusehen. Die Gleichmäßigkeit der Bewegungen und die Akkuratesse ihrer Streckenführung waren einzigartig. Sie geriet dabei jedes mal in eine Art Trancezustand, aus dem sie nicht einmal erwachte, wenn das schwere Bohnergerät gegen die Zimmertür der alten Karoline donnerte, die bei diesen Geräuschen wie leblos in ihrem Sessel zusammensank und betete.

Die Schmutzfinken fürchteten diese Schlachten so sehr, dass sie sich an jenen Tagen nur zu den Mahlzeiten bei den Putzteufeln blicken ließen. Die Ankündigung von Besuch bereitete ihnen Bauchschmerzen. Hannes hatte mit dem Entschluss, seine Braut vorzustellen, sehr lange gewartet.

Rose war freundlich in die Familie aufgenommen worden. Selbst Betty erwies ihr gnädig ihre Gunst, obwohl sie sich für Hannes etwas Besseres vorgestellt hatte. Ihr schwebte eher eine Verbindung mit einem Fräulein aus der Klasse der Intelligenz vor. Mehrere Verkupplungsversuche auf diesem Gebiet waren fehlgeschlagen, Hannes konnte mit solchen Fräuleins nichts anfangen.

Unbegreiflich, weshalb Betty diesen leichten Hang zur selbsternannten, besseren Gesellschaft hatte. Ihre Ehrfurcht vor sauberen Händen und trockenem Bücherwissen war vollkommen absurd und passte überhaupt nicht zu ihr. Denn Betty war ein wunderbarer Mensch und konnte schuften wie drei Kerle zusammen. Niemand hatte je Ermüdungserscheinungen an ihr beobachten können, egal wie schwer die Arbeit auch war. Der Born ihrer Energie schien unerschöpflich zu sein, musste aber, in den kurzen Pausen, die sie sich gönnte, mit riesigen Stullenpaketen und fünf bis zehn hartgekochten Eiern befeuert werden.

Manch einer schüttelte über diesen unmäßigen Eierappetit verständnislos den Kopf. Doch das war Betty egal, und solche Dinge wie Cholesterinwerte oder Blutzuckerspiegel waren damals noch nicht in Mode. Wenn andere sich schlapp räkelten und mit allerlei Tricks versuchten die Pause auszudehnen, kam meistens Bettys berühmter Spruch: »Ick kann nich’, ick mach nich’, ick muss«, schon ging’s weiter.

Eine scharfe Beobachtungsgabe und angeborener Instinkt fürs Praktische waren in Bettys Persönlichkeit eine wunderbare Allianz eingegangen, dank derer sie sich im Leben zurechtfand, als gelte es nichts weiter, als eine Straßenkarte zu lesen, um einen bestimmten Ort zu finden. Bücher lesen war ihre Sache nicht, dazu musste man still sitzen, was für Betty ganz und gar unmöglich war. Sie verstand es, andere Zeichen zu lesen. Auch wenn sie Goethes gesammelte

Werke niemals studiert hatte, ›des Pudels Kern‹ blieb für Betty nur selten ein Geheimnis.

Mit ihrer Lebensklugheit und dem Wissen über Vorgänge in der Natur hätte sie jeden Sesselfurzer in die Tasche stecken können. Und wenn Betty die Brust juckte und sie sagte: »mi juckt de Bost, ick gloef, wie krieg'n Frost«, konnte man sich getrost warm anziehen.

Legendär waren auch ihr Ordnungssinn und ihr Reinlichkeitsfimmel. Wehe dem, der beim Durchqueren des Flurs nicht die eigens dafür ausgelegten Kokosläufer benutzte und Tapsen auf den blitzenden Steinfliesen hinterließ! Sie erkannte jede Spur. Wie ein Fährtensucher verstand sie die Abdrücke zu lesen und scheute sich nicht davor, auch mal daran zu schnuppern.

Rose steht ratlos im großen Flur. Hinter welcher der vielen Türen mochte sich wohl die Küche befinden? Um nichts auf der Welt möchte sie in ein verkehrtes Zimmer hineinplatzen. Könnte ja noch jemand annehmen, dass sie hier mitten in der Nacht herumspionierte. Außerdem ist Rose viel zu beeindruckt von all dem Wohlstand, mit dem das Haus im Übermaß angefüllt zu sein scheint. Aber der Durst und ein immer stärker werdendes Gefühl von Unwohlsein lassen einen Rückzug auf die schwankende Couch nicht mehr zu.

Rose versucht in die Eingeweide des schlafenden Hauses hineinzulauschen, erhascht ein undeutliches Gemurmel. Sie ortet die dazugehörige Tür und erkennt Karolines Stimme. Bei näherem Herangehen wird das Gemurmel deutlicher. Der Sinn allerdings bleibt Rose verschlossen. Als wären es magische Worte, eine Zauberformel, wiederholt Karoline mehrmals hintereinander die selben Sätze: »Es war die Nachtigall und nicht die Lerche.«

Rose bemerkt, dass Karoline bei dem Wort Nachtigall ihre Stimme in unnatürliche Höhen treibt, sodass die Nachtigall fast in einem schrillen Gekreisch verendet. ›Ob hier meine Hilfe benötigt wird?‹, denkt Rose und versucht ein aufkommendes Zittern ihrer Knie zu unterdrücken. Es hat schon was Gruseliges, dieses nächtliche Gemurmel. Und vor allem, es ist November, weder Nachtigall noch Lerche haben um diese Zeit hier herumzuflattern.

Wie konnte Rose auch ahnen, dass Karoline tagsüber ›Romeo und Julia‹ studierte und in ihren Träumen selber zum Romeo wurde. Man durfte von Karoline nicht erwarten, dass sie dies lautlos tat. Aber erst mal scheint Shakespeare seinem Helden etwas Ruhe zu gönnen.

Karolines Gemurmel wird leiser, hört schließlich ganz auf. Rose ist erleichtert und geht zur nächsten Tür. Die absolute Stille, die sich dahinter befindet, ist auch irgendwie unheimlich. Sogar als Rose ihr Ohr an das Holz presst und angestrengt hindurch zu lauschen versucht, ist nichts zu erhören. Was Rose nicht weiß ist, dass sich Bettys Zimmer dahinter befindet. Und Betty entgeht in diesem Hause nichts. Von Natur aus sehr misstrauisch, hat sie die ganze Zeit jedes kleinste Geräusch verfolgt und zu deuten versucht. Gleich einer Königskobra umschlingt sie ihren Bettpfosten, den Kopf in Türrichtung weit ausgestreckt und ist bereit, sofort aus dem Lager zu schießen, wenn es notwendig erscheint.

Irgendwie scheint Rose die Gefahr zu wittern. Nein, diese Tür vermittelte nicht den Eindruck, Vorsteherin einer Küche zu sein. Mit äußerster Vorsicht schleicht Rose zur nächsten Tür. Endlich mal ein offenes Geheimnis. Sie gibt den Blick auf eine Treppe frei, die zum Dachboden führt. Rose weiß, dass sich da oben das Zimmer von Hannes befindet. Wenn es dort nicht gar so ungemütlich wäre, würde sie trotz ihres Unwohlseins hinaufklettern. Aber bis auf ein paar schmale Gänge ist der Dachboden vollständig mit Weizen vollgestopft. Auch in Hannes Zimmer häuft sich der Weizen, sein Bett steht quasi im Kornfeld, und alles was in einem Kornfeld so kriecht, krabbelt und huscht, befindet sich auch dort. Um dieses Zimmer schien der Wohlstand einen Bogen gemacht zu haben. Auch wenn der Weizen wertvoll war, er vermochte nicht anheimelnde Gemütlichkeit in Hannes Zimmer zu verbreiten.

Endlich taucht aus der Stille ein bekanntes Geräusch auf. Nie hätte Rose es für möglich gehalten, einmal so viel Freude über einen tropfenden Wasserhahn zu empfinden. Das Geräusch als Kompass nutzend, findet sie die Küche. Die neue Umgebung, in der Rose sich noch wie eine Fremde fühlt, macht ihr ein bisschen Angst. Makellose Ordnung und Sauberkeit der Küche beeinträchtigen ihre Handlungsfähigkeit. Wäre es nicht ungehörig, sich an fremden Schränken zu schaffen zu machen? Diese Unentschlossenheit ist nicht gesund, aber Rose ist unfähig irgendetwas anzufassen oder gar eine Schranktür zu öffnen, um ein geeignetes Trinkgefäß zu suchen. Roses suchender Blick vernebelt sich merklich, sie fühlt sich zunehmend schwummeriger und hält den Rand des Waschbeckens umklammert. Da nimmt sie auf dem Rand eben jenes Waschbeckens die Umrisse einer Tasse durch den immer dichter werdenden Nebel wahr. Ohne lange nachzudenken, greift sie das Gefäß und reißt den Wasserhahn auf.

Es zischt, als sie die Tasse an die ausgedörrten Lippen setzt. Rose trinkt und trinkt, kann gar nicht mehr aufhören zu trinken. Zum Glück ist es eine sehr große Tasse. Der Pott wird jetzt auf ex geleert! Doch kurz vor dem Ziel stupst plötzlich irgendetwas an ihre Oberlippe. Rose setzt ab, das muss erst mal geklärt werden. Oder auch nicht, dieses Geheimnis wäre besser ungelüftet geblieben. Man kann zwar alles essen, aber muss nicht alles wissen. Dazu ist der Mensch nicht stabil genug.

Rose auch nich', doch sie kann's nicht lassen und beginnt, die verbliebene Pfütze neugierig hin und herzuschwenken. Die Schüttelei bewirkt nur, dass sich der Wasserrest zu einer trüben Brühe verfärbt. Rose stöhnt angeekelt auf und wischt sich mit dem Handrücken über den Mund. Die Brühe will ihr Geheimnis einfach nicht preis geben, aber Rose muss unbedingt wissen, was sie da beinahe verschluckt hätte und beginnt erneut die Tasse durchzuschütteln. Ha, da war was! Irgendetwas hatte die Tassenwände gerammt und erzeugte ein klingelndes Geräusch.

Wie ein Krokodil aus den trüben Fluten des Ganges, taucht das geheimnisvolle Tassenungeheuer plötzlich auf und grinst Rose an. Es sagt wohl so was wie ›Guten Morgen‹, doch anstatt den Gruß zu erwidern, fällt Rose um. Im Fallen wischt sie sich schon wieder über den Mund, dann verliert sie das Bewusstsein, bemerkt nicht, dass ganz nebenbei noch ihr Baby zur Welt kommt. Von dieser geballten Ladung Angst und Überraschung permanent in Aufregung versetzt, ergreift es sozusagen die Flucht aus dem viel zu eng gewordenen Mutternest und wird ins kalte Universum geschleudert, das sich erst mal ziemlich hart und steinig anfühlt, wie ein Küchenfußboden eben.

Das Klirren der Tasse, die auf dem Boden zerspringt, ist für Betty das Signal zum Angriff. Der Feuerhaken liegt griffbereit. Sie packt ihn und reitet, bestens bewaffnet, in die Nacht hinaus. Betty ist so vom Jagdfieber befallen, dass ihr das Ungleichgewicht ihrer Beine gar nicht bewusst wird. An ihrem linken Fuß hängt das dicke Gänsedaunenzudeck, in welches sie sich in der Hektik verheddert hat. Sie jagt in den Flur, das dicke Gänsedaunenzudeck am linken Bein hinter sich herschleifend, nimmt, den Kokosläufer ignorierend, eine Abkürzung über die blitzenden Steinfliesen und erreicht die Küche.

Was für ein Bild des Schreckens bietet sich ihr. Ein Horrorszenario! Wahllos verstreut auf dem Fußboden liegen eine Frau, die sie als Rose identifiziert, Blut, Scherben, der Henkel einer Tasse und Zähne. Hatte man Rose die Zähne ausgeschlagen?! Am rätselhaftesten ist das quäkende Etwas, das sich zu Roses Füßen windet. Ein Baby?

So viel Chaos ist selbst für Betty zu viel. Da konnte nur noch ihre Mutter helfen. Betty rennt zum Schlafzimmer der Eltern, das dicke Gänsedaunenzudeck ist verloren gegangen. Es hat sich hinter der Türschwelle zur Küche verfangen und versperrt den Zugang.

Auf dem Weg ins Schlafzimmer muss Betty das Wohnzimmer durchqueren. Sicherheitshalber kontrolliert sie die Besuchercouch und stellt fest, dass sie leer ist. Also handelt es sich bei der Person in der Küche wirklich um Rose.

Inzwischen ist auch Karoline aus ihren Traumfantasien erwacht. Romeo war vom Balkon gestürzt und hatte sich ein Bein gebrochen. Beim Aufwachen grübelt sie darüber nach, ob es das linke oder das rechte war und stellt fest, dass sie Durst hat. Schlaftrunken und wackelig schlurft sie zur Küche, wundert sich über die offen stehende Tür und die Festbeleuchtung. Wenn das Betty mitkriegte, gab's wieder Ärger. Eine derartige Verschwendung von Strom war einfach unverzeihlich.

Der letzte Schritt in die Küche bringt Karoline zu Fall. Wer kuckt denn auch ununterbrochen auf den Boden und achtet auf ein eventuell herumliegendes Gänsedaunenzudeck?

Karoline fällt weich. Es ist doch ein sehr dickes Federbett, das Gänsedaunenzudeck von Betty. Für Betty, die in diesem Moment aus dem Wohnzimmer gerast kommt, ist die Querlage ihrer Großmutter ein weiteres Indiz für die geheimnisvollen, mörderischen Vorkommnisse, die sich im Hause abspielen. Sie bekommt einen Schreikrampf, doch diesmal steht ihr Else zur Seite. Diese verpasst ihrer Tochter eine Backpfeife. Der Krampf löst sich sofort. Dann hilft sie der alten Karoline auf die Beine, die ganz bedeppert über den Alarm dasteht und Betty wütend fragt, warum sie ihr dickes Gänsedaunenzudeck ausgerechnet vor die Küchentür gelegt hat. Else, die keine Diskussionen aufkommen lassen will, sagt, dass sie froh sein solle, dass Bettys dickes Gänsedaunenzudeck da liegt, sonst wäre sie nicht so weich gefallen. Damit schreitet sie über das Corpus Delicti hinweg und betritt die Küche.

In den angeblich ausgeschlagenen Zähnen erkennt sie sofort das Gebiss ihres Mannes. Sie nimmt es auf und stellt fest, dass es unbeschädigt ist.

»Natürlich wieder nicht geputzt«, sagt sie, holt eine neue Tasse aus dem Schrank, füllt Wasser hinein und legt den kostbaren Zahnersatz in seine Schlafstatt. Dann verteilt sie ihre Anweisungen. Betty soll Feuer im Herd machen, Wasser aufsetzen, Handtücher und ein altes Laken heranschaffen und das Baby versorgen. Karoline bekommt den Auftrag, Gebete zu sprechen. Else selbst kümmert sich um Rose, der sie einen mit Essig getränkten Lappen unter die Nase hält, wovon diese augenblicklich zu sich kommt.

Else wunderte sich keineswegs über die Existenz des Babys. Das mit ihrer zukünftigen

Schwiegertochter etwas nicht stimmte, hatte sie schon bei deren Ankunft bemerkt. Wundern tat sie sich nur über soviel Dusseligkeit.

Als Karl die Szene betritt, sind bereits alle Patienten versorgt.

»Wat is' denn hier passiert?,« fragt er und versucht, das Durcheinander in der Küche durch intensives Augenreiben zu verscheuchen. Aber das Zeug ist echt, geht einfach nicht ab.

»Wat hier passiert is'? Ja, dat denk di mal! Du hesst di dien Gebiss wedder nich' putzt. Und so is' dat äben passiert«, schimpft Else. Sie hat sich in ihrer Angst um die Gesundheit von Mutter und Kind eine einfache Theorie zurechtgebastelt: Der Anblick der keimigen Zahnprothese hatte bei Rose eine Frühgeburt ausgelöst. Karl hätte die Prothese, so wie es sich gehörte, am Abend putzen müssen, dann wäre Rose nicht in diesen Zustand geraten.

Äußerlich ist Else nicht anzumerken, wie es in ihrem Innern kocht. Sicher und scheinbar unbeeindruckt, manövriert sie ihre Mannschaft durch das Chaos. Karl kam als Sündenbock gerade recht, sie brauchte eine Abkühlung.

Karl, der nun gar nichts mehr versteht, weil er zwischen der Geburt eines Kindes und seiner Zahnprothese keinen Zusammenhang erkennen kann, würde am liebsten wieder ins Bett gehen. Eigentlich hat auch niemand was dagegen. Wenn's ernst wurde, waren Männer sowieso zu nichts zu gebrauchen. Aber vorher sollte er Hannes wecken, der immer noch in seiner Kammer auf dem Dachboden schnarchte. Für ihn gab es was zu erledigen.

Hannes, ein großer Schläfer vor dem Herrn, quält sich, nachdem er endlich begriffen hat, was passiert ist, in seinen Trainingsanzug und wankt in die Küche.

Else ordnet an, dass er sofort die Seele zu vergraben hat. Hannes wagt zu widersprechen, mitten in der Nacht den gefrorenen Boden aufklauben, das hätte doch wohl Zeit bis morgen. Aber Else lässt nicht mit sich verhandeln. Eine Nachgeburt muss innerhalb von zwei Stunden begraben werden, wenn man nicht großes Unglück über die Familie bringen will.

Die Seele, sorgfältig in weißes Leinen gewickelt, wartet in einem alten Eimer auf ihre letzte irdische Reise. Hannes schnappt sich den Behälter, so als würde er zum Schweinefüttern gehen und schwenkt ihn wütend durch die Luft.

Kerle können schrecklich gefühllos sein. Karoline traut dem Bengel nicht und geht ihm, nachdem sie sich ihren dicken Wintermantel übers Nachthemd geworfen hat, nach. Draußen ist es so kalt, dass der Atem in dicken Schwaden an ihr vorbeifliegt und im nächstbesten Baum oder Strauch als Eisgirlande hängen bleibt. Der Mond bedeckt alles mit einem weißen Licht, sogar den Misthaufen. Und, nee! Doch, doch, auf dem Misthaufen steht tatsächlich der verflixte Bengel und wuracht mit der Mistforke umher. ›Der wird ja wohl um die Zeit nich' den Schweinestall ausmisten woll'n‹, denkt Karoline und schleudert Hannes ihren Krückstock ins Kreuz, gerade rechtzeitig, bevor die Seele im Misthaufen verschwindet.

Alte Weiber haben ihren Krückstock nicht nur zum Gehen! Die Spitze bohrt sich zwischen Hannes Schulterblätter und hätte ihn mit ein bisschen mehr Schwung erlegt. So aber fällt der Übeltäter nur in seine selbst geschaufelte Grube.

Jetzt wird's richtig hart für Hannes. Er muss mit der Pickhacke ein Loch in den tiefgefrorenen Boden rammen und das mit Karolines Ungeduld im Nacken, die trotz des dicken Mantels friert, aber nicht riskieren will, Hannes unbeaufsichtigt zu lassen.

»Beeil dich, beeil dich!«, ruft Karoline. Hannes schwitzt. Zum Glück ist das Ding im Eimer nicht übermäßig groß. Endlich ist die Kuhle ausgehoben, aber Karoline gibt noch immer keine Ruhe.

»So, und nu' gehst noch in'n Garten und schneid'st 'n Zweig von'n Kirschenbaum aff, aber nich' so'n dünn'!«, befiehlt sie Hannes. Dann nimmt Karoline das Bündel aus dem Eimer, legt es vorsichtig in die Grube und spricht ein Gebet. Aus ihrer Schürzentasche holt sie eine

Hand voll Rosinen, hält sie über die Grube und öffnet die Hand. Die Rosinen prasseln auf das Bündel. Einige bleiben liegen, andere kullern runter. Die Liegengebliebenen heben sich gut sichtbar von dem grellen Weiß des Leinens ab und bilden eine geometrische Figur.

Als Karoline die Figur betrachtet, stöhnt sie entsetzt auf und bekreuzigt sich.

»Wat is'n los?«, fragt Hannes, der gerade mit dem Kirschbaumzweig zurückkommt.

»Oh, Gott, Jung, dat kann ick dir gar nich' sagen!«

Hannes kuckt in die Grube auf die Rosinen-Landkarte seiner Tochter.

»Ick seh' nur Rosinen«, sagt er und zuckt mit den Schultern.

»Hannes«, sagt Karoline bestimmt, »da hilft nur noch eins. Du musst raufpinkeln auf die Rosinen, dann ist das Unglück vielleicht gebannt.«

»Mensch«, sagt Hannes, »mir bleibt heut ja wohl gar nüscht erspart!« Widerwillig führt er Karolines Befehl aus, dann darf er endlich die Grube zuschaufeln. Jetzt wird der kleine Hügel über der Grube zum Beet. Karoline spießt den Kirschbaumzweig in die lockere Erde hinein. Danach klopft sie alles sorgfältig fest.

»Wenn er anwächst«, sagt sie zu Hannes, »und im Frühjahr schön ausgrünt, is dat 'n gutes Zeichen.«

»Wofür?«, fragt Hannes.

Karoline lacht.

»Dafür, dass deine Körpersäfte stark und gesund sind«, sagt sie, »eben echt Lewin.«

Einen besseren Beweis für die gesunden Körpersäfte ihres Enkels hätte Karoline Lewin sich nicht wünschen können, als jenen ungewöhnlich großen Kirschbaum, der jetzt an dieser Stelle wächst. Mehrere Weinranken winden sich um seinen mächtigen Stamm und klettern in luftige Höhen empor. Von dort oben halten sie in südliche Richtung Ausschau nach Karoline. Wenn im Spätsommer die dollsten Rosinen an den Weinranken wachsen, weiß man, dass Karoline da gewesen ist.

*

Mit dem Ruf ist es so eine Sache, entweder man hat einen, oder man hat ihn nicht.

Keinen zu haben, ist ein Zeichen von Bedeutungslosigkeit und irgendwie deprimierend.

Besser einen schlechten Ruf, als gar keinen, und besser einen Ruf verlieren, als nichts mehr zu verlieren haben.

Karl Lewin hatte sofort nach seiner Geburt einen Ruf verpasst gekriegt, den der Schlitzohrigkeit. Seine Ohren jedenfalls hatten die ideale Größe. Aber auch ohne dieses männliche Familienstigma wäre ihm dieser Ruf sicher gewesen, da alle Männer der Familie Lewin verdammte Schlitzohren waren und diese Gene an ihre Söhne weitergaben. Die Spuren dieses Phänomens ließen sich bis ins zwölfte Jahrhundert zurückverfolgen und führten zu einem gewissen Blasius, welcher gewissermaßen der Stammvater aller schlitz- und großohrigen Lewins war. Um die Grundessenz des manchmal ein wenig verschroben anmutenden Lewinschen Charakters zu verstehen, musste man die Geschichte dieses Urahn aus grauer Vorzeit kennen. Selbstverständlich nur, wenn man zur Familie gehörte. Fremde hatten in so subtile Familiengeheimnisse ihren Rüssel unter gar keinen Umständen hineinzustecken.

Um dies auch sicher zu gewährleisten, wurden die Kinder der Familie Lewin immer erst mit dem Eintritt in ihre Volljährigkeit in die Geschichte ihres Urahn eingeweiht.

Er muss schon ein ziemlich außergewöhnlicher Anblick gewesen sein, dieser Blasius. Nicht seiner großen Segelohren oder des schmalen Kopfes wegen, in dem zwei blank geputzte graue Augen Wache hielten, die sich schneller bewegten, als ein Lama spucken kann. Sondern, weil Blasius das Produkt eines Sprunges war, den die Evolution manchmal macht. Immer dann, wenn sie der Langsamkeit ihrer Bewegung überdrüssig ist und es satt hat, in immer denselben Schnabelschuhen den Staub der Geschichte breitzutreten.

Blasius fiel sozusagen aus dem Rahmen. Alle, die sich sonst noch so um das Herdfeuer jener Hütte scharrten, in welche er hineingeboren und mit ihm durch verwandschaftliche Bande verknüpft waren, trugen zwischen den Schultern einen kullerrunden Tomatenkopf mit kleinen, eng anliegenden Ohren.

Allein dieser Kontrast hatte Blasius zum Außenseiter werden lassen. Ohnehin war er als Sohn eines Unfreien nicht gerade gesegnet mit jenen Dingen, die das menschliche Leben schön machen. Doch erst die Abwesenheit jeglicher familiärer Liebe und Zuneigung gegenüber seiner Person machte sein Dasein freudlos. Der pure Zufall, welcher ihm sein anders geartetes Aussehen beschert hatte, wurde von anderen nicht als solcher gesehen. Aberglaube und Dummheit dichteten ihm dämonische Züge an und stempelten ihn zum Handlanger böser Geister.

Doch das, was sich nach Meinung der anderen als Blasius' größter Makel darstellte, wurde diesem zum einzigen Freund und Zeitvertreib. Ein ganz außerordentliches Vergnügen, welches den Tomatenköpfen auf ewig verwehrt sein sollte, denn deren kleine, eng am Kopf anliegende Ohren konnten es auch nicht annähernd mit der Leistungsfähigkeit der Blasius-Ohren aufnehmen. Und diese Ohren, die Radarschirmen gleich, jedes kleinste Geräusch auffingen, weckten in Blasius schließlich die Neugier auf das, was hinter den Thüringer Bergen lag.

Die Welt war damals viel größer und Abenteuerlust weitaus gefahrvoller. Doch was hatte Blasius schon zu verlieren?

Eines Nachts hatte er sich heimlich davon gemacht und war seinem Ziel, von dem er nur wusste, dass es sehr weit entfernt lag, entgegen gewandert.

Von den Abenteuern dieser monatelangen Wanderschaft ist nichts überliefert. Das Generationengedächtnis setzt erst an jener Stelle wieder ein, an der Blasius jene schicksalhafte Begegnung widerfuhr, die zum wirklichen Wendepunkt in seinem Leben werden sollte und aus ihm den Stammvater des Lewinschen Geschlechts machte.

Ein Nachtlager in einem dichten Gestrüpp am Wegesrand soll es gewesen sein, aus dem Blasius eines Nachts aufschreckte, weil ihn ein gewaltiges Scheppern aus dem Schlaf gerissen hatte. Noch immer fürchtete Blasius die Verfolgung durch seinen Herrn und glaubte sich entdeckt.

Den Rest der Nacht verbrachte er wachend, jeden Moment darauf gefasst, in Gefangenschaft genommen zu werden.

Der Tag dämmerte herauf, immer noch war nichts geschehen, Blasius begann zuversichtlich zu werden. Das Tageslicht machte die Welt durchschaubar und gab den Blick frei auf eine Umgebung, in der tags zuvor nichts weiter als Bäume und Buschwerk gestanden hatten. Dazwischen weidete jetzt, im üppigen Gras am Wegesrand, ein riesiges Pferd, das unverkennbar das Schlachtross eines Ritters war. Neben ihm auf dem Boden lag in voller Rüstung der Ritter und glänzte metallen in der Morgensonne.

Es muss wohl so was wie ein Lottogewinn für den jungen Burschen gewesen sein, als auf sein freundliches Klopfen an die Rüstung keine Antwort erfolgte. Der Inhaber war tot, was ein beherzter Blick in das Visier des Helms bestätigte.

Später sollte Blasius erfahren, dass der ehrenwerte Ritter Roland von Hahnensporn von einem Kreuzzug aus dem Morgenland heimgekehrt war. Wahrscheinlich hatten ihn die jahrelangen Strapazen aus dem Sattel geworfen, was so kurz vor dem Ziel natürlich bitter war, aber in Anbetracht seines sehr reifen Alters nicht allzu verwunderlich.

Da stand er nun, der Glückspilz Blasius, mit all seinem neuen Reichtum. Doch nicht Übermut, sondern purer Praktizismus trieben ihn dazu, den Ritter von Hahnensporn zu entkleiden. Auch wenn die sperrige Rüstung nicht gerade seiner Vorstellung von bequemer Kleidung entsprach, bot sie doch einen gewissen Schutz vor der Kälte und anderen unangenehmen Vorkommnissen. Der Herbst hatte begonnen, und die Blechdose war besser als seine Windhose. Außerdem stand da jenes herrliche Ross, und dieses würde schon für sein Fortkommen sorgen.

Blasius setzte sich drauf und gedachte, so bequem durch die Welt zu schaukeln. Die Richtung allerdings bestimmte das Pferd. Egal, wie Blasius auch an den Zügeln riss und zerrte, das störrische Tier hatte seinen eigenen Kopf und in diesem einen ganz bestimmten Plan, dem es folgte.

Nach einigen Stunden tauchte am Horizont die Spitze eines Burgturmes auf. Je näher sie ihm kamen, desto mehr beschleunigte das Ross sein Tempo. Als das Tier schließlich in gestreckten Galopp fiel, wäre Blasius gerne abgestiegen. Doch er war dieser Urgewalt vollkommen ausgeliefert, schwankte auf seinem Sitz hilflos hin und her.

Vor dem Burggraben kam das Ross endlich zum Stehen. Die Zugbrücke war hochgezogen. Blasius erkannte, in welch verzwickter Lage er sich befand und wollte fliehen. Aber die Kunst, sich in einer Rüstung fortzubewegen, erwarb man erst nach jahrelanger Übung. Schon das Absteigen vom Pferd erwies sich als Höchstschwierigkeit und war auch unter größten Anstrengungen nicht zu bewerkstelligen.

Verzweifelt griff Blasius zum letzten Mittel und ließ sich fallen. Das Letzte, was er vernahm, war ein mächtiges Scheppern, dann verlor er das Bewusstsein.

Als er wieder zu sich kam, befand sich Blasius im Inneren der Burg. Man hatte ihn aus der Rüstung gepellt und in ein Bett gelegt. Vor ihm stand ein wunderschönes weibliches Wesen, in herrliche Gewänder gekleidet. Um die Schultern trug es einen leuchtenden Umhang, der sich im Zugwind leicht bewegte. Auch die weiten Arme des Kleides knatterten leise in der Zugluft, sodass es Blasius vorkam, als stünde ein geflügelter Engel vor ihm, und er glaubte, im Himmel zu sein.

Der geflügelte Engel erwies sich als Frau des Hauses, die sich in Erwartung ihres steinalten Ehegatten voller Hingabe des knackfrischen Bauernburschen annahm.

Blasius war, gleich nach dem er sich so tollkühn von seinem Ross gestürzt hatte, von der Burgwache entdeckt worden. Daran, dass er der aus den Kreuzzügen heimgekehrte Ritter Roland wäre, zweifelte niemand. Sowohl Ross als auch Rüstung trugen die Farben des Herrn. Über den verwahrlosten Inhalt der Rüstung ließ sich streiten. Viel war nicht zu erkennen gewesen, da das Gesicht vollkommen mit einem gestrüppartigen Bart zugewuchert war. Und das Burgpersonal hatte in den vielen Jahren der Abwesenheit des Herrn Roland so häufig gewechselt, dass sich kaum noch jemand darunter befand, der den Ritter kannte. Das galt natürlich nicht für seine Frau, die Blasius nach einer von ihr angeordneten hygienischen Behandlung genauestens untersuchte. Doch Winnifried, die von der ewigen Warterei auf ihren Ehegatten die Nase voll hatte, glaubte Blasius die seltsame Geschichte seiner Besitzerlangung von Ross und Rüstung und behielt ihn als ihren Ehemann bei sich.

Für Blasius begann die schönste Zeit seines Lebens. Winnifried hatte viel nachzuholen, er half ihr gern dabei und stellte erstaunt fest, dass Edelfrauen bei der Verrichtung genauso quiekten wie die Bauerndirnen in seiner Heimat. Blasius lernte viel.

Neun Monate nach seinem Einzug in die Burg gebar ihm Winnifried einen Sohn. Hei, was war das für eine Freude für den jungen Vater, als er nicht eine Spur seiner tomatenköpfigen Verwandtschaft an dem Kinde entdecken konnte. Es war, als würde Blasius in einen Spiegel blicken, wenn er seinen Knaben ansah. Konnte es eine glücklichere Verbindung geben als diese, deren lebendiger Beweis in Gestalt eines künftigen Dynastiegründers das schönste Paar Ohren in den Wind streckte, das je ein menschliches Auge erblickt hatte?

Inzwischen war die Kunde von Ritter Rolands Heimkehr bis zu seinem Bruder gedrungen. Der hatte seinen Besuch ankündigen lassen, womit Winnifried und Blasius vor eine schwere Entscheidung gestellt wurden, denn die Entdeckung ihres Geheimnisses hätte für beide den sicheren Tod bedeutet. Winnifried zog es vor, eine lebenslängliche Haftstrafe zu verbüßen und ging ins Kloster. Zuvor stattete sie ihren geliebten Blasius mit Pferd, Wagen und allerlei Vorräten aus und vertraute ihm den geliebten Sohn an.

Blasius begab sich zum zweiten Mal in seinem Leben auf die Suche nach einer neuen Heimat. Schließlich traf er auf einen Treck, der ins Slawenland unterwegs war und ließ sich anwerben. Noch auf dem Wege dorthin fand er eine Frau, die sich um ihn und das Kind kümmerte.

Im Pommerschen bekam Blasius Land zugewiesen. Er machte es urbar und wurde ein freier Bauer. Blasius führte ein gutes Leben, sprach aber oft von seiner ›Lewen Winnifried‹. Und da es viele Blasiusse im Pommernlande gab, wurde er bald der Blasius von de Lewen Winnifried, woraus eines Tages der Familienname Lewin entstand.

*

Karl Lewin entsprach genau dem Bild, das man sich gemeinhin von einem schlauen Bauern machte. Er war mittelgroß, dünn und sehnig. Sein grauer Arbeitsanzug schien hauptsächlich mit Luft gefüllt zu sein, und in den Schäften der riesigen Gummistiefel hätte durchaus noch ein Paar solcher Storchenbeine Platz gefunden. In punkto Kleidung gab es für ihn keine Jahreszeiten.

›Wat gaut is för de Küll, is uk gaut för de Hit‹, pflegte er zu sagen und legte die geliebten angerauten Beinkleider auch bei fünfunddreißig Grad Außentemperatur nicht ab. Sein langer, schmaler Kopf, links und rechts begrenzt von den typischen Lewinohren, war bedeckt mit kastanienbraunem, fast schwarzem Haar, das so glänzte, als wäre jede Menge Pomade oder Schweineschmalz darin verarbeitet worden. Doch nichts lag Karl ferner als solch affiger Schnickschnack.

Zwischen den grauen Augen und dem schmallippigen Mund wuchs eine fantastische Hakennase, die seinem Gesicht ein adliges Aussehen verlieh. Die Frauen der Familie fürchteten dieses Erbteil und hatten es mit einem Bannspruch belegt, der den weiblichen Nachwuchs davor schützen sollte: ›Ein großer Giebel ziert das Haus, ein kleiner sieht nach gar nichts aus. Doch wenn das Haus ein Häublein trägt, dann wird der Giebel abgesägt. Amen.‹

Karl war damals sechzig Jahre alt und hatte noch kein einziges graues Haar auf dem Kopf. Er ließ sich einfach keines wachsen. Solange er nur jeden Morgen vor dem Frühstück seinen doppelten Körnerschnaps bekam, war die Welt in Ordnung.

Neun Monate nach der Geburt seiner Enkeltochter stand die nächste Geburt ins Haus. Lise, die beste Milchkuh im Stall, sollte kalben. Jeden Abend, bevor Karl zu Bett ging, machte er noch einen Kontrollgang und sah nach dem Tier.

Am Sonntag, kurz vor Mitternacht, ist im Haus alles fest in Morpheus Hand. Der Sandmann hat ganze Arbeit geleistet, nur den Hühnerstall scheint er vergessen zu haben. Genau in dem Moment, in welchem der Regulator im Wohnzimmer geräuschvoll einatmet, um die Kraft zu schöpfen, zwölf Mal die Hämmerchen zu schwingen, pumpt auch der Hahn im Hühnerstall seine Lungen voll. Beide, Uhr und Hahn, legen gleichzeitig los. Der Hahn hält länger durch und holt die Bäuerin aus dem Schlaf. Else nimmt dieses mitternächtliche Krähen sehr ernst und weckt Karl, der sich sofort fertig macht, um nach Lise zu sehen. Denn dass etwas passieren wird, ist sicher. Man kann dem alten Schreihals da draußen schon vertrauen.

Der Hahn hatte das für ein Federvieh gesegnete Alter von vier Jahren erreicht und galt als Methusalem auf dem Hühnerhof, denn im Bäuerinnen-Handbuch wurde ausdrücklich gefordert, dass kein Huhn älter als zwei Jahre werden durfte, da das starke Nachlassen der Legeleistung ab dem dritten Jahr die Haltung sehr unwirtschaftlich mache. Doch anscheinend tickte die biologische Uhr bei diesem männlichen Exemplar anders. Die Fähigkeit, Eier legen zu können, war für einen Hahn schon ungewöhnlich genug. Aber die Produktion mit zunehmendem Alter auch noch zu steigern, war schlechterdings der Garant für ein langes Leben, das nur Altersschwäche und nicht etwa das Beil der Bäuerin beenden konnte. Ja, man mochte es nun glauben oder auch nicht, das änderte reineweg gar nichts an der Tatsache, dass der Lewinsche Hahn Eier produzierte. Äußerlich unterschieden sich dessen Produkte von denen der Damen durch ihre Form. Sie waren rund wie Tischtennisbälle und kamen auch in ihrer Größe diesen sehr nahe. Betty verwendete sie gern zum Herstellen von Eischnee, weil sich in ihrem Inneren nur Eiweiß befand.

Das überaus imposantes Erscheinungsbild des Hahns ließ seine Außergewöhnlichkeit erahnen, auch wenn seine Statur der eines

Teekessels mit viel zu kurzen Beinen glich, was ihn, wenn er den Hühnern hinterherjagte, um seine Pflicht zu tun, manches Mal aus der Puste brachte, denn die Anzahl der zu beglückenden Damen war beträchtlich und belief sich immer auf um die siebzig Stück. Beglücken scheint in diesem Zusammenhang wohl auch nicht der passende Ausdruck zu sein. Jemand, der beglückt werden soll, rennt nicht stets und ständig vor dem Beglücker davon. Oder ist dies nur eine Taktik der Hühner, ein kokettes Hasch-mich-wenn-du-mich-willst-Spiel? Die Befruchtung erweckt jedenfalls den Eindruck, als wolle der Hahn seine Dame ermorden. Und darin unterschied sich der kleine Teekessel in nichts von seinen Artgenossen. Den Mangel der kurzen Beine machte sein Schwanz, der lang und mit außerordentlichem Schwung von seinem Stütz wuchs und den prachtvollen Federbüschen auf den Hüten der Musketiere glich, schnell vergessen. Die Betrachtung dieses ausgesprochen edlen Accessoires versetzte in Hochsommerstimmung. Es war, als würde man an einem Feldrain stehen, versunken in den Anblick eines vollreifen, golden schimmernden Weizenmeeres, das sich in Erwartung seiner baldigen Ernte festlich geschmückt hatte. Konnte man sich einen schöneren Schmuck als diesen breiten, tiefroten Gürtel aus Klatschmohn vorstellen? Ganz weit hatten die Blumen ihre Blüten geöffnet, nicht einen Sonnenstrahl wollten sie verpassen, um darin die tiefschwarzen, kräuseligen Staubblätter zu baden. Kurz gesagt, der Schwanz des Hahnes schillerte in den Farben der Republik, nämlich schwarz, rot, gold.

Der außergewöhnliche Umstand, dass der Hahn die Farben der Republik auf seinem Hinterteil schwenkte, hatte Karl schon in beträchtliche Schwierigkeiten gebracht. Denn Napoleon, wie sie das Tier nannten, da es im Profil eine frappierende Ähnlichkeit mit Bonaparte aufwies, war gegen alles, was mehr Krach machte als er selbst, höchst allergisch und ging in blinder Wut dagegen vor. Karl erinnerte sich noch sehr genau an den 1. Mai des vergangenen Jahres. Die Schalmeien-Kapelle der Kreisstadt war an diesem Kampf- und Feiertag der werktätigen Arbeiter und Bauern schmetteretierend durch das Dorf marschiert und hatte den Hahn von seinem Hühnerhof gelockt. Napoleon war auf den Gartenzaun geflogen, hatte flügelschlagend, mit geblähter Brust und weit vorgestrecktem Hals dem Gegner seinen Schlachtruf entgegen geschleudert. Als er merkte, dass seine Attacke Wirkung zeigte und der Feind immer schneller wurde, setzte er ihm nach und jagte ihn die Dorfstraße hinunter, bis Betty, die ihrerseits Napoleon nachgehetzt war, diesen einfing und zur Strafe seine Flügelspitzen stutzte.

Karl wurde am darauf folgenden Tag ins Büro des Bürgermeisters zitiert und musste vor ihm und einem Gremium aus der Kreisstadt Stellung dazu nehmen. Wie konnte ein Bauer der Deutschen Demokratischen Republik zulassen, dass sein Hahn am Kampf- und Feiertag der werktätigen Arbeiter und Bauern sozusagen die Fahne des Klassenfeindes durch das Dorf trug? Denn die Farben schwarz, rot, gold waren schließlich nur mit dem Emblem von Hammer, Zirkel und Ährenkranz als DDR-Fahne erkennbar.

Karls Antwort war ebenso überraschend wie plausibel gewesen und hatte zur Folge gehabt, dass das gegen ihn angestrebte Verfahren eingestellt wurde und die Aufzeichnungen zum Gespräch im Papierkorb landeten. Obwohl Karl niemals jemandem von seiner Rede erzählt hatte, kursierte diese noch Jahre später wie ein köstlicher Witz unter der Dorfbevölkerung. Und der Umstand, dass Karl an jenem Tage nicht allein im Büro erschienen war, bildete die Krönung des Ganzen. Karl hatte es nur als gerecht empfunden, den wahren Übeltäter mit vor das Tribunal zu bringen und war mit Napoleon unterm Arm im Büro zu seiner Verteidigung angetreten.

Im Schaft seines rechten Gummistiefels war ein Beil verstaut, dass er, auf die Frage eines Genossen nach dem Zweck dieser Waffe, herauszog und diesem samt Hahn entgegenstreckte. Doch der verblüffte Genosse hatte die Annahme verweigert, worüber Karl seine Verwunderung zum Ausdruck brachte und beteuerte, dass einzig und allein dieser dickfellige Hahn die Schuld am Desaster vom 1. Mai trüge. Denn trotz seiner, Karl Lewins, unermüdlicher Belehrungen, sei das Tier nicht zu bewegen gewesen, sich am Schwanz einen Ährenkranz, geschweige denn Hammer und Zirkel, wachsen zu lassen. Das Mistvieh hätte also den Tod verdient und zwar von allerhöchster Stelle. Zu seiner eigenen Verteidigung könne er nur vorbringen, dass er angenommen hätte, der Hahn selber sei als Symbol für den Ährenkranz ausreichend, da er nun mal auf einen Bauernhof gehörte. Und dass ein dummer Hahn nicht den Zirkel der Intelligenz verkörpern könne, da dies eine Beleidigung für diese wäre, hätte er für selbstverständlich gehalten. Und für das dritte Symbol stehe schließlich die Sache selber, denn für einen Hahn sei es ja wohl etwas ganz Dolles, so was auf die Beine stellen zu können, eben ein Hammer.

Was letztendlich den Ausschlag für Karls Freispruch gegeben hatte, entweder die Tatsache, dass sich die Genossen vom Kreisvorstand in dieser Federviehaffäre ein wenig lächerlich vorkamen oder der Umstand, dass man Karl Lewin für geistesgestört hielt, wurde nie bekannt. Von wirklicher Bedeutung war ohnehin nur das Ergebnis, und dieses bedeutete auch für Napoleon eine glückliche Rückkehr in seinen Harem.

Neben der Fähigkeit Eier zu legen, besaß Napoleon noch eine weitere außergewöhnliche Gabe, die des Hellsehens. Sein mitternächtliches Krähen kündigte immer ein ganz besonderes Ereignis an. Und diese Fähigkeit ging weit über die der Hunde, die mit ihrem nächtlichen Geheul den Tod ankündigen, hinaus. Karoline war von den spirituellen Fähigkeiten des Tieres dermaßen beeindruckt, dass sie versucht hatte, aus seinen Eiern die Zukunft zu lesen, indem sie diese an einem Kochtopf mit kochendem Wasser aufschlug und das Dotter aus möglichst großer Höhe hineinfallen ließ. In die entstandenen weißen Flocken und Klumpen spekulierte sie die phänomenalsten Geschichten, die leider nie eintrafen. Schließlich bereitete Betty diesem Spuk ein Ende, weil ihr die sinnlose Vernichtung der guten Eier gegen den Strich ging. Hellsehen musste Napoleon schon selber, man konnte dies schließlich nicht auch noch von seinen Eiern verlangen.

In dieser Sonntagnacht scheint es wirklich zu pressieren. Schon wieder setzt Napoleon zu einem neuen Solo an. Karl hat mittlerweile den Kuhstall erreicht. Fünf Plätze sind leer, die Tiere grasen um diese Jahreszeit auf der Weide. Nur Lise ist da. Sie steht mit zitternden Flanken, schwankend wie ein Betrunkener und starrt mit ihren traurigen, großen Augen an die Wand. Schier über Nacht hat Lise den schönen Seidenglanz ihres Fells verloren. Aus ihrem Euter tropft im Sekundentakt Milch. Normalerweise holt Karl seine Kälber selbst, aber hier gibt es Komplikationen, das sieht er sofort. Der Tierarzt muss her! Das einzige zugängliche Telefon im Ort hat die Postfrau. Betty bekommt den Auftrag, die Alte aus dem Schlaf zu klopfen. Eine schwierige Aufgabe, da diese unter starker Schwerhörigkeit leidet und eigentlich schon längst in Rente sein sollte. Manche Leute konnten den Hals aber auch nicht voll genug kriegen!

Betty schafft es, das halbe Dorf aufzuwecken, bevor die Postfrau endlich an die Tür geschlurft kommt und wütend über den gestörten Nachtschlaf nach der Polizei verlangt.

»Ick muss telefonieren«, schreit Betty, »aber ganz schnell!«

Die Postfrau ist immer noch wütend und blökt, schon wieder unterwegs zu ihrem Bett: »Deswejen hättste mir nich' wäcken zu brauchen. Dat Telefon is kaputt!«

Betty rast zurück nach Hause. Von solchen Lappalien lässt sich eine Bäuerin nicht unterkriegen.

»Pappi, spann Iwan an. Dat Telefon geiht nich'!«, ruft sie schon von Weitem und rennt gleich selber zur Pferdebox, um mit Hand anzulegen.

Iwan, der schwarze Russenwallach, hat auch schon seine achtzehn Jahre auf dem Puckel und liebt es nicht besonders, in seiner Nachtruhe gestört zu werden. Karl muss erst mal ordentlich mit der Peitsche knallen, um den Gaul in Fahrt zu bringen. Zum Tierarzt in die nächste Stadt sind es gut zehn Kilometer, und er hat es eilig.

Inzwischen kümmern sich Else und Betty um Lise. Sie kühlen das heiße, geschwollene Euter, erneuern das feuchte Stroh und tätscheln ihr mitfühlend den Rücken.

Draußen wird es langsam hell. Die Julisonne hängt sich wie ein roter Riesenapfel in die alte Linde vor dem Haus und macht ihre Morgengymnastik, Rolle vorwärts.

Im Hühnerstall setzt mit ganz allmählicher Steigerung das morgendliche Spektakeln ein. Napoleon legt sein Morgenei. Im Schweinestall rappelt sich die Sau aus dem Stroh und legt sich zurecht, um ihre Ferkel zu säugen.

Karoline, durch die unheimliche Stille im Haus aus ihrem Schlafrhythmus gebracht, steht mit wirrem Haar in Bademantel und Holzpantinen in der Stalltür. Bei ihrem Anblick erwacht Lise aus ihrer Apathie und gibt ein leises, dampfendes ›Muhuu‹ von sich.

Karoline kann mehr als Brot essen. Ganz langsam nähert sie sich Lise, krault sie hinter den Ohren und streichelt sehr behutsam ihren Hals. Dabei murmelt sie halblaut vor sich hin. Das Ganze dauert nicht mehr als fünfzehn Minuten. Lise wird ruhiger und hört auf zu schwanken. Endlich ist von der Straße her das Geboller zu hören, welches Wagenräder auf dem unebenen Kopfsteinpflaster erzeugen. Karl ist zurück! Noch einmal knallt die Peitsche, dann hält der Wagen auch schon auf dem Hof.

Neben Karl auf dem Bock sitzt ein etwa fünfzigjähriger Kerl, der mürrisch vor sich hinglotzt. Inzwischen ist es fünf Uhr geworden. Else und Betty fahren zur Weide, um die Kühe zu melken. Tierarzt Appeldorn untersucht Lise, die bei seinem Anblick wieder zu schwanken begonnen hat und jeden Moment umzufallen droht. Immer wieder schiebt er seinen Arm in die Scheide des Tieres, um die Lage des Kalbes festzustellen. Es ist alles normal, der Kopf liegt auf den Vorderbeinen und befindet sich direkt vor dem Ausgang, bereit für die Geburt. Aber irgendetwas klemmt.

»Kaiserschnitt«, sagt Appeldorn und wundert sich über seine Verwegenheit, die schon fast an Größenwahn grenzt.

»Aber vorher noch 'ne Stärkung.«

Die Stärkung steht in der Speisekammer und besteht aus dem Inhalt einer Flasche Stonesdorfer, der immer für den Tierarzt bereitgehalten wird.

Karl geht ins Haus, er tut das gern, denn so ein Schluck außer der Reihe würde nach dieser ganzen Aufregung gut tun. Und die Fahne, die seine Frauen selbstverständlich schon von Weitem wittern würden, konnte er prima dem Tierarzt in die Stiefel schieben.

Das Haus war ein prächtiges Anwesen, mit gut hundert Jahren auf dem First. Der einstige Gutsbesitzer des Dorfes hatte es für seine Arbeiter und Knechte bauen lassen. Im Vergleich mit den Materialmangelhäusern der Nachkriegszeit wirkte es geradezu gigantisch. Das weit heruntergezogene Dach beschirmte dicke Wände aus roten Ziegelsteinen, die aus der Erde gewachsen zu sein schienen und in einem Keller wurzelten, der das ganze Jahr über Kartoffeln beherbergte, die dort im Dunkeln ihre weiß-gelben Keimwürmer im Akkord schoben und regelmäßig entkeimt werden mussten. Innen waren die Wände mit einem Gemenge aus Lehm und Stroh verschmiert, das sie, genau wie die Zimmerdecken, ziemlich beulig und holperig machte, im Sommer aber für angenehme Temperaturen sorgte.

Die ganze Dorfstraße entlang reihten sich die langen Häuser, in denen jeweils zwei Familien in separaten Wohnungen lebten. Vorgarten, Hof und Gemüsegarten waren exakt vermessen und durch Zäune voneinander getrennt. Karls Haus war das Zuhause des ehemaligen Gutsförsters gewesen, ein krankhaft sparsamer Junggeselle, dessen Haushälterin die Schuhwichse mit Schweineschmalz verlängern und den Küchenherd mit getrocknetem Kuhmist heizen musste. Dieser Förster war im Mai fünfundvierzig, kurz bevor die Russen ins Dorf einmarschierten, erschossen worden. Als Sklave seiner übertriebenen

Sparsamkeit hatte er sich außerstande gesehen eines der guten Bettlaken zu zerschneiden, um eine dringend notwendig gewordene weiße Fahne zu hissen. So musste es denn eines der riesigen blütenweißen Bettlaken im Ganzen tun. Zum Zeichen der Kapitulation hing es an einer Wäschestütze auf dem Dach des Hauses und knatterte, weithin sichtbar, im Frühlingswind. Leider war es ein bisschen zu weit sichtbar, knatterte ein wenig zu laut und lockte einen Trupp versprengter SS-Männer an, die sich auf der Flucht vor den Russen befanden und ihn als Verräter erschossen.

Einige Jahre später verlieh man der sozialistischen Dorfschule den Namen des Försters und ehrte ihn als antifaschistischen Widerstandskämpfer. Eine sibirische Taigatanne, gepflanzt an seinem zehnten Todestag, erinnert noch heute an die Heldentat.

Im Durcheinander der russischen Besatzung nahm Karl, nachdem er sich überzeugt hatte, dass die Herrschaften aus dem Schloss wirklich geflüchtet waren, das Haus in Besitz und quartierte bei einer Nacht- und Nebelaktion seine Familie samt Hausrat und Möbeln ein. Als die Bodenreform durchgeführt worden war, saß Karl bereits als Herr in seinem Haus und wurde nur unter der Bedingung, dies bleiben zu können, Neubauer. Zur Auslosung der Siedlungsstellen war er bereits mit seinem Los in der Tasche gegangen. Nichts würde ihn jemals wieder aus diesem Haus herausbringen.

Karl betritt den Flur, zieht vorsichtig die Gummistiefel mit den Treckerreifenprofilen aus und hängt seine Mütze an den Achtzehnender, der die Flurgarderobe krönt.

In der Küche herrscht, wie immer um diese Jahreszeit, Belagerungszustand. Mehrere Hundertschaften Fliegen erheben sich bei seinem Eintreten und färben den ohnehin schon dämmerigen Raum schwarz. Das schreckliche Brummen versetzt Karl jedes Mal in Alarmbereitschaft, es weckt Kriegserinnerungen. An der Lampe hängt eine kleine, rote Giftkugel, die längst keine Wirkung mehr erzielt. Die Insekten haben über Generationen eine Resistenz entwickelt, die sie vollkommen immun gegen das ausströmende Gift macht. Trotzdem wird die Kugel regelmäßig durch eine neue ersetzt, es gibt nichts anderes.

Von Zeit zu Zeit, wenn die schwarze Plage die Alleinherrschaft zu übernehmen drohte, fegte Karl wie ein Besessener mit seiner selbstgebauten Fliegenklatsche durch die Küche und stieß nach jedem Treffer die Faust in die Luft, triumphierend, so wie es der Förster getan hatte, als er seinen Achtzehnender erlegte. Irgendwie steckte der Jagdtrieb in den Wänden des alten Hauses. Allerdings schien es, dass die Fliegen, die ein solches Gemetzel überlebt hatten, ihre Anstrengungen zur Arterhaltung verdoppelten und einen geradezu abstoßenden Begattungstrieb entwickelten, sodass die Küche zeitweilig zum Fliegenpuff verkam und der alte Bestand schnell wieder hergestellt war.

Dieser Missstand wurde besonders beim Essen als sehr lästig empfunden. Bevor ein Bissen in den Mund geschoben werden konnte, musste die Öffnung erst freigewedelt werden, wenn man nicht gleichzeitig etliche der schwarzen Viecher, die jede Gelegenheit irgendwo reinzukrabbeln nutzten, zu sich nehmen wollte. Der undelikate Zustand hielt von Juni bis September an, wobei die typische Scheuchbewegung mit der Hand so gewohnheitsmäßig wurde, dass man sie erst wieder um die Weihnachtszeit ablegte.

Der Stonesdorfer steht in der Speisekammer, irgendwo im Regal mit dem Eingeweckten.

Das Regal nimmt fast die ganze Längswand der Kammer ein und reicht bis unter die pucklige Decke. Gläser mit Tomaten, Stachelbeeren, Äpfeln, Kirschen, Erdbeeren, Bohnen, Pflaumenmus und Apfelmus türmen sich übereinandergeschichtet und leuchten in den Farben des Sommers. Gleich neben der Tür ruht in zwei riesigen Glasballons roter und weißer Johannisbeerwein, der es in sich hat und es mit jedem Traubenwein von Rhein oder Loire aufnehmen kann.

Hinter den letzten beiden Gläsern vom Vorjahr, in denen leicht bräunlich gewordene Erdbeeren vor sich hindümpeln, findet Karl die Flasche mit dem Kräuterschnaps.

Appeldorn ist noch etwas flatterig. Er friert und schätzt die gefühlte Temperatur auf unter zehn Grad, obwohl das Klima bereits an diesem frühen Morgen ziemlich mild ist und eine bullige Wärme für den Tag verspricht.

Aber der Schnaps wirkt wie ein heißer Ofen. Nach dem zweiten Schluck verschwindet auch Appeldorns Flatterigkeit, seine Hände werden ruhig und geschmeidig. Nach dem dritten Schluck ist die Welt wieder in Ordnung. Appeldorn haut Karl kräftig auf die Schulter und grinst.

»Keine Angst, Karl«, sagt er, »ich hab schon ganz andere Dinger versaut und werd auch diese Kuh fachgerecht um die Ecke bringen«.

Dann bindet er seine Gummischürze um.

»So, Herr Frisörmeister«, sagt Appeldorn zu Karl, »Ihr Auftritt, bitte. Eine Nassrasur, aber mit Gefühl.«

»Wat denn, de ganze Kauh?«, scherzt Karl und kuckt den Tierarzt ungläubig an.

»Wenn du meinst«, kontert der, »ich glaub, Glatze kommt bei den Damen dieses Jahr in Mode. Bei der Hitze! Aber für den Moment rasierst du bitte nur da, wo ich deine Lise aufschneiden will.«

Er markiert mit dem Zeigefinger eine Stelle, an der linken Seite der Kuh. Karl rasiert in gewohnter Manier. Die nackte Stelle wird mit Alkohol desinfiziert. Um Lise zu beruhigen und die Wehen zu stoppen, spritzt Appeldorn ihr zuerst etwas in die Wirbelsäule, danach folgt eine örtliche Betäubung.

»So«, flüstert Appeldorn, »nun halt deine Lise mal schön ruhig, jetzt geht's los.«

In seiner Hand blitzt ein Skalpell, es ist so scharf, dass es Lises Haut wie Butter durchtrennt. Auch die Unterhaut ist eine Kleinigkeit, ebenso die Muskelschicht. Alles muss sehr vorsichtig geschehen, auf keinen Fall dürfen die irgendwo dahinterliegenden Karunkeln beschädigt werden. Riesigen Erdbeeren gleich überziehen sie die Gebärmutter und sind prall mit Blut gefüllt. Ebenso gefährlich ist es, den Pansen zu verletzen. Eine heikle Angelegenheit, die Appeldorn mit Bravour meistert. Endlich öffnet er das Bauchfell und ... Aber so genau möchte Karl seine Lise gar nicht von innen kennenlernen. Seine volle Aufmerksamkeit erwacht erst wieder, als Appeldorn das Kalb vorsichtig herauszieht und ins Stroh legt.

Geschafft! Appeldorn versorgt das Innere der Gebärmutter mit starkem Antibiotikum und näht alles, was er aufgeschnitten hat, wieder sorgfältig zusammen.

Inzwischen versorgt Karl das Kalb. Er entfernt den Schleim aus Maul und Nasenlöchern, desinfiziert den Nabel mit Jod und rubbelt es mit einem Strohwisch trocken.

»Na, Karl, wie haben wir das hingekriegt?«, ruft Appeldorn.

»Naja«, sagt der, »bis jetzt wohl ganz gut. Nu pass aber auch auf, dass du nich' aus Versehen dein Messer in meine Lise ihr'n Bauch mit einnähst. Sonst kriegen wir später noch Komplikationen.«

Wie zur Bestätigung beginnt das Kalb zu blöken. Hört sich komisch an, das Geräusch, unterscheidet sich von normalem Blöken, so wie Mono von Stereo.

»Mensch, Karl« ruft Appeldorn, »du musst doch vor Freude nicht gleich mitblöken!«

»Nee, du, dat war ick nich'«, sagt Karl und dreht das Tier auf die andere Seite, um es auch da trockenzureiben. Doch der Strohwisch fällt ihm aus der Hand.

»Appeldorn, kiek ma' eiß«, ruft er erstaunt, »da is' noch eint!« Appeldorn, der zuerst glaubt, dass Karl zu viel Stonesdorfer intus hat, wird misstrauisch, denn genau in diesem Moment beginnt das Kalb wieder zweistimmig zu blöken.

»Ach tu Scheiße«, ruft er, »das ist ja 'ne Missgeburt!«

Das Tier ist ein schönes schwarz-weiß-geflecktes Bullenkalb, mit kastenförmigem Rahmen und kräftigen Vorder- und Hinterbeinen. Was den Vorwurf der Missgestaltung anbelangt, lässt sich streiten. Vielleicht sind ja einköpfige Bullen die Missgeburten. Dieses Kalb jedenfalls hat zwei Köpfe und zwei Hälse, und Karl findet das durchaus legitim.

Der Tierarzt schüttelt skeptisch den Kopf. »Ich weiß nicht, Karl«, sagt er, »das Vieh hat doch gar keine Chance, ein vernünftiges Alter zu erreichen.«

Karl ist sich nicht sicher. »Lass man«, sagt er, »besser zwei Köppe als gar kein'.«

Doppelkopp versucht aufzustehen, wobei er immer wieder weg knickt und ins Stroh plumpst. In seiner Hilflosigkeit erinnert er an einen besiegten Drachen. Ritter Karl hilft ihm auf und steuert ihn behutsam auf Lise zu.

Lise scheint gar keine Bedenken wegen seiner zwei Köpfe zu haben. Liebevoll leckt sie erst den einen, dann den anderen ab und stupst ihren Kleinen behutsam an das prall gefüllte Euter. Doppelkopp weiß, was er zu tun hat, beginnt sofort zweimäulig zu saufen.

»Na gut, Karl«, sagt Appeldorn, »wenn du das Viech denn unbedingt aufziehen willst. Aber ich muss das melden.«

»Und das sollst du nich' tun, Appeldorn«, erwidert Karl. » Der zweite Kopp bleibt unter uns. Und darauf trinken wir jetzt noch ein'. Prost, min Jung'!«

# Hundstage

Familie Gurke hatte bei der Auslosung der Siedlungsstellen einen Teil des Hauses ergattert, dessen andere Hälfte sich Karl Lewin mit seiner tollkühnen Aktion bereits erobert hatte. Die Gurken, Flüchtlinge aus Ostpreußen, waren mit einem der vielen Trecks, die fünfundvierzig das Dorf überfluteten, hierher geraten. Die monatelange Flucht vor den Russen hatte ihre Knochen müde und die beständig knurrenden Mägen mürbe gemacht .

Von Haus aus Wirtsleute und von der Landwirtschaft so wenig Ahnung wie das Schwein vom Fliegen, hielten sie es für klug, da zu bleiben, wo Speck und Wurst, Milch und Butter produziert würden. Ein Gedanke, der an sich von hoher geistiger Bildung zeugte, aber mangels Unkenntnis über die Abläufe der Produktion schwer in die Tat umzusetzen war. Die verordnete Metamorphose vom Schankwirt zum Bauern wollte nicht recht gelingen und drohte in einem Fiasko zu enden. Das Vieh geriet nicht, und die Ernten übertrafen das, was eingebracht worden war, nur um Weniges.

Statt den Rat erfahrener Bauern zu suchen, besann Arthur Gurke sich auf seine Fähigkeiten als Schnapsbrenner und machte einen einträglichen Nebenerwerbszweig daraus. Aus der Heimat hatte er einen Destillierapparat mitgebracht, der nun wieder zum Einsatz kam. Doch was anfänglich nur so nebenher lief, wurde bald zur Hauptbeschäftigung. Gurke spezialisierte sich mit der Zeit so sehr auf diese Tätigkeit, dass er die Abgaben an den Staat kaum noch leisten konnte. Doch seine Überzeugung, in nicht allzu ferner Zukunft wieder in die ostpreußische Heimat zurückkehren zu können, ließ ihn munter immer weiter dem Ruin entgegen wirtschaften.

Die erste Kartoffelernte, die er als Neubauer einbrachte, fand sich innerhalb kürzester Zeit, zu einem kräftigen Kartoffelschnaps verarbeitet, in Flaschen wieder. Auch die Zuckerrübenernte brachte Gurke auf diese Weise durch. Er konnte überhaupt aus fast allem einen ordentlichen Schnaps brennen. Zu einer anderen Zeit und mit einem tüchtigen Manager an der Seite, wäre er sicher ein erfolgreicher Schnapsunternehmer geworden. Leider war die Zeit dafür noch nicht gekommen, und Gurke nicht der Mann, das zu erkennen. Schnapsbrennen war verboten. Mehrmals hatten ihn Neider, die meinten, dass er seine Produkte zu teuer verkaufe, angeschwärzt. Rechtzeitig gewarnt von jenen, die einen guten Tropfen zu schätzen wussten, konnte er seine kleine Fabrik in Sicherheit bringen.

All diese nervenaufreibenden Schwierigkeiten und ein bohrendes Heimweh, welches seine Eingeweide um- und umwühlte, ließen sich nur unter Betäubung ertragen, eine ansteckende Krankheit, die auch seine Frau, Erna Gurke, befiel.

Es waren ihre Töchter, beide im heiratsfähigen Alter, die verhinderten, dass alles im Schnaps ersoff und die Wirtschaft notdürftig in Gang hielten. Trotz aller Bemühungen waren die Marjellchens aber hoffnungslos überfordert. Die Wirtschaft glich einem leckgeschlagenen Kahn, der mitten auf dem Meer, halb voll Wasser gelaufen, nur deswegen nicht absoff, weil Hilde und Klara mit der Mokkatasse schöpften.

Der Zustand von Haus und Garten war ein Abbild ihrer wirtschaftlichen Situation. An Haustür und Fensterrahmen blätterte die Farbe. Dort, wo auf dem Dach die Ziegel abhanden gekommen waren, klafften schwarze Lücken, deren Durchlässigkeit besonders bei Regenwetter schwere Verwüstungen auf dem Dachboden hinterließ. Es stand zu befürchten, dass der nächste Sturm sie um ein Vielfaches vergrößern würde, geradeso, als wütete der Skorbut im Maul eines Piraten.

Der Schornsteinkopf bröckelte, und die Dachrinne war ein verstopftes Sieb, in dem Amseln und Spatzen ihr Würmerparadies fanden.

Der einst hübsche Vorgarten war zum Unkrautacker verkommen. Tulpenzwiebeln hielten ewigen Winterschlaf, weil der Versuch, ihre Sprösslinge ans Licht zu schieben, von einem schier undurchdringlichen Butterblumenteppich vereitelt wurde. Uralte Rosenstöcke befanden sich fest im Würgegriff mannshoher Brennnesseln und kleiner grüner Läuse, die ihnen Saft und Kraft aussaugten und ihrerseits von Ameisen gemolken wurden. Allerlei Distelarten nutzten die letzten verbliebenen Lücken und zwangen Tränende Herzen und Leberblümchen zur Kapitulation.

Dieser Zustand war mehrere Jahre von den Marjellchens hingenommen worden, bis Hilde eines Morgens einige Dillpflanzen in dem Unkrautgemenge sichtete, die sie pflücken und trocknen wollte. Doch die Pflanzen saßen voller dunkelgrüner, mit schwarzen Querbinden und roten Punkten verzierten Raupen, die bei Berührung eine unmittelbar hinter dem Kopf sitzende, mehrere Millimeter lange, fleischige, rote Gabel ausstülpten und ein Parfüm aus Dill, Petersilie und Möhrenkraut verströmten.

Neugierig geworden, begann Hilde zu beobachten, was mit den Raupen passieren würde und staunte über so viel Gefräßigkeit. Sie erlebte die Verpuppung und bewunderte die im darauffolgenden Mai schlüpfenden Schmetterlinge. Aus einem eilends in der kleinen Dorfbibliothek ausgeliehenen Buch über Falter erfuhr sie, dass es sich um Schwalbenschwänze handelte. Hilde entdeckte in ihrer Unkrautwüste ein Schmetterlingsparadies: Perlmuttfalter, deren Flecken auf den Hinterflügeln wie reines Silber glänzten, versenkten die Rüssel in Distelblüten. Der Admiral, auf dessen tiefschwarzen Flügeln die roten Binden und Ränder im grellen Gegensatz zu den reinweißen Flecken der Ecken standen, nahm in der benachbarten Distel Platz, aus der er einen Trauermantel verdrängt hatte, dessen Aussehen so beeindruckend wie sein Name war. Er zeigte eine kaum zu übertreffende Harmonie der Farben: Zwischen dem tief schwarz-roten, samten glänzenden Mittelfeld der Flügel und deren cremefarbener Umrandung leuchtete eine Reihe länglicher, hellblauer, schwarz eingefasster Flecken.

Die schwarzen, dornenbewehrten Raupen des Tagpfauenauges tummelten sich gesellig im Brennnessel, den sie so kahl fraßen, dass nur die nackten Strünke übrigblieben. Doch gab es an diesen Pflanzen keinen Mangel, sodass auch für die Raupen des Kleinen Fuchses genug übrig blieb.

Hilde begann, in die Vegetation des kleinen Biotops einzugreifen, indem sie von bestimmten Schmetterlingsraupen bevorzugte Futterpflanzen einbrachte. Sie setzte einige Kohlpflanzen, weil sie fand, dass sich in dem bunten Farbgemenge die weißen Tupfen des Kohlweißlings gut ausmachen würden, buddelte Heidekraut, einige Weidenbüsche, Schachtelhalm und Wegerich ein und brachte ihre Schmetterlingskollektion mit den Jahren zu einer beachtlichen Vielfalt.

Der direkt daran grenzende Garten der Familie Lewin stand in krassem Gegensatz zur wilden Gurkenlandschaft und war doch fast so etwas wie eine kulturelle Weiterentwicklung der ungeordneten Wildnis in eine überschaubarere Form, die trotz einer gewissen Ordnung nicht in starre, schnurgerade Beete gepresst war.

Dies war Betty Lewins Reich. Die wenigen Stunden, die ihr während des Sommers zur Gartenpflege blieben, mussten in erster Linie dem Gemüse gewidmet werden. Daher war für verzärtelte Fremdlinge des Pflanzenreiches, die milderen Klimaten entstammten und ihr Leben bei uns nur unter ständigem Umsorgtsein zu fristen vermögen, in Bettys Blumengarten kein Platz. Durch eine Zusammenstellung von Pflanzenarten, die sich in ihrer Blütezeit ablösten, schuf sie einen nicht abreißenden Blumenflor. Schneeglöckchen, Primeln und Krokusse eröffneten den bunten Reigen im Frühling, welchen die Christrose im Winter wieder schloss. Mittendrin tummelten sich Schwertlilie, Phlox, Bart- und Federnelke, Akelei, Gänseblümchen, Maiglöckchen und Veilchen. Neben Sommeraster, Fuchsschwanz, Reseda, Strohblume und Zinnie leuchteten Sonnenblumen mit ihren gelben Blütenscheiben. Weithin sichtbar lehnten sie lässig am Staketenzaun und sangen ihr ›Sole mio‹ auf die andere Seite hinüber. Eine Aufforderung zum Tanz, deren große Resonanz sie manchmal erstaunte, wenn bis zu hundert bunter Falter in ihren großen Suppentellern Platz nahmen und genüsslich die Rüssellöffel darin versenkten.

Rittersporn, Stockrose, Cosmea, Kornblume und Lupinen mit ihrem pfeffrigen Duft gehörten genauso wie Tulpen, Dahlien und Rosen in Bettys Reich. Zwei Königreiche, die friedlich nebeneinander existierten und insgesamt sogar eine gewisse Einheit bildeten.

Hilde schämte sich nicht mehr für das wüste Durcheinander in ihrem Vorgarten, seitdem sie wusste, welch bunte Pracht daraus hervorging, doch blieb ihr immer weniger Zeit, sich daran zu erfreuen. Denn zu allem Unglück hatte Erna Gurke noch einen Sohn zur Welt gebracht, bei dessen Heranwachsen alle Attribute der geistigen Umnachtung, in welcher er gezeugt worden war, immer deutlicher sichtbar wurden.

Mit fünf Jahren konnte Joachim noch immer nicht laufen. Seine dünnen Beinchen knickten wie Streichhölzer weg, so als wäre die ihnen aufgebürdete Last zu schwer. Krabbelnd, immer dreckig und beschmiert, bewegte sich der Junge durch das Haus und hatte seinen bevorzugten Aufenthaltsort unter dem Küchentisch. Dort fraß er Krümel und mancherlei anderes Zeug, was auf den Boden gefallen war. Ständig litt er deshalb an Verstopfung und musste, nachdem er einmal die Brille seiner Mutter gefuttert hatte, ins Krankenhaus.

Seine Schwestern hatten weder Zeit noch Lust, sich viel um den kleinen Bruder zu kümmern. Und die Gesellschaft seiner Eltern war nicht besonders ergiebig für seine Entwicklung.

Joachims sprachliche Fähigkeiten waren ein Produkt ihrer stets schweren Zungen und der daraus resultierenden undeutlichen Aussprache, er lallte und wurde von niemandem verstanden.

Trotz aller Schwierigkeiten schaffte es Joachim, heranzuwachsen. Seine Fresslust steigerte sich ins Unermessliche, dabei blieb er dünn wie eine Bohnenstange. Hilde meinte, dass er schlimmer als die Schmetterlingsraupen in ihrem Garten wäre, die ließen wenigstens noch die Stängel übrig, während Joachim die Knochen mit fraß, wenn man nicht aufpasste.

Am Schlimmsten wurde es, als Joachim endlich laufen gelernt hatte und auch in den Ställen herumstöberte. An der Hühnerstalltür musste ein großes Schloss angebracht werden, da sich sonst mit Sicherheit das allabendliche Eier einsammeln erledigt gehabt hätte.

Der Versuch, die Kühe anzuzapfen, schlug fehl, da Joachims seltsam steife Finger vollkommen ungeeignet zum Melken waren und keines der Tiere sich die unangenehme Zwiebelei lange gefallen ließ.

Den Schweinestall mied Joachim, seitdem ihn die Sau gebissen hatte, weil er, in der Annahme, dass es sich um ein Marzipanschweinchen handele, eines ihrer zwei Tage alten Ferkel anzuknabbern versuchte.

Joachims Tagesablauf wurde bestimmt vom Rhythmus seiner Darmtätigkeit, und sein ständig knurrender Magen grunzte den Takt dazu.

Mit zunehmendem Alter begann er, das Dorf zu durchstreifen. Seine Schwestern hatten den Versuch, ihn zu einfachen Arbeiten in der Wirtschaft heranzuziehen, aufgegeben.

Auch die Idee, ihn als Vogelscheuche bei den Kirschbäumen einzusetzen, hatte sich als unbrauchbar erwiesen und endete damit, dass der Junge wieder mal mit Blaulicht ins Krankenhaus eingeliefert werden musste. Dabei hatte er diese Tätigkeit sehr ernst genommen.

Nicht ein Star war auch nur in die Nähe der Kirschenfrüchte gelangt, so viel Krach hatte Joachim, bewaffnet mit zwei alten Topfdeckeln, geschlagen. Selbst seine Stimme hatte er nicht geschont und war vom vielen Bellen, Muhen und Gackern ganz heiser geworden.

Doch hatte er zwischendurch immer noch genug Zeit gefunden, seinen Hunger zu stillen, der sich bei dieser anstrengenden Arbeit stärker als üblich meldete. Pfundweise waren die Kirschen samt Kern in die unergründlichen Tiefen seines Magens gewandert.

Irgendwann hatten sich alle damit abgefunden, dass Joachim für nichts zu gebrauchen war.

Man überließ ihn sozusagen seinem Schicksal und schenkte ihm kaum noch Beachtung. Er konnte frei über seine Zeit verfügen und bummelte in den Tag hinein, wobei ihn seine innere Uhr niemals im Stich ließ. Zu den Mahlzeiten fand Joachim sich stets pünktlich bei seiner Familie ein. So wie an jenem Sonntag, der vollkommen harmlos daher kam und doch alles andere als gewöhnlich für Joachim werden sollte.

An den Sonntagen fielen die Mittagessen immer etwas üppiger als gewöhnlich aus. Obwohl das bisschen Fett der mageren Hühner keine besonders gute Brühe hergab, schaffte es Klara, sie durch Beimengen allerlei ungewöhnlicher Zutaten in eine Delikatesse zu verwandeln.

An jenem Sonntag war das Huhn allerdings besonders zäh, daran hatte auch die bis zum Äußersten ausgedehnte Garzeit nichts ändern können. Eine alte Henne war nur durch Zauberei in ein zartes Hühnchen zu verwandeln. Und zaubern konnte selbst Klara nicht.

Die Gurken hatten Mühe, das Fleisch zu zermalmen und kauten lange darauf herum. Eine Anstrengung, die bei Erna Gurke schon die ersten Spuren hinterließ. Sie schien über ihrem Teller eingeschlafen zu sein und verdünnte den darauf verbliebenen Rest mit einer undefinierbaren Flüssigkeit, die aus ihren Mundwinkeln tropfte. Auch bei den anderen Familienmitgliedern stellten sich allmählich Ermüdungserscheinungen ein. Außer bei Joachim, für dessen durchtrainierte Kaumuskulatur selbst das Zermalmen von Knochen eine der leichtesten Übungen darstellte. Sein ausgeprägtes Gebiss glich dem eines Raubtiers und wies zwei lückenlose Reihen beachtlicher Hauer auf, mit denen er mühelos den Oberarm eines ausgewachsenen Mannes hätte abbeißen können. Diesen Wettbewerbsvorteil nutzte Joachim natürlich für sich.

Arthur knabberte noch an seiner ersten Keule, als Joachim bereits nach dem fünften Stück angelte, wobei er seinen Oberkörper quer über den Tisch legte, um die Fleischplatte, welche in sicherer Entfernung zu seinem Platz stand, zu erreichen.

War es nun Wut über die Verfressenheit seines Jungen oder der Schmerz, den er in eben diesem Moment wie einen Blitzschlag durch seinen Körper zucken fühlte, weil er sich gerade einen Zahn abgebrochen hatte, oder war es die Angst nicht mehr genug abzubekommen? Arthur Gurke schwang laut aufschreiend seine Gabel durch die Luft, mit dem Vorsatz, diese in Joachims Genick zu rammen.

Niemand nahm besonderen Anteil an diesem Vorfall, Arthurs Wutausbrüche fanden mindestens dreimal am Tage statt. Erna, die von dem plötzlichen Lärm zwar erwachte, hatte noch nicht einmal von ihrem Teller aufgesehen. Joachim aber, der meistens das Zielobjekt solcher Wutausbrüche war, reagierte instinktiv, schwang seinen Oberkörper vom Tisch und blieb am Leben. Doch er hatte was abgekriegt. Die linke Hand, mit der er sich beim Rückzug auf die Tischplatte gestützt hatte, war dem hinterhältigen Anschlag seines Vaters zum Opfer gefallen. Nach Kaumuskeln und Gebiss rangierte dieses wichtige Werkzeug für Joachim an dritter Stelle. Er war Linkshänder und konnte mit seinem rechten Flügel nicht einmal popeln, geschweige denn so lebenswichtige Prozeduren, wie sich den Hintern abwischen, bewerkstelligen.

Doch es half nichts, das Instrument war erst mal außer Gefecht gesetzt; durchbohrt direkt im Zentrum des Handrückens und auf die Tischplatte genagelt.

Joachim brüllte, aus den Einstichlöchern spritzte Blut. Erna hatte gerade erst wieder begonnen ihre Suppe zu löffeln, doch beim Anblick der roten Flüssigkeit, die im weißen Sonntagstischtuch versickerte, verging ihr der Appetit. Sie fand Joachims Gebrüll unerträglich.

»Mänsch, Jungchän, nu brill ma' nich'! Det is' ja schlimmer, als wenn de Sau abjestochen wird. 'Ne Täjtanusspritz' haste doch all längst jekricht.«, sagte Erna und verließ die Küche, weil sie kein Blut sehen konnte.

Kurz darauf verließ auch Arthur das Schlachtfeld und überließ es wie immer seinen Töchtern,den Tisch abzuräumen.

Der Gabelkopf steckte bis zum Anschlag in der Hand, die Zinken kamen an der Unterseite der Tischplatte wieder zum Vorschein. Die halbherzigen Bemühungen der Schwestern blieben ohne Erfolg. Zu gewaltig war Arthurs Schlag gewesen und die scheinbare Unverrückbarkeit des Bestecks ein Manifest seiner tierischen Wut. Erst als Hilde und Klara begriffen hatten, dass ohne ihre ernsthafte Hilfe Joachims Hand wahrscheinlich an der Tischplatte anwachsen würde, wurden ihre Bemühungen energischer. Hilde hatte sich einen Hammer besorgt, war unter den Tisch gekrochen und drosch von dort mit aller Kraft auf die heraussstehenden Gabelzinken ein. Unterdessen war Klara auf den Tisch geklettert und zog aus dieser Position am Stiel der Gabel. So gelang es endlich, Joachim zu befreien. Glücklicherweise war kein Knochen getroffen worden.

Bis auf eines verheilten die Einstichlöcher ziemlich schnell. Dieses eine aber, es war das zentralste, hatte es in sich, eiterte lange und hinterließ eine fette Narbe, die den Kreuzigungsmalen des Erlösers glich. Joachim war stigmatisiert.

War der Junge nun plötzlich erleucht? Oder verursachte die Narbe auf seiner Hand eine Art Wetterfühligkeit in ihm? Sicher ist nur, dass Joachim wenige Tage, nachdem die Wunde verheilt war, seine Dorfspaziergänge bis auf den Friedhof,den er sonst gemieden hatte, ausdehnte. Dort verhielt er sich sehr merkwürdig und erregte bald den Zorn der Dorfbewohner, die ihn wegen vermeintlicher Grabschändung vom Acker jagten, was Joachim aber nicht davon abhielt, am nächsten Tag wieder dort zu erscheinen, um mindestens eine Stunde lang ganz bestimmte Gräber zu umkreisen. Er tat dies vollkommen emotionslos. Fast zwanghaft bewegten sich seine Füße, zogen mit Trippelschritten magische Kreise um die Ruhestätte.

Den Kopf gesenkt, die Arme auf dem Rücken verschränkt, zog Joachim täglich seine Bahnen und veranlasste die Leute zu der Meinung, dass er nun vollkommen verrückt geworden sei. Hilde, die zwar keine besondere Sympathie für ihren Bruder hegte, sich aber durch die Beschimpfungen, die er erfuhr, in ihrer Familienehre verletzt fühlte, beschloss, der Sache auf den Grund zu gehen. Von ihrem Schmetterlingsgarten aus konnte sie sehen, wann Joachim den Friedhof betrat. Sie schlich sich bis an die Feldsteinmauer und beobachtete, welches Grab er umkreiste. Manchmal war es tagelang hintereinander dasselbe, bis er sich plötzlich eines anderen annahm.

Sehr schnell stellte Hilde fest, dass es sich nur um ganz bestimmte Gräber handelte. Schließlich begann sie ihre Beobachtungen in einem

Heft zu notieren. Nach wochenlangem Recherchieren fand sie die Lösung.

Joachim folgte an jenem Tag seiner Passion mit eher untypischen Bewegungen. Aufgeregt zog er seine Bahnen und hielt sich dabei die Ohren zu. Dann wieder zuckte er plötzlich zusammen und bedeckte seinen Kopf mit den Händen. Dieses Verhalten kannte Hilde genau, sie hatte oft darüber gelacht, wenn Joachim sich bei Gewitter derartig benahm.

Als sich drei Tage später ein heftiges Gewitter entlud, begann sie zu verstehen und katalogisierte die von Joachim umkreiste Ruhestätte unter Gewittergrab.

Es war ganz klar, Joachim prophezeite das Wetter, und zwar drei Tage im Voraus! Obwohl Joachim weder lesen noch schreiben konnte, hatten seine Wetterbotschaften immer einen Bezug zu Name oder Charakter der Person, die das Grab belegte. So war das Gewittergrab die Domäne eines Friedrich Donner. Regen sagte Friederike Ranunkel voraus, eine olle Hexe, die Joachim zu Lebzeiten einen Eimer Wasser über den Kopf geschüttet hatte, weil er sich einen Apfel nahm, der von ihrem Baum über den Gartenzaun gefallen war. Trude Sommerlatte hingegen, war zuständig für trockenes Sommerwetter, und Elke Dürre kündigte Frost an. Mehrere Monate notierte Hilde ihre Beobachtungen und komplettierte den Katalog.

Sie stellte fest, dass Joachims Wettervorhersagen immer eintrafen. Die Trefferquote lag bei hundert Prozent. Hilde dachte nun darüber nach, wie sie ihr Wissen am besten verbreiten könnte und kam auf die Idee, ein Plakat an die Litfaßsäule, die sich im Zentrum des Dorfes befand, zu kleben. Auf einem großen Bogen Packpapier malte sie in schönster Sonntagsschrift ihre Wetterregeln auf, die sie der leichteren Merkfähigkeit wegen sogar in Versform brachte.

Hört, ihr Leute, lasst euch sagen,
geht Joachim nicht an'n Kragen,
wenn er auf dem Friedhof rennt,
denn der Jung' das Wetter kennt,
welches in drei Tagen kommt,
wie's Amen in der Kirch, so prompt!
Ich bring Licht in euer Dunkel:
Regen macht die Frau Ranunkel,
Friedrich Donner macht Gewitter
und für Frost, mit viel Gezitter,
steigt Frau Dürre aus der Grube.
Schneien tut es, wenn der Bube
um den Heinrich Weißrock rennt.
Wer Frau Sommerlatte kennt,
weiß, sie lässt die Sonne lachen,
wunderbar um Heu zu machen.
Dieses schrieb euch nicht ein Schurke,
sondern nur die Hilde Gurke!

Natürlich sorgte Hildes Bekanntmachung anfangs für viel Wirbel im Dorf. Als die Bauern aber ihre Regeln nachgeprüft hatten, wurde Joachim ein gern gesehener Gast auf dem Friedhof. Seine Voraussagen waren besonders in der Erntezeit von unschätzbarem Wert.

Da Joachims Verfressenheit allgemein bekannt war, hatten die Bauern, um ihren Propheten so recht bei Laune zu halten, ein Tischchen auf den Friedhof gestellt, auf dem für ihn täglich die leckersten Gaben ausgelegt wurden.

Joachim, anfangs etwas misstrauisch, gewöhnte sich schnell an die veränderte Situation, schlemmte in seinem neuen Reichtum und nahm sogar etwas zu.

Das ging so mehrere Jahre lang, bis zu jenem Sommer, in dem bei den Lewins Doppelkopp geboren wurde. In jenem Jahr hatte es einen Frühling gegeben wie lange nicht mehr. Die Frucht auf den Feldern gedieh prächtig, und das Gras auf den Weiden wuchs so schnell, dass die Kühe ordentlich fett und drall wurden. Joachim fand seinen Gabentisch noch reichlicher als üblich gedeckt und machte es den Kühen nach.

Doch ab Mitte Juni begann sich eine Katastrophe anzubahnen. Es fiel kein Tropfen Regen mehr, und das blieb so bis weit in den August hinein. Joachim hatte sich an Trude Sommerlatte festgebissen.

Die erste Heumahd war auch ganz prachtvoll ausgefallen, doch konnte keine zweite eingebracht werden, weil das Gras bei der Trockenheit nicht mehr nachwuchs. Die Kühe auf den Weiden brüllten und brachen immer häufiger aus, um ihren Hunger auf den benachbarten Rüben- oder Getreideschlägen zu stillen. Mit der Milchleistung ging's bergab, sodass die Bauern ihr Soll kaum noch erfüllen konnten.

Joachims Gabentisch blieb leer. Die Stimmung wurde immer gedrückter. Da kamen Habersack und Kielschwein, zwei etwas beschränkte Bauern mit krimineller Energie, zu der Auffassung, dass Joachim Schuld an der Misere hätte. Schließlich bräuchte er doch nichts anderes zu tun, als mal wieder um Friederike Ranunkel rumzumarschieren, statt sich Tag für Tag bei Trude Sommerlatte rumzutreiben.

Joachim, der vom einfachen Propheten plötzlich in den Rang eines Herrgotts gestiegen war, konnte mit dieser Position nichts anfangen und drehte seine Runden auch weiterhin um Frau Sommerlatte. Habersack und Kielschwein legten ihm das als Bosheit aus und beschlossen, ihn irgendwie zum Regenmachen zu bringen, wenn nötig mit Gewalt.

Es ist Sonnabend, die Sonne rollt lustig über die Himmelsbahn. Nichts steht ihr im Weg, nicht ein Wölkchen. Die Dorfteiche sind fast leer geschlürft, in den erbärmlichen Pfützen ringen Karauschen und Plötzen nach Atem.

Die Bäume, allesamt schlaff und grau gepudert, lassen die Zweige hängen und beginnen ihre Blätter wie überflüssige Fresser zu entsorgen.

Ins Freie geht nur, wem nichts anderes übrig bleibt, ungepflasterte Nebenpfade, auf denen man bei Schritt und Tritt graue Staubschwaden aufwirbelte, meidend.

Joachim geht seiner täglichen Beschäftigung nach, nimmt ein Sonnenbad bei Trude Sommerlatte. Die Kirchenglocke bimmelt und erinnert an den Gottesdienst, der am Sonntag abgehalten werden soll. Pastor Lewerenz will die kirchenscheuen Bauern mit einem Bittgottesdienst in seine Kirche locken. Er sieht die lange Trockenperiode als Strafe für die immer spärlicher besuchten Gottesdienste. Es kränkte ihn zutiefst, dass sein Haus nur noch zu Beerdigungen, Hochzeiten und Kindstaufen gut gefüllt war. Ansonsten predigte er für ein paar alte Weiber, von deren Gesang er Kopfschmerzen bekam, weil der Klang ihrer Stimmen stark an das Quietschen einer Katze, der man auf den Schwanz getreten hatte, erinnerte. Nachts plagten ihn Alpträume.

Trotz des späten Nachmittags sticht die Sonne, als würde sie im Zenit stehen. Joachim dreht unerschütterlich seine Runden und achtet nicht auf das Knarren der Friedhofspforte, auch nicht auf die knirschenden Schritte, die sich ihm nähern. Er hält den Kopf weit nach unten gesenkt, bei jedem Schritt leicht nickend, wie ein alter, müder Arbeitsgaul.

Plötzlich stellt sich ihm ein Hindernis in die Bahn. Joachim bleibt stehen und hebt den Kopf. Er sieht in Kielschweins grinsende Visage, daneben der Eierkopp von Habersack.

»Na, mein kleiner Petrus«, sagt Kielschwein, »wolln wir beide nich' mal die olle Ranunkel besuchen geh'n?«

Joachim schüttelt den Kopf. Aber ganz so schnell gibt Kielschwein nicht auf.

»Na, komm schon. Kuck mal, Onkel Kielschwein hat dir auch was mitgebracht.«

Kielschwein greift in die Tasche seines speckigen Arbeitskittels, zieht ein Päckchen heraus und hält es Joachim unter die Nase.

»Na, da schnupperst du«, sagt Kielschwein, »nu rate mal, was das ist?« Er entfernt das fettige Butterbrotpapier und packt ein appetitliches Schweinekotelett aus.

Joachim greift zu, doch seine Hand fasst ins Leere. Kielschwein hat rechtzeitig zurückgezogen.

»Erst drehst du 'n paar Runden um die olle Ranunkel. Dann kriegst du zur Belohnung dein Happa-Happa.«

Aber Joachim bleibt stur, und das will schon was heißen, bei dem Angebot.

Kielschweins Grinsen ist verschwunden.

»Du bescheuerter Idiot, du«, sagt er, »glaub bloß nich', dass ich mich veräppeln lass!«

Er stößt Habersack an und macht eine Kopfbewegung. Habersack hat verstanden und sieht nach, ob auf dem Friedhof die Luft rein ist.

»Alles paletti!«, sagt er.

Kielschwein krempelt sich die Ärmel auf, gibt einen kurzen und knappen Befehl: »Also dann, Plan B.«

Habersack nickt und zieht Joachim blitzschnell einen Kartoffelsack über den Kopf.

Joachim ist so überrascht, dass er sich anfangs gar nicht zur Wehr setzt. Dann ist er auch schon eingeschnürt. Er beginnt zu schreien und hört, wie Kielschwein ruft: »Zieh ihm eins über!«

Dann verliert Joachim das Bewusstsein. Habersack und Kielschwein haben zugeschlagen! Da nutzt es auch nichts, dass Trude Sommerlatte ihre zu Lebzeiten gefürchtetsten Flüche herausschleudert und sich in ihrer Grube wälzt, dass der alte Grabstein ordentlich ins Kippeln gerät. Zwar pinkelt sich Kielschwein vor Angst in die Hose, lässt aber von seiner Beute nicht ab und wirft sie in eine Schiebkarre, die Habersack bereithält. Dann verschwinden sie im Laufschritt auf holperigen Pfaden, eingehüllt in eine dicke Staubwolke.

Joachim wird in Kielschweins Scheune für ein paar Stunden zwischengelagert.

Als es dunkel ist, bringen die beiden Übeltäter ihre Beute wieder auf den Friedhof. Sie führen den Propheten wie eine Marionette um Friederike Ranunkels Grab. Habersack meint, dass die Prozedur noch wirkungsvoller ist, wenn er sie singend unterstützt und beginnt mit fast kindlicher Vorfreude zu intonieren: »Es regnet, es regnet, die Erde wird nass...«

Danach binden die Halunken Joachim mit dem Rücken an das Grabkreuz und verschwinden. Nach den langen Stunden, die er in dem stickigen Sack verbracht hat, empfindet Joachim die Nachtluft als sehr angenehm. Nur frei durchatmen kann er noch immer nicht. Seine Nase ist voller Staub und Spreu, im Mund steckt ein dreckiger, zusammengeknüllter Lappen. Trotzdem schläft Joachim vor Erschöpfung ein.

Als er gegen drei Uhr erwacht, plagen ihn Hunger, Durst und seine unbequeme Stellung so sehr, dass er beginnt, an den Festen des Marterpfahles zu rütteln.

Die üppige Ernährung der letzten Jahre macht sich jetzt bemerkbar.

Es gelingt ihm, die Fesseln ein wenig zu lockern und den Spielraum zu vergrößern. Unermüdlich, mit gleichmäßigen Bewegungen, schiebt er seinen Oberkörper vor und zurück. Die beharrlichen Schwingungen bringen das alte verrostete Grabkreuz langsam ins Wanken.

Nach zwei Stunden bricht es endlich ab. Joachim, den die Schaukelei stark ermüdet hat, ist gerade dabei, wieder einzuschlafen, als ihn das mehrere Zentner schwere Teil in den Sand drückt. Mühsam rappelt er sich auf, nicht mehr ans Kreuz gefesselt, dafür aber das Kreuz an ihn. Vollkommen orientierungslos, da er seinen Kopf nicht aufrichten kann, schleppt Joachim sich und das Kreuz vom Friedhof und taumelt auf das nächstbeste Anwesen zu.

Dazwischen befinden sich aber noch einige Hindernisse.

Joachim ist ein Riese, der durch einen Zwergenwald trampelt und eine Schneise der Verwüstung hinterlässt. Straßenlaternen knicken wie Strohhalme unter den wuchtigen Stößen des Eisenkreuzes. Das Vorfahrt-auf-der-Hauptstraße-beachten-Schild verliert von dem heftigen Aufprall den Kopf und zerbricht unter Joachims vernichtenden Schritten. Keine Frage, wer hier die Vorfahrt hat.

Die Milchbank, auf der die Bauern ihre Milchkannen für den Transport zur Molkerei bereitgestellt haben, fällt ohne großen Widerstand in sich zusammen. Die Kannen kullern scheppernd auf die Dorfstraße und entleeren sich glucksend, zur Freude der Katzen.

Nur die alten Dorflinden, welche den Straßenrand säumen, geben nicht nach und überschütten Joachim mit trockenen Blättern.

Die Last droht Joachim immer mehr zu erdrücken und schiebt ihn durch eine geschlossene Gartenpforte, die er nicht einmal zu öffnen braucht. Schlingernd bewegt er sich auf die Haustür zu, wird aber im letzten Moment zur Seite gerissen und kippt seitlich, im Zeitlupentempo, auf eines der Fenster zu. Ein mächtiges Klirren ertönt und Joachims freier Fall wird gestoppt.

Der Querbalken des Kreuzes hat eine Scheibe zerschlagen und sich im Fensterkreuz verhakt. Nach einer langen Weile öffnet sich die Haustür, und ein kleiner, schmierbäuchiger Mann in langem Nachthemd und Filzlatschen kuckt um die Ecke.

Piek Ass, nicht gewohnt durch äußere Einflüsse aus dem Schlaf gerissen zu werden, ist sich nicht ganz sicher, ob das, was er sieht, der Realität entspricht. Vorsichtshalber fällt er auf die Knie und faltet die Hände.

Joachim, der vollkommen erschöpft noch immer in Schräglage hängt, glotzt verblüfft auf den Alten, da er eigentlich mit einem Wutausbruch gerechnet hat und überhaupt nicht begreift, was der sagt.

»Gelobet sei, der da kommt, ein König, in dem Namen des Herrn! Frieden sei im Himmel und Ehre in der Höhe«, ruft Piek Ass und senkt demütig das Haupt. Er ist froh, einige besonders imposante Stellen aus der Bibel auswendig gelernt zu haben und sagt sicherheitshalber auch gleich das Vaterunser auf.

Erwartungsvoll blickt Piek Ass auf den Gekreuzigten, doch der Lichtschein am Horizont kündigt nur den Sonnenaufgang an.

Piek Ass beginnt an seinem Glauben zu zweifeln. Er erhebt sich und geht näher heran.

Herrje, was für eine herbe Enttäuschung!

»Joachim Gurke? Bist du das?«

Piek ist kurzsichtig und hat in der Aufregung vergessen seine Brille aufzusetzen.

Joachim gibt ein paar undeutliche Laute von sich. Piek erkennt die Stimme.

»Nun sag einmal, bist du denn von allen guten Geistern verlassen?!«

Piek bemüht sich immer ein einwandfreies Hochdeutsch zu sprechen, das klingt vornehm und kommt bei den Damen gut an.

»Mir derartig zu erschrecken! Kannst du deinen Maskenball nicht woanders spielen? Und überhaupt, wo hast du denn das Kreuz her? Na ja, antworten kannst du mich ja doch nicht. Onkel Piek schneidet dich jetzt lose, und dann gehst du schnell nach Hause, verstanden?«

Er holt ein großes Küchenmesser und befreit den Jungen, der sofort auf Schleichwegen nach Hause rennt.

Auf der Dorfstraße hat sich inzwischen eine große Menschenmenge zusammengefunden, die lärmend und tobend das Chaos zu beseitigen versucht. Niemand hat gesehen, wie es dazu gekommen ist. Die wildesten Spekulationen werden geäußert. Schließlich einigt man sich darauf, dass dies nur ein wild gewordener Elefant, der aus irgendeinem Zirkus abgehauen war, fertig gebracht haben könne.

*

Durch das gewaltsame Aufwecken war Piek Ass empfindlich in seinem Bio-Rhythmus gestört worden. Er fühlte sich unwohl und schlurfte, den dicken Schmierbauch reibend, in seinem Kämmerchen auf und ab. In seinen Eingeweiden wütete ein hungriger Tiger, der einen sich immer weiter aufblähenden Luftballon jagte.

Piek Ass litt unter einem sehr seltenen Phänomen mit dem wissenschaftlichen Namen

›Zwanghaft-Neurotisches Bläherweckungssyndrom‹. Er selbst nannte es seinen inneren Wecker, redete aber mit niemandem darüber, da er diese Sache als recht peinliche Angelegenheit empfand, von der auf keinen Fall jemand etwas wissen durfte. Nur deshalb hatte er niemals geheiratet, was ihn sehr betrübte. Doch fürchtete er um die Dauerhaftigkeit der Liebe, wenn diese an jedem Morgen gegen sechs Uhr mit einem Knall erschreckt würde, dessen Lärmpegel vergleichbar war mit dem einer Feuerwerksrakete, deren bunte Lichteffekte sich mittels heftiger Detonationen am Himmel verstreuten.

Und wenn diese Detonation nicht einem Feuerwerkskörper, sondern dem Hinterteil des Bettgenossen entfuhr, und zwar zusammen mit einer ordentlichen Portion nach verfaulten Eiern stinkenden Gasen, war es nur eine Frage der Zeit, wann die geliebte Frau entnervt ihre Koffer packen würde.

Wahrscheinlich hatte sein Organismus diese Eigenart angenommen, weil ihm ein ebenso mächtiger Furz, wie der, welcher ihm Morgen für Morgen entfuhr, auf die Welt geholfen hatte. Dieser war quasi der Startschuss ins Leben für ihn gewesen und hatte sich als solcher wie ein lebensnotwendiger, biochemischer Vorgang in ihm festgesetzt, um jeden Tag so zu beginnen. Seine Mutter hatte sich vor nunmehr siebenundsechzig Jahren sechsunddreißig Stunden lang damit gequält, ihn auf die Welt zu bringen. Er befand sich in einer komplizierten Querlage, aus der ihn auch die erfahrene Hebamme nicht herauszubringen vermochte.

Unzählige Male hatte sie ihn in die richtige Stellung gedreht, doch er war, kaum dass sie losgelassen hatte, wieder in die Ausgangsposition zurück geschwuppst, wie ein Stehaufmännchen.

Um die Patientin bei Kräften zu halten, flößte man ihr einen Teller Kohlsuppe ein, das ostpreußische Allheilmittel, dessen ungeheurer Wirkungskraft kein Übel widerstehen konnte. Ein Argument, vor dem sich auch die Hebamme nicht verschließen konnte, da sie nicht wusste, dass in dieser Kohlsuppe Kümmel fehlte, der mangels Geldes nicht im Hause war.

Die Ahnungslosigkeit der Hebamme war vom Schicksal vorherbestimmt, denn die fürchterlichen Blähungen, welche Pieks Mutter nach dem Genuss der Kohlsuppe befielen, entluden sich in einem gewaltigen Furz, der ihn sozusagen explosionsartig auf die Welt schleuderte.

Dieses morgendliche Ritual hatte Joachim mit seinem Fenstersturz verhindert. Die Folgen waren nicht abzusehen, Piek fürchtete sich ein wenig.

Dann fiel ihm ein, dass es Sonntag war, und er beschloss, sich seinen Lieblingstag nicht länger mit düsteren Grübeleien zu verderben.

Sonntag ist Besuchstag bei Minna Zott!

Piek Ass kocht sich einen Kümmeltee und beginnt seine Morgentoilette. Der riesige Waschzuber ist ein Mehrzweckmöbel, der, mit einer runden Platte abgedeckt, tagsüber als Tisch dient.

Piek ist ein sehr praktischer Mensch und hat gelernt, jeden Kubikzentimeter seines fünfzehn Quadratmeter großen Zimmers, das Schlafzimmer, Wohnzimmer und Küche in einem ist, zu nutzen.

Piek Ass war kein Bauer. Er hatte einige Jahre in der Maschinen-Traktoren-Station als Hausmeister gearbeitet und war mit fünfundsechzig Jahren in Rente gegangen. Er wohnte zur Miete bei einem Bauern und hatte trotz der Beengtheit noch keine größere Wohnung bekommen können, da Junggesellen ganz unten auf der Warteliste standen.

Von der Pumpe, die auf dem Hof steht, schleppt er einige Eimer Wasser heran und füllt damit den Waschzuber, der ihm sonntags als Badewanne dient. Ein riesiger Tauchsieder bringt das Wasser schnell zum Dampfen.

Piek liebt es schön heiß, richtig weh musste es tun und die Haut tomatenrot anlaufen lassen. Die Tür hat er sicherheitshalber wieder abgeschlossen, man konnte nie wissen, was der Bäuerin, die von einer erschreckenden Mannstollheit umgetrieben wurde, so alles in den Sinn kam. Ausgerechnet deren Ehemann war im Krieg das Körperteil weggeschossen worden, welches sie am höchsten geschätzt hatte.

Trotz dieses Handikaps gebar die Tolle Elvira, wie man sie im Dorf nannte, in schöner Regelmäßigkeit alle zwei Jahre ein Kind. Inzwischen hatte sie die stattliche Anzahl von neun Nachkömmlingen in die Welt gesetzt, von denen die ältesten schon tüchtige Helfer in der Wirtschaft waren. Was ihr wiederum die Zeit verschaffte für weiteren

Nachschub zu sorgen. Dieser, wegen seiner ständigen Präsenz höchst unerfreuliche Sexualtrieb, den Elvira manchmal selbst als sehr lästig empfand, war seltsamerweise erst in ihr erwacht, nachdem ihr Ehemann, sozusagen entmannt, aus dem Krieg heimgekehrt war. Und so unterschied sie sich in nichts von anderen Menschen, die meist das am stärksten begehren, was ihnen verwehrt scheint. Nur hatte Elvira das Pech, dass es sich bei ihrem Begehren um einen Schwanz handelte und die Leute dies als unanständig betrachteten. Niemand störte sich beispielsweise auch nur im Geringsten daran, dass Johanna Fleck, in der irrigen Annahme, ein Nachkomme Rumpelstilzchens zu sein, in den Nächten Stroh spann, weil sie rein verrückt nach Gold war.

Piek Ass war egal, was Johanna Fleck nachts trieb, so lange sie ihn nicht für Rumpelstilzchen hielt. Ihm war auch egal, mit wem und wo sich Elvira herumtrieb. Nur in seiner Badewanne hatte sie nichts zu suchen, das war mal sicher. Er hatte keine Lust als Wasserleiche zu enden, was zu befürchten stand, da ihr Mann mit den Jahren immer rasender in seiner Eifersucht wurde.

Nach einer Stunde hat Piek das Gefühl, gar zu sein und steigt aus der Wanne. Er rubbelt sich trocken, holt frische Wäsche aus dem Kleiderschrank und weicht die alte Kleidung im Badewasser ein. Dann begibt er sich mit feierlicher Miene zu einer buntbemalten Holztruhe, die unter dem Fenster steht und öffnet das Vorhängeschloss. Dies ist der Moment, auf den er sich die ganze Woche freut. Er entnimmt der Truhe einen Zehn-Liter-Glasballon und füllt daraus etwas Flüssigkeit in ein kleines Schälchen ab. Andächtig benetzt Piek seine Finger und betupft Hals und Schläfen damit. Dann zieht er sich an und gibt noch einige Spritzer auf sein Sonntagshemd. Seine Nasenflügel vibrieren und unterstützen fächernd die genüsslichen Schnupperbewegungen der weit aufgeblähten Nasenlöcher.

Es ist Rosenwasser, das Piek jeden Sonntag in einen fast rauschhaften Zustand versetzt. Der Glasballon mit dem Rosenwasser war die einzige Habe, die Piek Ass auf einem Handwagen mit sich führte, als es ihn, auf der Flucht aus seiner ostpreußischen Heimat, in das Dorf verschlug.

Er hatte dort einen kleinen Frisörladen besessen und kannte sich auch mit den feinen Düften aus. Piek liebte es frisch und sauber zu sein und gut zu duften, das gab ihm ein ganz besonderes Wohlgefühl. Außerdem konnte er so noch intensiver die Gerüche anderer Menschen wahrnehmen, ein Bedürfnis, das sich im Verhältnis zu den Jahren der Einsamkeit steigerte.

Piek war verrückt nach den Körpergerüchen anderer Menschen, wobei er die der Frauen bevorzugte, von welchen es ihm die unreinen, um nicht zu sagen übel riechenden, ganz besonders angetan hatten. Er schämte sich dafür, unternahm aber keinerlei Anstrengungen, sich von diesem ekligen Laster zu befreien.

Minna Zott stand in Pieks Hitliste ganz oben. Diese Frau, ungefähr in seinem Alter, war eine Brutstätte des schlechten Geruchs und konnte ohne Übertreibung als Treibhaus dieser Pflanze gelten, die auf den fossilen Resten der Alten vorzügliche Wachstumsbedingungen vorfand.

Sie war schlichtweg die Inkarnation des Gestanks und übte auf Piek Ass eine unwiderstehliche Anziehungskraft aus. Piek ist ausgehfertig und krönt zum Abschluss sein Haupt mit einem wagenradgroßen Strohhut, um die empfindliche Kopfhaut vor der vernichtenden Sonneneinstrahlung zu schützen. Trotz täglicher Einreibungen mit Birkenhaarwasser ist sein Haar nur noch sporadisch vorhanden, was ihn als ehemaligen Frisör ganz besonders betrübt. Gegen halb neun verlässt er das Haus und macht sich auf den kurzen Weg zu Minna, ans andere Ende der Dorfstraße. Minna Zott wartet bereits ungeduldig in ihrem Bett sitzend auf Piek Ass. Seit zehn Jahren hat sie es nicht mehr verlassen, außer um ihre Notdurft zu verrichten. Für diesen Anlass steht direkt neben ihrem Bett ein Stuhl, von dem die Polsterung der Sitzfläche entfernt worden ist. Das prachtvolle, alte Möbelstück verdankt die Degradierung zum Klo seiner außerordentlichen Stabilität. Der hohe gedrechselte Rahmen der Rückenlehne hat eine bequeme Polsterung und ist mit rotem Samt bespannt. Am Ende der Lehne befindet sich eine rechteckige Verzierung mit wunderschönen Intarsien, die Veilchen und Rosen darstellen.

Minna Zott sitzt wahrhaftig auf dem Thron, wenn sie ihr Geschäft verrichtet.

Sehr praktisch sind auch die Armlehnen, die Minnas Würgegriff zu spüren bekommen, wenn sie ihren meist steinharten Mist herauspresst und durch die offene Sitzfläche in einen darunter stehenden Eimer plumpsen lässt.

An diesem Sonntagmorgen ist das Geschäft bereits abgewickelt. Lotte, ihre Nichte, mit welcher sie gemeinsam die kleine Wohnung behaust, kommt gerade mit dem Eimer, den sie im gegenüber liegenden Feuerwehrlöschteich entleert hat, zur Tür herein. Sie bedient die Alte, seitdem sich diese vor zehn Jahren ins Bett gelegt hat und nicht wieder aufgestanden ist. Obwohl Minna organisch vollkommen gesund ist, macht sie keine Anstalten, diesen Zustand jemals wieder zu ändern. Sie hat Gefallen daran gefunden, sich um nichts mehr kümmern zu müssen und alles auf ihre Nichte abwälzen zu können.

Lotte fürchtet sich vor ihr. Schon der Klang ihrer Stimme, die sehr laut und rau wie das Bellen eines großen Hundes ist, bringt ihren Puls zum Rasen. Immer hat die Alte einen Frosch im Hals, der ihr beim Bellen meistens in den Mund rutscht und von dort auf die Bettdecke flutscht.

»Mach dat weg!«, schnarrt sie Lotte dann an. »Wer war dat? Warst du dat? Pfui Deuwel, du hälst mir nich' sauber!«

Die Fenster werden selbst im Sommer nur selten geöffnet, da Minna die Zugluft an ihren Ohren fürchtet. Tagsüber trägt sie ein wollenes Kopftuch, das unter dem breiten Bullbeißerkinn verknotet ist, was ihr das Aussehen eines Wolfes verleiht, der sich, um Rotkäppchen zu täuschen, als Großmutter verkleidet hat.

Im Hausflur knarren die Treppenstufen. Minna klopft die Bettdecke zurecht und setzt sich in Positur. Sie hat genügend Zeit gehabt, um zu lernen, wer welche Geräusche auf der Treppe erzeugt und weiß, dass diese nur von Piek Ass stammen können. Sie waren besonders ausgedehnt und schwangen sich auf bis in die höchsten Gefilde der Tonleiter, deren Noten Piek als dicker Bassschlüssel vor sich herschob.

Piek, dem wirklich jedes Mal, wenn er die steile Treppe emporkletterte, eine bestimmte Melodie durch den Kopf ging - er konnte sich auch keinen Reim darauf machen, warum es gerade ›Oh Tannenbaum‹ war - zog diese letzten Meter vor dem Ziel immer ganz besonders in die Länge. Er legte den Kopf in den Nacken, blähte die Nasenflügel und versuchte, den von ihm so geliebten Duft aus dem penetranten Geruch nach Katzenpisse, der im Flur vorherrschte, herauszufiltern. Wenn er darüber nachdachte, war es eigentlich diese Vorfreude, die das Schönste an dem Besuch war. Dieser Kitzel, ganz unmittelbar vor der Erfüllung des Wunsches zu stehen, war das Größte, der Erhalt eines Geschenkes, das man noch nicht aus dem schönen, bunten Einwickelpapier ausgepackt hat.

Vor der Tür lauern sieben Katzen auf eine Gelegenheit, ins Zimmer zu stürzen und lassen sich eher auf den Kopf treten, als freiwillig den Platz zu räumen. Manchmal dürfen sie in Minnas Bett, um deren kalte, steife Knochen zu wärmen. Am Sonntagvormittag aber ist dieser Platz für Piek reserviert.

Um sich ein würdevolles Eintreten zu sichern, hat er ein Tütchen mit Wurstresten mitgebracht, die er der Meute etwas abseits der Tür hinschüttet.

Die Reste sammelt Piek gewissenhaft die ganze Woche zusammen, da er um keinen Preis ähnliche Pleiten wie in den Anfängen seiner Besuche bei Minna Zott erleben will. Damals war die Meute fast regelmäßig mit ihm zusammen ins Zimmer gestürzt, obwohl er die Tür nur spaltbreit öffnete, sodass er gerade hindurchpasste. Er fand es pietätlos, sich so Eintritt verschaffen zu müssen und hatte sich überdies jedes Mal über den zerknitterten Zustand seiner guten Sonntagsjoppe geärgert.

Die Katzenviecher sind beschäftigt. Piek klopft an die Tür, öffnet sie langsam und weit, bevor er eintritt. Die Zimmerluft lodert ihm entgegen wie die beißenden Flammen einer Feuersbrunst. Es wirft ihn fast zu Boden. Seine Lungen müssen sich erst an das ungesunde Gasgemisch gewöhnen und ihre Funktion auf Überlebenskampf umstellen. Piek ist daran gewöhnt, atmet auf Sparflamme und bewegt sich nur ganz langsam vorwärts, wie ein aus den Tiefen des Meeres kommender Taucher. Die Taucherkrankheit kann den Tod verursachen.

Der Vorgang dauert nur wenige Sekunden, dann ist die Bereitschaft zur gefahrlosen Aufnahme seines Lieblingsgeruches hergestellt.

»Guten Morgen, meine liebe Minna«, trällert er und lüftet sein Haupt, indem er den Strohhut mit schwungvoller Geste entfernt.

Lotte kommt diensteifrig angelaufen und nimmt den Hut in Verwahrung.

»Vielen Dank, liebes Kind. Sie sehen heute wieder ganz besonders hübsch aus!«

Lotte wird rot und macht vor Verlegenheit einen tiefen Knicks, wie eine Hofdame, welche sich geadelt fühlt, weil sie von seiner Majestät komplimentiert wurde.

Dann marschiert Piek zum Bett, macht eine Verbeugung, ergreift Minnas Pranke und presst einen feuchten Schmatzer drauf.

»Meine liebe Minna, Sie werden wahrhaftig mit jedem Sonntag schöner! Wie das blühende Leben sehen Sie aus!«

Minna, die diese Schmeichelei jeden Sonntag von Piek zu hören bekommt, ist sehr argwöhnisch und wittert hinter allem nur Schlechtes. Um seine Aussage zu überprüfen, hat sie seit kurzem einen kleinen Spiegel auf dem Nachtschrank zu liegen. Den nimmt sie jetzt zur Hand und schaut sich in die wässrigen, grauen Augen, unter deren raubvogelartig stechendem Blick ihr kalte Schauer den Rücken herunterlaufen. Die lange, spitze Nase hätte bei Bedarf wahrscheinlich töten können, und der Mund, welcher erstaunlicher Weise nicht schmallippig, sondern groß und sozusagen vollbereift ist, verrät eine maßlose Gier nach leiblichen Genüssen. Dieser Eindruck wird durch die sehr großen und kräftigen, dunkelbeige schimmernden Zähne noch verstärkt. Der riesige Kopf scheint direkt aus dem massigen Körper zu wachsen, jedenfalls ist nicht einmal die Spur eines Halsansatzes zu erkennen.

Eine physische Besonderheit stellt ihre Fähigkeit, den Kopf um hundertachtzig Grad drehen zu können, dar, was auf verwandtschaftliche Bande mit der Spezies der Eule schließen lässt, eher aber eine Folge ihrer jahrelangen Trägheit ist, die darin gipfelt, den Körper möglichst zu schonen und nur den Kopf in die gewünschte Richtung zu drehen.

Ihre gelbliche Gesichtshaut hängt schlaff von den Backenknochen und vibriert bei jeder Bewegung wie die Lefzen einer Dogge.

Minna legt den Spiegel auf den Nachtschrank zurück. Sie ist zufrieden mit dem Ergebnis der Betrachtungen, nickt beeindruckt und findet, dass Piek Ass die Wahrheit gesagt hat.

Piek ist auch zufrieden. Als Pragmatiker ist er davon überzeugt, dass der Zweck die Mittel heiligt. Und das Ziel seiner ultraverlogenen Schmeichelei hat er schließlich erreicht; Minna ist in blendender Stimmung. Sie wälzt sich auf die linke Betthälfte, schlägt das Zudeck zur Seite und klopft mit der rechten Hand auf die freie Fläche.

»Mein rechter, rechter Platz ist leer, ich wünsche mir Piek Ass schnell her«, sagt sie und bringt es wahrhaftig fertig, mit dem linken Auge zu zwinkern.

In diesem Moment ist Minna tatsächlich etwas weniger hässlich. Sie hat sich sozusagen von dem als Großmutter verkleideten Wolf in die Großmutter verwandelt. Selbst ihre Stimme ist etwas weniger rau und lässt den Fröschen keine Chance heraus zu hopsen.

Lotte, die dem Treiben fasziniert zuschaut, ist immer wieder aufs Neue über die Verwandlung ihrer Tante erstaunt und fragt sich, ob sie wohl mit ein paar Komplimenten die gleiche Wirkung bei ihr erzielen könnte, um sich so das Leben wenigstens ein bisschen zu erleichtern. Sie nimmt sich vor, es auf jeden Fall einmal zu versuchen.

Lotte ist zu dem Schluss gekommen, dass sich der Mensch, wider besseren Wissens, leicht von anderen vom Gegenteil dessen, was er glaubt, überzeugen lässt, wenn er es nur oft genug gesagt bekommt. Was bedeutet, dass der Mensch niemandem weniger traut als sich selbst.

Von derart philosophischen Gedanken ist Minna Zott weit entfernt, als sie Pik Ass dabei beobachtet, wie er sich seiner Sonntagshose entledigt.

Diese Prozedur ist eins jener Spielchen, die Piek gern endlos in die Länge zieht. Er genießt es, Minna in eine sich von Sekunde zu Sekunde steigernde Ungeduld zu versetzen, die er, ohne sie dabei anzusehen, fast körperlich spürt. Er hört das Knistern der Bettdecke, die sie in ihren Fäusten zerdrückt, die Bewegung ihrer Füße, wenn sie die Knie anzieht, um die Bettdecke zum hundertsten Male zurechtzurücken und schließlich diesen seltsamen, hohen Ton, der ganz leise aus ihrem Kehlkopf dringt und wohl nur deshalb zu vernehmen ist, weil ihr Unterkiefer vor Anspannung heruntergeklappt ist. Vielleicht war dieser Urlaut eine Art fragmentarisches Überbleibsel aus jener Zeit, als die Sirenen auf den Weltmeeren Männer in den Wahnsinn trieben. Für Piek ist es das Signal, langsam zum Ende seiner Stripteaseshow, die niemals mehr als das Entledigen von Hose und Joppe beinhaltet, zu kommen. Er will den Bogen nicht überspannen und auf keinen Fall einen Herzkasper bei seiner Freundin riskieren.

Piek, der sich einbildete, unwiderstehlich zu sein, hatte sich in die wahnwitzige Idee verstiegen, Minna mit seiner Show sexuell zu erregen. Er sah Minna, die er bei diesem Akt aus Höflichkeit nicht ansah, vor sich, mit verzücktem Gesicht und schwellenden Brüsten, obwohl er an jener Stelle, wo er diese erträumte, nur schlaffe Beutel zu fassen bekam.

Er sah sie mit weit aufgerissenen Raubvogelaugen, die beim Anblick seines blütenweißen Baumwollschlüpfers zu schielen begannen und seine Genitalien in Hypnose versetzten.

Er sah, wie sich ihre Nasenlöcher zu wahren Bombentrichtern weiteten, um den betörenden Duft des Rosenwassers, welcher sich mit den Ausdünstungen seiner Hormondrüsen vermischt hatte, einzusaugen. Er war glücklich!

Minna auch, aber nicht weil sie, wie Piek Ass glaubte, sexuell erregt war, sondern weil sie wusste, dass dieses lächerliche Zur-Schau-Stellen die letzte Affigkeit war, die sie ertragen musste, um ihre sonntägliche Glückseligkeit zu erlangen. Denn nun endlich, endlich zog Piek Ass aus der Tasche seiner Joppe, die er akkurat über eine Stuhllehne gehängt hatte, eine Flasche Kartoffelschnaps, nach deren feierlicher Übergabe er das Bett bestieg.

Das allein war der Grund von Minnas Erregung. Diese Vorfreude auf etwas, was in ihrer Wunschliste ganz oben stand, begleitete sie durch die ganze Woche. Und es kostete sie ein fast übermenschliches Maß an Selbstbeherrschung, bei Pieks Eintreten und seiner theatralischen Begrüßungszeremonie nicht aus dem Bett zu springen und ihm die Flasche aus der Tasche zu reißen. Danach hätte er wieder verschwinden können. Doch war es so gut wie sicher, dass er dann nie wieder erschienen wäre. Und das wollte sie auf keinen Fall riskieren.

So ließ Minna Sonntag für Sonntag heldenhaft diese Prozedur über sich ergehen, ertrug seine zweideutigen Bemerkungen und streichelte ihren Magen, der sich beim Geruch des Rosenwassers, den sie ekelhaft fand, umdrehte.

Damals, als Piek anfing mit seinen Besuchen, hatte sie manchmal in sich hinein gespürt und versucht, irgendeine Gefühlsregung zu entdecken, es hätte die ganze Sache einfacher gemacht. Doch die Hormonproduktion, derer es dazu bedurft hätte, fand in ihrem ausgetrockneten Unterleib nicht mehr statt, wenn dies überhaupt jemals der Fall gewesen war. Erinnern konnte sich Minna nicht daran.

Mit den Zähnen reißt sie den Korken aus der Flasche und lauscht auf das kräftige Bloppgeräusch. Sie liebt diesen Urlaut und spürt fast körperlich die Anwesenheit des schlummernden Flaschengeistes. Flaschen mit Schraubverschluss sind ihr ein Gräuel, doch ist ein gänzlicher Verzicht auf deren Inhalt unmöglich, wenn sie nicht die ganze Woche auf dem Trockenen sitzen will.

Es war keine Frage der Sorte, sondern der Umdrehungen, nach der Lotte die wöchentliche Schnapsration für ihre Tante im Dorfkonsum auswählen musste. Doch nichts kam auch nur annähernd an die sechzig Prozent von Arthur Gurkes Kartoffelschnaps heran. Leider war er für Minna zu teuer. Und so war und blieb sie die Sklavin ihrer Sucht, Metze eines alten Lüstlings, von dem sie sich mit Kartoffelschnaps dafür bezahlen ließ, dass er Sonntag für Sonntag in ihr Bett krabbeln durfte. Ihr Bett, ihre Zufluchtsstätte, in die sie sich verkroch, weil sie nichts mehr hatte, wozu es sich aufzustehen lohnte. Ihr Bett, ihre Brutstätte von Schmutz und Gestank, in der sie Piek herumschnüffeln ließ, wie einen alten Köter, der nichts Ordentliches mehr zu beißen bekommt und, sich am Geruch fremden Futters weidend, in Erinnerungen schwelgt. Denn der Inhalt von Pieks blütenweißem Baumwollschlüpfer war genauso tot wie ihr brüchiger Unterleib. Diese Symbiose, die beide miteinander eingegangen waren, erwies sich, obwohl sie im Grunde eine gegenseitige Abneigung verspürten, beständiger als die heißeste Liebesbeziehung. Sie brauchten einander, jeder auf seine ganz spezielle Art, allerdings mit dem Unterschied, dass Minna sich über ihre Gefühle vollkommen im Klaren war, während Piek sich nicht eingestehen wollte, dass er nur des überwältigenden Gestankes wegen zu Minna kam.

Er fühlte sich als Casanova und ließ sich diese dolle Lebensrolle auch nicht von sich selbst zerstören.

Minna lässt das feuchte Ende des Korkens auf dem Rand der Flaschenöffnung kreisen, ein wunderbarer Ton entsteht. Es ist die Stimme des Flaschengeistes, der sie nach ihren Wünschen fragt.

»Nur einen«, sagt Minna und setzt die Flaschenöffnung an ihre Lippen. Es gluckst ganz leise, als die Luft entweicht und der Schnaps aus der Flasche läuft. Minna setzt ab und taxiert mit der Zunge den Inhalt ihrer Mundhöhle, in der sie die Flüssigkeit durch komisch anmutende Drehbewegungen der Mundpartie hin und her schwenkt. Sie ist zufrieden, der Schnaps hat mindestens seine sechzig Prozent und fühlt sich trotzdem wunderbar samtig an; ein Fest für ihre Zunge, die wie in einem Schaumbad schwimmt.

Jetzt erst öffnet Minna die Schleuse zur Speiseröhre und befördert den Schnaps in kleinen Schlucken abwärts. Es ist wie ein Vulkanausbruch, als die Flüssigkeit die Wände der Speiseröhre benetzt und sich gurgelnd einen Weg durch die verknorpelte Zisterne in die Abgründe bahnt, um endlich von dem weit geöffneten Mageneingang dankbar in Empfang genommen zu werden.

Eine winzige Dampfwolke weht aus Minnas Mund, als der Kartoffelschnaps zischend in ihren Magen tropft und die kalte Wut, die sich darin angestaut hat, verdrängt.

Sie hält Piek, der es sich neben ihr bequem gemacht hat, die Flasche unter die Nase. Der lehnt dankend ab, weil sein Magen noch immer an den Folgen des gewaltsamen Aufweckens kränkelt. Diese Tatsache wird ihm erst jetzt richtig bewusst. Die sauerstoffarme Luft, die Bettwärme, all das macht ihn müde, und er muss sich ordentlich zusammenreißen, um nicht einzuschlafen.

Dieser Sonntag ist nicht sein Tag. Halbherzig streichelt er Minnas schlaffe Brüste, schnuppert in ihren Achselhöhlen herum und flüstert ihr Obszönitäten ins Ohr. Was ihm sonst so viel Freude bereitet, strengt ihn an diesem Morgen dermaßen an, dass er zu schwitzen beginnt. Piek hasst es zu schwitzen und unreine Körpergerüche auszuströmen. Die mochte er nur an anderen Menschen. Er stellt seine Aktivitäten ein und verbringt den Rest seiner Besuchszeit schweigend. Bewegungslos sitzt er neben Minna, die sich zwar wundert, aber doch recht zufrieden ist.

Um Punkt halb zehn klettert Piek aus dem Bett und kleidet sich an. Er hat beschlossen, den Gottesdienst um zehn Uhr zu besuchen, um den Tag irgendwie herumzubringen.

*

Lotte Lanze hatte auf ein Zeichen ihrer Tante das Zimmer bereits vor dem großen Spektakel verlassen und war die Flurtreppe, ohne das geringste Geräusch zu verursachen, hinabgestiegen. Lotte war gewichts-, fast schwerelos, ihr aerodynamischer Körper so dünn, dass sie bei etwas stärkerem Wind wie ein Papierflugzeug abzuheben drohte. Aus diesem Grunde hatte sie bei so gefährlichen Wettern immer ein paar mittelgroße Feldsteine bei sich, die sie auf dem Rücken in einem eigens dafür angefertigten Rucksack trug. Dieses Gewicht bot zwar den Vorteil, sie am Boden zu halten, hatte aber den Nachteil, ihren ohnehin schon krummen Rücken noch mehr zu biegen und ihre zerbrechliche Wirbelsäule an den Rand der Belastbarkeit zu bringen.

Lotte gehörte zu jenen Menschen, die in absoluter Naivität ihre Lebensbahn bereisten. Vollkommen unfähig, Schlechtes zu tun, zog sie das Böse magisch an und war stets Zielscheibe irgendeiner Intrige oder gemeinen Hinterlist, die ihre Ahnungslosigkeit schamlos ausnutzte. Lotte ist das geborene Opfer und steckt als solches schon wieder mitten drin im Schlamassel, auf den sie an diesem Sonntagvormittag zielstrebig zumarschiert, wobei sie zwei rostbraune Augen beobachten, deren Besitzer sich hinter der Gardine eines Küchenfensters verborgen hält. An diesem Tag benötigt Lotte ihren Rucksack nicht. Die Luft ist vollkommen bewegungslos und so heiß, dass man die weiter entfernt liegenden Häuser an der Dorfstraße tanzen sieht.

Trotz der Hitze trägt Lotte ein ebensolches Kopftuch wie ihre Tante, es konnte ihr nie warm genug sein. Das bisschen Fleisch, was sie auf den Knochen hatte, musste ohne den Schutz einer Fettschicht auskommen, bedeckt nur von einer pergamentartigen, fast durchsichtigen Haut, die allein nicht in der Lage war, mit der Körpertemperatur hauszuhalten und alles, was davon erzeugt wurde, sofort nach außen abgab. Lotte war gezwungen, sich im Sommer winterlich anzuziehen. Im Winter kleidete sie sich nach sibirischer Tradition und war doch immer dem Erfrieren sehr nahe, wenn die Temperaturen in die Minusgrade sanken.

Lotte Lanze ist auf dem Weg zur Kirche, um die Glocke für den Gottesdienst zu läuten, der um zehn Uhr beginnen soll. Das Läuten musste eine Stunde vorher und dann im Halbstundentakt geschehen, was für Lotte eine Schwerstarbeit war, derer sie sich aber mit vollkommener Hingabe widmete. Sie war die Glöcknerin, pflegte den Friedhof und schmückte die kleine Kapelle zu besonderen Anlässen feierlich aus. Eine erste Schwierigkeit besteht darin, die riesige Kirchentür zu öffnen, mit deren imposanten Ausmaßen sie häufig gehadert hatte. Doch seitdem Lotte auf den Zweck dieser Übergröße gestoßen war, nahm sie diesen Zustand freudig auf sich. Wie sonst, sagte sie sich, sollte der Herrgott wohl an seinen Arbeitsplatz gelangen? Man konnte schließlich nicht erwarten, dass er in seiner Größe und Erhabenheit durch eine normale Türöffnung passte.

Lotte stemmt die Tür gerade so weit auf, dass ihr Körper durch den schmalen Spalt rutschen kann und schlüpft schnellstens, um nicht zerquetscht zu werden, hinein. In dem kleinen Vorraum zur Kapelle befindet sich der Treppenaufgang zum Glockenturm und das Seil zur Bedienung der Glocke. Lotte rückt ihr Kopftuch zurecht, verschnürt es mit einem Doppelknoten und spuckt in ihre Hände. Nachdem sie die klebrige Flüssigkeit gut verteilt hat, geht sie die Treppe, welche sich unmittelbar neben dem Seil befindet, bis zur achten Stufe hinauf. Von da aus springt Lotte an das Seil, das sich träge, fast verächtlich nach unten bewegt und die Glocke in Bewegung setzt.

Es ist für Lotte nicht möglich, dies stehend vom Boden aus zu tun. Dazu reicht die Kraft ihrer stöckrigen Arme nicht aus. Aber so, am

Seil hängend, bringt sie die Glocke, die schon nach den ersten Bewegungen eine Eigendynamik entwickelt, ganz allmählich in Schwung. Und wenn die ›Dicke Emma‹ dann richtig in Aktion ist, gibt es für Lotte nichts Schöneres, als mit ihr gen Himmel zu jagen, um kurz darauf in rasantem Tempo wieder abwärts zu fahren.

Manchmal gelang es Lotte, ihre Gefühle zu unterdrücken und schweigend, in vollkommener Bewegungslosigkeit, als willenloses Werkzeug, die Achterbahnfahrt zu überstehen. Das war so, wenn sie ihre Pflicht anlässlich einer Beerdigung ausübte.

Doch an diesem Tag gibt es keinen Grund zur Traurigkeit. Jauchzend und zappelnd hängt Lotte an der Nabelschnur zur göttlichen Stimme, hoch und runter gerissen von jenem ohrenbetäubenden Bim und Bam, das so zu erzeugen nur sie in der Lage ist. Nur Lotte konnte in ihrer jungfräulichen Naivität derart vollkommen mit den himmlischen Mächten verschmelzen, dass der Singsang der Glocke sich wie der glückseligmachende Inhalt eines märchenhaften Füllhorns über das Dorf ergoss. Lotte war die Wiedergeburt der legendären Jungfrau von Orléans, nur wusste niemand etwas davon, am allerwenigsten sie selbst.

Dabei war auch Lotte von einem tiefen Gottvertrauen beseelt, doch hatte ihr Glaube etwas Zerstörerisches, weil ihr Gott ein strafender war und sie, vor lauter Angst etwas falsch zu machen, seine Stimme nicht hörte. Lotte fühlte sich schuldig, wenn sie Tante Minnas vollgekackten Eimer nicht rechtzeitig entleert hatte. Sie fühlte sich schuldig, wenn der Schnaps, den sie im Konsum gekauft hatte, nicht nach Tante Minnas Geschmack war. Sie fühlte sich schuldig, wenn Tante Minna hustete, weil sie das Fenster länger als zwei Minuten offen gelassen hatte. Sie fühlte sich schuldig, weil sie so dünn war, obwohl sie so viel fraß, dass man dafür noch ein Schwein hätte mästen können.

Jedenfalls behauptete das Minna Zott, wenn Lotte es wagte, sich mehr als eine Pellkartoffel auf den Teller zu legen. Und wenn Tante Minnas Lippen das Wort Schwein formten, vibrierten diese voller Hochachtung, sodass Lotte im Geiste alle Schweine dieser Welt um Vergebung für ihre Gefräßigkeit bat und beschämt die zweite Pellkartoffel in den Topf zurücklegte.

Dabei kam sie gar nicht auf den Gedanken, dass ihre zwei Pellkartoffeln ein Weniges von den acht Pellkartoffeln waren, die Minna zu jeder Mittagsmahlzeit verschlang. Und es waren gewiss nicht die kleinsten Knollen, die auf deren Teller landeten.

In Lotte war der Same der Erleuchtung gepflanzt. Doch kein Lichtstrahl fiel auf sein trübes Beet, es blieb ihm unmöglich, grüne Blätter auszutreiben.

Was für eine brisante Wende wäre in der Geschichte eingetreten, wenn Lotte die Stimme ihres Herrn vernommen hätte! Als Lanzelotte, die Jungfrau von Vorpommern, sollte sie das Heer der Bauern in die Schlacht führen, in jenem heißen Sommer einundsechzig; in der rechten Faust den Dreschflegel und in der linken die Bauernfahne, mit dem Emblem des Regenbogens, der den schwarzen Gummistiefel bekränzt. Der Schlachtruf ›Auf nach Berlin, treibt die roten Horden zum Brandenburger Tor hinaus!‹ wäre dem Bauernheer kilometerweit voraus gehallt, zum großen Schrecken der Feinde.

Und dann, endlich in der Hauptstadt angekommen, hätten Lanzelotte und ihre Kämpfer alles platt gewalzt, was sich ihnen entgegenstellte und die Stasi-Kommunisten mittels fauler Eier in den Westen gejagt. So hätte es sein können, aber die Umstände waren dagegen. Lotte bediente nur die sehr irdische Stimmlippe des Herrn und war unter deren Getöse schwerhörig geworden. Die Glocke ist gerade auf dem Höhepunkt ihrer Geschwindigkeit angelangt, als sich die schwere Eingangstür quietschend öffnet.

Lewerenz hatte es zu Hause nicht mehr ausgehalten und kam, um dem Gezänk seiner unzufriedenen Ehefrau zu entfliehen, viel zu früh an seinen Arbeitsplatz. Normalerweise pflegte er aus solchem Anlass in seinen Keller hinabzusteigen, wo eine große Menge der besten Weine lagerte. Aber in letzter Zeit häuften sich die Ausbrüche seiner Frau derartig, dass er mehr Zeit im Keller als in seiner Wohnung verbrachte. Er fand es unmännlich, sich wie eine Ratte im dunklen Loch zu verkriechen. Außerdem war ihn so ein seltsames Gefühl angesprungen, als er Lotte auf dem Weg zur Kirche beobachtete. Und so hatte er beschlossen, anstatt abzutauchen lieber seinen Instinkten zu folgen.

Er betritt den Raum und sieht dem seltsamen Schauspiel neugierig zu.

Lotte, die vollkommen abgeschottet in dem Getöse hängt, kommt gerade im Sturzflug nach unten gesaust und bietet Einblicke, die der Pastor seit langem schmerzlich vermisst.

Zum ersten Mal bemerkt er, dass Lotte eine Frau ist, deren weibliche Attribute zwar auf ein Minimum reduziert, aber doch vorhanden sind und einem Ehemann, dessen Frau die höchste eheliche Pflicht verweigerte, zumindest teilweise, einen angenehmen Ersatz bieten kann.

Lotte hat sich vollkommen ahnungslos den Elementen ausgeliefert und könnte Lewerenz, selbst wenn sie nach unten sehen würde, nicht entdecken, da ihre weiten Röcke durch die Zugluft nach oben wehen und über ihrem Kopf knatternd zusammenschlagen, sodass sie wie das Gegenstück der Frau ohne Unterleib aussieht.

Lewerenz taxiert ihre Schenkel, deren weißes Fleisch zwischen dem Ansatz der verrutschten Baumwollstrümpfe und dem Rand der Schlüpferbeine schimmert und rechtfertigt das enttäuschende Ergebnis damit, dass er sie ja nicht essen wolle. Außerdem interessiert er sich viel mehr für den Inhalt des aufgeblähten Schlüpfers, der allem Anschein nach zu einer ganz anderen Person gehört. Lottes Reizwäsche stammt ausschließlich aus den abgelegten Beständen ihrer Tante und ist um einige Konfektionsnummern zu groß. Um sie passend zu machen, hat Lotte die Schlüpfergummis gekürzt, was aber auf die Beinöffnungen, durch welche der Fahrtwind ungehindert pfeift, keinen Einfluss hat. Lottes Fahrgestell füllt nicht einmal ein Drittel der riesigen Röhren aus und baumelt hilflos in den schwarzen Löchern, die wie gigantische Mäuler aussehen, welche ein Opfer verschlingen, von dem gerade noch die Beine herauskucken.

Lotte ist nun an den Punkt gelangt, wo sie sich loslassen muss, um die Glocke langsam wieder zum Stillstand zu bringen. Was für jeden anderen ein waghalsiges Unterfangen dargestellt hätte, ist für Lotte eine freie Kür. Sie fällt nicht, nein, sie schwebt. Die Arme senkrecht nach oben gestreckt,sodass sich ihre Fingerspitzen berühren, flattert sie, unterstützt vom Flügelschlag ihrer Röcke, wie ein kleiner Engel, sanft zu Boden.

Geistesgegenwärtig rettet sich Lewerenz mit einem Seitensprung.

Lotte freut sich über die unerwartet frühe Gesellschaft und setzt sich auf ein kleines Bänkchen, um auszuruhen. Lewerenz streift den weiten Ärmel seines Talars zurück und sieht auf seine Armbanduhr. Bis zum nächsten Läuten bleiben ihm genau zwanzig Minuten. Danach ist es zu gefährlich, noch etwas zu versuchen, weil die Mitglieder seines ›Katzenchores‹ immer recht früh eintrafen, was sie mit der Begründung, sich die besten Plätze sichern zu wollen, rechtfertigten. Es war aber eher die Freude am Tratschen mit ihren Gesinnungsgenossinnen, die sie so früh in die Kirche trieb, da ihnen die besten Plätze in der ersten Bankreihe für gewöhnlich niemand streitig machte.

Lewerenz setzt sich neben Lotte und versucht, sich mit Anspielungen über Adam und Eva im Paradies heranzutasten. Er lobt Lottes hübsche Figur und kriecht ganz dicht an sie heran, wobei er ihre Hüfte umschlingt und seinen dicken Kalbskopf direkt vor ihr kleines Köpfchen schiebt.

Ein Schwall heißen, unreinen Atems trifft Lottes kaltes Gesicht und kondensiert zu kleinen Wassertröpfchen. Für Lewerenz sind es Schweißperlen und Antrieb, sich noch mehr ins Zeug zu legen.

Lotte ist in all den Jahren dem Pastor noch nie so nahe gekommen und betrachtet interessiert den Inhalt seines Mundes, der sich wie ein großes, schwarzes Loch vor ihr öffnet. Sie sieht die erschreckende Verwüstung darin und freut sich der beiden scheinbar intakten Backenzähne im Unterkiefer, welche, jeder für sich, auf verlorenem Posten, dem wackeren Manne die Treue halten. Wie musste dieser Mensch, der so stark und unerschütterlich wirkte, leiden?

Voller Anteilnahme erwidert Lotte den Druck seiner Hände und beginnt, ihm über den Rücken zu streichen, wie einem Kranken, dem man den Schmerz lindern möchte.

Für den Pastor ist dies eine Bestätigung seines Tuns. Er beschließt, die Sache etwas weniger umständlich und zeitsparender voranzutreiben. Kurzerhand schlägt er Lottes weiten Glockenrock zurück und schiebt seine behaarte Pranke in das weitverzweigte Labyrinth ihrer Schlüpferröhre. Er ist überrascht, dass sie alles so widerstandslos geschehen lässt, ihn nur mit ihren großen, braunen Kuhaugen anblinzelt.

Lotte, die niemals den Hauptunterschied zwischen Mann und Frau zu Gesicht bekommen hatte, ja nicht einmal wusste, dass so etwas existierte, war glücklich über die Freundlichkeit des Pastors. Den fauligen Geruch seines Atems nahm Lotte nicht als Gestank wahr. Ihre Geruchszellen hatten Tag für Tag ganz andere Herausforderungen zu bewältigen. Und auf den Gedanken, dass Lewerenz selbst die Schuld an Fäulnis und Verfall in seinem Mund trug, wäre sie in ihrer Gutgläubigkeit nie gekommen.

Lotte wusste nichts von Sexualität, außer dass dies ein ungewöhnlich klingendes Wort war. Mit ihren fünfunddreißig Jahren nahm sie es als selbstverständlich, dass der Klapperstorch die Kinder brachte. So hatte man es ihr als Kind gesagt, und seither war nichts geschehen, was ihre Meinung geändert hätte. Ihre Tante, zu der sie mit fünf Jahren gekommen war, hatte sich nie die Mühe gemacht, ihr derlei Dinge zu erklären. Sie war als Dienstbote, nicht als Tochter herangezogen worden, und jede Gelegenheit in ihrer Jugend praktische Erfahrungen zu sammeln, war mit Arbeitsaufträgen allerlei Art vereitelt worden.

Zum ersten Mal in ihrem Leben spürt Lotte menschliche Wärme und Anteilnahme. Sie ist der Mittelpunkt jemandes Bemühen, dessen Berührungen nicht zufällig sind und in ihr eine innerliche Wärme auslösen, die sie nie gekannt hat. Ihre Dankbarkeit ist grenzenlos.

Als Lewerenz sie packt und wie ein Beutestück in die Kapelle schleppt, ist Lotte so benommen von diesem neuen Gefühl, dass sie alles nur noch wie durch einen dicken Nebelschleier wahrnimmt und einfach geschehen lässt.

In einer versteckten Nische hinter dem Altar widerfährt Lotte etwas ganz Unerhörtes, etwas, dass sich noch besser anfühlt als frische Erdbeeren mit Schlagsahne oder selbstgemachtes Pflaumenmus. Weil Lotte nicht weiß, welchen Namen dieses ergötzliche Spiel trägt, nennt sie es Versteckspiel. Lewerenz nennt es Kopulieren.

Kurz nach dem zweiten Glockenläuten treffen die ersten Besucher ein. Wie eine Schar gackernder Hühner flattern die Dorftratschen in die Kapelle und nehmen ihre Stammplätze ein, um die neuesten Geschichten auszubrüten, wobei sie ihre kleinen Schrumpfköpfe dicht zusammenstecken und im gleichen Takt nicken.

Immer, wenn sich die Tür öffnet, recken sich fünf trockene Hälse nach hinten, um sich unmittelbar darauf, fast gleichzeitig wie eine Riesenwelle in die alte Position zurückzuwerfen und je nach Interessantheitsgrad den Neuankömmling zu ignorieren oder auseinander zunehmen. Für gewöhnlich hatten sie nicht oft die Gelegenheit, dies zu tun und nahmen jedes Türgeräusch mit leidenschaftlicher Hingabe in Empfang.

An diesem Sonntag aber erlahmt die Kraft ihrer Hälse und Zungen bald, das Türklappen nimmt kein Ende. In unaufhörlichem Strom drängen die Menschen in die Kirche und füllen den stillen Raum, durch den kurz zuvor noch Lottes verzückte Schreie gehallt waren, mit einem immer mehr anschwellenden Gemurmel. Lewerenz, der im Vorraum die Besucher begrüßt, macht sich durch seine außergewöhnlich gute Stimmung verdächtig. Er fühlt sich prachtvoll. Seine angestauten, lange verschmähten Körpersäfte hatten endlich wieder ein Gefäß gefunden, das sie dankbar entgegennahm. Außerdem schien seine Idee des Regen-Bitt-Gottesdienstes ein voller Erfolg zu werden. Selbst eingefleischte Verweigerer finden heute ihren Weg in die Kirche. Lewerenz fühlt sich als Missionar. Ein wenig Sorge bereitet ihm, dass die Tolle Elvira ihre sämtlichen Sprösslinge im Schlepptau hat. Er bittet sie vorsorglich, gut auf diese zu achten, um unangenehme Zwischenfälle wie beim letzten Erntedankfest, wo die Kleinsten der Quengler die köstlichen Dankesgaben fast vollständig vernichtet hatten, zu vermeiden.

Lewerenz versucht, die kalte Wut zu unterdrücken, die immer noch in ihm aufsteigt, wenn er an diesen schwarzen Sonntag denkt. Und da, da linst er ja auch hinter dem Rockzipfel seiner Mutter hervor, dieser Schlimmste aller Gartenzwerge. Michael mit der ständigen Schnoddernase. Wie ein Affe war das kleine Monster bis in die Kanzel geklettert, die Hosentaschen voller Tomaten, mit denen es von seinem Hochsitz herab die Leute bombardierte.

Unten matschten und hopsten seine kleinen Schwestern zwischen all den herrlichen dunkelgrünen Gurken, violetten und blauen Pflaumen (die violetten waren besonders saftig), den knallig roten Papageiäpfeln und den samtig schimmernden, gelben Butterbirnen, herum.

Lewerenz fragte sich noch immer, warum er diesem Treiben nicht eher Einhalt geboten hatte. Wie gelähmt stand er vor dem Altar und schaute zu, auch noch als sich die anderen Kinder von ihren Müttern losgerissen hatten und in das Matschvergnügen stürzten.

Er wusste nur, dass es ihm unmöglich gewesen war, einen klaren Gedanken zu fassen. In seinem Kopf hatte ein einziger Satz gehallt, wieder und wieder, hatte sich überschlagen und an den Wänden seiner Schädeldecke gebrochen: ›Lasset die Kindlein zu mir kommen!‹

Das Klatschen einer Tomate, die ihn mitten ins Gesicht traf und auf seiner Nase zerplatzte, rief ihn ins Leben zurück und stellte seine Handlungsfähigkeit her.

Schuld an diesem Desaster, davon war er überzeugt, war die alte Lewin, die ihm das bisschen Grünzeug nicht gönnte.

Gewiss hatte Karoline Lewin dem Pastor einen Denkzettel verpassen wollen, aber einen derartigen Tumult auszulösen, war nie ihre Absicht gewesen. Solange sich Karoline erinnern konnte, wurden die reichlichen Erntedankgaben, welche die Bauern zum Erntedankfest in die Kirche brachten, nach dem Gottesdienst an die Kinder verteilt. Lewerenz brach mit dieser Tradition und schleppte schon im ersten Jahr seines Amtsantritts die gesamten Vorräte in sein Haus, wobei ihn Lotte, die für ihre Dienste mit drei blauen Pflaumen belohnt wurde, kräftig unterstützen musste. Dabei hatte Lotte ihren Traum, einmal eine von den gelben Butterbirnen geschenkt zu bekommen, nie aufgegeben, obwohl sich die Anzahl der entlohnten Pflaumen inzwischen schon auf zwei reduziert hatte, da die Gaben der Bauern, die keine Lust verspürten, ihren Pfarrer fett zu füttern, mit den Jahren immer magerer ausfielen.

Karoline Lewin brachte ihren Unmut über die Praktiken des Pfarrers anders zum Ausdruck. Im vergangenen Sommer hatte sie sich Kürbiskerne der Sorte ›Giganto Ballonus‹ besorgt und daraus einige schöne Pflanzen herangezogen, deren kräftigste sie auf ein ganz besonders vorbereitetes Mistbeet setzte. Bester, gut abgelagerter Pferdemist, versetzt mit ein wenig frischem Kuhdung, waren die Grundlage ihrer Zuchtstätte. Die Krönung dieser nahrhaften Brutstätte aber war eine Zutat, über deren Wunderkräfte Karoline in einem ihrer Romane gelesen hatte und deren Beimengung sie unter strengster Geheimhaltung vollzog.

Es war der am unangenehmsten stinkendste und ekligste aller Stoffe, die einen Säugetierkörper durch den Hinterausgang verlassen - Menschenkot. Dieser Leckerbissen aller Grünpflanzen entpuppte sich als Superkatalysator für Karolines Kürbispflanze und ließ diese über Nacht zu einem urzeitlichen Mammutgestrüpp heranwachsen, welches eine Vielzahl der prächtigsten Blüten trieb, von denen Karoline wiederum nur die Kräftigsten auswählte. Von den sich entwickelnden Früchten ließ sie die Größte in eine eigens dafür angefertigte Form aus Draht, Schafwolle und allerlei anderen Zutaten wachsen, die sie mit fortschreitendem Wachstum der Frucht immer wieder erneuern und vergrößern musste. Eine sehr aufwendige Arbeit, mit deren Ergebnis sie aber in höchstem Maße zufrieden war.

Es war ein triumphaler Moment, als Karoline die Form entfernte und ihren Zögling aus der Distanz betrachtete. Er besaß genau die Form, die sie angestrebt hatte; wie ein riesiger Arsch lag der Kürbis da und glänzte in der Sonne. Er war mindestens dreimal so groß wie das Hinterteil eines erwachsenen Menschen. Die schön geformten Backen gingen unten herzförmig auseinander und ruhten breit und behäbig, fast grinsend, auf der im Morgentau dampfenden Erde. Um das Prachtstück in die Kirche zu transportieren, hatte Karoline die Hilfe Joachim Gurkes in Anspruch nehmen müssen, da sämtliche Mitglieder ihrer Familie sich weigerten, diesem Fleisch gewordenen Protest ihre Hand zu leihen.

Als Karoline und Joachim zu jenem Erntedankfest als letzte die Kirche betraten, war die Gemeinde fast vollständig versammelt und Lewerenz im Begriff, seine Predigt zu beginnen. Sie schob den Jungen vor den Altar, wo er den ›Giganto Ballonus‹ ablegte und setzte sich zu ihrer Familie, die mit versteinerten Gesichtern auf den Wutausbruch des Pfarrers wartete.

Aber es geschah nichts dergleichen. Lewerenz zog es vor, ihr diesen Triumph durch Gleichgültigkeit zu vermiesen und lieber ein weiteres Magengeschwür zu riskieren, als auch nur eine Regung zu zeigen. Nachdem er einen kurzen Seitenblick auf das Gemüse geworfen hatte und mit Schaudern die frappierende Ähnlichkeit zu lebenden Vorbildern feststellte, begann er seine Predigt, die in dem immer lauter werdenden Getuschel und Gekicher seiner Gemeinde fast unterging.

Es war aber auch ein zu groteskes Panorama, welches sich da den Zuschauern bot: Stillleben mit Arsch. Im Hintergrund auf dem Altarbild starb der Erlöser am Kreuz.

Plötzlich war eine helle Kinderstimme zu hören. Sehr laut und voller Stolz auf seine Entdeckung, rief der kleine Michael: »Mama, kuck mal, da liegt den lieben Gott sein nackter Popo!«

Und dies war das Ende des Erntedankfestes gewesen. Niemals würde Lewerenz diese Schmach vergeben.

Der Pastor verscheucht die schwarzen Gedanken und versucht, sich auf die Gegenwart und den Regen-Bitt-Gottesdienst zu konzentrieren. Motiviert vom zahlreichen Erscheinen der Leute, läuft er zur Höchstform auf. Alle wollen dabei sein und mit ihm gemeinsam den Herrn um Regen anflehen, so glaubt er. Wahrscheinlich wäre ihm dieser Glauben ins Wackeln geraten, wenn er einen Blick in die Kapelle riskiert hätte, wo man sich um die hinteren Plätze fast zu balgen schien. Es war anders als bei Hochzeiten und Kindstaufen, bei denen man dem Brautpaar oder dem Kindlein möglichst nah sein wollte, um Mienenspiel und Ausstattung für anschließende Erörterungen gut ins Gedächtnis zu prägen. Anders auch als zu Beerdigungen, bei denen der Sarg ganz genau begutachtet und taxiert werden musste.

Bei diesem Regen-Bitt-Gottesdienst würde es nichts Besonderes zu besichtigen geben, und das Genuschel des Pastors war vorne auch nicht besser zu verstehen als hinten.

Die hinteren Plätze aber boten allen Komfort eines guten Verstecks. Lewerenz konnte von seiner Position am Altar nicht erkennen, was sich dort abspielte. Und dass, was sich dort abspielen sollte, war überhaupt der Grund, aus welchem die meisten der Anwesenden gekommen waren. Denn nach der wochenlangen Hitze, vor der es keine Rettung zu geben schien, schon gar nicht in den aufgeheizten Zimmern der Häuser, freuten sich die Menschen auf einen Platz, an dem sie endlich für ein Stündchen zur Ruhe kommen und ein wenig übernicken konnten. Die dicken Feldsteinmauern der Kapelle hätten selbst afrikanischen Temperaturen Paroli geboten und umfingen die Ermatteten mit einer lange entbehrten Annehmlichkeit: Kühle. Als Lewerenz zu predigen beginnt, sind die ersten bereits eingenickt. Johanna Fleck, die sich selbst in der Kirche von ihrem Spinnrad nicht trennt, hält dieses fest umklammert auf dem Schoß. Ihr Kopf ist auf die Spindel gesunken und befindet sich in genauer Position, um ihren

Atem, der pfeifend aus den Nasenlöchern schießt, in Richtung des großen Rades zu lenken, welches sich nach jedem Treffer ein kleines Stück vorwärts bewegt.

Neben Johanna sitzt Erna Gurke und betäubt alle sich in ihrer unmittelbaren Nachbarschaft Befindlichen mit einer enormen Alkoholfahne. Eigentlich ist Erna ganz munter, doch die rhythmischen Bewegungen des Spinnrades, von denen ihr Blick magisch angezogen wird, üben eine hypnotische Wirkung aus, der sie nach spätestens zehn Minuten erliegt.

Lewerenz liest die Geschichte von den sieben fetten und den sieben mageren Jahren. Er findet es sehr passend, den Bauern ein wenig Angst zu machen und sie so vielleicht zu etwas mehr Frömmigkeit anzuhalten.

Die Tolle Elvira ist ihrem Versprechen, auf die Kinder zu achten, anfangs konsequent nachgekommen. Nun, da diese schlafen, beginnt sie sich zu langweilen, dreht ihren Kopf unruhig in alle Richtungen und entdeckt in der letzten Bankreihe auf einem Platz direkt an der Wand Klaus Wackernagel, der sich ebenfalls langweilt und ihr unzweideutige Zeichen macht. Elvira krabbelt unter den Bänken hindurch und verschafft sich Platz, indem sie die Füße der Schlafenden vorsichtig beiseite schiebt. Wackernagel sitzt neben seinem Opa, der von Kasslerbraten mit Salzkartoffeln und Sauerkraut träumt. Seine Tochter hatte ihn als Aufpasser für seinen Enkel in die Kirche geschickt, da sie ihrem Sohn inzwischen jede Schandtat zutraute. Die auffällige Familienähnlichkeit zwischen Elviras Jüngstem und den Wackernagels war Dorfgespräch.

Klaus zählte erst neunzehn Jahre und war von einem so enormen Begattungstrieb beseelt, als müsse er den Fortbestand der Wackernägel für die nächsten zweihundert Jahre sichern. Seine Umtriebigkeit machte ihn zum Alptraum aller Mütter, deren Töchter sich im heiratsfähigen Alter befanden.

Aber bei Elvira ist Klaus genau richtig. Mit geübten Bewegungen klettert sie auf seinen Schoß und verbringt dort einen angenehmen Gottesdienst.

Auch Karoline Lewin ist gekommen. Sie sitzt in einer der vorderen Bankreihen, während Else und Karl Lewin es vorgezogen haben, weiter hinter Platz zu nehmen.

Obwohl eine so familiäre Trennung durchaus nicht üblich war, hatte sich Karoline nicht davon abbringen lassen, vorne zu sitzen. Sie bestand darauf, dem ›Nuschler‹ in den Mund kucken zu können und erzeugte in Else ein unheilvolles Gefühl. Ihr schwante nichts Gutes.

Mit großen Gesten und Verrenkungen beschwört Lewerenz seinen Herrgott, den Sündern zu vergeben, wobei er nicht mit Anspielungen auf jenes Erntedankfest spart, bei dem das Gotteshaus zum Schweinestall verkommen war.

Ohne, dass er einen Namen nennt, weiß jeder der noch Wachenden, wessen Sünden da angeprangert werden. Der Geist des ›Giganto Ballonus‹ schwebt im Raum. Lewerenz hatte sich nicht geniert, den riesigen Kürbisarsch in sein Haus zu schleppen. Das vorzügliche Gemüse war in den verschiedensten Zubereitungsformen auf den Tisch gekommen, und sein außerordentlich guter Geschmack konnte als kleine Entschädigung für die erlittene Schmach genossen werden. Lewerenz ist kurz davor, seine Schilderungen zur atomaren Invasion zu steigern, als sich zufällig eine Blickschneise auf den Platz an der Wand, in der letzten Bankreihe öffnet. Obwohl sich diese Schneise sofort wieder schließt, nimmt Lewerenz etwas wahr, was er für ein Zeichen hält. Der Herr hat ihm eine Vision gesandt und diese besteht darin, ihm in der letzten Bankreihe, auf dem Platz an der Wand, ein splitternacktes Hinterteil erscheinen zu lassen. Lewerenz deutet dies als Abmahnung und geht zu gemäßigteren Tönen über. Er fordert die Leute auf, sich bei den Händen zu fassen und so eine magische Kette zu bilden, durch deren Kraft die Eindringlichkeit der Gebete um ein Vielfaches verstärkt würde. Eine unlösbare Aufgabe, welche die Wenigen, die noch nicht eingeschlafen sind, vor ein Problem stellt.

Um dem Pastor den Spaß nicht ganz zu verderben, ärmeln die Wachenden ihre schlafenden Nachbarn einfach unter. Als auf der Empore Orgelklänge einsetzen, meinen einige, den Sinn dieses seltsamen Verhakens gefunden zu haben und beginnen zu schunkeln.

Karoline Lewin schunkelt nicht. Sie streckt ihren Arm demonstrativ in den leeren Gang, und weil sich von gegenüber keine Hand zum Festhalten bietet, schwenkt sie ihn in rhythmischen Bewegungen zum Takt der Musik.

Lewerenz fühlt wieder die kalte Wut in sich aufsteigen.

Direkt hinter Karoline sitzt Piek Ass, der, obwohl er sich anfangs dagegen wehrte, das Stückchen Schlaf nachholt, welches ihm Joachim Gurke in der Frühe geraubt hatte.

Mittlerweile neigt sich sein Schlafbedürfnis dem Sättigungsgrad entgegen. Es fällt in die Endphase und befindet sich bedrohlich nahe am Ziel.

Piek Ass ist eine tickende Zeitbombe.

Die Orgelklänge sind verhallt, und Karoline zieht ihren erlahmten Arm wieder ein. Lewerenz spricht ein letztes Gebet und reckt seine Arme theatralisch gen Himmel, wobei ihm die weiten Flügelärmel des Talars das Aussehen eines großen Raben verleihen.

»Herr, lasse dein Volk nicht länger darben«, spricht er.

Da kündigt sich in Pieks Eingeweiden das an, wovor er sich am meisten fürchtet.

»Erquicke Mensch und Tier mit dem reinigenden Wasser des Himmels und wasche sie rein von allen Sünden«, fleht Lewerenz.

Da rumpelt und pumpelt es in Pieks Bauch, als hätte er Wackersteine gefressen. Eine Feuersbrunst fegt durch seine Innereien.

»Schicke Regen, und sei es auch mit Blitz und Donner«, ruft Lewerenz.

Da befreit sich Pieks Körper von den ungesunden Gasen, indem er sie mit einem ganz ungeheuren Knall durch den Hinterausgang katapultiert. Durch den mächtigen Druck wird Piek ordentlich ein Stück von der Bank gehoben und erwacht.

Als wäre dieser unanständige Knall nicht schon genug, schwingt sich das Geräusch bis zur Decke des Raumes empor und erzeugt ein vielfaches Echo, das zurück an die Wände prallt, erneut in die Höhe schwingt und sich genau an der Stelle sammelt, an welcher die Kapellendecke besonders porös und angegriffen ist.

Die Geräuschbombe hat die Kraft einer Windhose entwickelt und beraubt die Decke ihrer Farbe, welche in großen weißen Flocken herunterrieselt und dem Pastor nicht nur die Flügelärmel füllt, sondern ihm auch das Aussehen eines Schneemanns verleiht. Alle sind erwacht und starren erschrocken auf Lewerenz, der ein Bild des Jammers abgibt.

Tödliche Stille beherrscht den Raum.

Piek, der weiß, dass er der Verursacher dieser Apokalypse ist, würde sich am liebsten unter die Bank verkriechen und wagt kaum zu atmen.

Da peitscht Karolines Stimme durch die Stille: »Herr Pastor«, ruft sie, »ick glaub, der liebe Gott hat sie nich' richtig verstanden. Wir brauchen Regen, aber wat sie da auf'm Kopp haben, is' ja Schnee!«

Lewerenz kommt zu sich, er öffnet die Augen, von seinen Wimpern bröseln Schneeflocken.

»Du warst das!«, brüllt er und richtet seinen Zeigefinger bedrohlich auf Karoline, die nicht recht begreift, was er damit meint.

»Nee, das war der liebe Gott«, kontert sie.

Lewerenz, der annimmt, dass seine alte Widersacherin die Detonation verursacht hat, nähert sich ihr in verzweifelter Wut. Er sieht so bedrohlich aus, dass Karl Lewin schon mal in Startposition geht, um notfalls einzuschreiten.

»Du warst das!«, schreit Lewerenz abermals, seine Augäpfel sind zornig, sie wollen aus den Höhlen springen. Hinter den weit auseinandergerissenen, zahnlosen Kiefern des Pastors öffnet sich der Höllenschlund.

Karoline ist mulmig zumute, die Hölle befindet sich jetzt direkt vor ihrem Gesicht.

Plötzlich wird Lewerenz ruhiger und beugt sich weit zu Karoline herunter, ganz dicht an ihr Ohr.

»Meine Rache wird furchtbar sein«, flüstert er. »Jede Nacht werde ich zum Friedhof kommen und auf dein verdammtes Grab pinkeln, Karoline Lewin.«

# Abschiede

Einen endlosen, kalten Winter überstehen, um im Frühling zu sterben, ist nicht eben angenehm. Der Abschied von einer grauen, erstarrten Welt fällt leichter als das Verlassen des Frühlings, den man so lange ersehnt hat.

Im Frühling gehen, wenn die Säfte zu pulsieren beginnen und das Leben neu erwacht, heißt, das Leben doppelt verlassen. Die Tür öffnen und hinausgehen und die Tür öffnen und hinausgehen, ohne nach dem ersten Hinausgehen wieder hineingegangen zu sein.

In diesem Jahr kommt der Frühling pünktlich. Er sitzt auf den Flügeln der Kraniche, die in endlosen Zügen ihre Lufthoheit behaupten und den Burschen respektlos runterschmeißen. Durch den harten Aufprall zerspringt er in tausend Stücke und verteilt sich gleichmäßig über Winterleichen und Zombies. Grün ist Trumpf. Früher als die Kraniche war nur der Klapperstorch. Die Tolle Elvira hat sein Frühlingsgeschenk bereits erhalten.

Fast scheint es, als wäre der Stoff, aus dem Leben besteht, nur in begrenzter Menge verfügbar. Einige Häuser weiter, bei den Lewins, wird die wertvolle Substanz bereits wieder eingefordert. Sie ist nur geliehen, ein Kredit, und je länger die Laufzeit, desto höher die Zinsen.

Karoline Lewin hat vierundneunzig Jahre lang gezahlt. Die Bank fordert die Leihgabe zurück.

Soll sie nur, die Zinsen der letzten Monate sind zu hoch, es gibt keinen Grund, sie auch weiterhin zu zahlen. Von drei leichteren Schlaganfällen hatte Karoline sich wieder erholt, vom vierten und letzten steht sie nicht mehr auf. Wie seltsam die Gegensätze aufeinanderprallen.

Durch die Fensterscheiben flutet das Sonnenlicht mit einer Üppigkeit, die den Tod herauszufordern scheint. Doch der lässt sich nicht herausfordern, zu sicher ist ihm diese Beute. Das Bersten der Blutgefäße hat Karolines Glieder lahm gelegt, sie kämpft nicht mehr. Ihre eingefallenen Augen und Wangen kündigen das nahende Sterben an.

Alle Verrichtungen im Haus gehen mit halber Lautstärke vor sich. Nur die Wäscherolle im Flur ist nicht auf gemäßigtere Töne einzustellen. Sie quietscht und rumpelt und das um so heftiger, je schneller Betty die Kurbel dreht. Die Mahlzeiten verlaufen freudlos und schweigend. Appetit hat niemand, aber man muss essen, um den Tag zu überstehen.

Karoline isst nichts mehr. Sie schläft nur noch, einen ganzen Tag lang. Am nächsten Morgen ruft sie Karl und Else zu sich und nimmt ihnen ein Versprechen ab, dass Karl nur gibt, weil er seiner Mutter am Sterbebett nicht den letzten Wunsch ausschlagen kann und weil ihm Else, seines langen Zögerns wegen, einen ordentlichen Knuff mit dem Ellenbogen versetzt.

Karoline stirbt am Nachmittag. Einen Tag nach ihrer Beerdigung gilt es für Karl und Else, das gegebene Versprechen einzulösen. Nachts um halb eins klingelt der Wecker, seine phosphoreszierenden Zahlen scheinen aus dem Jenseits zu strahlen und markieren mit Leuchtfeuern das endlose Rund der Zeit.

Else schaut aus dem Fenster. Es ist stockfinster. Kein Mond, kein Stern beleuchtet das tintenschwarze Szenario der Landschaft. Ein heftiger Wind jagt graue Wolken im Eilzugtempo über den Himmel, der so schmal ist, als wäre er beim Waschen eingelaufen.

»Gott, steh uns bei!«, flüstert Else und weckt Karl, der den Wecker wie üblich nicht gehört hat. »Soll'n wir wirklich?«

»Wir müssen, Papi. Wir ham ihr dat versprochen.«

»Und wenn uns einer erwischt?«

»Ja, wat denn wird, weiß ick auch nich'.«

Weil das nächtliche Vorhaben starke Arme und schnelle Hände braucht, ist Betty von ihren Eltern eingeweiht worden und muss mit. Vor lauter Aufregung ist sie gar nicht erst ins Bett gegangen und hat die lange Wartezeit mit einer Generalreinigung von Küche und Speisekammer überbrückt. Bettys nächtlichen Ängste spiegeln sich in einer keimfreien Küche wider, deren Geschirrbestand um einige Stücke geschmälert ist. Andere, die zwar heil davon gekommen sind, haben Teile ihres bunten Dekors eingebüßt, das dem Druck von Scheuerbürste und Ata nicht gewachsen war.

Als Else und Karl die Küche betreten, hat Betty bereits Kaffee gemacht und den Tisch gedeckt. Sie ist froh, nicht mehr allein zu sein und schneidet sich eine dicke Scheibe vom fetten Speck ab, den sie, mit Mostrich bestrichen, auf einer Scheibe Brot zu sich nimmt.

»Hast auch nich' wieder so'n Blümchenkaffee gemacht?« Karl schnappt die dickbäuchige Kanne und gießt sich ein. Nur ein leichtes Zittern der Hand verrät seine Aufregung, auch dass er öfter als sonst blöde Witze macht.

»Hast mir schon' ne frische Unterbüchs zurechtgelegt, Mutters? Ick mach mir heut bestimmt noch inne Hose.«

»Sei doch still, Papi!«, sagt Else.

Aber Karl hat was vor.

»Dat geht nur, wenn ick mir wat in'n Mund gießen tu. Kipp mir mal'n Lütt'n inn«, quengelt er.

»Nee, dein' Klar'n gibt dat erst zum Frühstück.« Elses Angst zeigt sich in ihrer Gereiztheit.

»Na, gut«, sagt Karl. »Wenn dit nich' dat Frühstück is', geh ick wieder zu Bett.«

Der kriegt heut alles fertig, denkt Else, geht in die Speisekammer und holt die Flasche. Dann stellt sie drei Schnapsgläser auf den Tisch und gießt sie voll bis zum Rand.

»Ein Glas reicht mir doch.«

»Ja, mir auch«, sagt Else. »Betty und ick ham schließlich auch Schiss. Und nu' Prost.«

Betty schüttelt sich.

»Ick glöf, wie möten los, sonst wat uns dat tau spät.«

Der Ursprung des nächtlichen Unternehmens lag in der Drohung, die Pastor Lewerenz beim Regen-Bitt-Gottesdienst Karoline zugeflüstert hatte. In den letzten Tagen vor ihrem Tod hatte sich der Gedanke daran wie ein Alpdruck auf deren Seele gelegt und sie nicht mehr losgelassen. Es war immer derselbe schlechte Horrorfilm, der ihre Träume bestimmt hatte und dem sie nur mühsam ins Erwachen entkam, schweißgebadet und erschöpft. Das hämische Lachen des Peinigers dröhnte in ihren Ohren und vermischte sich mit dem plätschernden Geräusch des Urinstrahls, der sich über ihr Gesicht ergoss. Fast hätte Karoline diese Erniedrigung umgebracht, noch bevor sie starb.

Natürlich wusste sie, dass die Realität nicht ganz so schrecklich sein würde. Lewerenz konnte nichts weiter tun, als nachts an ihr Grab zu schleichen und raufzupinkeln. Und diese Genugtuung würde er ganz für sich behalten müssen. Dennoch, die Vorstellung daran stürzte Karoline in einen schwarzen Abgrund. Sie sah den Friedhof, winterlich verschneite Gräber ruhten friedlich unter der reinweißen Daunendecke des Schnees, der wie ein großes Trostpflaster, Flocke für Flocke, auf sie geschichtet lag. Fast sah es aus wie ein Bild aus ihren Romanen. Eine Eskimosiedlung, in der sich die Iglus dicht an dicht zusammenschmiegten und einen Kreis bildeten, den nichts Böses zu durchdringen vermochte. Nur ihr Iglu gehörte nicht in diesen Kreis. Abseits und ausgestoßen von den schönen, weiß glänzenden Gebilden, stand es einsam und schmutziggelb, gezeichnet von den Spuren, die des Pastors Urin an seinen Wänden hinterlassen hatte. Fröhlicher Lärmdrang aus den Schneehäusern im Kreis, wenn sonntäglicher Besuch deren Bewohner für einige Stunden beehrte. Sie hatte nur einmal Besuch erhalten, der ihren Iglu aber gar nicht erst betreten wollte, sondern, angeekelt von Anblick und Gestank ihrer Bleibe, sofort den Rückzug antrat.

Nein, Karoline hatte nicht anders gekonnt. Sie musste diesen letzten, schweren Dienst von ihrem Sohn und ihrer Schwiegertochter verlangen. Zwar wollte sie in ihrem geliebten Heimatdorf begraben werden, aber nicht auf dem Friedhof, wo sie den Schweinereien des Pastors hilflos ausgeliefert sein würde. Karoline hatte Karl und Else gebeten, sie nach ihrer Beerdigung heimzuholen. Wie diese das Heimholen bewerkstelligen sollten, wusste sie auch nicht. Mit derart irdischen Gedanken mussten sich die Hinterbliebenen selbst herumschlagen. Und das taten sie denn auch.

Betty besteht darauf, vor dem Verlassen des Hauses den Tisch abzuräumen und das Geschirr zu spülen. Dann zieht sie sich an und geht nach draußen, wo Karl und Else schon ungeduldig warten. Bei Bettys Anblick stößt Else einen Schrei des Entsetzens aus und greift erschrocken mit der rechten Hand zum Herzen. Karl kann sich das Lachen nicht verkneifen und fragt seine Tochter, ob sie überhaupt noch Luft kriegt. Betty ist bis zur Unkenntlichkeit vermummt. Sie hat sich eine schwarze Pudelmütze aufgesetzt und tief ins Gesicht gezogen. Nase und Mund sind nach Gangstermanier hinter einem Tuch verborgen, welches so straff am Hinterkopf verknotet ist, dass es, wenn Betty einatmet, knatternd an ihren Nasenlöchern klebt.

Betty ist überzeugt davon, dass man sich bei derartigen Aktionen verkleiden muss und protestiert gegen den Leichtsinn ihrer Eltern, die solchen Hokuspokus nicht für nötig halten. Nach einer kurzen Diskussion bleibt alles so wie es ist. Dann bricht der kleine Trupp endlich auf. Betty marschiert als Kundschafter einige Meter voraus. Sie hat den Spaten wie ein Gewehr geschultert und sondiert die nächtlichen Geräusche durch die feinporigen Filter ihrer Ohren, die sich dabei wie Richtantennen bewegen. Karl und Else marschieren gedankenversunken hinterdrein. Karl schiebt die lange Mistkarre, auf der eine frisch gezimmerte Kiste mit abnehmbarem Deckel liegt, vor sich her. Ein angenehmer Duft nach Tanne entströmt dem Holz. Else versucht sich vorzustellen, dass sie einen Waldspaziergang machten.

Plötzlich wirft Betty sich lang auf die Erde und gibt den beiden Zeichen, es ihr nachzumachen. Aber wie soll man eine Karre samt Kiste zu Boden werfen, ohne dass etwas zu Bruch geht?

Karl denkt noch darüber nach, als Betty schon wieder aufsteht und weitermarschiert.

Falscher Alarm. Else ist froh, dass Betty wieder nach vorne kuckt und sie nur ihren Hinterkopf sieht.

Endlich stehen die Drei vor dem Friedhofstor, dessen Quietschen ihnen beim Öffnen durch alle Glieder fährt. Wenige Zentimeter vor Bettys Kopf biegt eine verwirrte Fledermaus erschrocken zur Seite. Den Zusammenprall hätte wohl keine der beiden überlebt. Der Eingang ist frei. Karl packt die Griffe der Mistkarre, um einzufahren. »Halt!«, flüstert Betty. »Erst die Parole.“

Karl möchte ihr einen Vogel zeigen, aber er hat keine Hand frei und findet, dass es zeitsparender ist, Bettys Blödsinn mitzumachen.

»Einer für alle. Alle für ein'«, brubbelt er und bekommt freie Durchfahrt.

Karolines Grab befindet sich nicht weit vom Eingang entfernt. Unmengen von Blumengebinden und Kränzen türmen sich auf dem Hügel, dessen Konturen sich in der Dunkelheit bewegen. Durch den heftigen Wind, der zwischen dem Grabschmuck wütet, scheint das Grab zum Leben zu erwachen. Es pfeift, raschelt und ächzt. Kranzschleifen flattern wie Fähnchen in der Luft und schlagen die befransten Schalarme knatternd zusammen. Ein Billiggebinde mit Plastikblumen kommt wie ein Ufo aus dem Schwarzen gesegelt und landet vor Bettys Füßen.

»Dat is' kein gutes Zeichen«, sagt sie, schiebt sich die Pudelmütze aus der Stirn und beginnt sofort, den Grabschmuck abzusammeln, schichtet ihn zu einem Haufen daneben auf.

Mit Elses Unterstützung geht die Arbeit gut voran. Inzwischen bringt Karl die Mistkarre in Stellung und öffnet den Deckel der Kiste, die innen schön mit einem weißen Laken ausgeschlagen ist.

»Is' bloß schade um den teuren Sarg«, meint Betty.

»Da hast du wohl Recht, aber dat schwere Ding kriegen wir da nich' mehr raus. Außerdem is' die Kiste doch auch ganz schön geworden. Oder nich'? Du kannst ja, bevor wir ihr zu Hause vergraben, noch 'n Zettel mit reinlegen.«

»Wat für'n Zettel?«

»Na, 'n Zettel, wo du raufschreibst: Wer dat eine will, muss dat and're mögen.«

»Nu hör aber auf, Karl!«, schimpft Else. Und wenn sie Karl statt Papi sagt, weiß Karl, was er zu tun hat. Die Hälfte des Hügels ist bereits freigelegt. Karl beginnt, mit der Schaufel die Erde abzutragen. Nach einer Stunde Schwerstarbeit ist das Grab beräumt. Kränze und Gebinde liegen aufgetürmt an der einen, die Erde des Grabhügels an der anderen Seite. Nun beginnt der schwierigste Teil der Aktion. Die geschärften Spaten fahren in das Erdreich wie in Butter. Aber je weiter sie vordringen, um so schwieriger wird es. Nach einer weiteren Stunde sind sie so weit vorgestoßen, dass Karl beim Einstechen ein dumpfes Geräusch wahrnimmt. Er schickt die Frauen nach oben und macht allein weiter. Es wird zu eng in der Grube. Vorsichtig hebt Karl Schicht für Schicht ab und legt den Sargdeckel frei, dann klettert er nach oben.

»So, und wie krieg'n wir dat Ding nu auf?«

Etwas ratlos schauen die Drei hinunter in das Loch. Über derartige Probleme hatte sich keiner vorher Gedanken gemacht. Inzwischen hat der Wind an Stärke zugenommen. Die schwarzen Tannen und Lebensbäume, die rings um die Friedhofsmauer gepflanzt sind, schütteln und verbiegen sich als wären sie wütend. Karl ist auch wütend. Nur ein blöder Holzdeckel versperrt ihm den Weg zum Ziel. Aber der Holzdeckel ist aus Eiche, und es ist nicht nur ein Deckel, sondern eine Tür. Und die ist verschlossen.

Die Arbeit ist zum Stillstand gekommen, die Zeit nicht.

»Oh Gott, oh Gott, wat machen wir nu bloß?«, jammert Betty.

»Lauf nach Hause und hol die Axt. Ick schlach dat Ding kaputt«, meckert Karl.

»Du büst wohl nich' mehr gescheit!« Else nimmt die Schaufel und sticht sie vorsichtig direkt neben dem Sarg in die Erde. Stück für Stück tastet sie sich vorwärts.

»Wat pükerst du denn? Regenwürmer gibt dat da unten nich mehr.«

»Hull dien Muhl!« Else lauscht angespannt auf die Geräusche, die die Schaufel im Erdreich macht, wenn sie auf das Holz trifft. Da, endlich, ein metallenes Kratzen! Dort muss das Schloss sein. Genau darunter setzt sie die Schaufel an und hebelt mit einem kräftigen Druck auf den Stiel das Schloss auf.

»Gott sei Dank! Geschafft!«

Zu dritt öffnen sie den schweren Sargdeckel und schaffen ihn aus der Grube. Karl nimmt die Taschenlampe und leuchtet hinunter. Karoline schläft, sie lächelt. Um ihren Mund ist so ein seltsamer Zug. Gleich wird sie aufwachen und sagen: ›Dat wurde aber auch Zeit!‹

Karl legt sich auf den Bauch und rutscht so weit wie möglich hinunter. Else und Betty halten je eins seiner Beine fest und ziehen ihn auf sein Zeichen langsam nach hinten. Dann ist er draußen und rappelt sich, vorsichtig nach Gleichgewicht suchend, auf. In den Armen hält er seine Mutter - zum ersten Mal in seinem Leben.

»Mensch, Mudders, du hast aber auch Wünsche!« Karl legt Karoline in die Holzkiste und schließt den Deckel. Das Schlimmste ist geschafft, er fühlt sich erleichtert.

»So, und nu schnell alles wieder zu machen und denn ab nach Hause!«

Aber Betty rührt sich nicht. Sie steht wie erstarrt und hat den Zeigefinger auf die Stelle ihrer Tuchmaske gelegt, unter der sich ihr Mund befindet. Sie reißt sich die Pudelmütze vom Kopf und lauscht in die Dunkelheit.

»Da kommt einer!«, flüstert sie, außer sich vor Entsetzen.

»Ick hör nüscht. Du spinnst ja. Wer soll um diese Zeit draußen umherkriechen, außer uns?«

Da erstarrt auch Karl. Ganz deutlich hat er das Quietschen gehört. Das Tor am anderen Ende des Friedhofs wird geöffnet. Jemand kommt durch den zweiten Eingang und taumelt mit schweren Schritten über den mit Kies bestreuten Weg.

Karl schiebt die Karre hinter einen Fliederbusch, die Frauen sammeln hastig ihre Spaten ein. Geduckt hocken alle hinter dem

Strauch und hoffen, dass sich die Schritte wieder entfernen. Doch das Geräusch wird lauter, die Schritte bewegen sich in ihre Richtung. Else entdeckt die vergessene Schaufel neben der Grube. Sie will aus dem Versteck und setzt gerade zum Sprung an, als in der Dunkelheit die Silhouette eines Körpers sichtbar wird. Schlingernd bewegt sich die Gestalt direkt auf die Grube zu. Jetzt ist sie kurz davor, dann ein kurzes, trockenes Geräusch, wie wenn Holz auf Holz kracht. Und plötzlich lautes Poltern und Rumpeln.

Fast wären die Drei hinter dem Fliederbusch in panischem Schrecken davon gerannt, doch nach dem letzten Knall ist der Spuk vorbei. Keine Schritte, keine Silhouette, alles weg.

Langsam und zittrig krabbelt Karl aus dem Versteck. Aufrechtgehen ist ihm in diesem Moment nicht möglich. Auf allen Vieren erreicht er die Grube und leuchtet mit der einen Hand hinein, mit der anderen scheint er darin nach etwas zu tasten.

»Weidmannsheil«, ruft Karl. »Dat Mistschwein is' doht!«

»Wie, wat, dat war doch kein Schwein?«, staunt Betty.

»Doch, doch, kommt ma' her und kiekt euch den Braten an!« Karls Stimme dringt geisterhaft aus der Grube. Else und Betty rappeln sich auf. Schwankend, mit rasendem Puls versuchen sie, im schwächer werdenden Schein der Taschenlampe das verunglückte Tier zu erkennen. Es dauert einen langen Moment, bis sie begreifen, was dort zu sehen ist.

Betty schlägt ihre Hände vors Gesicht und beginnt zu schluchzen:

»Oh Gott, oh Gott, dat musste ja passier'n! Nu geh'n wir alle in'n Knast!«

Else fällt wie ein frisch gebackener Kuchen in sich zusammen und wird so weiß, dass man ihr Gesicht im Dunkel leuchten sieht.

»Dat du jetzt noch Witze machen kannst, Papi. Dat is' doch kein Schwein!«

»Na, klar«, sagt Karl. »Kiek doch ma' richtich hin. Dat is'n Wildschwein, 'n Schwarzkittel und wir ham ihm erlecht.« Zum Beweis versetzt Karl dem Schwarzkittel eine Ohrfeige, »der is' hin.«

Der Schwarzkittel ist tatsächlich hin, nur dass er seinen schwarzen Kittel gerade nicht an hat, sondern einen verbeulten Trainingsanzug. Doch diese Tatsache allein war nicht schwerwiegend genug, um die Frauen in so tiefe Verzweiflung zu stürzen. Die Katastrophe bestand darin, dass der Schwarzkittel kein Schwein war, sondern Pastor Lewerenz. Karl meinte, das käme aufs Gleiche raus.

Bevor Lewerenz in sein schreckliches Schicksal gefallen war, hatte er die halbe Nacht in seinem Weinkeller verbracht. Wieder einmal von seiner Frau aus dem gemeinsamen Schlafzimmer verbannt, ertränkte er seinen Frust mit dem Inhalt mehrerer Flaschen Rosenthaler Kadarka. Außerdem gab es was zu feiern, was ihm die Verbannung ein wenig erträglicher als üblich machte. Die Vorfreude auf die in Kürze anstehende Taufe machte ihn sogar fröhlich. Er musste nur noch dafür sorgen, dass sein Tank auch ordentlich gefüllt war, dann würde er der alten Lewin eine Grabdusche verpassen, die sich gewaschen hatte. Bis in die ewigen Jagdgründe wollte er sie pusten.

Nach der zweiten Flasche merkte Lewerenz, dass es höchste Zeit wurde, die Dringlichkeit zu erledigen, und beeilte sich, auf den Friedhof zu gelangen. Elses vergessene Schaufel, auf die er so unglücklich trampelte, dass der Stiel gegen seine Stirn krachte, brachte ihn zu Fall. Er landete direkt in der Grube und brach sich das Genick, womit er die Behauptung widerlegte, dass Besoffene einen Schutzengel haben.

Der Kopf des Pastors ist auf die linke Schulter gesunken. Es sieht aus, als hätte er es sich bequem gemacht in den gemütlichen Kissen des Sarges. Er sitzt mit dem Rücken an die Erdwand gelehnt, sein Mund ist halb geöffnet, die Lippen scheinen ein A zu formen.

A wie Abfahrt, bereit für eine romantische Flussfahrt im hölzernen Kahn. Der Fährmann steht schon bereit und grinst, aber statt des Ruders hält er eine Sense in der knochigen Faust.

Karl hat sich wieder in die Grube gebeugt und zieht den Pastor in Ruhelage.

»Wat machst du denn, Papi? Wir müssen ihm raushol'n und den Arzt anrufen!«

»Der braucht kein' Arzt mehr.«

»Und die Polizei müssen wir auch anrufen. Wenn wir uns freiwillich stell'n, wird dat vielleicht nich' ganz so schlimm. Schließlich ham wir ihm ja nich reingeschupst.«

Aber Karl lässt nicht mit sich reden. Einmal will er seinen Willen gegen das Weibervolk durchsetzen. Er macht den Frauen klar, dass es viel besser für sie wäre, wenn kein Mensch von dieser Sache erfahren würde. Wie sollten sie der Polizei denn wohl ihre Nachtwanderung erklären? Und wie würden die Beamten wohl auf das geöffnete Grab reagieren? Wahrscheinlich würde man sie alle drei in die Klappsmühle stecken oder, was noch beschissener wäre, als gefährliche

Sektierer vor Gericht stellen. Und darauf hätte er, Karl, keinen Bock nich'. Und überhaupt, warum sollten sie die ganze Sache an die große Glocke hängen, wenn doch sowieso nichts mehr zu ändern war? Der Pastor sei nun mal tot und sie hätten ihm großzügigerweise sogar einen teuren Sarg spendiert. Damit wäre ihre Pflicht und Schuldigkeit getan. Basta.

Auf so eine geballte Ladung guter Gründe haben auch Else und Betty keine Gegenargumente mehr vorzubringen. Gemeinsam wälzen sie den Sargdeckel auf die Öffnung und verschließen ihr Geheimnis. Es wird höchste Zeit, nach Hause zu kommen, im Osten zeigt sich bereits ein schmaler Lichtstreifen. Schnell wird das Loch zugeschaufelt und der verbleibende Erdhügel festgeklopft. Als auch der Grabschmuck verteilt ist, verlassen die Drei eiligst den Friedhof.

Betty bildet diesmal die Nachhut. Rückwärts gehend beseitigt sie die letzten Fuß- und Karrenspuren mit einer Harke. Die Aufregung ist einer körperlichen Erschöpfung gewichen. In ihrem Kopf kracht ein heftiges Gedankengewitter, in dessen Verlauf plötzlich ein Frageblitz zuckt: War das Karolines letzte Rache?

*

Der Tagesablauf von Alwine Lewerenz war ein Gebäude, auf dessen Rohbau sie jeden Morgen die Richtkrone setzte. Ein fester Plan, den sie nach selbstauferlegten Regeln befolgte, sicherte die Fertigstellung des Hauses bis zum Abend, an dem sie beim ins Bett gehen die Tür fest hinter sich verschloss. Diese festgelegten Regeln hatten sich mit der Zeit zu Ritualen gemausert, über die Alwine ihren Tagesablauf definierte und deren Zelebrierung sie mit Hingabe verfolgte.

Schon das morgendliche Erwachen stand unter dem Zwang eines solchen Rituals. Wenn Alwine aus den Tiefen ihres Traumozeans auftauchte und am sandstrandigen Ufer des Bewusstseins nach Luft schnappte, spielte sich ein wahres Drama ab, dessen komplizierte Dramaturgie sich nach bestimmten Umwelteinflüssen richtete. Nachdem sie sich ins Gedächtnis gerufen hatte, welcher Tag, Monat, Jahr und so weiter, vor ihr lag, öffnete sie das rechte Auge und schloss es wieder. Dann öffnete sie das linke Auge und schloss es wieder. Dann öffnete sie beide Augen, konzentrierte ihren Blick auf die Schlafzimmerdecke und wartete, bis sich aus der verschwommenen Projektion ein klares Bild herausschälte. Jetzt begann Alwine, die Fliegen zu zählen, die an der Decke saßen oder standen oder krabbelten. Und es durften nur diese sein. Ließ sich etwa ein eben noch im Zimmer umhersurrendes Insekt während des Zählprozesses auf dem Deckenquadrat nieder, galt dies als Regelwidrigkeit und wurde mit dem Abbruch der Aktion geahndet. Dann schloss Alwine für einen kurzen Moment ihre Augen und begann danach erneut zu zählen. Diese Prozedur konnte sich an manchen Tagen bis zu sechzig Minuten hinziehen, sodass alle Folgetätigkeiten verkürzt oder mit höherer Geschwindigkeit erledigt werden mussten, um das empfindliche Gerüst ihres Gebäudes nicht ins Wackeln zu bringen. Solche Tage gehörten aber doch zu den ganz seltenen Ausnahmen,meistens war die Zählerei schnell erledigt und die Zahl des Tages problemlos ermittelt, indem die Anzahl jener Fliegen mit dem jeweiligen Datum multipliziert und aus dem Produkt solange die Quersumme gebildet wurde, bis sich eine einstellige Zahl ergab, die Tageszahl.

Jede Zahl von eins bis neun stand für ganz bestimmte Vorschriften und Oberregeln, denen sich die üblichen Tagesregeln Alwines unterzuordnen hatten. Dieses zwanghafte Verhalten konnte sie mit Beginn der kalten Jahreszeit und dem Verschwinden der Insekten problemlos ablegen. Sie schickte es sozusagen in den Winterschlaf, aus dem es mit Beginn des Frühlings und dem Erscheinen der ersten Sumsen unglaublich ausgeschlafen erwachte.

Nachdem sie die Tageszahl ermittelt hatte, brachte sich Alwine in eine bequeme Sitzposition, schob ihr Kopfkissen in den Rücken und lehnte entspannt an der Rückwand des Ehebettes.

Dann tastete sie mit ihrer linken Hand nach den Zigaretten auf dem Nachtschrank und steckte sich eine an, streng darauf achtend, dass die ersten Züge nicht zu tief waren, um einen Schwindelanfall zu vermeiden. Der trockene Husten, der sie sofort überkam, legte sich bei der zweiten Zigarette. Alwine war Kettenraucher, eine Sucht, die sie sich im Verlauf ihrer Ehe zugelegt hatte.

Alwine hatte Lewerenz aus Liebe geheiratet und geglaubt, dass er ebenso für sie empfand. Doch Lewerenz, der zwar seine für Alwine gehegten Gefühle auch für Zuneigung hielt, gehörte zu jenen Menschen, deren Ego aus allen Nähten platzte, wenn es darum ging, sich eine andere Jacke als die eigene anzuziehen. Im Grunde hatte man ihn nur bedauern können, denn wer ist schon verantwortlich für seine Anlagen? Wer sieht beim Blick in den Spiegel mehr als sein Gesicht, kann in sich hineinsehen und mehr entdecken als einen sieben Meter langen Verdauungstrakt, an dessen letztem Ende doch nur das herauskommt, was auch sichtbar wird, wenn man nicht in sich hineinschaut?Aber genau da lag der Hase im Pfeffer oder besser, der Neger im Urin. Denn Lewerenz liebte sich bis zur letzten Pore seiner Schweißdrüsen und hatte auch die größte Hochachtung vor seiner Scheiße, die er, wie alles an sich, für etwas Besonderes hielt. Natürlich erwartete Lewerenz von seinen Mitmenschen, dass sie ihm die selben Gefühle entgegenbrachten, die er für sich hegte. Seine kleinliche Intoleranz ließ ihn in jede andersgeartete Meinung oder Einstellung, Feindseligkeit und Missachtung seiner Person gegenüber hineininterpretieren. Und wie alle Männer, deren körperliche Größe nicht dem Gardemaß des Alten Fritz entspricht, sondern eher dem Reiche Liliput entstammt, war er ein skrupelloser Intrigant und Narziss, zwar Pastor von Beruf, aber nicht aus Berufung.

Alwine, die er als junger Theologiestudent kennen gelernt hatte, imponierte ihm aus zwei Gründen. Einmal war es ihre körperliche Höhe, mit der sie ihn um gut anderthalb Köpfe überragte und zu ihm hinabschaute, wie auf einen zu klein geratenen Pittiplatsch, der sich an die Säulen ihrer stämmigen Beine klammerte um nicht aus den Filzpantoffeln zu kippen.

Er war der Mammutjäger, sie das Mammut, welches es zu erlegen galt. Und wenn auch sein Mut nicht einmal halb so groß war wie der dieser urzeitlichen Jäger, so war doch sein Hass auf Alwine groß genug, um ihn ans Ziel zu bringen. Alwine hatte etwas, was ihm nicht gegeben war, dafür hasste er sie. Um aber in den Besitz ihres Eigentums zu gelangen, musste er sich Alwine zu Eigen machen. Und das konnte er nur, wenn er sie liebte, sie sich einverleibte und zu einem Teil seiner selbst machte.

Dieses hochkompliziert anmutende Innenleben entsprang in Wahrheit einer primitiven Triebkraft, die in Urzeiten den Barbaren dazu verleitete das Herz des getöteten Feindes zu verspeisen, weil er glaubte, sich damit auch dessen Kräfte anzueignen.

Der zweite Grund seines krankhaften Wollens waren Alwines breite, ausladende Beckenknochen. Er hatte in Doktor Brummers ›Handbuch der äußerlichen Merkmale und deren Bezug auf innere Qualität‹ gelesen, dass solch ein gebärfreudiges Becken der Garant eines reichen Kindersegens sei und war, lange bevor er Alwine kennen gelernt hatte, auf der Jagd nach solchen ›Suppenterrinen‹ gewesen. Alwine war die Inkarnation seines Idealbildes und sollte ihm viele Söhne gebären, die seine Saat in sich trugen und in einer nicht endenden Kette weiterverpflanzten. Von diesem Gedanken besessen, war Lewerenz so lange um Alwine herumscharwenzelt, bis bei dieser aus der anfänglichen Verachtung Mitleid für den kleinen Mann entstand. Sie fand es possierlich, wie er in hündischer Ergebenheit um ihre Beine strich und schwanzwedelnd um ihre Gunst warb. Erlesene Süßigkeiten, Lewerenz hatte Beziehungen in den Westen, taten ein Übriges.

Nach der Hochzeit arbeitete Lewerenz noch besessener an seinen Zukunftsträumen. Alwine, die sich anfangs sehr geschmeichelt fühlte und von seinem Erfindungsreichtum begeistert war, schaukelte fröhlich mit, obwohl sie sich immer häufiger des Gefühls nicht erwehren konnte, dass die ganze Sache langsam in Arbeit auszuarten schien. Ihr Nachtschlaf wurde im Stundentakt unterbrochen und glich eher einem Reitturnier als dem wohlverdienten Ausruhen von einer harten Tagesarbeit. Schließlich machte sich Lewerenz nicht einmal mehr die Mühe, sie zu wecken. Selber noch im Halbschlaf, legte er die Schlafende zurecht und rollte nach vollbrachter Arbeit auf seine Bettseite zurück, um sofort wieder einzuschlafen.

Alwine, die jeden Morgen wie gerädert erwachte, war so erschöpft, dass ihre einst stattliche Größe auf Lewerenzhöhe zusammenzuschrumpfen schien. Unter ihren Augen prangten fette blaue Ränder, die sie wie eine dunkle Brille umschlossen und ihren Blick ins Schwarze tauchten. Auch tagsüber gab es keinen Ort, an dem Alwine vor ihrem fortpflanzungsbesessenem Ehemann sicher gewesen wäre. Mittlerweile stellte sich bei diesem ganz automatisch eine erhöhte Hormonproduktion ein, sobald sein Körper zur Ruhe kam und diese Nachricht als verschlüsselte Botschaft an das Hirn weiterleitete, das ohne Umwege den Befehl zur Fortpflanzung an den dafür bestimmten Körperteil ausgab. ›Du hast nichts zu tun? Verstehe! Hier also mein Arbeitsauftrag!‹ Schon blähte sich das unscheinbare Ding wie ein Ochsenfrosch und richtete sich auf in einem Neigungswinkel von genau neunzig Grad. Nach zweijährigem Martyrium wurde Alwine endlich schwanger und hoffte inbrünstig auf eine Mehrlingsgeburt, um die von Lewerenz angestrebte Anzahl der Nachkommen so schnell wie möglich zu erreichen. Dass sie diese nicht schon bei der ersten Geburt schaffen würde, war ihr schmerzlich bewusst, da Lewerenz angekündigt hatte, den biblischen Jakob, dessen Söhne die zwölf Stämme Israels gegründet hatten, noch übertreffen zu wollen.

Zu Alwines Glück plädierte Doktor Brummer in seinem Handbuch für die vollkommene Abstinenz der Frau während der Schwangerschaft. Lewerenz ließ sie in Ruhe, was ihm nicht leicht fiel, da seine Körperlichkeiten vollkommen aus dem Rhythmus gerieten, was ihn manches Mal bei seinen Predigten im Gottesdienst in eine unangenehme Lage versetzt hatte.

Alwine genoss die Zeit ihrer Schwangerschaft und wünschte sich mitunter, eine Elefantenkuh zu sein. Da ihr die Metamorphose nicht gelang, brachte sie nach zweihundertachtzig Tagen ein gesundes Mädchen zur Welt, worüber sie sehr glücklich war.

Der Gedanke an zwölf und mehr männliche Lewerenze hatte sie sehr beunruhigt. In einem immer wiederkehrenden Alptraum erschien sich Alwine als riesige Pusteblume, deren penisförmige Samenschirmchen vom Lewerenzschen Atem in die ganze Welt geblasen wurden und diese, sich in rasantem Tempo vervielfachend, bald überschwemmten.

Lewerenz war über die Geburt einer Tochter entsetzt. Er hatte nicht einmal die Möglichkeit in Erwägung gezogen, dass dies eintreten könnte und beschuldigte seine Frau, ihn absichtlich demütigen zu wollen. Wenige Tage nach der Geburt des Kindes begann er erneut, an seinem Plan zu arbeiten und Alwine in Dauerstress zu versetzen.

Doch die Geburt ihres Kindes hatte bei der jungen Pastorenfrau eine Lawine ausgelöst. Eine Lawine, die ihr in den Jahren der Ehe eingestampftes Selbstbewusstsein mit Macht an die Oberfläche spülte. Alwine war nicht mehr allein, sie wurde gebraucht, wirklich gebraucht, nicht nur benutzt. Langsam begann ein ganz nagelneues Gefühl in ihr zu reifen. War nicht Maria aus Magdala die engste Vertraute des Erlösers gewesen? Hatte nicht diese Maria, eine Frau, Botschaften von ihm empfangen, die er den Männern in seinem Kreis nicht zuteil werden ließ? Und hatte Jesus nicht die Gleichheit von Mann und Frau gepredigt? Warum also sollte sie Dinge tun, die sie zum willenlosen Werkzeug degradierten?

Als Lewerenz sie mitten in der Nacht aus ihrem Pusteblumentraum riss, tat Alwine das Unerhörte. Sie kniff die Beine zusammen, winkelte die Knie an und warf mit mächtigem Schwung, den über sie gebeugten Peiniger von sich. In diesem Schwung manifestierte sich all ihre Wut und Verachtung für den kleinen Mann, der, von so unerwarteter Abwehr überrascht, über den Rand seines Bettes hinaussegelte und krachend auf dem Fußboden landete.

Als Alwine bewusst wurde, was passiert war, wunderte sie sich, wie einfach es gewesen war. Und sie wunderte sich noch mehr darüber, warum sie etwas, was so leicht zu bewerkstelligen war, nicht schon viel eher getan und statt dessen all die Demütigungen ertragen hatte.

Die Fronten waren geklärt, Lewerenz in seine Schranken gewiesen. Von da an kochte Alwine ihre köstlichen Eintöpfe aus frisch im Garten geerntetem Gemüse nach ihrer Fasson. Herzhaft und knackig mussten die bunten Zutaten sein, nicht matschig püriert wie Schweinefutter. Sollte ihr feiger Göttergatte doch endlich zum Zahnarzt gehen und sich die brüchigen Ruinen seines Gebisses reparieren lassen! Sie, Alwine, kochte nur noch al dente!

Es ist Ostersonntag, eine Woche nach Lewerenz Verschwinden. Alwine weiß nicht recht, wie sie sich fühlt. So sehr sie ihren Mann in der letzten Zeit auch verabscheute, komisch ist es schon, so plötzlich ganz allein die Verantwortung für alles zu tragen. Außerdem erwartet sie ihr zweites Kind und das schon in den nächsten Tagen. Und dann diese Ungewissheit, was wohl passiert sein mag, wo er abgeblieben ist.

Die ganze Woche über hatte die Polizei das Dorf auf den Kopf gestellt, die Einwohner verhört und mit Spürhunden die Gegend abgesucht. Aber irgendwie verlor sich die Spur auf dem Friedhof. Die Polizei vermutete, dass der unmittelbar nach dem Verschwinden des Pastors einsetzende Regen Schuld daran war.

Alwine ist jetzt Alleinherrscherin über neunzig Hühner, deren Eier sie einmal in der Woche in der Eierannahmestelle abliefert. Mit dem Eiergeld und den Erträgen ihres Gemüsegartens würde sie einigermaßen über die Runden kommen. Außerdem will die Kirche sie mit einer Art Witwenrente unterstützen, auch wenn der Fall unklar ist. Ein neuer Pastor ist noch nicht in Sicht. Wer unbedingt zur Kirche will, muss in die Nachbargemeinde fahren.

Um so verwunderter ist Alwine, als plötzlich die Kirchturmglocke zu läuten beginnt. Das war der Zeitpunkt, an dem ihr Mann in den letzten Monaten das Haus verlassen hatte, mit dem ersten Glockenläuten. Einmal war sie ihm, aus Neugier über seinen Arbeitseifer, nachgegangen und hatte gesehen, wie er sich über Lotte Lanze hermachte. Lotte schien glücklich dabei gewesen zu sein, und Alwine war es auch, wusste sie nun doch, dass der Verschmähte einen passenden Ausgleich gefunden hatte und sie nicht mehr belästigen würde.

Die Glocke scheint gar nicht mehr aufhören zu wollen, das Gebimmel wird langsam lästig. Alwine muss wissen, was los ist. Sie bindet ihre Schürze ab und macht sich auf den Weg zur Kirche. Auf der Dorfstraße sieht sie, dass auch andere auf dem Weg dorthin sind. Nach den Aufregungen der letzten Woche sind die Leute ziemlich aufgebracht und ängstlich.

Alwine erreicht den Friedhof, der mit seinem wüsten, ungepflegten Aussehen an einen Sportplatz erinnert. Die sonst kunstvoll mit Mustern umharkten Ruhestätten sind von Trampelpfaden umrandet, an etlichen Grabsteinen erinnern deutliche Pinkelspuren an die Schnüffelarbeit der Polizeihunde. Zerlatschte Blumen, umgekippte Vasen und weggeworfenes Butterbrotpapier der Polizeibeamten, vervollständigen das Bild.

Es ist Ostersonntag, doch die feierliche Osterstimmung hat einen Bogen um den Friedhof gemacht. Alwine öffnet die Kirchentür, der kleine Vorraum ist voller Menschen. Mühsam drängelt sie sich hinein, wird gar nicht bemerkt. Alwine ist überwältigt von dem ungeheuren Lärm. Das Brausen der Glocke, die spektakelnden, wild gestikulierenden Frauen schnüren ihr die Luft ab. Sie will raus, aber schon drängen sie nachschiebende Neuankömmlinge tiefer hinein. Was ist los?! Da bemerkt sie, dass die meisten ihre Köpfe in den Nacken gelegt haben und nach oben starren. Sie legt ihren Kopf ebenfalls in den Nacken, schaut nach oben und kann nicht fassen, was sie sieht.

Ihr hochschwangerer Zustand ist für einen derartigen Anblick nicht geschaffen, die verbrauchte Luft und Kaminskis intensive Knoblauchfahne geben ihr den Rest. Frühstücksei und Butterstulle lassen sich nicht länger zurückhalten, landen halbverdaut in Erna Gurkes Schürzentasche, die vom vielen Flaschentragen schön ausgebeult ist und weit vorsteht. Erna hat schon wieder voll geladen und merkt nix. Außerdem ist sie viel zu beschäftigt mit dem Ereignis dort oben und krächzt mit ihrer Säuferstimme lautstark immerzu dieselben Befehle in den Raum: »Feuerwehr, Notarzt, Polizei!« Es ist, als würde irgendwo unter der Decke ein Papagei sitzen. Dabei sollten doch Engel durch den Äther schweben und mit dem sanften Schlag ihrer Flügel goldenes Licht verströmen, in dessen blendender Helligkeit die Stimme des Herrn pulsierte: ›Siehe, das ist meine Tochter, die ich heim hole, damit sie nicht länger leidet. Ich will die Unbedarfte schützen vor eurer Tücke und Bosheit und die, welche Schuld auf sich geladen haben strafen.‹

Und in den Armen der Engel sollte Lotte Lanze davon segeln ins Himmlische Paradies.

Aber so ist es nicht. Lotte segelt nicht, sie hängt. Lotte hat sich am Glockenseil erhängt, die Glocke kann nicht aufhören darüber zu klagen.

Lotte hatte in den letzten Monaten Veränderungen an ihrem Körper bemerkt, die sie sich nicht erklären konnte und in ihr die Befürchtung weckten, Opfer einer schlimmen Krankheit zu sein. Das Anschwellen ihres Bauches hatte sie mehr und mehr geängstigt, da das rasante Wachstum mit der Zeit immer schneller voranschritt. Lotte hatte das Gefühl, einen Ball verschluckt zu haben und ängstigte sich über den Zustand ihrer Haut, die sich über dem Bauch wie das Trommelfell einer Pauke straffte. Lottes Verwandlung war niemandem aufgefallen, da die viel zu weiten Kleider und Röcke ihrer Garderobe die Krankheit sicher versteckten.

Nur Minna Zott war argwöhnisch geworden. Lottes verändertes Verhalten fiel auf und gab Anlass zu der Vermutung, dass sie heimlich mehr aß, als ihr zustand.

Lewerenz' plötzliches Verschwinden hatte Lotte unendlich traurig gemacht. An jenem Ostersonntag wollte sie noch einmal die Glocke für ihn läuten. Ein Ruf in die Finsternis sollte es sein, der ihn vielleicht zurückbrachte. Doch als sie vor dem Altar kniete und betete, wurde ihr Leib plötzlich von ungeheuren Schmerzen zerrissen. Hilflos und ohne die geringste Ahnung, was mit ihr passierte, lag sie da, umspült vom Ozean ihrer Angst, in der sie zu ertrinken drohte, mit jeder Welle tiefer hinunter gerissen in die Abgründe ihrer Todesahnung. Lotte ließ alles über sich ergehen. Sie schrie nicht. Sie tat nichts und hoffte, dass dies eine Botschaft von Lewerenz wäre. Ihr Hoffen wurde erfüllt. Es war Lewerenz letzter Gruß, der sich da in ihr Schlüpferbein quetschte und schreiend nach Luft schnappte.

Aber Lotte verstand nicht. Sie sah nur all das Blut und Fleisch und den unförmigen, blutverschmierten Klumpen, der sich aus ihr herausgedrängt hatte. In panischem Schrecken rannte sie aus der Kapelle und schleppte sich im Vorraum die Treppe zum Glockenturm hinauf, knotete am Ende des Glockenseils eine Schlinge, legte sie sich um den Hals und sprang.

Der Vorraum platzt aus allen Fugen. Immer mehr Menschen drängen hinein, zurück geht es nicht mehr. Alwine Lewerenz hat sich entschlossen, ihre Aktivitäten in die entgegengesetzte Richtung zu lenken, um so zwar nicht ins Freie, aber doch aus dem Gedränge herauszukommen. Endlich gelingt es ihr, sich bis zur Tür, die aus dem Vorraum in die Kapelle führt, durchzuarbeiten. Unbemerkt schlüpft sie hinein. Die Stille ist angenehm, aber nicht vollkommen. Alwine nimmt ein leises Wimmern vom Altar her wahr und findet das Kind. Schlagartig begreift sie die Zusammenhänge und überlegt, was zu tun ist. Wem gehört nun dieses Kind? Seine Mutter ist tot, sein Vater, ihr Ehemann, ist verschwunden.

Das Kind gehört dem Staat. Aber der soll es nicht kriegen. Alwine reißt das Tuch vom Altar, wickelt das winzige Wesen ein und verbirgt es unter ihrer Jacke. Dann geht sie zur Tür. Als sie diese ganz weit öffnet, folgt die Masse im überfüllten Vorraum den physikalischen Gesetzten und quillt, um den Ausgleich herzustellen, in die Kapelle.

Mit dem Kind unter der Jacke verlässt Alwine die Kirche und eilt nach Hause.

Noch in derselben Nacht bringt sie ihr Kind zur Welt, ganz allein. Sie hat absichtlich keine Hilfe gerufen und wird ganz offiziell Mutter von sehr unterschiedlich aussehenden Zwillingen.

*

Von all dem nichts ahnend, lag Minna Zott in ihrer Gruft und schmollte. Piek Ass hatte an jenem Sonntagvormittag wie immer seinen Besuch abgestattet, und Lotte war, nachdem sie morgens das Haus verlassen hatte, nicht mehr zurückgekommen.

Minna hatte Hunger und Durst und das dringende Bedürfnis, ihren Thron zu besteigen, aber Lotte kam nicht. Minna wurde immer wütender auf die Herumtreiberin. Stunde um Stunde lag sie da, wälzte sich von einer Seite auf die andere und trommelte wütend mit den Fäusten auf die Matratze. Sie wäre durchaus in der Lage gewesen aufzustehen, aber der Starrsinn fesselte ihre Mumie mit eisernen Ketten an das Bettgestell. Um gar keinen Preis würde sie auch nur einen Schritt machen, weil ganz sicher im selben Moment Lotte herein käme und sehen könnte, was sie nicht sehen sollte. Sowieso war dies eine Falle, und die undankbare Person stand bestimmt hinter der Tür und lauerte nur darauf, dass sie, Minna, einen Fehler machte. Lotte würde schon sehen, was sie davon hatte. Sie wollte ihr eine Lehre erteilen, die sie nie mehr vergessen sollte.

Minna zelebrierte die erste Lektion und pullerte in ihr Bett. Ein unbeschreibliches Gefühl von Erleichterung und Genugtuung bemächtigte sich ihrer. Mit diesem Glücksgefühl war sie für ein paar Stunden eingeschlafen. Doch als Minna gegen Abend erwachte, fand sie alles ins Gegenteil verwandelt. Ihr Hinterteil fühlte sich an wie eine Wassermelone und klebte am eklig nasskalten Laken fest.

Am darauffolgenden Morgen erreichte Minnas Wut ihren Höhepunkt. Ohne lange zu überlegen, gab sie dem Bedürfnis, ihren Darm zu entleeren, nach. Lotte würde schon sehen, was sie davon hatte.

So vergingen Dienstag, Mittwoch, Donnerstag, Freitag und Sonnabend. Niemand kümmerte sich um die Alte. Wahrscheinlich war ihre Existenz längst aus dem Gedächtnis der Leute gestrichen, da sie in ihren aktiven Jahren keine bleibenden Spuren hinterlassen hatte, außer der Tatsache, unfreundlich und böse zu sein.

Niemand kümmert sich um die Alte, außer Piek Ass. Der kommt zuverlässig wie immer am Sonntag und bringt gute Laune mit. Er hopst die Treppe hinauf, versucht den herrlichen Gestank zu erhaschen, was ihm ohne Weiteres gelingt, da dieser sich in seiner Intensität um ein Vielfaches gesteigert zu haben scheint und sperrt, nachdem er höflich geklopft hat, die Tür weit auf. Doch mit der Gastfreundlichkeit scheint es an diesem Sonntag nicht weit her zu sein. Irgend etwas knallt Piek mit ungeheuerlicher Wucht gegen den Kopf. Er fällt ohnmächtig auf den Rücken.

Als er nach einer viertel Stunde zu sich kommt und seine Stirn betastet, ist keine Verletzung festzustellen. Aber sein Schädel brummt, und die Augen tränen, als wäre er in eine Zwiebelküche gefallen. Ähnliche Symptome kennt Piek nur von Senfgasangriffen im Ersten Weltkrieg.

Er rappelt sich auf und nimmt einen so unvorstellbar intensiven Gestank wahr, dass selbst einem so hartgesottenen Burschen wie ihm übel wird. Piek holt sein parfümiertes Taschentuch heraus und drückt es sich vor die Nase. Vorsichtig betritt er das Zimmer und sieht Minna Zott, die zwar in ihrem Bett liegt, sich aber unruhig bewegt und ihn böse anstarrt.

»Guten Morgen, meine Liebe. Wie wäre es, wenn ich das Fenster ein wenig öffnen würde? Es scheint mir doch recht warm hier zu sein.«

Ohne die Antwort abzuwarten, geht Piek zum Fenster und öffnet es. Die verbrauchte Luft wabert in fetten Schwaden nach draußen. Minna scheint ausnahmsweise einmal nichts gegen die Zugluft einzuwenden zu haben. Sie sagt nichts, starrt nur böse auf die offene Tür. Piek will sich die gute Laune nicht verderben lassen und beginnt mit seiner Stripteasevorführung, die von leisen Raschelgeräuschen im Bett begleitet wird. Dann legt er Minna, die ihm den Rücken zudreht, die Flasche mit dem Kartoffelschnaps auf ihre Seite.

Als Piek die Bettdecke zurückschlägt, um hineinzuschlüpfen, wird er fast wieder ohnmächtig. Sein Hirn hat Mühe die gesendete Botschaft zu entschlüsseln. Dann begreift er und springt angeekelt zurück.

»Frau Minna, Frau Minna, stehn' Sie auf!«, schreit Piek, »das können Sie doch nicht machen!«

Er rennt in Minnas Blickrichtung, sieht ihr in die Augen und bemerkt, dass der Blick starr ist. Wie zum Hohn windet sich gerade in diesem Moment eine fette Made aus Minnas rechtem Nasenloch und schwingt hinüber in das linke, um auch dort die Gegend zu erkunden. Überall wimmeln die Biester, sodass es scheint, als würde sich Minna bewegen.

Traurig beginnt Piek, sich anzukleiden und überlegt, was er in Zukunft mit den Sonntagvormittagen beginnen soll. Dann geht er zu Minna und sieht sie noch einmal an.

»Staub zu Staub«, denkt er, »und Scheiße zu Scheiße.«

Piek nimmt die Flasche mit dem Kartoffelschnaps und verabschiedet sich. »Schade, dass Sie heute unpässlich sind. Ich komme wohl besser ein anderes Mal vorbei. Wünsche recht gute Besserung!«

# Der Apfel ist reif

Das Leben ist eine Badewanne, denkt Karl Lewin, wenn kein Wasser drin ist, sitzt man auf dem Trockenen. Und wenn Wasser drin ist, fehlt entweder das Badeshampoo, oder einer zieht den Stöpsel raus.

Dabei scheint die Badewanne der Lewins doch in ganz ordentlichem Zustand zu sein: Wasser bis zum Rand und Schaumflocken, so dicht gesät, dass man nicht auf den Grund sehen kann. Die Wirtschaft floriert, das Geld stimmt. Schwer schuften mussten sie schon immer, aber noch nie haben die Lewins so gut dabei verdient.

Die Frauen bewirken im Gemüsegarten und beim Federvieh wahre Wunder. Karl hat ein Händchen für den Acker und bringt beste Weizen- und Runkelernten ein. Bei den Kühen läuft die Milch, und die Schweine produzieren Schinkenspeck. Nicht jede Wirtschaft im Dorf funktionierte so gut. Um ein erfolgreicher Bauer zu sein, braucht man Instinkte. Urinstinkte, die im Blut schwimmen und selbst bei vierzig Grad Fieber noch funktionieren. Eine Hand voll Erde ist nicht bloß Erde, ist ein unglaublich aufregender Stoff, den man zerbröseln, riechen und schmecken kann. Eine Hand voll Erde ist ein künftiges Feld, auf dem sich mannshohe, goldene Halme drängen und die dicken Ähren knirschend aneinander reiben, wenn der Wind über sie hinweg pustet. Solche Visionen kann nicht jeder entwickeln, dazu braucht man Nase und zwar eine große Nase, so wie Karl Lewin. Dass Karl noch eigenständiger Bauer ist, verdankt er diesen Visionen.

Er ist jetzt der einzige Einzelbauer weit und breit, sozusagen der letzte der Mohikaner. Alle anderen haben sich zu einer Landwirtschaftlichen Produktionsgenossenschaft zusammengeschlossen, staatlich verordnet. Karl kann sich des Gefühls nicht erwehren, dass die Reihenfolge der Beitritte in die Genossenschaft in unmittelbarem Zusammenhang mit dem Zustand der einzelbäuerlichen Wirtschaft stand. Manch einem war die Plackerei mit den Jahren wohl auch einfach zu viel geworden. Und die Genossenschaft versprach, dass sie dies ändern wolle. Freie Wochenenden und Urlaub waren ja auch nicht von der Hand zu weisen, aber das Land wieder herzugeben und einem genossenschaftlichen Fond in den Rachen zu schmeißen, wieder ein Besitzloser unter Besitzlosen zu sein, kam für Karl einem Selbstmord nahe. Allein die Tatsache, dass die sogenannten Führungskader der Genossenschaft mehr nach ihrer Gesinnung als nach ihren Fähigkeiten ausgewählt zu sein schienen, jagte Karl die kalte Wut in den Bauch.

Heini Ballmann hatte den Vorsitz übernommen! Konnte der überhaupt Roggen von Gerste unterscheiden? Sicher war nur, dass der als ehemaliger Bäckermeister knusprige Brötchen backen konnte. Sollten sie doch ihre kleinen Brötchen backen, in ihrer Kolchose .Karl hatte nichts dagegen. Aber er wollte bitte schön mit diesem ganzen Scheiß in Ruhe gelassen werden.

Karl sah mit Grausen auf das genossenschaftliche Treiben. Alles in einen Pott zu schmeißen, konnte nicht gut sein. Vom Waschen hatte Karl zwar nicht viel Ahnung, aber so viel wusste er doch, dass Kochwäsche, Buntwäsche und Feinwäsche nicht zusammen in einen Kessel gehörten.

Wie konnte einer, der seine Ackerfurchen schnurgerade zog, sich mit jemanden zusammentun, dessen Weizenhalme nicht höher als das liebe Gras wuchsen?

Wie konnte einer, dessen Kühe drall und glänzend auf der sommerlichen Weide stolzierten, sich mit jemandem zusammentun, dessen Milchausbeute nicht mehr als zehn Liter pro Tier und Tag betrug?

Wie konnte einer, bei dem sogar der Hahn Eier legte, sich mit jemandem zusammentun, dessen Hühner weiße Beine und nackte Hintern hatten?

Bei Karl wuchsen die Bohnenranken bis in den Himmel. Er könnte hinaufklettern, aber wozu brauchte man schon ein Huhn, das goldene Eier legte, wenn die irdischen Hühner die weißen Ovale in so verschwenderischer Zahl in ihre Nester klackerten?

Wie also konnte einer, dem scheinbar alles geriet, sich mit Leuten zusammentun, für die eine Kuh nichts weiter als ein wandelndes Euter war, aus dem man die Milch irgendwie herausquetschen musste? Wie und durch was die Milch da hereinkam, war egal.

»Egal is' achtundachtzig«, sagt Karl und »die Kuh melkt durch dat Maul. Wat die fressen soll, muss ick auch essen könn'. Heu muss duften wie Pfefferkuchen, nich' stinken wie verschimmelte Marmelade. Duften muss dat. Und wenn dat Huhn ein' trecken lässt, fällt Weihnachten und Ostern up einen Tach.«

Und doch weiß Karl, dass ihm jemand den Stöpsel aus der Badewanne ziehen will.

Noch sitzt er drauf auf dem Stöpsel, aber lange wird er wohl nicht mehr aushalten. Man kann das Wasser auch rauslassen, ohne den Stöpsel rauszuziehen, indem die Badewanne mit dem Vorschlaghammer zertrümmert wird.

*

Im LPG-Büro wird derweil von einer geheimen Kommission beraten, wie dieser Vorschlaghammer aussehen soll. Arthur Gurke, einer der ersten Genossenschaftsmitglieder, plädiert dafür, Karl Lewin besoffen zu machen. In diesem Zustand würde man den alten Dickkopp schon zur Unterschrift bewegen, dafür lege er seine Hand ins Feuer.

»Du glaubst wohl, Karl ist genauso düsig wie du, alter Suffkopp?«, sagt Till Sauermann und zündet sich einen dicken Stumpen an. Gurke verschwindet hinter einer blauen Dampfwolke. »Ick versteh sowieso nich', warum Karl unbedingt Mitglied werden soll. Wenn er nich' will, will er nich'.«

»Du hast gut reden«, sagt der Vorsitzende Heini Ballmann, »dir rückt ja auch keiner auf die Pelle. Dreimal am Tag rufen die vom Bezirk jetzt schon an und machen Druck. Wir wären nicht in der Lage, einen einzelnen Querulanten zur Räson zu bringen und machten uns damit zum Handlanger des Klassenfeindes. Die Losung ›Der Apfel ist reif‹ gelte für alle. Als ich das Karl gesagt hab, hat er gemeint, den Apfel möchte er nicht essen, der is' madig.« Kielschwein kommt auf die radikalste und seiner Meinung nach einfachste Lösung. »Wir fackeln ihm einfach den Stall ab!«

Sauermann schlägt mit der Faust auf den Tisch, dass der Aschenbecher hochspringt und die Kippen umherfliegen.

»Man könnte meinen, wir sind hier im Kindergarten. Besoffen machen, Stall abfackeln, Mensch, das ist doch kein Spaß nich'! Karl war immer der Beste, und das scheinen ihm einige nich' zu gönnen. Ist doch klar, dass der keine Lust hat, seinen Musterbetrieb mit ehemaligen Gammelhöfen zusammenzuschmeißen. Wenn's nach mir gegangen wäre, hätte ick damals auch nich' gleich aufgegeben. Nur damit meine Frau ihren Lehrerposten behalten konnte, bin ick so schnell eingetreten. Ich glaube aber, dass Karl im Grunde schon weiß, dass er sich auf Dauer alleine nicht halten kann. Aber er ist ja auch ein unglaublicher Sturkopf und wird bestimmt nicht einfach so klein beigeben. Wir müssen ihm eine faire Chance geben.«

»Du bist 'n oller Klugscheißer«, grunzt Kielschwein, »faire Chance, aber wie die aussehn soll, weißt du selber nich'.«

»Und ob ich das weiß«, sagt Sauermann.

Heini Ballmann rutscht unruhig in seinem Sessel hin und her. »Nu spuck's schon aus, damit wir diese Sache endlich bereinigt kriegen!«

»Also«, sagt Sauermann, »ick hab mir gedacht, wir machen es so wie früher die großen Heerführer. Wenn die 'n bisschen Grips im Kopp hatten und großes Blutvergießen vermeiden wollten, wurde die Schlacht entschieden, indem der eine Anführer gegen den anderen kämpfte. Das Heer, dessen Anführer verloren hatte, musste sich den Feinden bedingungslos unterwerfen.«

»Ick glaub, jetzt bin ich aber im Kindergarten!« Kielschwein tippt sich an die Stirn und grinst. »Da können wir ja auch gleich 'ne Runde ›Mensch, ärgere dich nicht‹ spielen!«

»Eben nich'«, sagt Sauermann, »das muss ganz groß aufgezogen werden, so mit Pauken und Trompeten. Das ganze Dorf soll dabei sein.«

»Und denn?« Ballmann kuckt, als ob er nicht recht versteht, worum es geht.

»Denn musst du nur noch gewinnen, und die Sache ist erledigt.«

»Ich soll gegen Karl kämpfen?!«

»Na, klar, du bist der Chef!«

Ballmann wird plötzlich aschgrau im Gesicht. »Na, Mensch, ich weiß nicht so recht. Wisst ihr noch, wie Karl damals in Krause seine Scheune den Bullen umgeschmissen hat? Mann, das Viech war so groß wie 'n Elefant. Der wollt' Krause glatt wech aufspießen, und als Karl dazu kam, is' der dem Biest einfach auf'n Rücken gesprungen, verkehrt herum, und hat sich im tollsten Galopp runtergebeugt und den Bullen so fest die Eier zugekniffen, dat der auf de Seite gefallen is'. Und gegen den Verrückten soll ich antreten?«

»Hast wohl Angst, dass Karl mit dir dasselbe macht?«

»Na klar, Mensch, dat is' doch nich' auszuschließen. Ick brauch meine Bonbons noch. Als Krüppel will meine Olle nüscht mehr von mir wissen!«

»Du sollst mit Karl doch auch nicht ringen. Hast du noch die Ritterrüstung die du damals aus'm Schloss geklaut hast?«

Heini Ballmann nickt.

»Prima, dann veranstalten wir ein richtiges Ritterturnier, wer zuerst vom Pferd fällt, hat verloren.«

»Wenn das man gut geht«, seufzt Ballmann. Damit ist die Sache besiegelt.

*

Einen Tag nach der Versammlung ist die Geschichte im Dorf rum. Else Lewin pflückt gerade Brennnessel für das Gösselfutter, als Erna Gurke ihr die Neuigkeit über'n Gartenzaun zuruft. Sie gibt ihr den Rat, Karl zum Verlieren zu überreden, dann wäre das Problem doch endlich gelöst. Er müsste sich beim Kampf ja bloß vom Pferde fallen lassen.

›Die hat wohl schon wieder 'ne Buddel leer gemacht‹, denkt Else. Karl zum freiwilligen Verlieren zu überreden, da würde wohl eher der Kuckuck seine Eier selber ausbrüten. Und dass Karl den dicken Ballmann nicht vom Pferd schubste, war genauso unmöglich. Trotzdem bleibt ein kleiner Hoffnungsschimmer, dass doch noch alles gut werden könnte. Else kann ihren Mann gut verstehen. Unter welch unsäglichen Mühen hatten sie ihre kleine Wirtschaft aufgebaut! Nichts, reineweg gar nichts, hatten sie am Anfang. Die Besitzurkunde, auf der stand, dass sie Eigentümer von acht Hektar Land waren, sagte nichts darüber, womit sie dieses Land bearbeiten sollten.

Der Kuhstall, den sie gebaut hatten, war nur zur Hälfte aus Steinen gemauert, den Rest hatte Karl aus Brettern zusammengezimmert, weil keine Steine mehr zu bekommen gewesen waren.

Zu ihrem ersten Pferd waren sie durch einen glücklichen Zufall gekommen. Die Russen hatten bei ihrem Abzug aus dem Dorf das kranke Tier einfach zurückgelassen. Karl hatte es gefunden, vollkommen abgemagert und lahm auf allen vier Hufen, lag es auf einem kaputten Laster, von dem es nicht mehr herunterkam.

Karl hatte es mit ein paar Männern aus dem Dorf nach Hause geschleppt. Keiner glaubte daran, dass aus dem Tier jemals wieder ein brauchbares Arbeitspferd würde.

›Der hat die galoppierende Schwindsucht, dat wird nüscht.‹

Der Kopf des Tieres schien größer als das ganze Pferd.

»Na, wat macht euer Pferdekopp?«, lästerten einige, wenn sie Karl auf der Straße trafen.

»Der legt Eier, wie sich dat gehört«, sagte Karl dann.

Als Wochen später zu Pfingsten der Festzug durch das Dorf zog, stand Karl vor dem Hoftor und hörte sich seelenruhig die üblichen Witze an. »Na, Karl, hat der Pferdekopp heute schon sein Ei gelegt?«

»Nee« hatte Karl gesagt, »dazu hat er heut noch keine Zeit gehabt.« Daraufhin öffnete er das Tor, hinter dem ein herrlicher Rappe wartete, der ungeduldig mit den Hufen scharrte und beim Anblick der Massen leise wieherte. Das Tier wäre eines Napoleon würdig gewesen! Da der aber Schimmel bevorzugt hatte, gehörte es jetzt Karl, der sich hinaufschwang und wie selbstverständlich an die Spitze des Zuges begab.

»Wie heißt denn der schwarze Deuwel?«

»Na, wie soll der schon heißen?«, sagte Karl, »Iwan natürlich!«

Gott, was war Else damals stolz auf Karl gewesen, wie er da vorne wegritt, kerzengerade im Sattel sitzend. Selbst Iwan, der zwar nur russisch verstand, schien irgendwie das Besondere zu spüren und reckte den langen Schwanenhals mit der seidigen, schwarzen Mähne in so edler Pose, dass die Leute am Straßenrand überlegten, ob sie sich nicht verbeugen sollten. Iwan hatte viele Jahre gute Dienste geleistet. Vor Kurzem war er gestorben. Jetzt stand ein neues Pferd im Stall. Ein junger Hengst, noch nicht kastriert und ziemlich kitzlig.

Wenn sich rossige Stuten in der Nähe befanden, war mit dem Tier nichts anzufangen, dann hatte selbst Karl Mühe, mit ihm zurechtzukommen.

Else Lewin war eine Ausnahmeerscheinung in der bäuerlichen Welt. In ihrem Erbgut tummelten sich Gene, deren Herkunft rätselhaft waren. Allerdings konnte sie ihre Ahnenreihe längst nicht so weit zurückverfolgen wie Karl und wusste nur von Vorfahren, die, wie sie selbst, fest an irgendeiner Erdscholle geklebt hatten, deren wechselnden Zustand sie im Rhythmus der Jahreszeiten beackert und beerntet hatten.

Rein körperlich schien Else für dieses Leben geschaffen zu sein. Ihre große, kräftige Figur schien unerschütterlich und war ein zuverlässiges Bollwerk, das den Vorteil bot, sich selbst an die Stelle zu begeben, an der es gebraucht wurde. Ihre Kraft entsprach immer genau der Härte der Arbeit, ein Zuviel oder Zuwenig gab es nicht. Die Einteilung war ebenso perfekt wie notwendig, um ein derart großes Arbeitspensum zu erledigen.

Sechs Kinder hatte sie geboren, die bis auf Betty und Hannes bereits eigene Familien gegründet und sich in der Fremde niedergelassen hatten. Trotzdem die Beiden längst erwachsen waren und in der Wirtschaft kräftig mithalfen, war die Arbeit nicht weniger geworden. Der Wohlstand forderte seinen Preis und wog manchmal schwerer als Blei. Besonders im Sommer schienen die Tage hin und wieder endlos zu sein. Die Winter waren etwas ruhiger, trotzdem mochte sie Else nicht besonders. Schnee und Kälte legten sich wie riesige Felssteine aufs Gemüt, und die dicken Eisblumen an den Fensterscheiben in Flur und Küche umklammerten mit ihren bizarren Verästelungen das Herz und ließen ihr Blut gefrieren. Mit der Rückkehr der Schwalben im Frühling kehrte das Leben zurück.

Von allen Vögeln liebte Else die Schwalben ganz besonders. Irgendwie fühlte sie sich verwandt mit ihnen, wenn sie so pfeilschnell durch die Luft katapultierten oder ganz weit oben im Himmelsblau standen und schönes Wetter verkündeten. Wenn die Vögel sich im Herbst sammelten und davonzogen, überkam Else eine schreckliche Wehmut und der Wunsch, als Däumelinchen mit auf große Reise zu gehen.

Das morgendliche Erwachen wurde begleitet von einem vielstimmigen Gezwitscher.

Auf den Stromdrähten, die sich quer über den Hof zogen, saßen dicht gedrängt Mehl- und Rauchschwalben und wippten mit den gegabelten Schwänzen. Überall an und in den Ställen klebten die Vögel ihre seltsamen Nester an die Wände, in denen sie zahlreiche Junge aufzogen, deren Nahrung leicht zu beschaffen war, lebten sie doch in einem Schlaraffenland. Manchmal stellte sich Else vor, wie es wäre, ein paar der Tiere zu fangen und als lebendige Fliegenfänger in der Küche auszusetzen. Doch derartige Gedankenblasen zerplatzten schnell beim Anblick der ganz enormen Kotproduktion.

So zog Else es vor, die Tiere zu zeichnen. Es waren schnell hingeworfene Skizzen, die sie auf allem, was gerade zur Hand war, festhielt. Im Winter, wenn Else genug hatte vom Schafwolle spinnen und Socken stricken, holte sie ihre gesammelten Papierschnipsel aus einem alten Schuhkarton hervor und benutzte sie als Vorlagen. Ein kleiner, wohlbehüteter Tuschkasten mit Wasserfarben und ein Zeichenblock, den sie sich jedes Jahr von Karl zu Weihnachten wünschte, waren die Grundlage ihrer kleinen Malerwerkstatt.

Else malte den Frühling und den Sommer, Kühe auf der Weide und die Schmetterlinge in Nachbars Garten, den Dorfteich mit Schwänen und die alte Linde vorm Haus, aber nie durften Schwalben auf ihren Bildern fehlen.

Zu einem Weihnachtsfest hatte ihr Karl eine ganz besondere Überraschung gemacht. Sämtliche ihrer Bilder lagen unter dem Christbaum, alle in schöne Holzrahmen gekleidet, die Karl mit eigener Hand angefertigt hatte. Am darauffolgenden Tag wurden diese im ganzen Haus verteilt, das dadurch eine ganz besondere Note erhielt, denn Elses Bilder lebten.

An einem kalten Wintertag von draußen kommend den Hausflur zu betreten, bedeutete, eine Zeitreise zu machen. Nichts überraschte den unverhofft Hinschauenden mehr als die fette, warzige Kröte gleich neben der Tür. Die großen, bernsteinfarbenen Glotzaugen setzten den Betrachter fast in Hypnose und ließen ihn erschrocken vorwärts schreiten, um sich beim Anblick der roten und weißen Pfingstrosen, die man am liebsten gepflückt hätte, zu erholen. Einen ganz besonderen Platz hatte ein Bild mit blühenden Kirschbäumen, die mit ihren Astfingern in dicke, graue Regenwolken piekten und sich unter den löchrigen Wattebauschen duschten. Diese Frühlingsimpression hing über der Eingangstür zum Wohnzimmer und verleitete dazu, beim Eintreten den Kopf einzuziehen und schützend zwischen die hochgezogenen Schultern zu ducken. Karoline hatte gegen die Bilder immer protestiert, weil sie glaubte, dass eine solche Natürlichkeit gefährlich wäre und aus dem Rahmen fallen könnte, um ein Eigenleben zu beginnen. Sie durchschritt den Eingang zum Wohnzimmer nie ohne aufgespannten Regenschirm.

Else war drei Jahre jünger als Karl, ihr Haar wurde langsam weiß. Nur vereinzelte hellblonde Strähnen erinnerten an die Zeit der Hochblüte, als es die Farbe reifer Weizenkörner gehabt hatte und in weichen Wellen zu einem dicken Knoten gewunden am Hinterkopf zusammenfloss. Das Funkeln ihrer smaragdgrünen Augen hatte Karl fast verrückt gemacht. Und obwohl er niemals in seinem Leben einen Smaragd zu Gesicht bekommen hatte, wusste er ganz genau, dass ein solcher Edelstein nicht anders aussehen konnte als Elses Augen.

Else hatte ein vollkommen ebenmäßiges Gesicht, in dem alles so harmonisch zusammenpasste, dass es von einer fast beängstigenden Schönheit war. Man konnte sie nicht lange anschauen, ohne in eine seltsame Rührung zu fallen, die einem fast Tränen in die Augen trieb. Es war keine makellose Schönheit, deren engelsgleiche Ausstrahlung sich über den Betrachter ergoss. Eigentlich war es genau das Gegenteil, das Irdische und Natürliche. Eine Komposition aus Feuer, Wasser, Luft und Erde. Diese glückliche Verbindung der Urelemente hatte aus ihr ein Wesen gemacht, das immer wieder erstaunt und verlegen über die Wirkung ihrer bloßen Anwesenheit auf Menschen war. Dann lächelte ihr volllippiger Mund, der keinesfalls zu klein geraten schien, aber in wunderbarem Kontrast zu ihrer kräftigen, aber fein ziselierten Nase stand, an deren Wurzel sich die schön geschwungenen, sinnlich breiten Augenbrauen fast berührten.

An den Ohrläppchen baumelten zierliche Silberherzchen, auf denen die Inschrift ›Hab mich lieb‹ eingraviert war, Karls Verlobungsgeschenk, das sie bis an ihr Lebensende tragen würde.

*

Else hat die Brennnesseln in einen Holztrog gegeben und zerstampft sie zusammen mit gedämpften Kartoffeln und Schrot zu einer schieren Masse. Die Gössel sind in diesem Jahr ein bisschen mickrig und ziemlich anfällig. Aber bis zum Herbst ist noch lange hin, Zeit genug, um sie fett zu füttern bis zum Schlachten. Wenn später, im Oktober, Gänsekeulen und Gänsebrüste im Rauch hingen und sich in Spickgans verwandelten, war die Einbringung der Wintervorräte abgeschlossen. Zum Schlachtfest gab's Gänsestütze und Grieben, so fettig, dass die Gallenpillen immer bereit stehen mussten. Hälse, Mägen und Flügel wurden sauer gekocht und eingeweckt. Und aus dem Blut der Gänse kochte Else eine Schwarzsauer, in dem süße Mehlklüter schwammen. Als Beilage wurden Gänsefüße gereicht.

Für den heutigen Konsumenten dürften derartige Delikatessen eine Zumutung darstellen, da dieser gewohnt ist seinen Gaumen von schön verpackten sogenannten Lebensmitteln kitzeln zu lassen, deren Farbe und Geruch oftmals nichts mit dem Inhalt zu tun haben. Salami oder Schmierwurst, deren Namen auf den Inhalt von Mäusefleisch schließen lässt, sind nicht bekannt. Und doch weiß man von der Existenz riesiger Ratten- und Mäuseaufzuchtsfarmen, in denen die Tötung der Tiere in speziellen Schlachthäusern erfolgt, um gleich darauf in einer hochmodernen Fleischverarbeitungsanlage in Lebensmittel verwandelt zu werden.

Ein Bauer hatte den Vorteil zu wissen, was er aß und war bemüht, nichts fortzuwerfen, wenn es nur schmeckte. Und vielleicht auch aus Achtung vor dem getöteten Tier, das er mit aller Liebe und Sorgfalt aufgezogen hatte. Je mehr Liebe und Sorgfalt der Bauer bei der Aufzucht seiner Tiere walten ließ, desto besser gerieten sie und reiften ihrer Schlachtung um so schneller entgegen. Der Ausspruch ›Vor Liebe sterben‹ entstammt dem bäuerlichen Milieu und ist eine humane Umschreibung dessen, was täglich auf einem Bauernhof abging. Da verlor vor lauter Liebe das Huhn unter dem Beil seinen Kopf und musste nach Abtrennung desselben halsüber in einen Eimer gesteckt werden, weil es sich flügelschlagend gegen diese Kopflosigkeit aufbäumte. Hühner konnten auch ohne Kopf noch durch die Gegend rasen. Das lang gehätschelte und geliebte Schwein wurde an einem frostigen Wintermorgen aus dem Stall getrieben, worüber es so erschrak, dass es jämmerlich quiekte. Der Schlachter erbarmte sich seiner Qual und stach es ab. Ein scharfer Stahl drang in den Hals des Tieres, aus dem unmittelbar danach eine Fontäne aus Blut schoss, das in Eimern aufgefangen wurde, um später zu Tollatsch verarbeitet zu werden. Ähnlich erging es den Gänsen, Puten und was sonst noch dazu geboren war ›Vor Liebe zu sterben‹. Elses Hände, die mit Pinsel und Farben so lebendige Bilder malten, konnten mit gelassener Selbstverständlichkeit den tödlichen Beilhieb ausführen, der ein Huhn kopflos machte. Genauso, wie sie die Gänse im Herbst mit einem Stich in den Kopf tötete, um sie dann, geduldig auf ihrem Schoß haltend, ausbluten zu lassen.

Der warme Frühlingsabend macht die Frösche im Dorfteich verrückt. Dicht an dicht liegen die Schallblasen auf dem Wasser, als hätte jemand Fit hineingeschüttet und ordentlich drin rumgerührt. Die quakende Geräuschglocke schwebt wie ein riesiger Stereolautsprecher über dem Dorf und löst die unterschiedlichsten Emotionen bei den Zuhörern aus.

»De Poggen sind hüt wedder rein verrückt. Dat hüllst im Kopp nich' ut!« schimpft Else.

»Ooch«, sagt Betty, »und ick find dat so schööön. Dat is' wie Balsam für die Nerven.«

Karl, der sich unter Balsam nichts anderes als eine fettige Salbe vorstellen kann, ist sich nicht sicher, wie Betty das Zeug in ihren Kopf hineinkriegt und versucht, an ihr einen Trichter oder etwas Ähnliches zu entdecken. Karl sitzt vor der Haustür auf der Bank und pafft seine zerkaute Tabakspfeife. Else sitzt neben ihm, sie hat ihr Strickzeug im Schoß und lässt die Nadeln klappern. Ab und zu schult sie über den Rand ihrer Brille in den Blumengarten, wo Betty dabei ist, das Unkraut auszurotten. Karl kann nichts Auffälliges an ihr entdecken und starrt wieder grübelnd auf die Erde. Else hat ihm die Neuigkeit erzählt, und er hat beschlossen, sich auf das Spielchen einzulassen.

Das Froschgequake bricht abrupt ab. Die plötzliche Stille ist unangenehm und seltsam.

Betty versucht ihrem Nervenbalsam nachzuspüren, nimmt in der Ferne schon etwas wahr, was Else und Karl noch nicht hören.

»Ick glöv, wir kriegen Gewitter, dat donnert schon«, sagt sie und dreht einer langstieligen Butterblume, die sich zwischen den gelben Margeriten versteckt, den Lebensfaden ab.

»Dat Mist macht sich aber auch überall breit!«

Die Butterblume hat ausgebuttert. Sterbend hebt sie noch einmal ihr goldenes Haupt und blinzelt zu den Margeriten empor, die auch nicht gelber sind und verächtlich mit den Blütenblättern wackeln. Dann verliert sie das Bewusstsein und stirbt. Im nächsten Frühjahr wird sie als pechschwarze Wetterwolke erscheinen und Betty mitten auf dem Feld mit einer Ladung amseleigroßer Hagelkörner überraschen.

Mit rasantem Tempo nähert sich das Gewitter. Die Donnerschläge sind jetzt unüberhörbar und scheinen einem Plan zu folgen.

»Dat's ja 'n komisches Gewitter«, sagt Karl und geht, misstrauisch geworden, zum Gartenzaun. Am Ende der Dorfstraße entdeckt er das näherkommende Gewitter. Es heißt Kielschwein und trägt eine riesige Pauke vorm Bauch, auf der es donnert.

Kielschwein hat auf Anordnung des LPG-Vorsitzenden feierliche Kleidung angelegt. Der schwarze Frack seines Urgroßvaters ist etwas reichlich, aber dem Anlass durchaus angemessen. Bei jedem Paukenschlag wippt der Schwalbenschwanz erschrocken in die Höhe und versucht zu fliehen. Opas blanker Zylinderhut steht Kielschwein besonders gut zu Gesicht. Da sieht man mal, wozu so schöne große Dallohren alles nützlich sind, eine bessere Bremse für einen zu großen Hut kann man sich gar nicht vorstellen.

Kielschwein bildet die Vorhut der Gesandtschaft zur Überbringung der Kampfaufforderung an Karl Lewin. Die kleine Gruppe, die anfänglich aus fünf Leuten bestand, ist inzwischen zu einer ansehnlichen Truppe herangewachsen und zieht sich wie ein riesiger Lindwurm die Dorfstraße entlang. Der Lindwurm wächst und wächst. An jedem Haus, das er passiert, erhält er neue Nahrung. Im hinteren Teil des Lindwurms sind Ziel und Grund der Reise vollkommen unbekannt. Ein Durchfragen nach vorne ist der gewaltigen Lautstärke wegen unmöglich geworden, da sich in den Mittelteil des Zuges ein höchst vitaler Musikant eingereiht hat.

Schlappen-Schulzes Stimmgewalt ist nicht gerade ein Ohrenschmaus, macht aber Stimmung und gute Laune, wenn man gut ausgeschlafen ist und belastbare Nerven hat. Seine Stimmlage erinnert an italienische Kastraten des siebzehnten Jahrhunderts, manchmal auch an rollige Katzen. Wohlwollend ausgedrückt, ist Schlappen-Schulze ein Countertenor. Diese höchst seltene Stimmlage löst im bäuerlichen Lager Misstrauen und Unbehagen aus und bringt Schlappen-Schulze etliche Puffe und Rippenstöße ein. Aber der lässt sich nicht vergraulen, er hat's im Blut und ist der Meinung, »singe, wem Gesang gegeben«.

Auf seinem Hängebauch liegt bequem gebettet ein verschrammtes Akkordeon, dessen vergilbte Knöpfe schon sehr abgegriffen sind und teilweise gar nicht mehr funktionieren. Aber solche Lappalien sind für Schulze vollkommen unerheblich, richtig spielen kann er sowieso nicht, das Instrument dient lediglich der Untermalung seines gesanglichen Vortrages. Der Künstler haut auf die Knöpfe, reißt und schiebt, dass die Falten nur so knittern. Da er annimmt, sich im Datum geirrt zu haben und das Ganze für einen Festumzug zum ersten Mai hält, hat Schulze sein Repertoire entsprechend angepasst, davon ist er jedenfalls überzeugt. Am Kampf- und Feiertag aller Werktätigen muss auch der Waschfrauen gedacht werden. Die Huldigung dieses Berufsstandes klingt aus Schlappen-Schulzes Mund besonders schön.

Die gestikulare Untermalung gibt dem Vortrag einen ganz besonderen Pep und soll zum Mitmachen einladen.

»Zeigt her eure Füße!«, Schulze schmeißt sein linkes Bein gestreckt in seitliche Linksrichtung, tippt grazil mit den Zehenspitzen auf den Boden und bringt seinen linken Nachbarn ins Straucheln. »Zeigt her eure Schuh'!« Schulze schmeißt sein rechtes Bein gestreckt in seitliche Rechtsrichtung, tippt grazil mit den Zehenspitzen auf den Boden und bringt seinen rechten Nachbarn ins Straucheln.

Zum Glück hat das Lied genug Strophen, um Schulzes Nachbarn Gelegenheit zu geben, sich auf seine Ausfälle einzustellen. Leider passiert ausgerechnet bei der letzten Strophe doch noch das Unglück. Bei Schulzes Hinterfrau hat die Konzentration nachgelassen, sie tritt ihm in die abgelatschten Schlappen und läuft ungebremst auf. Schlappen-Schulze fühlt seinen linken Fuß an den Boden genagelt, ausgerechnet in dem Moment, wo er das rechte Bein zur Seite streckt. Er macht eine Grätsche und fällt um. Nun beginnt der hintere Teil des Lindwurms zu wanken und zu schwanken, seine Bestandteile purzeln auf die Straße und rollen durcheinander.

Die Vorderhälfte des Lindwurms, mehr von Kielschweins Paukenschlägen, die immer heftiger und dichter fallen, benebelt, bemerkt nichts von dem Abfall und marschiert ohne Hinterteil weiter. Aber Schulze ist ehrgeizig, so leicht kann man ihn nicht abschütteln. Trotz seiner behäbigen Fülle hat er sich als erster aufgerappelt und hastet dem Vorderteil hinterher. Der Rest des Hinterteils folgt ihm im Laufschritt. Nach wenigen Minuten ist die alte Ordnung wieder hergestellt.

Schlappen-Schulze ist vorsichtig geworden und singt das Lied von den Moorsoldaten, die mit dem Spaten ins Moor ziehen. Schöner eintöniger Rhythmus, schleppende Melodie, wird ihm wohl keiner mehr in die Hacken latschen.

An der Spitze des Zuges entrollt der LPG-Vorsitzende Heini Ballmann jetzt die Fahne der Deutschen Demokratischen Republik und schwenkt sie über den Köpfen der Marschierenden. Ballmann hat bemerkt, dass Karl am Gartenzaun steht und will ihn mit der Fahnenschwenkerpose beeindrucken.

Langsam wird Karl klar, was da auf ihn zukommt, und er überlegt, was zu tun ist. Soll er hier einfach stehen bleiben und auf die Dussels warten? Nee, so einfach kann er es denen nicht machen. »Betty, hol ma' Napoleon her!«

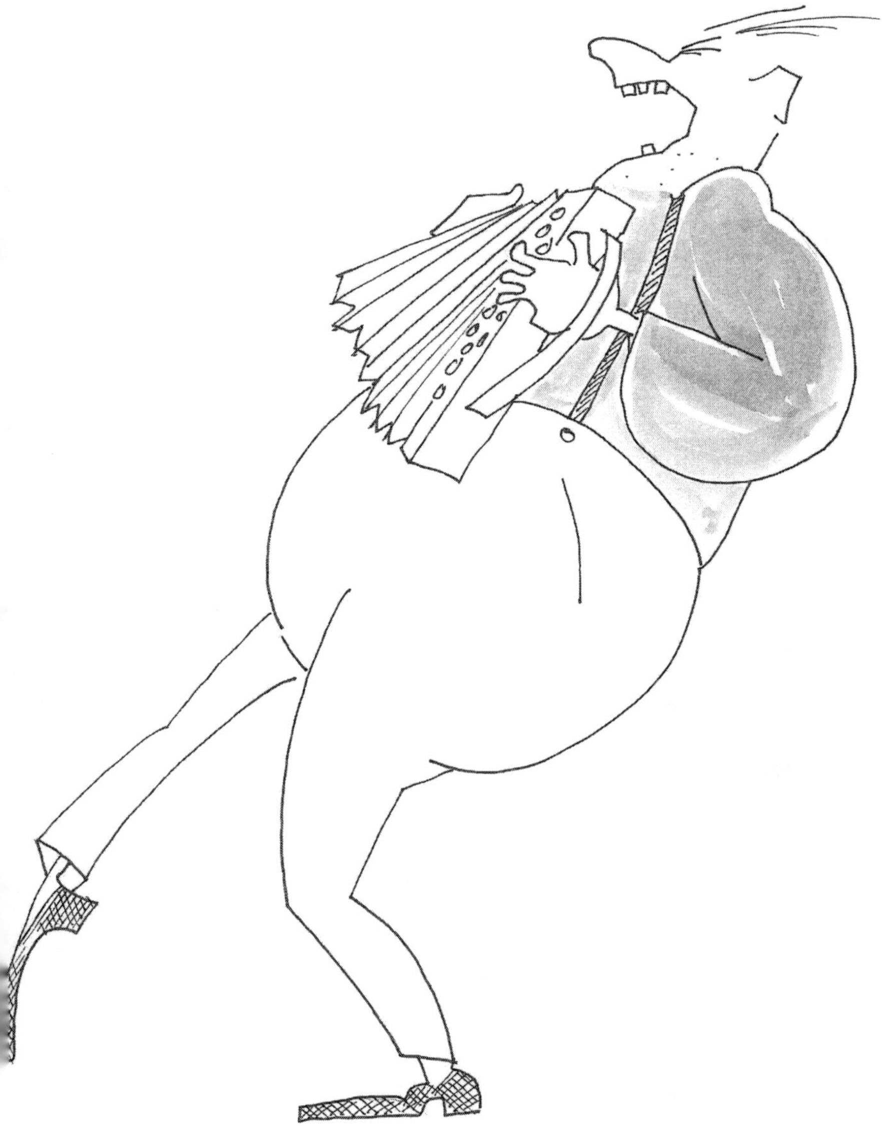

Betty ist sofort im Bilde.

»Nee, Pappi, dat kannst nich' mach'n. Lott dat sinn!«

Aber Karl lässt das nicht sein. Betty muss Napoleon vom Hühnerhof holen.

Der hat aber gar keine Lust, sich aus seinem Harem zu entfernen, schlägt Haken wie ein Feldhase und sucht im Getümmel der aufgescheuchten Hühner nach Deckung.

Betty hechtet sich tollkühn dazwischen und verfehlt ihn um wenige Zentimeter. Sie hält eine von Napoleons schönen Schwanzfedern in der Hand. Der ist darüber so aufgebracht, dass er flügelschlagend zu krähen beginnt und mit rollenden Augen auf Betty zurennt, die sich gerade noch rechtzeitig zur Seite schmeißen kann, um seinem kräftigen Schnabelhieb auszuweichen. Betty beschließt, es auf die listige Tour zu versuchen und holt eine Schürzentasche voll Maiskörner. Sie stellt sich mit gegrätschten Beinen auf den Hühnerhof und streut die Körner dazwischen. Das Hühnervolk ist misstrauisch und rührt sich nicht vom Fleck. Aber die Maiskörner leuchten so appetitlich in der Abendsonne und kommen als Betthupferl gerade recht.

Vorsichtig kommt Napoleon heran. Seine Sporen wachsen so lang und imposant an den kräftigen Hahnenbeinen, dass er ordentlich breitbeinig daherkommt, was seine Männlichkeit außerordentlich unterstreicht.

Betty ist zu einer Statue geworden. Noch ein Hahnenschritt, dann ist Napoleon in der Falle. Zack, Betty klappt die Beine zusammen und hält Napoleon in der Zange, dem bleibt vor Schreck das Korn im Hals stecken. Er schreit und windet sich, Betty muss fest zupacken, damit er nicht wieder entwischt.

Die Damen scheint sein Schicksal vollkommen kalt zu lassen. Gierig stürzen sie sich auf die goldenen Maiskörner und haben nicht mal einen Blick für Napoleon, der in Bettys Armen den Hühnerhof verlässt. Als Karl ihn in Empfang nimmt, wird er ruhig. Seine Aufmerksamkeit richtet sich auf das näherkommende Getöse. Das Blut schießt ihm in den Kamm, so dass es aussieht, als ob Flammen aus seinem Kopf schlagen.

Karl setzt ihn auf seine Schulter und hält ihn an den Beinen fest. Bei jedem Paukenrums schlägt Napoleon den krummen Schnabel in die Luft und hackt nach einem imaginären Feind. Die Abgesandten sind nur noch fünfzig Schritte entfernt.

Jetzt erkennt Heini Ballmann, dass Karl nicht allein ist. ›John Silver und sein Papagei‹, denkt er und wird aschgrau im Gesicht, die

Geschichte von dem verrückten Hahn kennt jeder im Dorf. Ballmann haut Kielschwein in die Rippen:

»Hör auf zu pauken, sonst krieg'n wir Ärger mit Karl seinen Hahn!«

Aber Kielschwein ist richtig angetörnt von dem Gedröhne und lässt sich nicht bremsen.

»Du wirst doch wohl vor den ollen Hahn kein' Schiss nich' ham! Der kricht eins mit die Keule auf'n Kopp!«, schreit er verwegen. Schon donnert der nächste Hieb auf das geplagte Trommelfell, der Begriff Herkuleskeule muss umbenannt werden in Kielschweinknüppel. Jetzt sind sie direkt vor dem Haus, Kielschwein grinst Karl hämisch an und gibt noch mal sein Allerbestes.

›Gleich vergeht dir dat Grinsen‹, denkt Karl und grinst.

Napoleon ist kurz vorm Kollaps, seine blutunterlaufenen Augen scheinen jeden Moment aus dem Kopf zu flutschen und rasen wie wild im Kreis herum. Ganz langsam lässt Karl seine Beine los, dann reißt er ruckartig seine Schulter nach oben und katapultiert den Wütenden in die Luft, schickt ihm noch ein bissiges »Fass!« hinterher. Napoleons Flügelspitzen sind längst wieder nachgewachsen, wie ein Kondor liegt er in der Luft und setzt zum Sturzflug an. Kielschwein nimmt Maß und lässt den Paukenknüppel durch die Luft sausen. Der Schlag könnte tödlich sein, Napoleons ganz persönliches Waterloo. Unvorstellbar, das stolze Tier im Kochtopf brodeln zu sehen. Bei dem Alter und seiner sehnigen Muskulatur wären drei Stunden Garzeit das Minimum. Ein guter Hahn wird selten fett.

Aber Napoleon will noch nicht sterben, außerdem ist er viel schlauer als so ein blödes Kielschwein. Er hat nur eine Scheinattacke geflogen und ändert blitzschnell seine Richtung, indem er einen Haken schlägt und Kielschweins Keule ins Leere sausen lässt.

Kielschwein hat sich den Arm ausgekugelt und quiekt vor Schmerzen. Als Napoleon die nächste Attacke fliegt, hält Kielschwein nur noch seinen linken Arm vors Gesicht, sodass der Hahn leichte Beute macht und sich den guten Zylinderhut von Opa krallt. Das hätte nicht passieren dürfen! Der Hut ist ein Erbstück und unersetzbar, so was kriegt man heut nicht mehr. Kielschwein schmeißt seinen linken Arm in die Luft und greift dem davon fliegenden Schappo-Klack hinterher. Sein rechter Arm baumelt hilflos wie ein Bindfaden anbei und steht unter negativen Schwingungen.

Das lädierte Kielschwein tut Karl ein bisschen leid. Napoleon nicht, der lässt seine Beute in den Vorgarten plumpsen und stürzt sich drauf. Der Schappo-Klack macht angesichts der Übermacht »klack« und klappt zusammen. Napoleon ist verdutzt über diese Verwandlung. Ein Feind, der sich versteckt, fordert seine ganze Energie. Er hackt so lange auf dem Deckel herum, bis der sich geschlagen vom Zylinder löst und traurig über die Gehwegplatten rollt. Der leere Rand bleibt angeschlagen im Gras zurück und friert.

Karl hat genug Spaß gehabt, schnappt den Vogel an den Beinen und klemmt ihn unter den Arm. Der stolze Lindwurm ist zu einem jämmerlichen Häuflein zusammengeschmolzen, der Rest befindet sich auf der Flucht. Aber nicht Schlappen-Schulze! Der war zwar schlau genug, sein Konzert angesichts der mörderischen Vorfälle zu unterbrechen, ist aber jetzt, wo der Hund an die Kette gelegt ist, wieder mutig geworden und beginnt, sein verrutschtes Instrument in Stellung zu bringen. Ihm ist sofort klar, dass jetzt was ganz Besonderes gespielt werden muss, schon greift er in die Tasten und lässt seine silberhelle Stimme erklingen: »Von all unsern Ka-me-he-raden war keiner so lieb und so gut, wie unser kleiner Trompe-he-ter, ein lustiges Rotgardistenblut. Wie unser kleiner Trompeter, ein lustiges Rotgardistenblut …«

Mit Trompeter meint Schulze natürlich Paukenschläger und hofft, dass die Anspielung verstanden wird. Aber er bekommt keine Gelegenheit, ausführlicher zu werden. Schlappen-Schulze fühlt Karls stahlgraue Augen auf sich gerichtet und sieht, wie der die Bestie unter seinem Arm hervorholt und in seine Richtung hält. Flammen schlagen aus dem Kopf des Untiers, es reißt das Maul auf und öffnet den Höllenschlund. Schulze versteht das Signal, Schulze ist nicht blöd und lässt den Rotgardisten Rotgardisten sein.

So, wie nun weiter? Eigentlich sollte Kielschwein jetzt feierlich die Kampfaufforderung an Karl verlesen. Aber der befindet sich heulend und fluchend auf dem Heimweg. Wer könnte denn noch? Heini Ballmann bohrt seinen Blick unruhig in den verbliebenen Rest. Was für eine Blamage! Und schließlich kann er als Vorsitzender das Ding doch nicht selber vorlesen. Ballmann sucht nach seinen Vorstandsmitgliedern. Er ist entsetzt, nur noch Arthur Gurke ist da. Arthur Gurke? Nee, um diese Uhrzeit ist der normalerweise voll wie ’n Amtmann. Aber man kann ja mal sehn.

»Gurke, komm mal her!« Ballmann faltet das mit Schreibmaschine beschriebene Blatt auseinander und hält es Arthur unter die Nase.

»Kannst du das vorlesen?«

Arthur starrt angestrengt auf die tanzenden Buchstaben und schüttelt den Kopf.

»Also nee, Heini, wat is' denn dat für 'ne Sauklaue? Beim besten Willen nich'.«

Ballmann wird schlecht. Erst die ganze Aufregung und jetzt auch noch dieses üble Geruchsgemisch aus Gurkes Rachen. Knoblauch und Kartoffelschnaps, das haut den stärksten Mann aus den Pantinen.

»Du Heini, vielleicht kann ja Erna, meine Frau. Die kann gut lesen«, sagt Gurke, ein bisschen schuldbewusst.

»Lass man gut sein, Arthur, das is' nur was für Männer.«

Ballmann will Gurke nicht vor den Kopf stoßen.

»Tritt mal 'n bisschen zur Seite, Arthur.« Ballmann strafft sich, wenn's denn gar nicht anders geht, muss er eben selber ran.

»Berndchen, bring mal den Wagen her!«

Berndchen bringt Papa den eigens dafür mitgeschleppten Ziehwagen. Berndchen ist Jungpionier und Klassenbester. Er trägt seine Pionierbluse und das hübsche blaue Pionierhalstuch mit einem akkurat gebundenen Pionierknoten. Berndchen ist sehr stolz auf seinen Papa und weiß, dass ein Agitator erhöht stehen muss, damit ihn auch alle gut sehen und hören können. Eigentlich sollte er als Vorredner auf den Wagen steigen und die zehn Gebote der Jungpioniere auswendig aufsagen, aber als er eben hinaufklettern will, schiebt sein Papa ihn zur Seite.

»Lass mal, Berndchen, 'n andermal vielleicht.«

Dabei hatte er den Pioniergruß so oft vor dem Spiegel geprobt, dass ihm hinterher jedes Mal die Hacken weh taten.

Ballmann hat das Gefühl, dass die Gebote der Jungpioniere hier wohl doch nicht so recht am Platze sind. Er nimmt seinem Jungen das Megaphon aus der Hand und klettert auf den Wagen.

»Mensch, Ballmann, wat is' los mit dir?« Karl Lewin steht immer noch hinter seinem Gartenzaun und lacht, dass die Zaunlatten wackeln. »Seit wann brauchst du zum Quatschen 'ne Flüstertüte? Bist du heiser?!«

Ballmann läuft knallrot an. Irgendwie kommt er sich jetzt ein bisschen lächerlich vor, auf dem Ziehwagen mit dem Megaphon in der Hand. Er räuspert sich verlegen und denkt nicht daran, dass die Flüstertüte schon an seinen Lippen hängt. Das harmlose Räuspern kommt wie das Knattern einer Kalaschnikow aus dem Trichter.

Mehrere Schaulustige werfen sich auf die Straße. Jetzt ist Ballmann vollkommen aus der Fassung geraten.

Hinter'm Gartenzaun steht Karl Lewin und hält sich den Bauch.

»Du Ballmann, kannst dat nochmal sag'n, dat hab ick gar nich' verstanden!«

Ballmann holt sein schneeweißes Taschentuch aus der Hosentasche und wischt sich den Schweiß aus dem Gesicht. So eine Blamage aber auch! Dabei hatte er sich alles so schön ausgedacht. Aber der verfluchte Hahn hat alles durcheinander gebracht.

Ballmann läuft das Wasser in die Augen. Scheiß auf die Rede! Er knüllt den Zettel zusammen und wirft ihn auf die Straße. Jetzt wird Ballmann wütend. Seine Stimme ist ein donnernder Orkan und stürmt mit zweihundert Sachen aus dem Megaphon.

Amsel, Drossel, Fink und Star verlassen erschrocken ihre Sitzplätze, ein unheimliches Rauschen peitscht die Luft.

»Der Apfel ist reif!« Ballmann ist von der Macht seiner Stimme angenehm berührt und fasst wieder etwas Mut. Karl hat inzwischen die ›Freie Erde‹ geholt, für was muss die Zeitung ja gut sein. Er dreht sich einen Trichter und schreit Ballmann die Antwort hinein.

»Wann willst du ernten?!«

»Am ersten Mai, um Punkt zehn Uhr, beritten und in Waffen!«

»Ick werd' da sein Ballmann, mach dich warm.«

Damit ist die Vorstellung für Karl beendet. Er dreht sich um und geht ins Haus. Das Leben ist eine Badewanne, denkt er und schließt die Tür.

*

Betty Lewin war fünfunddreißig Jahre alt und hatte den Ruf unverwüstlich zu sein.

›Die kann racken bis zum Umfallen‹, sagten die Leute. Beim Rüben verziehen war sie immer vorne weg, wenn die anderen die Hälfte ihrer ersten Reihe geschafft hatten, kam Betty ihnen auf der Hälfte ihrer zweiten Reihe entgegen.

Ihre Arme waren sehnig und muskulös. Besonders die Oberarme ähnelten einem gedrechselten Tischbein, bei jeder Bewegung schwuppste und zuckte es unter der gebräunten Haut, als wäre es den Bizeps und Trizeps zu eng in ihrem Stübchen. Betty fand das scheußlich, sie meinte, dass sich so was bei einer Frau nicht gehörte.

Ansonsten war an ihr alles in Ordnung. Ihr langes, kastanienbraunes Haar war mit einer Wasserwelle in Form gebracht und lag adrett auf den Schultern. Als Kind seien ihre Haare ganz blond gewesen und hätten bis zum Hintern gereicht, sagte Betty. Zum Beweis hob sie ihre Kinderzöpfe in einer Plastiktüte auf. Unglaublich lang waren sie, fast rapunzelös und dick und hellblond. Doch auch mit kastanienbraunem Haar sah Betty sehr hübsch aus. Sie war nicht besonders groß, aber schlank und verstand es, sich richtig elegant anzuziehen. Wenn sie mit dem Bus in die Stadt fuhr oder zum Tanz ging, sah sie aus wie eine vornehme Dame.

Beim Kaffee trinken spreizte Betty ihren kleinen Finger ganz grazil vom Tassenhenkel weg in die Luft. Else ärgerte sich über solches Getue und schimpfte: »Kind, hull doch de Tass orndlich wiz! Wie süht denn dat uht?«

Betty war nicht verheiratet und hatte auch keinen Freund, obwohl es an Bewerbern nie gemangelt hatte. Die Messlatte ihrer Ansprüche lag sehr hoch und wuchs konstant mit ihrem Alter. Wozu sollte sie sich einen Kerl ins Haus holen, dreckige Unterbüchsen zu waschen, war nicht unbedingt ein Privileg. Sie liebte keine halbherzigen Sachen, und nur zu heiraten, um unter der Haube zu sein, war nicht ihr Ding.

Bettys Element war alles, was mittels Photosynthese grüne Farbe produzierte und den kulturellen Ritterschlag erhalten hatte. Mit den Wildpflanzen hatte sie's nicht so, weshalb sie mit ihrer Großmutter Karoline in ständiger Fehde gelegen hatte.

Bettys Hauptärgernis war ein Holunderbusch gewesen, der sich vor einigen Jahren im hinteren Teil des Vorgartens, frech und protzig, angesiedelt hatte. Eigentlich war dies ein Platz, dem Betty ihre Pflanzenkinder nie anvertraute, da er die meiste Zeit des Tages im Schatten des Hauses lag. Aber Holunder war was Unordentliches und gehörte nicht in eine kultivierte Landschaft. Nicht einmal beschneiden durfte sie ihn. Mit den Jahren hatte sich das Sträuchlein zum Busch gemausert und schmiegte sich zäh an die dicken Mauern des Hauses, in deren Schatten es sich duckte, wenn Betty ihm wütende Blicke zuwarf.

Für Karoline war die Holunderpflanze der Inbegriff ihrer mystischen Sehnsüchte. Sofort, nachdem sie die Pflanze in einem Frühjahr entdeckte, hatte sie diese unter ihren Schutz gestellt und unter Androhung sämtlicher Flüche gegen Betty verteidigt.

Der Holunderbaum ist heilig, er hat Wunderkräfte und bringt dem Bauern Segen. Wenn der Holunder seine weißlichen, stark duftenden Doldenschirme entfaltete, war das für Karoline ein prophetisches Zeichen, dass vier Wochen nach der Blüte das Getreide reif zur Ernte war. Bei langer Blüte stand nach ihrer Erfahrung eine lange Ernte bevor. Verblühte er schnell, würde die Ernte bald vorüber sein. ›Herrgottsapotheke‹ nannte sie ihren Holunderbusch oft, wenn sie aus seinen Blüten den sogenannten ›Fliedertee‹ herstellte, den sie erfolgreich bei fiebrigen Infektionen der Atemwege, bei Grippe, Bronchitis, Rheuma und Keuchhusten anwendete. Aus den schwarzen Beeren stellte Karoline ein vorzügliches, mit Zucker gekochtes Kompott her, das sehr heilsam bei Leberentzündungen und Magenleiden wirkte. Außerdem hielt Karoline immer ein paar gedörrte Holunderbeeren bereit, die dem Durchfall sehr entgegen wirkten.

Einen Hollerbusch abzuschneiden, brachte Unglück, und wer konnte etwas gegen eine Pflanze haben, deren Pracht, wenn sie in voller Blüte stand, durch nichts überboten werden konnte?

Betty hatte etwas dagegen.

»Dat Mist wächst doch überall!«, sagte sie.

Und weiter? War der Holunder deswegen weniger schön? Gab es einen stimmungsvolleren Abschied, wenn sich die Stare im Herbst zu Tausenden im gegenüberliegenden Gestrüpp in den zahlreichen Holunderbüschen niederließen und die schwarzen Beeren pfundweise bunkerten, um sich vor der großen Reise noch mal richtig satt zu futtern?

Ein so verwirrender Singsang erfüllte die Luft, dass einem ordentlich schwummerig ums Herz wurde.

»Alles gut und schön«, sagte Betty, »aber die dunkellila Schiete, die die Stare davon überall hinkacken, kricht man im Guten nich' mehr ab.«

Der Holunder am Haus blieb ein ewiger Zankapfel zwischen den beiden, es bestanden sozusagen antagonistische Widersprüche. Else und Karl hatten das Wort Holunder aus ihrem Wortschatz verbannt, um nicht beständig ins Fettnäpfchen zu treten. Denn jede der beiden Naturschützerinnen schnappte nachdem Wort wie der Hecht nach dem Karpfen und verlangte von der neutralen Partei Stellung zu nehmen, was jedes Mal endlose Diskussionen zur Folge gehabt hatte.

In diesem Frühjahr ist Karoline bereits zwei Jahre tot. Der Holunderbaum steht immer noch vor dem Haus. Er duckt sich nicht mehr in den Schatten, wenn Betty kommt, dazu ist er viel zu groß und rund geworden, außerdem braucht er Betty nicht mehr zu fürchten. Ab und zu bekommt er von ihr sogar eine Kanne Wasser mit Kaffeegrund, ein leckerer Wachstumskatalysator.

Obwohl Betty ihre Einstellung zum Holunder noch nicht geändert hat, würde sie es als schmutzig empfinden, den jetzt wehrlosen und seiner Schutzpatronin beraubten Strauch einfach abzusägen. Hinzu kam, dass er so was wie Karolines Vermächtnis darstellte.

Betty hat ein kleines Windspiel in seine Zweige gehängt. Wenn der Wind günstig steht, kann sie Karolines Stimme hören.

Es ist ein aufregender Tag, voller hektischer Vorbereitungen. Betty hat sich ein nasses Handtuch ins Genick gelegt, um endlich das lästige Nasenbluten loszuwerden. Ihr Blutdruck hat Rekordhöhe erreicht und lässt sie auf einem feuerspuckenden Vulkan Tango tanzen.

›Bloß kein' Bohnkaffee mehr trinken‹, denkt sie, ›sonst liech ick morgen im Krankenhaus.‹ Ja, morgen! Morgen ist der erste Mai. Da soll sich Vieles entscheiden. Und was da alles passieren kann! Betty schleppt gemeinsam mit Else eine große Kiste vom Dachboden. Es ist der kostbarste Familienbesitz darin und kann gar nicht vorsichtig genug gehandhabt werden. Die Bodentreppe ist steil und schmal, die Kanten der Holzstufen sind mit Aluminium beschlagen und ganz schön rutschig, ein falscher Schritt, und es geht abwärts.

Betty schiebt von oben, Else zieht nach unten.

Vorsicht, Vorsicht, auf dieser Treppe hat sich schon mancher den Stütz abgeschrappelt! Endlich ist die Kiste am Ziel. Else öffnet das Schloss und klappt den Deckel auf. Der Schatz ist sorgfältig in Holzwolle gebettet, die behutsam entfernt wird. Glänzendes Metall wird sichtbar und formiert sich, mit jeder Handvoll entnommener Holzwolle mehr, zu einem Hohlkörper. Einem sehr alten Hohlkörper, der aus einzelnen Teilen zusammengefügt ist, sodass es aussieht, als läge ein Mensch in der Kiste. Es ist fast ein bisschen unheimlich.

Betty öffnet vorsichtshalber mal das Visier, dessen quietschende Scharniere gegen die Ruhestörung protestieren. Nichts als hohle, schwarze Leere ist dahinter. Na, denn is' ja gut. Es ist Blasius' Rüstung, jene, mit der er Einzug, besser Einsturz, hielt bei seiner Winnifried. Durch die Jahrhunderte vererbt, vom Vater an den ältesten Sohn.

Betty ist froh, dass sie eine Tochter ist. Niemals würde sie sich in eine solche Blechbüchse quetschen. Ihr reicht schon das Putzen des

Vehikels. Jede Menge ›Elsterglanz‹ und Leinentücher liegen bereit, um die Rüstung für Ritter Karls großen Kampf herauszuputzen. Früher gab es für so was Knappen. Aber die sind heutzutage knapp, wie der Name schon sagt. Else und Betty breiten sich mit dem Rüstzeug auf der Bank vor der Haustür aus. Ein leichter Süd-Ost-Wind macht Karoline heute sehr gesprächig. Sie klappert so aufgeregt in ihrem Holunderbusch, als müsste sie morgen selbst die Rüstung tragen.

Unter Karolines Nachlass hatte Betty ein dickes Schreibheft mit Gedichten gefunden. Wann Karoline sie geschrieben hatte, wusste niemand. Jetzt waren die kleinen Geschichten oft ein abendliches Vorlesevergnügen und sorgten für Heiterkeit.

Einige kann Betty schon auswendig. Am Besten gefällt ihr das über den Holunder. Um die langweilige Arbeit ein wenig erträglicher zu machen und Else zu demonstrieren, wie gut ihr Gedächtnis funktioniert, sagt sie es auf. Im Holunderbusch wird es ganz still. Betty bemerkt es und spricht ein bisschen lauter:

»Hollerbusch

Das schönste aller grünen Wunder
ist mir ein Strauch, genannt Holunder.
Doch in seinem liebsten Traum,
ist er ein Holunder-Baum,
wächst in luftig-blaue Höhen,
bäumt sich unter Windes Böen.
Und der Adler baut ein Nest,
hoch in seiner Kron' Geäst.

Frühlings lernt Holunder Fliegen.
Um die Schwerkraft zu besiegen
spannt er Blütenschirme auf,
treibt sie aus dem Zweig zu Hauf.
Oh, es gibt in jener Zeit,
keinen Schön'ren weit und breit.
Nicht das kostbarste Parfüm
gleicht dem Duft, beim Frühlingsblühn.

Sommers schmückt er sich mit hehren
schwarz gefärbten Fliederbeeren.
Ihr burgunderroter Saft
mundet Staren und gibt Kraft.
Linden, Birken, Rüstern, Eichen
kann er stets das Wasser reichen,
trät' zu gerne aus dem Schatten
ihrer dichten Blättermatten.

Denn in seinem liebsten Traum,
ist er ein Holunderbaum.
Ach, mein allerschönster Strauch,
solche Träume hab ich auch.
Ja, die sind mir wohl bekannt.
Freundchen, wir sind artverwandt!«

»Schön«, sagt Else, »dat du dir dat allet so merken kannst!« Sie weiß, was Betty erwartet. Aber das Gedicht ist wirklich schön. »Wie Karoline bloß up sowat allet gekommen is'?«

Im Holunder klappert es wieder. Ach ja, Karoline. Else wird bewusst, wie wenig sie ihre Schwiegermutter doch eigentlich gekannt hatte und wie ähnlich Karl ihr war.

Rein äußerlich betrachtet, hatte man keine Ähnlichkeit feststellen können. Vielleicht früher einmal, aber im Alter waren diese Spuren verblasst und Karoline zu einer schönen Greisin gereift. Ja, gereift, nicht etwa geschrumpft. Schrumpfen taten jene, die sich ächzend und jammernd durch ihre letzten Jahre schleppten und den alten Zeiten nachtrauerten.

Für Karoline war so was nie in Frage gekommen. Klein und zierlich war sie gewesen, mit schneeweißen, krausen Haaren, die sie jeden Morgen und Abend mit einer dicken drahtborstenbesetzten Haarbürste gepflegt hatte. Genau hundert Bürstenstriche umfasste die Prozedur. Das durchblutet die Kopfhaut und hält das Haar glänzend und gesund.

Kaffee war ihr Lebenselixier gewesen, hin und wieder auch mal eine Zigarre dazu, die sie sich von Karl erbat.

Die meiste Zeit des Tages hatte sie in ihrem Zimmer verbracht, das bis unter die Decke mit Büchern vollgestopft war. Kater Gottfried war dabei ihr bevorzugter Gesellschafter gewesen. Gottfried war ein Hüne von Kater. In seinem riesigen, kofferförmigen Kopf wachten zwei kullerrunde Augen über alles, was sich mit mehr als zwei km/h fortbewegte. Gelb waren diese Augen, fast bernsteinfarben. Man konnte sich durch zu langes Hineinstarren in ihnen verlieren. Sie hatten hypnotische Wirkung und übten eine trichterförmige Sogwirkung aus, der man sich möglichst entzog, denn hinter das Geheimnis seiner sichelförmigen Pupillen zu schauen, konnte Unglück bringen. So gefährliche Dinge hatte nur Karoline tun dürfen.

Gottfried war schwarz wie ein angebrannter Braten. Ein herrliches, über die Maßen schönes Tier. Eine echte Hauskatze eben. Jedes Jahr im Frühjahr und im Herbst, wenn das Volk der Katzen von einer übermächtigen Sehnsucht nach Liebe gepackt wurde, hatte Karoline versucht, ihren Gottfried von seinen selbstmörderischen Streifzügen abzuhalten, was jedoch regelmäßig am Aufruhr der Familie gescheitert war. Niemand hatte so starke Nerven, um die Proteste Gottfrieds, der in Karolines Zimmer eingesperrt war, auf Dauer gesund überstehen zu können. Mit seinen mächtigen Pranken grub das Tier tiefe Furchen in die Zimmertür und jammerte dabei erbärmlicher als alle Nachtgespenster dieser Welt zusammen. Karoline war nichts weiter übrig geblieben, als ihren Liebling ziehen zu lassen. Manchmal dauerte es Wochen, bis der Ströper endlich wieder nach Hause fand. Aber was dann kam, war nicht der stolze Gottfried, sondern ein alter, klappriger Tattergreis, mit eingefallenen Flanken und bis zur Unkenntlichkeit zerzaust. Nach jedem dieser Liebesabenteuer war ein Stück seiner Schönheit unwiederbringlich verloren gegangen.

Die Langsamkeit der Bewegungen, mit denen sich Gottfried durch die Tage schlich, war ein geschicktes Täuschungsmanöver. Er war eine Feder, die sich ganz allmählich spannte und bei der kleinsten Erschütterung wie ein Raketengeschoss davonzog.

Gottfried, der Schrecken aller Ratten und Mäuse, war ein erbarmungsloser Jäger und stellte das Wild noch im raffiniertesten Versteck. Nachdem er seine Beute erlegt hatte, ließ er sie liegen und schleppte sie nicht etwa ins Haus, um gelobt zu werden. Derlei profane Dinge hatte Gottfried nicht nötig. Die Folge davon war, dass Betty, die von seinen Jagderfolgen nichts mitbekam, ihn als faulen, unnützen Fresser bezeichnete. Betty hatte ohnehin für Katzen nicht viel übrig. Doch

Ablehnung scheint auf diese Tiere eine magnetische Wirkung auszuüben. Überall, wo Gottfried auf Betty traf, versuchte er sie mit seinen Umgarnungsversuchen für sich einzunehmen, strich um ihre Beine, drückte sich an sie mit hocherhobenem Schwanz und stand ihr beständig im Weg, den er erst nach einem gehörigen Fußtritt räumte.

Wenn er Betty irgendwo sitzend antraf, sprang Gottfried sofort auf ihren Schoß, obwohl er schon an die Hundert Mal von dort heruntergeschleudert worden war.

Nach Karolines Tod war Gottfried lange im Haus umhergeirrt und hatte nach seiner Herrin gesucht. Nächtelang lag er mautzend vor ihrer Zimmertür, die sich für ihn nicht mehr öffnete und hinterließ verzweifelte Kratzspuren auf dem alten Holz.

Eines Nachts hatte sich Bettys Tür geöffnet. Seither residierte er in deren Zimmer und schlief sogar im Bett, aber nur am Fußende.

Die Putzerei geht gut voran, die Frauen haben die letzten Kleinteile in Arbeit. Betty fischt gerade ein seltsames Ding aus der Kiste, für dessen Verwendung sie keine Erklärung hat.

»Was denn dat für 'ne komische Blechbüchs'?«

Sie schiebt das Teil auf ihre Faust, die gerade hinein passt, und versetzt der Luft einen linken Haken.

»Nee«, lacht Else, »dafür is' dat nich'. Dat is'n Eierwärmer.«

»Wie, Eierwärmer?«

»Na, su'n Sackschutz. Du weißt schon.«

Betty begreift und reißt die Blechbüchse von ihrer Faust. »Uuaaahh, is' dat eklich!«

»Na, nu heff die ma' nich' so!«, sagt Else und bearbeitet das wichtige Teil höchstpersönlich mit Elsterglanz und Putzlappen.

Als Karl vom Hof kommt, ist die Arbeit erledigt. Die Ritterrüstung hängt blinkend und ausgehfertig auf einem eigens dafür angefertigten Ständer.

»Na, denn kann't ja los gehn«, sagt Karl und grinst.

»Willst denn den Frack uck noch mal anpassen?« Else steckt das bewegliche Visier auf und ist sicher, dass sie in dem Ding Platzangst bekommen würde.

»Nö«, sagt Karl, »dat gute Stück wird ja wohl nich' eingelaufen sein.«

Das Abendessen wird an diesem Tag vor dem Tag im Wohnzimmer eingenommen, und Karl bekommt, sozusagen als Aperitif, einen doppelten Körnerschnaps. Das gefällt ihm.

Die Familie ist komplett um den großen Stubentisch versammelt.

Seit der aufregenden Geburt ihrer Tochter wohnt Rose mit im Haus und ist inzwischen auch mit Hannes verheiratet. Und so kommt es, dass wieder eine Karoline Lewin mit am Tisch sitzt, die von sich selbst allerdings nur als Karo spricht, weil man mit drei Jahren doch noch sehr zum Abkürzen neigt.

Karo ist Opas Liebling, sie sitzt auf seinem Schoß und verputzt fetten Speck, den Karl ihr in dünnen Portionen abschabt.

Seit Karo laufen kann, beginnt sie, Karolines Rolle zu übernehmen. Nachdem Else sie von einer Kuh heruntergeholt hatte, auf die sie, weiß Gott wie, heraufgeklettert war, wird das Kind während des Melkens mit einer langen Wäscheleine, die ihm einen Bewegungsradius von vier Metern ermöglicht, auf dem Hof festgebunden.

Karo hat blonde Haare, die sich am Ende zu einem Lockenkranz zusammenrollen.

»Krause Haare, krauser Sinn«, sagt Karl und tippt an ihre Ohren, die eine gewisse Ähnlichkeit mit den typischen Lewinohren aufweisen. Zum Glück ist diese Ähnlichkeit aber nicht ganz ausgeprägt, außerdem kann ein Mädchen ja die Haare drüber wachsen lassen.

An diesem Abend will keine rechte Erzählstimmung aufkommen. Da ist es besser, früh ins Bett zu gehen. Und morgen gut ausgeschlafen zu sein, ist schließlich auch was wert, überhaupt für Karl.

*

In der Dorfkneipe wird es um diese Zeit erst richtig turbulent. Es ist proppenvoll und die Stimmung schon so weit fortgeschritten, dass Wirt Dünnebier beginnt, den Klaren mit Wasser zu verpanschen, sodass ein edler Verschnitt entsteht.

Ballmann schmeißt schon die vierte Saalrunde und prostet auf seinen morgigen Sieg, der ganz ohne Frage schon jetzt feststeht. Schließlich ist man ja nicht dumm und überlässt nichts dem Zufall. Kielschweins dolle Idee wird Karl Lewin vom Gaul stürzen, ohne dass er, Ballmann, auch nur zu furzen braucht. Dieser Kielschwein ist schon ein krummer Hund, aber sehr brauchbar. So ganz astrein ist die Sache, die sie sich ausbaldowert haben, natürlich nicht. Aber dem Sozialismus zum Siege zu verhelfen, erfordert manchmal auch ungewöhnliche Mittel. Und außerdem ist Rache Blutwurst. Die

Blamage die ihm, Ballmann, durch Karl Lewin widerfahren war, Kielschweins ausgekugelter Arm und der zerstörte Schappo-Klack mussten gesühnt werden. Alles war bis ins kleinste Detail geplant, bevor da was schief gehen konnte, müsste die Tolle Elvira wieder zur Jungfrau werden.

Der Plan war denkbar einfach, aber auf so was musste man erst mal kommen. Die einzige Schwierigkeit hatte darin bestanden, in der Gegend eine rossige Stute aufzutreiben. Bis in die Kreisstadt mussten sie sich durchfragen und schließlich noch hundert Mark dafür hinblättern. Und das nur fürs Ausborgen!

Jetzt stand die Stute in Kielschweins Stall und wartete auf ihren morgigen Auftritt. Kielschwein wollte sie selbst reiten. Ganz unverhofft wollte er auftauchen, sozusagen aus dem Hinterhalt. Karls Gaul würde so verrückt spielen, dass Karl einfach abstürzen musste. Hengste waren einfach nicht mehr zu regieren, wenn sie irgendwo eine rossige Stute witterten.

Ballmann lehnt sich entspannt zurück, er ist glücklich. Dieser Zustand manifestiert sich in seinem Hirn als Schwarzwälder Kirschtorte, seine Spezialität. Die konnte keiner so backen wie er. Aber nach dem Krieg gab's nix mehr zum Backen. Also hatte er aufs Dorf geheiratet und war Bauer geworden. Und jetzt hatte er es sogar bis zum LPG-Vorsitzenden gebracht. Das Schwarzwälder-Kirschtorten-Gefühl breitet sich aus und krabbelt bis in die Zehenspitzen. Ballmann träumt von einem Wartburg 311. Er am Steuer und neben ihm Berndchen, der seinen Papa stolz beobachtet, wie der die Gänge ganz gefühlvoll einlegt und ordentlich Gas gibt. Auf der Rückbank seine Frau Ilse und die kleine Marita, so wie es sich gehörte.

Dabei wird sein Tortengefühl beim Blick in den Rückspiegel ein wenig getrübt. Er zuckt erschrocken zusammen und sieht schnell wieder auf die Straße. Ilse und Marita sehen sich so ähnlich, dass es einem gruselt. Obwohl Marita erst fünf ist, hat sie schon die gleiche schrille Stimme wie ihre Mutter. Wie der Klang einer aus voller Kraft geblasenen Trillerpfeife schraubt sie sich ins Hirn und gefriert jegliche Widerspruchsversuche zu Eiswürfeln. Die dünne, spitze Nase richtete sich auf einen wie ein nackter Zeigefinger, und das wütende Schnaufen, das den Nasenlöchern entfahren konnte, versetzte, wenn es auf ein Hindernis traf, beim Rückschlag ihre dünnen, aschblonden Haare in nervöse Flatterbewegungen. Ballmann schaut wieder in den

Rückspiegel und bemerkt, dass sich Ilses Mund öffnet. Gleich wird sie ihn wieder kritisieren.

»He, Chef, schmeißt du noch ’ne Lage?!« Ballmann zuckt zusammen und wacht auf. Kielschwein hat ihn gerettet. Zwar nutzt der seine Dankbarkeit ganz schön aus, aber das ist es Ballmann wert. Kielschwein weiß das und will aus seiner Idee mit der rossigen Stute rausholen, was rauszuholen geht.

Kielschwein trägt einen langen, breiten Schnurrbart auf der Oberlippe. Vollkommen unmodern das Ding, aber er kann es nicht abrasieren, weil die Gefahr besteht, dass darunter etwas ist, was nicht sein darf. Dieses verräterische Etwas hätte ihm nach dem Krieg fast das Leben gekostet. Ein weißes Quadrat prangte dort, wo der geliebte Führerschnauzer gesessen hatte, den er beim Einmarsch der Russen abrasierte. Die Russen hatten mit solchen wie ihm nicht lange gefackelt. Braune Schuhcreme deckte das Corpus Delicti notdürftig ab, solange bis ein größerer Nachfolger gewachsen war.

Ballmann hat eine neue Lage bestellt und lässt den Doppelten verschwinden. Sein Magengefühl sagt ihm längst, dass es Zeit ist, nach Hause zu gehen, aber er kommt nicht hoch. Da springt die Tür auf, und Schlappen-Schulze schlurft herein. Mit dem Akkordeon auf dem Bauch beginnt er sofort zu trällern. Bei der Stimmungslage kommt das jetzt bei allen prima an. Nur nicht bei Ballmann. Schlappen-Schulzes Trillerpfeifenstimme bohrt sich in die Eingeweide und bringt seinen Mageninhalt in Wallung. Er springt auf und verlässt im Laufschritt die Lokalität.

Nachdem sich Ballmann entleert hat, taumelt er nach Hause. In diesem Zustand macht er erst gar nicht den Versuch, in sein Bett zu gelangen und begibt sich gleich in die Scheune auf sein Heulager.

Als Ilse Ballmann am Morgen des ersten Mai erwacht und das unbenutzte Bett ihres Mannes sieht, weiß sie, dass Ballmann mal wieder versackt ist und in der Scheune schnarcht. Dabei ist Ballmann eigentlich kein Säufer, er kann nur nicht viel vertragen. Normalerweise ist jetzt eine Lektion mit dem Teppichklopfer fällig, aber heute will Ilse ihren Mann schonen angesichts der schweren Aufgabe, welcher er sich noch stellen muss.

Ilse steigt aus dem Bett und geht in die Küche, um ihre morgendliche Katzenwäsche zu verrichten.

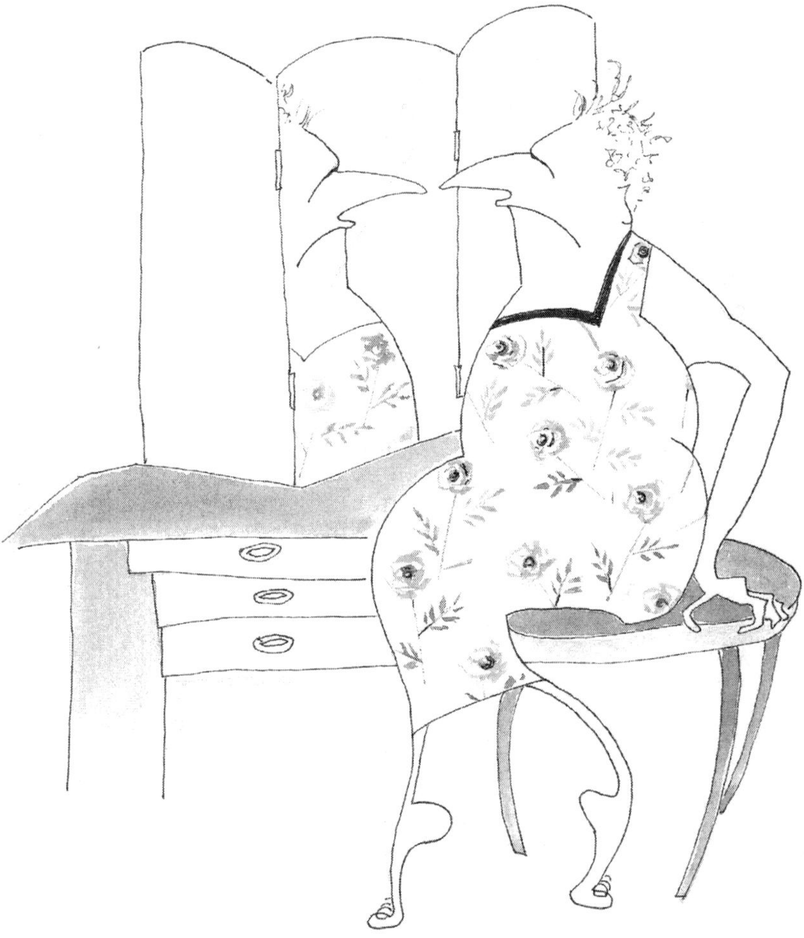

Als sie wieder ins Schlafzimmer kommt und sich vor die Frisierkommode setzt, zuckt sie beim Blick in den Spiegel zusammen. Ärgerlich klappt sie die Seitenflügel des Spiegels ganz weit auseinander, um von dem Anblick ihres Profils verschont zu bleiben. Wahrscheinlich hatte Marita wieder daran herumgespielt. Im Gegensatz zu Ilse betrachtete sich das Kind gerne im Profil. Sie fand es lustig, wie ein Vogel auszusehen und trieb ihre Kammerspiele manchmal soweit, dass sie bei den Selbstbetrachtungen ›Alle Vögel sind schon da‹ sang und die Vogelnamen durch ihren eigenen und den ihrer Mutter ersetzte.

Ilse fand das schrecklich. Als wäre sie mit ihrer Nase nicht schon gestraft genug, musste sie auch noch ständig daran erinnert werden. Was hatte sie nicht schon alles versucht, um das Ding zu entschärfen. Nächtelang war Ilse mit einer stramm gebundenen Binde, welche die Nase breit quetschte und ziemlich schmerzhaft war, ins Bett gegangen. Die Nase wurde dadurch zwar breiter, weil sie anschwoll, aber die Wirkung verpuffte schon nach wenigen Stunden. Diese Tortur konnte sie auf Dauer einfach nicht aushalten. Außerdem war ihr Liebesleben dabei auf der Strecke geblieben, weil Ballmann bei ihrem mumienhaften Anblick einfach keinen mehr hochkriegte. Und das schien ihr die Sache dann doch nicht wert zu sein.

Ilse geht in die Küche, bereitet das Frühstück vor und setzt Kaffeewasser auf. Es ist halb neun, höchste Zeit, Ballmann zu wecken und auf den Kampf vorzubereiten.

Draußen ist es ziemlich frisch. Das Scheunentor steht offen. Kielschwein ist Ilse zuvorgekommen, er kniet neben Ballmann im Heu und versucht ihn wachzurütteln.

Ilse konnte Kielschwein nicht ausstehen und nannte ihn einen verschlagenen Köter. Seine glimmerigen Augen und der riesige Schnurrbart, der wie ein ausgefranster Handfeger unter seiner Nase hing, waren ihr widerwärtig. Am liebsten würde Ilse ihn vom Hof jagen, aber es sah ganz so aus, als wenn sie seine Hilfe brauchen könnte.

Ballmann öffnet die Augen, er stöhnt und reibt sich die Schläfen. »Oh, Gott, oh Gott, mir platzt die Omme! Ilschen, mir is' ja so schlecht!«

»Ausgerechnet heute!«, meckert Ilse.

»Wieso, wat is' denn heute? Ach Gott, stimmt ja. Nee, daraus wird nüscht. Dat müssen wir verschieben.«

»Geht nich'«, sagt Kielschwein.

»Aber ick komm in dem Zustand gar nich' auf Ruppert rauf.«

»Irgendwie kriegen wir das schon hin«, sagt Ilse. »Nu komm erst mal hoch!«

Als Ballmann endlich schwankend auf seinen stämmigen Beinen steht, schiebt Ilse ihn zur Pumpe auf dem Hof. »Kopf runter!«

Ballmann gehorcht, Ilse setzt den Schwengel in Bewegung. Das eisige Brunnenwasser lässt Ballmanns Kopf schrumpfen und presst ihn zusammen, wie ein Schraubstock. Aber es hilft.

»'n bisschen besser is' schon, Mäuschen«, sagt Ballmann, als Ilse endlich nachlässt. Er ist quaddernass und zittert vor Kälte.

»So, und jetzt ab ins Haus, abtrocknen, umzieh'n, frühstücken!«

Inzwischen holt Kielschwein Ruppert aus dem Stall. Der schnuppert neugierig an ihm herum. Aber ansonsten regt ihn der Geruch der rossigen Stute, den Kielschwein an den Sachen hat, nicht weiter auf. Als Wallach ist Ruppert vor den Verlockungen weiblicher Sexualduftstoffe gefeit. Ruppert ist ein gutmütiger, starker Fuchs, mit einem Milchmaul und großer Blesse auf der Stirn, ein schweres, großes Warmblutpferd mit großen, lebhaften Augen und weiten Nüstern. Sein dunkelbraunes Fell schimmert wie Samt in der Morgensonne.

Nachdem Kielschwein ihn gestriegelt und gesattelt hat, bekommt er seinen Hafer. Ruppert ist zufrieden. Endlich erscheint Ballmann in der Haustür, sichtlich gesünder als vorher, aber immer noch etwas staksig. Ilse hat bequeme Kleidung verordnet und ihren Mann in einen schicken hellblauen Trainingsanzug gesteckt, der wunderbar mit den karierten Filzlatschen konveniert.

Ballmann schlurft in die Sattelkammer, wo sich seine Ritterrüstung befindet. Er nimmt Aufstellung und lässt sich wie eine Ankleidepuppe von Ilse und Kielschwein zurechtmachen. Er bekommt eine Lage nach der anderen aufgepackt, kann sich kaum noch rühren.

Das Kettenhemd mit Kapuze und Hose ist eine Schutzhaut aus Ringgeflecht und würde, wenn es nach ihm ginge, eigentlich vollkommen ausreichen, weil der darüber geschnallte Brustpanzer ihm wahrhaft wie ein Panzer auf der Brust liegt. Doch Ilse ist unerbittlich, schließlich soll Ballmann sich nicht verletzten, setzt ihm stattdessen noch Brust- und Rückenplatten aus gewölbtem Blech auf, die sie mit Schnallen verbindet.

Ein Halsschutz aus Kettengeflecht, Schienen und Kacheln für Glieder und Gelenke verdonnern Ballmann fast zur Bewegungslosigkeit.

Da sind auch die eleganten ledernen Handschuhe, besetzt mit Eisenteilen und Stulpen, kein besonderer Trost.

Die schicken Filzlatschen werden durch kurze, stumpfbreite Eisenschuhe, sogenannte Bärenfüße, ersetzt. Und nochmal oben drüber, der Waffenrock, ein Obergewand in den Farben gelb und grün, mit schönen Ornamenten bestickt.

Ballmann schwitzt, dabei hat er das Beste noch gar nicht an. Jetzt kommt es. Ilse nimmt den feierlichen Abschluss der Prozedur persönlich vor und krönt ihren Mann mit einem Kübelhelm in konischer Form, der mit Sehschlitzen versehen ist. Ballmann sieht nichts mehr und fängt an zu jammern: »Ilse, nimm mir den Topf wieder ab, ich krich keine Luft mehr!« Sein Kopf senkt sich unter dem Gewicht nach unten, sodass sich die langen, schön geformten Büffelhörner aus Leder, die zur Zierde am Helm befestigt sind, bedrohlich gegen Ilse richten. »So geht das aber nicht, Heini! Du musst dich an den Kopfputz gewöhnen, sonst kommst du beim Kampf gar nicht damit zurecht«, sagt Ilse. Ballmann tut ihr leid, aber nachgeben darf sie jetzt nicht, sonst wird er bockig, dann geht gar nichts mehr.

Ballmann fühlt sich wie der Mann mit der eisernen Maske.

»Mensch, Ballmann du siehst toll aus!«, sagt Kielschwein und klopft mit den Fingerknöcheln auf den Brustpanzer, dabei zwinkert er Ilse zu und macht eine komische Grimasse.

›So weit kommt's noch‹, denkt Ilse, ›dass der mein Bärchen auch noch veräppelt.‹ Sie sieht Kielschwein strafend an. »Beim nächsten Mal quetschen wir dich in die Blechbüchse rein. Bin gespannt, ob du auch so toll aussiehst.«

»Also meine Idee war dieser ganze Zinnober nich', da musst du dich bei Sauermann bedanken.«

»Ja, ja«, sagt Ilse, »quatsch nicht so viel, und hol die lange Stange und den Deckel von meinem Waschkessel aus der Ecke!«

»Du meinst die Lanze und den Schild?«

»Ja, genau die mein ich, und trotzdem ist der Schild der Deckel von meinem Waschkessel.« Ilse hatte sich nur widerstrebend dazu bereit erklärt, ihren Waschkesseldeckel zu einem Schild umfunktionieren zu lassen. Zwar war der jetzt schön bemalt, aber irgendwie passte dieser Anstrich nicht zu seiner gewöhnlichen Funktion. Malermeister Schmidt hatte eine Seite mit dem Wappen der Fahne der Deutschen Demokratischen Republik verziert. Ein bisschen plump sah das

Ganze zwar aus, aber es war riesengroß und man konnte erkennen, was es sein sollte. Der goldene Ährenkranz begrenzte den äußeren Deckelrand und bildete den Rahmen für einen sehr plastisch wirkenden Hammer, vor dem der Zirkel allerdings ein wenig zu klein geraten schien. Ilse war nicht ganz wohl dabei, wenn das erhabene Bildnis stundenlang mit den Kochwasserdämpfen ihrer schmutzigen Wäsche vollgepösert wurde, beruhigte sich jedoch damit, dass eine Fahne schließlich auch mal gewaschen werden müsste. Die Außenseite des Deckels, da wo sich der Griff befand, hatte Schmidt mit Abbildungen von roten Ziegelsteinen verziert, sodass es aussah, als wäre sie gemauert und dem Schildträger eine schier unüberwindbare Festigkeit vermittelte.

Ilse schiebt Ballmann vorsichtig nach draußen. Der hat damit zu tun, nicht über seine Bärentatzen zu stolpern und ist froh, wenn er ab und zu mal einen freien Ausblick durch seine Kuckschlitze erhaschen kann. Wenn er an Sauermann denkt, überkommen ihn Mordgelüste.

Beim Anblick seines Herrn beginnt Ruppert beunruhigt zu schnaufen und ruckt an der Leine, als wollte er fliehen. Ballmann hat es durch den linken Schlitz gesehen und versucht, ihm beruhigend zuzureden. Aber davon wird Ruppert noch nervöser, die Geräusche aus der Konservendose klingen ihm wie Donnerhall in den empfindlichen Ohren.

»Nimm mir den Pott ab!«, befiehlt jetzt Ballmann, in ungewohnt scharfem Ton. Ilse gehorcht.

Als Ruppert das vertraute Mondgesicht seines Herrn erkennt, wird er ruhiger und lässt ihn an sich heran. Aber wie soll Ballmann da jetzt heraufkommen? Kielschwein holt eine Trittleiter, doch schon das Erklimmen der ersten Stufe ist mit den steifen Eisenbeinen eine unlösbare Aufgabe für Ballmann. Na gut, dann eben anders. Ein Bein Ilse, ein Bein Kielschwein und dann hochgehievt den Koloss von Rhodos. Aber auch diese Idee erweist sich als Flopp. Ballmanns pures Lebendgewicht hat es schon in sich, und mit all dem Blechzeug an ihm dran, ist er doppelt so schwer. So, und nu? Die Uhr ist dreiviertelzehn.

»Da!«, ruft Ilse und zeigt auf eine Seilwinde am Haus. Die Seilwinde befindet sich im Obergeschoss und ist direkt über einem Türchen angebracht, durch das früher die Kornsäcke auf den Boden gelangten.

Kielschwein begreift und holt ein Seil. Er steigt auf eine Leiter und legt es über die Seilwinde. Das eine Ende bindet Ilse um Ballmanns Bauch. Am anderen Ende zieht Kielschwein Ballmann in die Höhe. Ballmann befindet sich jetzt in zwei Meter Lufthöhe, hoffentlich hält das Gestell, an dem er hängt.

Gut, dass Kielschwein schon ein kräftiges Frühstück im Magen hat, die Spiegeleier-mit-Speck-Energie verteilt sich gleichmäßig in seiner Armmuskulatur. Den Rest liefert die Wut über den kaputten Zylinderhut seines Uropas.

Ilse führt Ruppert jetzt direkt unter Ballmann. »Hiev ab!«, befiehlt sie Kielschwein, »aber langsam!«

Kielschwein wächst über sich hinaus. Zentimeter um Zentimeter schwebt die Last herab und kommt endlich auf Rupperts breitem Rücken zum Sitzen.

»Gott, sei Dank«, stöhnt Ilse, holt die Trittleiter heran und steigt in Ballmanns Augenhöhe herauf. Sie kuckt durch den rechten Sehschlitz in seinen Helm und sieht, dass er ganz grün im Gesicht ist. »Machs gut, Bärchen, lass dich nicht unterkriegen!«, sagt sie und pustet durch den Schlitz.

Kielschwein klemmt Ballmann die Lanze unter den Arm und verhakt dessen Finger im Griff des Waschkesseldeckels. Dann nimmt er Ruppert am Zügel und führt ihn vom Hof, haut ihm eins hintendrauf und verschwindet, um die Geheimwaffe rossige Stute zu holen.

Ruppert weiß, was zu tun ist. Mehrmals musste er die Strecke in den letzten Tagen gehen, auf dem Rücken drei Sack Korn, um Ballmanns Gewicht zu simulieren.

Er biegt links ab, nach hundert Metern biegt er wieder links ab und erreicht die alte Dorfstraße. Bestes Kopfsteinpflaster lässt seine eisenbeschlagenen Hufe klappern und bringt ihn ordentlich in Wallung. Aber schon an der ersten alten Linde am Straßenrand muss er stehen bleiben, so wie er es gelernt hat. Die Dorfstraße ist dreihundert Meter lang. Am anderen Ende soll Karl Lewin Aufstellung nehmen, aber der ist noch nicht da.

›Vielleicht‹, denkt Ballmann, ›hat er ja Angst gekriegt und kommt erst gar nich'‹.

Dafür kommt Kielschwein auf der geborgten Stute angetrabt und postiert sich an der Straßenmitte, da wo die Kämpfer voraussichtlich zusammentreffen müssen.

Der Bürgersteig ist voller Menschen, einige Dorfjungens sind sogar in die Bäume geklettert. Endlich kommen die Vorstandsmitglieder, Sauermann an der Spitze.

»Morg'n, Chef! Bist du da drin?« Er klopft an Ballmanns blechernes Bein und bekommt dafür eins mit dem Bärenfuß vor den Bug.

»Also, Chef, toi, toi, toi! Streng dich an, ich hab sogar die Zeitungsfritzen herbestellt!«

»Dat kriegst du fertig«, stöhnt Ballmann aus dem Blech.

»Is' schon komisch mit ein' zu sprechen, den man gar nich' sieht«, staunt Arthur Gurke. Ballmanns Bärenfuß verfehlt ihn um Haaresbreite.

Auf dem Bürgersteig wird das Geschubse und Gedränge immer ärger. Die Familien sind fast vollzählig versammelt. So ein Ereignis erlebt man nicht alle Tage. Doch nun wird es langsam Zeit, dass das Ereignis sich ereignet. Die kühle Morgenluft macht die Warterei nicht besonders angenehm. Erna Gurke hat ein vorzügliches Mittel gegen kalte Füße dabei. Sie ist heut spendabel und lässt die Flasche kreisen. Piek Ass setzt mit einem wehmütigen Seufzer die Flasche mit dem Kartoffelschnaps an die Lippen und schließt beim Schlucken die Augen, sozusagen in ehrendem Gedenken. Er gibt Erna die Flasche zurück. Erna nimmt einen Hieb und gibt sie weiter an den am nächsten Stehenden. Der kleine Michael mit der ständigen Schnoddernase kann sein Glück gar nicht fassen und lässt, nachdem er erst mal prüfend in das Flaschenloch gerochen hat, gleich mal was reinfallen. Leider ist er nicht schnell genug. Bevor die Mixtur in seinem Rachen landet, hat Elvira die Schweinerei entdeckt und haut dem Jungen geistesgegenwärtig die Flasche aus der Hand, die mit einem dumpfen Knall auf dem Bürgersteig zerplatzt. Erna ist außer sich.

»Du olle Schlampe, so was Bleedes! Den Schnaps bezahlst du mir!« Das Wort Schlampe mag Elvira gar nicht gern. Sie muss sich revanchieren und nennt Erna eine verdammte alte Saufkuh. Das kann Erna nicht auf sich sitzen lassen und demonstriert, dass sie noch jede Menge Steigerungsformen für das Wort Schlampe kennt. Aber Elvira ist auch nicht aufs Maul gefallen und gibt Erna kräftig Bescheid.

Immer lauter und hitziger wird das Wortduell. Die Volksmenge ist froh, dass endlich was abgeht und drängt sich um die keifenden Weiber. Dann passiert es, Erna geht zu weit und nennt Elvira »geile Punze«. Also nee, Erna, so nich'! Elvira nimmt Maß und verpasst dem Gurkenferkel einen mordsmäßigen linken Haken. Erna kullert auf die Straße. Elvira setzt nach, jetzt kullern beide über die Straße.

Wo soll das hinführen? Das weiß keiner und will auch keiner wissen. Denn in diesem Moment ertönt das ›Halali‹ eines Jagdhorns. Niemand hatte in dem allgemeinen Tumult mitbekommen, dass der, auf den sie alle warteten, eingetroffen war. Eilig kehrt Sauermann das Volk von der Straße. Dann entrollt er eine rote Fahne und schwenkt sie über seinem Kopf. Das ist das vereinbarte Zeichen, die Kontrahenten setzen sich in Bewegung. Ganz gemächlich trotten sie aufeinander zu, erst fünfzig Meter vor dem Ziel ist ein schärferer Anritt geplant. Erst mal ist Schaulaufen angesagt.

Ruppert scheint zu spüren, welche Qualen sein Reiter erleidet und bewegt sich äußerst vorsichtig über das holprige Pflaster, jede Vorwärtsbewegung mit einem sanften Kopfnicken begleitend. Das rhythmische Klappern der Hufe klingt Ballmann wie Trommelwirbel in den Ohren. Ihm ist, als würde er zu seiner Hinrichtung geführt. Ein eisiger Wind pfeift durch seine Kucklöcher und treibt ihm die Tränen in die Augen. Gerade noch so kann er die fünfzig Meter Markierung erkennen.

Jetzt geht's los, Ballmann presst die Oberschenkel an, Ruppert geht in gestreckten Galopp. Ballmann versucht, Karl zu entdecken und erhascht einen Blick auf dessen Schild, auf das ein riesiger, bunter Hahn gemalt ist. Immer schneller nähert sich der Hahn.

Eigentlich könnte Karl jetzt langsam vom Pferd fallen, denkt Ballmann und versucht, durch eine leichte Drehung eine andere Perspektive zu bekommen. Es klappt. Ballmann hat jetzt freie Sicht und kann durch seine Camera obscura sehen, dass der Gegner nur noch wenige Meter entfernt ist. Karl klappt das Visier seines Helms herunter. Warum fällt der nicht endlich, warum spielt der Gaul nicht verrückt? Ist die Stute vielleicht doch nicht rossig? Ballmann ist verzweifelt. Dann erwischt er einen Seitenblick auf Kielschwein. Der fällt gerade von der Stute, die sich wie wild gebärdet und fast senkrecht auf den Hinterbeinen steht. Was ist los? Da taucht Karl wieder auf, das Gesicht hinter der Hundsgugel verborgen.

Ein grausliger Anblick. Noch grausliger ist das, worauf Karl sitzt. Ballmann gerät immer mehr aus der Fassung. Zwei riesige, gefleckte Köpfe jagen auf ihn zu, sie dampfen und brüllen und richten ihre langen, spitzen Hörner auf ihn.

Das ist zu viel für Ballmann, er schnappt über. »Ich bin klein, mein Herz ist rein. Soll niemand drin wohnen als Jesus allein!«, schreit er und richtet seine Lanze auf den Gegner. Bevor Ballmann ›Amen‹ sagen kann, kracht ein wuchtiger Stoß auf den Hammer seines Waschkesseldeckels. Ballmann kippt vorne über. Wie ein nasser Sack hängt er auf Ruppert, aber er ist noch drauf.

Die Kämpfer begeben sich wieder an die Fünfzig-Meter-Marken.

Ballmann bietet ein jammervolles Bild. Aber auf ihn achtet jetzt sowieso keiner. Es gibt nur noch Karl Lewin und sein ungeheuerliches Reittier.

Karl freut sich, als er die entsetzten Gesichter der Leute sieht.

Gerade macht sich die rossige Stute aus dem Staub. Mit erhobenem Schwanz und lokomotivartigen Schnaufgeräuschen jagt sie die Dorfstraße hinunter und schleift Kielschwein, der mit einem Fuß im Steigbügel fest hängt, hinter sich her. Der Anblick des Ungeheuers ist zuviel für ihr strapaziertes Gemüt.

Für Doppelkopp ist der Anblick einer so großen Menschenmenge etwas völlig Neues. Doch scheint der Trieb des Herdentieres, vor dem Unbekannten die Flucht zu ergreifen, bei ihm völlig erloschen zu sein. Groß und massig steht er da an der Fünfzig-Meter-Markierung und schaut neugierig auf die zappelnde und plappernde Masse am Straßenrand. Kraft seiner Zweiköpfigkeit ist er in der Lage, dem unbekannten Wesen aus Menschenleibern, nichts weiter als pure Neugier entgegenzubringen. Doppelkopp weiß, wie er aussieht, kann sich anschauen, ohne in den Spiegel zu sehen.

Doppelkopp kann sich in die Augen sehen und seine Gedanken und Gefühle untereinander austauschen, sozusagen von Kopf zu Kopf. Doppelkopp ist immer Zwei in Eins, wovor sollte der sich fürchten? Sein linker Kopf ist mit allen Attributen der Weiblichkeit ausgestattet: mittellang, mittelbreit, trocken und sehr edel, ist er die perfekte Ergänzung zu seinem rechten Nachbarn, der kürzer und gedrungener wirkt und mit seinem breiten Flotzmaul männliche Großmäuligkeit versinnbildlicht. Auch der Körperbau des Bullen macht einen ausgesprochen männlichen Eindruck, sehr robust aber nicht grob, mit einer wuchtigen Vorhand, die durch ihre breite tiefe Brust beeindruckt. Rücken- und Lendenpartie sind breit und fest, das Becken ohne große Polster auf den Darmbeinen, die breite tiefe Keulenmuskulatur reicht bis zum Sprunggelenk herab. Seine Klauen sind glatt und hart, starkwandig und abgerundet mit geschlossenen Spalten. Der kräftige Schwanz endet in einer weichen seidenglänzenden Quaste. Doppelkopp ist viel größer als Ruppert und wirkt mit seinen tausend Kilo Lebendgewicht fast übermächtig gegen ihn.

Ruppert schaut dem weiblichen Kopf in die Augen.

›Brauchst keine Angst haben‹, signalisiert der, ›ich tu dir nix.‹

›Aber nur, wenn du dich benimmst‹, signalisiert sein Nachbar und stößt eine kleine, heiße Gaswolke aus den mächtigen Nasenlöchern.

Ruppert scharrt mit den Vorderfüßen und wackelt mit dem Kopf, nicht bedrohlich, eher wie ein Faxenmacher, der jemanden zum Lachen bringen will. Als er den Schenkeldruck seines Herrn spürt, ist er sofort wieder Ruppert und prescht los.

Ballmann hat sich entschlossen, sein Fell so teuer wie möglich zu verkaufen. Er weiß jetzt, dass von außen keine Hilfe mehr zu erwarten ist, versucht seine eigenen Kräfte zu mobilisieren und stellt überrascht fest, dass er was kann. Krachend fährt seine Lanze auf den bunten Hahn seines Gegners und zersplittert. Aber auch Karls Lanze gibt bei der Kollision mit Frau Ballmanns Waschkesseldeckel den Geist auf. Leicht wankend versucht er, sein Gleichgewicht wieder herzustellen und begibt sich zur Fünfzig-Meter-Markierung.

Jetzt wird gefochten. Dicke, kernige Knüppel aus Eichenholz ersetzen die Schwerter. Die Gegner jagen aufeinander los und donnern sich gegenseitig auf den Schild. Wer hier nicht schnell genug pariert, ist verloren.

In schneller Folge prasseln die Schläge donnernd auf die Schilde. Noch ist nicht abzusehen, wer hier den Sieg davon trägt. An Ballmanns Hammer blättert die Farbe, der Zirkel ist bereits ganz verschwunden und der linke Flügel von Karls schönem, bunten Hahn hat mehrere Federn eingebüßt. Endlich macht sich Karls Ausgeschlafenheit bezahlt. Bei Ballmann lässt die Kondition nach, der Dauerdonner auf den Schild hat seinen Kopfschmerzkater wieder aufgeweckt. Ballmanns Deckung lässt nach und verrutscht so weit, dass Karls Knüppel eine Schneise findet. Krachend knallt er auf den Helm des LPG-Vorsitzenden, der sein Bewusstsein verliert und vom Pferd kippt.

Einige Meter entfernt steht Sauermann. Er ist dabei, ein Tischchen wegzuräumen, an dem Karl die Einverständniserklärung für seinen Eintritt in die Genossenschaft unterzeichnen sollte.

»Wat machst du denn da?«, schreit Karl, der inzwischen von Doppelkopp geklettert ist und im Seemannsgang auf ihn zugeht.

»Tja, Karl, das siehst du doch. Ick räum den Schreibkram weg, denn unterschreiben wirst du nun wohl nicht.«

»Wieso?«, sagt Karl, »ick denk, der Sieger darf in die LPG eintreten? Und ick hab doch gesiegt. Nee, nee jetzt müsst ihr euer Versprechen auch halten und mich in eurem Verein aufnehmen.«

Einige, die schon im Begriff sind nach Hause zu gehen, drehen um und warten neugierig auf das, was jetzt kommt.

Karl geht zu seiner Schwiegertochter Rose, die staunend am Straßenrand steht und ihre Tochter auf dem Arm hält. Er nimmt ihr das Kind ab und geht zum Tisch, wo sich immer mehr Neugierige versammeln. Auch Ballmann hat sich wieder aufgerappelt, er sitzt auf einem Stuhl und hat einen kalten Lappen auf dem Kopf.

»Hier!«, schreit Karl und streckt Karo hoch in die Luft, »das ist uns're Zukunft. Uns're Enkel soll'n das mal leichter haben als wir. Wozu braucht man denn schon Besitz, mit so was woll'n wir uns're Nachkommen doch nich' ärgern. Besitz belastet nur, solchen Ballast muss man abstoß'n, um frei zu sein. Alle für einen, für den Staat. Und alle für die Genossenschaft. Denn die Frage, warum eine Klucke Klucke heißt, kann keiner nich' beantworten.

Heißt die so, weil sie nich' wie die andern Hühner gackert, sondern ›kluck-kluck‹ macht, oder heißt sie Klucke, weil sie so lange auf ihre Eiern kluckt? Dat weiß keiner. Is' ja auch egal. Wichtig is' nur, dat man sich immer den richtigen Bart wachsen lässt, so wie Kielschwein.

Als mein Vorfahre Blasius vor achthundert Jahren in dieses Land kam, da hatte er nichts, außer dieser Rüstung und einem Kind. Schön abgeplagt hat er sich, Wald gerodet und Land urbar gemacht. Krumm geworden ist er dabei. Doch er wollte, dass seine Nachkommen es mal leichter haben. Und das war ein Fehler. Denn irgendwann, als sich diese Nachkommen und später wieder deren Nachkommen alles schön eingerichtet und ihren Besitz aufs Beste bestellt hatten, kamen die Herren und haben gesagt, das gehört jetzt uns, und weg war der schöne Besitz. Denn die Herren hatten Soldaten und die Macht. Und alle, die danach kamen, waren Knechte, Tagelöhner oder Landarbeiter, so wie wir das auch waren bis vor dem Krieg. Dann kam die Bodenreform, und wir wurden alle Landbesitzer. Geschenkt hat man uns nichts. Und auch wenn das Land, was unter uns aufgeteilt wurde, vorher dem Gutsherrn gehörte, so ist es doch unser Land gewesen. Denn es war nach Recht und Gesetz seit Urzeiten das Land unserer Vorfahren, das die Vorfahren der Gutsbesitzer denen geklaut hatten. Und plötzlich waren wir auch Herren, freie Bauernherren mit Besitz und Stolz, die sich vor keinem zu krümmen brauchten und selbst entscheiden konnten, was auf den Acker kam. Bauernherren, die ihre eigenen Milchkühe im Stall hatten und nicht bloß ’ne lumpige Deputatskuh im Stall vom gnädigen Herrn, die manchmal nicht mal genug Milch gab, um die Kinder ’ne Suppe kochen zu können.

Ja, Bauernherren, die sich sogar Pferde halten konnten, was früher nur die Herrschaften ihr Stolz war. Aber ha, wer sagt denn, dass der Bauer blöd ist? Nee, nee, der Bauer hat dazu gelernt. Jetzt, wo er seinen Besitz bestens bestellt hat, will er ihn nicht mehr haben. Er gibt ihn wieder ab. Schließlich woll’n wir keine Herren sein. Herren sind was Schlechtes. Herren sind Ausbeuter. Und darum hab ich mich entschlossen, wieder ein Knecht zu sein.«

Karl tritt an den Tisch, nimmt den Kugelschreiber und unterzeichnet seine Beitrittserklärung in die Genossenschaft. Seine Augen brennen, als der Stift über das Papier kratzt. Aber so eine Blöße wird er sich hier nicht geben. Eilig nimmt Karl seine Enkeltochter wieder auf den Arm und stiefelt nach Hause.

»Weißt du«, sagt er zu Karo, »hinfallen is’ keine Schande, mein Kind. Nur liegen bleiben darf man nich’. Und manchmal muss man einfach auf’m Kopf stehn, um die Welt wieder auf die Füße zu stell’n.«

# Zweiter Teil
# Der Atem des Lebens

## Karoline

Nach einer solchen Nacht taucht man auf wie aus dem Todesschlaf. Auferstehung.

Karoline Lewin bemerkt, dass sie erwacht ist und staunt wie jeden Morgen, immer noch am selben Platz zu sein wie vor Stunden. Intensive Schnaufgeräusche im Nachbarbett verheißen einen störungsfreien Aufstehablauf. Nichts ist quälender, als in diesem halblebendigen Zustand angesprochen zu werden und womöglich noch antworten zu müssen. Aber Lilli schläft.

Es war sehr spät geworden gestern. Ja, gestern, was war da noch? Als Karolines nackte Schritte den Boden queren, fällt ihr ein, was war. Blätter pflastern den Weg durchs Zimmer, klemmen sich zwischen die Zehen, fliegen kurz auf und landen wieder.

Ein Sturm hatte gewütet, bis weit in die Nacht hinein. Kein gewöhnlicher Sturm war es gewesen, wohl eher so was wie ein Orkan. Jedenfalls hatte Karoline Derartiges noch nie erlebt.

Durch das nicht rechtzeitig geschlossene Schlafzimmerfenster waren Laub und Blütenblätter der Kletterrosen am Haus hereingeschossen wie Konfetti mit einer Faschingskanone. Prost Neujahr! Zum Aufräumen war keine Zeit geblieben, der Strom fiel aus, und Tochter Lilli brauchte mit ihren sechs Jahren allen Schutz und Trost, der aufzubieten war.

Da hatte sich zum ersten Mal die Verantwortung wie ein großes, schweres Paket angefühlt. Die Verantwortung, ganz allein mit einem Kind in einem großen, alten Haus zu leben.

Karoline war gekettet an dieses Haus, in dem sie aufgewachsen war, so wie jetzt ihre Tochter. Niemals hätte sie fortgehen können von hier. Es sei denn, eine günstige Fügung bescherte ihr die Fähigkeiten einer Schnecke. Aber darauf hatte sie eigentlich nie gehofft, bepflanzte lieber Haus und Hof mit einer Hecke, die mit den Jahren undurchdringlich geworden war, denn untätiges Warten war Gift für ihre Psyche und konnte sich in explosionsartigen Anfällen entladen.

Ein Biotop mit Anbindung zur Außenwelt, dem Dorf, war entstanden. Wobei Karoline diese Anbindung meist nur dazu benutzte, um das Dorf zu verlassen und in die Stadt zum Einkaufen oder sonst wohin zu fahren. Nicht, dass es woanders besser gewesen wäre, aber man kannte die Leute wenigstens nicht näher. Und das war gut so. Sobald man irgendwen besser kennen lernte und sich dieser Irgendwer einem sozusagen erschloss, wurde es unangenehm, hässlich. Mit wenigen Ausnahmen, versteht sich. Aber in Karolines Heimatdorf waren kaum Ausnahmen vorhanden. Normales Volk, das miteinander verkehrte, soff und übereinander quatschte, wobei diese Gattung noch zu den Harmlosen zählte. Wirklich ätzend waren jene, die meinten, was Besseres zu sein und mit einem immer währenden, erhabenen Lächeln durch die Welt stolzierten, das sich aber beim Betreten ihrer eigenen vier Wände sofort verflüchtigte. Blindschleichen, die mit Vorliebe im Leben anderer Menschen herumstocherten. Wie eine köstliche Suppe füllten sie sich das Erhaschte auf ihre Teller und saßen solange kopfschüttelnd davor, bis ein Haar hineinfiel. Das waren die Allerschlimmsten, die mit den großen Füßen, die den Wert eines Menschen an seinem Besitz maßen oder gemeinderätliche Froschkonzerte veranstalteten. Wie ein Lebenselixier sogen sie den Duft ihrer eigenen Furze auf, ohne jene hirnvernebelnde Wirkung zu bemerken, welche ihre Brägen zu Kaffeebohnen schrumpfen ließ und blöde machte. Jacobs-Krönung-Kaffeebohnen, aus denen sie eine braune Plürre brühten, um beim Gedöns ihrer Artgenossen nicht in Tiefschlaf zu fallen.

Uuaauhuhu, dunkel war's, der Mond schien helle. Ach, schiene er doch nur ein wenig in die Kellerlöcher ihrer verstopften Herzen.

Karoline sieht aus dem Wohnstubenfenster und versucht, in dem Durcheinander von abgebrochenen Ästen, umgeknickten Bäumen und Schuppendachteilen zu erkennen, was wozu gehört. Weiter hinten auf dem Hof ragt eine riesige Baumwurzel in die Luft. Karoline wird heiß vor Schreck. ›Das ist doch nicht etwa …?‹ Sie wirft sich den Bademantel über und rennt raus, so schnell, als könnte sie verhindern, was längst schon geschehen war. Und wirklich, da liegt er, der alte Kirschbaum, auf den Tag genau so alt wie sie selbst. Ihre Urgroßmutter, der zu Ehren Karoline ihren Namen trug, hatte den Baum in der Nacht ihrer Geburt gepflanzt. Wenn man diesen Vorgang pflanzen nennen konnte. Eigentlich hatte sie nur den abgeschnittenen Zweig eines Kirschbaumes an jener Stelle in die Erde gesteckt, an der die Nachgeburt eingegraben worden war.

Vierundvierzig Jahre sind für einen Kirschbaum eine Menge Wachstumszeit. Wie viele Kirschen mochten an ihm wohl gereift sein? So viele wie Sterne am Himmel? Bestimmt noch viel mehr. Und jede Kirsche, so wie jeder Stern, konnte der Mittelpunkt eines Universums sein. Es gehörte nur ein bisschen Glück dazu. Das Glück, gefressen zu werden und samt Kern in den Bauch eines dieser gefräßigen Stare zu gelangen, um dann irgendwo zu landen. Vielleicht sogar in Afrika.

Ja, in Afrika Wurzeln schlagen und zu einem Baum heranwachsen, zu einem Kirschenbaum in Afrika, einen Beitrag leisten gegen den Hunger in der Welt.

Um den rissigen Stamm und bis weit in die monströse Krone hinein winden sich wie dunkelgrüne Höllenschlangen Weinreben und züngeln ins Nichts. Auf ihren rotbraunen Rosinen hetzen Ameisen mit Rucksäcken, die manchmal schwerer sind, als sie schleppen können. Die armdicken Taue der Reben hatten dem Sturm lange standgehalten und den Baum getragen. Aber die Last der Kirschen war in diesem Sommer zu schwer.

Karoline bemerkt, dass nur ein Teil der Wurzel in die Luft ragt, die andere Hälfte befindet sich noch im Erdreich und versorgt den Baum mit dem Nötigsten. ›Vielleicht‹, hofft sie, ›kann man ihn aufrichten und die herausstehenden Wurzeln wieder eingraben.‹

Darüber, dass dazu wahrscheinlich ein ganzes Regiment nötig sein wird, möchte Karoline jetzt nicht weiter nachdenken. Sie besieht das graubraune Geflecht genauer. Irgendetwas ist komisch daran. Als hielten die biegsamen Verästelungen etwas umschlungen, rollen sich ihre Enden zusammen, scheinen ein Geheimnis zu bergen, was sie nicht preisgeben wollen.

Karoline beginnt, jeden Strang einzeln herauszuziehen, eine mühselige Arbeit die ihr ungeduldiges Naturell eigentlich überfordert.

Irgendwann hat sie das Knäuel so weit entwirrt, um erkennen zu können, was es birgt. Erkennen schon, aber nicht begreifen.

Wie soll man nach einer stürmischen Nacht an einem unausgeschlafenen Morgen, ungewaschen und schlecht gelaunt, begreifen, was eigentlich unmöglich ist? Wie kann eine Baumwurzel auf ihrem Hof etwas umspinnen, was eigentlich gar nicht dort, sondern auf dem Friedhof ist? Und das seit einundvierzig Jahren.

Karoline berührt das Unmögliche, kühl und glatt fühlt es sich an. Sie fühlt, wie sich in ihrem Nacken eine Gänsehaut bildet. Viel hatten ihre Hände im Leben schon berührt, aber ein menschliches Skelett noch nie. Ganz zufrieden sieht es aus. Na ja, vielleicht auch ein wenig erschrocken, wohl über die plötzliche Helligkeit. Karoline braucht nicht lange zu überlegen, wer dies sein könnte. Sie muss noch nicht einmal das Medaillon öffnen, das der Gestalt an einer Kette vom Hals baumelt, um zu wissen, wem es gehörte. Sie hatte es oft auf einem schönen altmodischen Foto bewundert, seltsam berührt vom Anblick der verschnörkelten Initialen, die auch ihre waren, K. L., Karoline Lewin.

Kein Wunder, dass ihr ganz schwummerig wird. Liegt sie nun dort, oder ist es ihre Urgroßmutter?

Nein, sie selbst ist es, die jetzt ins Haus geht, nach dem zum Glück noch schlafenden Kind sieht, eine Decke nimmt und zurück an den seltsamen Ort geht. Sie selbst ist es, die unendlich vorsichtig ihre Urgroßmutter aus der Baumwurzel nimmt und in die Decke bettet. Karoline, die Sprachlose, bringt Karoline, die Verstummte, in eines der unbewohnten Zimmer auf dem Dachboden.

Nachts kehrt sie zurück, zündet Kerzen an und überlegt, was zu tun ist. Irgendetwas musste es schließlich auf sich haben, dass ihre Urgroßmutter nicht in ihrem Grab auf dem Friedhof lag. Karoline hat keine lebendige Erinnerung an ihre Urgroßmutter. Die war bereits gestorben, als sich etwas ereignete, was sich in Karolines Hirn als erste Erinnerung eingebrannt hatte und ein Bahnhof war, von dem aus sie durch ihr Leben reiste.

Sie sieht sich als Vierjährige auf dem Hof, der damals noch der Hof ihrer Großeltern war. Fremde Männer treiben die Kühe aus dem Stall. Der Großvater, Karl Lewin, steht da und pafft aus seiner zerkauten Tabakspfeife derart heftige Dampfwolken, dass sein langes, schmales Gesicht fast gänzlich hinter dem grauen Vorhang verschwindet. Nur die typischen Lewinohren, groß und abstehend, schauen an den Seiten hervor.

Daneben die Großmutter, Else Lewin. Die Zipfel ihrer buntgeblümten Schürze sind ganz zerknittert von dem vielen Augenwischen. Und schon wieder ist es so weit. Die Großmutter nimmt die Brille ab, wischt sie trocken und reibt die Augen aus, die davon schon ganz rot sind. Neben Else steht Tante Betty, ihre Tochter, die sich etwas vornehmer in ein Taschentuch schnäuzt. Die Kühe gehören jetzt der Landwirtschaftlichen Produktionsgenossenschaft.

Karl hatte vor wenigen Tagen eintreten müssen. Zu groß war der Druck der sozialistischen Staatsmacht gewesen. Die Kühe gehen jetzt in den Stall der LPG zu den vielen anderen Namenlosen. Also, zum letzten Mal, mach's gut, rotscheckige Lise. Machs gut, langhörnige Berta und du, zickige Gerdi. Und auch ihr, braunäugige Rindviecher mit Namen Dolly, Käthe und Luzie, lasst es euch gut gehen! Irgendwie.

Die Kühe sind allesamt blitzblank geputzt, wie kostbarer schwerer Brokat leuchtet ihr Fell in der Morgensonne. Sie schreiten über die Hofbühne, als kämen sie geradewegs aus dem Katalog, schön gekleidete Damen, die sich elegant in den Hüften wiegen. Nur Luzie, die letzte in der Reihe, setzt eben noch mit hocherhobenem Kuhschwanz, bevor sie den Hof verlässt, einen kräftigen Fladen ab. Klatschend und spritzend landet ihr Abschiedsgruß auf dem Boden. Das ist nun nicht gerade damenhaft.

Luzie dreht noch einmal ihren großen Kopf nach hinten, in ihren Kugelaugen spiegeln sich Karl, Else und Betty wider, die immer kleiner werden und schließlich ins Nichts versinken.

Der nächste Erinnerungsbahnhof auf Karolines Lebensreise ist wieder ein Abschied. Diesmal ist es ihr eigener. Die junge Familie zieht aus. Die beiden Zimmer auf dem Dachboden sind zu eng geworden. Nachwuchs ist unterwegs. Hannes und Rose Lewin wollen was Eigenes.

Zu Karolines Glück ist das Eigene im Dorf. Und doch ist es eine andere, eine durch und durch fremde Welt, in die sie da gerät, an jenem Sommertag 1967.

›Fotzen lecken, das muss schmecken, besser noch als Streuselschnecken.‹ Karoline Lewin, acht Jahre, des Lesens zwar mächtig, hat Mühe die Botschaft zu entschlüsseln. Die Buchstaben sind zwar sehr groß, aber ziemlich krakelig. Vor allem hat Karoline Schwierigkeiten mit dem ersten Wort. Wahrscheinlich war es ein Fremdwort, aber was mochte es bedeuten? Was schmeckte besser als Streuselschnecken? Die gab's im Konsum für zehn Pfennig, aber nur, wenn man morgens rechtzeitig da war, oder die Verkäuferin es gut mit einem meinte.

Neben dem rätselhaften Satz ist ein schönes Bild in die Wand geritzt. Eine Beziehung zu dem Geschriebenen hatte es aber wohl nicht. Der Maler musste ein anderer gewesen sein als der Schreiber. Die Linien waren klar und gerade und stellten eine Gruppe schöner Palmenbäume dar. Spitze Zacken bewehrten die schlanken Stämme, aus deren oberen Ende Palmwedel sprangen, die mit ihrem außerordentlich kühnem Schwung der Regenbogenbrücke ins Morgenland glichen. Karoline ist begeistert von so viel Kunst. Aber nicht lange, der rätselhafte Satz mit dem Fremdwort fordert wieder ihre ganze Aufmerksamkeit: Lecken - schmecken - Streuselschnecken, prima gereimt, einleuchtend. Aber was war Fotzen? Und warum stand der Spruch hier unten, so versteckt, im Gang zu den Kellern? War er vielleicht nur so etwas wie ›Wer dies liest, ist doof‹ oder gehörte er zu der Sorte, die oben überall hingen und standen,

›Von der Sowjetunion lernen, heißt siegen lernen.‹

Sowjetunion - Streuselschnecken, klang ja irgendwie ähnlich. Einige russische Wörter kennt Karoline schon. Komisch ist nur, dass man in der Sowjetunion nicht sowjetisch spricht oder Sowjet. Auf Sowjet reimt sich net und das heißt nein. Ja heißt da. Wenn man net als nein nimmt und da als das, was es ist, kann man einen tollen Reim daraus machen.›Im Sowjetland spricht man Sowjet - net, net. Wo ist sie denn, im Konsum, da? Ganz frisch vom Bäckermeister, ja. Die Dorfstraß' lang, dann um die Ecke. Da liegt die fette Streuselschnecke.‹

Aber irgendwie ergab das Ganze keinen rechten Sinn. Und das wichtigste Wort, das, was sie nicht kannte, kam auch nicht darin vor.

Die Welt, in die Karoline geraten war, erschloss sich ihr nur sehr langsam. Obwohl sie nur dreihundert Meter Luftlinie vom Haus ihrer Großeltern entfernt wohnte, schien dies die fernste, fremdeste Ferne zu sein, in der sie je war. Das zweistöckige, ehemalige Wirtschaftsgebäude, in dem Karoline mit ihrer Familie jetzt wohnte, war ein grauer, schmuckloser Kasten. Gleich daneben stand das Gutsschloss, ein riesiger Koloss mit einem Turm und umlaufendem Zinnenkranz, was ihm ein burgähnliches Aussehen verlieh. Hier waren die Flüchtlinge nach dem Krieg untergebracht worden. Hier wohnten sie und ihre zahlreiche Nachkommenschaft noch immer. Hier gab es keine Tabus in der Wortwahl, man sagte Scheiße, Arschloch und Schnauze. Und wenn man essen ging, ging man fressen. Und bei den häufigen, lautstarken Zankereien, die zwischen den unzufriedenen, geplagten Schlossweibern stattfanden, gehörten so plastische Wortkonstruktionen wie ›alte Mistsau‹ und ›Dreckschlampe‹ zum guten Ton.

Und so wie man beim Würzen des Essens darauf bedacht sein muss, alles schön im Gleichgewicht zu halten, damit ein Gewürz nicht alle anderen erdrückt und die Oberhand gewinnt, so überdeckte die kräftige Würze der deftigen Sprache bald Karolines noch zartes Pflänzchen der gepflegten Wortwahl und verdorrte bald. Die Metamorphose war perfekt und wucherte schneller als Disteln und Unkraut heran. Allerdings geschah dies, ohne dass Karoline etwas davon bemerkte. Anders verhielt es sich mit den Spielen, welche die Schlosskinder bevorzugten. Nicht, dass Karoline sich vor irgendetwas gefürchtet hätte. Sie erklomm die höchsten Bäume bis in die schwankenden Wipfel, da machte ihr kein Junge was vor. Sie sprang von einer rasenden Schaukel und flog wohl an die zwanzig Meter weit durch die Luft.

Und auch beim Fußballspielen trat sie die Matschpflaume, nachdem sie mehrere Gegner durch Rempeln und Schienbeinbremse ausgeschaltet hatte, mit Effet' in den Kasten.

Aber das andere, das was sie sonst noch so spielten, war schon ein bisschen komisch. Da gab es einen, der hieß Ferdinand, vielleicht zwei, drei Jahre älter als Karoline. »Woll'n wir ficken?« , hatte er sie gefragt. ›Neues Spiel, neues Glück‹, hatte sie gedacht und ganz lässig »meinetwegen« gesagt. Ferdinand hatte sie zu seiner selbstgebauten Höhle mitgenommen, die sich gut versteckt in einem Knallerbsen-Holundergebüsch befand. Dann musste sich Karoline die Hosen runterziehen und auf den Rücken legen. Ferdinand hatte sich ebenfalls die Hosen runtergezogen und sich auf Karoline draufgesetzt. Er hatte rumgefummelt und gefragt, ob er drin ist. So lagen und saßen sie dann eine ganze, lange Weile. Ferdinand schaute mit sehr ernstem Gesicht nach draußen, starr und unbeweglich, wie eine Henne, die ihre Eier ausbrütet. Karoline starrte gelangweilt auf Ferdinands Oberkörper und zählte die Knöpfe seines karierten Oberhemdes: Von oben nach unten, von unten nach oben, dann im Zweierschritt, dann rückwärts, vorwärts und wieder rückwärts. Dann sah sie in Ferdinands Gesicht, der kuckte immer noch so verbissen. Am Himmel, den sie kopfüber durch den Höhleneingang sehen konnte, tanzten die Wolken vorüber, Elefanten, Nashörner, dann ein schönes Segelschiff. Dann blendete ein Sonnenstrahl, der im dichten Geflecht der Knallerbsensträucher ein Loch gefunden hatte, ihr linkes Auge.

Auf dem Boden ertastete sie ein herabgefallenes Lindenblatt, feuchtete es mit Spucke an und klebte es sich auf ihr Auge. Die Wolken schienen jetzt merkwürdig verschwommen und hopsten wie besoffen durcheinander. Endlich sah Ferdinand auf seine Armbanduhr und beendete die Sitzung. Karoline fand das Spiel bescheuert und vermied es seitdem mit Ferdinand allein zu sein, um nicht wieder gefragt zu werden, »Woll'n wir ficken?«

Die Welt der Puppen und Teddys gehörte zu einem vergangenen Leben.

»Hast du unsern Keller schon gefunden?« Karoline stürzt erschrocken aus ihren philosophischen Betrachtungen über das Wort Fotze. Ihre Mutter steht hinter ihr.

»Nee, aber kuck mal, was hier steht!«

Rose Lewin, die einen Hinweis auf den gesuchten Keller vermutet, liest aufmerksam die Botschaft an der Wand. »Ick werd nich' mehr. So eine Schweinerei!«

Irgendwie kommt es Karoline so vor, als ob ihre Mutter ein bisschen rot wird.

»Mutti, was ist Fotzen?«

»Ach, das ist ein ganz olles Wort, so was sagt man nicht. Komm, jetzt wir müssen unsern Keller finden, bevor der Kleine aufwacht!« Sie schiebt Karoline vorwärts, die Fragestunde ist beendet. Rose Lewin war neunundzwanzig Jahre alt und hatte vor wenigen Wochen ihr zweites Kind entbunden. Einen verblarrten Jungen, der ihr den Nachtschlaf raubte, was allerdings dazu führte, dass sie nach der Entbindung schnell wieder ihre alte Figur hatte. Blass war sie und die dunklen Ränder unter ihren Augen nicht nur eine Folge des Schlafmangels. Doch war sie auch mit diesen Spuren der Erschöpfung eine hübsche Person, die den Kopf in den Nacken warf und mit ihrem erstaunlich üppigen, kastanienbraunen Haar, das wie die Flagge eines Dreimasters über ihr knatterte, ganz bestimmte Signale an die Umwelt ausstrahlte. Es hatte die erstaunliche Eigenschaft, den Farbton wechseln zu können und loderte im Zustand höchster Erregung seiner Trägerin feuerrot bis orange. Hannes war überzeugt davon, dass in solchen Situationen sogar Funken darin knisterten.

In den acht Jahren ihrer Ehe hatte Hannes sich nicht gerade zu dem entwickelt, was sich Rose unter einem Ehemann vorstellte. Nichts hatte vor ihrer Hochzeit daraufhin gedeutet.

Wie sollte man auch ahnen, dass sich ein Luxusliner, der fröhlich über die Weltmeere schipperte und in jedem Hafen zu Hause war, in ein U-Boot verwandeln würde, ein Fliegenpilz in einen Pfifferling?

Ein wirklich schicker Kerl war er gewesen, dem die Mädchen nachrannten. Wenn er mit seiner BK durch das Dorf knatterte, sogen manche ganz verzückt die Auspuffgase seiner Maschine ein, als wäre es ein besonderes Parfüm.

Hannes war eine gute Partie. Aber der jüngste Spross einer angesehenen, wohlhabenden Bauernfamilie hatte sich ausgerechnet für eine von ganz woanders entschieden. Einige der besonders Boshaften hörten mit ihren Anhimmeleien auch dann nicht auf, als Rose sich längst den Stammplatz auf seiner BK erobert hatte. Aber es half nichts. Rose saß über den Dingen auf ihrem Hochsitz hinter Hannes und hielt ihn fest umschlungen. Und weil der Fahrtwind ihr manchmal das Wasser aus seinen tränenden Augen ins Gesicht klatschte, schenkte sie ihm eine Motorradbrille. Da hatte Hannes durchgesehen.

Kurz bevor Rose Hannes kennen lernte, waren ein Paar weißer Schafwollsocken der Grund für sie gewesen, einen Heiratskandidaten abzuweisen. Rose fand es abstoßend, wenn Männer Schafwollsocken trugen. Dass Hannes die gleiche Vorliebe für derlei wärmende Überzieher besaß, hatte sie zu spät bemerkt. Da war Karoline schon unterwegs gewesen.

Hatte Hannes der Schnaps so gelähmt? Gesoffen wurde ja überall, ganz besonders auf der Arbeit.

Hannes war Schlosser, die neue Wohnung gehörte seinem Betrieb, der gleich um die Ecke war. Die neue Umgebung, in der Rose Lewin lebte, gefiel ihr nicht besonders und das Haus schon gar nicht. Aber schließlich war es erst mal was Eigenes, und nicht dauernd unter der Schirmherrschaft von Schwiegermutter und Schwägerin zu stehen, hatte schon was Befreiendes. Obwohl sie es sich etwas weniger anstrengend vorgestellt hatte. Aber mit der Dickköppigkeit des Stiers gelang es ihr ganz allmählich, die anfangs wild durcheinander laufenden Treckerspuren ihres Lebensplanes auf das Fundament einer befestigten Straße zu setzen, wo sie sich, unsichtbar geworden zwischen all den anderen, fremden Treckerspuren , verloren. Hier und da fiel als sichtbarer Beweis ihrer Existenz ein Klumpen Modder aus ihren Profilen. Doch spätestens mit dem nächsten Regen verschwand auch der wieder.

Rose Lewin hatte sich eingegliedert in die Schlange der Wartenden auf das, was noch kommt. Sie war ein winziges Teilchen im Treibmittel für den Brotteig geworden und gärte, in dem verzweifelten Hoffen das Brot selber zu werden, vor sich hin, maß die Masse ihrer Lebensjahre wie Mehl im Messbecher der Zeit. Vom grobkörnigen Zucker gab es ohnehin nur ab und zu mal eine Prise. Trotz allem hatte Rose die Bratpfanne der Macht fest in ihrer kleinen Faust und entfachte bei Rebellionen ein Feuer unter dieser, dass selbst Luzifer voller Respekt seinen Schwanz einzog.

Karoline fürchtete ihren Zorn. Nicht wegen des Handfegers, der dann mitunter klatschend auf ihr Hinterteil niederfuhr. Es war das Schweigen, das darauf folgte. Ein Schweigen, das tagelang anhalten konnte, mit dem Rose sie strafte. Wie bleierne Gewichte zog es Karoline zu Boden und quetschte ihre empfindliche Seele, die Risse und Pickel bekam. Dann wollte sie zu Oma und zu Tante Betty, sich trösten lassen und ihren Kummer im Verwöhnaroma des Mitleids vergessen. Doch Weglaufen nützte nichts, da war Rose unerbittlich, auch wenn Karoline sich noch so gut hinter dem breiten Schürzenrücken ihrer Großmutter versteckte.

Aber noch ist alles neu, der Kellergang im Schloss mit den vielen Türen, viel zu interessant und gruselig. Da musste man zusammen halten, um die Angst vorm Bummelux, Ratten und Mäusen ertragen zu können.

*

Niemand konnte in das Schloss gelangen, ohne dabei beobachtet zu werden. Irgendwer stand immer am Fenster hinter der Gardine, warf gerade einen Blick auf das triste Gewölle des grauen Hofquadrates und versuchte über die eingrenzenden Mauern hinweg ein Stück vom Himmel zu erhaschen, einen Sonnenstrahl. Die Gedanken wegziehen vom sie ewig umkreisenden Selbst und sie auf andere hetzen, wie der

Jäger seinen Hund auf das angeschossene Wild. Beute machen, Beute machen!

Niemand konnte das Hofquadrat betreten, ohne im Hirn eines Beobachters zerlegt und von dessen Denkaktivitäten verspeist und verdaut zu werden.

Das Beutetier hatte keine Ahnung, spürte nur dieses seltsame Pochen im Hirn. Ein Buntspecht, der die Hirnrinde nach Würmern abklopfte. Zurück blieb ein stechender Kopfschmerz, von dem man Frostbeulen bekam.

He, Karoline, hast du Kopfschmerzen? Und du, Rose? Dacht' ich's doch! Dies ist der Moment, an dem von nun an deine immer wieder aufs neue einsetzenden Migräneattacken beginnen.

Der Buntspecht wohnt im Obergeschoss des Schlosses und sperrt eben den Auskuck seines Nestes auf. Mistred Pinsel zieht die Gardine ihres Wohnstubenfensters zurück und öffnet mit heftigen Ruckelbewegungen den rechten Seitenflügel. Sie holt ein Sofakissen und legt es auf das Fensterbrett. Als sie ihre Dolly-Buster-Brüste darauf bettet, grunzt sie vor Wohlbehagen. Die Riesenballons verteilen sich wie warmer Wackelpudding über das Kissen und quellen über die Ränder. Dies ist ihre Lieblingsposition. Einmal die erdrückende Last des Fleisches nicht zu spüren. Wie leicht konnten Frauen mit kleinen Brüsten durchs Leben gehen.

Aber sie will nicht undankbar sein, Männer mögen große Brüste. Und sie mag Männer.

Mistred Pinsel war Mitte Fünfzig und hatte fünf Ehemänner überlebt. Heiraten war sozusagen ihr Lebenselixier. Die Beschaffenheit der wabbligen Wamme, die ansetzend am Doppelkinn von ihrem Hals baumelte, war ein zuverlässiger Anzeiger ihres jeweiligen Status. In Zeiten der Ehe pflegte der Hautsack üppig gefüllt zu sein und machte einen derart prallen Eindruck, dass er bei besserer Befiederung gut und gerne für den Kropf eines vollgefressenen Huhnes durchgehen konnte. Sobald Frau Pinsel aber den jeweils aktuellen Ehemann beerdigt hatte, fiel der Speckbeutel in sich zusammen und flatterte unter ihrem Kinn als sichtbares Zeichen ihrer Witwenschaft. Im Dorf hielten sich hartnäckig unschöne Gerüchte über diese seltsamen Zusammenhänge und die auffällig blasse Gesichtsfarbe der ehemaligen Gatten, kurz bevor sie starben. Mistred hatte den Spitznamen Miss Vampir erhalten, was ihr die Suche nach einem geeigneten Mann natürlich erschwerte, zumal sie von Natur aus noch nie besonders hübsch gewesen war. Aber ihre Brüste, ihre phänomenalen Brüste rissen alles raus.

Gott ja, Männer waren schon eine seltsame Rasse. So leicht von Äußerlichkeiten zu beeindrucken, dass sie einem schon fast leid tun konnten. Nur nicht ihr letzter Ehemann, Mistred war froh, dass sie ihn los war. Er hatte sich als Säufer entpuppt, sie geschlagen und ›altes Tittenmonster‹ genannt, was sie jedes Mal bis ins Mark getroffen hatte. Mistred fühlte ihren Stolz, ihre lüsterne Last verunglimpft, und die Pfunde, mit denen sie wucherte, zu Pfennigen degradiert. Sie hatte diesem Alptraum ein Ende machen müssen. Als das Viech eines nachts im Vollrausch auf ihr liegend eingeschlafen war, hatte Mistred es kurzerhand mit ihren Brüsten erstickt, das war ganz einfach gewesen.

Nun, da Miss Vampir ihn los war, ihre Wamme wieder schlaff und kraftlos vom Halse hing, wollte sie sich auch endlich seines lächerlichen Namens entledigen. Pinsel, das hatte so was Unernstes, so einen Beigeschmack von Maler Klecks und altbackenem Brot.

Über den Hof prescht eine fette Ratte, die von einer schwarz-weiß-gefleckten Katze verfolgt wird. Die Ratte quiekt. ›Eigentlich‹, denkt Mistred Pinsel, ›müsste ihre Todesangst Mitleid in mir erregen. Aber ich kann nur Ekel empfinden.‹ Sie schüttelt sich und bemerkt, dass sich ihre Unterarme mit einer Gänsehaut überziehen. Jetzt hat die Katze die Ratte gekrallt und erledigt sie schnell und erbarmungslos. Oder ist sie human, weil sie die Ratte so schnell tötet? Eine humane Katze, das ist doch mal was. Oft genug hat Mistred gesehen, wie Katzen mit ihren angeschlagenen Opfern spielten, sie in die Luft warfen und neugierig auf den nächsten vergeblichen Fluchtversuch warteten. Das war nicht human. Human war schnell zu töten.

›Ich bin human‹, denkt Mistred und ›mit seinem Essen spielt man nicht.‹ Mistred ist Köchin in der Betriebsküche, gleich um die Ecke.

Plötzlich rollt eine Kokosnuss über den Hof und bleibt dicht neben der Katze liegen. Die Katze flüchtet. ›Halt stopp!‹, denkt Mistred, wieso hat die Katze Angst vor ’ner Kokosnuss? Nee, Quatsch, wie kommt die Kokosnuss dahin?‹

Die Kokosnuss zischt. Schnappt sich die Ratte und huscht auf kurzen Igelbeinen davon.

Mistred ist überrascht. »Ich muss mir erst mal meine Brille aufsetzen«, sagt sie und richtet sich vorsichtig auf, um ihr Eigentum nicht zu beschädigen.

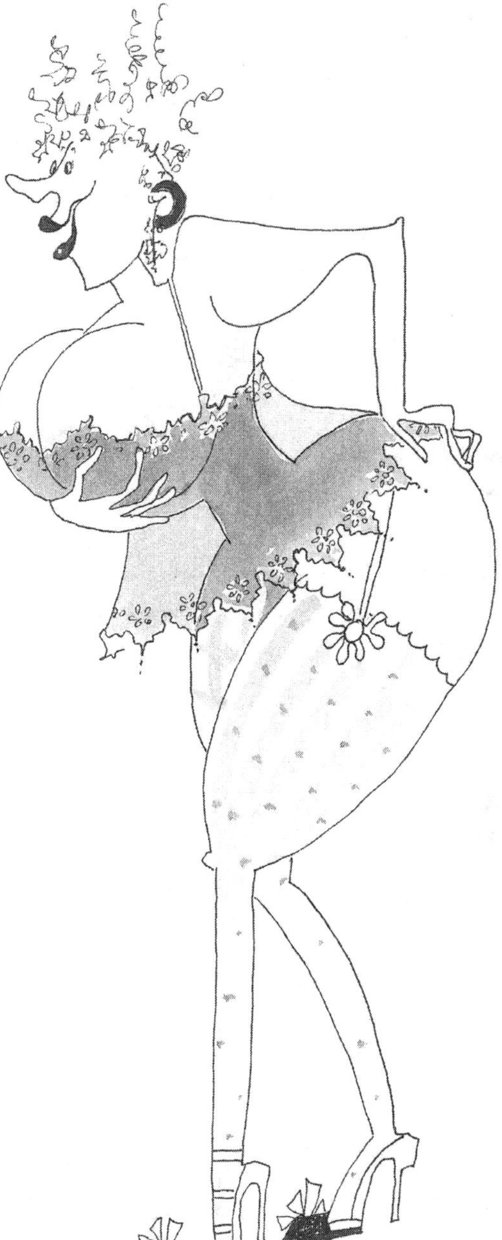

»Gib dem Kaiser, was des Kaisers ist, Amen. Und eins, zwei, drei, hoch!« Endlich hat sie ihre Brille gefunden und stürzt aufgeregt zurück zum Fenster. Unten sind die Geräusche einer Fahrradklingel zu hören. Darauf hat Mistred gewartet.

Die eingeschlagene Gangart bekommt zu viel Eigendynamik. Mistred wird zu schnell, die Last ist zu groß. Es zieht sie nach unten. Gott sei Dank, sie ist kurz vor dem Fenster, kann gerade noch so nach dem Fensterbrett greifen und zieht sich im Fallen kraftvoll hoch und nach vorn. Die Kraft war zu kraftvoll. Mistred landet in der Fensteröffnung. Sie hängt auf dem Bauch, die vordere Hälfte nach draußen, die hintere nach drinnen. Mistred hängt fest.

Ja, schön wärs. Die Last ihrer Brüste zieht sie nach unten. Gefährlich, gefährlich neigt sich der Kopf der Erde entgegen. Stück um Stück geht's weiter voran, ganz langsam.

›Das ist nicht human‹, denkt Mistred. Sie hat die Arme weit vorgestreckt und sucht in der Luft nach einem Halt. Aber für die Luft ist sie Luft. Gleich geht's abwärts, du wolltest doch schon immer mal fliegen. ›Warum schreist du nicht, blödes Tittenmonster‹, denkt Mistred, ›schrei doch endlich um Hilfe!‹. Aber es geht nicht, sie bringt nur ein kraftloses Röcheln heraus.

Jetzt rutscht sie wieder ein Stück vorwärts. Die Vorderhälfte neigt sich wie eine Wippe nach unten, die hintere nach oben. Es geht abwärts, und tschüss. Nur noch wenige Millimeter, dann ist die Abfahrt nicht mehr zu bremsen. Mistred kneift die Augen zu. Sie hört es poltern und rumpsen.

›Jetzt öffnen sich die Tore der Hölle‹, denkt sie und spürt auch schon, wie eiserne Zangen sich um ihre Fesseln krallen.

»Halten Sie durch, Frau Pinsel, Rettung ist nahe!« Mistred öffnet die Augen. Es ist immer noch der kopfsteingepflasterte Unkrauthof, der sich unten dreht. Aber überall fliegen riesige weiße Flocken. Oder sind es Engel? ›Ja, es sind Engel‹, denkt Mistred. ›Was für eine angenehme Überraschung, ich bin im Paradies. Hätt' ich gar nich' gedacht.‹

Sie will jetzt auch fliegen und breitet die Arme aus. Es nützt nichts, sie kommt nicht in Fahrt.

›Ich werd doch wohl nich zu schwer sein?‹

Mistred beginnt, die Arme auf und ab zu schwenken. Sie schlägt große kräftige Startwellen, dann kleinere, sanftere, so wie sie es in ihrem irdischen Leben bei den Vögeln gesehen hat.

Aber Engel sind keine Vögel, verdammt noch mal. Und Mistred ist kein Engel, auch wenn sie jetzt mit Engelszungen versucht, den Gesang der Blaumeise zu imitieren: »Didi dedede, didi drrrr, zizizizrrrr …!«

»Liegen Sie doch mal still, Frau Pinsel, sonst kann ich Sie nicht mehr halten!«

Mistred im Paradies ist zu Tode erschrocken. »Wer ist da?«, fragt sie ängstlich und »wo bin ich?«

»Herfried Quast ist hier. Ich hab Sie eben noch packen können, als Sie dabei waren aus dem Fenster zu fallen.«

»Ja, bin ich denn noch gar nicht gefallen?«

»Nein, ich halt Sie fest. Aber ich krieg Sie nicht hoch gezogen, Sie wissen ja, meine Hand.« Herfried Quast, im Allgemeinen nur unter dem Namen ›das Ersatzteillager‹ bekannt, hängt mit dem Oberkörper aus dem Fenster und hat seine Knie unter das Fensterbrett gestemmt. Die Posttasche ist ihm bei der Rettungsaktion über die Schulter gerutscht und hat ihren Inhalt ausgespuckt. Heute gibt's Luftpost. Die Briefe segeln wie kleine weiße Engel durch die Gegend. Herfried war seit zwei Jahren der Postbeamte des Dorfes. Eigentlich war er Invalide, aber von dem bisschen Rente konnte man nicht leben, und zum Briefe und Zeitungen austragen reichte es gerade noch.

Seine linke Hand war eine Eisenkralle und das linke Bein vom Knie ab aus Plastik. Und wenn Herfried Quast die Augen schloss, kuckte einen das Linke immer noch starr und steif an, auch plinkern konnte er damit nicht. Es war ein Glasauge mit brauner Pupille, obwohl Herfried eigentlich graue Augen hatte. Oder gehabt hatte, jetzt hatte er ja nur noch eins. Als man ihm sein Glasauge verpasste, wurden in der ganzen Republik nur braunpupillige produziert, weil die graue, grüne und blaue Farbe ausgegangen war. Inzwischen gab es sie wieder, aber Herfried hatte sich so an sein Eigentum gewöhnt, dass er es nicht umtauschen mochte. Es hatte sich prima abgeschliffen und der unebenmäßigen Rundung seiner Höhle angepasst. Wie das Gelbe von einem appetitlichen Spiegelei im weißen, weichen Dotter.

Bis auf diese paar Teile schien aber alles dran zu sein an ihm. Jedenfalls war Mistred, die ihn sich gut als nächsten Heiratskandidaten vorstellen konnte, zu dieser Ansicht gelangt, nachdem sie ihn mehrere Wochen beobachtet hatte.

Herfried Quast liebte es, wenn seine Hosen schön eng saßen und alles an ihm knackig und prall erscheinen ließen. Aber ›trau, schau wem‹, hatte Mistred gedacht und sich vorgenommen erst mal alles genau zu untersuchen. Sie hatte auch schon einen Plan, wie dies zu bewerkstelligen war. Nachdem Reinfall mit ihrem letzten Ehemann hatte sie sich einer Weisheit ihrer Mutter erinnert, die besagte, dass man einen Mann erst besoffen erleben müsse, um seinen wahren Charakter kennen zu lernen. ›Kind‹, hatte die gesagt, ›Männer sind hinterlistige und ausgebuffte Schwanzträger. Sogar die, die einem wie'n Trottel vorkomm'‹. Das kommt noch aus de Urzeit, als sie das Wild beschleichen und überlisten mussten. Später gab's denn auch welche, die sesshaft wurden und von den Früchten ihres Ackers gelebt ham. Das sind die Guten. Du musst rauskrieg'n, ob du so ein' an der Angel hast. Im Suff entpuppen s'e sich alle. Das ist, wie wenn du im Herbst unter einem Ahornbaum stehst. Wenn der Wind durch die Krone pfeift, biste bald zugeschüttet mit bunte Blätter. Wenn die Luft aber ruhig ist, fall'n s'e ganz sachte und mit'n bisschen Glück landet dir sogar eins auf'm Kopp.‹

Seit einiger Zeit schickte Mistred Briefe ab, die sie an sich selbst adressierte und in der Stadt aufgab. Es war nur ein leeres Schreibblatt darin. Aber das wusste der Postbote ja nicht. Einmal die Woche stand er vor Mistreds Tür und brachte einen Brief, der mit einer roten Zwanzigpfennig-Briefmarke frankiert war. Der Staatsratvorsitzende der Deutschen Demokratischen Republik war darauf abgebildet. Er lächelte milde im Profil und schaute nach links, aber erst wenn er ankam. Mistred war jedes Mal erstaunt darüber. Sie war sicher, dass Walter Ulbricht nach rechts schaute, wenn sie ihn aufklebte. Aber sonst machte sie sich keine Gedanken über dieses Mysterium, wer weiß, aus welchem Material die Dinger waren.

Walters mildes Lächeln war der Ausdruck ihrer Freude, die sie jedes Mal empfand, wenn Herfried ihr den Brief überreichte.

Auch an diesem Tag hatte er ein Kuvert für sie dabei, aber das war nun samt Walter auf und davon.

Rose und Karoline kommen aus dem Kellergewölbe und geraten mitten in das Briefgestöber. Einer der Briefe segelt etwas abseits von den anderen. Er hat ein Lufttaxi gemietet und fährt direkt auf Karoline zu. Sie greift ihn und liest die Adresse: »An Karl Lewin, 2031 Piepnest, Kreis Demmin. Mutti, der Brief ist für Opi, kann ich ihn gleich hinbringen?!«

Rose hat schon ein ›meinetwegen‹ auf den Lippen, als sie ein donnerndes »Untersteh dich!« zusammen fahren lässt. Sie schaut nach oben und sieht, dass Frau Pinsel, wie eine dicke, aufgeblasene Puppe, aus dem Fenster baumelt. Jetzt donnert die Stimme schon wieder:

»Der Brief ist ein Einschreiben, ich brauche erst eine Unterschrift dafür!«

Rose hat ganz genau gesehen, dass die Stimme von daher kommt, wo Frau Pinsel baumelt. Aber es ist eine Männerstimme, Rose weiß nicht so recht. »Frau Pinsel, sind Sie das? Was machen Sie denn überhaupt da oben?«

Eigentlich sieht Rose ja, was Frau Pinsel da macht. Aber schließlich ist sie neu hier und kennt sich mit den Gepflogenheiten der Nachbarn noch nicht aus. Sie hatte mal eine dreiundachtzigjährige Frau kennen gelernt, wie hieß die noch gleich? Ach ja, Frau Klinkbeil, so eine große, drahtige. War noch gut bei Sache mit ihren dreiundachtzig. Na, jedenfalls hatte sich diese Frau Klinkbeil jeden Morgen an einen waagerecht stehenden Ast ihres Apfelbaumes gehängt, mindestens eine viertel Stunde lang. Das wäre gut für ihren Rücken, hatte sie behauptet. Allerdings hatte sie sich an den Armen baumeln lassen und nicht an den Beinen, so wie Frau Pinsel.

»Sind Sie mit einer Frau Klinkbeil verwandt?«, ruft Rose nach oben.

»Nee, bin ich nich'«, stöhnt Mistred.

Dann donnert plötzlich wieder diese Männerstimme: »So kommen Sie doch endlich nach oben und helfen Sie!«

Natürlich will Rose helfen, außerdem möchte sie nun auch wissen, wer der geheimnisvolle Souffleur ist.

Rose rennt die Treppen rauf. Die sind so breit, dass zwei dicke Leute aneinander vorbeigehen können, ohne dass sich einer an die Wand quetschten muss. Aber die Stufen knarren genauso wie bei anderen alten Treppen. Einmal um die Ecke und noch 'ne Treppe. Rose ist schon ganz aus der Puste und dankt dem Schicksal, dass sie nicht so hoch klettern muss, um in ihre Wohnung zu gelangen. Endlich findet sie die offen stehende Tür und sieht den Postboten, wie der angestrengt ziehend vor dem Fenster klemmt. Sein Oberkörper ist weit nach hinten geneigt, der Rücken berührt fast den Fußboden. Rose hängt sich hinten ran und packt ihn an den Schultern. Aber so wird dat nüscht! Großvater und die Rübe is' nich', nicht, wenn Mistred Pinsel die Rübe ist. Was heißt hier überhaupt Rübe? Wenn schon, denn Runkel.

Jetzt wird gehebelt. Das rechte Bein von Mistred Runkel wandert in Roses Hände, Herfried malträtiert das linke.

Und so klappt's. Frau Pinsel wird eingeholt und plumpst erschöpft auf den Fußboden. Sie ist spinatgrün im Gesicht und kuckt ein bisschen verwirrt.

Herfried Quast hat sich neben ihr auf dem Boden ausgestreckt und schnauft. Mistred rollt sich auf die Seite und sieht Herfried an. ›Das ist doch schon mal'n guter Anfang‹, denkt sie und lächelt ihren Auserwählten verführerisch an. Dann sagt sie: »Guten Morgen, Herr Postzusteller, heute Mittag gibt's Eisbein mit Sauerkraut in der Betriebsküche, nur für das Küchenpersonal. Wenn Sie möchten, heb ich Ihnen 'ne schöne Portion auf!«

*

Die berühmte Seeschlange von Kakkadulla misst von Kopf bis zu Fuß 110 Meter, von Fuß bis zu Kopf aber 115 Meter. Sie frisst nichts anderes als verrostete Eisenbahnschienen und kackt zum Dank dafür gleich fertige Lokomotiven.

Jedes Mal, wenn Karoline Lewin am Dorfteich vorbeikommt, muss sie an die Seeschlange von Kakkadulla denken. Was wäre das toll, wenn darin auch so eine Schlange wohnen würde. Müsste ja nicht gleich so 'ne große sein. Wer brauchte schon so viele Lokomotiven? Die Hälfte der Kakkadullaschlange würde ausreichen. Eine, die Zeitungen frisst und zum Dank dafür die puren Einhundertmarkscheine kackt. Dann würde sie sich ein Pferd kaufen. Und zur Schule gehen brauchte sie auch nicht mehr. Mit so viel Geld könnte man machen, wozu man Lust hatte. Zeitungen gab es genug.

Karoline versucht, die Gedanken an Schule zu verdrängen. In den Ferien will sie sich auf gar keinen Fall mit so grausligen Dingen befassen. Viel interessanter ist, was wohl in dem Brief steht, den sie sich vorne in den Hosenbund geklemmt hat. Mochte der blöde Postbote noch so schreien, der Brief war für ihren Opa, und sie brachte ihn hin. Das olle Ersatzteillager hatte ihr gar nix zu sagen. Tante Betty mochte den Postboten auch nicht leiden. Beim Anblick seiner klemmigen Hosen entfuhr ihr jedes Mal ein ›Pfui Deuwel‹.

Karoline wirft einen platten Stein so ins Wasser, dass er hopst. ›Wenn er es mehr als vier mal schafft‹, denkt sie, ›ist 'ne Schlange drin.‹ Nach dem dritten Hopser säuft der Stein ab.

Na ja, das war wohl auch zu erwarten. Da drinnen gibt es kein Leben mehr. Seitdem der neue Rinderstall der LPG in der Nähe gebaut war, entleerten sich die überlaufenden Gullys regelmäßig in den Teich. Fische gab's schon lange nicht mehr da drinnen.

Karoline erreicht die Dorfstraße, jetzt sind es nur noch ein paar Schritte bis zum Haus der Großeltern. Der alte Holzzaun ist schon ein bisschen wackelig, die Latten sind grün bemoost. Links und rechts der Eingangspforte bohren sich zwei Riesenlebensbäume in den Himmel. Sie sehen aus wie halb geöffnete Regenschirme. Jedes Jahr öffnen sie sich ein kleines Stückchen mehr. Irgendwann wird der Eingang zugewuchert sein, das dürfte dann wohl das Ende der Lebensbaumriesen bedeuten. Karoline hüpft den schmalen Plattenweg durch den Vorgarten entlang zum Haus. Das Summen und Brummen in Bettys Blumenrabatten macht sie ganz kribbelig. So bunt ist das Gewusel der großen und kleinen Pflanzen, dass noch nicht mal ihr Tuschkasten mithalten kann. Wie ein großes, farbbekleckstes Bett ist der Blumengarten und lädt zum Träumen ein. Man würde sicher wunderbar weich und duftig darin liegen. Aber da würde Betty wohl nicht mitspielen.

Karoline durchströmt ein Zu-Hause-Sein-Gefühl, sie lebt wieder in Farbe. Das schmutzige Hinterhofgrau des Schlosses ist ganz weit weg. Karoline öffnet die Haustür und betritt den Flur. Bohnerwachsgeruch und der Duft von frisch Gebrutzeltem wabern in sichtbaren Schwaden durch den Raum. Karl, Else und Betty sind beim Mittagessen. Die Küche ist kein besonders heller Raum, sie liegt zur Nordseite. Außerdem verdunkeln Unmengen von Fliegen die gute Sicht.

›Hier muss mal wieder 'ne Kuh rein‹, denkt Karoline.

Karl grinst, kann der Gedanken lesen? Er hat wieder dieses komische Glitzern in den Augen, da weiß man nie so genau. Die Hemdsärmel sind hochgekrempelt, der Kragenknopf geöffnet. Das will bei Karl was heißen und deutet auf Temperaturen um die vierzig Grad Celsius. Der untere Teil seines trockenen Halses scheint irritiert ob des ungewohnten Lichtbades. Fast schüchtern lugt er aus der Kragenöffnung und duckt sich reinweiß unter der ledrig-braunen Farbe des Gesichts. Eine Nase, groß und krumm wie ein Geierschnabel, wacht als vorgeschobener Posten über jeglichen Unsinn. Wenn Karl die in den Wind hält, weiß er, was morgen in der Zeitung steht. Das Haar auf seinem langen schmalen Schädel ist tief dunkelbraun und im Nacken kurz rasiert. Nach langen harten Kämpfen als Einzelbauer und Genossenschaftsbauer ist er jetzt Rentner und freut sich, morgens länger schlafen zu können.

Karl knabbert gerade an einem Hühnerflügel. Es ist Montag, da gibt's die Reste vom Sonntag.

»Na, du Schlossgeist.«, sagt er und wischt sich mit dem Handrücken über den fettigen Mund.

»Na, Opi.«, sagt Karoline und wedelt die aufdringlichen Fliegen aus ihrem Gesicht.

»Na, min Lieping«, sagt Else, »kommst du uns auch mal wieder besuchen?« Sie freut sich und holt sofort einen Teller und Besteck für Karoline. Das Kind muss essen, ist viel zu mager. Seitdem die jungen Leute ausgezogen sind, ist es still geworden im Haus. Else vermisst besonders ihr Enkelkind Karoline, die hier im Haus geboren war. Die Umstände und Turbulenzen der Geburt hatten schon erahnen lassen, was da auf die Welt kam. Nichts war sicher gewesen vor diesem Kind. Im Alter von fünf Jahren überraschte sie die Familie mit einem selbst erfundenen Fliegenfänger, der zwar fabelhaft funktionierte, aber sehr unangenehme Nebenwirkungen hatte und ihr einen Schrecken versetzte, den etwas weniger lebenserprobte Frauen wohl nicht ohne psychischen Schaden überstanden hätten. Zum Glück war sie diejenige gewesen, die in jenem Moment die Küche betrat. Zum Glück nicht Betty. Noch jetzt spürt sie einen eisigen Schreckenshauch bei dem Gedanken an jenes Bild, das sich ihr bot, als sie ganz in Grübeleien über das zu bereitende Mittagessen vertieft die Küchentür öffnete und mit einer Kuh zusammenprallte. Lise, ehemals beste Kuh im Stall, jetzt beste Kuh im Stall der LPG, hatte Else erkannt, noch bevor diese zu sich kam. Die große raue Zunge des Tieres fuhr quer über ihr Gesicht. Lise, die rot gescheckte, war schwarz. Alles was die Küche an domestizierten Hausfliegen aufbot, hatte sich auf ihr niedergelassen und war zur Abfahrt bereit. Eine fliegenfreie Küche, aber um welchen Preis! Jedenfalls war das Mittagessen an jenem Tage ausgefallen. Es hatte einem schier den Appetit verschlagen. So ein Rindvieh ist nicht eben klein, und was da vorne rein passt, muss hinten wieder raus und zwar mit mächtig viel Druck.

Auch wenn sie jetzt Rentner waren, es gab noch genügend zu tun.

Auf dem Hühnerhof scharrten und gackerten immer um die siebzig Hühner, ›Weiße Leghorn,‹ ab und zu auch Mal ein ›Italiener‹ dazwischen. Da kamen jeden Tag fünfzig bis sechzig Eier zusammen. Bevor die alle vierzehn Tage in die Eierannahmestelle gebracht werden konnten, mussten sie gesäubert und beschriftet werden. Auf jedes Ei kam die mehrstellige Erzeugernummer. Eine mühselige Arbeit bei so vielen Eiern. Enten, Gänse und Schweine wurden aufgezogen und in der kalten Jahreszeit geschlachtet. Und der große Gemüsegarten, beschirmt von Sauerkirsch-, Apfel- und Pflaumenbäumen, umrahmt von einer Armee aus Stachel- und Johannisbeersträuchern, hatte immer etwas parat, das ein- oder ausgebracht werden musste.

Ein Bauernleben eben, das nicht größer und schwerer hätte sein dürfen, um auf ihren kräftigen Schultern Platz zu haben und gleichmäßig aufgepackt von Familienzusammenhalt und Achtung schön in der Waage gehalten wurde. Eingewoben in ein fast unsichtbares Netz aus Liebe, die keine großen Worte brauchte, weil sie selbstverständlich war und alles Laute und Gekünstelte scheute. Fast so wie das spinnwebenfarbene Haarnetz, das Else jeden Morgen über ihr feines Haar streifte. Ja, zu tun gab es genug, auch weil Betty nicht mehr als Ganztagskraft zur Verfügung stand. Betty arbeitete in der Gärtnerei. Nach Feierabend und an den Wochenenden versuchte sie zwar, mit einer bewundernswerten Zähigkeit und Selbstüberwindung alle möglichen Arbeiten zu bewältigen, doch versuchte Else, ihr tagsüber darin zuvorzukommen. Auch ein Ausdruck ihrer gegenseitigen Liebe.

Betty war gerade vierzig Jahre alt geworden und noch immer nicht verheiratet, meinte, auch ohne Mann genug zu tun zu haben, da müsste sie sich nicht auch noch einen solchen Klotz ans Bein binden. Im Dorf galt sie als eiserne Jungfrau, Fräulein Lewin.

Zu Elses Leidwesen rauchte Betty Zigaretten, ›Schweine-Juwel‹, für zwei Mark fünfzig. Nur zu ihren Geburtstagskaffeekränzchen kaufte sie die guten ›Duett‹ für sechs Mark und füllte damit den Zigarettenspender. Wenn dann nach der Kaffeetafel die Rommékarten gekloppt wurden, verwandelten sich die geladenen Damen in Fabrikschlote, da kam nicht mal Karl mit seiner Knasterpfeife gegen an.

Rommèspielen konnte Karoline auch schon, und rauchen lernte sie gerade bei ihren neuen Freunden aus dem Schloss. Karoline zieht den Brief aus dem Hosenbund und hält ihn Karl unter die Nase. »Hier, Opi, Luftpost!«

»Wo kümmt dat Ding denn her?«

»Hab ick dem Postboten abgejagt. Is'n Einschreiben, musst noch unterschreiben dafür.«

»Dat weiß ick noch nich'!«, sagt Karl und dreht den Brief hin und her, hält ihn ans Ohr, lauscht auf sein Knistern. »Dat Essen wird kalt,« sagt er und legt den Brief beiseite.

»Also, nee Papi, nu mok den Breif doch ierst up und läs em vör!«, schimpft Else und haut ungeduldig die große Kelle in den Topf mit der Hühnerbrühe, dass es nur so spritzt.

»Nee, ierst essen«, sagt Karl.

»Betty, mok du!«, Else schiebt ihrer Tochter den Brief hin.

Darauf hat Betty gewartet, ihre Lesebrille ist schon startbereit. 'N Einschreibebrief, Mensch, das is' doch was Wichtiges. Betty überfliegt den Inhalt.

Es dauert zu lange. Jetzt wird Else die Sache langsam zu bunt. »Kind, nu sach doch wat!«

»Ja«, sagt Betty, »wir haben geerbt von Onkel Haudie, Junietet Schtates uff Amerika.«

# Hexensabbat

Martha Harrie war Anfang der Fünfziger Jahre aus Berlin gekommen. Als sogenannte Neulehrerin oblag ihr die schöne Aufgabe, die Arbeiter- und Bauernkinder auf dem Lande mit umfassendem Wissen über die Erkenntnisse der fortgeschrittensten Wissenschaft und Technik auszurüsten und sie zu aktiven und friedliebenden Bürgern im Dienste des gesellschaftlichen Fortschritts zu erziehen. Sie war angetreten, die Massen des Volkes in der Deutschen Demokratischen Republik von der Richtigkeit des eingeschlagenen sozialistischen Weges zu überzeugen. Getreu den materialistischen Grundsätzen der Philosophie und der Politik von Marx, Engels, Lenin und Stalin wollte sie mithelfen, ein besseres, reicheres und schöneres Leben aufzubauen, als es der Kapitalismus je fertig zu bringen imstande war.

Voller Enthusiasmus hatte Martha Harrie versucht, den Rhythmus der Hauptstadt in das verpennte Piepnest zu dirigieren. Aber die Piepnester mochten keinen Dirigenten, der versuchte, ihnen den Takt zu klopfen, schon gar keinen aus Berlin, ’ne Bulette.

Das Äußerste, was sie Martha zugestanden, war sich in das Orchester der großen und kleinen Wichtigtuer einzureihen. Mit den Jahren hatte sie es geschafft, sich vom Triangel zur zweiten Geige heraufzuspielen. Doch wenn die Blechbläser einsetzten und die große Pauke krachte, war ihre Stimme tonlos. Eines jedoch hatte sie sich trotz aller Befremdlichkeit, die es erzeugte, nie nehmen lassen. Eine unerhörte Geste des trotzigen Stolzes, wie sie meinte. Ein Auftritt, der sich täglich wiederholte, nur wenige Sekunden dauerte, aber wie ein gewaltiger Aufschrei der modernen Lebenskultur durch Zeit und Raum fetzte, wo er sich in einen Schweizer Käse entflammt, als ›Rügener Badejunge‹ auf den staubigen Dielen des Dorfkonsums verglühte: »Is' er schön durch?«, fragt Frau Meier die Verkäuferin.

»Wer?«

»Na, der ›Rügener Badejunge‹.«

»Hm, muss ich mal kucken«, sagt die gestresste Verkäuferin und bohrt ihren dicken Daumen in die Badehose des Jungen auf dem Rügener-Badejungen-Käse, dass der vor Schmerz sein Gesicht verzieht.

»Nee, der muss noch 'n bisschen.« »

Nee, denn nich'.«

»Is' denn alles?«

»Ja.«

Das dielenquietschende Entfernen von Frau Meiers Schritten ist wie das Klopfen eines Taktstocks auf dem Dirigentenpult. Martha Harrie steht am Ladentisch. Sie ist dran.

Die Frau hinter dem Ladentisch sieht ihr in die Augen, es ist wieder soweit.

»Was soll's sein?«, fragt sie mit quäkender Stimme.

Martha holt noch einmal ganz tief Luft, sie genießt jede Sekunde der knisternden Spannung. Endlich öffnet ich ihr Mund, ihre Lippen formen Worte zu einem Satz. Es ist immer der gleiche Satz: »Ick hätte gerne zehn frische Schrippen.«

Dann schnauft Martha aus. Es ist vollbracht. Martha sieht, wie sich der Mund der Verkäuferin

zu einem säuerlichen Grinsen verzieht. Sie hält den Stoffbeutel auf und lässt sich ihre Schrippen reinzählen. »So, zähn Brrrötchen«, hört Martha sagen, zuckt über die Schärfe des gerollten R's ein bisschen zusammen und weiß, dass sie morgen trotzdem wieder Schrippen und nicht Brötchen sagen wird.

Das war Marthas Kampf gegen die Diktatur der altbackenen Worte. Das allein war übrig geblieben von all den großen, revolutionären Taten, die sie sich zu tun vorgenommen hatte.

Ihr Leben glich einem Kinderkarussell auf dem Rummelplatz. Sie saß zwar in der Feuerwehr, konnte aber nichts tun, weil sich ihr Gefährt in immer gleichem Abstand, in immer gleicher Richtung im Kreise drehte.

Aber das registrierte Martha schon lange nicht mehr. Ihr reichte es, in der Feuerwehr zu sitzen und dem knalligen Rot der Abendsonne ein fröhliches ›Guten Morgen‹ entgegenzuschmettern. Das hatte sie zu ihrer Überlebenstaktik gemacht, die täglich auch im Dorfkonsum zum Einsatz kam, wenn sie sich einbildete, dass die Verkäuferin über ihre Schrippen grinste.

Tatsächlich amüsierte die sich nur, weil es so viele Brötchen waren und Martha sich ganz allmählich eine frappierende Ähnlichkeit mit der heiligen Barbara angefressen hatte. Die aber kannte Martha nicht, weil sie die Dorfkapelle noch niemals betreten hatte, wo die Heilige zwischen anderen Heiligen auf dem Altarbild viel Platz einnahm.

Diese Ähnlichkeit mit der heiligen Barbara, der die Erde leicht sein möge, da sie zu Lebzeiten sicher schwer genug an ihrem eigenen Gewicht zu tragen hatte, machte Martha sympathisch. Den Leuten versuchte Martha weis zu machen, dass es der Kummer sei, der sie so dick habe werden lassen. Die Schulkinder und Marthas Kollegen aber wussten, dass es die Kuchenstücke und die mit selbstgemachter Wurst und Spickgans belegten Pausenbrote waren, die sie in lebensgefährlichen Dosierungen zu sich nahm.

›Was soll ich machen?‹, dachte Martha, ›ich kann doch das gute Essen von all den netten Leuten nicht wegschmeißen.‹ Seufzte aber bei dem Gedanken an den Preis für das gute Essen, der sich im jährlichen Ansteigen ihrer Konfektionsgröße niederschlug.

Die Kinder liebten sie wegen ihrer Freundlichkeit. Niemals erhob sie im Unterricht die Stimme oder schrie jemanden an. Auch warf sie nicht wild mit Kreide oder sonstigen Utensilien um sich, zog niemanden an den Schläfenhaaren und zwackte nicht in die Backen.

Gute Zensuren waren bei Martha Harrie leicht zu haben, da sie ein besonderes System der Beurteilung anwendete. Marthas Benotung bezog sich nicht nur auf eine ganz bestimmte Leistung des Schülers. Nein, ihre Benotung war eine ganzheitliche, eine allumfassende; welche auch die Leistungen der Eltern und Großeltern mit einbezog.

Rose Lewin war von Anfang an eine Gegnerin dieses leistungsabhängigen Abgabesystems gewesen. Karolines Zensuren sollten das Ergebnis ihres Wissens und nicht die Frucht von geräucherter Mettwurst oder Bienenstich sein.

Else Lewin jedoch empfand dies als Wettbewerbsverzerrung und tat ohne Roses Wissen alles, um dem Kind die gleichen Voraussetzungen für gute Zensuren zu schaffen, wie sie die anderen auch hatten und ließ Martha Harrie auch schon mal eine schöne fette Ente zukommen.

In den Ferien hielt man sich mit derlei Dienstleistungen allerdings zurück. Aber Martha ist nicht nachtragend. Oder doch? Aber nein, sie ist zwar gewissenhaft, aber nicht kleinlich. Die mageren Ferien schlagen sich bei niemandem zu Buche. Besser gesagt zu Akte.

Jedes Mal, wenn Martha die Bodentreppe des Hauses erklimmt, träumt sie von der Erfindung eines Lifta. Aber so ist sie schon mal froh, nicht mehrmals am Tage hier heraufklettern zu müssen. Früher waren die zwei Zimmer auf dem Dachboden ihre Wohnung. Jetzt hat sie diese zu einem Büro umfunktioniert, zu ihrem Geheimbüro.

Seit fünfzehn Jahren wohnte die Lehrerin zur Miete im Haus eines älteren Ehepaares. Emmi Klohr, die Bäuerin, verwöhnte Martha, wo sie nur konnte und brachte ihr sonntagmorgens das Frühstück ans Bett. Martha hegte keine besondere Vorliebe für derlei Bequemlichkeiten, doch ließ sie es die alten Frau nicht merken und erwiderte Emmi jeden Sonntagmorgen aufs Neue auf ihr fröhliches »Guten Morgen!« ein überraschtes: »Mensch, dit is' ja wie im Schlaraffenland, Frau Klohr! Kann ick doch jar nich' mehr jut mach'n, den Luxus.«

»Lot man gaud sinn, Deern. Ick mok dat giern«, pflegte Emmi darauf zu antworten, wobei sie Martha über die butterkeksfarbenen Haare strich. Dann setzte sie sich auf die Bettkante und sah ihr beim Frühstücken zu. Emmi konnte die tollsten Geschichten erzählen, in denen sich Wahrheit manchmal wohl mit ihrer Fantasie vermengte und als haarsträubendes Ausscheidungsprodukt ihrer nach Abenteuern lechzenden Zirbeldrüse, noch dampfend, in das trübe Licht des Lebens kullerte. Dabei jagten die Gehirnströme derart hochfrequentiert durch das Gebirge von Emmis Sehnsüchten, dass manchmal kleine, heiße Dampfwolken aus ihren Ohren zischten. Aber das musste so sein, denn Worte sind schwach wie Birkenreiser, wenn man ein auch nur annähernd beeindruckendes Bild der in den kräftigsten Farben leuchtenden Butzemänner, die im Hirn wilde Purzelbäume schlugen, wiedergeben wollte. Für den äußeren Betrachter lagen sie versteckt hinter einem grauen Nebelschleier, den Emmi, um den Zuhörer in ihre Dimension zu heben, zertrennen musste. Emmi war die Prinzessin auf der Erbse, und nur sie konnte diese erspüren, mit ihren ganz speziellen Mitteln versteht sich. Diese wunderbaren Sonntagmorgengeschichten waren Grund genug für Martha Harrie, das ungeliebte Bettfrühstück auch weiterhin zu ertragen. Und sie hatte dies noch lange, lange tun wollen.

Aber Emmi Klohr war ganz plötzlich, ohne jede Vorwarnung, gestorben. Ganz einfach so, bei bester Gesundheit. Martha musste oft an sie denken und an die seltsame Weisheit, die Emmi ihr stets auf hochdeutsch vorgetragen hatte: »Das Leben, meine liebe Martha, ist lebensgefährlich. Und vielleicht ist es zur Abwechslung ja auch mal ganz schön, dieser permanenten Lebensgefahr zu entkommen. Ich kann mir jedenfalls nichts vorstellen, was einem, wenn man tot ist, lebensgefährlich werden könnte. Und das finde ich wunderbar.«

Dabei war die letzte Sonntagmorgengeschichte so ulkig und voller Lebenslust gewesen, dass Martha richtige Lachkrämpfe bekam, wenn sie daran dachte. Es war eine Geschichte über Mistred Pinsel, die zu der Zeit noch Mistred Meier hieß und gerade mit ihrem dritten Ehemann zu Gange war. Mistred hatte Emmi um Rat gebeten, da ihr Herbert trotz aller Verführungskünste ihrerseits ein müder Klepper war, dem die Glückseligkeiten des Lebens nur noch aus essen, trinken und schlafen bestanden. Mistred aber war der festen Überzeugung, dass ein Mann auch noch für was anderes gut sein musste, wenn er denn schon verheiratet war. Unermüdlich hatte sie versucht, den alten Knurrhahn zum Balzen zu bringen, aber auch die schönsten mit Plauener Spitze besetzten Dessous vermochten kein Glitzern in seine Spiegeleieraugen zu zaubern, geschweige denn, irgendwelche anderen Regungen hervorzurufen. Emmi hatte ihr geraten, es mit Sellerie zu versuchen, dessen potenzstärkende Wirkung wahre Wunder bei Männern bewirken sollte. Da gerade Frühling war, hatte sich Mistred voller Elan daran gemacht, ein großes Beet in ihrem Gemüsegarten anzulegen und mit kräftigen Selleriepflanzen zu bestücken. Mistred war eine ausgezeichnete Gemüsegärtnerin, die genau wusste, wo sie die Hacke ansetzen musste.

In jenem Frühjahr war das Wetter besonders günstig. Warme Sonnenbäder wurden abgelöst von Regenschauern, die so sanft auf die Erde niederfielen, als wüssten sie, was für Mistred auf dem Spiel stand. Alles gedieh prächtig: Die Radieschen platzten aus ihren Löchern und rammten wahre Bombentrichter in das fruchtbare Erdreich. Ihr leuchtendes Rot schien eine Hymne auf den Kommunismus zu singen und beflügelte die Möhren im Nachbarbeet, es ihnen gleichzutun. Wie ein orangenes Flammenmeer brachen sie aus dem Dunkel des Beetes hervor und intonierten zusammen mit den Zwiebeln, ›Brüder zur Sonne zur Freiheit, Brüder zum Lichte empor …‹, was ihnen vor Rührung die Tränen in die Augen trieb. Die Schoten schienen diese Aufforderung so ernst zu nehmen, dass sie quasi über Nacht quer durch die Beete zu einem an der Gartengrenze wachsenden Baum gerankt waren und sich an dessen Stamm bis in die Wipfel hochgearbeitet hatten. Selbst an den Gurkenpflanzen hingen schon niedliche, grüne Babys, obwohl ihre Zeit noch längst nicht gekommen war.

Aber all diese kleinen Wunder hatte der Sellerie noch übertroffen. Mistred, die Emmi von Zeit zu Zeit Bericht über dessen Entwicklung erstattete, schwor, nie zuvor so prächtiges Gemüse gesehen zu haben. Vielleicht, so meinte sie, lag es daran, dass es ausländische Pflanzen waren. Denn der seltsame Sing-Sang, der aus dem Selleriebeet zu vernehmen war, klang zwar äußerst betörend, war aber nicht zu übersetzen. »Ich glaube«, hatte Mistred gesagt, »das is' was Sexuellet. Auf jeden Fall geht es um Eier. Das ist jedenfalls das Einzige, was ich von sein' Kauderwelsch verstehn tu und das geht so, pass auf.«

Daraufhin hatte Mistred ihren Brustkorb weit vorgestreckt, die linke Hand in die Hüfte gestemmt und so, den Anblick einer von Wagners Walküren bietend, mit ihrem schönen Mezzosopran den Sellerie imitiert: »Ei loff ju. Ei, ei, ei loff ju. Ei loff ju zoo matsch!«

Was dieses ›Ei loff ju‹ zu bedeuten hatte, konnte sich Mistred allerdings nicht erklären.

Emmi auch nicht. Das Ei sei aber schon mal sehr vielversprechend und zeuge von bester Qualität.

Als Mistred zu der Überzeugung gelangt war, dass der Sellerie seine Wachstumsgrenze erreicht hatte, rüstete sie zur Ernte. Sie besorgte die für den Selleriesalat notwendigen Gewürze, schärfte Messer und holte den Weckkessel aus der Abstellkammer. Einweckgläser und Gummis kaufte sie in der Stadt. Schließlich sollte der Potenzkatalysator bis zum nächsten Sommer reichen. Gerade im Winter in den langen, kalten Nächten war es angenehm, wenn die fröhliche Glut der Sommersonne einem das träge Blut in Wallung brachte. An einem Sonnabend hatte sich Mistred schließlich aufgemacht, um die Ernte einzubringen. Zwei Tage lang hatte sie den Garten ruhen lassen. Der Sellerie sollte Zeit haben, sich zu verabschieden. Nun aber hatte es Mistred sehr eilig. Im Dauerlauf war sie unterwegs. Doch als sie atemlos ihren Garten erreichte und sofort das Selleriebeet ansteuerte, schlug die Verzweiflung wie eine große, schwarze Welle über ihr zusammen. Ach, wie grausam konnte das Leben sein! Von einer Sekunde auf die andere warf es einen von den schönsten Gipfeln der Vorfreude in die Abgründe der Hoffnungslosigkeit. Einfach so. Mistred war beim Anblick des restlos leeren Erdbettes zusammengebrochen. Vollkommen zerwühlt und zerschunden lag es zu ihren Füßen, bar jeder Schönheit und Vitalität, die es noch vor wenigen Tagen Kraft seiner Insassen ausgeströmt hatte. Nichts, gar nichts, absolut nichts war mehr vorhanden von den herrlichen Knollen. Statt dessen sprangen und krochen seltsame Mutanten über die Beete, bei deren Anblick Mistred der Atem stockte.

Es waren furchteinflößende, gartenzwerggroße Gestalten, die sich auf Gurkenbeinen fortbewegten und schwer an Mohrrübenphallus und Tomatenbrüsten zu schleppen hatten. Wenn sie die Mäuler in ihren Weißkohlköpfen öffneten, entwich ein starker Geruch nach Sellerie.

Nach diesem Erlebnis hatte Mistred zwei Monate in der Nervenheilanstalt zubringen müssen. Ach ja, Emmi und ihre Geschichten. Martha hat die steile Treppe fast geschafft. Noch fünf Stufen, erst mal verpusten. Ein seltsames, schurrendes Geräusch von unten zwingt sie dazu ihren Oberkörper ganz vorsichtig zu drehen und Ausschau zu halten.

»Aber Herr Klohr!«, ruft sie empört, »das geht nun doch wirklich zu weit!«

In der Schule und wenn sie wütend ist, spricht Martha hochdeutsch. Pöker Klohr versteht sie trotzdem. Er lässt das Fernglas sinken und sackt in sich zusammen.

»Hören Sie bloß auf mit dieser Nummer! Ich weiß schon, was Sie da getrieben haben, Sie altes Ferkel!«

Wenn Pöker sich ertappt fühlt, spielt er gern ›toter Mann‹. Aber die Nummer zieht bei Martha nicht mehr. Der Alte hat mal wieder auf den Knien gelegen und ihr unter den Rock geglotzt.

Und nu auch noch mit Hightech, denkt Martha und überlegt, welchen Schlüpfer sie gerade trägt. Sie ist entsetzt, mit welch rasanter Geschwindigkeit Pöker die letzten Hüllen des Anstands fallen lässt und seine Alterslüsternheit immer unverfrorener austobt. Seit Emmis Tod hatte er sich mehr und mehr zu einem Spanner und Grabscher entwickelt, der jede Gelegenheit nutzte, um sich an sie zu pressen oder zweideutige Bemerkungen zu machen. Es schien ihm einen Mordsspaß zu bereiten, wenn Martha, die schnell einen roten Kopf bekam, das Aussehen einer genmanipulierten Tomate annahm und fluchtartig das Terrain verließ. Die Unmöglichkeit, mit dem alten Bock ein harmloses Gespräch zu führen, brachte Martha manchmal schier zur Verzweiflung. Schon eine Andeutung über schlechtes Wetter reichte aus, ihm Sachen wie

»Dat is' dat richtige Wetter tun Kinder moken«, zu entlocken. Ganz unerträglich wurde es, wenn im Frühjahr und Herbst die Katzen ihre Triebe auslebten. Martha, die ihre Katze Olga Nikolajewna vor den Konsequenzen dieser Freiluftorgien bewahren wollte, hielt sie in dieser Zeit streng in Schutzhaft. Wenn die arme Olga Nikolajewna dann jämmerlich miauend durch das Haus lief, war sie für Pöker Klohr natürlich ein willkommener Gegenstand seiner Lästerlichkeiten. Wenn Pöker erschien, warf Olga Nikolajewna sich ihm zu Füßen und rollte, alle vier Pfoten von sich gestreckt auf dem Rücken liegend, in so rasantem Tempo hin und her, dass einem die grauen Streifen ihres Tigerfelles wie Schottenkaros um die Ohren flogen. Pökers Kommentare zu diesem Gebaren waren schier unerschöpflich und endeten stets mit dem Ausdruck des Bedauerns darüber, dass er ein Mann und kein Kater war.

Nach dem Tod seiner Frau hatte Pöker Klohr Martha das große Wohnzimmer und sein Schlafzimmer überlassen. Ihm genügte ein kleineres Zimmer, das er seither bewohnte. Martha war ihm sehr dankbar dafür gewesen, konnte sich aber jetzt nicht mehr des Gedankens erwehren, dass Pöker dies aus reinem Eigennutz getan hatte. Seitdem sie hier unten lebte, war es für ihn viel leichter, ihr auf die Pelle zu rücken. Keine Türritze und kein Schlüsselloch waren vor ihm sicher. Was ihren Argwohn aber am heftigsten geweckt hatte, war, dass sich in Pökers Zimmer eine Tür zu ihrem Schlafzimmer befand. Die Tür war zwar verschlossen, doch existierte nach Pökers Aussage kein Schlüssel mehr dafür. In einem Alptraum hatte sie Pöker dabei ertappt, wie er ihr nachts das Deckbett entreißen wollte. Seither garantierte ein riesiger Schlafzimmerschrank, den sie vor die Tür gewuchtet hatte, für ihre nächtliche Sicherheit. Doch die stete Präsenz von Pökers Anzüglichkeiten war für Marthas Nervenkostüm eine harte Belastungsprobe, in deren Folge sie sich manchmal den Tod des alten Lüstlings wünschte.

Doch Pöker dachte nicht daran zu sterben, er hatte die Elixiere des Teufels unter der Matratze versteckt und behauptete, fit wie'n Turnschuh zu sein, was er mehrmals täglich verkündete.

So erschreckend diese Worte jedes Mal für Martha waren, der Anblick des Alten stimmte sie zuversichtlich, glich er doch eher einem Zombie als einem Turnschuh. Pökers Haut war von einer so ungesunden Blässe, dass sein eckiger Schädel, auf dem auch das Haar weiß war, eher einem Stück abgebröckelter Kalksteinwand, die links und rechts von zwei schlaff herabhängenden Salatblättern zusammengehalten wurde, als dem Kopf eines Homo sapiens glich. Ein Ergebnis seiner rigorosen Ablehnung von Frischluft. Pöker verließ sein Haus nur, um auf das sich auf dem Hof befindliche Plumpsklo zu gelangen und um einmal die Woche ein Vollbad zu nehmen. Da Martha für ihn einkaufte, kochte und die Wäsche wusch, gab es für Pöker Klohr keinen Grund, sich länger als unbedingt notwendig draußen aufzuhalten. Das Vollbad, in welchem er jeden Sonntagvormittag seine rostigen Knochen spülte, war Marthas größter Kummer. In einem Anflug von Mitleid hatte sie sich nach Emmis Tod dazu bereiterklärt, Pöker in die riesige, hochbeinige Badewanne zu helfen, die sich hinterm Haus in der ehemaligen Futterküche befand. Für Pökers selbsternannte Fitness bildeten seine steifen Knie ein unüberwindbares Hindernis, die steilen Wannenwände ohne Hilfe zu erklimmen.

Statt Bettfrühstück und lustiger Geschichten hielten die Sonntagvormittage jetzt die Arbeit eines Bademeisters für Martha bereit, denn selbstverständlich musste sie dem Alten auch den Rücken abseifen. Die Wanne war riesig und hätte bei Bedarf mindestens drei Personen aufnehmen können. Aber es bestand kein Bedarf, und auch Pökers Bitten und Betteln brachten Martha nicht dazu, ein Bedürfnis zu haben. Um möglichst wenig von Pökers nackter Schönheit zu sich nehmen zu müssen, gab Martha Unmengen von Badusan in das Badewasser, worüber sich der Alte jedes Mal beschwerte, da er Mühe hatte, in dem allgemeinen Schneegestöber nicht zu ersticken.

Martha ist oben angekommen und wirft noch mal einen Blick nach unten. Pöker spielt immer noch ›toter Mann‹.

»Sie können sich jetzt erheben«, ruft Martha, »vergessen Sie bloß nicht Ihr Fernglas mitzunehmen!«

»Ick wollt doch bloß mal fragen, ob heute nich' mein Badetach is',« sagt Pöker beleidigt.

»Badetag ist am Sonntag, und heute ist erst Sonnabend, das wissen Sie doch!«

Martha stampft ungehalten mit ihrem Elefantenfuß und streckt ihn in Pökers Richtung. Aus dieser Entfernung sieht es so aus, als könnte sie ihn ganz leicht zertreten, wie einen Käfer.

Aber Pöker Klohr ist kein Käfer, er ist eine Maus und Martha der Elefant.

»Dat heut Sonnabend is', weiß ick«, sagt Pöker. »Ick weiß vielet und manchet weiß ick, wat ick nich' wissen soll. Und außerdem, die Taube in der Hand is' besser als der Spatz auf'm Dach.«

›Is' dit schon wieder eine von seine Sauigkeiten?‹ denkt Martha.

»Wie meinen Sie das?«, ruft sie. Aber Pöker will nun nicht mehr und stöckert auf seinen Steifbeinen davon. Martha schnauft. Als sie zur Tür ihres Geheimbüros rennt, bröckelt unten der Putz von der Zimmerdecke. Die Tür ist verschlossen und überhaupt, wie sollte Pöker mit seinen steifen Knien die Treppe heraufkommen? Nein, hier oben ist ihr Geheimnis sicher. Martha schließt die Tür auf und betritt ihr Geheimbüro. Alles paletti! Die Aktenordner mit den schwarzen, roten und gelben Rücken stehen in Republikfahnenordnung, millimetergenau ausgerichtet. Brust raus, Bauch rein! Marthas gesammelte Werke machen einen korrekten Eindruck. Da war keiner bei. Martha fährt liebevoll mit der Hand über die Rücken der Aktenordner. »Ach, meine Lieblinge, meine bunten Schätzchen.« Es sieht aus, als ginge ein Raunen durch die Pappkameraden, sie beginnen zu vibrieren und erzeugen Klopfgeräusche auf den Holzbrettern der Bücherregale. Das Zimmer ist voll von ihnen und sie voll von Akten, die wiederum voll sind von Wissen. Marthas Wissen. Martha ist ein IM, ein inoffizieller Mitarbeiter der Staatssicherheit. Ihr Deckname lautet Moni. Unter diesem Namen überschwemmt sie ihren Führungsoffizier mit Berichten, die so umfangreich und manchmal überflüssig sind, dass sie meistens ungelesen im Archiv landen, wo für Marthas Klientel schon eine eigene Abteilung entstanden ist. Martha ist sehr korrekt, sie beschränkt sich nicht auf etwaige republikfeindliche Vorkommnisse, oh nein. Sie hat ihren Goethe verstanden und weiß, dass der Mikrokosmos immer nur eine Spiegelung des Makrokosmos ist. Sie sucht die kleinen Zusammenhänge in den großen Schlachten des Lebens. Eine Nadel im Heuhaufen zu finden, ist für Martha nicht unmöglich, sondern alltäglich. Jeden getrockneten Grashalm trägt sie einzeln ab, schichtet einen neuen Haufen auf, bis schließlich die Nadel übrig bleibt. Das Leben jedes Dorfbewohners ist es wert, in Marthas

Makrokosmos als Akte zu existieren, selbst das der Neugeborenen, zu denen allerdings nur wenige Angaben aktenkundig sind, zu welchen selbstverständlich auch die Farbe des Schnullers und die Marke des Kinderwagens gehören.

Die Farben der Aktenordner beziehen sich auf das Geschlecht der darin beschriebenen Person. Schwarze Aktenordnerrücken sind für Männer. In den roten befinden sich Frauen und in den gelben Kinder. Mit dem Eintritt ins achtzehnte Lebensjahr wechselt der Inhalt einer Akte mit gelbem Rücken, in eine Akte mit schwarzem oder rotem Rücken. Ein perfektes System, Martha hat den vollen Durchblick. Sie sitzt in ihrer Schaltzentrale der Macht wie der liebe Gott auf seinem himmlischen Thron.

Wissen ist Macht! Martha ist begeistert von Macht, ein herrliches Gefühl. Und Martha ist eine Künstlerin, sie versteht es, das in ihrem Kopf entstandene Gefühl zu verdauen und die Bestandteile im Blut zu absorbieren. Die Macht wird eine Körperlichkeit. Martha beginnt zu tanzen. Sie dreht sich immer schneller und fühlt etwas in sich aufsteigen, dem nichts gleichzusetzen ist. Martha dreht sich wie ein Brummkreisel.

Unter ihr, in seinem Zimmer sitzt Pöker Klohr. Er hat den tiefen Einblick unter Marthas Rock vor seinem geistigen Auge und versucht, sich Kraft diesem einen runterzuholen. Als seine Körpersäfte stoßweise den Weg in seine Unterhose finden, beginnt die fünfarmige Lampe an der Zimmerdecke heftig zu schwanken. Schwer beeindruckt von seiner Kraft und Spritzigkeit holt Pöker eine Flasche Rotwein aus dem Schrank. Er betrachtet das Etikett, auf dem der Kopf eines Rindes abgebildet ist, darunter die Aufschrift »Stierblut«. Pöker grinst und gießt ein großes Wasserglas randvoll. »Stierblut«, sagt er, bevor er das Glas an die Lippen setzt, »nur für Stiere.« Über ihm tanzt sich Martha immer noch in Rage. Ein Gefühl der Allmächtigkeit überkommt sie. Die schwarzen, roten und gelben Rücken der Aktenordner fliegen an ihr vorüber. Die Körperlichkeit des Hochgefühls wird immer schärfer, Martha hat das Gefühl, eine rollende Eierhandgranate im Bauch zu haben. Keine Hühnereierhandgranate, eine Straußeneierhandgranate, ganz glatt und heiß fühlt sie sich an. Als die Straußeneierhandgranate explodiert, verteilt sich ihr Inhalt in Marthas Bauch und rutscht als kochende Lava in ihren Unterleib. Martha lässt sich auf die grüne Anbauliege neben dem Fenster plumpsen.

Pöker Klohr wird unruhig. Martha stöhnt, ihr Aktenfress-Orgasmus ist ja wohl das Größte. Und überhaupt, ist doch egal, wovon man einen Orgasmus kriegt. Die Hauptsache, man hat ihn. Es ist nichts weiter als die Befriedigung von irgendetwas Undefinierbarem, so wie Kratzen bei Hautjucken oder Pinkeln bei Blasendrücken.

Martha gebärdet sich auf ihrer grünen Anbauliege, als hätte sie einen epileptischen Anfall. Hoffentlich hält die durch, knarrt ziemlich verdächtig. Martha ist nicht mehr von dieser Welt. Martha, Martha, du entschwandest? Unter dem Fußboden donnern Kanonenschüsse.

Pöker muss sich doch erst mal bemerkbar machen, bevor ihm die ganze Zimmerdecke auf seinen eckigen Schädel stürzt, er gibt Klopfzeichen mit dem Besenstiel. Martha ist wieder da, erhebt sich und versucht ihren zerknautschten Rock in Form zu streichen. Von wegen knitterfrei. Martha räuspert sich. »Das war das«, sagt sie und geht zu ihrem Schreibtisch, im Vorbeigehen zieht sie die Akte von Karl Lewin aus einem der Regale. Da braucht sie gar nicht lange zu suchen. Karls Akte ist ein Roman und umfasst an die zweihundert Seiten. Martha hat von einem Brief zu berichten, in dem Karl Lewin eine Erbschaft aus Amerika mitgeteilt wird. Besonders wichtige Nachrichten erfährt Martha Harrie noch vor dem eigentlichen Empfänger, sie hat sich mit dem Postboten angefreundet. Bevor Herfried Quast morgens die Briefe austrägt, ermittelt er selbstverständlich deren Inhalt. Mit der Hilfe von Wasserdampf und Kittifx lässt sich so was ziemlich einfach bewerkstelligen.

Martha legt eine Blaupause zwischen zwei Schreibmaschinenpapierblätter und spannt die Bögen in ihre Schreibmaschine. Also, los geht's. Piepnest, den soundsovielten.

Marthas Blick sucht den Kalender. Auf dem Weg dorthin bleibt er an einem Aktenordner mit weißem Rücken hängen. Martha seufzt, ach ja, so weiß wie dessen Rücken sollte auch ihre Weste sein. Aber es kam anders. Martha greift den Aktenordner aus dem Regal und schlägt ihn auf. Ist ja nicht so, dass sie nur Berichte über andere Menschen schreibt, nein, da sieht sie sich in der Pflicht auch gegenüber ihren eigenen Schandtaten. Obwohl sie die geschilderte Schandtat ganz sicher nicht als solche ansah. Es war lediglich ihre Freude am Reimen gewesen. Vielleicht hatte sie ja auch eine zu große Dosis von Emmis Geschichtenfantasien intus gehabt. Vor fünf Jahren jedenfalls hatte Martha, nachdem sie feststellte, dass sich Toilette ganz fabelhaft auf Anette reimt, ein kleines Gedicht verfasst. Unter dem Titel ›Gleichheit‹ wollte sie Menschen anprangern, die meinten, was Besseres zu sein. Von dem Produkt ihrer kreativen Reimkunst war Martha so begeistert, dass sie es an die Zeitung schickte, welche es auch prompt druckte. Das Gedicht befindet sich gleich auf der ersten Seite ihrer Akte.

## GLEICHHEIT

Das Fräulein Anette ist eine Toilette.
Die telefoniert, weil sonst nichts passiert,
mit ihrer Cousine, direkt in Berlin'e.
Die ist auch Toilette, doch heißt nicht Anette.
Nein, ganz einfach so und schlicht Spüleklo.

Anette spricht: »Servus« und drückt einen Schmatzkuss
ganz fest auf die Muscheln und fängt an zu tuscheln:
»Du tust mir so leid im schmutzigen Kleid.
Wie geht es dir doof im Zughauptbahnhof.«

»Och«, meint da das Klo, »ick bin hier janz froh.
Und denn, möcht' ick sagen, wat wir so zu tragen,
ick red mal janz barsch, is' eben ein Arsch.
Mal Böhnchen, mal Kisten, um sich zu entmisten
da kommt man zu mir und meinem Papier.
Is' es bei dir feiner, kackt man vielleicht reiner?
Denn gib mir Bescheid, dass ick dir beneid.«

Sie horcht in die Muschel. Fort ist das Getuschel.
Man hört nur noch Tuten. Es ist zu vermuten,
dass Fräulein Anette, die sonst so Adrette,
ein Klo auch nur ist, für unseren Mist.

Martha ist immer noch angetan von ihrer prosaischen Lyrik. Leider wurde es von einigen Genossen falsch interpretiert und als Kritik, ja Verunglimpfung der sanitären Anlagen des Berliner Hauptbahnhofes ausgelegt. In der eigens dazu einberufenen Parteiversammlung wurde Martha für ihre poetischen Ergüsse getadelt und erhielt eine öffentliche Rüge. Den Bericht über ihre Freveltat und eine Abschrift des Protokolls zur Parteiversammlung hatte sie ihrem Führungsoffizier übergeben. Seitdem war Martha die Lust am Spintisieren vergangen. Um so eifriger stürzte sie sich auf ihre Berichte.

Erst als es draußen dunkel wird, klappt Martha den Deckel von Karl Lewins Akte zu. Als sie die Bodentreppe hinuntergestampft ist und an Pöker Klohrs Zimmer vorüber kommt, bleibt sie stehen und horcht an der Tür. Durch das wurmstichige Holz filtert ihr geübtes Ohr geschickt die Geräusche und leitet sie an ihr Agentenhirn weiter, wo sie nach bekannt und unbekannt sortiert werden. Die heftigen Schnarchgeräusche sind sofort als solche analysiert. Das rätselhafte Rollgeräusch klärt Martha mit Hilfe eines gekonnten Schlüssellochblickes auf. Pöker schlummert auf dem Dielenfußboden und treibt mit seinen heftigen Atemstößen die leere Weinbuddel vorwärts, die auf Grund des Neigungswinkels sofort zurückrollt um das Spiel von Neuem zu beginnen. ›Jetzt hat der Alte auch noch das Saufen angefangen‹, denkt Martha. ›Vielleicht sollte ich mir ’ne andre Wohnung suchen? Wer weiß, wo dit allet noch hinführt!‹

*

Manche Tage lassen schon am Morgen ahnen, dass sie böse enden. Ihre warnenden Vorboten sind Boten aus dem Kosmos und versprühen ihre ätherischen Telepathien als vier Sachen, die zweimal erstens und zweimal zweitens durch die poröse Membran der nichtzellulösen Zelle ziehen und meteoritenhafte Verwüstungen anrichten. Das schlaue Säugetier würde es vorziehen, solche Tage im Bett zu verbringen. Doch als Sklave seiner Planungen stolpert es lieber in die gespannte Falle, statt seinen Intuitionen zu folgen, absorbiert die Meteoriten zu Gallensteinen und versucht wie Miss Marple den Panther mit ’ner Mausefalle zu fangen.

Als Mistred Pinsel an diesem Sonntagmorgen erwacht und bei ihrem Gang auf die Gemeinschaftstoilette der unteren Schlossetage bemerkt, dass schon wieder jemand den gesamten Vorrat an Zeitungspapier aufgebraucht hat, ohne nachzurüsten, legt sich ein grauer Schleier über ihr sonnendurchflutetes Gemüt. Die Duftmarke, die wie eine schwere Dunstglocke in dem kleinen Toilettenkabuff hängt, ist ihr bekannt. So stank verdauter Weißkohl, und Kohleintopf gab's gestern bei Piezlajuks. Mistred will die Angelegenheit sofort klären, gar nicht erst einreißen lassen, die Schlamperei. Sie hetzt zum anderen Ende des Korridors und bullert an die vorletzte Tür. Wütend über die Penetranz der Klopfzeichen reißt Frau Piezlajuk die Tür auf und macht Mistred empört klar, dass sie nicht schwerhörig ist, was angesichts der Lautstärke ihrer Beteuerungen ziemlich verwundert. Noch bevor Mistred auch nur ein Wort gesagt hat, ist sie schon hingerichtet. Frau Piezlajuk geht immer sofort zum Angriff über, das ist ihre Taktik. Gar nicht erst den Feind zum Schuss kommen lassen. Mistred ist ansonsten eine ebenbürtige Gegnerin, aber Frau Piezlajuk ist heute im Vorteil. Ihre Kehle hat an diesem Sonntagmorgen schon die erste Ölung hinter sich und wird für jeden Feind zur halsbrecherischen Schlitterbahn. Die Übermacht der Beleidigungen ist so groß, dass sie nur mit ein paar kräftigen, wohlgezielten Hieben zu stoppen wäre. Doch Mistred kann sich beherrschen, sie wird sich doch mit solchem Pöbel nich' gemein machen.

Bei der Piezlajuk scheint sich richtig was angestaut zu haben. Es ist, als hätte sie nur auf eine solche Gelegenheit gewartet. Als Sittenwächterin des Schlosses gibt sie ihrer Empörung darüber Ausdruck, wie Mistred es überhaupt wagen könne, so rumzulaufen. Schließlich könne noch jemand annehmen, dass diese Häuslichkeit ein Puff wäre. Wo sonst würde man um diese Tageszeit noch im Morgenmantel herumrennen? Außerdem sei die Präsentation höchst gefährlich für ihre Kinder, die unter diesem Aufzug ein Nachtgespenst vermuten täten, was ihre empfindlichen Seelchen sehr erschreckte. Sogar die Lockenwickler auf Mistreds Kopf sind für Frau Piezlajuk ein Stein des Anstoßes. Sie scheinen unter deren Boshaftigkeiten zu schrumpfen. Hinter dem Rücken der Piezlajuk drängeln sich ihre Bälger. Die armen erschreckten Seelchen strecken Mistred die Waschlappen raus und winken mit den Stinkefingerchen.

Endlich knallt Frau Piezlajuk die Tür zu. Die Zipfel von Mistreds Morgenmantel flattern unter dem entstandenen Luftdruck.

Jetzt ist ihre gute Laune endgültig futsch. So eine Niederlage zu verdauen, braucht Zeit, aber die hat Mistred Pinsel heut nicht. Für zehn Uhr hat sie sich Herfried Quast eingeladen zum Frühschoppen und anschließendem Mittagessen. Sozusagen als Dankeschön für die

Lebensrettung. Vorher muss die Bude noch gewienert werden. Aber so schlimm ist das auch nicht, macht ja keiner mehr was dreckig bei ihr. Ein bisschen zeitaufwendiger ist die Spiegelkonstruktion, die ihr noch bevorsteht. Um sicher zu sein, dass an ihrem Auserwählten auch alles dran ist, hat Mistred sich was ganz Raffiniertes einfallen lassen. Mit der Hilfe zweier Spiegel will sie unbemerkt den wichtigsten Körperteil von Herfried Quast in Augenschein nehmen. Nicht, dass sie zu diesen besonders sexsüchtigen Weibern gehörte, oh nein. Aber da galt für sie das gleiche Motto wie in der Betriebsküche: Qualität geht vor alles. Man konnte die Kartoffeln für Kartoffelpuffer noch so fein reiben und würzen, wenn die Zwiebeln fehlten, hatten die Puffer keinen Pepp. Und ob Herfried Quast den letzten Pepp hatte, musste sich erst noch herausstellen. Von solchen Äußerlichkeiten wie seiner prallen Hose ließ Mistred sich gar nicht blenden. Bei den vielen Prothesen, die der Postbote mit sich herumschleppte, war es durchaus möglich, dass er auch in seiner Hose nur eine optische Täuschung zur Schau trug.

Nach der Morgentoilette und einem schnellen Frühstück legt Mistred los. Erst mal Maß nehmen. Sie stellt sich vor das geöffnete Klobecken. In der rechten Hand hält sie die Klobürste, da wo sie das Corpus Delicti von Herfried Quast vermutet. Mit der linken Hand drückt Mistred den Spiegel an die Wand und fixiert ihn so, dass er die Klobürste schön im Visier hat.

Gut, Klobürste fallen lassen, mit der Rechten Hammer und Nagel aus der Schürzentasche angeln und Spiegel annageln. Nummer Eins wäre geschafft. Den nächsten Spiegel, einen Treckerspiegel mit schönem langen Stiel, nagelt Mistred an der Außenwand, direkt neben dem Toilettenfenster an. Sie dreht ihn so hin, dass er die Information des inneren Wandspiegels aufnimmt und in Richtung ihres Küchenfensters weiter gibt. Das Küchenfenster liegt direkt daneben. Mistred braucht also nur ihren Kopf heraushalten, um zu sehen, von welcher Qualität die Männlichkeit ihres Gastes ist. Darüber, dass Herfried Quast sich über die Spiegel wundern könnte, macht sich Mistred keine Sorgen. Postboten haben eine große Blase. Bevor Herfried zur Toilette musste, würde er also schon gut abgefüllt sein und solche Lappalien wie Spiegel in Toilettenhöhe gar nicht wahrnehmen.

Um neun Uhr neunundfünfzig und siebenunddreißig Sekunden steht Herfried Quast vor Mistred Pinsels Tür. Er betrachtet den Sekundenzeiger seiner Armbanduhr. Als dieser die Zwölf erreicht und der große Zeiger hinterher springt, klopft er an.

Mistred hat alles liebevoll hergerichtet. Der Couchtisch ist so üppig gedeckt, dass er O-Beine zu haben scheint. Die gute Sonntagstischdecke ist ein Erbstück von ihrer Mutter. Leider kommen die schönen Stickereien darauf nicht recht zur Geltung. Sie verschwinden fast vollends unter Gläsern, Flaschen, Gebäckschalen und einer bauchigen Blumenvase, in der Tulpen und Margeriten stecken, deren Duft nur noch von Herfrieds Rasierwasser übertrumpft wird.

Die hübschen Sofapüppchen, die überall im Wohnzimmer herumsitzen, machen einen harmlosen Eindruck, erzeugen in Herfried Quast aber das Gefühl, ständig beobachtet zu werden. Von der Negerpuppe fühlt er sich ganz besonders genervt. Ihr penetrantes Grinsen erweckt den Eindruck, als würde sie die weißen Elfenbeinzähne blecken, um ihn im nächsten Moment zu verschlingen. Von der Hautfarbe mal abgesehen, hatte die Negerpuppe irgendwie Ähnlichkeit mit Frau Pinsel. Aber was heißt hier Frau Pinsel? Als Erstes bietet die ihm natürlich das Du an. Aber womit Brüderschaft trinken? Die Auswahl an Spirituosen ist so groß, dass Herfried sich gar nicht recht entscheiden kann.

»Macht doch nix«, sagt Mistred, »denn probiern wir eben alles durch.«

Na gut, denn woll'n wer mal. Zuerst 'n schönes Glas Neubrandenburger Pils einkippen, zum Nachtrinken. Und denn, sozusagen als Aperitif, ein Gläschen Kirschlikör. Auf dem Etikett der Flasche steht zwar Cherry Brandy, doch Mistred weiß, dass da Kirschlikör drin ist. Da ist sie sich ganz sicher. Die Schnapsgläschen sind fast so groß wie die Biergläser. Macht doch nichts, man muss ja nicht so hastig trinken. Und schwups, schon ist der Aperitif verschwunden.

Mensch, da wird einem doch gleich schön warm im Bauch. Und mhh, lecker süß, das Zeug. Mistred leckt sich die Lippen und schmatzt. Sie starrt auf Herfried wie die Schlange auf das Karnickel. Herfried wird ein bisschen mulmig. Er rollt sein sehtüchtiges Auge aus Mistreds Blickrichtung und trifft auf den Blick der Negerpuppe. ›Oh Gott, oh Gott‹, denkt Herfried, ›wär ich doch bloß mit meiner Kartoffelsuppe zufrieden gewesen. Sieht ganz so aus, als wenn ich hier selber der Sonntagsbraten sein soll.‹ Am liebsten möchte er sich unterm Tisch verkriechen.

Zu spät, Miss Vampir kommt immer dichter herangerutscht, Herfried hängt schon am äußersten Ende der Couch. Er hört das Schmatzen und sieht den Dampf, der Mistreds Dekolleté entsteigt, an seinem Auge vorüberziehen. Der Dampf riecht nach Veilchenparfüm, das gibt's im Konsum für eine Mark.

Jetzt ist Herfried vollends eingeengt. Weiter geht's nicht, sein Körper beginnt sich unter dem Druck von Mistreds Ansturm schon leicht zu deformieren. Er will jetzt protestieren, sieht Mistred an und sieht, dass sie ihn nicht ansieht. Mistred hat die Augen geschlossen und ihren gespitzten Mund weit vorgestreckt. Erleichtert begreift Herfried, dass sie bloß auf den Brüderschaftskuss wartet. Als er ihn verabreicht hat, rückt Mistred wieder in ihre alte Position. So, darauf muss jetzt natürlich angestoßen werden. Nach dem klebrigen Schlabberwasser erst mal was Herzhaftes. Der hochprozentige Klare, auch Blauer Würger genannt, ist ein kaltblütiger Mörder, sein harmloses Leitungswassergesicht eine optische Täuschung. Die Farbe Schwarz stünde ihm besser an. Schwarz wie die Nacht, die man vor den Augen hatte, wenn er einen zu Boden streckte. Oberste Regel, beim Genuss des Selbigen unter keinen Umständen ins Glas hineinriechen. Nase zuhalten und weg damit. Uff,geschafft! Mistred schüttelt sich. Dieses Teufelszeug stellte den Körper doch jedes Mal vor eine neue Herausforderung! Man trank es mit geschlossenen Augen und war gespannt, ob man nach seiner Ankunft noch des Sehens mächtig oder blind war.

Herfried schüttelt sich nicht. Er behält seine Contenance und erstarrt für Sekunden zur Sofapuppe. So, nun aber wieder was Farbiges. Der Pfefferminzlikör leuchtet giftgrün in seinem gläsernen Gefängnis. Warte nur, wenn der rausgelassen wird! Nicht umsonst nennt ihn der Volksmund Schlüpferstürmer. Ein bisschen mehr Schlüpferstürmigkeit hätte sich Mistred auch von Herfried erhofft. Der sitzt immer noch so steif und verklemmt da. Schließlich kam ein Postbote doch täglich mit so vielen Leuten in Kontakt, dass man schon etwas mehr charmöse Gewandtheit von ihm erwarten konnte. Na, wird schon werden.

»Noch 'n Bierchen, Herfried?«

»Nein, danke, ich hab noch.«

»Nu mal nich' so zimperlich, runter damit. So jung komm' wir nich' mehr zusamm'. Ha, ha, ha, ha!«

»Na, wenn Sie meinen, Frau Pin … ähhm Mistred.« Herfried quetscht sich den Rest des Neubrandenburger Pilsners hinter die

Binde. Mistreds Tonfall ist zwar freundlich, aber sehr bestimmt. »Zzzisch«, schon knackt sie die nächste Bierbuddel und schmeißt den Kronkorken mit Schwung in die Luft. Endlich vergeht der Negerpuppe das blöde Grinsen, zumindest sieht man es nicht mehr, der Kronkorken klebt in ihrem Gesicht. Vorsichtig weist Herfried seine Gastgeberin darauf hin. »Lass doch die blöde Puppe! Komm, Prost! Grün ist die Hoffnung, runter damit!«

»Naja, denn Prösterchen! Auf dein ganz spezielles, Mistred.«

Als Herfried den Schlüpferstürmer intus hat, backsen seine Lippen derart zusammen, dass er sie erst mal mit Bier anfeuchten muss. Misterd springt auf und schaltet das Radio ein. Sie hat Glück, es kommt gleich der richtige Sound. Caterina Valente singt: »Tippi, tippi, tipso beim Calypso, da wird alles wieder froh …«

»Jawoll, komm tanzen, Herfried!« Mistred wackelt verführerisch mit den Hüften. Herfried ist ein bisschen gekränkt über so viel Taktlosigkeit. »Tut mir leid, ich kann nicht. Sie wissen doch, mein Holzbein. Ich müsste auch erst mal auf die Toilette. Entschuldigung.«

Natürlich entschuldigt Mistred. Auf diesen Moment hat sie schließlich gewartet, auch wenn er unerwartet früh kommt. Anscheinend war das mit den großen Blasen der Postboten doch nur ein Gerücht. Na, wird schon alles klappen.

Als Herfried die Wohnungstür hinter sich schließt, um das Gemeinschaftsklo aufzusuchen, begibt sich Mistred zum Küchenfenster. Sie setzt ihre Brille auf, legt ein Sofakissen auf das Fensterbrett und richtet sich häuslich ein. Ihr mächtiger Busen funktioniert wie ein riesiger Klangkörper und gibt den aufgeregten Herzschlag als Paukenkracher an das Fensterbrett weiter. Die verstörten Holzwürmer fühlen sich bedroht und flüchten. Mistred bemerkt nichts davon, sie hat ihre ganze Aufmerksamkeit auf den Treckerspiegel gerichtet. Alles läuft bestens, die Sicht könnte nicht besser sein. Herfried ist gerade dabei, sich den Hosenstall aufzuknöpfen. Mein Gott, das dauert! Ist ja auch nicht so einfach mit einer Hand. Endlich, jetzt geht's los. Mistred wischt sich schnell noch mal über die Brillengläser. Uuuund, Achtung, Achtung! Boh, was denn nu? Genau in dem Moment, als Herfried die Überraschung aus seiner Hose holt, schiebt sich die fette Wolke, die eben noch auf der Sonne saß, zur Seite. Die Sonne sonnt sich im inneren Toilettenspiegel, der ihre Strahlen an den Treckerspiegel weitergibt. Mistred ist geblendet.

›Scheiße‹, denkt sie, ›hoffentlich muss Herfried nachher noch mal pullern.‹

Doch das wird wohl nicht nötig sein. Ein irrer Schrei hallt aus dem geöffneten Toilettenkabufffenster nach draußen, danach ein Poltern. Dann Ruhe.

Mistred wird unruhig. ›Was denn nu los? Hat der jetzt etwa doch den Spiegel gesehn?‹ Vorsichtig öffnet sie die Wohnungstür und lauscht in den Flur. Alles ruhig. Auch hinter der Toilettentür ist es vollkommen still. Vorsichtig klopft Mistred an.

»Herfried, ist alles in Ordnung?«

Nichts, vollkommene Stille. Sie drückt den Türdrücker herunter und stellt erleichtert fest, dass die Tür nicht verriegelt ist. Ganz langsam öffnet sie die Tür, erst einen Spalt breit, dann zwei. Ein merkwürdiger Geruch dringt durch die Ritze. Schweinebraten mit Sauerkraut? Neeh.

Mistred entdeckt Herfrieds entblößtes Hinterteil, es liegt auf dem Boden. Jetzt erstürmt sie das Kabuff. Ihre Gedanken sind in einem Laufrad gefangen und drehen sich schwindlig.

›Blauer Würger, Blauer Würger‹ tönt es in Mistreds Kopf.

Ja, wenn's doch nur so wäre. Doch nicht der Schnaps streckte den Mann zu Boden. Es war die Sonne, die sein Gemächt vergrillte und zu Record Brikett degradierte. Von wegen Schweinebraten mit Sauerkraut. Mistred ist fassungslos. Der Toilettenspiegel hatte wie ein Brennglas gewirkt und die gebündelte Sonnenkraft mitten auf Herfrieds Empfindlichkeit geschleudert. Traurig und auf die Hälfte seiner Ursprungsgröße geschrumpft liegt der verkohlte Penis in Herfrieds Hand, die ihn krampfhaft umschließt. Mistred versucht,dem Mann auf die Beine zu helfen. Aber dem kann nichts mehr helfen. Einem so hinterhältigen Anschlag war Herfrieds schwaches Herz nicht gewachsen. Er ist tot. Mistred klappt den Toilettendeckel herunter, sie muss sich setzen. Die Götterspeise in ihren Knien ist grün. Aber das weiß sie nicht. Im Moment weiß sie gar nichts. Heulen könnte sie, so traurig ist der Anblick von Herfrieds verzerrtem Gesicht. Der weit aufgerissene, zahnlose Mund ist … Halt, wieso ist der zahnlos? Ach Gott, Mensch, die Zähne waren auch nur 'ne Attrappe. Das künstliche Gebiss ist beim Aufprall herausgefallen und durch den Schwung bis in die Ecke unter das kleine vergilbte Waschbecken gerutscht. Mistred hebt es auf. Zwischen den herrenlosen Zähnen hängen noch Reste ihrer selbstgebackenen Kekse. Die mit der Schokoglasur scheinen ihm am besten geschmeckt zu haben. Jetzt muss Mistred doch weinen. »Nee, nee, du oller Dussel«, schluchzt sie, »die Dinger hätt' ich dir jeden Tag pfundweise backen können! Was musst du dir auch den Schwanz abseng' lassen!«

Unter dem Strahl des Wasserhahns spült sie die Zahnprothesen sauber und drückt sie wieder in Herfrieds geöffneten Mund, erst oben, dann unten. Mistred heult noch immer. Komisch, der Anblick eines toten Mannes ist eigentlich nichts Neues für sie. Naja, aber dieser hier war doch noch so frisch und außerdem nicht ihrer. Als sie Herfried die Hose zuknöpft, stöhnt sie vor Schmerz. Doch die Schritte, die plötzlich auf dem Flur zu vernehmen sind, überhört Mistred nicht. Wer hätte ihr das zugetraut? Aufspringen und Tür verriegeln sind eins. Im nächsten Moment wird auch schon der Türdrücker von außen heruntergedrückt. »Besetzt!«, ruft Mistred. Die entsetzte Stimme hinter der Tür gibt bekannt, dass hier jemand den Dünnpfiff hat und dringend rein muss.

›Aha, die olle Piezlajuk‹, denkt Mistred und ruft: »Geh doch woanders scheißen, ich lass mir Zeit!«

Bei der Piezlajuk scheint es so zu pressieren, dass sie noch nicht mal Zeit zum Widerspruch hat. Mistred hört das eilige Klappern ihrer Holzlatschen in Richtung untere Etage, wo sich eine weitere Toilette befindet. Jetzt aber schnell raus hier, bevor der Publikumsverkehr noch mehr zunimmt. Mistred packt den Toten unter den Achseln und schleift ihn, rückwärts gehend, hinter sich her. In ihrer Wohnung angekommen,wirft sie die Last ab und hastet zurück zur Toilette. Erst mal alle Verdächtigkeiten beseitigen: Spiegel abmontieren und kucken, ob Herfried nicht noch mehr verloren hat.

Alles paletti. Zurück in der Wohnung, schiebt sie den Postboten hinter das Sofa. Sie fühlt sich zu geschwächt für weitere Aktionen und beschließt, erst mal das gute Sonntagsmenü zu sich zu nehmen. Da müssten schon ganz andere Geschütze aufgefahren werden, um ihr den Appetit zu verderben. Nach dem Essen legt sich Mistred auf das Sofa, um ein wenig zu ruhen. Anfangs will der Schlaf sich nicht recht einstellen, der gerade überstandene Spuk hält ihr Hirn wie mit eisernen Schraubzwingen umklammert. Doch schließlich rauscht ein rhythmischer Schnarchton durch das Wohnzimmer. Der Negerpuppe fällt der Kronkorken aus dem Gesicht, sie grinst.

Und Herfried? Der schläft auch. Mistred hat ihn, nach Cleopatramanier in einen alten Teppich eingerollt. Er ist sozusagen klassisch verpackt. Und standesgemäß, ein zum Paket verschnürter Postbote. Aber solche Gedanken sind angesichts Herfrieds auswegloser Situation gemein.

Er ist nicht der erste und nicht der letzte Mann, der den Verlockungen eines Sonntagbratens zum Opfer fiel.

*

Das Leben ist ein Pfefferminzbonbon. Man kann es rund lutschen, zerkauen oder eckig lutschen. Man kann das Pfefferminzbonbon aber auch durchbeißen, sozusagen in zwei Hälften teilen. Dann entstehen seltsame Duplizitäten, das Schicksal leistet doppelte Arbeit. Unklar ist nur, wer ihn zerbissen hat, den Pfefferminzbonbon. Martha Harry jedenfalls, die an diesem Sonntagmorgen ein wenig neidisch an das Rendezvous ihrer Freundin Mistred Pinsel denkt, hat einen sehr starken Pfefferminzgeschmack im Mund. Aber der kommt wohl von der Zahnpasta, die heute besonders reichlich zur Anwendung kam, um den schlechten Beigeschmack des Vormittags zu verdrängen.

Andere Leute hatten an Sonntagvormittagen ihre ganz besondere Freude, Martha nicht. Selbst Ausschlafen war ihr seit Emmi Klohrs Tod nicht mehr vergönnt. Um Punkt elf wollte Pöker Klohr sein Bad nehmen und sich danach in aller Frische an den gedeckten Mittagstisch setzten, um ihr mit seiner Nörgelei am Essen auch den Rest des Tages zu verderben.

Martha hat schlechte Laune. Kein Wunder, bei den Temperaturen draußen könnte man Spiegeleier auf dem Dach braten. Statt dessen musste sie sich in Pökers Luxusbad die allerletzten Flüssigkeiten aus dem Körper schwitzen.

Pökers Luxusbad ist eine Futterküche, ein alter Bretterschuppen, dessen himmlische Aussicht mit Brettern vernagelt und geteerter Dachpappe beklebt ist. Auf der schwarz geteerten Dachfläche fühlt die Sonne sich außerordentlich wohl. Der Schuppen ist so niedrig, dass Marthas stattliche Größe bis dicht unter die Decke reicht, wo die Temperatur ganz besonders gemütlich ist. Martha fühlt, wie sich die Nähte ihrer Schädeldecke zusammenziehen. Das Hirnwasser scheint verdampft zu sein, ihr nunmehr versteinerter Brägen kullert hilflos in seiner Höhle und setzt verzweifelte Klopfzeichensignale.

Martha hat Kopfschmerzen. Sie nimmt eine Packung Spalttabletten aus der Schürzentasche und schmeißt gleich mehrere davon in die mitgebrachte Vita-Cola-Flasche. In der Flasche beginnt es zu rumoren. Die braune Brühe darin gärt und schäumt, wie das Badewasser in Pökers Riesenwanne. Die nunmehr pulverisierten Spalties setzen sich am Flaschenboden ab. Martha hält die Flaschenöffnung zu und mixt das Ganze noch mal ordentlich durch.

So, fertig. Auch Genossinnen brauchen manchmal was gegen Kopfschmerzen und vor allem auch gegen Depressionen. Martha setzt die Flasche an und lässt sich die brisante Mischung in den Hals laufen. Gar nicht erst groß in den Mund nehmen, das Zeug schmeckt fürchterlich. Aber es hilft. Schon nach wenigen Minuten wird ihr so kiecherig und gackerig. Die fetten Dampfschwaden, die aus dem riesigen Waschkessel steigen, findet sie überhaupt nicht mehr schlimm. Im Gegenteil, der Dampf hat so was Sinnliches und Geheimnisvolles. Und hui, er macht einen klatschnass, überall. Martha dreht ihren Kopf wie einen Brummkreisel. Ihre Haare peitschen den Dampf und fallen klatschend in ihr Gesicht. Ekstase! ›Vielleicht steig ich ja doch mit den Ollen in die Wanne‹, denkt Martha und ›wenn Gott will, lässt er sogar 'n Besenstiel wieder austreiben oder so ähnlich.‹

Die Genossin ist bibelfest, zumindest ein bisschen. Beim Kommunistischen Manifest kann sie schon eher punkten. »Ein Gespenst geht um die Welt!«, ruft Martha und zerteilt die weißen Gespensterschwaden mit den Armen.

»Es ist das Gespenst des Kommunismus!« Die Kommunismusgespenster sind außer Rand und Band. Für Martha nicht genug. Sie öffnet das Feuerloch des Kessels und schiebt noch mal ordentlich Holz nach. Die feuerroten Flammen packen sofort zu und würgen den Scheiten die Luft ab. Martha muss lachen, immerzu lachen. Alles ist plötzlich so lustig. Sie ist hingerissen vom Schauspiel im Feuerloch. Die Rote Armee marschiert in Berlin ein.

»Vorwärts, Towarieschtschie«, schreit Martha, »vernichtet die braune Brut!«

Immer schneller schiebt Martha die braune Brut in den Ofen. Das Wasser im Kessel brodelt bedrohlich und lässt den Kesseldeckel tanzen. Die Dampfschwaden rütteln schon an den morschen Bretterwänden des Schuppens. Martha schiebt immer noch nach.

Nu is' aber gut, Mensch. So schnell kann die Rote Armee ja auch nich. Aua, aua, jetzt fängt die Genossin auch noch an die Internationale zu grölen: »Völker hört die Signale, auf zum letzten Gefecht ...!«

Pöker Klohr ist unterwegs zum Sonntagsbad. Er stöckert mit seinen steifen Perlhühnerbeinen über den Hof und überlegt, wie er die Dicke in seine Badewanne locken kann. Pöker hat Olga Nikolajewna im Schlepptau, obwohl die eigentlich Hausarrest hat.

›Dat gifft Ärger‹, denkt er. Und Nachwuchs.

Pöker, nu mach bloß hinne! Gleich hebt dat Dach ab, denn is' Freiluftbaden angesagt. Manno, manno - naja, alter Mann is' kein D-Zug.

Martha hat die Internationale beendet und feuert wieder die Rote Armee an.

Pöker ist endlich vor dem Schuppen angekommen. Er sieht das Dach wackeln und denkt, er hat sich verlaufen. Durch die dicken Wasserdampfschwaden dringt Marthas Stimme dumpf und bedrohlich zu ihm. »Vorwärts, Towarieschtschie! Feuer, Feuer Towarieschtschie!«

›Dat gifft doch nich'‹, denkt Pöker, ›de Russen sind wedder dohr! ‹

Vorsichtig dreht er sich um, nichts zu sehen. Pöker ist ratlos. Und doch, und doch er hört ja das ferne Donnergrollen der Geschütze, genauso wie fünfundvierzig. Pöker streckt die Arme hoch und zieht den Kopf ein. Drinnen in der Futterküche zischt und pufft der Waschkesseldeckel Alarm. Bei jedem Zisch und Puff zuckt Pöker zusammen, seine Arme werden immer länger. Plötzlich beginnt auch zu seinen Füßen ein Kampf zu toben.

Wie aus dem Nichts sind zwei abgemagerte, lädierte Kater aufgetaucht und prügeln sich um Lärm, den sie veranstalten, ist fast schlimmer als der Geschützdonner.

Jetzt hat Pöker aber die Nase voll. Er will wissen, was los ist, außerdem sind ihm die Arme lahm geworden. Pöker öffnet die Tür. Die Übermacht der entweichenden Dampfschwaden wirft ihn zu Boden. ›Die Russen sind da‹, denkt er und schreit: »Nich' schießen, ick nix Nazi!«

Der Dampf freut sich seiner neuen Freiheit und macht sich ungestüm im Dorf breit.

Die Hühner flüchten kreischend in den Stall. Auf dem Nachbargrundstück steht Oma Pumpernickel in der Haustür und wundert sich: »Wo kümmt denn de Näbel mit eins her? Ick glöv, de Atom kümmt.«

Sie knallt die schwere Eichenholztür zu. Das Geräusch peitscht durch die Luft wie ein Schuss. Pöker zuckt zusammen, er ist getroffen. Oder doch nicht? Vorsichtig öffnet er die Augen. Was ist das? Pöker schreit und wirft sich die Hände vor's Gesicht. Über ihn gebeugt steht so eine dicke Russenmatroschka und verdreht die Augen.

›Die Weiber sind am Schlimmsten‹, denkt Pöker. ›Und die hier rennt schon mit'n bassen Busen umher. Die Russen feiern Siegesorgien. Dabei könnt man bei die Dicke ihr'n Anblick eigentlich sagen - Deutsche Panzer rollen wieder.‹

Oh, oh Pöker, so was denkt man nich', schon gar nicht, wenn die Rote Armee über einem steht.

Da wird Pöker auch schon am Schlawittchen gepackt und auf die Plattfüße gestellt.

»Komm, Opi«, schreit Martha, »wir woll'n baden!«

Jetzt kann Pöker in der dicken Russenmatroschka Martha Harrie erkennen. Er ist erleichtert und gewinnt seine Fassung zurück. Pöker wittert seine Chance, wenn er sich auch rein gar nicht erklären kann, welche Wandlung in seiner Mieterin vorgegangen ist. Besoffen konnte die nich' sein, er war ein Meister im Erschnüffeln von Schnapsfahnen. Außerdem hatte er sie noch nie Alkohol trinken sehen. Und von solch neumodischem Kram wie Cola mit Spalttabletten hat er noch nichts gehört. Er steht sowieso mehr auf den Rausch des Weins. Und von wegen Opi, er wird der Frau Lehrerin erst mal zeigen, dass sie von ihm noch was lernen kann.

Martha ist außer Rand und Band. Sie lässt ihren Busen tanzen, indem sie auf den Zehenspitzen hopst. War wohl doch 'ne Spalti zuviel. Hätte Pöker auch nur zwei Minuten später die Tür geöffnet, wäre Martha ihm im Evaskostüm begegnet. So aber ist sie nur eine halbe Eva. Aber das lässt sich ruck zuck ändern.

Pöker ist beeindruckt von Marthas üppiger Fülle. Was da alles hing und hopste! Dabei hatte er in seiner Jugend auch nur auf die schlanken Mädels gestanden. So was Blödes! Was hatte er denn schon von seiner Emmi gehabt, als sie älter wurde? Nur noch Haut und Knochen. Marthas verzücktes Kreischen lässt ihn aus seinen Gedanken aufschrecken. Sie schüttet mit einem Eimer das Wasser in die Wanne, dass es nur so spritzt.

›Mensch, Klasse‹, denkt Pöker, ›hoffentlich blifft s'e nu uk so.‹

»Komm, Opi, ab in die Wanne!«

Martha wird ungeduldig. Pöker will auf keinen Fall ihre gute Laune riskieren und reißt sich die Wäsche vom Leibe. Die Venusfalle schnappt zu.

»Los, rein in dein Waschtrog!«

Pöker ist ein bisschen hilflos.

»Na, Mensch, ick kann doch nich' alleine. Nu help mi doch mal!«

Statt ihm wie sonst unter die Arme zu greifen und vorsichtig abzustützen, schnappt Martha sich den Alten im Ganzen und schwingt ihn über den Rand der Badewanne wie eine Babypuppe. Pöker juchzt.

Donnerwetter, hier geht ja richtig die Post ab.

»Mensch, Deern, nu ma nich' so bullig mit mi!«

»Ach, watt«, schreit Martha, »Unkraut verjeht nich'!« Und platsch, lässt sie den Alten fallen, das Wasser explodiert und knallt bis an die Bretterdecke. Pöker taucht erst mal ab. Die Wanne ist groß, die Wanne ist tief. Als Pöker endlich wieder auftaucht, muss er erst mal Sauerstoff bunkern, bevor er sich beschwert. »Mensch, büst du dämlich, jetzt wier ick doch gliegs absoffen!«

Martha sitzt auf dem Rand der Badewanne und lacht. Als Pöker sich beruhigt hat, fängt er an zu betteln. »Nu kumm uck rinn in de Wann, is' schön warm.«

Martha schüttelt den Kopf. »Nee, ick globe, ick will doch nich'.«

Nanu, lässt die Wirkung der Spalties etwa schon nach?

Aber so schnell gibt Pöker nicht auf. »Nu, kumm uk, Maruschka, de Russen sind dor«, sagt er und grinst. Er umklammert Marthas Handgelenk und zieht. Die ist von dem plötzlichen Angriff so überrascht, dass ihr die Hand vom nassen Wannenrand weggleitet. Sie verliert das Gleichgewicht und stürzt ins Wasser, direkt auf den erschrockenen Pöker, der keine Chance hat dieser Lawine auszuweichen. Pöker muss schon wieder abtauchen. Marthas komplettes Lebendgewicht dümpelt ihn gnadenlos in die Flut.

Wenn er hier wieder lebend rauskommen will, muss er sich Kiemen wachsen lassen, denn Martha braucht jetzt Flügel um wieder hochzukommen. Sie liegt mit dem Rücken auf Pöker und zappelt wie ein dicker Maikäfer mit den Gliedmaßen in der Luft. Unter ihr zappelt Pöker. Martha kämpft. ›Sportlehrerin hätte ick werd'n soll'n‹, denkt sie und bekommt plötzlich einen Lachanfall, weil sie sich als Nilpferd über den Schulsportplatz stampfen sieht, hinter sich ganz viele kleine Nilpferde mit blauen Halstüchern.

Martha kämpft. Aber jedes Mal, wenn sie eine Hand auf dem Rand der Wanne platziert hat, schupst und strampelt Pöker unter ihr wie wild und schon rutscht sie wieder ab.

Martha gibt nicht auf. Wie eine Dampfwalze durchpflügt sie das Wasser, das zischend und gurgelnd über ihr zusammenschlägt. Der Badusanschaum schwebt in großen, weißen Flocken durch den Raum und vollführt einen possierlichen Tanzreigen. Und endlich, endlich merkt Pöker wohl, dass er ruhig liegen muss. Martha umklammert mit eisernem Griff den Wannenrand und kann sich, langsam, ganz langsam, aber stetig, Stück für Stück hocharbeiten und ist endlich frei. Wie eine Siegerin entsteigt sie den Fluten, als Venus von Milo im Doppelpack.

Pöker taucht noch.

»Nu is' aber jenuch toter Mann jespielt!«, schimpft Martha. Sie fischt den Alten heraus und setzt ihn hin. Aber der denkt gar nicht ans Sitzen und taucht gleich wieder ab.

Nu is' aber Schluss mit Lustig. Das Bad ist beendet. So wie er reingekommen ist, kommt Pöker auch wieder raus. Martha stellt die alte Babypuppe hin, aber die will nicht und fällt um. Oh, Gott, Martha wird schlecht. »Herr Klohr, was ist mit Ihnen?«, schreit sie und schüttelt den Alten ordentlich durch. Aber da hilft auch kein Schütteln mehr, bei Pöker ist die Luft raus. Tot, Vorhang runter, finito. Wie schnell so ein Leben hin sein kann. Und wie endgültig dieses hin sein ist. Martha wendet ihr Wissen aus den DRK-Kursen an. Aber weder Herzdruckmassage noch Mund-zu-Mund-Beatmung zeigen Wirkung. Pökers Geist ist längst auf dem Weg nach oben. Als er noch mal einen Blick nach unten, auf seine leere Hülle wirft, ärgert er sich ein bisschen nicht mehr drin zu stecken. Er hofft, dass die Engel im Himmel genau so rund und drall sind wie Martha Harrie, die sich da unten hingebungsvoll über seine ehemalige Wohnstatt beugt und Luft hineinbläst.

Nach einer Stunde gibt Martha auf. Vollkommen erschöpft deckt sie das Corpus Delicti mit dem Badehandtuch zu und verlässt die Futterküche. Das pralle Licht, welches ihr draußen entgegenflutet, macht ihr ihre düstere Lage besonders eindringlich bewusst. Angst und Verzweiflung nisten sich in der Magengegend ein und stinken als unverdauliche Substanz vor sich hin. Martha muss sich übergeben. Die Erleichterung danach hält nur kurz an. Das Krebsgeschwür in ihrem Magen wuchert weiter. Was sollte nun werden? Wie konnte sie den Behörden erklären, was geschehen war? Sollte sie denen sagen, dass Pöker Klohr sie in die Badewanne gezogen hatte, wobei sie auf ihn gestürzt war, woraufhin er ertrunken wäre? Was für eine Geschichte!

Martha ist im Vorgarten angelangt und holt den Haustürschlüssel, den Pöker unter die Fußmatte gelegt hatte, hervor. Auf dem Nachbargrundstück hält Oma Pumpernickel vorsichtig den Kopf aus der Tür. Als sie Martha sieht, traut sie sich raus.

»Wier de Atom schon dor?«, fragt sie.

»Nee«, sagt Martha, »wieso?«

»Nee, nur so. Hätt ja sein könn. Weil se uk so nackich sind.«

Martha sieht ganz verstört an sich runter und bemerkt, dass sie vor lauter Aufregung vergessen hat sich anzuziehen. »Ach, nee«, sagt sie zu Oma Pumpernickel, »dat is' nur, weil it heute so heiß is'.«

Zum Glück ist Oma Pumpernickel nicht mehr so ganz auf der Höhe. Kein Mensch würde ihr glauben, wenn sie das rumerzählte. Aber das ist jetzt Nebensache. Erstmal muss Martha in aller Ruhe nachdenken, was mit der Wasserleiche im Schuppen geschehen soll. Sie geht ins Haus und schließt die Tür hinter sich ab.

›Da stimmt doch wat nich'‹, denkt Oma Pumpernickel. ›De Lehrerin rennt nackich durch'n Garten. Dat war ja noch nie da. Wenn Pöker Klohr se so sieht, kricht hei 'n Koller. Nee, nee, da stimmt wat nich'. Und wat dat is', krich ick noch raus.‹

Oma Pumpernickel, eigentlich Elfriede Pumpernickel, schließlich konnte sie nicht jedermanns Großmutter sein, war, trotz ihrer dreiundachtzig Jahre, durchaus noch im Vollbesitz ihrer geistigen Kräfte. Als Abonnentin der ›Freien Erde‹ hatte Elfriede den vollen Durchblick und wusste, was in der Welt passierte. Denn im Gegensatz zu vielen anderen las sie die Zeitung, bevor diese zum Altpapier kam oder im Winter als wärmende Schuheinlage benutzt wurde. Auch wenn dieses Lesevergnügen für einen Preis von fünfzehn Pfennigen durchaus günstig war, wollte Elfriede nicht einen Buchstaben verschenken und las das Tagesblatt vollkommen leer. Sogar die erste Zeile, die jeden Tag den selben Wortlaut hatte, ließ sie nicht aus: PROLETARIER ALLER LÄNDER, VEREINIGT EUCH! Und jeden Morgen verwendete Elfriede mindestens zwei Minuten darauf, über diesen Satz nachzudenken und zu philosophieren, da sie sich einfach keinen Reim darauf machen konnte, wie dies vonstatten gehen sollte.

Die Todes- und Heiratsanzeigen auf der vorletzten Seite studierte Elfriede besonders gründlich. Fast so gründlich wie Berichte über die atomare Aufrüstung in der kapitalistischen Welt. Das Foto eines Atompilzes hatte sie sich ausgeschnitten und mit Reißzwecken an die Tür ihres Küchenschrankes geheftet. Jedes Mal, wenn sie diese öffnete oder schloss, wurde der Pilz lebendig und knatterte im Fahrtwind. Dann jagten kalte Schauer über Elfriedes Rücken, die bei der Vorstellung, eine derartige Katastrophe könne über Piepnest hereinbrechen, in panischen Schrecken versetzt wurde. Der Atompilz war zur allgegenwärtigen Bedrohung für Elfriede geworden, was die meisten Leute dazu veranlasste,sie für plemplem zu halten. Zumal diese immer nur vom Atom redete, um mit dieser Wortamputation dem Atompilz etwas von seinem Schrecken zu nehmen. Das Wort wurde kleiner und damit auch die Gefahr. Und auch darüber zu reden empfand Elfriede als Erleichterung. Und sie erleichterte sich bei jedem und jeder Gelegenheit.

Ihr häufigster Ansprechpartner war ein quittengelber Kanarienvogel, dem sie sinniger Weise den stolzen Namen Erdmann verpasst hatte. Es war nicht einfach gewesen, den Vogel an seinen Namen zu gewöhnen, denn bevor Elfriede ihm diesen verlieh, wurde er Zarah genannt. Es war dies ein Ausdruck der Verehrung für Zarah Leander gewesen, jenem großformatigen Ufa-Star der vierziger Jahre, deren kraftvolle Raucherstimme die Inkarnation von Kunst schlechthin bedeutete.

Da Zarah ein sehr gelehriges Tier war, trällerte sie auch bald den Refrain eines der großen Hits ihrer berühmten Namensvetterin, allerdings in einer ganz anderen Stimmlage.

Elfriede musste nur vorsichtig an die Gitterstäbe des Vogelkäfigs klopfen, und auf das Kommando »Zarah, Konzert« gab Zarah ihr Bestes: »Nurrr nich' aus Liebe weinen, dü-dü-dü-tüdelütütü, es gibt im Läben, dü-dü-dü-tüdelütütü, nich nurrr den Einen. Dü-dü-dü-tüdelütütü. Es gibt so viele ...« Und so weiter. Als Elfriedes Ehemannes starb, gab sie dessen Namen, sozusagen in Memorian, an das Vögelchen weiter und taufte es ohne Vorwarnung in Erdmann um. Anfangs war Zarah sehr verwirrt gewesen und hatte Elfriede nur verständnislos mit ihren kleinen Plinkeräugelein angesehen, wenn diese sie mit erhobenem Zeigefinger belehrte: »Du Erdmann, ick Elfriede.« Aber schließlich hat so ein Tierchen auch mehr als Grütze im Kopf, und schon bald plapperte der Piepmatz unermüdlich Elfriedes Lehrsatz vor sich hin: »Du Erdmann, ick Elfriede.«

In einem Anflug von höherer Intelligenz belehrte Erdmann sogar sein Spiegelbild, mit welchem er viele Male am Tag in Kontakt trat, wenn er in den kleinen Spiegel schaute, der zu seiner Erbauung im Käfig angebracht war. »Du Erdmann, ick Elfriede«, sagte er und hackte zur Bekräftigung seiner Worte dem Gegenüber eins auf den Schnabel.

So kam es, dass plötzlich zwei Elfriedes und zwei Erdmänner im Hause wohnten, was Elfriede das Gefühl gab, nicht ihren Ehemann, sondern Zarah verloren zu haben. Das verschaffte ihr eine große Erleichterung, da der Verlust eines Vogels manchmal leichter zu ertragen ist, als der Verlust eines Ehemannes.

Nun konnte sich Elfriede wieder wie in alten Zeiten mit Erdmann über den Atom unterhalten. Und Erdmann, gelehrig wie er war, fügte seinem Wortschatz bald einige Neuheiten hinzu und schmetterte mit atemberaubender Klarheit Elfriedes Lieblingsworte durch seine Gitterstäbe: »De Atom kümmt. Hei kümmt, hei kümmt. Ick glöv, de Atom kümmt.«

Weshalb Elfriede für ihre atomaren Erörterungen auch andere Gesprächspartner suchte, bleibt rätselhaft. Denn einen so übereinstimmenden Disput wie mit Erdmann konnte sie mit niemandem sonst führen. Die Leute wollten einfach nichts hören von ihren atomaren Sorgen, winkten ungeduldig ab oder versuchten, das Thema aufs Wetter zu lenken. Einige der ganz Boshaften hatten für Elfriede den Spitznamen Atomoma in die Welt gesetzt. Doch die Ablehnung die Elfriede überall zu spüren bekam, stachelte ihren Ehrgeiz um so mehr an. Man kann sagen, dass ihr Eifer und die Spottlust der Leute in kongruentem Verhältnis zueinander standen. Elfriede tat alles, dass es so blieb und narrte jene, die sie für närrisch hielten. Die Vorteile, die ein solcher Status bot, waren es wert Hohn und Mitleid zu ertragen. Schon beim täglichen Einkauf zahlte sich ihre Standhaftigkeit aus. Elfriede war nämlich ein notorisches Schleckermaul und aß gern und viel. Leider reichte ihre karge Rente nicht aus, um ein besonders schleckeriges Leben zu finanzieren. Also, musste der sozialistische Handel schon mal für das genommen werden, was er ohnehin einmal werden sollte - ein kommunistisches Schlaraffenland. Zu Elfriedes bevorzugten Kleidungsstücken gehörten praktischerweise Schürzen mit schönen großen Taschen. Ob diese Vorliebe nun ein Zufall oder eher das Resultat eines ausgeprägten Hanges zum Praktizismus war, ließ sich schwer ergründen. Man konnte der Einfachheit halber behaupten, dass Elfriedes linke Schürzentasche ihrem Hang zu allem Großen und Voluminösen Rechnung trug, während die rechte Schürzentasche ihren Sinn für alles Praktische unterstrich. Wenigstens ein halbes Pfund Butter musste in solch eine Känguruschürzentasche hineinpassen, das lohnte sich schon. Denn ein halbes Pfund Butter kostete immerhin zwei Mark dreißig, und Elfriede liebte es, sich den Brotaufstrich fingerdick auf die Stulle zu schmieren.

Wenn sie den goldgelben Klumpen aus dem Papier gewickelt hatte, kratzte sie dieses sorgfältig mit dem Messer ab, welches sie danach genüsslich abschleckte. Natürlich hatte der sozialistische Handel außer Butter noch andere Produkte in Schürzentaschengröße zu bieten. Keine Frage, dass Elfriede bestrebt war, nur das Beste und Teuerste in ihren Geheimfächern zu verstauen. Und wenn sie, was gelegentlich schon mal vorkam, beim Klauen erwischt wurde, machte das gar nichts. Schließlich konnte man von einer alten Närrin nicht verlangen den höchst defizilen Unterschied zwischen einem Einkaufskorb und einer Schürzentasche täglich aufs Neue zu definieren. Elfriede erschrak nicht einmal mehr, wenn die gerade in ihrer Schürzentasche verschwindende Tafel Vollmilchschokolade für drei Mark zwanzig von einem scharfen »Halt - Stopp!« der Verkäuferin ausgebremst wurde. Die Hände in die Hüfte gestemmt, mit heruntergezogenen Brauen, drohte sie Elfriede mit erhobenem Zeigefinger. »Oma, Oma, macht man so was? Nee, nih?«

»Wat meinst du denn, Diern?«, fragte Elfriede dann ganz erstaunt.

»Na, das da«, sagte die Verkäuferin und zeigte auf Elfriedes Schürzentasche, deren unschuldiges Blumengesicht einen harmlosen Eindruck zu machen versuchte.

»Leg das mal schön wieder ins Regal oder in deinen Einkaufskorb.«

Niemand hätte verdutzter auf den Inhalt der Schürzentasche reagieren können, als Elfriede selbst, wenn diese vorsichtig das Corpus Delicti ans Tageslicht beförderte und mit einem entsetzten »Herrer Gott, wie kümmt dat dor hin?« die gesamte Kundschaft nebst Konsumpersonal in höchste Bestürzung versetzte. »Ick glöv, dat wier de Atom«, sagte Elfriede dann und verkniff sich das Lachen, weil sie an manchen Kunden doch wahrhaftig ein zustimmendes Kopfnicken wahrnehmen konnte. Und weil sie zwei Schürzentaschen hatte. Da

Elfriede ganz allein lebte und außer ihrem Piepmatz nichts mehr zu versorgen hatte, verbrachte sie in der warmen Jahreszeit viel Zeit damit, auf ihrer kleinen Bank vor der Haustür zu sitzen und das Treiben auf der Dorfstraße und ihrer linken und rechten Nachbarn zu beobachten. Ihre rechten Nachbarn waren Pöker Klohr und Martha Harrie, mit welchen sie sozusagen Wand an Wand lebte, da sie die andere Hälfte des Reihenhauses bewohnten. Im Nachbarhaus zu ihrer Linken bewohnten die Lewins die ihr am nächsten gelegene Haushälfte.

Dieser Sonntagvormittag war anfangs nicht besonders ergiebig gewesen. Es war sehr heiß, und die meisten Leute hielten sich in ihren Wohnungen auf, in denen die Lehmwände für angenehme Temperaturen sorgten. Selbst die Vögel schienen bei dieser Hitze keine Lust zum Singen zu haben und hielten in den schattigen Baumkronen der alten Lindenbäume ein Nickerchen. Pöker Klohr war, wie immer zu dieser Zeit, um elf Uhr aus seiner Haustür geschlurft und hatte ihr gut gelaunt ein »Moin, Friedchen« über den Gartenzaun zugerufen. Aber dann zog plötzlich dieser rätselhafte Nebel herauf, der doch tatsächlich wie ein riesiger Pilz über dem Hausdach stand, bevor er wie ein überdimensionales Gespenst über das Dorf hereinbrach. Da hatte Elfriede vorsichtshalber ihr Bänkchen verlassen und sich ins Haus geflüchtet. Erst nach einem langen Gespräch mit Erdmann fühlte sie sich stark genug, einen Erkundungsblick nach draußen zu wagen, wo sie vom entblößten Anblick Martha Harries überrascht wurde. Elfriede empfand ihr gegenüber so eine Art Futterneid, denn was sich in den Paketen und Beuteln befand, welche die Leute der Lehrerin haufenweise ins Haus schleppten, war unverkennbar. Und der Duft von frisch geräucherter Wurst oder Spickgans war Elfriede noch aus ihrer eigenen bäuerlichen Tätigkeit in lebhafter Erinnerung.

Wenn im Sommer die Erdbeeren reiften, war Kielschwein der Erste, der an Pökers Tür klopfte und Martha eine übertrieben große Schüssel voll der schönsten Früchte unter die Nase hielt. Auch wenn Elfriede mal nicht gerade vor der Tür saß, verpassen konnte sie Kielschweins Auftritt nie. Er war der lebendige Beweis dafür, dass den größten Idioten auch immer das größte Maul gegeben ist. Wahrscheinlich hatte der Allmächtige die Großmäuligen absichtlich mit einem besonders lautstarken Organ ausgerüstet. Als weithin hörbares Zeichen der Dummheit, als Warnung für den Rest der Welt, als Stalinorgel im Osternest. Doch es stellte sich heraus, dass Menschen gerade von allem Lauten sehr leicht zu beeindrucken waren, statt es zu meiden, wie etwa eine Katze oder ein Hund oder eine Kuh, die allesamt fluchtartig die Lichtung verlassen, wenn die Phonstärke einen bestimmten Punkt übersteigt.

Kielschwein hatte es bitter nötig, die Lehrerin mit ausgesuchten Leckereien zu bombardieren. Denn die Erdbeere fällt nicht weit vom Busch, und mit jedem Schuljahr, dass sein Sohn mühselig absolvierte, bedurfte es immer größerer Mengen guter Gaben, um Fünfen in Zweien und Dreien metamorphosieren zu lassen.

Gemäß dem Sprichwort ›Die dümmsten Bauern haben die dicksten Erdbeeren‹ erntete Kielschwein tatsächlich Früchte, welche die Größe eines Gänseeis erreichten. Verwandtschaftliche Beziehungen in den Westen hatten ihm ein paar Mutterpflanzen beschert, die er über die Jahre zielstrebig vermehrte. Argwöhnisch achtete er darauf, dass auch nicht der winzigste Ableger in fremde Hände geriet. Mit dem Beipackzettel, der den ersten Pflanzen beigelegt war, hatte Kielschwein nicht viel anfangen können, da er in englischer Sprache abgefasst war. Nur die Überschrift hielt er für bedeutend genug, um sie gründlich zu lesen: Strawberry. Wenn Kielschwein Martha die Früchte überreichte, legte er stets großen Wert darauf, sie auf die Besonderheit seiner kleinen Aufmerksamkeit hinzuweisen und erklärte ihr, dass dies nicht Erdbeeren, sondern Schtraffberries wären, die sonst nur im Ausland zu bekommen seien. Dabei blies er seine fetten Erdbeerbacken dermaßen auf, dass Elfriede sich eine sehr lange Nadel wünschte, um hineinzupieksen.

Und all diesen Überfluss stopfte die Lehrerin ganz allein in sich hinein.

Seitdem Martha Harrie das Haus betreten hat, ist bereits wieder eine Stunde vergangen. Elfriede fragt sich, wo Pöker Klohr bleibt. Es dauert nie länger als eine halbe Stunde, bis er Martha hinterhermarschiert kommt und Elfriede ein fröhliches »Mahlzeit, Friedchen!« zuruft. Das findet er witzig.

›Hat der heut keinen Hunger?‹, denkt Elfriede. ›Vielleicht is' er zu weit rausgeschwommen?‹ Jedenfalls ist die ganze Sache verdächtig. Frau Pumpernickel beschließt, die Angelegenheit auszusitzen. Es wird eine lange Sitzung. Zum Glück hat Elfriede auch linke Nachbarn.

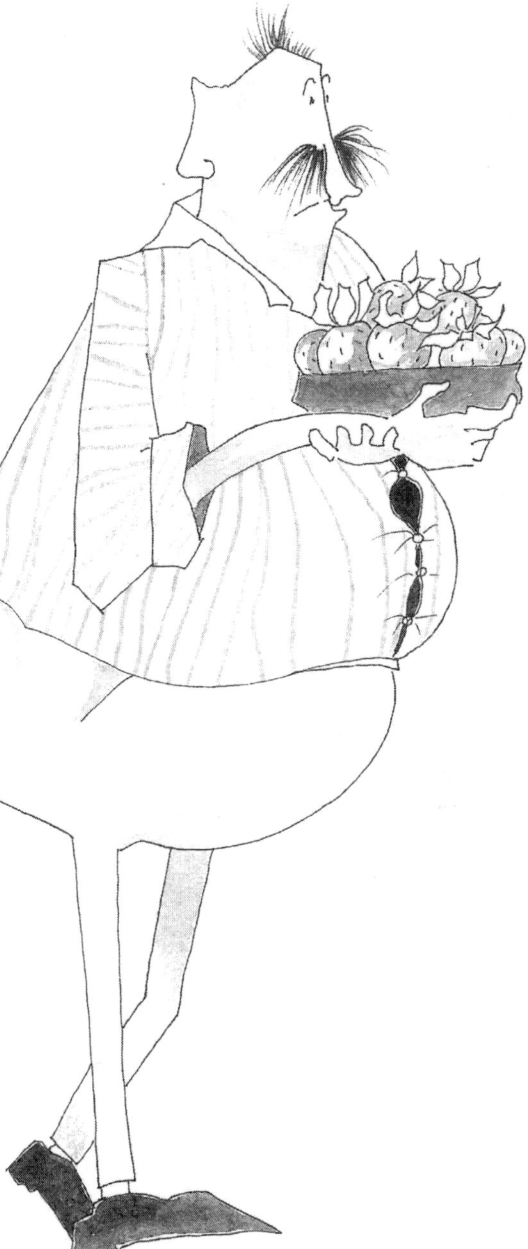

Lewins bekommen Kaffeegäste. Hannes und Rose nebst Kindern schlendern sonntäglich herausgeputzt die Dorfstraße entlang. Die kleine Karo zieht eine Flappe. Wahrscheinlich wegen des Kleides, das Mutti Rose ihr andiktiert hat. Kleider und Röcke waren dem Kind peinlich. Konnte man damit vielleicht auf einen Baum klettern? Und wie sah es aus, perlonkleidbekleidet Fußball zu spielen? Außerdem blieben die Flatterdinger an jedem zu überkletternden Gartenzaun hängen. Und Taschen waren auch nicht dran.

Wütend schiebt Karo den Kinderwagen, in dem ihr kleiner Bruder noch schläft, in rasantem Tempo die Stuckerstraße entlang. Bloß keine Rücksicht auf Verluste, das muss ordentlich rumpeln. Roses warnender Ruf, »Fahr mal ’n bisschen langsamer!« macht, dass Karo noch mal so richtig aufs Gaspedal tritt. Als notorischer Befehlsverweigerer kann man sich schließlich nicht alles gefallen lassen. Das nächste Schlagloch hat’s in sich. Rump’s, der Kinderwagen kriegt ordentlich Seegang, Brüderchen wird aus dem Schlaf geschüttelt und signalisiert übertrieben laut seine Unzufriedenheit. Das tut Rose auch, indem sie Karo eine Ohrfeige verpasst. Toller Sonntag! Zum Glück ist Oma nicht mehr weit.

Elfriede ist ein bisschen neidisch auf den Trubel nebenan. Ihre Söhne waren im Krieg gefallen. Sie ist ganz allein und hat Angst vor dem, was wird, wenn sie mal nicht mehr so kann. ›Pöker Klohr hat’s besser‹, denkt sie, ›dem wird sogar dat Badewasser eingelassen.‹ Als Hannes und Rose Lewin sich gegen Abend wieder auf den Heimweg machen, sitzt Elfriede immer noch auf ihrer Bank. Karo klammert sich an die Schürze ihrer Großmutter, sie will hier bleiben. Spielt sich nichts ab, sie muss mit nach Hause. Auch wenn Elses leidenschaftliches Plädieren Rose für einen Moment schwanken lässt. Nein, diesmal will sie nicht nachgeben, was ist das denn für ’ne Erziehung?

Gegen acht Uhrabends wird’s dann endlich spannend. Pöker ist immer noch nicht aufgetaucht, dafür aber Mistred Pinsel. Eigentlich nichts Ungewöhnliches. Mistred ist mit Martha Harrie befreundet und kommt öfter zum Tratschen vorbei. Aber dieses Mal schleppt sie einen zusammengerollten Teppich über der Schulter. Der Teppich scheint ziemlich schwer zu sein. Mistred ist knallrot im Gesicht und schnauft wie ein wütender Stier. Dass Elfriede vor der Tür sitzt, scheint ihr nicht zu passen. Um nicht grüßen zu müssen, schmeißt Mistred sich die Teppichrolle auf die andere Schulter und tut so, als ob sie niemanden bemerkt. Frau Pinsel hat's eilig, aber bevor sich die Haustür öffnet, vergehen mindestens fünf Minuten. Das anfänglich dezente Klopfen ist zum ungeduldigen Bullern geworden, als Marthas Stimme zu vernehmen ist: »Wer ist da?«, ruft sie wütend und schließt hastig auf, als Mistred Pinsel sich als solche identifiziert hat. Mistred verschwindet samt Teppichrolle im Haus.

Dieser Sonntag stellt Elfriedes Geduld auf eine harte Probe. Um nichts zu verpassen, hat sie sogar auf das Mittagessen verzichtet. Aber jetzt braucht sie was in den Magen, da hilft alles nichts. So schnell es geht, holt sie aus der Küche eine Tafel Vollmilchschokolade und eine Flasche Brause. Aber die Eile war unnötig. Nebenan tut sich erst mal gar nichts mehr. Vorsichtig, ohne das Papier zu beschädigen, öffnet Elfriede das Schokoladenpapier an der Klebenaht. Diese Tafel ist wieder eine von den besonders Leckeren, eine für umsonst.

Sie klappt das Papier auseinander und betrachtet den Inhalt. So ein braunes Baby ist schon was Feines. Ein großes Rechteck, das aus vielen kleinen Rechtecken besteht. Und alle schmecken gleich gut.

Elfriede steckt sich das erste Stück in den Mund und drückt es mit der Zunge an den Gaumen. Die Schokolade wird langsam weich und verteilt sich als breiige Flüssigkeit in der Mundhöhle. So fachmännisch genossen, hält eine Tafel Schokolade recht schön lange vor. Zwischendurch nippt Elfriede an ihrer Brauseflasche, die sie vor dem Öffnen erst gegen die untergehende Sonne gehalten hat, um sicher zu gehen, dass sich außer Brause nichts anderes in der Flasche befindet. Es waren schon die dollsten Sachen in Getränkeflaschen aufgetaucht, besonders im Sommer, wenn die Getränkekombinate mit dem Volksdurst nicht Schritt halten konnten.

Nachdem Elfriede auch das letzte Stück Vollmilchschokolade verzehrt hat, streicht sie das in ihrem Schoß liegende Schokoladenpapier vorsichtig mit der Handkante glatt. Danach faltet sie es akkurat zusammen und steckt es in die Schürzentasche. Später wird Elfriede das Papier in einen alten Schuhkarton legen, in dem sich das Einwickelpapier von vielen anderen besonders leckeren Umsonst-Sachen befindet. Im Winter, am endlos langen Heiligen Abend, dessen Einsamkeit sie nur mit Zarah teilt, wird der alte Schuhkarton zum Schatzkästlein, das sich wie der Sack des Weihnachtsmannes öffnet. Elfriede macht sich mangels Geschenke selbst eines und zählt zusammen, wie viel Geld sie das ganze Jahr über eingespart hat. Dann trägt sie die

Summe in ein kleines Heftchen ein und vergleicht diese mit den Summen der vorhergehenden Jahre. Eine Erhöhung des Sparbetrages ist natürlich ein besonders schönes Weihnachtsgeschenk und Ansporn, es im neuen Jahr noch besser zu machen. Am ersten Weihnachtsfeiertag bietet das gesammelte Einwickelpapier eine gute Heizgrundlage für den Kachelofen. Und der alte Schuhkarton, der schon Mühe hatte den Deckel zu halten, ist wieder bereit für Nachschub.

Es beginnt bereits zu dämmern, als sich nebenan endlich wieder die Haustür öffnet. Mistred Pinsel geht voran und hat immer noch die Teppichrolle über der Schulter. Martha ist jetzt wieder bekleidet, sie schleppt mehrere Eimer, Schüsseln, Messer und Kerzen vor sich her. Leise, fast geräuschlos, verschwinden die beiden Schwergewichte hinter der Hausecke. Elfriede nimmt schnell noch einen Schluck Brause und verschwindet ebenfalls hinter ihrer Hausecke. Sie geht auf ihren Hof, welcher nur durch einen kaputten Maschendrahtzaun vom Klohrschen Besitz getrennt ist. Keine Frage, hier ist was im Busche.

In Pökers Futterküche geht das Licht an. Das kleine Stallfenster ist hell erleuchtet. Elfriede drängelt sich durch ein Loch im Zaun auf das Nachbargrundstück herüber. Sie schleicht zum Fenster, das in diesem Moment mit einem alten Laken verhängt wird. Na, so was, hier wird einem auch jeder Spaß verdorben! Aber ganz einsichtslos ist das Fenster dann doch nicht. Die angezündeten Kerzen scheinen an der Rückwand der Futterküche zu stehen und beleuchten die darin Agierenden, sodass sich deren Schatten gut erkennbar auf dem weißen Laken abzeichnen. Außerdem ist durch die dünnen Bretterwände jedes Wort zu verstehen. Nur die Geräusche lassen sich nicht immer einwandfrei deuten. Auf jeden Fall scheint da drinnen erst mal der Waschkessel beheizt zu werden. Und das nicht nur mit Holz. Dicker, schwarzer Qualm quält sich aus dem Schornstein und stinkt nach verbrannten Lumpen. Dann platschende Geräusche in der Badewanne. Mistred Pinsel schrubbt auf irgendetwas wie wild herum. Elfriede erkennt sie an den Riesengebirgen, die bei der anstrengenden Tätigkeit in starke Schwingungen versetzt werden.

»Leg noch mal ordentlich Holz unter, das Wasser muss kochen!«, sagt sie zu Martha Harrie. Und dann: »Gib mal das große Messer, ich werd ihm gleich ausnehm'.«

Elfriede ist ein bisschen ratlos. Was konnten die da drinnen mitten in der Nacht ausnehmen? Dann wieder Mistreds Stimme: »So, jetzt den andern, her damit!«

Es platscht wieder in der Badewanne. Martha schiebt einen Tisch an die Rückwand und legt irgendetwas darauf zurecht. Sie reicht Mistred ein Beil, die damit das Etwas auf dem Tisch zerhackt. Ihr Schatten wirkt übermächtig. Wenn sie das Beil ausholend in die Luft schwingt, ist es, als wäre ein Henker am Werk. Das eintönige, gleichmäßige Getacker hat eine hypnotisierende Wirkung. Elfriede setzt sich auf den Boden. Die gespeicherte Sonnenwärme ist wie ein großes Rheumapflaster und kriecht als wohliges Gefühl in ihre Gliedmaßen.

Mit dem Rücken gegen die Schuppenwand gelehnt, sieht sie in den Nachthimmel hinauf, wo Milliarden apfelsinenfarbige Igel Laterne spielen. ›Bloß nich' einschlafen‹, denkt sie und reibt sich die Augen. Der Mond liegt wie ein großer, gelber Eierkuchen in der schwarzen Himmelsbratpfanne und erinnert Elfriede daran, dass sie Hunger hat.

›So'n schöner großer Eierkuchen wär jetzt nicht schlecht‹, denkt sie und stellt sich vor, wie sie den Eierkuchenteig zubereitet. Drei Eier, Mehl, Zucker und etwas Milch in die Schüssel. Dann das Ganze mit dem Schneebesen ordentlich durchrühren. Der Teig muss richtig schier sein und dicke, satte Blasen schlagen, wie ein Frosch beim Balzen.

Das heiße Fett in der Pfanne knistert, Elfriede hat die gute Butter hineingetan, das gibt noch mal eine besonders sahnige Note. Zischend fällt der Teig hinein und verteilt sich zu einer flachen Scheibe. Donnerwetter, ist das ein Anblick! So schön ist auch der schönste Vollmond nicht. Unter der Scheibe beginnt es zu blubsen, der Rand schlägt Wellen und krempelt hoch. Schnell umdrehen und dann … Oh Gott, oh Gott, wie das duftet! Elfriede läuft das Wasser im Mund zusammen. Sie hält ihre Nase ganz dicht an den Eierkuchen in der Pfanne und öffnet den Mund. Der Eierkuchen springt hinein. Und schon brutzelt der nächste in der Pfanne. Wieder öffnet Elfriede ihren Mund, der Eierkuchen springt hinein. Die Schüssel mit dem Teig scheint unerschöpflich, denn sofort plumpst wieder eine Portion in die Pfanne und formiert sich zu einem Eierkuchen. Langsam zieht ein Sättigungsgefühl in Elfriedes Magengrube ein. Aber, na gut, der Eine passt noch rein. So, nu is' genug. Schließlich muss man auf die alten Tage nicht noch zum Vielfraß werden. Denkste, die Eierkuchenfabrik dreht durch, schon brutzelt ein neuer Fladen in der Pfanne. Elfriede kriegt ihren Kopf nicht mehr hoch und den Mund nicht zu. Zack, da sitzt das gelbe Biest wieder drin und rutscht ohne Aufenthalt weiter. Elfriede kann nicht mehr, versucht den aufdringlichen Potentaten abzuwehren, schüttelt sich und... Aua, Elfriedes Kopf ist auf ihre spitzen Knie gefallen, sie kippt auf die Seite. Elfriede wacht auf. Ganz benebelt kuckt sie um sich. Der Mond steht schon tief im Westen, das heißt, sie hat mindestens drei Stunden geschlafen.

In der Futterküche brennt noch immer das Licht. Ein herrlicher Duft nach gekochtem Fleisch wabert aus allen Bretterritzen. ›Nee, nu reicht mir dat aber‹, denkt Elfriede, die bemerkt, dass Traumeierkuchen eher noch hungriger statt satt machen. Vorsichtig rappelt sie sich hoch. Ein letzter Blick auf das Schattentheater zeigt zwei scheinbar schlafende Gestalten am Tisch. Vorsichtig verschwindet Elfriede durch das Loch im Maschendrahtzaun.

Nach einer halben Stunde dringt aus ihrem geöffneten Küchenfenster der Duft von frischen Eierkuchen.

*

Montage sind Tage des Grauens. Sie schicken ihre unheilkündenden Vorboten weit voraus und vergiften die Sonntagnachmittage, deren Bohnenkaffee-Aroma sich in den Annalen böser Vorahnungen verirrt. Wenn in der Sonntagsnacht der große Zeiger des Weckers ins Montagsland springt, sprühen die Leuchtzahlenaugen Funken und werden lebendig. Die fünf Mal vorhandene Eins erklärt sich zur Zehn und schließt sich mit der wahren Zehn zur Zwanzig zusammen. Neunzehn Mal kentert die Zwanzig auf den unruhigen Wassern des Zeitmeeres. Beim zwanzigsten Mal holt die Vier sie ins Boot, steckt sich ein Segel an den Mast und schippert in den Vierundzwanzigstundentag.

Das diabolische Klingeln des Weckers zerteilt den Montag in zwei Hälften. Die bessere Hälfte, die Schlafhälfte, ist bereits Vergangenheit. Was jetzt kommt, ist erst mal nur Quälerei: Aufstehen, anziehen, waschen, antworten. Ein Lichtblick ist der große Kaffeepott auf dem Küchentisch. Ein feiner, weißer Dampf kräuselt sich über dem Tassenrand und schlägt Dauerwellen. »Guten Morgen, Hannes Lewin!«, scheinen die Wellen zu rufen. Und: »Zieh nicht solch ein Gesicht, auch Montage gehen vorüber!«

›Na, woll'n wir mal hoffen‹, denkt Hannes und ruft: »Rose, wo ist die Zeitung?«

Bevor Hannes zur Arbeit geht, muss er schnell noch einen Blick auf das Neueste aus aller Welt werfen.

»War heute keine im Briefkasten!«, ruft Rose aus dem Schlafzimmer. Sie hat den Kleinen gewickelt und gefüttert und hofft, dass er jetzt endlich schläft.

›So ein dämlicher Postbote‹, denkt Hannes. ›Dem müsst man die Hammelbeine lang zieh'n oder das Holzbein um die Ohren hau'n.‹ Hannes grast in Gedanken den Tag ab und versucht, eventuell noch ausstehende Lichtblicke aufzuspüren. Umsonst, weder Kollegengeburtstage, bei denen immer ordentlich einer ›abgebissen‹ wird, noch Frauentag, für den dasselbe gilt, stehen an.

Herrentag ist auch schon gewesen. Und das montägliche Mittagessen in der Betriebsküche besteht immer aus Eintopf, einer dünnen Plürre mit wenig Fleisch. Worauf soll man sich also freuen, vielleicht auf das nächste Wochenende?

Hannes pustet in den Kaffeeschaum und entfesselt einen Orkan in der Tasse. Er schlürft geräuschvoll eine Schneise in die braune Gischt. Essen kann er um diese Tageszeit noch nicht, aber Kaffee ist lebensnotwendig. Hannes wischt sich den braunen Schnurrbart von der Oberlippe und stöhnt. Selbstdisziplin ist die Fähigkeit, das zu tun, wozu man eigentlich keine Lust hat. Also, auf ihn, aber ohne Gebrüll! Hannes steckt die Brotbüchse in den geblümten Stoffbeutel. ›Hoffentlich ist nicht bloß wieder Leberwurst drauf‹, denkt er und steigt in seine stinkigen Lederstiefel, die zwecks Auslüftung im Flur stehen.

Der frühe Morgen grinst durch die Glasscheiben der Haustür und beschert Hannes beim Öffnen derselben erst mal einen Hustenanfall. Nichts Schlimmes, ganz normaler Raucherhusten, der danach schreit, sich schnell noch eine Schweine-Juwel anzustecken.

Es ist windig, die Streichholzflamme verzischt, noch bevor sie richtig an ist. Für das nächste Streichholz baut Hannes ein Nest aus seinen Händen. Die Schweine-Juwel beginnt zu glühen und sendet Rauchsignale in den Morgenhimmel.

Von der Wohnung bis zum Betrieb sind es nur etwa fünfzig Männerschritte. Auf dem Betriebsgelände stehen die Kollegen in kleinen Gruppen zusammen und quatschen das Wochenende durch. In der einen Gruppe geht es besonders lustig zu. Kowalski steht in typischer Anglerpose und zeigt mit den Armen die Größe seines Jahrhundertfangs an.

»Na, Mensch, du, Kowalski, ick wusste gar nich', dat wir inne Tollense auch Walfische ham«, sagt Affenschmidt, der eigentlich Kohlschmidt heißt und kratzt sich in der Achselhöhle.

Die Männer grölen vor Vergnügen und Kowalski läuft vor Wut rot an. Hannes weiß nicht recht, ob er für soviel Lustigkeit schon aufgelegt ist. Außerdem war Kowalski ein rachsüchtiger kleiner Pinscher. Vor seinen hinterhältigen Scherzen konnte man nie sicher sein, besonders, wenn er sich beleidigt fühlte. Der Witz mit dem Walfisch wird Affenschmidt an diesem Vormittag noch das Frühstück kosten. Kowalski arbeitet in der Schweißerei, und so eine Brotbüchse ist ruck zuck zugeschweißt, wenn man sie erst mal hat.

Aber Affenschmidt hat Hannes schon entdeckt. »Moin, Hannes!«, ruft er und winkt. »Hast du heute schon Zeitung gelesen?«

»Nee, war keine im Briefkasten.«

»Kein Wunder, der Postbote ist verschwunden. Man munkelt, dass unsre Mistred Pinsel scharf auf ihm war«, sagt Affenschmidt und legt seine Hände um den Hals, als wolle er sich erwürgen. »Hm, ach so«, sagt Hannes. »Und wie krieg ich jetzt meine Zeitung?«

»Is' schon Vertretung aus der Stadt unterwegs. Heute Abend wird deine Zeitung wohl angekomm' sein.«

Wie ein Gummiband dehnt der Vormittag die endlosen Gefäße seiner Blutbahn. Die Zeiger an Hannes Armbanduhr scheinen festzukleben. Nur am Sekundenzeiger ist zu erkennen, dass Zeit vergeht. Inhaltlich betrachtet, ist der Montag ein Tag wie alle anderen Arbeitstage. Die Boshaftigkeit des Montags liegt darin, dass er den Sonntag ablöst und am Weitesten entfernt zum nächsten Sonntag ist. Fast unerreichbar fern scheint dieser nächste Sonntag am Montag zu sein. Dienstag löst Montag ab und kommt in der Pose des Siegers daher, auch weil er Hoffnung macht, auf Mittwoch. Oh, ja dieser Mittwoch, was für ein Held. Sein Feierabend bedeutet Bergfest. Der Rest ist dann schon irgendwie zu überstehen.

Auf den Feldern ist Erntezeit. Das heißt, Arbeit bis zum Abwinken für die Schlosser:

Kaputte Getriebe zusammenflicken, Motoren auswechseln … Hannes taucht ein in Fett und Öl, vergisst seine Armbanduhr und schraubt, als gäbe es nichts Schöneres auf der Welt, als mit schmierigen Händen schmierige Schraubenschlüssel zu schwingen.

Irgendwie ist es Mittag geworden. Hannes nimmt die Essenmarke aus seinem Arbeitsportmonee und macht sich auf den Weg in die Betriebsküche. Die Hitze ist heute etwas erträglicher als am Sonntag. Der frische Wind fächert Kühlung und trocknet den Schweiß. Die Schwarzpappeln, welche um das große Rasenrondell vor dem Schloss spalieren, klappern mit den Blättern. Sie regnen Kätzchen, die wie kleine braune und grünlich-gelbe Würstchen durch die Luft fliegen. Die heruntergefallenen Würstchen bilden einen dicken, flauschigen Teppich, über den Hannes nun dem Schlossportal zuschreitet.

Der große Essensaal ist schon gut besetzt. Mistred Pinsel steht an der Ausgabeluke und betrachtet die essenden Männer: Eine dunkelgraue, durcheinanderwogende Masse, die sich maulaufreißend und schmatzend voll stopfte, in Luther-Manier rülpsend und furzend die Luft verpestete und anschließend mit einem gedehnten ›Mahlzeit‹ den Raum verließ.

Der wichtigste Habitus, welcher so einen Mann von anderen Männern unterschied, war seine Kopfbedeckung. Ob Filzhut oder schmieriger Arbeitsdeckel, die Kopfbedeckung schien das äußerliche Symbol seiner Männlichkeit zu sein, eines, dass ihn von den anderen unterschied. Scheinbar brauchte so ein Männertier diese künstliche Aufwertung, wenn es denn eine war. Es kennzeichnete den Mann schon auf den ersten Blick als solchen. So wie den Hirsch das Geweih, den Hahn der große Kamm oder den Gimpel die leuchtend rote Brust. Außer ihrem lächerlichen Adamsapfel hatten Männer nichts dergleichen aufzuweisen. Und Kopfbedeckungen boten schließlich noch den Vorteil etwas darunter verstecken zu können.

Ein Montag ohne Murren ist was Besonderes. Kowalski schleckt sogar seinen Löffel ab, bevor er ihn auf den leeren Teller legt. Und Affenschmidt ist schon wieder auf dem Weg zu Mistred. Er will sich seine fünfte Erbseneintopfportion holen. Schließlich hatte er kein Frühstück, und einen Eintopf mit soviel Fleisch drin gab's in dieser Küche noch nie. Das musste man ausnutzen. Hannes nimmt den Teller mit Erbseneintopf entgegen und sucht sich einen leeren Tisch. Er staunt, das Zeugs schmeckte wirklich prima, und es gab auch mal ordentlich was zu kauen. Hannes spürt, dass er beobachtet wird und hebt seinen Kopf. Mistred Pinsels lilageränderte Augen starren ihn an. »Na, schmeckt's?«, kräht sie.

›Komisch‹, denkt Hannes, ›fragt die doch sonst nich' und ruft, »ja, ja ausgezeichnet der Fleischeintopf!«

»Das ist Erbseneintopf«, sagt Mistred wütend.

»Ach so«, staunt Hannes, »macht ja nix, schmeckt trotzdem.« Selbstverständlich holt auch er sich noch einen Nachschlag und beginnt beim Einfahren desselben mit steigendem Sättigungsgefühl den Tag als erträglich zu empfinden. Mitten hinein in das Erträglichkeitsgefühl platzt ein stechender Schmerz, der durch Kollision seiner Backenzähne mit etwas unnachgiebig Hartem entstanden ist. »Aua«, ruft Hannes, »wat is' denn dat?« Er hält den Löffel vor den Mund und spuckt den Fremdkörper, der sich wie eine zu groß geratene, versteinerte Erbse anfühlt, aus. Aber das Ding auf dem Löffel ist keine Erbse.

Aber was ist es dann? Es hat die Größe eines Wachteleies, ist aber kugelrund und weiß. Nein, nicht ganz, auf der Rückseite ein brauner Kreis mit einem kleineren schwarzen Kreis in der Mitte. ›Aha‹, denkt Hannes und rührt mit dem Löffel im Eintopf, ›mal sehn, ob meine Zeitung auch noch zum Vorschein kommt.‹ Plötzlich steht Mistred Pinsel neben ihm.

»Stimmt was nicht mit dem Essen?«

»Doch, doch war bloß 'ne unverdauliche Beilage drin«, sagt Hannes und lässt die zu groß geratene, versteinerte, fast weiße Erbse über den Tisch rollen. Mistred greift danach, aber Hannes ist schneller. Er nimmt das Ding zwischen Daumen und Zeigefinger und hält es Mistred unter die Nase. » Kuck mal, so sieht das aus. Dat is' 'ne schöne Murmel, schenk ick meiner Tochter zum Spielen.«

»Das ist meine Murmel«, zischt Mistred ihn wütend an. »Die ist mir beim Kochen wohl aus der Tasche gefallen, gib sie mir wieder!«

»Nee«, sagt Hannes, »die war in meinem Essen, also hab ick s'e bezahlt. Und außerdem, wer weiß, wozu so eine Murmel noch alles gut sein kann.« Er steckt das Kügelchen in die Brusttasche seiner Arbeitsjacke und zwinkert Mistred zu.»Mahlzeit, Frau Pinsel. Sie ham sich heute mal wieder selbst übertroffen!«, sagt Hannes, drückt Mistred seinen Teller in die Hand und verlässt den Saal.

# Die Erbschaft

Ein Baum, zwei Baum, drei Baum … Wie viel Bäume braucht es um ein Wald zu sein? Es gibt viele Wälder rings um das Dorf Piepnest, das sich wie ein Vogelnest in die vielschichtigen Grüntöne schmiegt, umgeben von einem goldenen Schutzwall aus reifen Ähren und Stängeln, die mit ihren Kulturfingern das Grün zurückgedrängt haben, auf das es den Menschenhort nicht verschlucke, sich zurückerobert, was ihm einst gehörte. Gehörte vor langer, langer Zeit, als alles noch grün war und Frieden und Gelassenheit und niemand sich das Recht nahm, über andere zu bestimmen. Bis zu jenem Tag, an dem es laut wurde und Menschen Todesschneisen schlugen in das Dickicht der Urwälder. Besiedlung wurde es genannt.

Es ist Sommer, Hochsommer, so hoch, dass es schon nicht mehr höher geht. Ein Kolkrabe segelt über das Piepnest. Er hat eine warme Luftströmung erwischt und lässt sich treiben. Die große Landkarte unter ihm ist eine gigantische Erdbeertorte. Das grüne Rund der fernen Wälder lugt wie der Rand einer Tortenplatte hervor. Diesen bekränzt die äußere Wölbung des Tortenbodens, die sich wie eine steilwandige Brüstung um das Tortenplattenplateau windet. Seine kräftig gelbe Farbe leuchtet verheißungsvoll und bezeugt, dass bei seiner Zubereitung nicht mit Eiern gespart wurde. Nur wenn hin und wieder ein Windstoß durch die Weizen- und Roggenfelder fährt, zerstört sich die schöne Illusion. Der eidottergelbe Ring des Tortenbodens beginnt zu tanzen. Nichts aufmüpfiges, kein Rock'n'Roll oder so.

Es ist ein stiller Reigen, ein nach Leben tasten, an dem man so schwer trägt, dass müde macht unter der aufgebürdeten Last der vollreifen Ähren.

Mittendrin im ermatteten Ähren-Tortenring leuchten ziegelrot die Erdbeerdächer der Häuser, die friedlich in der Sonne dösen und von wolkenweißer Schlagsahne träumen. Aber Schlagsahne ist heute aus. Macht nichts, es geht auch ohne.

Die Tortenvernichter sind unterwegs und fressen sich gierig immer tiefer in den Tortenbodenring hinein. Eine wahre Tortenschlacht ist entbrannt. Immer breiter werden die Schneisen, immer tiefer fahren sie in den weizengelben Tortenrand hinein. Die ziegelroten Hausdächer klappern ängstlich mit den Erdbeerziegeln. Aber sie bleiben verschont. Die Mähdrescherungetüme verschlingen nur den Weizenährenrand, auf Erdbeeren sind sie nicht eingestellt. Statt wolkenweißer Schlagsahne legt sich flusiger, grauer Staub auf die erdbeerroten Häuserziegel, kriecht durch Ritzen und verdunkelt die Sonne.

»Betty, mok dat Fenster tau!« Else Lewin schlägt die Haustür hinter sich ins Schloss und sucht in der Dunkelheit des Flurs nach Orientierung.

Alte Häuser lassen sich nicht gern in die Eingeweide schauen, verstecken ihr Geheimnis hinter einem Gewebe aus Dämmerlicht und schweren Gardinen. Sie wollen erforscht werden und erschließen dem Eindringling nur sehr langsam die Kammern ihres Herzens. So als wehrten sie sich gegen den rasenden Pulsschlag der neuen Zeit, die von außen einzudringen versucht und mit ihrem viel zu rasanten Tempo den Blutdruck in ungesunde Höhen treibt.

Elses Pupillen sind draußen in der aufdringlichen Grelle des Sonnenlichts zum Pünktchen geschrumpft. Nur mühsam entwachsen sie dem Embryostadium und mausern sich zu einem großen, schwarzen Fleck. Trotzdem wird die Aussicht nicht besser. Aha, Else nimmt ihre Brille ab und putzt mit dem Schürzenzipfel die winzigen Spreuteilchen von den Gläsern. Wie feiner, flittriger Goldstaub schwebt der Erntedreck zu Boden und verkriecht sich im großporigen Gewebe des Kokosläufers.

»Och, Mensch Muddi, nu mok mi doch nich' glieks allet wedder dreckig! Grad heff ick so schön sauber mokt!« Betty hat ihren Auftrag erledigt und sieht mit Entsetzen auf das Treiben ihrer Mutter.

»Na, nu heff die ma nich' so, Kind! Sei nich so pinnenschietrig. Dat bäten Schiet süht man doch gor nich'!« Else hat ihre Rede noch nicht beendet, da liegt Betty schon auf den Knien vor ihr und beseitigt mit dem Handfeger den imaginären Schmutz, der dann auf der Müllschippe nur durch eine mittelstarke Lupe erkennbar wird.

Es ist mitten in der Woche, weder Feiertag noch angekündigter Besuch rechtfertigen eine derartige Putzhysterie. Und doch liegt außer den fluseligen Schmutzwolken draußen noch etwas Besonderes in der Luft.

Rose klappert in der Küche mit dem Kaffeegeschirr. Dass sie und ihre Kinder mitten in der Woche zum Kaffee da sind, ist auch nicht alltäglich. Der Pfeifkessel pfeift. Das vollmundige Geräusch des in die Kaffeekanne fließenden Wassers verliert sich in den Tiefen des weit gewölbten Bauches und erzeugt mit steigendem Pegel einen immer tiefer werdenden Ton, einen Kaffeeton. Rose deckt den großen Wohnzimmertisch, der heute mit der guten Decke geschmückt ist, mit dem guten Geschirr. Betty bringt den Kaffee und eine große Kuchenplatte mit Appelplinsen herein. Appelplinsen sind ihre Spezialität, außerdem lassen sie sich ruck zuck anrühren und in der Pfanne ausbacken. Zu aufwendigeren Kuchenkreationen war keine Zeit geblieben.

Erst am späten Vormittag hatten sie das Telegramm erhalten, welches Karl Lewin aufforderte, das auf dem Bahnhof der Kreisstadt eingetroffene Stückgut umgehend abzuholen. Also hatte sich Betty den Nachmittag frei genommen. Ebenso Hannes, der einen LKW von seinem Betrieb ausgeliehen hatte und nun mit seinem Vater unterwegs war, um die sich in Kisten befindende Erbschaft aus Amerika abzuholen.

Die Erbschaft aus Amerika! Mein Gott, was für ein Ereignis! Manchmal gleicht das Leben einem Tümpel. Jahrelang dümpelt es vor sich hin um dann, ganz plötzlich und vollkommen unerwartet, um-und-umgegekrempelt zu werden. Irgendjemand hat einen Stein hineingeworfen. Nicht nur so einen kleinen, flachen, der hopsend über das Wasser reitet und dann geräuschlos in die trübe Unergründlichkeit versinkt. Oh, nein, mit solchen Kinkerlitzchen gibt sich die erwachte Schicksalsmumie nicht ab. Einen Felsbrocken schleudert sie in den Lebenstümpel, der zischend und spritzend über das Ufer schäumt, wenn das Ungetüm in seine Eingeweide fährt und den schlammigen Grund erschüttert.

Dass irgendwann vor hundertfünfzig Jahren ein Lewin nach Amerika ausgewandert war, hatte im Familiengedächtnis zwar noch einen Platz gehabt, war aber mangels persönlicher Kontakte nach Übersee unter der Kategorie ›Aus alten Sagen und Legenden‹ abgelegt worden. Und nun das, die Legende lebt! Da hatte es doch tatsächlich noch einen Nachkommen jenes Auswanderers gegeben, der sich damals aufgemacht hatte, um in den weiten Prärien des Westens als Cowboy Indianer zu schießen und Kühe zu züchten.

Die eigene Vermehrung schien weniger erfolgreich verlaufen zu sein. Wie sonst war zu erklären, dass sich die Nachforschungen nach den Erben jenes Onkel Haudie bis in die Deutsche Demokratische Republik erstreckt hatten. Als Karl Lewin mitgeteilt wurde, dass Onkel Haudies Bargeld für die Überfahrt seiner Habseligkeiten draufgehen würde, erwog er zunächst, die Erbschaft auszuschlagen. Doch seine Argumente waren auf erbitterten Widerstand des weiblichen Lagers gestoßen, da konnte er noch so verschlagene Manöver gegen die Freiheitsstatue fahren. Niemand war beeindruckt, wenn er versuchte Misstrauen zu säen, weil allem Anschein nach kein Amerikaner den alten Plunder haben wollte. Und alten Plunder hätten sie doch wohl selbst genug, den bräuchte man sich doch nicht auch noch aus Amerika einschwimmen zu lassen.

Es half nichts. Else und Betty waren der festen Überzeugung, dass man eine Erbschaft aus Amerika auf gar keinen Fall ausschlagen dürfe, auch auf die Gefahr hin, dass sie nur aus altem Plunder bestünde. Denn amerikanischer Plunder sei gewiss etwas Anderes als ostdeutscher Plunder und als solches schon allein deshalb besonders.

Karl hatte sich geschlagen gegeben und jenen Auswanderer zur Hölle gewünscht. Wozu war der denn nu' nach Amerika ausgewandert? Um sich Kuhschwänze um die Ohren hauen zu lassen? Das hätte er hier doch genauso gut haben können! Nach Öl hätte der Dussel bohren sollen, dann wäre jetzt gewiss eine schöne Stange Dollars zu erben gewesen. Und denn den Schotter noch mal umgerechnet in DDR-Geld. Nicht auszudenken!

Aber nee, wenn Karl die Sache so recht bedachte, wäre das auch nicht so ganz das Richtige. Seine Ruhe jedenfalls schien dann endgültig futsch zu sein. Geld musste schließlich unter die Leute, und dafür würden seine Weiber schon sorgen. Da war sich Karl ganz sicher. Also doch lieber den alten Plunder aus Amerika.

Die Frauen haben sich um den Kaffeetisch versammelt. Betty gießt Kaffee ein.

»Mensch, de bruken aber lange, hoffentlich is' nix passiert«, sagt Else und beißt herzhaft in eine goldgelbe Appelplinse. Wie auf Stichwort bimmelt der alte Regulator drei Mal. Die Schläge dröhnen durch den Raum wie Schicksalsschläge und brechen sich am Wohnzimmerschrank, dessen Glasscheiben deutlich vernehmbar zittern und kleine, gebrochene Schallwellen gegen den fünfarmigen Wohnstubenleuchter pupsen, woraufhin dieser seinen lang herunter hängenden Stiel knarrend in Bewegung setzt. Else bekommt einen Hustenanfall. Betty springt auf und klopft ihr den Rücken.

»Nee, nee hör'n kannst du aber auch nich'! Wie oft hab ick dir schon gesagt, dat du beim Essen nich' reden sollst?«

Wütend wehrt Else die Schläge ab. »Betty, hür up, du schlöchst mi dot!«

Ein erneuter Hustenanfall, auf dessen Höhepunkt sie nach ihrer Kaffeetasse greift, um das lästige Halskratzen herunterzuspülen, lässt Bettys pädagogische Fähigkeiten zur Höchstform anwachsen. »Muddi, hür up, du kannst doch jetzt nich' drinken!«

Mit steigendem Alter versucht Betty mehr und mehr, die Mutterrolle gegenüber ihrer Mutter an sich zu reißen. Ein Kampf um die Kaffeetasse entbrennt. Else hat ihren Zeigefinger fest im Henkel verhakt und denkt nicht daran loszulassen. Bedrohlich tobt die braune Flüssigkeit im Porzellangefäß und droht über Bord zu schwappen. Immer, wenn Else die Tasse dicht vor ihrem Mund hat, zieht Betty diese zu sich heran. Bestimmt ist der Kaffee durch den heftigen Seegang längst kalt. Kalter Kaffee schmeckt nicht. Trotzdem gibt Else nicht auf. Bettys ewige Bevormundungen und übertriebene Fürsorglichkeit kann sie nicht ausstehen. Jetzt aber hat das Baby die Nase voll. Eine derart geballte Ladung Tumult dringt auch in den tiefsten Schlaf und muss zwangsläufig zum Protest des Gestörten führen.

Else und Betty stürzen in völliger Eintracht zum Kinderwagen und versuchen gemeinschaftlich den jüngsten Lewin zu beruhigen. Elses Kaffeetasse bleibt mit heftigen Kopfschmerzen an ihrem Platz zurück.

Die Atempause nutzen Rose und Karo, um sich ihr Stück vom Kuchen zu sichern. Karo hat ein Extratellerchen mit Spezialanfertigungen. Sie liebt es, wenn die Appelplinsen noch nicht ganz durchgebacken sind und ihre Füllung aus einem matschigen Kuchenteigbrei besteht. Wenn die Männer mit am Tisch säßen und es nicht mitten in der Woche wäre, könnte man meinen, dies sei genau so ein Sonntagnachmittag wie alle anderen Sonntagnachmittage.

Der Kleine und Elses Husten haben sich beruhigt, alles sitzt wieder friedlich vereint am Tisch. Aus der schlanken Kristallvase, welche im Zentrum drapiert ist, dringen intensive Düfte. Sie entströmen den langstieligen Edelrosen aus Bettys Blumengarten. Fantastische Gebilde, die aus einer anderen Hemisphäre zu sein scheinen. Rosa Teehybriden der Sorten ›Montezuma‹ und ›Rakete‹ mischen sich unter weiße und rotgemischte Floribunda Grandiflora der Sorten ›Weißes Meer‹ und ›Papagena‹. Die Knospen der Edelrosen sind groß, von edler Form, entfalten ihre spiralig angeordneten, an den Rändern etwas zurückgerollten Blütenblätter langsam zu großen, dicht gefüllten Blüten.

Die Blütenköpfe machen neckische Gesichter, deren Schlitzaugen über die Anwesenden hinwegzusehen scheinen. Ihre Lochnasen sind hochmütig gerümpft, ein Ausdruck welcher vom karpfenmäuligen Mund, dessen dicke Unterlippe sich schmollend nach unten wölbt, unterstützt wird. Irgendwie drängt sich beim Betrachten ihrer kühlen Schönheit der Vergleich mit jenen Charleston tanzenden Damen auf, die in den goldenen Zwanzigern die Tanzparkette bevölkerten und ihre Schminkaugen unter den langen Ponys der seitengescheitelten Bubikopffrisuren versteckten. Wenn man der Floribunda Grandiflora eine langfiltrige, dünne Zigarette ins Karpfenmäulchen steckte, wäre sie auf jeden Fall die Inkarnation der Emanzipation.

Ganz unerwartet ändert sich der starre Ausdruck, die Blütengesichter verstecken sich in einer Knospe, weil Betty plötzlich aufschreit und derart heftig von ihrem Stuhl springt, dass dieser nach hinten fliegt. »Oh, Gott, oh Gott wat is' denn dat?«, ruft sie voller Entsetzen. Else, die gerade wieder herzhaft in ihre Appelplinse beißt, bekommt selbstverständlich einen Hustenanfall.

Also, wirklich, dat is' ja rein doll heute.

Aber Betty ist diesmal nicht interessiert. Ungerührt steuert sie die Quelle ihres Entsetzens an und entfernt mit angewiderter Miene eine kleine Spinnwebe, die sich in der Zimmerecke neben dem Wohnzimmerschrank versteckt hält.

»Nee, Kind ick glöv, du hest 'n Vogel«, bringt Else prustend hervor. »Wenn dat hüt so weiter geiht, könnt ihr mi' beerben, bevor de Erbschaft dor is'!«

Es will keine rechte Ruhe einkehren an diesem Nicht-Sonntagnachmittag.

Doch glücklicherweise kommt einem erneuten Hustenanfall Elses das große Ereignis zuvor. Das Hupen des Lastkraftwagens dringt wie der Heulton einer ausgelösten Sirene in die aufgeheizte Stimmung des Wohnzimmers. Feuer! Fluchtartig verlassen die Insassen den Raum und rennen nach draußen. Nur das Baby bleibt zurück und findet in der endlich eingekehrten Stille zu einem erholsamen Nachmittagsschlaf.

Der LKW hält auf der Straße vor dem Gartentor. Seine Ladefläche ist vollkommen ausgelastet und so hoch bestückt, dass die unzähligen Kisten mit Stricken vertäut sind um nicht verloren zu gehen.

›So viel Plunder aus Amerika‹, denkt Else und begrüßt die Männer, als kämen sie geradewegs von dorther. Die Amerikafahrer machen einen ziemlich erschöpften Eindruck und brauchen vor dem Abladen erst mal eine Stärkung. Also schnell frischen Kaffee gebrüht! Aber viel Zeit bleibt den Männern nicht, um auszuruhen. Die Frauen drängeln, wollen endlich wissen, was in den Kisten steckt. Also los, das Weibervolk gibt ja doch keine Ruhe! Und wenn die ganze Ladung wirklich nur aus Krempel besteht, allein die Kisten sind doch eine sehr praktische Sache.

Karl und Hannes hieven die Kisten vom LKW und stellen sie auf dem Bürgersteig ab. Rose und Betty haben den Weitertransport übernommen, schleppen alles in den Vorgarten und stapeln es auf dem Plattenweg. Else beginnt vorne schon mal mit dem Öffnen der ersten Kiste, die gleich eine Enttäuschung für sie birgt. Lauter Lederzeug für Pferde ist darin. Ein Westernsattel, über den Else lachen muss, weil der vorne, auf dem höchsten Punkt des Vorderzwiesel noch einen hornförmigen Knauf hat. Vielleicht konnten die Cowboys in Amerika ja doch nicht so gut reiten wie man immer annahm. Hierzulande brauchten die Reiter jedenfalls kein solches Dings am Sattel um sich festzuhalten. Aber trotz allem, der Sattel sieht sehr kostbar aus. Sitz, Seitenblatt, Schutzleder und Beinschutz sind mit herrlichen Ornamenten verziert. Kunstvoll gestaltete Ranken aus Eichenlaub schlängeln sich über das Leder. Zwischendurch, immer da, wo die Kreise der Ranken aufeinandertreffen und eine V-förmige Ausbuchtung bilden, ragen drei Eicheln auf langen Stielen aus dem Gewirr des Blattwerks.

Auch das Zaumzeug ist besonders schön. Seine verzierten Schnallen und Schmuckelemente glänzen silbrig in der Nachmittagssonne.

Der Inhalt der nächsten Kiste ist fast identisch. Lederzeug, Sattel aus Nubukleder, nur alles in einem anderen Farbton. Ganz weich ist das Leder, das dunkle Braun hat einen matten Glanz und sieht sehr edel aus. Vielleicht konnte man das Zeugs ja verkaufen, es machte jedenfalls einen sehr gediegenen und wertvollen Eindruck. Eine weitere Kiste beinhaltet einen Riesenstapel gegerbter Tierhäute. Herrlich weiches Leder, das in den verschiedensten Brauntönen schimmert. Langsam beginnt Else ihren Enthusiasmus am Kistenöffnen zu verlieren. Sie ärgert sich selbst über ihre Enttäuschung, denn es war gewiss kein Plunder, den sie bis jetzt in den Kisten gefunden hatte. Sie kann sich ihre Enttäuschung selbst nicht recht erklären. Ja, eigentlich weiß Else nicht einmal, was sie sich überhaupt erwartet hat. Sie weiß nur, dass sie Derartiges nicht erwartet hat. So ein bisschen Plunder wäre vielleicht doch ganz schön gewesen.

Nur nicht verzagen, Else! Und das bereits nach der dritten Kiste. Das ist ja wie, wenn man beim Melken der Kuh einmal stripp, strapp, strull macht und beim Anblick des kaum bedeckten Bodens vor Enttäuschung jammert, dass der Eimer noch nicht voll ist.

Da ist Betty doch ganz anders drauf. Sie hat, nachdem der LKW leergeräumt war, angefangen, in der Mitte des Kistenstapels nach Schätzen zu suchen und wird auch sofort fündig. »Ooh, Mensch is' dat hübsch!«,ruft sie und zieht eine große Satteldecke aus ihrer Kiste. »Kiek mal, Muddi, is' dat nich' 'ne schöne Tischdecke oder 'n schicker Wandbehang?!« Betty schwenkt die Satteldecke in der Luft. Ein wirklich schönes, dicht gewebtes Stück in leuchtenden Farben.

»Ja, sehr schön«, sagt Else, »nu hem wir ja bald alles tusamm'. Fehlt bloß noch dat Pferd.« Betty überhört den Sticken. Sie ist reineweg verzückt von ihrem Fund und lässt sich ganz und gar fallen in die ungewohnt schöne Fülle der Kiste, in die sie am liebsten hineinkriechen würde, um jede Faser dieser Ungewöhnlichkeiten in sich aufzunehmen. Jetzt hat Betty eine besonders tolle Idee. Eine kamelfarbene Decke, die sie eben aus dem Stapel zieht, bringt die Erleuchtung. Betty legt sie sich über die Schultern und streicht über das schöne Navajo-Muster. Ja, das ist es! Einen besseren Stoff für Wintermäntel kann man sich gar nicht vorstellen. Und, ach Gott, erst mal das nächste Teil, ein Gewebe in mareblau! Ja, ganz genau, das gäbe einen herrlichen Mantel für Karoline. Blau steht ihr besonders gut und dieses Blau ist, wie es im Buche steht.

Elses alte Singer-Nähmaschine, auf der sie früher die Kleider für ihre Töchter nähte, ist topfit. Betty hat noch genau vor Augen, wie sie als junges Mädchen untergeärmelt mit ihren Schwestern auf sonnigen Wegen flanierte, die weiten Glocken der neuen Kleider verwegen schwenkend.

Inzwischen hatte Betty sich das Nähen von ihrer Mutter angenommen. Und diese tollen Gewebe, dass wusste Betty ganz genau, waren nur für sie aus Amerika herbeigeschwommen. Außer Betty scheint sich sowieso niemand dafür zu interessieren. Rose und Karo machen sich am hinteren Ende des Stapels zu schaffen. Dort befinden sich die ganz großen Kisten. Karl und Hannes sitzen, scheinbar uninteressiert, etwas abseits im Schatten und zischen ein Bier. Bettys Begeisterung löst bei ihnen nicht mehr Reaktionen aus als das Lutschen eines sauren Drops.

Nebenan, vor dem Nachbarhaus, sitzt Oma Pumpernickel auf ihrem Posten und versucht, mit ausgestrecktem Hals zu erkennen, was sich in der Kiste befindet von der Rose und Karo gerade den Deckel entfernen. Gerne wäre Elfriede beim Kistenauspacken behilflich. Aber man hat sie nicht darum gebeten. Na, ja, zu kucken is ja auch ganz schön und wenn's auch nur von Ferne ist. Immerhin ist ihre Aussicht auf das Geschehen besser als das ihrer Nachbarin. Dass Martha Harrie ebenfalls spannt, hat Elfriede längst bemerkt. Nur die tut es natürlich heimlich. Sieht richtig lustig aus, wie Martha ihre dicken Hamsterbacken hinter dem schmalen Türspalt quetscht.

»Omi, komm bloß mal her, dat musst du seh'n!«, ruft Karo.

Else ist froh, von ihrem langweiligen Vorderende wegzukommen und geht ans Hinterende, wo Schwiegertochter und Enkelin ganz verzückt in die Betrachtung eines Kisteninhalts vertieft sind. Es ist eine besonders lange Kiste, die mit Holzwolle ausgepolstert ist, deren enorme Menge für ausgezeichnete Schlafqualität und Stoßsicherheit bürgt.

Der kostbare Einlieger ist in weißes Leinentuch gewickelt, das Rose vorsichtig aufgeschlagen hat. Als Else den Kisteninhalt sieht, fällt sie auf die Knie und faltet die Hände. Rose und Karo, die sich zwar wundern, fallen ebenfalls auf die Knie. Die heiligen drei Königinnen beten das Jesuskindlein in der Kiste an. »Amen«, sagt Else und steht auf. Sie hat Tränen in den Augen, ihre Backen leuchten im Rot vollreifer Äpfel.

Die verschlungenen Wege des Schicksals finden im Irrgarten des Lebens manchmal einen Ausgang, wo eigentlich gar keiner ist. Wie sonst war dies zu erklären?

Else streicht behutsam, so als hätte sie Angst, das schöne Bild könne sich wieder verflüchtigen, über den schlanken Körper der Standuhr. Ja, genau so eine Uhr hatte sie besessen und doch nicht besessen. Es war wie in dem Märchen von der schönen Fischertochter, die dem König ein Geschenk und doch kein Geschenk mitbrachte, gewesen. Als ganz junges Mädchen, fünfzehn, vielleicht sechzehn Jahre alt, hatte Else bei einem Malwettbewerb, den die Zeitung ausgeschrieben hatte, den ersten Preis gewonnen. Und dieser erste Preis war eine Standuhr, eine ungeheure Kostbarkeit für ihre damaligen Verhältnisse. Doch für die Transportkosten musste der Gewinner selbst aufkommen. Und die waren, von der Hauptstadt bis ins Heimatdorf, nicht unerheblich. Jedenfalls nicht unerheblich genug für Elses Eltern, die das Geld dafür nicht hatten.

Else fühlt, dass sie ihren Leuten eine Erklärung schuldig ist und erzählt zum ersten Mal die Uhrengeschichte. Von so viel Zufall sind sogar Karl und Hannes, die inzwischen herangekommen sind, beeindruckt.

»Na, sühst du«, sagt Karl, »jetzt is' se ganz auf gratis zu dir geschwommen. Manchmal sind die langen Wege besser als die kurzen. Wer weiß, ob du mir damals überhaupt genommen hätt'st, mit so'ne reiche Mitgift.«

Die Uhr muss sofort ins Haus.

Betty ist ganz aufgeregt über ein so hochherrschaftliches Stück. Es würde dem Wohnzimmer ein ganz besonderes Flair verleihen und müsste unbedingt so stehen, dass es dem Eintretenden sofort ins Auge fällt. Sie geht voran, um schon mal den günstigsten Platz ausfindig zu machen.

Die Männer schlurfen hinterher. Karl hat den Vorderteil des Riesenbabys im Arm. Der halbrund gewölbte Kastenkopf wird getragen von einem langen, schlanken Hals, in dem sich Gewichte und Pendel verbergen. Das dunkle auf Hochglanz polierte Nussbaumholz schimmert vornehm in der Sonne.

Hannes plagt sich mit dem Hinterende, das besonders schwer und unhandlich ist, herum. Der Rest der Familie bleibt angesichts der zu erwartenden Hin-und-her-Räumungsaktion im Wohnzimmer lieber draußen. Außerdem hat Betty für derlei Dinge sowieso das größte Geschick. Sie ist eine Meisterin des Zusammenstellens, wobei die Art der Materie überhaupt keine Rolle spielt.

Als die leere Uhrenkiste vom Stapel geräumt ist, wird ersichtlich, dass sich darunter noch eine gleichartige Kiste befindet. Form und Größe entsprechen genau der gerade entleerten Uhrenkiste. »Oha«, sagt Karo, »nich', dat die eine Uhr noch 'ne andre hat. Wär vielleicht gar nicht schlecht, dann is' die Eine nich' so alleine.«

»Nee, Kind«, sagt Else, »eine Uhr reicht, sonst wird das zu viel.«

Aber, na ja was soll man sagen, Onkel Haudie aus Amerika scheint ein Mensch gewesen zu sein, der es mit der Pünktlichkeit sehr genau genommen hat.

»Oje, noch 'ne Standuhr!«, seufzt Else, nachdem die nächste Riesenkiste geöffnet ist. Irgendwie schmälert die Existenz dieser zweiten Standuhr die Besonderheit der ersten. Aber immerhin, diese stellt in ihrer fröhlichen Buntheit den genauen Gegenpart zur vornehmen Nussbaumholzuhr dar. »Ich Flora, sie Fatima«, scheint es aus der Kiste zu trällern. Und wirklich, Flora könnte aus einer Bergwiese im Allgäu herausgeschnitten sein. Die satte, dunkelgrüne Grundfarbe macht richtig Appetit, zumindest wenn man eine Kuh ist. Und was auf der Uhrenwiese alles so blüht! Alpenmaßliebchen, Teufelskralle, Trollblume, Arnika, Gelber Enzian und Mehlprimel und ... Ach, es wird einem ganz schwindelig von der bunten Pracht. So'ne Uhr sieht man nicht alle Tage. Gefolgt von den entnervten Möbelpackern, verlässt Betty gerade ihre Wirkungsstätte und steuert neugierig auf den neuen Fund zu.

»Mach den Deckel schnell wedder up de Kist'!«, flüstert Else, die ahnt, dass Betty nicht mehr zu bremsen sein wird. Aber mit Bettys Geschwindigkeit kann Rose nicht mithalten.

»Herrgott, is' dat'n Prachtstück!« ruft Betty beim Anblick der Buntbemalten und schlägt die Hände über dem Kopf zusammen. Sie hat überhaupt keine Bedenken, dass diese Uhr zu viel sein könnte und weiß auch gleich den idealen Stellplatz. »De kümmt inne Kök, gliek rechts näben dat Fenster, wo de Kökendisch steiht.«

»Nee«, protestiert Karl, »inne Küche will ick meine Ruhe ham. Da fällt ein ja beim Essen die Gabel aus de Hand, wenn dat Monstrum zu bimmeln anfängt. Die kommt in'n Hühnerstall, denn legen die Hühner vielleicht Eieruhr›n.«

Aber sein Protest ist nur Scheingeplänkel und sein Humor nur Galgenhumor. Betty geht ohne etwas zu erwidern ins Haus, Karl und Hannes folgen mit dem Prachtstück.

Karo hat so eine komische Ahnung befallen. Sie krabbelt auf allen vieren den unteren Teil des Stapels entlang, um festzustellen, ob noch mehr dieser Riesenkisten existieren. Als sie wieder hochkommt und in das ängstliche Gesicht ihrer Großmutter sieht, wird ihr ganz mulmig. Zum Glück hat Rose in diesem Moment noch eine kleinere Kiste entdeckt, die sie hastig öffnet. »Kuck mal, Mutti«, ruft sie und streckt Else eine Schwarzwälder Kuckucksuhr entgegen. »Ach ja, die is' wenigstens 'n bisschen kleiner«, sagt Else. »Bloß dat Kuckucksgeschrei, wer soll dat den ganzen Tach aushalt'n, überhaupt im Winter?«

»Wieso?«, sagt Rose, »ich find die schön. So was hab ich mir schon immer gewünscht.«

»Denn nimmst du se uck mit nach hus, Kind,« sagt Else erleichtert.

Rose strahlt. Sie will die Uhr gleich mal ausprobieren. In der Hauswand steckt ein alter Nagel, die ideale Aufhängung für die Schwarzwälder Kuckucksuhr. So, jetzt die Gewichte richtig hinziehen, und die Uhr beginnt zu atmen - tick-tack, tick-tack. Rose hat die Zeiger auf kurz vor Zwölf gestellt. Spannung liegt in der Luft. Mal sehn, ob der Kuckuck aus Amerika deutsch spricht. Noch ein paar Herzschläge, dann geht's los.

Klack, der große Zeiger springt auf die Zwölf. Mit einem lauten Knall springt das Türchen auf. Else zuckt ein wenig zusammen. Nee, so'ne Uhr möchte sie nicht im Haus haben, da lägen die Nerven bald blank.

So, Kuckuck, nu komm auch! Mensch, der macht das vielleicht spannend!

Es rauscht und raschelt im Uhrenstübchen. Endlich katapultiert der Bewohner heraus.

Else zuckt wieder zusammen. Das Uhrentier hebt ratternd den Kopf und schickt ein quäkiges »Muhuu« in den blauen Sommerhimmel, zwölfmal »Muhuu«.

Oma Pumpernickel hält es nicht länger auf ihrer Bank. Sie hastet zum Lewinschen Gartenzaun und stiert auf die seltsame Gestalt in der Uhr.

»Brauchst kein Schreck nich' zu kriegen, Elfriede«, sagt Else. »Dat is' nich' der Atom. Dat is' bloß 'ne Kuh aus Amerika.«

»Aber ick denk, dat is' 'ne Kuckucksuhr, wieso is' denn da 'ne Kuh drin?« Oma Pumpernickel starrt hochinteressiert auf den Wiederkäuer in der Uhr, aber nur mit einem Auge. Mit dem andern hat sie die Gartenzauntür im Visier. Eine bessere Gelegenheit, um ganz unauffällig ins Geschehen zu gelangen, kommt so schnell nicht wieder. Else hat sich schon gewundert, dass Elfriede es so lange auf ihrer Bank ausgehalten hat. »Na, komm man rein!«, sagt sie. Aber Elfi ist ihr schon zuvorgekommen. »Tach, Else, Mensch, habt ihr ein Glück, so viele Kisten! Tach, Fräulein Rose. Na und de lütte Deern muss ick doch uck Tach sagen. Se grüßt immer so schön, wenn se bi mi vorbeigeht.« Oma Pumpernickel streicht Karo über den Kopf. So was kann Karo eigentlich nicht leiden, aber sie will nicht unhöflich sein und hält still.

Hm, na ja, wo war'n wir denn eigentlich stehn geblieben? Ach so, die Kuh. Aber die hat sich inzwischen wieder in den Stall zurückbegeben, vielleicht ist Melkzeit.

Betty kommt aus dem Haus, sie hat ihre Blusenärmel hoch gekrempelt. Die Küche ist nicht mehr wiederzuerkennen. »Mensch, Leute, wir müssen uns 'n bisschen beeilen! Die Kisten müssen heut alle noch ausgepackt werden. Wo soll'n wir sonst damit hin?«

Wahrhaftig, es ist bereits Abendbrotzeit!

»Omi, ick hab Hunger!«, ruft Karo und schwenkt einen breitkrempigen Cowboyhut in der Luft. »Kann ick den behalten?«

»Na klar«, sagt Else und lacht, als Karos Kopf fast vollständig in dem Rieseneumel verschwindet. »Karl kuck doch mal nach, ob da nich noch 'n kleinerer Hut in die Kist is'.« Karl durchwühlt die Kiste, in der sich mindestens hundert Cowboyhüte in den verschiedensten Farben befinden. Er probiert selbst auf, aber auch sein Kopf verschwindet darin. Nach dem zwanzigsten Exemplar gibt er auf. »Ick glöv, die Ammis ham alle Kürbisköppe«, sagt er bedauernd. So einen Hut hätte Karl gerne getragen, aber nur als Kopfputz, nicht als Kaffeewärmer.

Mensch, da sind aber auch 'n paar dolle Wagenräder dabei, mit Krempen, so breit, dass man ganz bequem die große Familiensalatschüssel drauf parken könnte. Zu ärgerlich, dass die für Bullerköppe gemacht sind. Aber vielleicht könnte man sie mit Zeitungspapier ausstopfen.

»Nee«, sagt Betty, »davon wern die ja unten auch nich' schmäler.« Hm, da hat sie natürlich recht. So 'n ausgestopfter Hut, der unten nicht am Kopf anliegt, würde aussehen als hätte man sich 'n Suppenteller aufgestülpt.

»Ick hab 'ne bess're Idee«, sagt Betty. »Ick kleb euch da mit Kittifix 'n paar schöne dicke Filzstreifen rein. Denn sitzen die Dinger wie angegossen, sollst mal seh'n. Aber jetzt geh ick erst mal rein und schmier uns 'n paar Stull'n.«

Stull'n?! Da wird Oma Pumpernickel doch gleich ganz munter. Als tatkräftige Helferin steht ihr auch was von der Beköstigung zu.

»Und schmier uck schön dick Butter unter die Wurst«, ruft sie Betty hinterher.

»Du, Else«, sagt sie dann halblaut an diese gewandt, »von näbenan is' ja wohl gor nix mehr tau hörn und tau seihn. Sind de öwerhaupt tu huus?« Else zuckt mit den Schultern, Tratschen ist ihre Sache nicht. Und was in der nachbarlichen Haushälfte passierte, war so nebulös und ungewöhnlich, dass sie sich dazu gar nicht erst äußern wollte. Zuviel war in der letzten Zeit bei den Nachbarn passiert. Das Schicksal hatte mit der Abrissbirne in der Gurken-Familie gewütet. Und Unglück war eine ansteckende Krankheit, das wusste Else. Wenn diese Krankheit erst mal zugeschlagen hatte, konnte sie sich, das stand sogar in der Bibel, schnell zur Seuche aufplustern und ganze Völkerstämme befallen. Geschweige denn Familien! Wer sich an dieser Klinge die Zunge wetzte, riss sich eine Wunde, in der Platz zu nehmen eine Vorliebe des Unglücks war. Schon war man infiziert. Und in eine Mistgrube zu fallen und angenehm duftend wieder herauszukrabbeln, war ein Ding der Unmöglichkeit.

Bei der aus Ostpreußen eingewanderten Familie Gurke war es seit jeher drunter und drüber gegangen. Die Lewins, die sozusagen Wand an Wand und Zaun an Zaun mit ihnen lebten, hatten die Turbulenzen am Unmittelbarsten verfolgen können. Die ewig besoffenen Alten, der heruntergewirtschaftete Hof und der verrückte Joachim.

Die Töchter Hilde und Klara verschlissen in dem ständigen Kampf gegen die im Alkoholismus verblödenden Eltern und dem alles fressenden Bruder ganz allmählich ihre Kräfte und ließen erste Anzeichen von Kapitulation erkennen. Dabei hatte es zeitweise den Anschein gehabt, als würde sich doch noch alles zum Guten wenden. Doch der Eintritt in die Landwirtschaftliche Produktionsgenossenschaft hatte nur am Anfang mildernd auf den Schnapskonsum von Arthur und Erna Gurke gewirkt. Dass die Produktion von der Abgeschirmtheit des eigenen Hofes in die Kontrolliertheit der genossenschaftlichen Ställe verlegt war, bewirkte zunächst einen gemäßigteren Umgang mit Arthurs selbst produzierten Muntermachern. Doch eine Fahne ist eine Fahne, und wenn die Mitmenschen sowieso riechen, was Sache ist, kann man auch gleich aufs Ganze gehen. Und wenn die Arbeitskollegen sich auch noch beschweren über so'n kleinen Schluck in der Pause, na dann hat man doch wohl Grund genug sich den Ärger herunterzuspülen.

Auch Joachims beste Zeit war abrupt abgebrochen. Seinen wetterprophetischen Friedhofswanderungen, die ihm die Achtung und zusätzliche Beköstigung der Bauern einbrachten, hatte rohe Gewalt ein Ende gesetzt. Seit jener Nacht, die er geknebelt und gefesselt am Grabkreuz auf dem Friedhof verbrachte, hatte der Junge den Gottesacker nicht mehr betreten und war von der hochgeachteten Position des Wetterfrosches wieder in den Status eines Pantoffeltierchens herabgestuft worden. Also gab's auch keine Leckerlies mehr von den dankbaren Bauern. Also war er wieder genötigt, seinen immer währenden Appetit zu Hause zu stillen und alles, was auch nur im Entferntesten den Anschein von Essbarkeit erweckte, in der Bodenlosigkeit seiner Verdauungsorgane verschwinden zu lassen, was verheerende Auswirkungen in der Speisekammer zur Folge hatte.

Und dann begann Arthur Gurke mit allerlei Kräutlein und anderen Wald-und-Wiesen-Gewächsen zu experimentieren. Die daraus gewonnenen Extrakte, die er seinem Selbstgebrannten beimengte, gaben diesem eine besonders süffige Note. Außerdem hatte Arthur festgestellt, dass einige dieser Substanzen auch die Wirkung des Schnapses veränderten, was er als außerordentlich positiv empfand. Die Kombination Kartoffelschnaps-Spitzwegerich-Fliegenpilz hatte es ganz besonders in sich. Wenn diese durch Arthurs Kehle rann und auf dem Weg in die Blutbahnen schnell noch den einen oder anderen Krankheitskeim versengte, färbten sich seine Pupillen dunkelrot und waren ganz deutlich mit weißen Tupfen versetzt. Die bewusstseinserweiternde Wirkung des Fliegenpilzes schickte Arthur auf einen Trip, der ihn anfangs erschreckte.

Diese brisante Mischung war gefährlich, musste ganz genau dosiert werden, sonst konnte man sich unversehens nackig auf dem Hühnerhof wiederfinden, in einen Sängerwettstreit mit dem Platz-Hahn verwickelt, der partout nicht einsehen wollte, wer der ausdauerndste Kräher war. Doch der Vorteil des Fliegenpilz-Doping war für ihn durch nichts auszugleichen, weshalb er sich nach einer halben Stunde erschöpft hinter seinen Hofstaat zurückzog. Die Hofdamen hielten trotz der Niederlage zu ihm, da ihnen der unbefiederte Sieger nicht ganz geheuer war. Vielleicht waren sie auch viel schlauer, als man es ihnen allgemein zutraute. Denn die Größe des Herausforderers schien für den Akt des Hahnentritts doch mehr als bekömmlich zu sein. Und irgendwie war aus dem schadenfrohen Gegacker, das die Vertreibung Arthurs begleitete, wenn Erna Gurke ihn schimpfend mit dem Besen vom Hühnerhof fegte, ein »Schuster, bleib bei deinen Leisten«, herauszuhören.

Ja, das mit dem Dosieren hatte Arthur nie so ganz richtig in den Griff bekommen.

Und so trug es sich zu, dass eines Tages ein Schiff mit acht Segeln und fünfzig Kanonen an Bord in Gestalt Arthur Gurkes auf den Dorfteich zusteuerte und in der irrigen Annahme schwimmen zu können, diesen zu überqueren versuchte. Als Arthur nach drei Tagen an die Oberfläche gelangte, konnte er schwimmen. Leider hatte sich seine Atmung verflüchtigt. Das Gesicht im Wasser und mit krampfhaft in die Luft gerecktem Hinterteil trieb er ziellos in der Endlichkeit des grünen Gewässers, ein Schiff mit gestrichenen Segeln.

Das ungewöhnliche Verhalten der Schwäne, die beim Auftauchen der aufgeblasenen Wasserleiche durch lautes Zischen und Flügelklatschen ihren Unmut über die unappetitliche Störung zum Ausdruck brachten, führte auf die Spur des Vermissten.

Im Dorf nahm man dessen Tod zur Kenntnis, so wie man zur Kenntnis nahm, dass am 31. Dezember der letzte Tag des Jahres ist. Ein Lebenswandel, wie Arthur Gurke ihn geführt hatte, konnte kein seliges Ende nehmen. So fand sich auch kein Parteigenosse, der in der Lage war, eine Grabrede für Arthur zu halten. Seine Tochter, Hilde Gurke, hatte schließlich das Problem gelöst, indem sie eine Art lyrischer Prosa verfasste, die zwar keinen direkten Bezug zum Leben ihres Vaters hatte, aber auf indirekte Weise das Hauptproblem seines irdischen Seins manifestierte, ohne den Verblichenen durch den Kakao zu ziehen. So wurde Arthur Gurke am Ende seines irdischen Daseins noch eine ganz besondere Ehre zuteil. Gewöhnlichen Sterblichen wurde eine Trauerrede gehalten. Ihm aber widmete man, wenn auch aus Verlegenheit, eine Dichtung. Hilde hatte ihr Werk am Tag der Beerdigung selbst vorgetragen. Sehr gefasst und bestimmt, das trauerbleiche Antlitz erleuchtet von den goldenen Strahlen der Nachmittagssonne, stand sie vor der erwartungsvollen Trauergemeinde. Ihr dickes schwarzes Haar, das sie zum Zeichen der Trauer offen trug, fiel wie ein schwerer Umhang von den Schultern und sprudelte über die Grotten ihrer ausgeprägten Hüften bis auf den Schaukelstuhl der Beckenknochen. Niemals war Hilde so schön gewesen wie an jenem Tag, an dem sie ihrem Vater die letzte Ehre erwies. Wie klares Quellwasser tropften die Worte von ihren Lippen und tanzten im perlweißen Glanz der Elfenbeinzähne, die den ganzen Zauber der Masuren widerspiegelten, hinüber in die Ohren der Zuhörer. Sie brauchte keine theatralischen Gesten, kein Heben oder Senken der Stimme, keine allumfassende Mimik. Allein die Anwesenheit ihrer phänomenalen Körperlichkeit, die sich dunkel und sehr bestimmt vor dem Leuchtgold des Nachmittagshimmels in fast übermenschlicher Schönheit präsentierte, verlieh der Magierin eine Allmacht, derer sie sich, solange ihr Vater gelebt hatte, niemals bewusst geworden war.

Sieben Raben flogen sieben Mal sieben Kreise über dem Friedhof, bevor sie Arthur Gurkes Seele in den siebenten Himmel geleiteten, begleitet vom sündhaft sinnlichen Klang der Stimme, die seinen Abgang verherrlichte. Dunkel und kehlig klang diese Stimme, die es fertig brachte, dass das ganz alltägliche Verbuddeln eines alten Säufers zu dem wurde, was es in Wahrheit war: Das Zur-Ruhe-Kommen einer gescheiterten Existenz. Gescheitert an der eigenen Unfähigkeit, die alte Heimat zu vergessen und eine neue anzunehmen, auf deren Suche sich Arthur nicht freiwillig begeben hatte. Nicht der Schnaps hatte ihn getötet, der war nur das Werkzeug gewesen. Eines, welches Arthur wie eine heilende Medizin täglich zu sich genommen hatte, um eine Krankheit zu bekämpfen, die so heimtückisch und unfassbar war, dass sie einem bei lebendigem Leibe auffressen konnte. Arthurs tödliche Krankheit hieß Heimweh. Nicht Zahnweh oder Kopfweh oder Bauchweh - die hätte man heilen können, darüber hätte man reden können. Aber über Heimweh? Und vor allem Heimweh nach was? Nach einem Land, das die glorreiche Sowjetarmee vom Faschismus befreit hatte, aus dem man fliehen musste, wenn man leben wollte. Aber diese Flucht, dieses Aufgeben von allem, hatte nur gelingen können, weil die Gewissheit zurückzukehren, nicht nur eine Hoffnung war, sondern ein unerschütterlicher Glaube. Aber dann war da plötzlich eine Grenze gewesen, die Arthurs Glauben abtrennte, wie das Land, welches plötzlich ein fremdes Land war. In seiner Heimat, die seine Heimat nicht mehr sein durfte, lebte ein anderes Volk, das seinerseits aus der eigenen Heimat vertrieben worden war. Es hatte eine Völkerwanderung stattgefunden, deren Unumkehrbarkeit sich in Grenzpfosten und Stacheldrahtzäunen manifestierte. Und diese Unumkehrbarkeit nannte sich Görlitzer Vertrag. Hilde Gurke war die Einzige gewesen, die im Alkoholismus ihres Vaters mehr als eine Sucht gesehen hatte. Aber darüber öffentlich zu sprechen, würde die Familie möglicherweise in große Schwierigkeiten bringen. Und so schickte sie ihre Botschaft im Tarngewand biblischer Gestalten auf die Reise:

VERFLUCHTES ERBE

Als Noah vor der großen Flut,
auf Gottes Rat sein Schiff belud,
vergaß er aus Versehn ein Tier,
das fast genauso war wie wir.
Den Namen hat man längst vergessen.
Ich hoff, mein Tun ist nicht vermessen,
hier einen neuen zu erdichten
und ihm ein Denkmal aufzurichten.

Es war ein Pli-Pla, der beschaute
was Noah auf dem Boot verstaute.
Der sprach zu ihm: »Komm jetzt an Bord.
Die Zeit ist reif, wir müssen fort.«

»Ich will nur meine Tasche holen«,
rief Pli und lief auf schnellen Sohlen
den weiten Weg nach Haus zurück.
Doch brachte ihm die Tat kein Glück.
Denn Noah nahm den Eimer her,
beschmierte gleich das Schiff mit Teer,
bestieg dann selber die Fregatte
und schloss die Tür mit einer Platte.

Man muss ihm diesen Streich vergeben,
sechshundert Jahre hartes Leben
machten ihm den Verstand porös.
Er meinte es bestimmt nicht bös.

Da kam die Sintflut angeschwommen
und hat das Fahrzeug mitgenommen.
Der letzte Rettungsdampfer schwamm
nun in die Ferne, Gott verdamm!

Das arme Tier schrie hinterher,
doch Noah hörte auch schon schwer.
Bloß seine Frau vernahm das Klagen,
die konnt' den Plah nur schwer ertragen.
Sie dachte: ›Lass den Dussel laufen.
Soll der man tüchtig Wasser saufen.‹

Da gab es leider nichts zu mucken,
wer leben wollte, musste schlucken.
Auch Pli-Pla schluckte nicht zu knapp,
mal auf der Welle, mal wellab.
So paddelte er viele Tage
und es bewegte ihn die Frage:
Wie weit erstreckt sich dieses Meer?
Jetzt kann ich aber bald nicht mehr.

Da sah der liebe Gott den Armen,
verschloss die Brunnen vor Erbarmen
und schenkte Pli-Pla neue Beine,
denn ganz verkrüppelt waren seine.
Gott hatte sie zuviel gegossen,
sie sahen aus wie Fischeflossen.

Das Unglück war nun überstanden
und Pli-Pla suchte, falls vorhanden,
auf unsrer Erde eine Frau.
Die fand er auch, der Tag war lau.
Nun taten sie, was Gott gelehrt
und haben sich sehr stark vermehrt.

So ging die Sache fleißig fort.
Heut lebt das Volk in jedem Ort.

Doch klebt ein großes Missgeschick,
an ihrer Art. Und dieser Tick verrät,
dass sie von Pli-Pla stammen.
Deswegen soll man nicht verdammen.

Ein großer Durst treibt die Gelenke
in jede gut versorgte Schenke.
Sie bleiben Plas Gewohnheit treu
und füllen, jeden Tag aufs neu',
in ihre Körperhülse rein,
von Kirschlikör bis Apfelwein.

Denn, fängt die Leber an zu zucken,
dann muss das arme Wesen schlucken.
Gott trägt die Schuld an diesem leid,
mit seiner Flut, vor langer Zeit.

Ganze drei Wochen brauchte Erna Gurke, um den kompletten alkoholischen Nachlass ihres Mannes zu vertilgen. Dann hatte sie sich selbst an das Schnapsbrennen gemacht. Doch ihr Wissen um diese Kunst war durch Zufälligkeiten entstanden. Mal war es eine von Arthur gemachte Bemerkung, mal ein neugieriges Hineinschauen in seine ›Fabrik‹, (besonders wenn Nachschub dringend von Nöten war), mal durch Handreichungen, die sie Arthur bei der Arbeit leistete. Doch all das hatte nur zu einer Art Halbwissen geführt. Die wirklich kitzligen Details, jene, welche das Schnapsbrennen zu einer Kunst machten, einer, die auch gefährlich sein konnte, waren Erna verborgen geblieben. Und so folgte sie, vier Wochen nachdem ihr Mann gestorben war, diesem nach.

Auch Erna Gurkes Tod wäre vom Dorfvolk mit der selben Gelassenheit zur Kenntnis genommen worden wie der ihres Mannes. Allein die Begleitumstände von Ernas fast wörtlich zu nehmender Himmelfahrt waren derart spektakulär, dass selbst in den Nachbardörfern eine großen Aufregung beim Stattfinden dieses Ereignisses entstand.

An einem lieblichen Maienmorgen hatte sie sich auf die Reise gemacht. Doch anders als bei Peterchens Mondfahrt war Erna'kens Mondfahrt eine Reise ohne Wiederkehr. Denn nicht Herrn Summsemanns sechstes Beinchen war verloren gegangen, sondern Ernas einziger Kopf.

Warum hatte sie auch einschlafen müssen neben dem Destillierapparat? Und warum war das immer bedrohlicher werdende Blubbern und Zischen nicht hinabgedrungen in die Abgründe ihres Schlafes und hatte sie geweckt? Die kochendheißen Schwaden, welche dem mörderischen Apparat entfuhren, ähnelten den Dämpfen eines Vulkans, der unmittelbar vor dem Ausbruch steht. Aber Erna Gurke schlief. So wurde der Destillierapparat ihr Vesuv und die kleine Bretterbude, in welcher das verbotene Treiben stattfand, ihr ganz persönliches Pompeji. Nur dass Erna schon kopflos war, als die Hölle über sie hereinbrach.

Eine dieser zischenden Dampfschwaden hatte ein altes Runkelmesser von seinem Platz gepustet. Scheinbar harmlos hing das Instrument an einem rostigen Nagel, der in einen Dachbalken getrieben war, direkt über Erna, die ihren Oberkörper auf einen Tisch gebettet hatte. Dieses Runkelmesser, das immerhin die Form und Größe einer Machete des Buschmannes besaß, war durch den immer stärker werdenden Druck von seiner Halterung gerutscht und aus nicht unbeträchtlicher Höhe und im Fallen immer mehr an Schwungkraft gewinnend, auf Erna hernieder gesaust, die sich im selben Moment geköpft sah. Eine französische Guillotine hätte keine exaktere Arbeit leisten können.

Unmittelbar darauf erfolgte die Explosion des Destillierapparates und zwar mit so ungeheuerlicher Wucht, dass man mehrere Kilometer im Umkreis ein Erdbeben zu verspüren meinte. Im Epizentrum selbst blieb absolut nichts an seinem Platz. Auch nicht Erna Gurkes Kopf. Völlig losgelöst von der Erde, sauste er mit kometenhafter Eleganz in den blauen Frühlingshimmel, vorbei an den erschreckten Hühnern, den Küken und Katzen; dem Hahn, der gerade auf dem Misthaufen scharrte, von dem er in panischem Schrecken floh. Vorbei auch an den Amseln und Spatzen, die in der gut gefüllten Regentonne vor dem Haus ihr morgendliches Bad nahmen und nicht dabei ertranken. Und vorbei an Elfriede Pumpernickel, deren Überraschung nicht hätte größer sein können. Denn Elfriede schwor, dass der Kopf noch plinkerte, zwar schlaftrunken und vollkommen orientierungslos, aber deutlich erkennbar. Und hatte das verwirrte Haupt nicht auch noch »Hilfe« gerufen? Selbstverständlich mit sterbender Stimme.

Immer mehr an Höhe gewinnend, nahm Ernas Kopf Kurs auf den Glockenturm der Kirche, wo er durch den schmalen Fensterschlitz fuhr und mit ungeheurer Wucht gegen die ›Dicke Emma‹ prallte. Diese, ebenfalls aus dem Schlummer gerissen, begann einen derart unrhythmischen Tanz aufzuführen, dass der schwere Klöppel in große Verlegenheit geriet und planlos, aber doch sehr wirkungsvoll in seinem Gehäuse umherklopfte.

Waren die Amis über das Dorf hergefallen?! Oh, nein! Oma Pumpernickel wusste, wer über das Dorf hergefallen war. ›Die Amis, ha, wat für'n Quatsch!‹ Diesmal hätte man ihr sogar den Atom abgenommen. ›Aber der, nee, nee, der war dat auch nich'.‹

Wenn auch die umliegenden Wohnhäuser ihre heilen Glasscheiben nur dem Umstand zu verdanken hatten, dass man, der milden Maienluft wegen, überall die Fenster geöffnet hatte. ›Erna Gurkes Kopf is' dat gewesen!‹

Na, na, Elfriede, nu ist aber genug, ick glaub, mein Schwein pfeift. Fängst du auf deine alten Tage auch noch dat Saufen an?

Aber Elfriede Pumpernickel sollte Recht behalten. Das Ergebnis einer groß angelegten Untersuchung des Falles bestätigte ihre Aussagen. Allerdings ließ sich nicht mehr zweifelsfrei nachweisen, ob Erna Gurkes Kopf auf seinem letzten Flug tatsächlich noch geplinkert hatte.

Seit jenem Tag war auch Ernas geistig behinderter Sohn Joachim verschwunden. In der Annahme, dass dieser sich bei der Explosion ebenfalls verteilt hatte, wurde noch Tage lang nach dem Unglück die Umgebung nach seinen Überresten abgesucht. Ein regelrechtes Jagdfieber schien die Leute anzutreiben, wenn sie, bestens ausgerüstet mit Körben und Tüten, die nahe gelegenen Wäldchen und Kuhweiden absuchten und in ihrem Übereifer manchmal die seltsamsten Dinge anschleppten. Einige hatten sogar angefangen zu graben, als gälte es längst verschollene Schätze aufzustöbern. Aber Joachim blieb verschwunden.

So kam es, dass Hilde und Klara plötzlich ganz allein waren. Es war eine ungewohnte, vollkommen neue Freiheitserfahrung, die sich so angenehm anfühlte, dass sie ihre Trauer bald überwunden hatten.

Endlich lohnte es sich aufzuräumen, Fenster zu putzen oder Staub zu wischen. Endlich konnte man den Fußboden wischen, aus purer Freude über die überaus lässige Sauberkeit und nicht nur, um den säuerlichen Gestank zu vertilgen, der von den allgegenwärtigen Kotzhaufen ausging, die in jeder Zimmerecke präsent gewesen waren.

Diese innere Zufriedenheit sprudelte wie eine heiße, heilende

Quelle in Hilde und Klara, die aufblühten wie zwei prächtige Rosenstöcke, die nach langer Dürre endlich den ersehnten Regen auf ihren Knospen spürten. Und so wie der Duft und die Leuchtfarben jener Rosen das Insektenvolk in Scharen anlockte, zog es auch die jungen Dorfburschen in den Dunstkreis der beiden Schönen.

Alles, was Piepnest und die umliegenden Dörfer an Rittern und Schildknappen aufzubieten hatte, stieß ins Horn und lagerte am Fuße der Festung, bereit für die Auserwählte in den Kampf zu ziehen und auf ihr kleinstes Zeichen hin den Gegner zu erschlagen.

Die Minne hatte das Dorf fest im Griff gehabt, und der Platz vor dem Haus war zum Lager- und Turnierplatz für Freier und Gaukler geworden.

Die beiden frischgebackenen Burgfräuleins genossen diese Aufmerksamkeit und sonnten sich im Glanz der spiegelblanken Rüstungen und Schilde, ließen die Meute aber im Ungewissen über ihre Gefühle. Schließlich hatte Dornröschen hundert Jahre gewartet, bis sie sich küssen ließ. Und eine Entscheidung hätte dem bunten, schmeichelhaften Treiben ein schlagartiges Ende beschieden.

Das aber nahte unabänderlich, als Parzival den Kampfplatz betrat und seine Lanze direkt ins Zentrum der Arena bohrte. Land-wegklaun nannte man dieses Spiel, bei dem von eben diesem Zentrum aus ein Kreis gezogen werden musste, den der Eroberer, sich um die eigene Körperachse drehend, mit weit vorgestrecktem Oberkörper und Arm in den Boden ritzte. Parzival, der in Gestalt Klaus Wackernagels erschienen war, hatte in langen Jahren des ruhelosen Umherirrens eine Meisterschaft darin erlangt. Sein Kreis wurde zum Bannkreis, ihm wurde aufgetan und alle Väter knuspriger Töchter und alle Ehemänner knuspriger Ehefrauen fühlten sich beglückt. Solange sich Klaus Wackernagel anderweitig beschäftigte, waren ihre Pfründe sicher. Einen besseren Schutz gegen diesen rotfüchsigen Hünen gab es nicht. Was hatte ein durchschnittlich entwickelter Mitteleuropäer dem Urbild eines germanischen Kriegers schon entgegen zu setzen? Allein Klaus'ens Blick aus diesen flimmerigen Hans-Albers-Augen genügte, um einen zum Weichtier schrumpfen zu lassen. Beglückt fühlten sich auch Klara und Hilde, die den Patienten zwar nicht heilen konnten, seine schreckliche Krankheit aber in den bodenlosen Tiefen ihrer Lebensbrunnen versenkten. Und zwar so tief versenkten, dass Klaus am Ende immer als Goldmarie daraus auftauchte, denn er war fleißig, und seine Krankenschwestern wussten dies zu schätzen. Wackernagels ›Spermatöse Inkontinenz‹ hatte für das Volk seinen Schrecken verloren, weil Hilde und Klara den kranken Mann unter Quarantäne hielten.

Klaus Wackernagel hatte seine Meisterinnen gefunden, zwei ausgehungerte Löwinnen im Doppelpack. Überwältigt von der Urgewalt des weiblichen Geschlechts und ihrer nicht enden wollenden Bereitschaft, sein Bestes willkommen zu heißen, fand Klaus Wackernagel endlich ein zu Hause. Die wunderbare Tatsache, dass Hilde und Klara Zwillinge waren, überdeckte den Frevel der Vielweiberei mit dem wohlwollenden Schleier der Kulanz. Denn solange nicht zweifelsfrei erwiesen war, mit wem sich Klaus Wackernagel gerade knutschte, schien die Toleranzgrenze nicht überschritten zu sein. Im Zweifelsfalle für den Angeklagten. Und Zweifel waren immer angebracht, wenn man eine der jungen Frauen identifizieren wollte. Besonders erschwert wurde dies, seitdem sich diese in vollkommener Übereinstimmung kleideten und frisierten.

*

»Abendbrooot!«, ruft Betty Lewin und stellt das üppig beladene Tablett auf eine der leeren Kisten. Das Ding gibt einen prima Tisch ab.

»Oh, Abendbrot!«, ruft Elfriede Pumpernickel und versetzt Else einen freundlichen Stoß in die Rippen. Else taucht auf aus ihren Gurken-Gedanken und ärgert sich ein bisschen über Elfriedes Verfressenheit. Betty verteilt die Teller mit den schwankenden Stullenbergen und stellt eine Schüssel voll hart gekochter Eier dazu.

»Mensch, Deern, wer soll denn dat allet essen? Dat is' doch viel zu viel!«, schimpft Karl und holt sein superscharfes Klappmesser aus der Hosentasche.

»Oooch, dat möcht ick nich' sagen, Karl«, protestiert Elfriede. »Sollst mal sehn, wie schnell dat alles verschwindet. Is' man bloß schade um die ganze Spucke.«

»Wieso?«

»Na ja, so ganz ohne wat dazu is' so'n Essen doch ganz schön trocken.«

»Ach so.« Karl hat die diskrete Andeutung verstanden und reicht Elfriede eine Flasche Pils rüber. »Brauchst auch 'n Glas?«

»Pohh, ick glaub, eher kriegt euer Kater Ferkel, als dat Elfriede nich' mal mehr 'n ordentlichen Hieb aus de Buddel zischen kann«, sagt Oma Pumpernickel und demonstriert den staunenden Zuschauern sofort, was sie meint. Der gewaltige Rülpser, welcher ihr daraufhin entfährt, wird wohlwollend überhört.

»Kann mir mal einer sagen, wie viel Kisten noch auszupacken sind?«

Kann keiner. Also beginnt Betty selber, mit der Stulle in der Hand, die Kistenstapel abzuschreiten. »Mensch, wir sind ja fast fertig!«, ruft sie. »Nur noch eine einzige is' übrig, aber dat is' wohl auch die Größte.«

Else erschrickt und überlegt, was für eine Uhrenüberraschung da wohl noch auf sie zukommen könnte. Aber für den berühmten Big Ben aus London ist die Kiste dann doch nicht groß genug. Das ist beruhigend. Und wenn sich tatsächlich noch eine Standuhr darin befindet, was soll's? Schließlich hätte man ja die Gewissheit, dass dies dann das letzte Exemplar wäre.

»Na gut, denn mal ran an' Speck!« Karl spuckt sich in die Hände und setzt den Kuhfuß am Rand des Kistendeckels an. Überraschungen sind nicht mehr zu erwarten. Karl lässt sich Zeit. Hier noch mal ansetzen und da noch mal ansetzen und, ach ja, auch an den Ecken locker machen. Ganz langsam geben die Nägel den Deckel frei und quälen sich aus dem Kistenrand. Es riecht nach Tanne. Heute ist ja auch fast wie Weihnachten.

Endlich, geschafft. Alle fassen mit an. Sieben nicht mehr neugierige Menschen heben den Deckel ab und legen ihn zu den anderen Deckeln ins Gras.

»Überraschung!«, verkündet Karl, als er den Kisteninhalt überprüft, »noch so'n Schietding! Und denn noch'n Kaputtes. Hat noch nich' mal'n Ziffernblatt, bloß 'ne Nase.«

»'Ne Uhr mit Nase? Zeig mal!« Bettys Interesse für alles Besondere ist geweckt.

»Ach tu großer Gott«, ruft sie begeistert, »dat Ziffernblatt sieht aus wie 'n Gesicht. Als wenn die Uhr schläft.«

»Dat gifft doch gor nich'. Zeich mal her!«

Huuch! Vorsichtig, Elfriede! Frau Pumpernickel hat sich, ihrer Kurzsichtigkeit wegen, ein bisschen zu weit hinunter gebeugt. Fast wäre sie hinein geplumpst. Aber jetzt hat sie's. Ihr Gesicht hängt direkt über dem schlafenden Ziffernblatt.

»Ohhh, dat sieht richtich echt aus. Und nee, nu kiek bloß mal, nu plinkert se auch noch mit die Augen!«

»Wer?«

»Na, die Uhr!«

Na, nun reicht das aber. Sind denn hier alle verrückt geworden?

»Kumm mal wech dor!«, sagt Else genervt und schiebt Elfriede äußerst resolut beiseite. Aber es hilft nichts. Sie ist scheinbar auch verrückt geworden. Genau in dem Moment, als Else freie Sicht bekommt, öffnet die Uhr ihre Augen. Und nicht nur das, auch der Mund beginnt zu leben und verzieht sich zu einem Grinsen. Else kann nicht mehr. Sie fällt hinten über und schnappt nach Luft. Als es in der Kiste dann auch noch zu rappeln beginnt, zieht Karl sein superscharfes Klappmesser aus der Hosentasche.

Plötzlich schwebt die Vorderfront der Standuhr über der Kiste. Nur wenige Sekunden dauert der Spuk, dann segelt sie über Bord und landet vor Bettys Füßen.

»Die schöne Uhr! Nu is' se kaputt, so 'ne Schweinerei!«, ruft Betty und schüttelt ihre Faust Richtung Kiste.

Was ist zu tun? Am besten Rückzug antreten, in Sicherheit bringen und erst mal abwarten. Na, gut. Aber bloß nicht die Kiste aus den Augen lassen.

Rose verarztet ihre Schwiegermutter. Sie hat Else in die stabile Seitenlage gebracht, genau so wie sie es beim DRK-Kurs gelernt hat. Mit einem der breitkrempigen Cowboyhüte fächelt sie ihr Frischluft zu. Inzwischen arbeitet sich Elfriede vorsichtig an das kalte Büffet heran. Mit ungeahnter Geschmeidigkeit krabbelt sie durch das Gras, greift sich einen der Stullenteller und schafft es durch doppelten Krafteinsatz ihres linken Armes die Beute in Sicherheit zu bringen. »So, ick hab uns erst mal Proviant besorgt!«, sagt sie stolz und führt umgehend vor, wen sie mit uns meint.

»Dat du jetzt essen kannst.«, sagt Else, die gerade zu sich kommt und schüttelt den Kopf.

»Mir wird ganz schlecht, wenn ick dat seh.«

»Nee, nee du, so schnell lass ick mir den Appetit nich' verderben. Da muss erst der Atom komm', bevor dat passiert!«

Ach, ja? Elfi, Elfi - Hochmut kommt vor dem Fall!

Frau Pumpernickels Stulle landet plötzlich im Gras, doch vom Atom keine Spur. Aber was da jetzt aus der Kiste herauskrabbelt, ist mindestens ebenso brisant wie eine atomare Invasion. Als es sich aufrichtet und zu seiner vollen Größe entfaltet, ähnelt es doch glatt weg dem Berliner Fernsehturm. Sogar die Antenne auf der Kopf-Kugel ist vorhanden. Sie sticht senkrecht in den abendlichen Sommerhimmel und vibriert ein wenig in den lauen Lüften des mitteleuropäischen Klimas.

Wenn man den Telespargel genauer betrachtet, lässt sich durchaus feststellen, dass es sich hierbei um ein menschliches Individuum handelt. Auch wenn ein derart ausstaffiertes Wesen noch nie Piepnester Boden betreten haben mag. Das Gesicht des Individuums ist bemalt. Aber nicht wie bei einem Zirkusclown, oh nein, das würde ja noch an gehen. Dieses hier ist in zwei Hälften geteilt, die in der Mitte durch eine über Stirn, Nasenrücken bis hinunter zum Kinn verlaufende gelbe Grenzlinie voneinander getrennt sind. Die linke Gesichtshälfte leuchtet so rot wie die Piepnester Feuerwehr oder Martha Harries Kopf, wenn sie von der Parteiversammlung kommt. Die rechte Gesichtshälfte ist schornsteinfegerschwarz, wie die drei Mal die Woche im Wind knatternde Unterwäsche der frisch verwitweten Topsi Sackschläger. Die, nebenbei erwähnt, schon einen Monat nach der Beerdigung ihres Gatten sich mit einem neuen Bettgenossen auf ihren Matratzen vergnügte. Natürlich ganz im Geheimen.

Die Fernsehturmantenne ist eine etwas zerrupft aussehende Ehrenfeder. Glücklicherweise ist die symbolische Bedeutung derselben für Lewiner und Pumpernickler ein Geheimnis. Denn sie bezeugt schlechterdings nichts anderes als: Den Gegner getötet und skalpiert.

Aber auch ohne dieses Wissen ist das bunt bemalte Etwas schon gruselig genug. Und vor allem - es kann sprechen. Es sagt: »Hello. Is' dit in Piepnest? Seid ihr Fämillie Lewin?«

»Jes«, ruft Elfriede, die dankbar ihres verstorbenen Ehemannes gedenkt, der aus englischer Kriegsgefangenschaft einige Sprachbrocken mit nach Piepnest brachte.

»Hau du ju du?«, sagt sie stolz und zieht aus ihrer großen Schürzentasche eine Schachtel Schweinejuwel. Auf den Schreck muss Elfriede erst mal eine rauchen. Sie hält auch dem schlaksigen Riesen die Schachtel unter die Nase. »Friedenspfeife«, sagt sie und zwinkert mit dem rechten Auge.

Aber das kann Karo nicht so stehen lassen. Mutig tritt sie zwei Schritte vor und zeigt auf Elfriede. »Frau Pumpernickel, nix Lewin.

Wir Lewin«, sagt Karo und macht eine beeindruckende Armbewegung, in der sie sich und ihre Familie einschließt. So hatte sie es bei Tokei-itho, dem Häuptling der Dakota, im Kino gesehen. Und der hier war ja wohl ganz eindeutig auch ein Indianer. Zwar trug dieser ein kariertes Hemd und Jeanshosen, aber die langen schwarzen Haare waren ein eindeutiger Beweis.

»Wer is' er denn?«, sagt Karl. »Is' dat'n Gammler?«

»Nee, Opi«, belehrt ihn Karo, »dat is'n Indianer.«

»Aha«, sagt Karl, »also Finnitu aus Amerika.«

›Is' wohl doch nich' eine Kiste wie die andere‹, denkt er. ›Auch wenn s'e alle aus Holz sind. In mancher is' eben der Wurm drin. Oder der Indianer.‹

# Die Elf Gebote

Es gibt kein Rezept für das Leben. Viel zu seltsam und vieldeutig ist dieser Stoff, so wie des Kaisers neue Kleider. Rezepte zum Kuchen backen, Rezepte um Eintöpfe zu kochen und Rezepte um Krankheiten zu heilen dagegen scheinen im Übermaß vorhanden zu sein. Doch auch wenn das Leben manchmal einem Kuchen gleicht oder einem Eintopf oder einer Krankheit, man kann es weder backen noch kochen oder im Voraus diagnostizieren. Es gibt eben kein Rezept für das Leben.

Karl Lewin sitzt am Küchentisch und sinniert beim Blick aus dem Fenster in die hin und wieder auftauchenden blauen Flecken des Morgenhimmels hinein. Die mächtigen Wolkengebirge dort oben haben ganz schön Fahrt drauf. Es ist stürmisch. Manchmal schießt der Sturm mit seinem Luftgewehr mitten hinein in solch ein Wolkenschaf, das dann flatterig auseinander birst und sich in viele kleine Lämmer verteilt.

Karl genießt die Wirkung des gerade genossenen Morgenschnapses. Der brachte den Kreislauf in Schwung und verdünnte das dickflüssige Blut. Bis in die Zehenspitzen sendete er seine Signale, die pochende Wärme auslösten.

Die Flasche mit dem Klaren steht auf dem Fensterbrett. Karl hat sie bereits wieder verschlossen, mit diesem komischen Stöpsel aus Plaste, der aussieht wie ein Fingerhut.

Auch so eine DDR-Erfindung, dieser Fingerhutstöpsel aus Plaste. Vielleicht ist der ja als Ersatzschnapsglas gedacht, für unterwegs sozusagen.

Wie viele Fingerhutstöpsel voll musste man wohl kippen, um einen doppelten Schnaps intus zu haben? Karl kommt zu dem Ergebnis, dass man sich wahrscheinlich die ganze Buddel auf diese Weise verabreichen könnte, ohne die geringste Wirkung zu verspüren. Denn mehr als ein Spatzenschnabel voll passte in dieses Ersatzglas sicher nicht rein. Und son bisschen würde bei der Mundlandung garantiert sofort verdampfen.

Im Morgenlicht funkelt die Flasche mit dem klaren Schnaps wie ein Kristall. Auf dem hellblau umrahmten Etikett ist zu lesen, wie sie heißt: Doppelkorn.

›Dat macht gar nix‹, denkt Karl, ›als Muntermacher reicht einer.‹

Das ist ja auch so eine Kunst im Leben: Alles immer schön im Gleichgewicht halten. Immer das rechte Maß finden. Aber ein Rezept, nein ein Rezept für das Leben gibt es nicht. Nicht einmal die Gebrauchsanweisung, die Moses vom lieben Gott auf dem Berg Sinai erhielt, war so ohne Weiteres zu befolgen. Manchmal glaubt Karl, dass Moses vielleicht schon ein bisschen schwerhörig war, als er die zehn Gebote empfing. Denn so eindeutig schwarz oder weiß, um sich punktgenau daran zu halten, war das Leben nun mal nicht.

Schon das erste Gebot machte ihn richtig wütend.

›Ich bin der Herr, dein Gott. Du sollst keine anderen Götter neben mir haben.‹

So was lässt Karl Lewin sich von niemandem einreden. Er ist sein eigener Herr, schon immer gewesen, auch wenn es Zeiten gab, in denen irgendein Inspektor oder Gutsbesitzer, LPG-Vorsitzender oder Brigadier meinte, ihm was sagen zu können. Nicht, dass er im Leben immer mit dem Kopf gegen die Wand gerannt wäre oder sich in ewigen Diskussionen als Revoluzzer ein trocknes Maul gefaselt hätte. Nee, nee, so dämlich war er nicht. Er redete nicht viel. Karl tat einfach das, was er für richtig hielt. Und wenn er für richtig hielt, was der Inspektor sagte, tat er auch das.

Und wenn Karl für falsch hielt, was der LPG-Vorsitzende sagte, tat er es nicht, sondern machte das, was er für richtig hielt. So einfach war das eben. Und darum müsste das erste Gebot so lauten: ›Ich bin das Leben, dein Gott. Du sollst mich zum Freunde haben, denn nur so kannst du mich erreichen.‹

Nun, er Karl Lewin, war nicht dazu auserwählt, Botschaften zu empfangen. Das war mal sicher, sonst hätte ihn Gott nicht mitten in das platte Land gesetzt. Hier gab es keine Berge, noch nicht einmal Hügel. Man könnte also annehmen, dass sich alle, die hier lebten auf gleicher Höhe begegneten. Aber, Gott verdammich, dem war nicht so. So viel zum zweiten Gebot: ›Du sollst den Namen des Herrn, deines Gottes, nicht missbrauchen.‹

Und das dritte Gebot ist ja wohl so: ›Du sollst den Feiertag heiligen.‹

Das 'ne gute Idee, wirklich ganz was Gutes. Nur leider hat die Sache einen Haken: Ein Bauer ist nicht der liebe Gott, der sich nach dem sechsten Arbeitstag schön ausruh'n kann und gar nix tut. Tja, als sich der liebe Gott dieses Gesetz ausdachte, hat er wohl vergessen die lieben Engelein anzuweisen, sonntags hinunter zuflattern um die bäuerliche Arbeit zu verrichten. Schade, eigentlich, das Leben wäre sehr viel einfacher gewesen, mit so einem freien Tag in der Woche. Aber was soll's, Karl will nicht klagen, er hatte auch sehr viel Glück gehabt. Seine Else war und ist wie ein persönliches Geschenk vom lieben Gott. Und das trotz seiner freizügigen Auslegung der Gebote. Also konnte das, was er getan hatte, so falsch nicht sein. Auch die Kinder waren gut geraten. Nein, es war zwar kein besonders angenehmes Leben gewesen, aber ein gutes. Eben eines, mit dem man leben konnte. Und so hatte er denn auch am vierten Gebot nichts auszusetzen: ›Du sollst deinen Vater und deine Mutter ehren.‹

Um das zu tun, hatte er niemals eines Gebotes bedurft. Karl hatte seine Mutter geliebt, wenn er auch das Wort Liebe niemals über die Lippen bringen würde. Nein, an diesem Gebot gab es nichts auszusetzen, aber unbedingt hinzuzufügen. In Karls Version lautete das vierte Gebot: ›Du sollst deinen Vater, deine Mutter, deinen Ehegatten und deine Kinder ehren.‹ Karl kann nicht verstehen, weshalb ausgerechnet die Kinder ausgespart sind. Von einer geprügelten oder sonst wie schikanierten Ehefrau konnte man noch erwarten, dass sie sich zur Wehr setzte. Aber Kinder? Und vor allem, wie konnte man von diesen geprügelten und gedemütigten Krümelschnappern verlangen, Vater und Mutter zu ehren? Prügeln tat man seine Feinde, aber nicht seine Kinder. Meine Güte, wenn Herrmann Piepenbrink seine Bengels verdrosch, stand denen der blanke Hass ins Gesicht geschrieben. Wo das noch hinführte, wenn die erst mal 'n bisschen älter waren? Karl mag es sich gar nicht ausmalen. So soll eine Familie nicht sein. Aufrichten soll sie, wenn einem das Leben mal wieder eins ins Kreuz gegeben hat und nicht umgekehrt, sonst kann es am Ende noch passieren, dass einer gegen das fünfte Gebot verstößt, das da lautet: ›Du sollst nicht töten.‹

Ja, das ist ein sehr wichtiger Punkt, der im normalen Leben wohl auch meistens funktioniert. Aber was ist mit den Kriegen? Was hätte er tun sollen, damals als Soldat, der gar keiner sein wollte, der viel lieber bei seiner Familie geblieben wäre? Diesem Gebot hätte er, Karl Lewin, nur als Selbstmörder entsprechen können. Denn es lief doch so in einem Krieg: Schieß oder du wirst geschossen.

Also, das fünfte Gebot konnte auch nur mit einem Zusatz funktionieren und müsste deshalb so lauten: ›Du sollst nicht töten und niemanden zum Töten zwingen.‹ Denn es stand ja nun mal fest, dass Kriege immer von den Bonzen in der Regierung angezettelt wurden. Es wäre viel einfacher, wenn diese Herrschaften ihre Meinungsverschiedenheiten unter sich austragen würden, zum Beispiel, indem sie sich duellierten. Jawohl, das wäre die Lösung. Dann würden sich diese Pfeifen schon überlegen, ob sie ihre Probleme nicht lieber friedlich lösen wollten. Karl ist fest davon überzeugt, dass unter solchen Bedingungen die meisten Kriege niemals stattgefunden hätten.

Man stelle sich vor: Der Führer Adolf Hitler, Hinkefuß Josef Goebbels und der fette Göring im Duell mit Josef Stalin und zwei seiner Bolschewiken … Oder hießen die Babuschkas? Oder vielleicht Bastschuh? Ach, was, zum Deiwel mit den Matroschkas! Stalin is' doch 'n Kerl, der tritt ganz allein in den Boxring. Die drei deutschen Schießbudenfiguren braucht er doch nur anzupusten, schon fallen sie um.

Wenn er sich da mal nicht irrt. Göring trägt Boxhandschuhe, so groß wie Baggerschaufeln. Wenn die auf Stalins Zwölf landen, kann der noch nicht mal mehr ›Doswidanja‹ sagen. Während Stalin geschmeidigen Baggerschaufeln ausweicht, attackiert Kläffer Goebbels dessen stramme Waden. Er schlägt seine spitzen Zähne in die zähe Materie und beißt doch glatt weg ein Stück vom georgischen Fleisch ab. Stalin heult auf und verpasst dem krabbelnden Namensvetter einen Tritt in den Hintern.

Der Führer hat die wichtigste Aufgabe übernommen. Er befindet sich in der braunen Ecke und feuert aus dieser sicheren Distanz seine Kandidaten an. Adolf ist unermüdlich und zäh wie Leder. Man könnte meinen, dass er einen Plattenspieler verschluckt hat. Im Fünfsekundentakt bellt er seine Parole in den Boxring: »Sieg Heil, … Sieg Heil …«

Dabei hopst er wie ein Hampelmann auf der Stelle. Bei »Sieg« springt der Führer in die Grätsche und schlägt seine Hände klatschend über dem Kopf zusammen. Bei »Heil« katapultiert er seinen Körper zurück in die Ausgangsstellung, schlägt knallend die Lederstiefel zusammen und haut die Hände an die Hosennaht, dass es nur so rumst.

Die Meute hat sich mittlerweile derart ineinander verwurschtelt und verbissen, dass man übereinkommt, die Sache anders zu entscheiden. Ein Kampfrichter muss her. Aber wer könnte eine so heikle Aufgabe übernehmen? Ein normaler Mensch jedenfalls nich'.

Also kommt nur einer in Frage, der Osterhase. Und da kommt er auch schon angehoppelt.

»Hat du Möhrn?«, fragt er den Führer. Aber der ist immer noch mit seiner Gymnastik beschäftigt und sagt gar nichts. Also, keine Möhrn. »Ick auch nich'«, sagt der Osterhase und holt aus seiner Kiepe vier Eier und vier Löffel.

Auf geht's. Der Osterhase ist ein kluger Mann, viel klüger als ein richtiger Mann. Was könnte besser sein, als den Weltfrieden durch einen Eierlauf zu entscheiden?

Nach der fünften Runde liegen die Kämpfer immer noch gleich auf. Plötzlich geschieht das Unerwartete, die Eier auf den Löffeln beginnen zu rotieren und zu zischen. Als die Vier begriffen haben, was abgeht, ist es bereits zu spät. Vier Explosionen, vier Leichen. Der Osterhase sitzt in seinem sicheren Versteck und lacht. So eine bunt bemalte Eierhandgranate hat schon manchen in die Irre geführt.

Was sagt man da? Gott sei Dank, nun ist's vorbei mit der Übeltäterei.

Draußen in der Realität wird gerade wieder ein Himmelsschaf geschoren. Die Wolkenwolle zerteilt sich in kleine Wattebällchen und pudert den Himmel. Jetzt hat er Sommersprossen.

›Ach ja‹, denkt Karl, ›es sind doch immer nur die Schafe, die geschoren werden. Und der Schäfer strickt dann Socken aus ihrer Wolle. Und wenn sie nicht gehorchen, beißt der Schäferhund in ihre Haxen.‹ Karl wehrt den Gedanken, selbst zu diesen Schafen zu gehören, ab. Aber das kann er in seinem Kopf drehen, bis es brummt, auch er gehört zur Herde. Vielleicht mit dem Zugeständnis, eines der seltenen schwarzen Schafe zu sein.

Nun ja, Gott sei Dank gibt es zwischen all diesen großen, allgemeinen Lebensverstrickungen auch die kleinen, feinen Spinnwebenfäden des ganz Privaten. Und bei dem wäre man dann auch mit dem sechsten Gebot wieder angekommen: ›Du sollst nicht ehebrechen‹.

Karl hat schon oft darüber nachgedacht, ob es nicht mehr als ein Zufall ist, das ausgerechnet dieses Gebot die Nummer sechs trägt.

Er traute dem lieben Gott durchaus soviel Humor zu. Was für eine Schlappe wäre dies für all die scheinheiligen Schrumpeltanten, die schon das Wort Eier als anstößig empfanden, weil es Hühnereier oder Gänseeier oder sonst wie heißen müsste? Und Schlüpfer zu sagen, war unter Androhung von Strafe verboten. Es hieß Unterhose. Und lauter so'n Blödsinn. Für Karl war eine Unterhose immer noch ein Ding mit langen Beinen, und ein Schlüpfer das, was Frauen unterm Rock trugen, aber nicht mit so langen Beinen. Eben etwas, in das sie hineinschlüpfen konnten. Und in eine Unterhose kann man nun mal nicht hineinschlüpfen.

Der Unterschied zwischen solchen Menschen wie ihm, Karl, und solchen scheinheiligen Schrumpeltanten und Schrumpelonkels lag wohl in der Art und Weise, die Dinge zu betrachten. ›Sage mir, was eine Frau unterem Rock trägt, und ich sage dir, wer du bist.‹

Karl nennt dies die Schlüpferphilosophie. Daran, wie einer diese große Schlüpferfrage erklärte, genauer gesagt, ob er zum Schlüpfer stand oder ihn als Unterhose tarnte, konnte man dessen Charakter erkennen. Entweder, man ging davon aus, dass ein Schlüpfer Schlüpfer hieß, weil man in ihn hineinschlüpfte. Oder man ging davon aus, dass ein Schlüpfer Schlüpfer hieß, weil sein Inhalt schlüpfrig war. Und das stößt bei Karl auf vollkommenes Unverständnis. Er kann am Unterleib einer Frau nichts schlüpfrig finden. Diesen ganzen Quatsch mit der unbefleckten Empfängnis hatten sich garantiert auch solche scheinheiligen Schrumpeltanten und Schrumpelonkels ausgedacht. Bestimmt würde Josef sich kaputt lachen, wenn er das hörte. Und Maria ebenfalls.

Karl konnte einfach nicht nachvollziehen, warum man eine so natürliche Sache wie die Zeugung eines Kindes in ein Ammenmärchen verwandeln musste. Schließlich war solch eine Behauptung doch ein sehr gewagtes Stück und verlegte die Geschichte des Neuen Testaments quasi in das Reich der Bienen. Nur eine Bienenkönigin ist in der Lage, unbefruchtete Eier zu legen, aus denen Drohnen schlüpfen.

Der Heiland als Drohne? Nee, das war denn doch ein bisschen zu viel des Guten. Also, Karl war sich ziemlich sicher, sechs und Sex standen in unmittelbarem Zusammenhang. Das war sozusagen vom lieben Gott so gewollt. Weitere Überlegungen zum sexten Gebot waren überflüssig. Weder er noch seine Else hatten jemals Bedarf gehabt, dagegen zu verstoßen. Und das nicht nur aus Zeitmangel. Da sieht es mit dem siebten Gebot schon etwas anders aus: ›Du sollst nicht stehlen‹. Sehr richtig, gut gesprochen, lieber Gott. Aber wieder Mal was vergessen: ›… und niemanden zum Stehlen zwingen.‹

Was tut ein Familienvater, dessen Lohn hinten und vorne nicht reicht, um seine Familie zu ernähren? Ja, ja klar doch, beten. Der Haken an dieser Sache war aber, dass beten nicht satt machte. Zweifellos war Beten ein gutes Ventil, um mal so richtig Dampf abzulassen. Und Karl hatte mächtig Dampf abgelassen, damals, vor Wut und Verzweiflung über diesen ewigen Mangel in der Speisekammer. Er wundert sich heute noch darüber, dass nicht ein Blitz aus dem Himmel gefahren kam und ihn seiner unflätigen Gebete wegen erschlagen hatte. Wovon Er, der liebe Gott, sich denn ernähren täte, hatte Karl ihn gefragt. Und die Antwort darauf gleich mit in die nächste Frage gepackt, ob denn die Paradiesäpfel manchmal auch madig wären? Wenn ja, würde er sie ihm gerne abnehmen, denn seine Familie würde sich über ein paar Vitamine bestimmt sehr freuen. Ganz besonders auch über die Fleischbeilage, denn die sei hier mittlerweile eine kostbare Rarität geworden.

Und ob Er überhaupt wüsste, wie das ist, jeden Abend hungrig ins Bett zu gehen, was noch nicht mal das Schlimmste wäre. Die echte Härte sei es Frau und Kinder niemals richtig satt zu bekommen. Und Kinder hätte er, Karl, immerhin sechs Stück zu ernähren.

Jedenfalls wurden Karls Gebete erhört. Zwar nicht, indem der liebe Gott dem Gutsherren ein Einsehen schenkte, woraufhin dieser seinen Arbeitern mehr Lohn gezahlt hätte. Nein, nein, das nun nicht gerade. Gott tat seine guten Werke auf Umwegen. Er schickte viele, viele Wildkaninchen und Hasen, die sich rings auf den Äckern des Gutsherrn tummelten und auch in die Gemüsegarten der Lewins verirrten. Und er schickte Karl auch gleich den passenden Einfall dazu. Die Langohren waren nämlich besonders scharf auf die Petersilie, die es in Lewins Gemüsegarten in Mengen gab. Um die Leckermäuler davon fern zu halten, hatte Karl jedes noch so kleine Loch im Gartenzaun repariert.

Da aber kam ihm plötzlich die Erleuchtung. Er öffnete die Gartenpforte und stellte mitten in den Eingang ein dickes, schweres Holzfass. Für dieses Fass nun hatte Karl einen Wippdeckel erfunden, der bei Belastung nach unten klappte, und, nachdem er die Last in den Riesenbauch des Fasses hatte fallen lassen, wieder in seine Ausgangsstellung zurück klappte. Karl war richtig stolz auf seine Erfindung gewesen. Und das Beste, sie funktionierte tadellos! Die Mümmelmänner und Mümmelfrauen waren richtig besoffen vom Duft der kräusligen Petersilie im Lewinschen Gemüsegarten. Ihr Hasenverstand schien komplett ausgeschaltet zu sein. Wie besessen hetzten sie um das eingezäunte Gartenparadies herum, rannten in voller Fahrt mit dem Kopf gegen den Maschendrahtzaun oder versuchten, diesen zu unterwandern, indem sie Tunnel gruben. Einige der ganz Verwegenen machten sogar Anstalten, den Zaun zu überspringen. Doch all diese Bemühungen blieben zu Karls großer Freude ohne das gewünschte Resultat. Es blieb nur der Weg über das Fass.

Einfach drüber zu hopsen ging nicht. Ein Hund springt über keinen Zaun, durch den er nicht hindurchsehen kann. Und ein Hase auch nicht. Also erst mal rauf aufs Fass und kucken.

Aber mit dem Kucken war das dann so eine Sache, denn sobald ein Tier oben war, war es auch schon wieder unten. Unten im Fass. Und dann war Ruhe für den Tag. Alles, was vier Beine hatte, stob, nachdem es den Artgenossen so abrupt hatte verschwinden sehen, auseinander und wetzte, angetrieben vom Knall des zurückschnappenden Deckels, davon. Doch der Nachtschlaf schien bei den Hasen die Erinnerung an den Tag auszulöschen. Schon am nächsten Morgen tummelten sie sich munter dort, von wo sie tags zuvor noch in panischem Schrecken geflüchtet waren. Das gleiche Spiel begann und endete auf immer die gleiche Weise. Und das war gut so. Ein Hase pro Tag genügte, um die Familie satt zu bekommen. Überdies forderte die Eintönigkeit der Beute Elses ganzen Erfindungsreichtum heraus. Denn auf Dauer wurde so ein Hasenbraten, auch wenn er satt machte, irgendwie fade. Else erfand das Hasengericht jeden Tag neu und überraschte ihre Familie mit den tollsten Kreationen und Geschmacksvarianten. Auch versäumte sie es nicht, den Gerichten fantasievolle Namen zu verpassen, die davon ablenken sollten, dass sich dahinter schon wieder ein Hase verbarg.

Ja, das war schon eine dolle Zeit gewesen, damals. Aber dann hatte sich eines der Kinder in der Schule verplappert. Da wurde Karl vom gesetzestreuen Lehrer beim Gutsherrn angepetzt. Die Jagd gehörte dem Herrn, und was Karl sich zu tun erdreistete, war Wilddieberei. Aber erst mal mussten sie den Wilddieb auf frischer Tat ertappen.

Doch Karl Lewins Nase hatte von jeher bestens funktioniert, und auch auf seine Ohren war Verlass. Und wenn irgendetwas Unheimliches in der Luft lag, bekam Karl so ein nervöses Ziehen in der Magengrube. Fast so wie in seinen Alpträumen, wenn er aus großer Höhe ins Bodenlose stürzte und vor dem Aufprall schweißgebadet erwachte. Und dieses Gefühl hatte ihn eines abends ganz plötzlich befallen, als er auf dem Weg zum Gemüsegarten war, um dort wie gewöhnlich das große Fass zu entleeren. Karl hatte sofort auf das Alarmsignal reagiert. Er konnte selbst mit seinen schweren Gummibodden schleichen wie eine Katze. Sein sonst straffes, gerades Rückgrat krümmte sich wie ein Fiedelbogen und fiel in sich zusammen. Alle Anspannung richtete sich nach außen. Nase und Ohren sogen wie ein Staubsauger jede kleinste Information aus der Luft. Aber, du großer Gott! Karl hätte fast einen Lachanfall bekommen. Selbst ein weit weniger gewiefter Krieger dürfte den Dussel im Weizenfeld bemerkt haben. Da hockte doch Herr von der Weide, den sie im Dorf nur das Rindviech nannten, höchst persönlich im hochherrschaftlichen Getreide und spionierte durch sein hochherrschaftliches Fernglas. Ganz zünftig hatte er sogar seinen Jägerhut auf dem dicken Kürbiskopp. Und das Ding, welches den Hut beschmückte und aussah wie Karls alter Rasierpinsel, wippte wie ein Meldereiter im Galopp über den Weizenähren.

In solchen Situationen konnte sich Karl Lewin schon immer auf seine spontanen Einfälle verlassen. Inzwischen war er am Fass angekommen. Mit besonders gemächlichen Bewegungen öffnete Karl den Deckel und zog den Hasen heraus. Karl hatte ihn am Nackenfell gepackt, trat ein paar Schritte zurück und begann dem Mümmelmann eine sehr laute Predigt zu halten. Hör mal zu, mein lieber Freund… so und so. Und wenn du noch mal in meinen Garten kommst, petz ich dich beim Gutsherrn an. Der kann dir dann eins auf den Pelz brennen. Und das ist meine letzte Warnung. Damit klemmte er den vorderen Teil des verblüfften Tieres unter seinen Arm und versohlte ihm den Hintern, nicht allzu heftig, aber sehr demonstrativ. Daraufhin ließ er den Hasen laufen und ging grinsend ins Haus zurück. Die Gefahr war gebannt. Aber Hasenbraten musste erst mal von der Speisekarte gestrichen werden. Die Sache wurde einfach zu gefährlich. Doch wie heißt es so schön? ›Wem Gott eine Tür zuschlägt, dem öffnet er ein Fenster.‹ Und so war es dann auch gewesen. Dieses Ereignis hatte in Karl die familiäre Tradition der Missachtung sämtlicher Rechte wieder belebt, mit deren Hilfe er noch viele geöffnete Fenster fand. Der liebe Gott hatte ihn nicht im Stich gelassen.

Das laute Krachen der Küchentür reißt Karl brutal aus seinen Gedanken. Die kalt gewordene Tabakspfeife, eben noch sanft in seinem Mundwinkel schlummernd, fällt auf den Küchenboden und verteilt weiße Asche.

Wenn Betty so richtig in Schwung ist, haut sie auf den Türdrücker, als hätte sie ihren Schick nicht mehr. Karl muss erst mal zu sich kommen. Angesichts der Schweinerei auf dem Fußboden steigt in Betty sofort ein unangenehmer Verdacht auf, den sie Else, die ihr gefolgt ist, sofort mitteilt.

»Muddi, nu kiek dir mal die Sauerei an! Ick glaub, Pappi hat mehr als einen getrunken.«

Karl ist wach. Er steht noch voll in der Materie und hebt belehrend seinen Zeigefinger.

»Nu red man nich' so'n Quatsch, Betty! Und denk mal an dat achte Gebot!«, sagt er schmunzelnd.

»Wat für'n Gebot?«, sagt Betty, »heute is' doch Sonnabend.«

»Na ja, da kannst du von deinen alten Vadder noch wat lernen. Dat achte Gebot is': Du sollst kein falsch Zeugnis reden wider deinen Nächsten.«

»Wat kümmst du uns am frühen Morgen schon mit de Bibel?«. Else lacht. »Ick glöv, dat wier wohl doch mehr als einer.«

»Nee.«

»Und wieso liegt die olle Rotzschleuder uff'm Fußboden?« Betty gibt keine Ruhe, hat wohl schlecht geschlafen.

»Weil se mir aus dat Muhl gefall'n is'.« Jetzt hat Karl aber die Faxen dicke. »Dat is' doch kein Wunder nich', wenn du hier rin kümmst als sunne Furie. Ick heff dacht, de Atom kümmt.« Mit Oma Pumpernickels Standardsatz entschärft Karl die Situation. Sogar Betty muss jetzt lachen. Karl nimmt es mit Erleichterung zur Kenntnis. Der Sonnabend-Morgen-Frieden ist wieder hergestellt. Mit den Frauenspersonen war es manchmal gar nicht so einfach. Die wollten immer alles ganz genau wissen und immer Recht haben.

Karl nicht, der wollte nur seine Ruhe haben. Aber mit dem Sinnieren ist es jetzt wohl vorbei. Die beiden Frauen decken geräuschvoll den Tisch. Die hölzernen Frühstücksbretter, die Betty auf dem Küchentisch verteilt, landen knallend auf ihrem Platz. Karl weiß genau, dass er daran nichts ändern kann und verzichtet auf den mündlichen Protest. Er will seine Frauen bei Laune halten und macht sich schon mal zum Stullenabschneiden bereit. In der linken Hand hält er das Brot, die rechte Hand umfasst das besonders scharfe Brotmesser, schwingt es wie einen Taktstock in der Luft.

»Wen willst du denn dirigieren?«, fragt Else lachend, als sie Karls Herrscherpose bemerkt.

»Na, euch beide«, sagt Karl, »ihr spielt jetzt die fünfte Imponie von Beethoven.«

Else sieht Karl misstrauisch an. »Wat is denn mit dir heute Morgen los? Erst die Bibel und nu Beethoven?«

»Und beim Bibeln habt ihr mir unterbrochen. Ick war noch gar nich fertig mit die Gebote.«

»Bis wo bist denn gekomm'?«

»Na bis zum Achten, und dat Neunte fällt mir vor Schreck nich' mehr ein.«

»Dat weiß ick aber«, sagt Else, »Du sollst nicht begehren deines Nächsten Haus.«

»Und dat zehnte?«

»Du sollst nicht begehren deines Nächsten Weib, Knecht, Magd, Vieh, noch sonst etwas, das ihm gehört.«

»Amen«, sagt Karl »und weiter?«

»Weiter geht dat nich'. Dat gifft doch nur Zehn Gebote«, sagt Else genervt.

»Nee, dat gifft elf Gebote«, behauptet Karl und schneidet die erste Stulle vom Brotlaib herunter.

»Ach, du spinnst doch!«

»Nee, ick spinn nich'.«

»Na, wie soll denn dat heißen, dat elfte Gebot?«

»Ja, dat heißt so«, sagt Karl und schneidet die zweite Stulle herunter. »Also, dat elfte Gebot heißt: Du sollst keine Erbschaft aus Amerika annehmen.«

»Weswegen dat denn nich'?«, fragt Betty erstaunt.

Karl lässt sich Zeit mit der Antwort. Er legt erst mal Brotlaib und Messer auf den Küchentisch zurück und öffnet das Fenster.

Die Sturmgeräusche sind jetzt doppelt so laut. Aber das Tosen des Windes hat einen Beigeschmack von Musik. Einer wie Karl, der eine ganz andere Vorstellung von Musik hat, nennt dies Krach und Gejaule. Wie Donnergrollen rumpelt es in die Küche und lässt die Kaffeetassen vibrieren, versetzt die Küchenfliegen in Aufruhr und macht sie aggressiv. Oder ist es der Luftzug, der sie von den Wänden hebt?

Der seltsam kehlige, eintönige Gesang, begleitet von einem dumpfen, rhythmischen Trommelschlag, macht auf die Dauer irgendwie mürbe. Finnitu begrüßt den anbrechenden Tag.

»Deswegen«, sagt Karl und schließt wütend das Fenster.

# Finnitu

Nicht, dass Karl Lewin etwas gegen Nih-hih-o-ih-wuh-tis gehabt hätte. Das ganz sicher nicht. Im Gegenteil, er mochte diesen schlaksigen Spargeltarzan, auch wenn sein Name unaussprechlich für ihn war. Angeblich bedeutete dieses Kauderwelsch »Wolf auf dem Berge«. Nun gut, mochte ja alles sein. Doch die Anhäufung mehrerer Wörter als Namen zu benutzen, erschien Karl ziemlich umständlich. Also war er mit Wolf auf dem Berge überein gekommen ihn Wolfgang nennen zu dürfen. Auch den Namen des berühmten Häuptlings Winnetou benutzte Karl gerne, wenn er Wolfgang ansprach. Allerdings hatte Karl den Namen ins Plattdeutsche übersetzt, sodass Finnitu daraus entstanden war. Im Gegenzug erlaubte er Finnitu, ihn Old Schetterhend nennen zu dürfen.

Seitdem Betty ein paar der rieseneumeligen Cowboyhüte passend geklebt hatte, trug Karl ein solches Teil auf seinem Kopf. Stand ihm ausgezeichnet und passte auch prima zu Old Schetterhend. Die Hühner allerdings hatten einige Tage gebraucht, um sich an diesen Anblick zu gewöhnen.

Also, gegen Finnitu an sich war absolut nichts zu sagen, der Junge schien in Ordnung zu sein, rein menschlich gesehen jedenfalls. Aber irgendwas stimmte nicht an seiner Geschichte, da war sich Karl ziemlich sicher. Kein Mensch reiste freiwillig als blinder Passagier auf einem Ozeanfrachter über den Atlantik. Und vor allem nicht in die DDR. Dass verwandtschaftliche Bande zwischen ihnen bestanden, mochte ja noch angehen. Finnitu behauptete, ein unehelicher Sohn Onkel Haudies zu sein. Warum auch nicht? Wenn er seine Offenhaarfrisur zu einem strammen Zopf gebunden hatte, trug er ein schönes Paar Indianerohren mit sehr europäischem Einschlag zur Schau, das in Größe, Form und Neigungswinkel den typischen Lewinohren in Nichts nachstand. Eineiige Zwillinge konnten sich nicht ähnlicher sein.

Also rein optisch gesehen, war dies ein astreiner Beweis. Na und, war Onkel Haudie eben fremd gegangen, wen interessierte das?

Amerika war ein fremdes Land und vor allem ganz weit weg. Und diese Tatsache machte Karl stutzig. So ohne jeden Grund und auf derart gefährlichem Wege verlässt man seine Heimat nicht. Doch bis jetzt hatte sich noch nichts Verdächtiges getan. Und dieser unangenehme Wirbel, der um Finnitu gemacht wurde, war nicht dessen Schuld, das wusste Karl. Wer ihm die ganze Sache eingebrockt hatte, konnte er nur ahnen.

Doch auch eine Bestätigung seiner Ahnung hätte nichts genutzt. Die Operation war angelaufen und nicht mehr rückgängig zu machen.

Karls Ahnungen waren Martha Harrie nicht bekannt. Sie hatte dem geheimnisvollen Mann aus der Kiste mittels Fernglas und einiger harmloser Fragen an Oma Pumpernickel auf die Schliche kommen müssen. Dafür standen zehn frische Eier, zwei Gläser Pflaumenmus und eine Tafel Vollmilchschokolade auf ihrem Spesenkonto. Für weniger war Elfriede nicht zum Reden zu bringen gewesen.

Der Bericht, den Martha Harrie ihrem Führungsoffizier übergab, malte ein düsteres Bild des US-amerikanischen Klassenfeindes, der durch gezielte Einschleusung von Spionen den Sozialismus zu unterwandern versuchte. Vorsorglich verwies Martha auf die Indianerschlacht am Little Big Horn, bei der achtzehnhundertsechsundsiebzig das siebente Kavallerieregiment der amerikanischen Armee im Indianergebiet von Montana eine empfindliche Niederlage erlitten hatte.

Diese brisante Geschichte war wichtig genug, um über alle Instanzen hinweg, direkt auf dem Tisch des Ministers für Staatssicherheit, Erich Mielke, zu landen. Als leidenschaftlicher Jäger befürchtete dieser sofort eine Invasion der Schorfheide bei Berlin, die unbedingt verhindert werden musste. Kriegsgeschrei gellte durch die Baumwipfel des staatlichen Jagdgebietes und langhaarige, halbnackte Wilde schlachteten Hirsche und Rehe, die nicht für sie bestimmt waren. Mielke berief sofort eine außerordentliche Sitzung des Politbüros ein und machte den Vorschlag umgehend eine Panzerdivision der Nationalen Volksarmee in das besagte Dorf Piepnest zu beordern.

Glücklicherweise war der Staatsratsvorsitzende der Deutschen Demokratischen Republik, Walter Ulbricht, kein leidenschaftlicher Jäger und stand überdies als gebürtiger Sachse durch seinen Landsmann Karl May dem indianischen Volke näher als dem Politbüro.

»Hochverehrter Genosse Mielke«, hatte Ulbricht gesagt, »deine Sorge um die Sicherheit der Deutschen Demokratischen Republik in allen Ehren,aber wir sollten nicht mit Kanonen auf Spatzen schießen. So viel ich dem Bericht der Genossin Harrie aus Piepnest entnehmen kann, handelt es sich bei dem besagten Individuum nur um einen einzelnen Indianer und nicht um einen ganzen Stamm. Ich denke, wir könnten dieses Vorkommnis zu unserem Vorteil nutzen, indem wir dem Klassenfeind einfach den Wind aus den Segeln nehmen. Empfangen wir diesen Indianer doch mit offenen Armen und geben der Welt ein anschauliches Beispiel unserer Solidarität.«

Big Boss hatte also gesprochen. Unter Solidarität stellten sich die Lewins allerdings etwas anderes vor als das, was am nächsten Tag passierte und eine Schar wild gewordener Journalisten das Anwesen überfiel, um alles zu fotografieren, was irgendwie Konturen aufwies.

Sofort nachdem Betty Lewin die Nachricht über dieses Ereignis ereilt hatte, war sie nach Hause gehetzt, um ihre Eltern zu unterstützen. Die Zeitung war da, mein Gott, dafür musste man sich doch entsprechend ausstaffieren und präsentieren!

Karl Lewin, äußerst genervt über die Journalie, hatte sich zum Schutz vor dem Blitzlichtgewitter Bettys Sonnenbrille aufgesetzt, die sie ihm nur im Tausch gegen das Versprechen seinen guten, schwarzen Anzug anzuziehen, geliehen hatte. Doch kaum, dass Betty ihm ihr modisches Accessoires anvertraute, war Karl auch schon damit verschwunden gewesen. Den guten Schwarzen würde er dann, um sein Versprechen auch einzuhalten, am kommenden Sonntag zur Kirche tragen.

Dank dieser Verweigerung war Karl Lewin auch noch als solcher zu erkennen, wenn er über seinen Hof stapfte. Mit dem riesigen Cowboyhut und der dunklen Sonnenbrille bot er zwar einen ungewöhnlichen Anblick, ließ aber mit Gummistiefeln und ausgebeultem Arbeitsanzug noch signifikante Merkmale seiner Identität erkennen. Was der gute Schwarze bewirkt hätte, war nur zu erahnen, rückte eine äußerliche Verwandlung Karl Lewins aus Piepnest in J. R. Juing aus Dallas in greifbare Nähe.

Das Scheitern an der Sturheit ihres Vaters hatte Betty bei der Ausschmückung der Mutter zur Hochform auflaufen lassen. Else beschäftigte sich, beinahe passend zu Karl Juing, wie Miss Elli auf dem Hühnerhof. Ihr gutes grünes Brokatkostüm war für die bäuerlichen Tätigkeiten nicht besonders bequem, und die schwere Süßwasserperlenkette bammelte ihr jedes Mal, wenn sie sich bückte, im Gesicht herum. Obendrein musste Else auch noch auf die Hühnerkacke achten, wenn sie nicht ihre guten Sonntagspantoletten einsauen wollte. Sie tippelte wie eine Ballerina zwischen den vielfarbenen Häufchen und ärgerte sich über ihre Nachgiebigkeit. Wie schaffte es Betty nur immer wieder sie zu etwas zu überreden, was sie eigentlich gar nicht wollte?

Die eigentliche Hauptperson des Spektakels aber saß vollkommen unbeeindruckt hinten auf der Gänsewiese. Dort hatte Finnitu vor kurzem sein Tipi gebaut und sich zeltlich eingerichtet. Er war damit beschäftigt ein kleines Feuer in Gang zu halten, welches wegen des vom Morgentau durchnässten Holzes stark qualmte. Der böige Herbstwind, der von Zeit zu Zeit hineinfuhr, trieb den beißenden Rauch mal in diese, mal in jene Richtung und hielt die Zeitungsleute in Bewegung.

Eine Pfeifenfüllung lang ließ Finnitu sich von den Journalisten fotografieren und beantwortete sehr höflich deren Fragen. Wie ein Medienprofi lächelte er in die Kameras, neigte äußerst erhaben das befiederte Haupt dem jeweils Fragenden zu und blies kleine Rauchwölkchen in die Luft, in denen man bei genauerem Hinsehen die Profile der Journalisten erkennen konnte.

Als Finnitu meinte genug gesagt zu haben, beendete er seine letzte Antwort mit der Aussage,

»Hau, ich habe gesprochen«, begab sich in sein Tipi und ward an diesem Tage nicht mehr gesehen. Den Presseleuten war nichts anderes übrig geblieben als den Rückzug anzutreten. Zwar hätten sie normalerweise eine lächerliche Zeltwand nicht als unüberwindbares Hindernis akzeptiert, doch die gefährlichen Biester, welche gleich nach Finnitus Rückzug aufzogen und den Eingang bewachten, waren den Stadtmenschen äußerst suspekt. Sie kannten diese nur als Bewohner von Kühltruhen, wo sie in ihrer stummen Nacktheit als ungefährliche Plastiktütenfracht käuflich zu erwerben waren. Kaum zu glauben, was deren lebende Artgenossen auf dem Kasten hatten! Dagegen war man noch nicht einmal durch einen geöffneten Regenschirm gefeit. Das hatte sich die Dame von der Berliner Tageszeitung so gedacht. Ganz so einfach waren die Landeier dann doch nicht zu beeindrucken. Auch nicht, wenn der Regenschirm ein ›automatischer Knirps‹ war und sich mit atemberaubender Geschwindigkeit und lautem Knall zu seiner vollen Größe entfaltete. Pah, das hatte Ganter Gustav nur noch wütender gemacht. Wenn der seinen Hals nach vorne streckte und so richtig steif machte, wurde dieser zur Harpune, die, bestückt mit einer stählernen Schnabelspitze, eine tödliche Bedrohung darstellte. Aber mancher Großstadtmensch scheint in seiner überheblichen Blödität wohl lebensmüde zu sein, und die Dame von der BZ war ein herausragendes Exemplar dieser Sorte. Die schien alles aus Fernsehturmhöhe zu betrachten, was ihren Blick stark trübte und sie fast in ihr Verderben hatte rennen lassen.

Den Regenschirm vor sich hertragend wie einen Schild und bedrohliche Scheuchrufe ausstoßend, hatte sie versucht, Gustav zurückzudrängen und zum Eingang des Tipis vorzudringen. Doch was anfänglich recht erfolgreich zu funktionieren schien, entpuppte sich als ausgeklügelte Taktik des Ganters. Dessen Zurückweichen war das Maßnehmen einer Anlaufstrecke gewesen, die er dann ganz plötzlich im Vorwärtsgang entlang stürmte. Angetrieben von seinem schweren Körper, der eine außerordentliche Schubkraft entwickelte, harpunierte Gustav im vollen Galopp den Regenschirm-Schild der Dame und durchbohrte ihn gnadenlos.

Ende im Gelände! Die Papparazzis verließen das Anwesen der Lewins schneller als sie gekommen waren. Von wegen betuliches Landleben!

Zurück blieb eine Schar schnatternder Gänsedamen, die ihren Helden aufgeregt umschwärmten, als der, den aufgespießten Regenschirm wie einen Siegeskranz auf der breiten Brust tragend, seinen Posten vor Finnitus Behausung wieder einnahm.

Die kurze Stippvisite der Journalisten hatte ausgereicht, um am nächsten Tag die Tageszeitungen der Republik mit der wundersamen Geschichte von Nih-hih-o-ih-wuh-tis zu füllen, zumal die Richtung von der Partei- und Staatsführung längst vorgegeben war. Amerikanischer Ureinwohner flüchtet vor den Schrecken des Kapitalismus in die Deutsche Demokratische Republik, hatte am folgenden Tag in der ›Freien Erde‹ gestanden, groß und fett gedruckt, darunter ein schönes

Foto von Finnitu. Er hatte es sich lange angesehen und schien äußerst zufrieden damit zu sein, nur mit dem Artikel hatte Finnitu so seine Schwierigkeiten.

»Foto ist prima«, war sein Kommentar gewesen, »aber Worte wie Geschnatter von Gänse nicht zu verstehen. Das hat Nih-hih-o-ih-wuh-tis nicht gesagt zu Mann mit Stimme von Frau.«

Und wirklich, diesen Journalisten mit Stimme von Frau schien eine tiefe Seelenverwandschaft mit Karl May zu verbinden. Und die ungemein rührselige Geschichte vermittelte den Eindruck, als wäre sie unter direktem Einfluss des kleinen Almanachs für Journalisten ›Wie man aus einer Mücke einen Elefanten macht‹ entstanden. Da war doch Finnitu wahrhaftig zum Ur-Ur-Enkel von Sitting Bull geworden. Von seiner Verschleppung durch weiße Männer wurde berichtet, von Versklavung und unwürdigem Leben bei amerikanischen Siedlern und schließlich von einer abenteuerlichen Flucht über das Meer, ganz allein in einer Holzkiste.

»Nih-hih-o-ih-wuh-tis ist nicht Enkel von Sitting Bull, ist Sohn von Haudi Lewin und Hih-lah-dih, was bedeutet ›Die reine Quelle‹. Und Nih-hih-o-ih-wuh-tis ist gekommen um zu leben bei Blutsverwandte seines Vaters. Im Sternenland alle tot, kein Lewin mehr da. Nih-hih-o-ih-wuh-tis will sprechen mit deutsche Zunge, so wie sein Vater, von dem er gelernt. Und Blutsbruder Old Schetterhend soll Ni-hih-o-ih-wuh-tis dabei helfen.«

»Hau, so soll dat sein«, hatte Karl gesagt und seinem Blutsbruder aufmunternd die Schulter geklopft, im Gegensatz zu Finnitu war er sehr zufrieden mit dieser Geschichte.

Die Krönung des Zeitungsartikels aber war eine Mitteilung, welche Karl zweimal gelesen hatte, um sie zu begreifen, doch im vollen Ausmaß war sie ihm erst aufgegangen, als er sie zum dritten Mal für Finnitu vorlas: »Nachdem der Staatsratsvorsitzende Walter Ulbricht vom Schicksal des jungen Indianers erfahren hatte, bekräftigte er noch einmal die Solidarität der Deutschen Demokratischen Republik mit allen unterdrückten Völkern der Erde und gab bekannt, dem tapferen Helden demnächst einen Besuch abzustatten.«

»Wat sagst du dazu?«

»Nih-hih-o-ih-wuh-tis hat nicht verstanden.«

»Dat glaub ick«, hatte Karl gesagt, »son Gedöns muss man ein' Ausländer wohl auch erst übersetzen. Also kurz gesagt, der große weiße Vater aus Berlin kommt nach Piepnest um Finnitu zu besuchen.«

»Warum?«

»Hm, keine Ahnung. Vielleicht, weil er angeben will mit dir. So viele Indianer gibt dat nämlich nich' in die DDR. Außer dir fällt mir da nur noch Gojko Mitič ein.«

»Weiß Old Schetterhend, zu welchem Volk Gojko Mitič gehört?«

»Wat meinst du mit Volk?«

»Nih-hih- o-ih-wuh-tis stammt vom Volk der Dakota.«

»Ach so, nu weiß ick, wat du meinst! Ick glaub, Gojko Mitič gehört zu die Mohikaner oder die DEFA.«

»Mohikaner?«

»Ja, aber genau weiß ick dat nich'. Is' doch egal. Pass mal auf, viel wichtiger is', dat wir beide für heute Abend zu 'ne Versammlung eingeladen sind, als Ehrengäste. Die Partei ruft sozusagen. Der Gemeinderat will beraten, wat allet so veranstaltet werden soll, wenn der große weiße Vater aus Berlin kommt. Ick denk mal, dat wir da hingehn sollten, wird bestimmt lustig. Und dann wollt ick dich bitten, dich so richtig schick zu machen. Wie 'n echter Indianer, verstehst du?«

Finnitu hatte verstanden und sich umgehend an die Vorbereitungen gemacht.

*

Draußen beginnt es bereits zu dämmern, als Karl Lewin das Haus verlässt, um Finnitu aus dem Tipi zu holen. Finnitu hat keine Uhr, braucht er nicht. Er richtet sich nach dem Stand der Sonne, aber die hat nur einen Stundenzeiger. Und heute kommt es auf die Minute an, Karl will pünktlich sein. ›Eigentlich‹, denkt Karl, ›könnte man Finnitu eine von den vielen Standuhren, die neuerdings den Hausfrieden störten, in sein Zelt stellen. Das wäre dann schon wieder ein Unruhestifter weniger im Haus‹.

Seitdem diese Uhrenmonster da waren, hatte das Leben einen ganz anderen Rhythmus bekommen. Das aufdringliche Geticke fuhr einem manchmal so in die Beine, dass der Schrittrhythmus sich unwillkürlich dem Tick und Tack anpasste und fast in einen Stechschritt auszufallen drohte. Doch sobald die Mitte des Abstandes zwischen zwei

Uhren erreicht war und das Tick der einen mit dem Tack der anderen verschmolz, kostete es erhebliche Anstrengungen, sich nicht zu verheddern und die Beine aus dieser Gemengelage zu befreien, bis man sich der nächsten Uhr so weit genähert hatte, um gefahrlos ausschließlich deren Takt folgen zu können. Auf der Dorfstraße walzt gerade Martha Harrie vorbei, deren überschwänglich freundlicher Gruß bei Karl eine Gänsehaut verursacht. Martha hat sich schön gemacht, Gemeinderatssitzungen hatten immer etwas besonders Erhabenes, wenigstens in ihrem offiziellen Teil. Sie trägt ihr gutes schwarzes Tweed-Kostüm. Oder trägt das gute schwarze Tweed-Kostüm Martha? Schwer zu sagen. Zumindest hält das Kostüm Martha zusammen. Das offensichtliche Ansteigen ihrer Konfektionsgröße verlangt der Stoffqualität Einiges ab. Am Revers der Jacke kommt das glänzende Parteiabzeichen besonders gut zur Geltung. Die darauf abgebildeten, ineinander verschlungenen Hände schütteln sich besoffen, Marthas Seemannsgang erzeugt brisante Schwingungen. Ihr anfänglicher Ärger über den Verlauf dieser seltsamen Geschichte ist einem Gefühl des Stolzes gewichen. Das Staatsoberhaupt würde höchst persönlich nach Piepnest kommen. Und sie, Martha Harrie, war die Auslöserin des Geschehens. Schade nur, dass dies niemand wusste.

›Aber das ist nun mal so‹, denkt Martha, ›die größten Heldentaten spielen sich meistens im Verborgenen ab. Wer denkt beim Anblick eines herrlich aufgegangenen Kuchens schon an das Backpulver.‹

Der Kuchengedanke lässt Martha zu sportlicher Höchstform auflaufen. Mit großen Schritten stampft sie den Blätterteppich, welcher ihr zu Ehren ausgerollt ist, entlang. Vielleicht war auch nur der Herbst daran Schuld, die Bäume verloren ihre Blätter in diesem Jahr ziemlich früh. Außerdem dominierte die gelbe Farbe. Die wenigen grünen und vor allem roten Sprenkel sind nicht mehr als die Konfettireste, welche sich bis zum Frühjahrsputz hinter dem Sofa verstecken. Also kein roter Teppich, keine Ehrenbezeugung für die Heldin.

Irgendwie ist Martha nun doch wieder wütend geworden. Sie stampft nicht mehr, sie pflügt.

Der schöne gelbe Teppich stiebt in Einzelteilen durch die Luft und landet unordentlich gehäufelt am Straßenrand. Martha hinterlässt eine modrige Schneise.

Als Martha die Tür der Dorfkneipe öffnet, muss sie sich erst mal orientieren. Dicke Rauchschwaden wabern wie Nachtgespenster durch den Raum und beginnen bei ihrem Eintreten zu flattern. Die frische Abendluft, welche durch die geöffnete Tür hereinzischt, scheint ihnen Angst zu machen.

Marthas halbherziger Gruß versickert im Kneipenlärm. Also noch mal, nicht dass es nachher wieder heißt: ›Dei Berlinerin is eingebildet, de kann noch nich' mal eins grüßen.‹

»'N Abend!«, schreit sie und kann eine leichte Kollision mit dem ersten Tisch, der vollkommen im Nebel versunken ist, nicht verhindern. Verschwommen taucht eine schweißglänzende Glatze auf und prallt im nächsten Moment mit ihr zusammen.

»Na, Deern«, ruft der dicke Till Sauermann, Besitzer dieser Glatze, »besoffen is' man doch erst beim Rausgehn und nich' beim Reinkomm'. Und schwerhörig is' hier auch keiner nich'!« »Schuldigung«, sagt Martha verlegen und geht schnell weiter. Sich von Till Sauermann in ein Gespräch verwickeln zu lassen, ist immer sehr heikel, denn sein loses Mundwerk konnte einem in Grund und Boden quatschen. Martha nimmt gerade noch wahr, dass der auch der Hauptverursacher dieser unerträglichen Stinkluft war. Vor ihm steht eine Kiste mit dicken Zigarren, die er freigiebig verteilt zu haben scheint. Bei seinem Tischnachbarn geht eben die bunte Bauchbinde in Flammen auf. »Mensch, die muss doch abgemacht werd'n, bevor man mit rauchen anfängt! Manno, manno dese Proleten ham überhaupt keine Lebensart nich'!«, schreit Sauermann und schlägt Affenschmidt den Stumpen aus der Gusche.

»Dat machst du nich' noch mal!«, lallt der und fällt vom Stuhl. Rauchvergiftung, oha.

Der Stumpen hat sich unterdessen zum fliegenden Zeppelin entwickelt und steht kurz vor der Fensterfront. Na, der wird doch wohl nich' …? Doch er tut es. So'n Stumpen hat nun mal keinen Grips im Tabak und überschätzt vollkommen seine Möglichkeiten. Das war's dann für ihn. Der Zusammenprall mit dem bräunlich-gelben Store des Fensters beendet den Rundflug, Graf Zeppelin trudelt zu Boden. Doch der Store hat was abgekriegt. Zischend und stinkend geht er in einer gelben Stichflamme auf, die den Nebel wie Elmsfeuer durchdringt. Aber das Material ist so knochentrocken, dass es ruck zuck aufgefressen ist. Nix passiert.

Als Wirt Dünnebier mit dem Feuerlöscher ankommt, ist der Spuk bereits wieder vorbei, und die Kneipe hat ein Fenster mit Aussicht. Dafür ist Dünnebiers Wut so richtig angefacht.

»Du Arschloch!«, schreit er zu Sauermann rüber, »kannst du deine Stinkdinger nich' zu Hause rauchen oder in dein' Schweinestall?! Nüscht wie Ärger hat man mit dir!«

»Mensch, wat kann ick denn dafür, wenn hei tu dömlich is' 'ne Zigarre zu rauchen?«

Das war so was wie eine Entschuldigung. Für Sauermann eigentlich schon mehr, als seine Ehre erlaubt. Aber mit dem Wirt will er es sich nicht verderben, die Kneipe war so was wie sein zweites zu Hause, Sauermann ist Witwer. Und auch Dünnebier hat seine Gründe, es dabei zu belassen. Sauermann ist Barzahler und ein sehr guter Konsument.

In dem allgemeinen Tumult hat Martha Harric es endlich geschafft, sich unbemerkt bis zum Hinterzimmer vorzuarbeiten. Als Martha die Tür hinter sich schließt, holt sie erst einmal ganz tief Luft und schaut in die Runde. Der Gemeinderat ist fast vollständig versammelt, fehlte nur noch 1, 2, 3…6, Einer. Wer war denn das? Natürlich, Sauermann. Der saß noch im Schankraum und krakeelte umher.

»Martha, bevor du dich hinsetzt, hol doch mal bitte den Sauermann rein, damit wir anfangen können!«, ruft der Bürgermeister.

»Also, nee Arno, bei aller Liebe«, sagt Martha, »da geh ich nicht noch mal rein.«

»Na schön«, sagt Bürgermeister Kastenbein, »unsre Gäste sind ja auch noch nicht da, dann warten wir noch fünf Minuten.«

»Aber bitte nicht länger!«, schimpft Elfi Kowalski. »Nich', dass dat heute wieder bis in die Puppen geht. Spätestens um halb acht muss ich wieder zu Hause sein.«

»Aber Elfi, denn wird das doch erst mal richtig gemütlich. Wir woll'n hinterher noch'n bisschen feiern«, sagt Gerhard Rübenstrunk und rückt ein wenig näher zu Elfi.

Elfi bekommt rote Backen. »Nee, Gerhard, ich nich'. Die Kinder müssen rechtzeitig ins Bett.«

»Och, das kann doch dein Mann machen.«

»Mein Mann?! Der kann…« Bevor Elfi Kowalski Gerhard Rübenstrunk klar gemacht hat, dass ihr Mann sich noch nicht mal selbst zu Bett bringen kann, fliegt die Tür auf.

»Rot Front!«, schreit Sauermann und streckt die rechte Faust in die Luft. Mit drei riesigen Schritten ist er am Tisch, knallt seine Zigarrenkiste drauf und setzt sich hin. Zusammen mit ihm quellen Kneipenlärm und Gestank in den Raum.

»Mensch, mach dat Brett vor, Sauermann!«, schreit Rübenstrunk, der sich gewaltsam beim Flirten unterbrochen sieht. Aber irgendwie hat Sauermann vollkommen die Orientierung verloren. Sein Oberkörper sackt plötzlich zusammen, fällt vorne über und bleibt auf dem Tisch liegen. Na denn, gute Nacht.

»Soll ich ihm rausschmeißen?« Rübenstrunk krempelt sich die Ärmel hoch.

»Ach, lass doch«, sagt der Bürgermeister, »keine fünf Minuten und der is' wieder topfit. Kenn' wir doch alles.«

Rübenstrunk findet das bedauerlich. Er hätte gern mal wieder seine athletischen Fähigkeiten vorgeführt, Kerl, wie er ist. Als Meister in der Bullenmastanlage kann man schließlich kein Gartenzwerg sein. Wenn Rübenstrunk seine Muskeln spielen ließ, standen selbst die wildesten Bullen stramm.

»So, Arno, jetzt reicht mir das aber«, meldet sich nun auch Detlef Truckenbrot zu Wort.

»Ich geh uns jetzt mal 'ne Lage bestellen, von der Warterei kriegt man ja 'n ganz trocknen Hals.« »Meinetwegen«, sagt der Bürgermeister, »nimm aber gleich die Zigarrenkiste von Sauermann mit raus. Der bringt das fertig und pösert uns hier nachher noch alle voll.«

»Is' gut.« Truckenbrot steht auf und zieht sich seine ewig rutschende Hose hoch. Er geht zu Sauermanns Platz und streckt die Hand nach der Zigarrenkiste aus. Als er eben zugreifen will, donnert eine rotborstige, fette Pranke auf seine knochige Hand. »Aua«, schreit Truckenbrot und springt erschrocken zurück.

»Pfoten weg von meine Friedenspfeifen!«, brüllt Sauermann und sitzt mit einem Schlage wieder kerzengerade auf seinem Stuhl. »Ick nehm auch 'n Bier.«

»Aha, da is' er ja wieder«, sagt der Bürgermeister zu Sauermann und sieht ihn tadelnd an.

»Hör mal Till, wir wissen alle, dass deine politischen Ansichten nicht immer rechtens sind. Aber du könntest dich wenigstens heute ein bisschen zurückhalten. Schließlich erwarten wir Gäste.« Sauermann ist wieder voll da. Vor Wut über die Zurechtweisung läuft er rot an.

»Aha, Nachtigall ick hör dir trapsen! Mit politisch nich' immer korrekt' meinst du ja wohl, dass ick hier der Einzige bin, der nich' in eure tolle Partei is'!«, schreit er und springt auf. »Aber ick hab meine eigne Partei! «

Arno Bürgermeister muss sich das Lachen verkneifen. »Ach ja, deine eigne Partei? Was soll denn das für eine sein? Du trägst ja noch nicht mal ein Abzeichen.«

»Nee? Na, pass mal uff! Ruck zuck geht dat!«, erwidert Sauermann und schmeißt sich quer über den Tisch. Elfi Kowalski kreischt, als Sauermanns Pranke auf ihrer Tasse landet, die in zwei Hälften zerbricht. Der Kamillentee versickert in der Tischdecke. Aber den will Sauermann auch nicht haben. Er ist scharf auf den Löffel, den Teelöffel. Schon hat er ihn gekrallt und richtet sich auf.

»So«, sagt Sauermann und schiebt den Teelöffelstiel durch das Knopfloch am Revers seines Jacketts, »nu bin ick auch'n Parteigänger. Und mein Abzeichen is' viel größer als euer Blechding!«

Und wirklich, der Teelöffelkopf macht sich hervorragend in Sauermanns Knopfloch. In seiner Vertiefung bricht sich das Licht der Deckenleuchte, die ihn funkeln lässt wie einen Diamanten. Rübenstrunk wirft neidisch einen Blick auf sein eigenes Parteiabzeichen und poliert es mit dem Jackenärmel. Aber da hilft noch nicht mal Elsterglanz aus der Tube, das Blechdings kriegt man nicht zum Funkeln. Der Bürgermeister tippt sich mit dem Zeigefinger an die Stirn und schüttelt den Kopf. »Entschuldige mal, Till, aber ich glaub, du hast den Arsch offen. Was soll denn das jetzt sein, die Partei der Teetrinker oder was?«

»Nee, das ist die KPTT«.

»Äh?«

»Die Kommunistische Partei der Teetassen.«

»Aha, aber wozu dann der Löffel?«

»Na, die Tasse is' doch kaputt!«

»Mensch Sauermann, hör doch bloß auf uns hier mit so einem Stuss voll zu labern. Was ist denn überhaupt das Anliegen deiner Partei?«

»Hmm, ja muss ich mal nachdenken.« Sauermann kratzt sich die Glatze. »Aha, genau! Im Parteiprogramm steht: ›Schutz den unterdrückten Mäusen! Vernichtung aller Mausefallen! Maulkorbzwang für Katzen! «

Aus der Ofenecke dringt jetzt ein meckriges Lachen. Die Anwesenden wenden sich erschrocken um. Ach so, die war ja auch noch da. Cornelia Rosenmund, von ihren Kumpels schlicht Conni genannt, schlägt sich auf die Schenkel und kann sich gar nicht mehr einkriegen. Sie ist noch ganz neu in der Runde und mit ihren vierundzwanzig Jahren eigentlich noch viel zu jung, um hier mitreden zu können. Jedenfalls ist das die Meinung der übrigen Ratsmitglieder. Aber gewählt ist gewählt, wenn sich auch niemand erklären kann, wie Cornelia Rosenmund dies geschafft hatte. Endlich hört sie auf mit diesem unangebrachten Gegacker. Aber die Worte, die jetzt aus ihrem Rosenmund dringen, sind auch nicht unbedingt angebracht.

»Schuldigung, Herr Sauermann!«, ruft Conni, »aber ich bin auch nicht in der SED. Und wenn Ihre Partei noch Mitglieder aufnimmt, würde ich gerne eintreten. Allerdings müsste dann noch ein sehr wichtiger Punkt in das KPTT-Programm aufgenommen werden.«

»Und wat soll dat sein?«, fragtSauermann.

»Versammlungsverbot für Kohlköpfe«, sagt Conni.

»Weißkohl oder Blumenkohl?«

»Rotkohl, selbstverständlich.«

»Lässt sich einrichten, Deern«, sagt Sauermann und verschwindet in die Kneipe. Nach ein paar Sekunden kommt er mit einem frischen Teelöffel zurück, steckt ihn Cornelia Rosenmund in das Knopfloch ihres karierten Baumwollhemdes und schüttelt ihr die Hand. »Hiermit nehme ich dich, Cornelia Rosenmund, feierlich in die Kommunistische Partei der Teetassen auf. Mögen die Winde dir günstig sein und immer eine Hand breit Wasser unter'm Kiel. Amen.«

Der Sauerstoff im Raum scheint fast verbraucht zu sein. Kastenbein schnappt nach Luft und reißt sich den Hemdkragen auf. Wenn hier nicht gleich was passiert, gibt's 'ne Explosion. Rübenstrunk beginnt schon wieder, sich die Ärmel hoch zu krempeln, und Elfi Kowalski vergrößert vorsichtshalber den Sicherheitsabstand zum Meister aller Mastbullen.

Da kommt Truckenbrot mit seinem Biertablett. Gerade noch rechtzeitig. Die Gedanken haben ein neues Ziel: Welches ist das vollste Glas? Truckenbrot ist nicht Truckenbrot, er ist die Front, hinter der die Biergläser stehen. Die Front muss gestürmt werden. Truckenbrot wankt und schwankt wie ein Grashalm im Wind. Alle paar Sekunden droht das Tablett aus dem Gleichgewicht zu geraten. Ist denn das zu fassen?! Sind die alle ausgetrocknet? Noch bevor Truckenbrot den Tisch erreicht hat, ist das Tablett geleert. Ein einsames Glas verbleibt traurig im weiten Rund der Blecharena.

›Mist‹, denkt Truckenbrot, ›natürlich das Mickrigste.‹ Na gut, denn erst mal runter mit dem Zeugs. Prost! Die Abkühlung tut gut. Rübenstrunk hat seinen Humpen als Erster geleert, Ehrensache. Er wischt sich den Schaum aus seinem Schnauzbart, der für den Bürgermeister schon lange nicht mehr tragbar ist. Aber da dringt er bei Rübenstrunk einfach nicht durch, egal welche ideologischen Geschütze er auch auffährt. Dieses Oberlippengestrüppes wegen trug Rübenstrunk den Spitznamen Stalin, was für einen stellvertretenden Bürgermeister doch ziemlich unangebracht war.

Die plötzlich einsetzende Stille nebenan in der Kneipe lässt Kastenbein aufhorchen.

»Ich glaube, unsere Gäste sind im Anmarsch«, sagt er.

Da geht auch schon die Tür auf. »'N Abend allerseits!«, ruft Karl und lüpft seinen Cowboyhut. Die Ratsmitglieder sind beeindruckt. Bloß Sauermann nicht. Doch bevor der wieder irgendwelchen Mist labern kann, betritt Finnitu den Raum. Dessen Anblick verschlägt nun selbst dem alten Nörgelkopp die Sprache. Fragt sich nur, wie lange.

Finnitu hat Karls Bitte entsprochen und sich richtig schick gemacht, wie'n echter Indianer. Der prächtige Kopfputz, den er trägt, lässt ihn noch größer erscheinen, als er ohnehin schon ist.

Die Kriegshaube mit Adlerfedern ist für den Krieger der Plains das wichtigste Symbol seiner Tapferkeit und Heldentaten. Aber das weiß hier niemand. Rübenstrunk ist der Ansicht, dass die Federn dem fremdartigen Wesen aus dem Kopf wachsen.

Die lange Rückenschleppe der Haube reicht fast bis auf den Boden. Sie ist dicht an dicht mit schönen Federn besetzt, die in eine roteingefärbte Schärpe aus Hirschleder eingepasst sind. Finnitus Stirn schmückt ein herrliches mit grell-bunten Glasperlen besticktes Stirnband, aus dem die Adlerfedern der Haube fächerartig hervorsprießen.

Elfi Kowalski kann ein leises Stöhnen nicht unterdrücken, als sie in das Gesicht des roten Mannes schaut. Das rot-schwarz, gelbbegrenzte Make-up jagt ihr eiskalte Schauer über den Rücken. Sauermann tastet nach seinem Skalp. Aber der konsequente Mangel an Fassbarem auf seinem Haupt dürfte selbst dem erfahrensten Skalpjäger Kopfzerbrechen bereiten.

Der Skalp besteht aus einem Teil der Kopfhaut von der Größe der Handfläche, welcher auf dem Wirbel des Kopfes, da wo das Haar strahlenförmig von einem Punkt ausgeht, herausgeschnitten und mit großer Sorgfalt getrocknet und aufbewahrt wird, als Beweis von der Erlegung eines Feindes dient und dem Mann Anspruch auf den

Namen eines Kriegers gibt. Wenn der Skalp umtanzt worden ist, wird er am Stiel einer Lanze oder Kriegskeule befestigt, oder der Sieger teilt das Haar in kleine Locken und schmückt seine Kleidung damit.

Finnitus Hemd besteht aus zwei Hirschhäuten, die mit dem Halsteil abwärts so aneinandergefügt sind, dass die Hinterläufe zusammengenäht und die Nähte längs des Armes von den Schultern bis zu den Handknöcheln hinlaufen. Jede Naht ist mit breiten Zierborten aus sehr schönen Stickereien von Stacheln des Stachelschweins besetzt. Vom unteren Rand derselben, von der Schulter bis zur Hand, hängen dicke, lange Fransen von schwarzem Haar, das er den von ihm im Gefecht getöteten Feinde geraubt hatte.

Auf den Schultern prangen wie die Schulterstücke eines Brigadeadmirals dicke Büschel von Hermelinfellen. Die tiefblaue Farbe des Hemdes versinnbildlicht das spirituelle Wesen der Erde. Auf der Brust prangt eine Halskette aus riesigen Grizzlybärenkrallen, deren Einfassung aus Otterfell besteht. Rübenstrunk stellt sich gerade vor, wie er solch ein Grizzly-Biest erledigt. Dagegen ist Truckenbrot ganz besonders von Finnitus Hosen beeindruckt. Das sind ja wohl bloß Röhren, die an einem Gurt befestigt waren. Er malt sich aus, was für eine Erleichterung ihm diese Art Beinkleider bescheren würde: Kein Rutschen, kein hängender Hosenboden mehr und das alles ohne unbequemen Gürtel oder störende Hosenträger. Und dann das Material! Feinstes Hirschleder und so schön bunt und reich verziert. Auf die Fransen aus Skalplocken würde er verzichten. Aber so ein Lendenschurz, wie er dem Indianer vorne am Gurt hing, ist natürlich auch besonders schick.

Sauermann findet als Erster die Sprache wieder. Er zieht an den Fransen-Skalplocken von Finnitus Hemd und fragt ihn, ob die Dinger echt sind.

Er bekommt keine Antwort darauf, nur einen Blick von Finnitu, der ihm die Haare zu Berge stehen lassen würde, wenn er welche hätte. Aber Bange machen gilt nich', nicht für Sauermann. »Wie wär's mit einem Glas Feuerwasser, großer Häuptling?«, sagt er und versucht ebenso zu kucken wie Finnitu.

Rübenstrunk wird hellhörig. Er stößt Sauermann an. »Hör mal«, raunt er ihm halblaut zu, »wenn der Häuptling kein Feuerwasser nich' will, denn lass ihm doch. Ick würde gern mal son Zeugs probieren. Is' dat 'ne neue Sorte oder wat? Klarer oder Kräuter? Hab noch nie wat davon gehört.

Mensch, nee du. Hier ist doch schon wieder Gefahr im Verzuge! Dieser Sauermann ist wirklich eine Plage sonders Gleichen. Und der Rübenstrunk müsste eigentlich Bohnenstroh heißen. Ein Wunder, dass ihm das Material noch nicht aus dem Kopf wächst. Bürgermeister Kastenbein muss erst mal einschreiten. Jetzt ist Körpereinsatz angesagt. Er tritt neben Sauermann und schiebt ihn wie beiläufig zur Seite. Dann greift er sich Finnitus Hand und schüttelt sie solidarisch durch.

»Herzlich willkommen in der Deutschen Demokratischen Republik!«, sagt Kastenbein.

»Ich hoffe, du wirst dich bei uns wohl fühlen, werter Genosse … Äh…«

Uff, jetzt hat Kastenbein doch tatsächlich den Namen vergessen. Dabei stand der doch groß und breit in der Zeitung. Meine Güte, wenn man sich nicht alles aufschreibt …! Aber jetzt, jetzt hat er's! »Hotschimin!« Oder doch nicht? Ach nein, das war ja der andere, der Vietnamese. Oh, wie peinlich, Schmerz lass nach! Na, denn muss Karl dem Bürgermeister wohl aus der Klemme helfen. Sonst stehn sie hier Pflaumenpfingsten noch rum. Der olle Deiwel von Indianer sagt aber auch keinen Mucks nicht, lässt sich die Hand abschütteln und kuckt wie 'ne Gans, wenn's donnert. Karl tippt Kastenbein an. »Du kannst Finnitu zu ihm sagen, denn weiß er schon, wer gemeint is'.«

»Also, dann«, sagt der Bürgermeister erleichtert, »herzlich willkommen, Genosse Finnitu!«

»Hau«, sagt Finnitu und Rübenstrunk krempelt sich schon wieder die Ärmel hoch.

Kastenbein könnte schreien. Wenn Dummheit quietschen würde … » Rübenstrunk, wo ist deine Ölkanne?«, ruft er und haut sich verzweifelt die flache Hand an seine Stirn.

»Also, Arno, wenn das da noch lange dauert, muss ich nach Hause, bevor wir angefangen

haben«, meldet sich jetzt Frau Kowalski.

»Ja, Elfi, du hast Recht. Setzt euch bitte alle hin, liebe Genossen und Gäste. Wir wollen anfangen!« Mit einer Stunde Verspätung eröffnet Kastenbein das Palaver. In Anbetracht der fortgeschrittenen Zeit schafft er es sogar das allgemeine Prozedere schön kurz zu halten. Er übermittelt Finnitu herzliche Kampfesgrüße seiner Partei und stellt ihm den Gemeinderat vor. Zum Schluss sich selbst, wobei er sich üblicherweise mit ›meine Wenigkeit‹ bezeichnet. Dann berichtet der Bürgermeister von einem Anruf aus der Bezirksleitung. Man habe ihm mitgeteilt, dass der Staatsratsvorsitzende der Deutschen Demokratischen Republik, Genosse Walter Ulbricht, am siebenundzwanzigsten, also in genau zwei Wochen, nach Piepnest zu kommen beabsichtige. Und obwohl der Genosse Ulbricht hauptsächlich wegen des Gastes aus USA in ihr schönes Dorf käme, wäre es doch unabdingbar, dem Ganzen einen würdigen Rahmen zu geben und kulturelle Höhepunkte zu schaffen. In Anbetracht der Tatsache, dass der Genosse Ulbricht in Begleitung des Ministers für Staatssicherheit, Erich Mielke, erschiene, hatte der Genosse von der Bezirksleitung vorgeschlagen, eine Wildschweinjagd zu organisieren. Als Ausweichmöglichkeit sei auch ein Tischtennisturnier in Betracht zu ziehen, welches beim Genossen Walter auf ganz besonderes Interesse stoßen würde.

»Häh, 'n Tischtennisturnier?!« Sauermann tippt sich an die Stirn. »Soll'n wir dat vielleicht mit Hühnereier spielen? Oder bringt Ulbricht die Bälle mit?«

»Bleib bitte sachlich, Till«, ermahnt der Bürgermeister. »Aber mal ernsthaft, Arno, ein Tischtennisturnier finde ich auch nicht besonders prickelnd«, sagt Truckenbrot und verdreht die Augen.

»Ick auch nich'!«, ruft Rübenstrunk. »Aber die Wildschweinjagd könn' wir auch vergessen. Die Schweinepest wütet dermaßen im Revier, da is' nüscht mehr übrig.«

»Keine Sau mehr?«

»Nich' eine.« Rübenstrunk ist Jäger und weiß, wovon er spricht.

»Na gut«, sagt der Bürgermeister, »stellen wir diese Problematik erst mal hinten an und besprechen die anderen Dinge. Martha, du organisierst, dass die Schulkinder ein Spalier an der Dorfstraße bilden. Vom Ortseingangsschild bis runter zum Gemeindebüro. Da werden wir dann unsere Gäste empfangen.«

»Sollen die Kinder mit Papierfähnchen winken?«

»Ja.«

»Arbeiter-Fähnchen oder DDR-Fähnchen? Oder Pionier-Fähnchen?«

»Ist doch egal, Martha! Das mach mal, wie du denkst. Und wenn die Gäste aus dem Auto steigen, könnten die Kinder ein Lied singen.«

»Und welches? Du darfst deine Anweisungen ruhig etwas präziser geben, Arno. Gerade bei so scheinbar hintergründigen Sachen kann man vieles verkehrt machen.«

»Leute, macht Vorschläge, was sollen die Kinder zur Begrüßung singen? Schließlich kann ich ja nicht alles allein entscheiden.«

»Wie wär's mit ›Über allen strahlt die Sonne‹?«, sagt Cornelia Rosenmund.

»Und wenn es an diesem Tag regnet?«

»Um Himmels willen, Martha! So werden wir hier niemals zu Potte kommen!« Der Bürgermeister wird langsam wütend. »So«, sagt er, das machen wir ganz anders. Ich teile jetzt jedem von euch eine bestimmte Aufgabe zu, die bis ins kleinste Detail auszuarbeiten ist. Und zwar schriftlich. In einer Woche treffen wir uns wieder hier und reden weiter. Basta. Ich weise an: Erstens: Martha Harrie und Cornelia Rosenmund organisieren Spalierbildung, Singen und Aufsagen eines Gedichtes. Außerdem haben sie für schönes Wetter zu sorgen. Also, Sonnenschein, Windstille, nicht zu kalt und so weiter. Zweitens: Elfi Kowalski und Detlef Truckenbrot sind zuständig für Essen und Trinken. Dürfte euch nicht schwer fallen, da ein bisschen was auf die Beine zu stellen. Schließlich arbeitet ihr beide im selben Betrieb. Und du als Lagerverwalter, Detlef, weißt ja wie Organisieren funktioniert. Und Elfi sitzt als Sekretärin sogar am Telefon. Besser geht's nicht. Kleine Anmerkung n och: Der Genosse von der Bezirksleitung hat durchblicken lassen, dass der Genosse Ulbricht nur ›Beaujolais‹ trinkt.«

»Burscho - was …?«

»Drittens: Till Sauermann und Gerhard Rübenstrunk organisieren eine Treibjagd, dass es nur so rumpst im Karton. Und nicht irgendwo auf dem Acker. Oh, nein, keineswegs sollen die Genossen Ulbricht und Mielke den Besuch in unserem Dorf als ›Mach mit, bleib fit‹-Trauma in Erinnerung behalten. Hier im Schlosspark findet die Jagd statt. Ist das klar? Hinter jedem Baum soll ein Wildschwein grunzen, basta. So, das war's. Irgendwelche Einwände?«

»Ja«, sagt Rübenstrunk, »wo soll'n wir die Wildschweine hernehmen?«

»Eure Sache. Lasst euch was einfallen!« Der Bürgermeister bleibt hart.

»Ick weiß!«, ruft Sauermann«, wir pinseln einfach die Hühner schwarz an und setzten se im Schlosspark aus. Vorher müssen wir se nur noch dat Grunzen beibringen.«

»Schluss aus, alles Weitere in einer Woche. Strengt euch an, Leute!« Der Bürgermeister hat keine Lust mehr zu diskutieren. Soll'n sich die andern auch mal alleine bemühen.

»Kommen wir jetzt zum gemütlichen Teil des Abends.« Kastenbein hat sich eine kleine Überraschung ausgedacht. Er verlässt den Raum und kommt mit einem Plattenspieler zurück. Umständlich bringt er das Gerät in die Gänge und entnimmt seinem Aktenkoffer eine Schallplatte. Die Platte ist eigentlich Kulturgut des Klassenfeindes, doch die ganz besonderen Umstände, welche zu dieser Zusammenkunft führten, rechtfertigen nach Kastenbeins Meinung diesen Frevel. Die Titel auf der schwarzen Scheibe sind alle Klasse, Schlager non Stopp.

Aber der Bürgermeister scheint eine ganz bestimmte Schnulze zu suchen. Endlich scheint er sie gefunden zu haben. Die Nadel kracht in die Rille. Es knackt und rauscht und ächzt. Dann ertönt Musik. Was soll das sein? Ahhh, der Refrain, den kennt jeder, außer Finnitu vielleicht. Der Refrain ist das Zeichen für Dünnebier. Er betritt mit einem Tablett den Raum. Aus dem Plattenspieler quäkt eine komische Stimme: »… Da sprach der alte Häuptling der Indianer: Wild ist der Westen, schwer ist der Beruf …« Dünnebier singt mit. Er trägt ein improvisiertes Stirnband aus Einweckglasgummi, hinter welchem mehrere Hühnerfedern klemmen. Das Einweckglasgummi ist ein wenig stramm, Dünnebiers Stirn schmeißt Plissee-Rock-Falten. An die Brusttasche seines Nylonhemdes hat Dünnebier einen Sheriff-Stern geheftet. Diese Leihgabe stammt vom letzten Kinderfasching seines Sohnes, ebenso der Colt, welcher hinter seinem Gürtel klemmt.

Von dieser etwas übertriebenen Scharade ist nun selbst der Bürgermeister überrascht. Geplant war eigentlich nur der Kopfschmuck. Aber, was soll's, der Kneipenwirt verkörpert eben Sitting Bull und Wyatt Earp in einer Person.

Dünnebier stellt das Tablett auf den Tisch und zieht seinen ›Smith-and-Wesson-Revolver‹.

Elfi Kowalski steckt sich die Zeigefinger in die Ohren und kneift ihre Augen auf Spaltbreite zusammen. Dünnebier feuert mit dem Colt in die Luft. Nicht, dass noch einer verletzt wird. Die Knallplätzchen knallen wie echte Patronen. Es stinkt.

»Juchhuuu!«, schreit Dünnebier und »Jipp, jipp-jip-pijehhh!«

Karl Lewin hält sich vor Lachen den Bauch. Finnitu weiß nicht so recht, was er von der ganzen Sache halten soll. Dünnebier schießt, was die Plätzchen hergeben. Er scheint richtig in Rage zu kommen und stampft mit den Füßen wie ein alter Büffel. In seinen Mundwinkeln bilden sich Schaumblasen. Truckenbrot zieht schnell das Tablett mit den Gläsern weiter auf den Tisch. Nich', dass da noch was in die Getränke fällt.

»Jipp, jipp - jippijehhh!«, schreit Dünnebier schon wieder und scharrt mit den Hufen. Jetzt stemmt er den linken Arm in die Seite und wackelt mit den Hüften. Nicht schlecht, wahrhaftig. Dünnebiers verborgene Talente sind wirklich beeindruckend. Aber die Hüftenwackelei erinnert stark an Elvis the Pelvis. Was will Dünnebier mit seinem Tanz nun eigentlich zum Ausdruck bringen? Vielleicht eine kulturgeschichtliche Abhandlung Amerikas? Wenn jetzt noch Marilyn Monroe ins Spiel kommt, ist die Sache klar. Aber die Monroe zu dieser Musik? Dürfte schwierig werden, sogar für Dünnebier. Der scheint jetzt einen großen Zeitsprung zu machen. Er wirft sich auf den Boden und rollt seinen elastischen Körper gekonnt über dem Rücken ab. Schon steht er wieder auf den Füßen, reißt den Mund betont weit auf und wölbt dabei stark die Lippen. Aha, Mick Jagger lässt grüßen. Mal sehn, was noch kommt.

Ooch, schade, die Musik ist zu Ende. Die Knallplätzchen scheinen auch alle zu sein. Dünnebier macht eine Verbeugung und pustet gegen den Lauf des Revolvers. Wyatt Earp hätte es vermutlich nicht besser gekonnt. Der Gemeinderat applaudiert.

Karl Lewin applaudiert nicht, er hat einen Lachkrampf. Und Finnitu kuckt schon wieder wie 'ne Gans, wenn's donnert. »War das Büffeltanz oder Kriegstanz?«, fragt er. »Mann mit Hühnerfedern im Kopf ist lustig.«

Dünnebier ist gekränkt. Zum Affen wollte er sich hier eigentlich nich' machen. Nun ja, Undank ist der Welten Lohn. Was versteht so ein Ausländer schon von Kunst.

»Mensch, Arno«, sagt Karl Lewin, »sind eure Gemeinderats-Parteiversammlungen immer so ulkig? Ick glaub, denn tret ick auch noch in die SED ein.«

Dünnebier verteilt die Getränke. Rübenstrunk krallt sich sein Glas als Erster und schnüffelt misstrauisch am Inhalt. »Wat is'n dat? Sieht aus wie Petroleum und riecht auch so.«

»Dat is' Whisky, du Ochse!«, blökt Dünnebier ihn an.

»Mensch wo hast'n den her?« Sauermann ist beeindruckt.

»Berufsgeheimnis«, flüstert Dünnebier.

Rübenstrunk geht ein Licht auf. »Aha, jetzt versteh ick! Dat is' Feuerwasser.«

»Also, dann, Prost!«, sagt der Bürgermeister. »Ein Hoch auf die internationale Solidarität.«

Als Dünnebier nach der Ratsversammlung die geleerten Flaschen zählt, ist er wie immer schwer beeindruckt. So phänomenale Geschäfte waren nur bei solchen oder ähnlichen Veranstaltungen zu machen. Alles, was sich mit Rat oder Vorstand im Namen schmückte, hatte unbedingte Konsumtauglichkeit für einen Gastwirt. Und da Dünnebier als genialer Organisator bekannt war, wurde er von solchen Institutionen gerne in Anspruch genommen. Nur der Kirchenrat hielt sich bedeckt. Dünnebier bedauerte dies, denn nach seiner Erfahrung stieg die Genusssucht in kongruentem Verhältnis zur Intensität der Biederkeit, die in der Öffentlichkeit zur Schau getragen wurde. Der Gastwirt hatte dazu eine ebenso deftige wie treffende Theorie entwickelt: ›Je leiser der Furz, desto größer der Gestank.‹ Wie bei allen Regeln gab es natürlich auch hierbei Ausnahmen. Als Basis aber war diese Erkenntnis schon mal eine gute Ausgangsposition für alle Eventualitäten im täglichen Daseinskampf.

Das, was sich heute im Hinterzimmer seiner Gastwirtschaft abgespielt hatte, wäre als Lehrfilm für Philosophie- oder Psychologiestudenten an Interessantheit kaum zu übertreffen gewesen. Die beste Rolle hatte mal wieder Elfi Kowalski übernommen. Jedes Mal, wenn Dünnebier das Hinterzimmer betrat, hatte sie mindestens einmal davon gesprochen, nach Hause zu müssen. Von wegen die Kinder ins Bett bringen und so! Und natürlich auch ihren Mann, den großen Plüschteddy, der ohne seine Mausi nicht in die Heia ginge.

Na, der große Plüschteddy hatte an diesem Abend ziemlich lange auf seine Mausi warten müssen. Elfi Kowalski und Gerhard Rübenstrunk waren die letzten Gäste gewesen. Sie hatten das Hinterzimmer erst verlassen, nachdem alle anderen längst zu Hause waren.

Dass die Zwei nicht nur geplaudert hatten, bewies der Schlüpfer, den Dünnebier beim Aufräumen unter dem Tisch gefunden hatte. Und es gab keinen Zweifel daran, wem dieses scharfe Teil gehörte. Cornelia Rosenmund jedenfalls war nicht der Typ Frau, der so unverschämt durchsichtige und spitzenbesetzte Unterwäsche trug. Und Martha

Harrie hätte mit diesem Schlüpferchen nicht mal eine ihrer üppigen Hinterbacken bedecken können.

Dünnebier hatte den Schlüpfer in der Mülltonne verschwinden lassen. Schade um das schöne Stück. Doch, da war sich Dünnebier sicher, Elfi Kowalski würde ihn verleugnen, selbst wenn alle Hähne des Dorfes im Chor krähen würden. Dabei hatte ein Wirt, wenn er in dem Geschäft überleben wollte, unbedingte Schweigepflicht. Was dem Arzt der Eid des Hippokrates, war dem Gastwirt der Eid des Sankt Spiritus. Weshalb Dünnebier eine berufliche Verwandtschaft mit dem Berufsstand der Ärzte nicht ganz leugnen konnte. Doch der winzige Rest, der übrig blieb, war eben nicht genug, um so einen Arzt auf die Stufe eines Gastwirtes emporzuheben. Hustensaft ist Hustensaft, und Schnaps ist Schnaps.

# Festspiele

Seit mehreren Stunden prasselt ein heftiger Landregen aus dem dunkelgrau verhangenen Himmel. Wie ein übermächtiges Hinterteil hängt er über dem Dörfchen und benutzt es als Toilette. Scheinbar hat sich der Himmel die Blase verkühlt, er hört einfach nicht mehr auf zu pinkeln. Im Rinnstein der Dorfstraße ist ein Flussbett entstanden. Doch statt zu schlafen, lässt das aufmüpfige Gewässer darin die Sau raus. Pyjamapartie! Der schäumende Fluss trägt weibliche Züge. Dreitausendvierhundert Blubberblasen sind auf großer Reise und schmeißen eine Dauerwelle. Missis Zippie rüstet auf. Die stetig steigende Zahl der Quellen, aus denen sie gespeist wird, lässt sie langsam zum reißenden Strom anschwellen.

An jeder Hausecke der an der Dorfstraße wachsenden Häuserzeile entspringt solch eine Quelle. Dicke Rohre speien die aus der Dachrinne angeschwemmte Flut in Regentonnen und scheinen Maulsperre zu haben. In unaufhaltsamen Strom fließt das Wasser in die Tonnen, bis diese überlaufen und die überschüssige Last über den Rand spülen, von wo ein klug angelegtes Gefälle sie auf die Straße schiebt.

Am Ortseingang, da wo ein gelbes Schild mit der Aufschrift ›Piepnest‹ steht, warten Junge Pioniere. Wie ein graues, nasses Band säumen die Kinder die Dorfstraße bis hinunter zum Gemeindebüro. Jedes hält in seinen Händen ein verwaschenes Fähnchen aus Toilettenpapier, auf dem ein Teelöffel abgebildet ist. Die Fähnchen lassen traurig das Papier hängen, einige fallen auch schon auseinander.

In der Linde vor dem Gemeindebüro sitzt ein seltener Gast und versucht krampfhaft, das Gleichgewicht zu halten. Martha Harrie hält hoch im schwankenden Wipfel des Baumes Ausschau. Wie im Mastkorb eines Piratenschiffes schaukelt sie, angeschubst vom unangenehm böigen Wind, der ihren Mantel als Segel benutzt und zwischen den Röcken knattert.

Nur ein Ortsunkundiger würde bei diesem Anblick auf einen geflügelten Elefanten schließen. Mit der linken Hand klammert sie sich an einen Ast, die Rechte schwebt als schützendes Dach über ihren Augen. Martha versucht, eine Schneise in den grauen Regenvorhang zu gucken. In diesem Moment scheint sie etwas entdeckt zu haben. Martha wackelt aufgeregt mit dem Wipfel. Das Empfangskomitee springt erschrocken zur Seite und zieht sich eiligst wieder unter die aufgespannten Regenschirme zurück.

Eine schwarze Limousine fährt vor. Junge Pioniere singen ein fröhliches Lied, das gar nicht fröhlich klingt: »Über allen strahlt die Sonne, über allen in der Welt …«

Der Bürgermeister öffnet die Tür der Limousine und hält dem ihr entsteigenden Walter Ulbricht sofort den Regenschirm über den Kopf. Ulbricht verschwindet unter der Riesenglocke, bloß sein Spitzbärtchen wippt ab und zu unter dem Regenschirmrand hervor. Wie eine Hundenase zittert der zweitwichtigste Spitzbart der Republik im Wind und nimmt Witterung auf. Nur des Sandmanns Spitzbart ist wichtiger. Wenn der am Abend die Kinderaugen der Republik mit Sand beworfen hat, kann auch Walter Ulbricht in Ruhe träumen.

In der allgemeinen Bewunderung für das Staatsoberhaupt nimmt niemand den Genossen Erich Mielke wahr, der gleich nach Ulbricht die Karosse verlässt. Martha Harrie ist entsetzt. Von ihrem Aussichtsturm schaut sie auf den einsamen Minister für Staatssicherheit herunter und bemerkt, dass er keinen Skalp hat. Bei noch genauerem Hinsehen stellt Martha fest, dass nicht nur der Skalp, sondern die ganze Schädeldecke komplett fehlt. Martha kann in Mielkes Kopf kucken.

Sie ist enttäuscht. Der Blick in das Innere ist ein ganz gewöhnliches Stilleben: Birnenkompott mit Vanillesoße, eventuell sind noch ein paar Rosinen auszumachen. Oder sind es Korinthen? Mehr jedenfalls nicht.

Plötzlich hebt der Genosse Mielke das Haupt und schaut nach oben zu Martha. Martha wird schwindelig. Das ist nicht Mielkes Gesicht, das ist eindeutig die Visage von …

»Nu kumm uk, Maruschka, de Russen sind dor!«, schreit das Gesicht zu ihr herauf. Kein Zweifel, das ist Pöker, Pöker Klohr. Martha verliert das Gleichgewicht und klammert sich an die Äste des Baumes. Aber die dicken Moosschichten, die überall daran wuchern, sind durch den Regen derart glitschig geworden, dass Martha abrutscht und fällt.

Sie fällt und fällt ... und erwacht von ihrem lauten Kreischen und dem eigentümlichen Ziehen im Bauch, das sich anfühlt, als ginge es im Riesenrad abwärts.

Nach so einem Alptraum ist man erst mal erledigt. Martha Harrie sitzt mit weit aufgerissenen Augen in ihrem Bett und pumpt wie ein Maikäfer. Ihr butterkeksfarbenes Haar ist kladdernass und hängt wirr in ihrem Gesicht, so als hätte sie wirklich stundenlang im Regen ausgeharrt. Olga Nikolajewna hängt fauchend in der Gardine und macht einen Tannenbaumschwanz.

Martha versucht angestrengt ihren Traum zu rekonstruieren. Aber mehr als ein höchst seltsames Bild bekommt sie nicht zustande. Vor ihrem geistigen Auge taucht ein Schälchen mit Birnenkompott und Vanillesoße auf. Das Schälchen hat ein Gesicht. Pöker Klohr!

Irgendetwas signalisiert Martha, dass dies kein Zufall sein kann. Sie hievt sich aus dem Bett und geht ins Wohnzimmer. Neben der Tür hängt ein Abrisskalender, den zu aktualisieren ihre erste Morgenhandlung ist. Aus Versehen schnappt Martha heute gleich zwei Blättchen. Das Datum von morgen ist mit einem fetten Kreuz gekennzeichnet. Was das wohl zu bedeuten hat? Martha überlegt. Oh ja, morgen hätte Pöker Klohr Geburtstag gehabt. Aber zum Glück brauchte man für einen Toten keine Kuchen und Torten mehr zu backen. Martha ist erleichtert. Wie alt wäre das olle Ferkel eigentlich geworden? ›Ich glaub, siebzig‹, denkt Martha. ›Ja, genau, ein runder Geburtstag, an dem der zu betreibende Aufwand besonders groß gewesen wäre. Zu solchen Jubiläen kamen der Pastor, der Bürgermeister und wer weiß noch alles ins Haus geschneit. Diesen Gang konnten die sich in diesem Jahr klemmen.‹

Doch die Sache hat einen Haken. Plötzlich wird Martha klar, dass kein Mensch von Pökers spontanem Ableben wusste, wissen durfte. Der Schrecken lässt alles um sie herum zusammenschrumpfen und fixiert ihren Gesichtskreis auf einen einzigen Punkt. Martha wird schlecht. ›Da kommst du nicht mehr raus‹, denkt sie. Wie ein großes schwarzes Tier krabbelt die Angst in ihr Hirn und plumpst als tonnenschweres Gewicht in den Magen. Oder ist es das am vergangenen Abend genossene Feuerwasser, das hier so erbarmungslos in ihren

Gedärmen wühlt? Martha fühlt, sie ist der böse Wolf. Gerade hat er die kranke Großmutter verschluckt und liegt verkleidet in deren Bett. Was für ein Bild! Martha mit Wolfsschnauze und spitzenbesetztem Nachthäubchen. Am Fußende kullern die sieben Zwerge umher und streiten darum, wer als Erstes unter das Deckbett krabbeln darf.

Martha schüttelt sich, schüttelt die abartigen Gedanken ab, bevor sie sich zum Porno entwickeln. Aber das Bild mit dem verkleideten Wolf im Bett lässt sie nicht mehr los, macht sich selbständig, setzt Assoziationen frei und … »Ja!«, schreit Martha plötzlich, »das ist es! Ich muss es versuchen. So oder so kaputt.«

Nur gut, dass heute Sonntag ist. Martha kann sich in aller Ruhe auf die schwierige Aufgabe vorbereiten und eine Taktik zurechtlegen. Nach Katzenwäsche und einem ausgiebigen Frühstück packt sie in der Speisekammer einen großen Spankorb mit Eingewecktem voll. Aber nicht, ohne gründlich zu überlegen, worauf sie verzichten möchte. Einige Gläser sind noch vom Vorjahr, wird Zeit, dass die wegkommen. Dazu gehören ein Glas mit Grünen Bohnen, ein Glas Brechspargel und ein Glas Stachelbeeren. Die Süßkirschen mit Stein stammen aus der diesjährigen Ernte. Trotzdem wandern sie mit in den Korb. Martha findet die Kirschkernspuckerei ziemlich anstrengend. Ein Glas Johannisbeeren gehört ebenfalls zu den Verschmähten, auch wenn sauer tatsächlich lustig machen sollte. Himbeeren schmecken zwar vorzüglich, sind aber immer mit Vorsicht zu genießen. Also, rein damit. Die beiden Gläser mit Kürbis können auch weg. Süß-sauer kann ja ganz schön sein, doch wenn man außer dieser Note überhaupt nichts mehr zu schmecken bekommt, ist es langweilig.

Bei den Fleischkonserven wird's schwierig. Aber sich bei der bevorstehenden Aktion nur auf die Wirkung von Obst und Gemüse zu verlassen, ist Martha dann doch zu riskant. Schweren Herzens trennt sie sich schließlich von einem Glas Leberwurst, einem Glas Blutwurst und einem Glas Presskopf. Als auch noch eine herrlich durchgehangene Zervelatwurst im Korb landet, fühlt Martha fast körperliche Schmerzen. Beim Verlassen der Speisekammer streift Martha den Lachsschinken, der von der Decke hängt. Sie stöhnt, alles in ihr wehrt sich gegen diesen unerhörten Gedanken. An diesem Schinken stimmte einfach jedes Detail. Er war ein schier unerschöpflicher Garant für gute Noten. So was Delikates gab's noch nicht mal in Berlin. Dieser Schinken war perfekt. Sechs bis sieben Tage bei 14 Grad Pökelschärfe gepökelt, hatte er fünf bis sechs Tage zum ordentlichen Durchbrennen geruht, damit er schön zart und rot wurde, um dann abgewaschen und gut abgetrocknet mit gesalzenem Speck bedeckt, schön stramm gewickelt zu werden. Das anschließende Räuchern in der Räucherkammer erfolgte bei 15 bis 20 Grad mit auf dem Boden verteiltem, leicht angedrücktem Sägemehl von Harthölzern, das von zwei Seiten angebrannt worden war. Zur Verstärkung des Aromas war noch eine Handvoll getrocknete Wachholderbeeren aufgestreut worden.

›Nee‹, denkt Martha, ›dat is' zuviel des Juten. Oder nich'? Vielleicht sollte ick doch lieber auf Nummer sicher jehn? Hmm. Aber nich' den janzen Schinken.‹

Endlich holt Martha ein scharfes Messer und säbelt ein handliches Stück vom Schinken herunter. In Butterbrotpapier eingewickelt, kommt es zu den anderen Spezialitäten im Spankorb und verbreitet einen herrlichen Duft.

Die Vorbereitungen sind abgeschlossen. Martha verlässt mit dem Korb in der Hand das Haus. Ihre Herzrhythmusstörungen machen sich lautstark bemerkbar. Die Aufregung ist fast unerträglich. In wenigen Minuten wird sich entscheiden, wie Marthas Leben in Zukunft verlaufen wird, Schwedische Gardinen oder Lachsschinken.

Martha hat nicht weit zu gehen, nur wenige Schritte, und sie ist am Ziel. Vorsichtig klopft sie an die Haustür und wartet. Umsonst, wer hier rein will, muss sich schon stärker bemerkbar machen, so gut hört Oma Pumpernickel nicht mehr. Das nächste Klopfzeichen ist eindringlicher, es wirkt. Schlurfende Schritte im Flur, die Haustür wird geöffnet.

Elfriede Pumpernickel ist platt. Eher frisst 'n Papagei harte Eier, als dat die Lehrerin vor ihre Haustür steht. Und doch steht die da, vollkommen unübersehbar.

»Guten Tag, Frau Pumpernickel«, sagt Martha, »kann ich Sie mal sprechen?«

»Was gibt das denn?«, sagt Elfriede und fühlt sich von Marthas voluminöser Präsenz ein bisschen bedroht. Marthas Bauchwölbung hat so was von einem Rammbock und erweckt den Anschein, als wolle hier jemand unbedingt rein. Elfriede hält dagegen. Martha räuspert sich.

»Können wir nicht ins Haus gehen? Was ich Ihnen zu sagen habe, ist was ganz Geheimes.«

Aha? Die Sache wird ja wohl immer verdächtiger. Doch da sieht Frau Pumpernickel den Spankorb und nimmt den Duft des Lachsschinkens wahr.

»Aber natürlich«, sagt sie, » treten Sie bitte ein.«

Die Begrüßung im Wohnzimmer verläuft gewöhnungsbedürftig. Erdmann ist Besuch nicht mehr gewöhnt und kräht volle Lautstärke sein Repertoire herunter: »De Atom kümmt! Hilfe, Hilfe! De Atom kümmt …!« Martha ist ein wenig pikiert über diesen unerhörten Vergleich, aber sie nimmt sich zusammen, stellt den Korb auf den Tisch und packt die Geschenke aus.

Oma Pumpernickels Augen leuchten. »Is' dat allet für mich?«, fragt sie. »Wat soll ick denn dafür erzählen?«

»Ja, Frau Pumpernickel, eigentlich wollte ich Ihnen was erzählen.«

»Dat is' ja'n gutes Geschäft.« Elfriede freut sich. »Sie erzähl'n mir wat, und ick krieg die Belohnung.«

»Naja«, sagt Martha, »ganz so einfach ist es dann doch nicht. Also, Folgendes …«

Martha erzählt die Geschichte von Pöker Klohrs tragischem Ableben. Anfangs gerät sie immer wieder ins Stocken, da Erdmann mit seinem Gekreische ihren Gedankenfluss nicht recht ins Rutschen kommen lässt. Schließlich gelingt es ihr, das Mistviech zu ignorieren und richtig in Fahrt zu kommen.

Elfriede fühlt sich unerhört gut unterhalten. Was für eine abenteuerliche, sensationelle Begebenheit! Immer wieder entfährt ihr ein entsetztes »Aahh« und »Oohh« und »OGottoGott«. Und sie hofft, dass Martha nie mehr aufhören wird zu erzählen.

Aber auch Pöker Klohrs Ende lässt sich nicht endlos in die Länge ziehen.

Donnerwetter«, sagt Elfriede, »so wat hab ick ja noch nie gehört. Ick muss schon sagen, alla bo nör! Aber trotzdem, irgendwie macht mich dat richtig wütend.«

»Wie darf ich das verstehn?«, fragt Martha entsetzt, woll'n Sie mich anzeigen?«

»Ach, Quatsch!«, Elfriede winkt ab. »Nee, nee, dat nich'. Aber ick hätte gerne mal gekostet.« Jetzt ist Martha platt. »Frau Pumpernickel, das kann doch wohl nicht Ihr Ernst sein!«, ruft sie erleichtert und lacht. »Halten Sie sich mal lieber an den Lachsschinken, den ich mitgebracht habe! Da ham Se mehr von.«

»Na gut«, sagt Elfriede, »wenn Sie mein'. Aber ick versteh immer noch nich, warum Sie mir dat allet erzählt ham?«

»Ja, da will ich gar nicht groß drum rum reden. Ich möchte Sie bitten morgen in Pökers Rolle zu schlüpfen und sich in sein Bett zu legen.«

»Wat? Ick hab doch gar kein Schnurrbart! Und bis morgen wächst der auch nich' mehr.«

»Wir müssten Sie natürlich ein bisschen verkleiden. Liebe Frau Pumpernickel, wenn Sie mir diesen Gefallen tun, sorge ich bis an Ihr seliges Ende für Ihr leibliches Wohl. Das verspreche ich hoch und heilig!«

Das sind Argumente! Elfriede Pumpernickel ist entzückt. Für solch ein Versprechen würde sie sich sogar als Rotkäppchen oder alle sieben Geißlein auf einmal verkleiden. ›Mensch‹, denkt sie, ›manchmal schlägt das Glück in seiner Blindheit auch mal an der richtigen Stelle zu.‹ Hatte sie in den letzten Jahren gewünscht, dass der Schöpfer sie bald zu sich nehmen möge, so bittet sie diesen jetzt darum, ihr noch viele Jahre zu schenken. Wozu musste man in den Himmel, wenn einem das Paradies auf Erden offen stand? »Na gut, Kind, denn erzähl mal, wie du dir das so gedacht hast. Wir wer'n uns mal du sagen, wo doch nu alles so konspirativ zwischen uns is'. Nihh?«

»Gute Idee, Elfriede. Zunächst mal die Grundvoraussetzung für das Gelingen der Aktion: Pöker Klohr ist krank und liegt im Bett. So kann ich die Gäste bitten ihren Besuch kurz zu fassen, und wir brauchen dich nicht allzu sehr verkleiden. Bloß den Kopf, sozusagen. Den Schnurrbart kriegen wir ganz einfach aus den Borsten von Pökers Rasierpinsel hingezaubert.«

»Na? Meinst du, das is' 'ne gute Idee? Rasierpinselborsten sind ganz schön steif. Nich', dass Pöker nachher wie'n alter Kater aussieht!«

»Ach, das wird schon funktionieren. Was mir allerdings Sorgen macht, ist die Frisur.«

»Ick kann mir doch seine grüne Pudelmütze aufsetzen.«

»Im Bett?«

»Na, warum nich'? Hat Pöker eben Lungenentzündung und muss schön warm gehalten werden, auch am Kopp.«

»Ich glaub, das geht«, sagt Martha. »Wichtig ist noch, dass du im Gesicht schön weiß aussiehst. Pöker war doch immer so käsig. Aber das lässt sich mit Weizenmehl ganz gut hinkriegen.«

»Na siehst, dat wird schon allet! Und Pöker seine Glupschaugen kann ick auch machen. Kiek ma'!« Elfriede reißt ihre Schweinsäuglein ganz weit auf, sodass sie fast doppelt so groß erscheinen.

»Jawoll!«, ruft Martha begeistert, »fast wie das Original.«

Elfriede freut sich. Dann wird sie plötzlich nachdenklich und meint, dass Pöker nun wohl das ewige Leben hätte, denn ohne Leiche könne er nun mal nicht sterben. Und zu Geburtstagen müsse man immer mit Besuch rechnen, aber Pöker könne doch schließlich nicht jedes Mal krank im Bett liegen.

»Ja«, sagt Martha, »für dieses Problem fällt mir auch keine Lösung ein.«

»Ick hätte da schon 'ne Idee«, flüstert Elfriede und tut sehr geheimnisvoll. »Damit könnten wir uns das ganze Verkleiden sparen, und du wärst obendrein deine Sorgen für immer los.«

»Na, sag schon!«, schreit Martha, die vor Aufregung ganz kribbelig ist.

»Nich' so laut!«, flüstert Elfriede. »Wenn da einer wat von mitkriegt, sind wir beide erledigt.« Erst als Elfriede mit ihrem Stuhl ganz dicht zu Martha herangerückt ist, flüstert sie ihr die Lösung ins Ohr. Marthas pausbäckiges Engelsgesicht wird fahl. Was für ein teuflischer Plan! Aber so eine Gelegenheit kommt so schnell nicht wieder. Martha ist einverstanden.

*

Wenn Herr Dr. Dr. med. Popp schläft, dann schläft er, da kann das Telefon klingeln, bis es grün wird und obendrein noch Bocksprünge machen. In einem gesunden Körper wohnt ein gesunder Schlaf, pflegt der Herr Doktor zu sagen. Recht hat er. Und wozu ist er schließlich seit fast fünfzig Jahren verheiratet, da sollte die Ehegattin wohl gelernt haben sich auf die Bedürfnisse des Mannes einzustellen. Wie ein Fieberthermometer musste sie sein, immer bereit das Quecksilber aus- oder einzufahren um sich peinlichst genau auf die rektale Stimmungslage des Mannes einzustellen.

Popp hat gerade die dritte Schnarchofonie für Kreissäge und gemeines Hausschwein angestimmt, als ihn seine unangenehm schlechte rektale Stimmungslage aus dem Schlaf treibt. Schuld an diesem Martyrium ist seine liebevolle Ehegattin, die ihm seit mehreren Minuten ihr spitzes Knie ins Hinterteil hämmert. Als Popp endlich zu Bewusstsein kommt, umgibt ihn eine Kakofonie aus Telefonklingeltönen, Altweibergekeife und Hundegebell. Es ist finster wie im Ofenrohr, Popp zieht sich das Deckbett über den Kopf.

Aber so einfach geht das nicht. Das Deckbett wird ihm gewaltsam entrissen und zwar vollständig. Das Telefon klingelt immer noch. Der Hund bellt nicht mehr, er will sein Herrchen trösten und ist in dessen Bett gesprungen, um ihm die Füße zu lecken.

»Ööhää, pfui! Pfui ist das, Herkules!«, ruft Popp und strampelt mit den Beinen.

Herkules wackelt eifrig mit dem Stummel und versucht unter Herrchens Nachthemd zu krabbeln, anscheinend hält er das Ganze für einen tollen Spaß.

Aber da hört der Spaß auf. Zwergpinscher unterm Nachthemd ist noch schlimmer als Damenknie rektal.

»Steh jetzt endlich auf, du alter Trottel!«, schreit Frau Popp total entnervt. »Hörst du nicht, dass das Telefon klingelt?«

Klar hört Popp das Telefon, er ist ja schließlich nicht taub. Aber musste er deswegen unbedingt rangehen?

Er knipst die Nachttischlampe an und tastet nach seiner Brille. Erstmal den richtigen Durchblick verschaffen. Bei Herkules stellen sich die Nackenhaare auf, er knurrt. »Ist doch gut, du dummer Hund«, schimpft Popp, »ich bins doch nur.«

Hätte Homo erectus schon die Brille erfunden, könnte man glatt annehmen, dass das Monstrum auf Popps Nase ein Erbstück eines solchen Vorfahren ist. Die Gläser wiederum lassen auf Mitropa-Aschenbecher schließen und die Tatsache, dass Homo erectus seine kurze Lebenszeit in der unwirtlichen Mitropa- Gaststätte eines Bahnhofs verplempert haben könnte, scheint eher unwahrscheinlich.

Popp sieht auf den Wecker. »Nein!«, ruft er, »da soll doch der Erzengel Michael mit seinem Flammenschwert dreinschlagen, es ist kurz vor sechs!«

»Der Erzengel wird dir gleich Feuer unterm Hintern machen, du hast schließlich Bereitschaft, also geh endlich ans Telefon!« Frau Popp wird langsam hysterisch. Die unangenehm hohe Lage ihrer kreischenden Stimme nimmt gefährliche Ausmaße an. Popp entscheidet sich für das kleinere Übel und geht sicherheitshalber ans Telefon.

»Hallo, hier Popp, wer da? Aha, verstehe. Ja, ist er schon kalt? Ja?

Na, dann hats doch keine Eile. Wieso? Mhm. Naja, ich will sehen. Frühestens in zwei Stunden. Ende.«

Popp knallt wütend den Hörer auf den Apparat. Dafür wurde ihm der Nachtschlaf geraubt, für einen Toten, dem sowieso nicht mehr zu helfen war. Manche Leute waren so was von unvernünftig. Ist es denn wirklich so außerordentlich und über die Maßen schwer begreifbar, dass der Tod ein endgültiger Zustand ist? Nicht, dass Popp kein Verständnis für die Gefühle der Hinterbliebenen hätte. Aber wozu die Eile? Wenn die Seele raus ist, kann auch der beste Arzt nichts mehr machen. Ist doch schließlich kein Auto, so ein Toter, wo man eben mal schnell Benzin nachkippt, und schon geht die Post wieder fröhlich ab.

Mann, o Mann! Alle Achtung! Popp ist positiv von seinen hochkarätigen, philosophischen Gedanken überrascht. Und das um diese unselige Tageszeit. Hätte er sich gar nicht zugetraut. Hm, na ja, vielleicht hinkte der Vergleich mit einem Auto doch etwas. Aber immerhin, wenn ein Auto kein Benzin mehr hatte, konnte man den Motor komplett zerlegen und wieder zusammen setzten, die Kerzen bis zum Abwinken putzen oder sonst was anstellen, ohne Benzin lief nichts. Und genauso verhielt es sich mit einem Menschen, wenn keine Seele mehr drin war, half auch die komplizierteste Operation nichts mehr. Das war dann so was wie: Operation gelungen, Patient tot.

Popp bemerkt, dass er sich da in etwas hineinsteigert und versucht, mit Selbsttherapie diesen ungesunden Zustand zu beenden. ›Bleib ruhig, alter Junge‹, denkt er. ›Dir ist in all den Jahren deiner Praxis soviel Haarsträubendes untergekommen, da ist dies doch wirklich der Aufregung nicht wert. Du bist jetzt wenige Monate vor deiner Rente. Vielen Menschen konntest du helfen, manchen nicht. Und gegen die Schlimmste aller Krankheiten haben selbst die größten Ärzte kein Mittel gefunden. Die menschliche Dummheit ist unheilbar und äußerst zäh. Wenn man dies einmal zu akzeptieren gelernt hat, lässt sich das Leben viel einfacher verstehen. Gegen die Dummheit war eine Angina Pectoris ein Klacks. Im Notfall konnte sie zum Tode führen. Na und? War man eben tot und hatte seine Ruhe. Aber die Dummheit verfolgte einen ja unablässig und konnte das Leben zur Hölle machen. Vor allem dann, wenn man selbst nicht von dieser Krankheit befallen war. Die Kranken selber merkten ja nichts davon.‹

Popp setzt sich auf die Bettkante und beginnt sich anzukleiden. Zuerst was auf die Füße, sind ja schon die reinsten Eisklumpen. Popp drückt seinen Riechkolben in die Socken und nimmt einen tiefen Zug. Drei Tage in Gebrauch, das Paar. Na gut, einer geht noch. Nee, wohl doch nicht.

»Anastasia, meine linke Socke hat am Hacken eine riesige Bolle!«

»Ja, Jeremias«, sagt Frau Popp und rollt sich im Bett auf die andere Seite.

»Ja, und nun?«

»Mein Gott, Jeremias, glaubst du wirklich, dass ich für derlei Banalitäten um diese Zeit schon ansprechbar bin?«

»Also, Anastasia, ich muss doch bitten. Das hältst du für eine Banalität? Ich muss zu einem Patienten und habe eine Bolle von der Größe einer Schweinsblase in meiner linken Socke.« Noch schlimmer kann der Morgen ja wohl nicht mehr werden. Frau Popp hat sich aufgerichtet. »Willst du auf Socken zu deinem Patienten?«

»Natürlich nicht!«

»Na also. Gute Nacht!«, schreit Frau Popp und wirft sich so heftig in die horizontale Lage zurück, dass die Betterschütterung bis auf Popps Ende übergreift und dieser heftigen Seegang bekommt.

Popp sieht ein, dass jede weitere Diskussion sinnlos ist. Er würde auch diesen Tag überstehen,wenn's sein musste, mit einer Bolle in der linken Socke. Nach zwei Stunden verlässt Dr. Dr. med. Popp das Haus und besteigt seinen klapprigen Volkswagen.

Die sieben Kilometer, die er bis zum Zielort zurücklegen muss, sind eigentlich keine Entfernung, aber der unerfreuliche Zustand der Straße macht das Fahren zur Tortur. Schwer zu sagen, wer hier fehl am Platze ist, Kopfsteinpflaster oder Schlaglöcher. Die Anzahl beider Elemente hält sich die Waage und man fragt sich: Was war zuerst da?

Popp ahnt, dass er morgen Früh wieder einen ordentlichen Muskelkater im Bauch haben wird. Die anstrengende Rüttelei macht nicht nur seinem Volkswagen zu schaffen. Dem Auto konnte er nicht helfen, sich selbst aber machte Popp den künftigen Muskelkater mit ein paar nestfrischen Hühnereiern, die er sich in Piepnest erwartete, schmackhaft.

Das war Popps Geheimrezept. Für ihn war jeder Tag eine Bergbesteigung, anstrengend, manchmal sogar qualvoll, aber auf dem Gipfel des Berges wartete immer etwas Gutes, man musste es nur finden.

Nach einer guten Stunde erreicht Popp den Ortseingang von Piepnest. Verwundert nimmt er Massen von herumflatternden Toilettenpapierschnipseln wahr.

Als Popp an der gewünschten Adresse angelangt ist, braucht er nicht einmal zu klopfen. Die Haustür wird bereits aufgerissen, als er noch den Gartenweg heraufschlendert.

»Na, Herr Doktor, nu komm' s'e aber man schnell!«, ruft Elfriede Pumpernickel ungeduldig.

Da ist sie wieder, die Dummheit. Aber halt, was macht Elfriede Pumpernickel hier?

»Ich glaube, ich hab mich in der Adresse geirrt«, sagt Popp und will eine Kehrtwendung machen. »Nee, nee, sie sind schon richtig«, sagt Elfriede. »Ick bin man bloß zur Unterstützung hier.«

»Ach so«, sagt Popp, »das ist sehr löblich von Ihnen.« Vorsorglich putzt er sich die Schuhe besonders lange und intensiv am Fußabtreter ab. Nicht, dass noch einer auf die Idee kommt, ihn zum Schuhe ausziehen aufzufordern. Aber so dreist könnte eigentlich nur Pöker Klohr sein, was ihm mittlerweile wohl vergangen sein sollte.

Im Flur begrüßt ihn Martha Harrie. Die schwarze Trauerkleidung lässt sie ordentlich, nun ja nicht gerade schlank, aber doch ein bisschen weniger füllig erscheinen. Sie sieht müde aus, unter ihren Augen prangen dicke lilafarbene Ränder.

»Ach, Herr Doktor«, sagt Martha traurig, »dass Herr Klohr ausgerechnet jetzt sterben musste, wo wir doch heute seinen siebzigsten Geburtstag feiern wollten. Er hatte sich so darauf gefreut.«

»Ja, liebe Frau Harrie, das kann man sich nun mal nicht aussuchen. Wenn der Sensenmann die Kerze ausbläst, ist es dunkel. Aber immerhin hatte der alte Pöker doch noch Glück. Dank ihrer Fürsorge konnte er noch ein paar schöne Jahre verleben. Und die muss er doch wirklich genossen haben. Denn ich kann mich nicht erinnern ihn in den letzten zehn Jahren irgendwie behandelt zu haben.«

»Das stimmt, Herr Doktor!«, ruft Elfriede Pumpernickel, »Pöker Klohr is', genau wie seine Frau Emmi, bei bester Gesundheit gestorben.«

»Mhm, also ist er friedlich eingeschlafen, ja?«

»Ja, und sogar in sein' Bett. Is' dat nich' schön?«, ruft Elfriede, fast ein wenig zu euphorisch.

»Na, dann wollen wir uns den Fall mal anschauen.«

Martha öffnet die Tür zu Pökers Zimmer. Der liegt in seinem Bett und scheint friedlich zu schlafen. Popp setzt sich auf die Bettkante und misst dem Entschlafenen den Puls.

»Ja«, sagt er, »soviel kann ich schon mal behaupten, tot ist er jedenfalls.«

Dann holt er sein Stethoskop aus dem Arztkoffer und horcht den Toten gründlich ab.

»So, nun haben wir auch der Bürokratie Genüge getan. Ich kann also den Totenschein ausstellen.« Die Angelegenheit ist schnell erledigt, Popp hat einige Übung darin.

»Er muss bereits gestern Abend verstorben sein«, sagt er, »die Totenstarre ist schon ziemlich weit fortgeschritten.«

»Aha«, sagt Martha, »ich habe ihn erst heute Morgen gefunden. Woran ist er denn gestorben?« »Na, das Übliche in diesem Alter, Herzversagen. Ist schon komisch,der alte Schröder, der drei Häuser weiter wohnte, ist vorgestern am Vormittag verstorben, da war ich schon mal im Dorf. Der hatte sogar Ähnlichkeit mit Pöker Klohr. War leider nicht so gut gepflegt, der arme Mann. Fast schon ein wenig verwahrlost sah er aus mit seinem zerzausten Vollbart und den langen fettigen Haaren. Herr Klohr dagegen strotzt ja fast vor Gepflegtheit, wenn ich das mal so sagen darf. Und trotzdem, die Ähnlichkeit ist frappierend.«

Doktor Popp schüttelt beeindruckt den Kopf.

»Tja, im Tode scheinen sich alle alten Männer zu gleichen.«

»Oh ja«,sagt Elfriede, »und denn war der alte Schröder ja auch übers Wochenende in der Leichenhalle aufgebahrt. Man sagt wohl nich' umsonst, dat 'n Toter, der übers Wochenende in der Leichenhalle liegt, bald den Nächsten nachholt.«

»Eigentlich halte ich nicht viel von solchem Aberglauben, aber in diesem Falle ist es doch schon recht merkwürdig«, sagt Popp. »Nun ja, meine Arbeit ist erledigt, mehr kann ich nicht tun. Ich müsste mir nur noch die Hände waschen, dann bin ich weg.«

»Selbstverständlich, Herr Doktor«, sagt Martha Harrie erleichtert. »Kommen Sie bitte mit in die Küche. Ich hab auch noch ein Paket frische Eier für Sie.«

Na, das klappt doch hervorragend! Nachdem Dr. Dr. med. Popp sich in der Küche gründlich die Hände abgeseift hat, nimmt er seine Eier in Empfang und macht sich auf den Heimweg.

Als er das Haus verlässt, beginnt gerade die Kirchturmglocke zu läuten. Die Beerdigung des alten Schröder hat begonnen. Was macht es schon, dass statt Schröder ein fünfundsechzig Kilogramm schwerer Sandsack im Sarg liegt. Außer Elfriede Pumpernickel und Martha Harrie weiß ja niemand was davon.

So wird auch Pöker Klohr noch seine letzte Ruhestätte bekommen, zumindest, wenn man der Inschrift auf dem Grabstein Glauben schenkt. Dass statt Pöker der alte Schröder in dessen Sarg liegen wird, ist letztendlich ohne jede Bedeutung. Es weiß ja niemand was davon außer Elfriede Pumpernickel und Martha Harrie. Und dem alten Schröder selbst dürfte es herzlich egal sein, welcher Sargdeckel über ihm geschlossen wird. Es könnte aber auch sein, dass er sich freut, denn in Pökers erstklassigem Eichensarg lässt sich die Ewigkeit garantiert angenehmer verbringen als in seiner billigen Sperrholzkiste.

*

Ziemlich genau drei Wochen braucht eine Klucke, um ihre Eier auszubrüten. In dieser Zeit sitzt sie vollkommen reglos auf ihrem Eierthron und scheint in eine Art Brutstarre verfallen zu sein. Nicht einmal die Wahnsinnsgeräusche eines Bulldozers, der in Nestnähe gestartet wird, dringen in ihr Bewusstsein. Jedenfalls lässt die Klucke sich nichts anmerken. Welche Gedanken dem Tierchen bei dieser anstrengenden Arbeit durch das Hühnerhirn wabern, ist trotz wissenschaftlicher Studien nicht belegt. Tatsächlich ist die Wahrscheinlichkeit eines Denkprozesses in diesem Zustand wohl eher gering. Denn auch Klucken sind nur Menschen und würden diese schreckliche Gefangenschaft kaum freiwillig aushalten. Darum ist anzunehmen, dass eine Klucke spirituelle Fähigkeiten besitzt, die sie in die Lage versetzen ihren Geist ins Universum verreisen zu lassen. Der Körper verrichtet in dieser Zeit seine Arbeit als geistloses Werkzeug.

Aber wehe dem, der den Bannkreis durchbricht! Dieser Ort, in dem der Kluckenkörper als Mittelpunkt sitzt, hat einen ungefähren Durchmesser von fünfzig Zentimetern und ist unantastbar. Da kann der Hühnergeist noch so weit draußen sein, wenn die Alarmglocken klingeln, kommt er mit Lichtgeschwindigkeit angefegt und plumpst in seine irdische Hülle zurück. Penthesilea, Königin der Amazonen, ist ein harmloses Küken gegen das wilde, ungezähmte Biest, in das sich die Klucke augenblicklich verwandelt, wenn man ihr zu nahe tritt. Das bewundernswerte Durchhaltevermögen der Klucke wird natürlich nur dann erfolgreich sein, wenn die Eier befruchtet sind.

Till Sauermann hatte keine drei Wochen gebraucht, um ein Ei auszubrüten. Zehn Tage hatte er auf seinem Stammplatz in der Kneipe gebrütet und sein Verhalten ganz und gar dem Brutverhalten einer Klucke angepasst. Sein Tisch war für jeden anderen Gast tabu, wehe dem, der dies nicht schnellstens kapierte!

Das eine Bier, an dem Sauermann lustlos nippte, reichte für den ganzen Abend, so dass Dünnebier schon zu fürchten begann, sein bester Kunde bereite sich schlückchenweise auf ein Leben ohne Alkohol vor. Doch diese Befürchtung verflüchtigte sich eines Abends mit einem lauten Knall, den das Bierglas erzeugte, welches Sauermann in höchster Erregung gegen die Wand donnerte, woraufhin er eine Saalrunde schmiss.

Sauermann hatte das mächtigste, ungeheuerlichste Baby aus der Schale gesprengt, das jemals das sozialistische Licht der Welt erblickt hatte. Sein Ei war fruchtbar gewesen! Aber nur, weil das R vor dem U stand und nicht etwa dahinter. Überhaupt war es eine ziemlich heikle Angelegenheit, durch welche Winzigkeit sich zwei in ihrer Bedeutung so grundlegend verschiedene Wörter wie fruchtbar und furchtbar, voneinander unterschieden.

Das Ei, welches Gerhard Rübenstrunk auszubrüten versuchte, war jedenfalls nicht fruchtbar. Und der Umstand, dass Rübenstrunk seit der Gemeinderatsversammlung in jeder freien Minute in seinem Jagdrevier umherpirschte und wider besseren Wissens nach Wildschweinen Ausschau hielt, konnte nur als furchtbar bezeichnet werden.

Für Rehe und Hasen war Rübenstrunk inzwischen ein ganz gewöhnlicher Anblick geworden. Und wenn sie ihn auch nicht gerade in ihre Familienverbände aufnahmen, adelten sie den Meister der Bullenmast doch schon fast durch das Verharren am Platze, wenn er erschien.

Doch Rübenstrunk hatte keinen Blick für das äsende Wild. Weder der schönste Bock noch die anmutigste Ricke vermochten seine Aufmerksamkeit zu fesseln. Er suchte im Dickicht der buschbewachsenen Feldgrenzen nach Spuren von Schwarzwild. Hin und wieder schien es, als lugte aus dem bunten Laub der Büsche der mächtige Kopf eines Keilers hervor. Dann erstarrte Rübenstrunk augenblicklich und verwendete seine ganze Willenskraft darauf, selber wie ein Busch auszusehen. Was ihm auch gelang, denn die äußerst vorsichtigen Bewegungen, mit denen er sein Fernglas an die Augen führte, schienen den Keiler nicht zu beunruhigen. Neugierig starrte das Tier auf den Jäger, auch dann noch, als dieser durch die Vergrößerung seines Glases erkannte, dass das hoffnungsvolle Bild nur eine Laune der Natur war und die mächtigen Eckzähne vertrocknete, rindenlose Äste eines Baumes.

Als Till Sauermann Rübenstrunk seine geniale Idee offerierte, fiel diese auf fruchtbaren Boden. Rübenstrunk war viel zu verzweifelt und erschöpft, um irgendetwas, was auch nur den Hauch einer Möglichkeit hatte, abzulehnen.

Zwei Tage vor dem Supergau, wie Sauermann den bevorstehenden Besuch des Staatsoberhauptes nannte, sind die Männer dabei ihren Plan in die Tat umzusetzen.

Am Lenkrad des bananengelben Famulus 36, der schwarze Rauchwolken aus seinem Schornstein pafft, sitzt Sauermann und fährt im Schritttempo durch das Dorf. Immer, wenn er vor einem Haus hält, muss Rübenstrunk vom Hänger springen und klopfen gehen. Nach Sauermanns Ansicht war diese Arbeitsteilung gerecht, schließlich hatte er schon die geniale Idee beigesteuert. Sauermann musste seinen Traktor nur verlassen, wenn Rübenstrunk mit seiner Bettelei nichts erreichte. Meine Güte, wie konnte so'n großer Kerl nur so ein feiges Weichei sein! Sauermann steckt sich einen Stumpen ins Gesicht und pafft mit dem Famulus um die Wette. Wie es aussah, musste er gleich wieder zur Tat schreiten, oder warum dauerte das hier so lange?

Rübenstrunk hat die Tolle Elvira aus dem Gehäuse geklopft, die bei seinem Anblick glänzende Augen bekommt.

»Guten Tag, schöne Frau«, sagt Rübenstrunk. »Ich komme in einer etwas ungewöhnlichen Angelegenheit.«

»Ach, ja?«, sagt Elvira und geht auf Tuchfühlung, »was solls denn sein?«

»Ja, ähm«, Rübenstrunk druckst verlegen herum, »ich hätte gerne den Ruß aus deiner Schornsteinklappe.«

Elvira kuckt ein wenig desorientiert.»Ist das 'ne Anmache oder dein Ernst?«, fragt sie.

»Nee, nee, das is' mein Ernst.« Rübenstrunk hebt zum Beweis Eimer und Schippe in die Luft.

»Wozu brauchst du den Ruß aus meinem Schornstein?«

»Darf ich nich' verraten.« Rübenstrunk schaut verlegen auf seine Gummistiefel.

Bei Elvira beginnt es zu arbeiten. Da stimmte doch was nicht! Wer schippte bei andern Leuten schon umsonst den Ruß aus der Schornsteinklappe und nahm den Dreck auch noch mit? Vielleicht gab es neuerdings Geld für das schwarze Zeugs, so wie für Altpapier oder leere Gläser, und sie wusste nur noch nichts davon. Der Rübenhalunke will sich auf ihre Kosten ’ne goldene Nase verdienen, da hat er sich aber geschnitten.

Rübenstrunk bemerkt, wie sich Elviras Gesichtsausdruck verändert und weiß, dass er hier nichts mehr bestellen kann. »Till, komm mal her!«, ruft er und winkt zu Sauermann herüber.

Da kommt er auch schon angestiefelt und reißt, fast ohne zu bremsen, Rübenstrunk Eimer und Schippe aus der Hand. »Tach, Elvira!«, schmettert er und schiebt sie im Vorbeigehen ins Haus.

»Nu’ zeig dem lieben Onkel Till mal die Stelle, wo er den Ruß aus dem Schornstein schaufeln kann. Aber ’n bisschen flott, wir ha’m nämlich keine Zeit nich’.«

Es funktioniert. Wo man mit Freundlichkeit nichts erreicht, hilft nur der kategorische Imperativ. Drei Eimer voll schippt Sauermann aus dem Schornstein. Zufrieden klopft er Elvira auf die Schulter. »Siehst du, Zuckerschnute, das hat sich doch gelohnt, nih?!«

»Fragt sich bloß, für wen.«, sagt Elvira schnippisch.

»Na, für dich, mein Zuckerpüppchen. Brauchst dir nich’ mehr die Finger schmutzig zu machen.« »Hätte ich sowieso nich’. So was erledigt mein Kapaun. Für was braucht ihr den Dreck denn nun?«

»Geheime Verschlusssache, Schätzchen«, flüstert Sauermann und presst seinen dicken Wurstfinger auf die Lippen. Dann gibt er Elvira noch einen herzhaften Klapps auf das Hinterteil und verschwindet.

Elvira schickt ihm noch ein frivoles »oller Bock« hinterher und schließt die Haustür.

»Mensch Sauermann«, sagt Rübenstrunk bewundernd, »bist du ’n frecher Hund!«

»Findest du? Nun ja, ich hab auch so meine Momente,« erwidert Sauermann und klettert in den Famulus. Ein paar Haustüren lang kann er seine Zigarre ungestört genießen, sein Kompagnon ist ein bisschen mutiger geworden. Doch schon nach einer halben Stunde scheint die Luft wieder raus zu sein. Im Vorgarten der Lewins tummelt sich eine Schar Gänse, deren bulliger Ganter bei Rübenstrunks Anblick zum Werwolf mutiert. Das Mistviech sprintet wie wild auf das Gartentor zu, hinter dem sich der Eindringling verschanzt hat. Wieder ein Fall für Sauermann.

»Meine Güte«, sagt der zu Rübenstrunk, »du bist ja wie'n Elefant, der Angst vor Mäuse hat. Deine riesigen Mastbullen kannste in Schach halten, aber vor sunne lütte Gans nimmst Reißaus. Nu pass mal gut auf, wie man so wat macht!«

Sauermann reißt das Gartentorauf und kriegt das Biest blitzschnell am Hals zu packen. Er braucht seine gesamte Kraft, um den gut genährten Gegner einmal durch die Luft zu wirbeln, um ihn dann, mitten in voller Fahrt, loszulassen. Der Ganter landet fünf Meter weiter im Gras. Als er sich aufgerappelt hat, sprintet er auf den Hof zurück, die Damen schnatternd hinterdrein. Das hatte gesessen. Der Weg ist frei.

Da Sauermann schon mal da ist, nimmt er die Sache bei den Lewins auch gleich selbst in die Hand. Auf sein Klopfen öffnet Karl Lewin die Haustür. Auf dessen Frage nach dem Verwendungszweck für den Ruß erzählt ihm Sauermann von seinem Vorhaben. Karl Lewin ist schließlich so was wie ein Bruder im Geiste und lässt sich auch nicht so mir nichts, dir nichts überrumpeln.

»Mensch, Sauermann«, sagt Karl, »du bist ja noch ausgekochter als ick!«

»Nee, nee, Karl Lewin, dat Kompliment kann ick nich' annehmen. Außerdem is' noch gar nich' raus, ob die Sache überhaut so klappt, wie ick mir dat vorstell'.«

»Wieviel Schweine willst denn einfärben mit den Ruß?«, fragt Karl.

Sauermann überlegt. »Dat müssten ungefähr zwölf Stück werden. Ick hab mir nämlich überlegt, dat sich die Kümmerer am Besten dazu eignen. Da sind welche bei, die man, wenn s'e dreckig sind, auch so schon nich' von ein Wildschwein unterscheiden kann. Weißt ja, wenn die nich' ordentlich zunehmen, kriegen s'e mit der Zeit lange Schnauzen und Beine und Borsten, länger als Besenhaare.«

»Ja«, sagt Karl, »dat is' wohl so. Die Hauptsache, der Ruß backt auch ordentlich an die Viecher an.«

»Siehst du, Karl, und genau da hab ick auch so meine Befürchtungen.«

»Mhm«, Karl Lewin kratzt sich den Kopf und überlegt. »Ja, da hab ick doch grade 'ne Idee. Du holst dir einfach 'n paar Flaschen Salatöl aus'm Konsum. Damit schmierst du die Schweine schön ein, und denn sollst mal sehn, wie der Ruß anbackt.«

»Karl, dat is' die Lösung!« schreit Sauermann ganz aufgeregt und will sich sofort auf den Weg zu seinem Traktor machen.

»Halt«, ruft Karl, »für diese gute Idee schippst du jetzt erst mal den Dreck aus mein' Schornsteinschacht.«

»Klar doch!«, sagt Sauermann grinsend und schreitet zur Tat.

Nach drei Stunden ist die Ruß-Sammel-Aktion beendet, der Famulus nimmt Kurs auf die Schweinemastanlage der LPG.

Sauermann hat im Konsum noch rasch eine Flasche Salatöl gekauft. Er will unbedingt eine Probefärbung starten.

Die Schweinemastanlage besteht aus drei riesigen Ställen, mit jeweils dreihundert Tieren. Für einen der Ställe hat Sauermann die Verantwortung. Noch herrscht Arbeitsruhe auf dem Gelände. Die Nachmittagsschicht beginnt erst um zwei Uhr. Sauermann öffnet die Stalltür und tritt ein. Der geballte Geruch von tausend Schweineleibern hängt wie eine schwere Gewitterwolke in der Luft. Zwischen den Schweinen und in den Trögen tummeln sich Hunderte von fetten Ratten, die beim Anblick der Männer erschrocken flüchten. Sie tauchen ab in die Unterwelt, kriechen durch die Gitterroste des Fußbodens ins sichere Versteck.

Sauermann und Rübenstrunk klettern in die Buchte mit den Kümmerern und drängen eins der Tiere in die Ecke. Quiekend und zappelnd muss das Schwein die Öl-Dusche über sich ergehen lassen. Sauermann versucht die glitschige Flüssigkeit mit der Hand schön einzureiben. Das scheint dem Borstenvieh zu gefallen, es grunzt nur noch und hält still. Jetzt schüttet Sauermann ihm einen halben Eimer Ruß auf den Rücken und massiert diesen ebenfalls sorgfältig an allen Schweinsteilen ein. Klappt hervorragend. Das Schwein wird entlassen, rennt los, schüttelt sich, wälzt sich auf dem Boden, steht auf, schüttelt sich wieder und ist immer noch wunderbar schwarz. »Na also«, sagt Sauermann, »das sollte wohl klappen.«

Rübenstrunk ist nicht ganz so überzeugt. »Von der Farbe und dem Gestell her schon«, sagt er,

»aber'n Wildschwein hat schließlich keine Schlappohr'n und auch nich' so'n Stummelschwanz.« »Da hab ma' keine Bange nich'«, wiegelt Sauermann ab. »Du denkst doch wohl nich', dat der dusslige Mielke sowat von seinem Hochsitz aus mitkriegt. Und Ulbricht hat sowieso von Tuten und Blasen keine Ahnung. Und wenn«, Sauermann hebt den Zeigefinger in die Luft, »ich sage, wenn die ganze Sache wirklich auffliegen sollte, ist mir das auch scheißegal. War doch nich' meine Idee dieser ganze Quatsch. Nu stell dir bloß mal vor, Mielke hätte statt seinem Jagd-Tick ’ne Vorliebe für Jungfrauen. Wo hätten wir die wohl hernehmen soll’n? Da findest du im Umkreis von hundert Kilometer nich’ eine Einzige.«

»Meinst du wirklich?«, sagt Rübenstrunk skeptisch.

»Ja, dat mein’ ick wirklich. Aber wat ick damit sagen will ist, warum muss man Unmögliches für Leute vollbringen, die einem allet wechgenommen haben? Sag mir dat doch mal, du bist doch in diese tolle SED-Partei?«

»Och, Till«, sagt Rübenstrunk, »komm mir bloß nich’ mit solche schwierigen Fragen. Du weißt doch, warum ich in der Partei bin.«

»Nee, weiß ick nich’«, sagt Sauermann,»warum?«

»Na, weil man eben in der Partei is’, dat gehört sich so. Und außerdem hätte ick ohne mein Parteibuch niemals den Waffenschein für die Jagd machen können.«

»Ja, ja is’ schon klar, Gerhard. Aber wegen Leute wie dir machen die fetten Bonzen da oben mit uns, wat s’e woll’n.«

»Nun übertreibst du aber, Till. Wir ha’m Arbeit, satt zu essen und ein Dach über’m Kopf. Was will der Mensch mehr?«

»Weißt du«, sagt Sauermann, »darauf kann ick dir ’ne ganz klare Antwort geben: ›Der Mensch lebt nicht vom Brot allein‹.«

»Da hast du natürlich recht Till, auch von Fleisch, Obst und Gemüse. Vielleicht solltest du auch in die SED eintreten.«

»Meinst du? Bin ick denn ’n bess’rer Mensch?«

»Ja, vielleicht, man hat dann doch ganz andere Ideale«.

»Ach, weißt du«, sagt Sauermann, »ob diese Ideale dat Richtige für mich sind? Wenn ick da so meine Arbeitskollegen betrachte, die sind ja alle in deine Partei. Aber wat die so zu schleppen ham’, nee das wäre mir zu schwer.«

»Was meinst du?«, fragt Rübenstrunk.

»Jedes Mal, wenn die nach Hause geh’n, ziehn s’e sich and’re Gummistiefel an. Und zwar solche, die mindestens vier Nummern zu groß sind. Und damit s’e beim Gehen nich’ immer so hin und her rutschen in die Riesenmauken, füllen s’e die Luft darin mit Schrot aus. Was meinst du, wie viel Schweine du damit zu Hause noch füttern kannst, überhaupt wenn du nachts noch eimerweise gedämpfte Kartoffeln klaust?«

»Aber Till«, ruft Rübenstrunk empört, »so was musst du dem LPG-Vorsitzenden melden!«

»Meinst du etwa Ballmann, ja? Ick glaube nich', das dat großen Zweck hat, der klaut nämlich am meisten.«

Rübenstrunk ist erschüttert und spürt, wie das Fundament seines Obrigkeitglaubens ins Wackeln gerät. Aber so was ist nicht gut. Wie sollte man mit einem solchen Stachel im Herzen sein unaufgeregtes, braves Leben weiterführen?

»Nein, Till«, sagt er und schüttelt seinen Kopf, dass die Mähne wackelt, »ich glaub dir kein Wort. So was kannst du nich' beweisen.«

»Is' schon gut, Gerhard« sagt Sauermann gleichgültig. »Ick wollte dich nich' erschrecken. Und ick habe auch nich' vor den Don Quichote zu spielen. Wo ick doch sowieso mehr wie Sancho Pansa aussehe. Also komm, Feierabend. Und übermorgen lassen wir die Sau raus.«

*

Übermorgen kommt schneller, als man denkt. Und ein straffer, bis ins kleinste Detail durchorganisierter Tagesplan kann durch eine unvorhergesehene Kleinigkeit über den Haufen geworfen werden. Und wenn die Kleinigkeit eine Anhäufung von Kleinigkeiten wird, ist Chaos vorprogrammiert.

Bürgermeister Kastenbein muss dies gerade schmerzlich erfahren. Niedergeschmettert legt er den Telefonhörer auf den Apparat und lässt sich erschöpft an die Rückenlehne seines Amtsstuhles fallen. Seit einer guten Stunde stehen die Schulkinder draußen am Straßenrand. Es ist knackig kalt, eisiger Nord-Ost lässt die Papierfähnchen in ihren Händen knattern. Die eingeübte Vorfreude auf den Besuch des Staatsoberhauptes beginnt langsam einzufrieren. Bei den Erstklässlern blühen die Schnoddernasen. Martha Harrie benötigt ihren kompletten Energievorrat, um die Kinder bei Laune zu halten. Um in Übung zu bleiben, lässt sie das gesamte Lieder-Repertoire durchsingen. Aber irgendwann ist auch das erschöpft. Verzweifelt nimmt sie sich der Vorschläge der größeren Pioniere an. Als der Bürgermeister erscheint, sind sie gerade dabei einen alten Schlager zu grölen: »Rote Lippen soll man küssen, denn zum Küssen sind sie da. Rote Lippen sind dem siebten Himmel ja so naha …«

Kastenbein winkt Martha zu sich heran. »Also Martha, die Sache scheint sich doch um Einiges zu verzögern. Ich hatte gerade einen

Anruf von der Bezirksleitung. Anscheinend ist der Chauffeur des Genossen Ulbricht erkrankt und liegt mit Ziegenpeter im Bett. Inzwischen ist zwar ein Ersatzfahrer gefunden worden, doch der hat sich, in Unkenntnis der Örtlichkeiten, gnadenlos verfahren und irrt jetzt irgendwo in der Pampa umher.«

»Ach du meine Güte!«, ruft Martha, »geht es den Genossen Ulbricht und Mielke gut?«

»Ja, ja, die sind wohl in Ordnung. Genosse Mielke macht ein Nickerchen und Genosse Ulbricht versucht die Straßenkarte zu lesen, um den Fahrer zu unterstützen. Das Dumme ist wohl, dass der Wagen zwischendurch von der Straße abgekommen war und sich auf einem Acker festgefahren hatte. Aber soweit ich verstanden habe, befand sich gerade ein Dungstreuer in der Nähe. Der hat den Wagen wohl rausgeschleppt.«

»Soll ich die Kinder nach Hause schicken?«, fragt Martha.

»Auf gar keinen Fall. Wir haben ja keinen Anhaltspunkt, wann die Genossen eintreffen werden.« Kastenbein horcht auf und sieht Martha mit tadelndem Gesichtsausdruck an.

»Oh, oh, Genossin Harrie«, sagt er, »so geht's aber nicht. Du musst schon ein bisschen besser darauf achten, was die Pioniere singen.«

Martha identifiziert den Titel aus deutschem Liedgut und findet, dass der Bürgermeister recht hat. Mittlerweile sind die Kinder bei Hans Albers angelangt, trällern ungeniert einen seiner Hits: »Auf der Reeperbahn nachts um halb Eins. Ob du 'n Mädel hast oder auch keins, amüsierst du dich…«

Das geht dann wohl doch etwas zu weit. »Aus, aus!«, schreit Martha und fuchtelt mit den Armen in der Luft herum.

»Fräulein Harrie«, ruft eines der Mädchen aus der ersten Klasse, »ick möchte jetzt nach Hause. Mir frier'n die Füße, und meine Nase is' auch schon ganz kalt.«

»Ja, meine Kleine«, sagt Martha, »ich weiß. Aber wir müssen noch ein bisschen durchhalten. Am besten ihr hopst jetzt alle mal auf der Stelle oder macht den Hampelmann, dann geht's wieder eine Weile.«

Aber der Vorschlag kommt bei der Kleinen nicht besonders an. Wie soll man denn mit so schweren Eisklumpen an den Füßen hopsen, das tut doch weh?

Da ist Cornelia Rosenmunds Idee doch viel hilfreicher. Conny hat mehrere alte Blechtonnen vom Schrott besorgt und in der Betriebsküche des KfL einen Riesenkübel mit Tee kochen lassen. Und weil Conny so hübsch, frech und pfiffig ist, hat sie auf dem Kreisbetrieb für Landtechnik auch gleich den passenden Mann mit Fahrzeug dazu aufgerissen.

Der blaue Framo macht schon von weitem Lichthupe. Conny springt heraus und verteilt in gleichmäßigen Abständen die Blechtonnen. Die Tonnen sind bereits mit Holz und ein paar Stücken Briketts gefüllt. Conny muss nur noch überall einen Schluck Benzin hineingießen. Dann ein brennendes Streichholz und ahhh - der molligste Ofen bullert wohlige Wärme aus dem Blech.

Martha Harrie fühlt sich ein wenig von der Eigeninitiative Cornelia Rosenmunds überrumpelt.

»Fräulein Rosenmund«, sagt sie, »diese Aktion hätten Sie vorher mit mir absprechen müssen. Es hätte einer Belehrung der Kinder bedurft,bevor sie mit so gefährlicher Materie wie offenem Feuer in Berührung kommen.«

»Ach ja?«, sagt Cornelia Rosenmund, »haben Sie die Kinder auch über eine so gefährliche Materie wie Frost belehrt? Und wie man mit abgefrorenen Händen und Füßen umgeht?«

»Nun übertreiben Sie mal nicht so schamlos!«, erwidert Martha pikiert. »Ich kann schließlich auch nichts für diese Verzögerung.«

»Hab ich auch nicht behauptet«, sagt Conny und hält Martha eine Tasse mit heißem Pfefferminztee unter die Nase. »Bitte schön, mit besten Grüßen von Frau Pinsel aus der Betriebsküche.«

Martha nimmt den Pfefferminztee dankend entgegen und beginnt ihn sofort zu schlürfen. Oh ja, das tut gut. Das heiße Rinnsal bringt die gefrorene Stimmung der Lehrerin zum Schmelzen und bewegt sie zum Einlenken. Sie möchte etwas Nettes zu Fräulein Rosenmund sagen und macht einen Schritt auf sie zu. Doch bevor Martha den Mund aufmachen kann, zieht Conny eine Schachtel Schweine-Juwel aus der Jackentasche. Gekonnt klopft sie eine Zigarette aus der winzigen Packungsöffnung und schiebt sie in den Mundwinkel.

»Ja, ist denn das zu fassen?«, empört sich Martha. »Sie wollen doch jetzt nicht etwa vor den Kindern rauchen?!«

»Doch«, erwidert Conny, »mir pfeift der Ast.«

Unglaublich, wie sich diese Generation von jungen Frauen aufführte. Die Emanzipation ist zwar eine gute Sache, aber sie musste doch nicht so weit gehen, dass sich Frauen wie Männer benahmen.

Auch nicht, wenn sie im Berufsalltag ihren Mann standen und so wie Fräulein Rosenmund mit einem Mähdrescher »Patriot« schwitzend und schmutzig über die Felder brausten.

Conny zündet sich die Kippe an und nimmt einen tiefen Zug. »Sie finden wohl auch, dass Rauchen ungesund ist?«, sagt sie.

»Ja, selbstverständlich!«, erwidert Martha.

»Sehn Sie, Fräulein Harrie, und ich finde, dass zu viel Essen ungesund ist.«

Conny hat die Nase voll von Marthas ewigen Nörgeleien und will sie mit diesem Tiefschlag endgültig zum Schweigen bringen. Der Hieb hat gesessen. Martha Harrie ist eingeschnappt.

Zwei Stunden später hat sich immer noch nichts getan. Keine Spur von Ulbricht und Mielke, keine schwarze Volvo-Limousine am Horizont zu sehen.

Inzwischen ist es Mittagszeit. Die Kinder werden immer unzufriedener. Zwar muss keines von ihnen mehr frieren, aber Hunger und Langeweile können ziemlich anstrengend sein.

Die bunten Papierfähnchen, die sie zu Ehren der hohen Gäste schwenken sollten, sind längst in den Blechtonnen verbrannt. Ein toller Spaß, den auch Martha Harrie nicht verhindern konnte. Cornelia Rosenmund kann die Stimmung noch mal retten. Sie hat aus der Betriebsküche einen Kessel Erbseneintopf besorgt, auch heiße Bockwurst ist dabei.

Bürgermeister Kastenbein traut sich nicht, seinen Posten im Büro zu verlassen. Ausgerechnet heute hat sich die Sekretärin krank gemeldet. Aber das Telefon musste unbedingt bewacht werden, sicher würden noch irgendwelche Anweisungen von der Bezirksleitung kommen. Kastenbein hat es sich in seinem gut gepolsterten Amtsstuhl gemütlich gemacht und ist bereits vor zwei Stunden eingeschlafen. Um kurz vor eins klingelt das Telefon. Kastenbein ist schlagartig hellwach und nimmt die Nachricht vom Genossen aus der Bezirksleitung entgegen. Na endlich! Der Bürgermeister verlässt seinen Stützpunkt und begibt sich zu Martha Harrie, um die frohe Botschaft zu verkünden. »Also, Martha, es ist soweit. In voraussichtlich einer Stunde werden die Genossen eintreffen. Ihr habt also genug Zeit, um in Ruhe aufzuessen und ein bisschen aufzuräumen. Die verrosteten Blechtonnen machen sich nicht so schön im Straßenbild. Außerdem müssen wir das Programm mit den Pionieren beträchtlich kürzen. Unser Zeitplan ist ja nun doch ganz schön durcheinandergeraten. Also nur das Wichtigste und möglichst im Schnellgang.«

»Na, weißt du, Arno. Das mit dem Schnellgang finde ich ein wenig problematisch. Sollen die Kinder ihre Lieder im Eilzug-Tempo singen? Wo bleibt denn da die Ästhetik!« Martha ist enttäuscht, soviel Arbeit und alles für die Katz.

»Ach, Martha, nun machs doch nicht wieder so kompliziert!« Kastenbein schiebt sich seinen Lederhut ins Genick und kratzt nervös auf seiner juckenden Kopfhaut herum.

»Sieh mal, der Zeitplan lässt sich nicht mehr umstellen, da ist alles straff durchorganisiert. Wenn wir da nicht Punkt für Punkt genau auf die Reihe kriegen, passiert ein Unglück.«

»Versteh ich nicht«, sagt Martha.

»Also, pass auf. Um Punkt ein Uhr beginnen Sauermann und Rübenstrunk mit der Saujagd. Ich habe jede Menge Treiber besorgt, um einen reibungslosen Ablauf zu gewährleisten. Außerdem noch fünfzig Leute, die so postiert sind, dass die Wildschweine keine andere Möglichkeit haben als am Hochstand vorbeizulaufen, den wir auf der Festwiese aufgebaut haben. Das Aufstellen der Posten hat Sauermann in der Hand. Der kann so was am Besten. Diese ganze Aktion läuft ganz unabhängig von dem, was hier bei uns passiert. Darum muss ich unter allen Umständen dafür sorgen, dass der Genosse Mielke um kurz nach Eins auf dem Hochstand sitzt, denn um Punkt Eins jagt Sauermann die Wildschweine los. Verstehst du das, Martha?«

»Ja, ich versteh das schon«, sagt Martha. »Aber wo nimmt Sauermann die Wildschweine her? Ich denke, es gibt hier weit und breit keine mehr?«

»Keine Ahnung, ist doch egal. Sauermann und Rübenstrunk haben mir versichert etliche Tiere gesichtet zu haben, die sie zu gegebenen Zeitpunkt sicher ins Dorf treiben würden.«

»Naja, hoffen wir das Beste«, sagt Martha. »Wann sagtest du, jagt Sauermann die Wildschweine los?«

»Um Punkt Eins.«

»Das wird dann aber Komplikationen geben, es ist bereits kurz vor eins.«

»Hör bloß auf, solche Scherze zu machen!«, sagt Sauermann und sieht auf seine Armbanduhr. Martha beobachtet, wie Kastenbeins rosige Schlafbäckchen einer leichenartigen Blässe weichen. Er stammelt unverständliches Zeug und schwankt wie ein Betrunkener. Martha kann ihn gerade noch stützen, bevor er ganz in die Knie geht.

»Aus, aus«, flüstert er, »alles ist aus!« Aus der Ferne schallt Lärm herüber. Es ist ein Uhr.

Die Treiber haben ihre Arbeit begonnen. Auf Sauermann ist eben Verlass.

»Die Schweine kommen, und Mielke sitzt nicht auf dem Hochsitz. Was soll ich bloß tun, Martha?« Kastenbein ist einer Ohnmacht nahe. Martha weiß auch keinen Rat.

Die Schweinerei ist nicht mehr aufzuhalten. Wie eine gewaltige Lawine rollt sie quiekend auf das Dorf zu. Die Treiber haben keine Mühe die Tiere zum Rennen zu bewegen und machen den Lärm nur zu ihrem eigenen Vergnügen.

Sauermann hatte seine Zöglinge am Vormittag auf einen Viehhänger verladen und in einiger Entfernung vom Dorf auf den Acker gefahren. Er war ungemein zufrieden mit seiner Arbeit. Die Schweine sahen hervorragend aus, richtig gruselig. Wie echte Wildschweine eben.

Der Versuch, eines der Tiere in einen original Keiler zu verwandeln, war leider missglückt. Das Biest hatte sich die sorgfältig geschnitzten Holzkeile, die den Eckzähnen eines Keilers täuschend ähnlich sahen, immer wieder abgescheuert. Na, es würde wohl auch ohne männliche Führungskraft funktionieren. Schade wars trotzdem, es hätte alles prima zusammengepasst.

Das Tier mit dem besonders großen Kopf war in der Herde der Kümmerer auf der Chefposition. Sauermann hatte es Rapunzel getauft, weil auf seiner Haut ganz besonders lange Borsten wuchsen.

Den Rest des Vormittags hatte Sauermann damit verbracht, die Streckenposten zu verteilen. Schließlich konnten die Schweine nicht wissen, wo sie hin sollten. Außerdem würden die sich garantiert weigern, als lebende Zielscheibe für Mielke an dessen Hochsitz vorbeizuflanieren. Sauermann hatte den Streckenposten eingeschärft, ganz besonders auf Rapunzel zu achten, die mehr Verstand hätte als sie alle zusammen und den Braten gewiss riechen würde.

Um Punkt Eins hatte Sauermann die Klappe des Viehhängers geöffnet und seine Schweineherde, die sich nun in gestrecktem Galopp auf das Dorf zubewegte, entlassen.

Es läuft alles wie am Schnürchen. Sauermanns Vermutung hat sich bestätigt. Rapunzel läuft vorne weg. Die Steckdosen-Nase im Wind, hat sie Witterung aufgenommen. Auch wenn sie in ihrem Leben niemals aus dem Schweinestall herausgekommen ist, weiß sie doch, wo sich dieser befindet. Und da will sie jetzt hin. Das Lärmen der Treiber hinter ihr macht sie rasend und immer schneller. Und die Ungeheuer, welche rechts und links der Wegstrecke stehen und mit großen Knüppeln auf Blechbüchsen schlagen, würde Rapunzel am liebsten ins Bein beißen. Aber der Wunsch in den heimischen Stall zu gelangen, ist größer. Rapunzel rennt und rennt, die anderen Schweine hinterher. Nach Hause! Nach Hause, in die überschaubare Welt des Schweinestalls. Nach Hause, in die kleine Buchte, deren enggesetze Grenzen durch Gitter manifestiert wurden, durch die man ungeniert seine Drohgebärden in die Buchten der Nachbarn versenden konnte, ohne dass einem was passierte. Der Himmel hier draußen ist viel zu hoch und zu groß, und die fremden Gerüche schienen so bedrohlich zu sein, dass man gar nicht anders konnte als zu rennen.

Rapunzel rennt! Sie folgt den Signalen ihrer Nase. Mehr brauchte es nicht um dem richtigen Weg zu folgen. Wer war hier die überlegene Rasse?

Die Schweine-Lawine hat das Dorf erreicht. Die letzte Strecke bis zur Festwiese, auf welcher der Hochstand aufgebaut ist, markieren besonders kräftige Posten.

Die Gasse macht eine Biegung nach rechts. Aber Rapunzels Nase signalisiert, dass sie jetzt geradeaus muss.

Geradeaus ist versperrt. Was nun? Rapunzel bremst, ihre Mitläufer rennen ungebremst auf und kullern durcheinander. Es dauert nur wenige Sekunden, dann hat sich die Truppe wieder formiert und bildet einen Keil.

Aus Keilspitze Rapunzels Steckdosennase entweichen sichtbare, hellblaue Stromblitze, die in Richtung der geradeaus stehenden Posten verdampfen. Die Posten erbleichen und stemmen ihre Beine fest ins Erdreich. Das wird ein Durchbruchsversuch. Da kommt der Keil auch schon angeprescht.

Mit zwölf Schweinestärken rast er auf die Postenkette zu. Die Kollision scheint unabwendbar, die Posten kneifen ihre Augen zu. Einer schreit: »Gott steh uns bei!« Dann lässt er seinen großen Knüppel fallen, hält lieber die Hände schützend vor seine edelsten Körperteile, so wie ein Fußballer bei der Verteidigung eines Strafstoßes.

Der Angsthase wäre eine gute Schwachstelle, um einen Durchbruch zu wagen. Aber Rapunzel hat einen anderen Plan, die Postenkette ist an dieser Stelle zu engmaschig. Kurz bevor es zur Kollision kommt, schwenkt das Borstenvieh plötzlich nach links ab. Diese Seite ist weitaus weniger gut bewacht, weil der Dorfteich als natürliches Hindernis für die Schweinebande gilt. Aber nicht, wenn es drauf ankommt, da würde Rapunzel selbst den Atlantik überwinden. Sie steuert auf den Dorfteich zu. Irrwitziges Quieken peitscht die Luft, als Rapunzel samt Gefolgschaft in die kühlen Fluten springt.

Zwölf schwere Schweine schwimmen Schwimmrekord. Schwimmrekord schwimmen zwölf schwere Schweine.

Als sie das gegenüberliegende Ufer erreichen ist die Postenkette umschwommen. Rapunzel kann ungehindert den Eingebungen ihrer Nase folgen.

Die Wildschweinjagd scheint ins Wasser gefallen zu sein und das nicht nur, weil sich die Tiere auf der Flucht befinden. Das kalte Bad im Dorfteich hat sie quasi wieder zu Hausschweinen domestiziert. Einer so geballten Wasserladung konnte auch das Salatöl aus dem Konsum nicht standhalten. Nur ein letzter, kläglicher Rest der Ur-Schwein-Farbe klebt in Form eines breiten Streifens auf der Oberseite der Tiere. Sie befinden sich sozusagen noch in der Entwicklung zum Hausschwein.

Von solchen Äußerlichkeiten unbeeindruckt, bahnt sich die Schweinemeute jenseits aller Treiber und Posten ihren Weg und gelangt schließlich zum Dorfeingang, da wo ein gelbes Schild mit der Aufschrift Piepnest steht.

Martha Harrie entdeckt die anrollende Lawine von Sattelschweinen als Erste und macht den Bürgermeister darauf aufmerksam. Als Kastenbein die Situation begreift, fällt er endgültig in Ohnmacht. Die Pioniere ergreifen kreischend die Flucht.

Inzwischen sind die Schweine angekommen. Der Lärm und das Durcheinander der umherlaufenden Menschen sind eine erneute Herausforderung für das Oberschwein. Für einige Sekunden verliert Rapunzel den Überblick. Die erste Blechtonne, in der immer noch ein gemütliches Feuer prasselt, kippt um und fällt mit Getöse auf die Straße, wo sie im Rollen ihren Inhalt verstreut und gleich die nächste Tonne aus der Bahn wirft. Funken wirbeln durch die Luft. Martha Harrie steht fassungslos da. Mit der linken Hand hat sie den zusammengebrochenen Bürgermeister in dessen Genick am Mantelkragen gepackt. Die rechte Hand hält einen Fahnenstiel umklammert. Sie lässt nicht los, nein niemals. Schild und Schwert der Partei, Martha hält sie umklammert, auf ewig, wenn es sein muss. Auch wenn das schwarz-rot-goldene Fahnentuch von Millionen knisternder Feuerfunken bombardiert wird, die Löcher in das heilige Symbol fressen. Der Ährenkranz prasselt bereits in den lodernden Flammen. Hammer und Zirkel sind eine Sache von Sekunden, bevor die Fahne der Deutschen Demokratischen Republik in einer riesigen Stichflamme verendet.

Plötzlich ertönt das Motorengeräusch eines mit hundertfünfzig km/h heranbrausenden PKW. Für einige Sekunden scheint die Zeit still zu stehen. Erwartungsvoll starren die Piepnester auf den schwarzen Volvo. Doch bevor die Limousine einfliegt, hält sie mit quietschenden Reifen vor dem Ortseingangsschild. Flüchtende Schweine und Menschen, brennende Straßen und eine Konterrevolutionärin, deren Gesicht im Widerschein der brennenden DDR-Fahne glüht. Piepnest ist ein Ort des Schreckens. Der Fahrer der schwarzen Volvo-Limousine starrt fassungslos auf die Verwüstung, dann faltet er eine Straßenkarte auseinander und vergleicht den darauf eingekreisten Namen mit der Aufschrift des Ortsschildes am Straßenrand. Er ist ratlos, die Namen stimmten überein. Aber was ging dort vor sich? Die Verwüstungen erinnerten eher an die französische Revolution als an Festtagsstimmung. Was tun? Augen zu und durch oder abwarten? Eine aus dem hinteren Teil des Wagens ertönende Stimme, nimmt dem Fahrer die Entscheidung ab: »Sofort umdrehn, Koslowski!«, sagt die Stimme. »Ab nach Hause, aber pronto. Ick habe doch gleich jewusst, dat mit die Indianer keine Friedenspfeife zu rauchen is'. Siehste, Walter, dit haste nu' davon!«

Die Reifen qualmen, als der Volvo wendet und in Richtung Wandlitz davon fährt, gejagt vom ohrenbetäubenden Geheul der Dorfsirene, die in diesem Moment loslegt und dem Fluchtauto wie das Kriegsgeschrei eines ganzen Indianerstammes nachhallt.

*

Kurz zuvor hatte sich Gerhard Rübenstrunk in das Kommando der Treiber eingereiht und war gemütlich hinter den Schweinen herspaziert. Er genoss die leichte Arbeit, die eigentlich gar keine war, da die

Tiere von alleine liefen und schließlich mit einem Affenzahn ganz aus seinem Gesichtsfeld verschwanden. Gegen seine Gewohnheit wälzte Rübenstrunk tiefschürfende Gedanken in seinem Gehirn, die sich unter anderem um die Bedeutung der Redewendung

»dumm wie 'n Schwein« drehten. Aus dem gerade Erlebten zog er den Schluss, dass die Redewendung durchaus ihre Berechtigung hatte. Denn um mit derartiger Geschwindigkeit der Mündung eines Jagdgewehres entgegenzulaufen, musste man wohl wirklich ein dummes Schwein sein.

Die Ereignisse im Dorf entzogen sich Rübenstrunks Kenntnis, weshalb er sich in ausgezeichneter Stimmung befand, da die Aktion vollkommen reibungslos abzulaufen schien.

Vom Dorf herüber drangen Lärm und Geschrei. Rübenstrunk hielt es für enthusiastischen Volksjubel, dem er fröhlich entgegen marschierte. In seiner Vorstellung sah er sich selbst das Spalier der Jungpioniere durchschreiten. Stolz wie Ritter Runkel winkte Rübenstrunk mit erhabener Geste den Rotkohlköpfen auf dem benachbarten Feld der Gärtnerei zu und freute sich an deren Gesang, den er wahrhaftig zu hören glaubte. Und der Sinn des Liedes, das er schon so oft gehört hatte, ging ihm erst in diesem Moment so richtig auf.

›Oh ja‹, hatte Rübenstrunk gedacht, ›die ganze, große Wahrheit in einem kleinen Kinderlied: Über allen strahlt die Sonne, über allen in der Welt.‹ Und wie zur Bekräftigung seiner Gedanken strahlte auch sein kleines Piepnest so hell, als wüsste die Sonne, welch hohe Gäste es heute beherbergte.

Doch die Sonne ist unparteiisch und ihr gleißendes Gold entpuppte sich als gewaltige Feuersbrunst, was Rübenstrunk zu seinem Entsetzen feststellen musste, als er das Dorf betrat. Geistesgegenwärtig war er zum Gemeindebüro gerannt und hatte die Dorfsirene betätigt. Die Piepnester Feuerwehr war berühmt für ihre Schnelligkeit, und Rübenstrunk als aktives Mitglied hatte seinen ganz spezifischen Anteil daran. Er stand seinen Mann am vordersten Ende der Feuerwehrspritze und traf zuverlässig immer die richtige Stelle.

Der vorliegende Brand hätte allerdings keiner Feuerwehr bedurft. Doch das war Rübenstrunk in der Aufregung entgangen. So setzte denn, eine viertel Stunde nach dem Auslösen des Alarms, die örtliche Wehr den Ortseingang unter Wasser und löste eine mittlere Überschwemmung aus. Diese Nebensächlichkeit schmälerte jedoch keineswegs den

Erfolg der Aktion. Dank Rübenstrunk hatte die Feuerwehr mal wieder ganze Arbeit geleistet und treffsicher wie immer jede einzelne Tonne mit hartem Wasserstrahl von der Straße gepustet. Auch Martha Harrie, die in der Hitze des Gefechts gleich mitgelöscht worden war. Schließlich schien sie ja auch irgendwie in Flammen zu stehen.

Eines hatte der Feuerwehreinsatz jedenfalls bewirkt: Die Brandherde waren gelöscht und die Straße von allen Spuren des verunglückten Schweinetreibens befreit. Sämtlicher Abfall dümpelte jetzt in den mit Löschwasser vollgelaufenen Straßengräben vor sich hin.

Martha Harrie hatte es zum Glück nur umgeschmissen, was an sich schon eine bombastische Leistung war. Doch um sie in den Straßengraben zu befördern, hätte man die Niagara-Fälle nach Piepnest verpflanzen müssen.

Leichenblass liegt Martha am Straßenrand und fantasiert irgendwas von Birnenkompott mit Vanillesoße. Ihre linke Hand umklammert noch immer den Kragen des Bürgermeisters, der nur noch mit Mühe in seinem Mantel zu entdecken ist und fast den Eindruck erweckt, als wäre er eingelaufen. Marthas rechte Hand umkrampft einen halbverkohlten Fahnenstiel.

Die Feuerwehrmänner beschließen Martha Harrie und Arno Kastenbein mit Blaulicht ins Krankenhaus zu bringen. Rübenstrunk hat ein schlechtes Gewissen und erkundigt sich nach Marthas Befinden. Aber Martha scheint ihn nicht zu erkennen, verdreht bei seinem Anblick nur die Augen und stöhnt.

»Also los, Männer!«, sagt Rübenstrunk, »erst mal die Dame ins Auto. Zehn Freiwillige
vortreten!«

Zunächst aber gilt es den Bürgermeister aus Marthas Kralle zu befreien. Doch Martha lässt den Mantel einfach nicht los. Na, denn eben nich'. Muss der Bürgermeister ohne Mantel auf große Reise gehen. Zwei Feuerwehrmänner ziehen dem Mantel den Bürgermeister aus.

Das war einfach. Schwieriger wird es mit dem angekokelten Fahnenstiel in Marthas Hand. Die will doch den Knüppel partout nicht loslassen und haut sogar damit. Nach kurzem, aber heftigem Kampf beschließen die Männer, dass Martha den Fahnenstiel behalten darf.

Endlich ist die Fracht verladen, und ab geht's mit Tatü-Tata ins nächste Krankenhaus.

Da hat es Till Sauermann, der sich zu diesem Zeitpunkt auf der Schweinemastanlage befindet, um vieles leichter. Seine Fracht marschiert von ganz alleine an ihren Bestimmungsort. Er muss nichts weiter tun als die Tür zu öffnen, schon schieben sich die Schweine grunzend und drängelnd in den Stall. Das eiskalte Bad im Dorfteich scheint ihnen schlecht bekommen zu sein. Zitternd und blau gefroren drängen sich die Tiere in ihrer Bucht aneinander. Rapunzel hat im Funkenregen ihr langes Borstenkleid verloren und sieht aus wie frisch rasiert. Sauermann wird sich wohl einen neuen Namen für sie überlegen müssen. Als kleines Trostpflaster schaufelt er seinen Schützlingen eine Extraportion Kraftfutter in den Trog. Das wird wohl helfen.

Unerwartet taucht plötzlich Detlef Truckenbrot im Schweinestall auf. Da das Dorf aller Führungskräfte beraubt ist, braucht Truckenbrot den Rat eines erfahrenen Mannes. Schließlich war im Speisesaal des Kreisbetriebes eine riesige Festtafel mit allem Pi-Pa-Po vorbereitet worden, und es musste entschieden werden, was damit geschehen sollte. Man konnte all die guten Sachen doch nicht einfach so verkommen lassen!

»Nee«, sagt Sauermann, »dat is' wohl so. Nach dem Scheißtag wolln wir uns wenigstens einen gemütlichen Abend genehmigen.«

Er weist Truckenbrot an, sich das Megafon aus dem Gemeindebüro zu besorgen und mittels diesem alle Dorfbewohner für heute Abend sechs Uhr zum Abendbrot in den Speisesaal einzuladen. Truckenbrot findet die Idee vorzüglich und macht sich sofort auf den Weg.

Eine viertel Stunde später zieht er bereits durch Piepnest und verkündet vor jedem Haus die frohe Botschaft: »Achtung, Achtung, ihr Bürger von Piepnest! Für heute Abend um Sechs Uhr sind alle zum Abendbrot in den Speisesaal des Kreisbetriebes eingeladen. Es erwartet euch ein delikater Gaumenschmaus!«

Wer will sich so was schon entgehen lassen! Die ersten Gäste trudeln bereits gegen fünf Uhr im Speisesaal ein, wohl in der Hoffnung sich schon mal die besten Brocken zu sichern. Aber genascht wird nicht. Dafür steht Mistred Pinsel mit ihrer ganzen beeindruckenden Person und einer Stimmgewalt, die der Weintraube, die eben in Habersacks Mund verschwindet, das Fürchten lehrt. Sie flüchtet und fällt zurück auf die schön angerichtete Obstplatte.

»Noch ein sun Ding«, schreit Mistred zu Habersack herüber, »und du kannst die zweite Hälfte in deinem Namen streichen!«

Es ist aber auch wirklich nicht leicht, sich hier zu beherrschen. Was Elfi Kowalski und Detlef Truckenbrot alles so organisiert hatten, trieb dem normalen Landbewohner ohne Beziehungen in den Westen das Wasser stoßweise in die Mundhöhle. Habersack fragt sich, ob Ulbricht und Mielke das wohl alles alleine fressen sollten?

Langsam füllt sich der Saal. Pünktlich um Sechs gibt Mistred Pinsel die Tafel zum Plündern frei. Vorher verkündet sie noch, dass sich in der Küche genug Nachschub befindet.

Aber es hilft nichts. Das Volk ist unerbittlich und harthörig, stürzt sich auf die Tafel, als wäre es ausgehungert. Die Tolle Elvira will aus ihrem Prädikat »kinderreich« mal wieder alle Vorteile herausholen. »Leute, denkt doch an die Kinder«, schreit sie hysterisch, haut ihrer Nachbarin den Ellenbogen in die Rippen und schnappt sich die Ananas, welche der Traktierten aus der Hand fällt. Am Kessel mit der Soljanka ist ein regelrechter Kleinkrieg entbrannt. Kaum, dass jemand die Kelle erobert hat, versucht der Nächste, ihm diese auch schon wieder aus der Hand zu reißen, was schließlich dazu führt, dass keiner so recht was auf den Teller bekommt.

Oma Pumpernickel hat einen Teller mit Weintrauben erbeutet und schiebt sich gleich eine ganze Hand voll in den Mund. Aber so recht nach ihrem Geschmack sind die Dinger nicht. Zu ihrer Zeit schmeckten Weintrauben noch süß. »Pfui Deiwel«, schimpft sie, »dat Zeugs is' ja total salzig. Heutzutage wird aber auch überall gespart!«

Betty Lewin sieht empört zu, wie Elfriede Pumpernickel die halbzerkauten Früchte auf den Teller spuckt.

»Äääähhh, wie eklig«, schimpftsie, »da kann einem ja der Appetit vergehn!«

»Wieso denn?«, sagt Elfriede, »wenn dat nich' schmeckt. Ick muss mir doch nix runterquäl'n.« Interessiert betrachtet sie den Inhalt von Bettys tiefem Teller, den diese in vornehmer Eleganz zu sich nimmt. »Wat is' dat?«, fragt sie.

»Weiß nicht«, sagt Betty, »schmeckt aber ausgezeichnet.«

Das glaubt Elfriede aber erst, wenn sie selber probiert hat. Ungeniert titscht sie ihren zerknitterten Zeigefinger in Bettys Suppe und leckt ihn ab. »Och ja«, stellt sie fest, »dat kann man essen. Is' da noch mehr davon?«

Betty schiebt Frau Pumpernickel ihren Teller zu und wünscht ihr guten Appetit.

»Das aber nett«, freut sich Elfriede. » Kuck mal gleich, ob du noch mehr so schöne Sachen findest.«

Mistred Pinsel ärgert sich, dass sie die schöne Zervelatwurst aus dem Delikatwarenladen nicht aufgeschnitten hat. Ballmann hat sich doch wahrhaftig den ganzen Apparat auf den Teller gelegt und verputzt ihn, als wäre es 'ne Bockwurst. Ein bisschen mehr vornehme Zurückhaltung hätte sie sich vom Vorsitzenden der Genossenschaft schon erwartet.

Scheint aber doch ein wenig trocken zu sein, die Zervelatwurst. Ballmann erkundigt sich lautstark nach den Getränken. Mistred holt aus der Küche einen Bottich mit Bowle und stellt ihn auf die Festtafel. Ein herrliches Getränk! Und was da alles drin ist: Mandarinen, Ananas, Pfirsiche. Ballmann schnüffelt entzückt am Bottich. Aber Mistred hat die Kelle vergessen und geht noch mal zurück. Den Weg hätte sie sich sparen können, so lange kann schließlich keiner warten. Als sie mit der Bowlekelle aus der Küche kommt, sitzt Ballmann schon mit der Soljankakelle im Bowlebottich. Warum auch nicht? Die Qualität des edlen Getränks wird dadurch jedenfalls nicht geschmälert. Im Gegenteil, jetzt schwimmen sogar noch ein paar Fleischfetzen und Sauerkrautschnippel darin. Ausgezeichnete Mischung!

Nachdem der schlimmste Heißhunger gestillt ist, geht es etwas gesitteter an der Tafel zu.

Oma Pumpernickel wickelt ein paar leckere Reste in die »Freie Erde« ein und verstaut sie in der Schürzentasche.

»Mensch, bin ick satt!«, stöhnt Ballmann und haut sich auf den Bauch. Aber für Flüssiges ist noch genügend Platz vorhanden. Mit Hilfe von ein paar Männern schleppt Mistred Pinsel eine ganze Wagenladung alkoholischer Getränke heran und verteilt sie auf der Festtafel. Jetzt wird's richtig gemütlich. »Schade, dass wir keine Musik haben.« sagt die Tolle Elvira. »Son bisschen tanzen wäre doch ganz nett.«

»Wo is' denn dein Indianer, Karl?«, ruft Sauermann. »Der könnte uns doch den Takt trommeln.« »Kommt später«, sagt Karl, »aber ohne Trommel.«

Scheinbar haben die Piepnester vergessen, welch genialen Musikanten sie in ihren Reihen haben. Doch ein echter Vollblutmusikant spürt, wo er gebraucht wird und kommt von allein.

Als eben die Tür aufspringt und ein verspäteter Gast hereinkommt, beginnt das Volk spontan zu johlen. Mit stehenden Ovationen wird der Maestro empfangen. Der nimmt's gelassen, geht um die Tafel herum, nascht hier ein wenig, etwas dort und sucht sich einen bequemen Platz an der Stirnseite des Saales. »Frau Pinsel«, ruft Schlappen-Schulze, »bitte ein Glas und zwei Fläschchen von dem guten Beaujolais für mich! Ich nehme an, der Herr Staatsratsvorsitzende Ulbricht wird nun nicht mehr kommen. Und außer mir weiß ja doch keiner einen solchen Tropfen zu schätzen.«

Mistred Pinsel verspürt auch Lust zum Tanzen, sonst würde sie sich von Schlappen-Schulze nicht so rumkommandieren lassen. Sie bringt ihm die Fläschchen und ein Glas.

»Ach, schenken Sie doch bitte gleich ein Gläschen voll«, sagt Schulze. Mistred schluckt eine wütende Antwort herunter und kippt ein.

Schulze leert das Gläschen auf Ex. »Aaaahh, herrlich so ein edler Tropfen«, sagt er und rülpst.

»Oh, ja, ein Beaujolais ist schon etwas ganz Besonderes.«

Jetzt kann Karl Lewin nicht mehr an sich halten. Er lacht laut los und ruft zu Schlappen-Schulze herüber: »Dat freut mich aber, dat dir unser Johannisbeerwein, Jahrgang 68, so mundet. Dir zu Ehren ham wir den dieses Jahr Burscholee getauft.«

Detlef Truckenbrot lacht auch. Er ist froh, dass das Staatsoberhaupt nicht erschienen ist. Der Schwindel mit dem Wein wäre bestimmt aufgeflogen.

So jetzt geht's aber endlich los. Nachdem Schlappen-Schulze noch ein Gläschen vom 68er gekippt hat, schnallt er seine Quetschkommode vor den Bauch und haut in die Tasten. Schulze hat die Akkordeonspieler-Haltung eingenommen und erweckt den Eindruck, als müsse er pullern. Den Oberkörper leicht vorgebeugt, das Hinterteil ganz vorne auf der Sitzfläche verstaut, die Oberschenkel fest zusammengepresst, klopft er mit dem linken Fuß den Takt. Die Kehle ist gut geölt, Schulzes Gesang entspricht höchsten Anforderungen: »Rooo-saaa-munde, schenk mir dein Herz und sag jaaa. Rooo-saaa-munde, frag doch nicht erst die Ma-maaa …!«

Jetzt aber Feuer, Marianne! So eine Polka hat schon was unglaublich Antörnendes. Und wenn der Text des Liedes auch noch so wunderbar zum Mitgrölen geeignet ist, wird Rosamunde bestimmt schwach. Genauso wie Adelheid, die Protagonistin des nächsten Hits. Wenn die nach dem Auftritt ihrem Galan nich' 'n Gartenzwerg mit 'ner Zipfelmütze schenkt, kriegt Oma Pumpernickel Zwillinge.

»Stimmung! Konfetti!«, schreit Ballmann und fegt wie ein Irrwisch mit seiner Ilse durch den Saal. Die anderen Tanzpaare versuchen ängstlich auszuweichen, aber beim ›Bauern-Bums‹ sind Kollisionen nun mal nicht auszuschließen.

Detlef Truckenbrot hat sich nicht getraut, den blonden Heiner Konopka um ein Tänzchen zu bitten. Er wirft ihm sehnsüchtige Blicke zu und dreht unterdessen eine Runde mit Elfi Kowalski. Dabei wackelt er mit den Hüften wie ein afrikanischer Stammeshäuptling. Elfi ahnt, dass sie für Truckenbrot nur ein Notnagel ist. Doch bevor sie sich von ihrem Plüschteddy dauernd auf die Pömps latschen lässt … Und sie tanzt doch so gerne.

Mistred Pinsel hat die Küchenschürze abgelegt und Till Sauermann trotz heftiger Gegenwehr aufs Parkett geschleift. Sie presst ihn so fest an sich, dass er nicht mehr weg kann. Sauermann fühlt sich in die Zange genommen, so viel weibliche Nähe ist ihm nicht mehr ganz geheuer. Doch er gewöhnt sich dran und hat schließlich auch nichts mehr dagegen, dass Mistred ihn wie einen Brummkreisel behandelt.

Die Kinder haben ihr eigenes Spektakel entwickelt. Sie spielen »erst die Mühle, dann die Stühle« und sausen zwischen den Großen ausgelassen umher. Wenn Schlappen-Schulzes Repertoire erschöpft ist, beginnt er wieder von vorn. Inzwischen ist er bei der vierten Rosamunde angelangt, und Adelheid hat schon eine komplette Familie von Gartenzwergen verschenkt. Dünnebier fühlt sich auf den Schlips getreten und nimmt sich vor, Schlappen-Schulze eins auf den Nüschel zu hauen, wenn der noch einmal den Scheiß singt, der jetzt schon zum dritten Mal durch den Saal hallt: »Herr Wirt, wo ist mein Hut, der war neu, der war gut …«

Die Dorfjugend fängt bereits zu maulen an. Immer nur diesen alten Mist! »Können Sie nich' mal was von den Beatles oder den Rollenden Steinen spielen?«, fragt Conny Rosenmund.

»Kenn ich nicht«, sagt Schlappen-Schulze. »Was soll 'n das überhaupt sein, Rollende Steine? ›Wer hat den Käse zum Bahnhof gerollt‹ könnt ich noch anbieten.«

»Nee«, sagt Conny enttäuscht, »solchen Käse könn' s'e ruhig verreisen lassen.«

Also diese Jugend heut zu Tage ist aber auch mit allem unzufrieden. Die anderen amüsieren sich prächtig und bewundern gerade klatschend eine Steppeinlage der Tollen Elvira. Sie hat die Hände in die Hüften gestemmt und klappert wie wild mit den Stöckelschuhen.

»Donnerwetter«, sagt Oma Pumpernickel, »de hedd ja noch mehr Pepper im Blaud als Marika Röck.« Die allgemeine Bewunderung tut Elvira gut. Aus Marika Röck wird eine stolze Spanierin, die ihre Röcke schwenkt und immer toller die Absätze auf das Parkett knallt. Hoffentlich ist der Fußboden solchen Belastungen gewachsen. Denn jetzt springt auch noch Affenschmidt dazu. Elvira hat durch das Schwenken der Röcke ihre Pheromone ausgestreut.

Affenschmidt kann nicht anders, er spielt den Matador und umkreist Elvira, wobei er seine eisenbeschlagenen Schuhe auf den Boden donnert.

Elvira jucht. Affenschmidt streckt grazil seine Arme in die Luft und brüllt im Dreisekunden-Takt »Torro - Torro - Torro!« in das johlende Publikum.

Gegen diesen Lärm kann Schlappen-Schulzes Countertenor nicht mehr an. Beleidigt schnallt er seine röchelnde Ziehharmonika ab. Macht aber gar nichts. Die meisten Tänzer sind sowieso aus der Puste und erfreuen sich lieber sitzend am spanischen Ballett, das Elvira und Affenschmidt, die scheinbar unverwüstlich sind, darbieten. Außerdem ist es bereits kurz nach eins, es wird langsam Zeit aufzubrechen. Viel Zeit zum Schlafen bleibt nicht mehr. Dem Vieh ist es egal, wie viel Schlaf der Bauer gekriegt hat. Es will pünktlich gefüttert und gemolken werden.

In die allgemeine Aufbruchstimmung platzt Ballmann, der mal eben vor der Tür frische Luft schnappen war, mit einer sensationellen Meldung herein. »Leute!«, schreit er, »ihr glaubt gar nich', was eben auf dem Betriebsgelände gelandet is'! Mir is' ja fast dat Herz vor Schreck in die Hose gerutscht!«

Das allgemeine Gelächter macht Ballmann wütend. Trotz Ilschens permanenter Bewachung hat er ganz schön was intus und kuckt ziemlich desorientiert in die Landschaft.

»Hört auf so blöd zu lachen«, schreit er noch lauter. »Da draußen is' gerade 'n Ufo gelandet!« Na, so'n Quatsch hätt' er mal lieber nich' sagen sollen. Macht sich doch zum Gespött für die Leute, der Genossenschaftsvorsitzende. Außerdem bringt er sich und alle anderen in akute Lebensgefahr. Das brüllende Lachen, mit dem sein Ufo quittiert wird, lässt die Wände des Speisesaals wackeln. Vorsicht, Einsturzgefahr!

Das hält Ballmann im Kopp nich' aus. Er hält sich die Ohren zu und schreit.

»Heini, komm sofort hierher!«, befiehlt Ilse Ballmann ihrem verwirrten Mann. Aber Heini gehorcht nicht. Plötzlich springt die zweiflügelige Saaltür auf. Die Flügel donnern gleichzeitig an die Wand.

»De Atom kümmt«, schreit Oma Pumpernickel und krabbelt in panischem Schrecken unter den Tisch. Aber der Atom sieht wohl anders aus als das, was jetzt wie eine Lawine in den Saal strömt und die verstummten Dorfbewohner umzingelt.

»Hände hoch!«, peitscht eine Stimme durch den Raum. »Wer ist der Anführer? Wo sind die Rothäute?!« Zwanzig Soldaten der Nationalen Volksarmee haben die Mündungen ihrer Maschinenpistolen bedrohlich auf die verstummten Menschen gerichtet.

»Dat is' Mielkes Rache«, flüstert Sauermann Karl Lewin zu.

»Sauermann, halt jetzt bloß dat Maul! Ick hab keine Lust in Bautzen einzusitzen, bis mir die Knochen klappern«, flüstert Karl.

Ein Hauptmann der NVA und zwei Zivile in Hut und Ledermantel treten hinter den Soldaten hervor. Der Hauptmann brüllt erneut die Fragen in den Saal. »Wer ist der Anführer? Wo sind die Rothäute?!« Er entdeckt Finnitu, richtet seinen Revolver auf ihn und schreit: »Vortreten!« Finnitu, im beeindruckenden Ornat seines Volkes, tritt furchtlos vor den Hauptmann.

»Wo sind die anderen?«, schreit der und reißt Finnitu die Adlerfederhaube vom Kopf.

»Der weiße Mann spricht in Rätseln«, sagt Finnitu. »Nih-hih-o-ihwuh-tis ist gekommen allein über großes Wasser.«

Aber der Hauptmann scheint schwerhörig zu sein. »Wo haben sich deine roten Brüder versteckt?«, brüllt er.

Jetzt meldet sich Karl Lewin vorsichtig zu Wort. »Wenn ick dazu mal wat sagen dürfte?«

»Maul halten!«, brüllt der Hauptmann.

»Nee«, sagt Karl, »dat geht nich', weil ick nämlich kein Maul nich' hab. Bei uns ham nur die Kühe 'n Maul, wie dat bei euch is', weiß ick nich'. Aber wir, hier in Piepnest haben alle einen Mund. Und wenn ick meinen jetzt nich' aufmachen darf, passiert 'n Unglück, weil hier anscheinend ein riesiges Missverständnis vorliegt.«

Der Hauptmann läuft vor Wut rot an und entsichert seinen Revolver. Da tritt einer der Ledermäntel vor und tuschelt dem Hauptmann etwas ins Ohr. Der nickt.

»Mitkomm'«, sagt der Ledermantel zu Karl gewandt. Karl und die Ledermäntel gehen beiseite und setzen sich an den Tisch. Karl weiß, dass es jetzt von seiner Überzeugungskunst abhängt, wie die Feier heute endet.

Inzwischen werden die Piepnester von den Soldaten nach Waffen durchsucht. Angesichts der überall zutage beförderten Apfelsinen, Mandarinen und Bananen beschließt der Hauptmann diese eventuell als Wurfgeschosse zu betrachten. Doch bei der sich in Affenschmidts Manteltasche befindlichen Kognakflasche ist der Tatbestand unverkennbar. Molotowcocktail. Habersack versteckt sechs rostfreie Edelstahlmesser aus Solingen in den Schäften seiner Lederstiefel.

Mistred Pinsels bekommt einen Wutanfall. Sie hat ihre guten Küchenmesser erkannt und ist nur durch den gezückten Revolver des Hauptmanns davon abzubringen, Habersack auf der Stelle zu entmannen. Die Tolle Elvira genießt die Abtasterei und bringt einen jungen Soldaten ins Schwitzen, indem sie leise vor sich hin stöhnt.

Else Lewin beobachtet das Geschehen am Tisch. Die Ledermäntel haben versteinerte Gesichter. Karl spricht ruhig und scheinbar gelassen. Nur Else weiß, dass es nicht so ist. Sie hat Angst. Aber wenn einer die Karre aus dem Dreck ziehen konnte, dann war es Karl. Er hatte die Fantasie seiner Mutter geerbt und konnte die tollsten Geschichten erfinden. Und dem Stasi von den schwarz gefärbten Schweinen, die Mielke als Wildschweine aufgetischt werden sollten zu erzählen, wäre der Untergang. Diese Typen verstanden keinen Spaß.

Karl scheint seine Geschichte beendet zu haben. Die Ledermäntel stellen ihm abwechselnd Fragen. Else kann jetzt ganz deutlich erkennen, wie der eine das Zucken seiner Mundwinkel zu unterdrücken versucht. Else hofft, dass Karl es nicht zu toll treibt mit seinen Fantasien. Wenn der so richtig in Fahrt war, konnte er auch schon mal über die Stränge schlagen. Doch nach einer Stunde ist die Prozedur beendet. Karl und die Ledermäntel stehen auf und begeben sich zu den Anderen. Ein Ledermantel bespricht sich leise mit dem Hauptmann. Der lässt daraufhin seine Soldaten antreten und befiehlt den Abmarsch.

Nach wenigen Minuten ist der Spuk vorbei. Draußen erhebt sich ein beleuchtetes Ufo und verschwindet im nächtlichen Himmel.

Blass und wie erstarrt sieht Karl Lewin dem Schauspiel zu. Sauermann findet als Erster die Sprache wieder. Er haut Karl auf die Schulter. »Mensch Karl, du altes Schlitzohr,« sagt er bewundernd, »wie hast du dat bloß hingekriegt? Ick hab uns schon im Knast gesehn. Die Knie zittern mir immer noch.«

»Ach Sauermann«, sagt Karl, »frag bloß nich'. Ick sag dir nur eins, Münchhausen is'n Armleuchter gegen Karl Lewin.«

# Rauchzeichen

Dem heißen Herbst ist ein Winter gefolgt, dessen Ausmaße selbst die Dorfältesten nur mit Kopfschütteln kommentieren. So etwas hatte noch niemand erlebt. Die Freude am Schnee, der pünktlich zu Heilig Abend eintraf, hatte nicht lange angehalten. In solchen Mengen war die weiße Pracht herabgeschwebt, dass die Menschen mit dem Schneeschieben kaum noch nachkamen. Doch die Wege zu den Ställen und Schuppen mussten unbedingt begehbar sein, die Tiere wollten auch weiterhin gefüttert und getränkt werden.

Das war ohnehin oberstes Gesetz für den Bauern, dem Wohlergehen des Viehs wurde alles andere untergeordnet. Wenn auch die Unverrückbarkeit dieser Regel für manchen nicht mehr ganz so unantastbar schien, seitdem aus dem Einzelbauern ein Genossenschaftsbauer geworden war. Also ging man im Stundentakt aus dem Haus, schaufelte die Gänge frei und türmte immer höhere Schneemauern auf, die am Abend bereits Mannshöhe erreicht hatten. Nachts setzte ein heftiger Wind ein, der das ganze Zeugs zu haushohen Schneewehen zusammen pöserte. Der Winterdienst war nicht rechtzeitig aus den Puschen gekommen und stand irgendwann vor einer unlösbaren Aufgabe. Die Straßen waren dicht.

Dem mächtigen Schneepflug wollte es nicht gelingen eine Schneise in die Schneemassen zu fressen. Piepnest ist eingeschneit! Frau Holle läuft Amok! Vor lauter Wut über die Faulheit der Pechmarie hat sie ihr unschuldiges Federbett verkloppt, bis es platzte. Und nu' ham' wir den Salat!

Sauermann ist da ganz anderer Meinung. Er verkündet in seinem Stammlokal, dass Walter Ulbricht Frau Holle rausgeschmissen und durch seine Frau, Lotte Ulbricht, ersetzt hat. Aus Rache über den verpatzten Besuch, müsse die Olle da oben nun so lange die Betten schütteln, bis Piepnest zugeschüttet wäre.

Gegen diese Theorie spricht allerdings die Tatsache, dass nicht nur Piepnest eingeschneit ist. Kann aber auch sein, Lotte Ulbricht hat kein Zielwasser getrunken.

Die Sitzplatzkapazität in der Dorfkneipe ist zu hundert Prozent ausgelastet. Sogar bei den Stehplätzen wird es langsam knapp. Das Dorf ist von der Umwelt abgeschnitten, also auch vom Nachschub. Jeder will noch mal ordentlich vollladen, bevor die Vorräte zu Ende gehen.

Wirt Dünnebier ist begeistert, was er sich natürlich nicht anmerken lässt. Je lauter er über das rasante Dahinschmelzen seiner Vorräte jammert, desto eifriger trinkt die Kundschaft aus und bestellt nach. Strategie und Taktik! Jeder Wirt sollte mindestens ein Jahr lang die Militärschule besucht haben, bevor er sich hinter den Tresen stellte. Ohne derartiges Rüstzeug würde es schwer werden, den Beruf erfolgreich auszuüben.

Selbstverständlich hatte Dünnebier seinen Bierkeller vor Weihnachten noch mal ordentlich bestücken lassen, so wie er es immer machte, wenn Feiertage bevorstanden. Die gebunkerte Menge Gerstensaft und Schnaps würde noch gut zwei Wochen reichen, auch wenn seine Kundschaft schier ausgetrocknet zu sein schien. Trotz Dünnebiers weiser Vorausplanung gab es doch eine Schwachstelle in seinem wohlorganisierten Warenlager, die Räucherware. Das war bitter, ein herber Schlag für Dünnebier. Die Erfahrung einer unverqualmten Kneipenluft konnte nicht gegen ein Gefühl des Mangels anstinken, das statt fetter Rauchschwaden durch den Raum waberte. Trinkende Männer brauchten Nikotin, eine Tatsache, die natürlich auch für Frauen galt. Doch das weibliche Geschlecht verirrte sich selten in Dünnebiers Destille und wenn doch, dann meistens nur, um den besoffenen Ehegatten nach Hause zu treiben.

Besonders bedenklich wurde der allgemeine Nikotinmangel, wenn Sauermann die Kneipe betrat. Der hatte sich vor den Feiertagen selbst bevorratet und mehrere Zigarrenkisten seiner Lieblingsmarke in der Stadt eingekauft. Eigentlich bot Sauermann den gewohnten Anblick. Seine Zigarrenkiste klemmte immer unter dem Arm, wenn er geräuschvoll in die Lokalität einfiel und ein donnerndes »'n Abend allerseits!«, von sich gab. Doch jetzt, wo alle anderen so schmerzlich an ihrer Nikotinabstinenz litten, war der Anblick von Sauermanns vermutlich gut bestückter Zigarrenkiste eine himmelschreiende Pietätlosigkeit.

Wenn Sauermann, scheinbar ahnungslos, zu seinem Stammplatz schlenderte, waren alle Blicke auf die freche Provokation unter seinem Arm gerichtet. Doch der Schweinemeister presste das unschuldige Kistlein so fest an den Körper, dass die geballte Ladung telepathischer Kräfte nicht mal ein leichtes Rutschen verursachen konnte.

Trotz seiner Nervenstärke hatte Sauermann ein Weckglasgummi um den wertvollen Besitz geschnürt. Eine reine Vorsichtsmaßnahme, die bei einem eventuellen Absturz verhindern sollte, dass sich der Kisteninhalt auf dem Kneipenboden verteilte und die gierigen Beobachter dazu verleitete sich draufzustürzen. Inzwischen überlegte Sauermann aber schon, ob er sich die Zigarrenkiste nicht mittels Kette und Vorhängeschloss an das Handgelenk anschließen sollte. Langsam wurden seine Auftritte gefährlich. Wenn Sauermann den winzigen Stummelrest einer Zigarre im Aschenbecher ausgedrückt hatte, stürzte sich augenblicklich eine entfesselte Meute auf den Abfall. Anfangs war Sauermann noch äußerst amüsiert über das Spielchen gewesen und hatte sich wie ein römischer Imperator gefühlt, der von einem bequemen Logenplatz aus den Spielen zuschaute. Dabei waren die Gladiatorenkämpfe im alten Rom vergleichsweise harmlos gegen die Schlachten in der Kneipen-Arena gewesen. Sicher musste man wohl auch damals mit allen möglichen Hinterhältigkeiten rechnen, doch bestimmt nicht damit, ganz unverhofft eine Schnapspulle über den Schädel gezogen zu kriegen. Langsam begann Sauermann, um seinen eigenen Schädel zu fürchten. Schuld an dieser Misere, das wusste er, war eigentlich die Konsumtante. Angesichts der abgeschnittenen Versorgung hatte die Verkaufsstellenleiterin sämtliche Zigarettenvorräte nach Hause geschleppt und versorgte jetzt Verwandtschaft und beste Bekanntschaft damit. Für einen winzigen Moment war Sauermann versucht gewesen den Kneipen-Mob gegen das Weibsbild hinter dem Ladentisch aufzuwiegeln und einen Sturm auf deren Haus anzuzetteln. Aber irgendwie steckte ihm der Schweine-Schreck noch in den Gliedern. Von Revolution hatte Sauermann vorerst die Nase voll.

Am Sonntagvormittag scheint Dünnebiers Kneipe aus allen Nähten zu platzen. Die Männer vertrödeln hier ihre Zeit, sozusagen zwischen Frühstück und Entenbraten. Zu Hause stehen sie doch nur im Weg.

Die werktätige Hausfrau nutzt den Sonntagvormittag für den Hausputz, der in der karg bemessenen Freizeit des Alltags immer ein bisschen zu kurz kommt, weil die Gleichberechtigung ein Fuchsbau mit vielen Ausgängen, aber nur einem Eingang ist.

In vollkommener Gleichberechtigung steht die Frau ihren Mann neben dem Mann. Nur steht der Mann nicht seine Frau neben der Frau, schließlich konnte sich so ein Mannsbild doch nicht zum Pfeffi machen. Außerdem gab es ja den 8. März, ein Tag an dem die Rollen vertauscht wurden, Frauen sich auf gigantischen Frauentagsfeiern besoffen und von Männern bedienen ließen. Das sollte als Ausgleich wohl genügen.

An normalen Sonntagvormittagen legte die gute Hausfrau ihrem Ehemann eine frische Unterhose raus, organisierte ein gemütliches Frühstück und stellte im Anschluss daran die Bude auf den Kopf. Mann flüchtete an den einzigen ihm gemäßen Ort, die Kneipe, um sich hier unter Gleichgesinnten die Birne voll zu kippen, angestauten Frust hinunter zu spülen und das Ganze an den nächstbesten Baum zu pinkeln. Eine äußerst eindrucksvolle Art des Entleerens, mit der ein Mann unter Beweis stellte, dass der Unterschied zwischen ihm und einem Rüden gravierend war - der Mann hatte es nicht nötig, ein Bein zu heben.

Seitdem das Dorf eingeschneit war, zog es sogar Männer in die Kneipe, die sich hier sonst selten blicken ließen. Karl Lewin fand es nicht sehr behaglich zwischen all den Grölern und Jammerern, die sich ohne Sinn und Verstand volllaufen ließen. Karl liebte es nicht betrunken zu sein, davon wurde er müde. Und ein müder Mann konnte nicht viel ausrichten. Außerdem hegte er eine starke Antipathie gegen Dünnebier, der ihn an eine tragende Ratte erinnerte und so was Tückisches in den Augen hatte, dass er bei dessen Anblick sofort an Rattengift dachte. Doch das menschliche Individuum ist komisch und muss sich immer mal wieder neu bestätigen lassen, was Sache ist. Und wenn eine unangenehme Erfahrung lange zurück liegt, muss von Zeit zu Zeit auf den Busch geklopft werden um auszutesten und zu bestätigen.

So auch Karl Lewin, bei dessen Erscheinen in der Kneipe sofort Erkundigungen eingeholt werden, ob er sich denn nicht verirrt hätte. Karl hat Finnitu dabei, um diesem das gemütliche, deutsche Kneipenflair vorzustellen. Als Till Sauermann die beiden sieht, schafft er an seinem Tisch sofort Platz und verjagt zwei Kuhschwanzpiloten, die ihm ohnehin schon auf den Keks gingen, da es ihn nicht mehr sonderlich interessierte, woran am Sichersten zu erkennen war, ob eine Kuh bullte und wann der beste Besamungszeitpunkt wäre.

»Na, großer Häuptling«, sagt Sauermann zu Finnitu, »kannst denn um diese Uhrzeit schon 'n deutsches Bier vertragen oder willst lieber 'ne Brause?«

Karl grinst und bestellt bei Dünnebier zwei Herrengedecke.

»Wat gibt's Neues, Sauermann?«, fragt Karl, »Leben noch frisch?«

»Klar«, sagt Sauermann, »muss ja wohl, wo wir doch nu' so gut konserviert sind.«

»Wat macht die Liebe?«, fragt Karl. »Ick hab gehört, du bist jetzt mit unsre gute Frau Pinsel liiert?«

Sauermann lacht. »Naja, liiert is' wohl nich' der richtige Ausdruck. Mistred würde wohl gerne Frau Sauermann werden. Aber ick hab da 'n bisschen Angst davor, schließlich is' man doch noch im besten Mannesalter. Und du weißt ja, Mistreds Ehemänner sind immer ziemlich schnell abgenippelt. Also werd ick das erst mal so lassen wie das is'. Und Karl, kochen kann die Dame, da geht nüscht drüber, sag ick dir. Und Titten hat s'e ...«

»Dat weiß ick doch«, sagt Karl.

»Nee, nee, du«, schwärmt Sauermann, dat lässt sich erst so richtig beurteilen, wenn man die Dinger ausgepackt gesehen hat. Ick sag dir, da kricht man richtig Angst. Und die Schüsseln von ihrn Büstenhalter sind so groß, dat da ohne Weiteres 'n Klapperstorch drin brüten könnte.«

Karl brüllt vor Lachen laut los. Aber dann wird er plötzlich ernst. »Hör mal zu«, sagt er leise zu Sauermann. »Mir kommt dat so vor, als wenn Mistred Pinsel dich schon ganz schön eingewickelt hat. Und ick kann dir nur raten vorsichtig zu sein. Kannst dich noch an den Postboten Herfried Quast erinnern, der im Sommer plötzlich verschwunden war?«

»Klar kann ick mich an dat Ersatzteillager erinnern. Man kann über den Postboten ja sagen, wat man will, aber die Post war viel früher im Kasten als jetzt. Wo der wohl abgeblieben sein mag? Bestimmt is' der in den Westen abgehauen.«

»Glaub ick nich' «, sagt Karl und winkt Hannes heran, der ein paar Tische weiter sitzt.

»Hannes«, sagt er leise zu ihm, »hast die Murmel dabei?«

»Klar«, sagt Hannes, »immer. Sun schickes Souvenir muss man hüten wie seinen Augapfel.« Hannes greift in seine Hosentasche, holt etwas heraus und lässt es über den Tisch zu Sauermann rollen. Sauermann greift zu und betrachtet den Gegenstand eingehend.

»Nee«, sagt er, »Karl du hast wohl recht. Ohne seine Glotze is' der Postbote nich' auf Reisen gegangen. Wo hast'n dat her, Hannes?«

»Aus'm Erbseneintopf«, sagt Hannes.

»Du spinnst doch!«, Sauermann macht ein entsetztes Gesicht.

»Nee, nee«, sagt Hannes, »der Erbseneintopf in der Betriebsküche war Klasse, mit ganz viel Fleisch drin. Bloß, dat ick mir bald'n Zahn abgebrochen hätte an dem Teil hier.«

»So«, sagt Karl, »da kannst du dir jetzt deinen eigenen Reim drauf machen.«

»Dat muss ick denn wohl«, erwidert Sauermann und bestellt bei Dünnebier eine Lage.

»Der Schreck muss erst mal runter gespült werden.«

Sauermann äugt in die Runde und schiebt ganz langsam und vorsichtig seine Zigarrenkiste zu Karl herüber. »Nimm dir eine raus, Karl«, flüstert er. »Aber ganz unauffällig, sonst wer'n wir überrannt.«

»Wieso denn dat«, fragt Karl. »is' hier jetzt Rauchverbot?«

»Nich' so laut«!, flüstert Sauermann. Die ham hier alle nüscht mehr zum Qualm'.«

»Na, so'n Pech auch«, sagt Karl und grinst. »Aber wir sind nich' sunne armen Schluckers. Kannst deine Fidel-Castro-Keul'n behalten, Sauermann. Wir ham unsern eigenen Stoff.«

Karl und Finnitu holen jeder ein Lederbeutelchen hervor und legen es vor sich auf den Tisch. Der Brusttasche seines Jacketts entnimmt Karl seine Tabakspfeife und beginnt, sie mit dem Inhalt des Lederbeutelchens zu stopfen. Dann hält er ein brennendes Streichholz in den Pfeifenkopf und pafft das Gerät geräuschvoll an.

Als die ersten Schwaden durch den Raum wabern, wird der Tisch der Raucher sofort eingekesselt. »Weg hier!«, schreit Sauermann und haut durch die Luft, als wolle er Fliegen aufklatschen. Aber es hilft nichts, die Menge schubst und wird immer aufdringlicher. Karl fühlt sich eingeengt und schnauzt Gustav Eisbein, der schon fast auf seinem Schoß sitzt an: »Mensch Gustav, hau aff! Ick will nur in Ruhe mein Bier trinken. Wat wisst du von mir?«

»Lot mi mal an deine Piep trecken«, bettelt Eisbein.

»Nee«, sagt Karl, »ick kann doch nich' jeden an mine Piep rumsabbeln lassen.«

»Na, denn der Häuptling!«, schreit Eisbein und starrt Finnitu bedrohlich in die Augen.

»Will mein weißer Bruder Eisbein mit Nih-hih-o-ih-wuh-tis die Pfeife rauchen?,« fragt Finnitu und hält Eisbein seine Pfeife unter die Nase. Eisbein nickt und greift zu. Er muss erst mal rauskriegen, wie das Vehikel zu handhaben ist. Die Pfeife ist so lang wie sein Arm und gar nicht leicht zu rangieren. Endlich hat Eisbein die Rohröffnung gefunden und nimmt einen tiefen Zug.

»Nich so doll!«, schreit Karl, »dat Zeugs is' scharf!«

Eisbein setzt die Pfeife ab und pustet den Rauch aus, dabei verdreht er ein bisschen die Augen. »Ja«, sagt er, »scharf is' dat wohl, aber gut.«

Finnitus Pfeife macht eine Kneipenrunde. Als sie wieder bei ihm ankommt, stopft er sie erneut und übergibt sie Eisbein.

»Wat is'n da drin?«, fragt Sauermann.

»Tja«, sagt Karl, »dat lässt sich schwer definieren und hat'n ganz komischen Namen, den ick nich' aussprechen kann. Klingt fast so wie Karnickeldreck.«

»K'nick-k'neck«, sagt Finnitu.

»Genau«, sagt Karl, »dat is' wohl so wat wie Indianer-Tabak. Da sind getrocknete Pflanzen und pulverisierte Baumrinde drin. Finnitus Tiepie hängt doch voll von den ganzen Kram. Hat er hier alles gesammelt. Dat is' sozusagen der Grundstock. Aber dat Beste is' von eine Pflanze, die er selber angebaut hat. Den Samen hat er aus Amerika mitgebracht und überall hinten auf'm Hoff und im Gemüsegarten eingebuddelt. Ick kann dir sagen, Sauermann, als wie im Urwald is' man sich vorgekommen. Die Dinger sind gewachsen wie doll und verrückt und war'n am Ende mindestens vier Meter hoch. Sunne ganz buschigen Pflanzen, die sogar Blütenansätze hatten.« »Na, und denn?«, fragt Sauermann interessiert.

»Und denn hat er die Dinger abgeschnitten, getrocknet und aus ganz bestimmte Teile davon Tabak gemacht. Den hat er aber extra und mischt immer nur 'n bisschen davon in sein' Karnickeldreck mit rein. Und dat is' wohl auch gut so. Davon wird man nämlich lustig. Und den ganzen Tag lustig sein, is' ja auch nüscht.«

»Nee«, sagt Sauermann, »da hast du wohl recht. Aber mal eins, is' doch gar nich' so schlecht. Wie heißt denn die Pflanze?«

»Keine Ahnung«, erwidert Karl. »Dat verrät der verdammte Hund mir ja auch nich'. Er sagt bloß immer, dat da der große Geist in sitzt und die Pflanze in Amerika verboten is'.«

»Na, denn mach dein' Indianer mal klar, dat die Pflanze bei uns erlaubt is'«, sagt Sauermann.

»Anders kann dat ja wohl nich' sein. Du weißt doch, diese Sache mit die antagonistischen Widersprüche.«

»Oha«, erwidert Karl, »Sauermann, du bist ein Schenie. Wir könn' also davon ausgeh'n, dass alles, was der Kapitalist böse findet, für den Kommunisten gut sein muss?«

»Genau so«, sagt Sauermann. »Und alles, wat einen Kommunisten lustig macht, kann ja nich' schlecht sein. Karl, ick hab's! Wir gründen eine Company und bauen Pflanzen an, wo der große Geist in sitzt. Wenn die Dinger überall wachsen, brauchen wir da noch nich' mal Ackerland dafür. Aber vorher möchte ick den Stoff erst mal pur ohne Karnickeldreck probier'n. Man muss ja schließlich wissen, was der große Geist so drauf hat. Und wenn das was taugt, müssen wir uns noch 'n andern Namen ausdenken. Dat mit dem großen Geist is' irgendwie nich' sozialistisch genug.«

»Hm«, sagt Karl, »wie wär dat denn mit ›Schneegestöber‹?«

»Weiß nich'«, erwidert Sauermann, »dat is' vielleicht 'n bisschen zu doll. Is' ja nur getrocknetet Grünzeugs, also Heu. Und Heu macht man aus Gras."

»Na, denn nehm' wir dat doch!«, sagt Karl und lacht.»Wat denn«, staunt Sauermann, »Gras?«

»Ja«, sagt Karl, »dat Rauchzeugs, wat Finnitu aus die Pflanze, wo der große Geist in sitzt herstellt, heißt Gras.«

»Na gut«, sagt Sauermann, »aber dat, wat du jetzt in deine Piep rauchst, is' Karnickeldreck.«

»Nein, nein, mein weißer Bruder Sauermann«, belehrt ihn Finnitu, »dat is' K'nick-k'neck.«

»Mensch, Finnitu«, sagt Karl, »nu sei man nich' so streng mit uns! Sunne blöden Teutschen wie wir brechen sich an dat Wort doch die Zunge ab! Lass uns mal ruhig Karnickeldreck sagen.«

»Also, abgemacht, großer Häuptling«, sagt Sauermann, »ick kann dein Gras mal probieren?« Finnitu nickt.

»Und wann?«, fragt Sauermann weiter.

»Mein Bruder Sauermann kommt in Nih-hih-o-ih-wuh-tis Tipi und raucht.«

»Na, denn komm' ick gleich heute Nachmittag«, erwidert Sauermann.

»Heute Nachmittag ist mein Bruder Sauermann Gast an Nih-hih-o-ih-wuh-tis Feuer«, sagt Finnitu. Die Menge hat das Gespräch genau verfolgt und gibt fast einstimmig kund, dass sie auch zu Gast an Finnitus Feuer sein und Gras rauchen möchte.

»Weiße Männer mögen alle kommen in Nih-hih-o-ih-wuh-tis Tipi. Ick habe gesprochen, hau«, sagt Finnitu und steht auf. »Mein Bruder Old Schetterhend sollte auch aufstehen. Nih-hih-o-ih-wuh-tis Bauch sagt, das Mittagessen nicht mehr fern. Squaws warten in Haus mit Entenbraten.« »Hau, wir müssen nach Hause, sonst wern wir skalpiert!« , sagt Karl und bezahlt bei Dünnebier die Rechnung. Dann steht er auf, lüftet seinen Cowboyhut und verlässt mit einem sehr langgezogenen »Mahlzeit« die Lokalität.

*

Die Zivilisation hat es weit gebracht. Was die Menschheit unter ihrer Schirmherrschaft alles hervorbrachte und der Welt zu deren Nutzen schenkte, erhebt sie für ewig über das primitive Tier. Vom Atom-Pilz bis zum Fußpilz, von der Braunkohle bis zum Braun-Hemd, vom Fleischerhaken bis zum Hakenkreuz, von der Polonaise bis zur Majonäse, vom Artensterben bis zur artgerechten Haltung (Was immer dies auch bedeuten mag, wenn das Einsperren einer Art was mit Gerechtigkeit zu tun hat.), von der Oblate bis zur Colgate, vom Gummiknüppel bis zum Gummibärchen - alles, alles eindrucksvolle Zeichen der Zivilisation. Unablässig ist der Mensch auf der Suche nach Neuem, nach Selbstbestätigung, nach dem Gefühl gebraucht zu werden - kurz -nach dem Sinn des Lebens.

Eine putziges Ding, diese Suche nach dem Sinn des Lebens. Und eine, die nie endet. Denn es gibt keinen Sinn des Lebens, der ist auch nur eine Erfindung der Zivilisation, und zwar die Wichtigste. Die Suche nach dem Sinn des Lebens ist der Treibstoff der Entwicklung schlechthin. Dem primitiven Tier ist ein so komplizierter Vorgang vollkommen fremd. Es lebt nur, mehr nicht. Und außer fressen, trinken und Nachkommen zeugen tut es gar nichts. Seltsamerweise scheint es trotzdem zufrieden zu sein, wohl weil es ein primitives Tier ist. Ein wichtiges Markenzeichen der Zivilisation ist nämlich die Unzufriedenheit.

Aber die Ur-Essenz ihrer Geburt ist in der Erfindung des Heiratens zu sehen, und zwar einer kirchlich oder standesamtlich verbrieften. Denn ein weiteres Markenzeichen der Zivilisation ist Ordnung. Und die kann nur aufrecht erhalten werden, wenn sich nicht alles durcheinander vermehrt.

Dieses Gebot brachte Klaus Wackernagel und die Zwillings-Gurken, Hilde und Klara, in schreckliche Gewissenskonflikte. Obwohl Klaus Wackernagel, der als Pirat auf allen Weltmeeren zu Hause gewesen war und jeden Hafen in Besitz genommen hatte, nun endlich dauerhaft vor Anker gegangen zu sein schien, saß ihm die Zivilisation wie ein Alpdruck auf der breiten Brust. Statt zu würdigen, dass er die Anzahl der weiblichen Kontaktpersonen von zirka dreißig im Monat auf kontinuierliche zwei heruntergeschraubt hatte, lag ihm seine Mutter fast noch wütender als vorher in den Ohren und drängte auf eine Entscheidung. Es könne nicht angehen, mit zwei Frauen gleichzeitig und schon gar nicht in wilder Ehe, zu hausen. Und wenn er, Klaus, annähme, dass sie seinem wilden Treiben als Sultan unter Sultaninen noch lange untätig zusehen würde, wäre er ganz schön schief gewickelt.

Über derlei Drohungen war Klaus tief betrübt. Den Gedanken, dass die Mutter in seinen Bräuten nicht mehr als getrocknete Weintrauben sah, fand er unerträglich. Genauso wie den Gedanken, sich zwischen Hilde und Klara entscheiden zu müssen. Eher hätte er sein altes Leben wieder aufgenommen, als sich von einer der beiden zu trennen. Hilde und Klara waren ein Paar und nur als solches komplett. So wie der Mensch zwei Arme, zwei Beine, zwei Augen, zwei Nasenlöcher, zwei Nieren oder zwei Hinterbacken besaß, so besaß das weibliche Zwillingswesen Gurke zwei Mädchen, nämlich Klara und Hilde. Und diese beiden teilten sich Klaus Wackernagel in vollkommener Einträchtigkeit und in der Gewissheit, dass kein Mann dieser Welt sie jemals auseinander bringen könnte.

Für den oberflächlichen Betrachter sahen die jungen Frauen vollkommen gleich aus. Doch bei etwas genauerem Wissen über die Verschiedenartigkeit ihrer Wesen konnte man sie an bestimmten Verhaltensweisen durchaus unterscheiden. Die temperamentvolle Klara hatte es schon bei ihrer Geburt eilig gehabt und war mehrere Stunden vor Hilde zur Welt gekommen. Während Klara frisch gewaschen und sauber eingewickelt in ihrer Wiege schaukelte, war ihre Schwester vor lauter Trägheit noch mal eingeschlafen um die Gemütlichkeit im nunmehr schön geräumigen Mutternest ordentlich auszukosten. So jedenfalls hatte es ihnen die Mutter, Erna Gurke, erzählt, in besseren Tagen, als ihr Verstand noch ungetrübt war und ihre Geschichten sogar eine gewisse Tendenz zum Humor offenbarten, der sich auch in der Wahl ihrer Kosenamen niederschlug. Für Klara, die ohnehin nicht viel über die Bedeutung so nebensächlicher Dinge wie Namen nachdachte, war die Titulierung ›Mausepiep‹ ohne jede Bedeutung. Während Hilde, nachdem sie den Inhalt des Wortes ›Mausedrummel‹ begriffen hatte, sich häufig bei der Mutter darüber beschwerte. Doch Erna Gurke hatte es sich nun mal in den Kopf gesetzt, ihre Töchter Mausepiep und Mausedrummel zu nennen, wobei für sie die eigentliche Bedeutung der Worte keine Rolle spielte. Es ginge ihr lediglich um die Assoziation, welche sich beim Klang der Namen einstellte. Und Mausepiep umschriebe nun einmal ganz und gar Klaras leichtblütiges, zartes Wesen, das gleich diesem Ur-Laut der Maus so unvermittelt verschwand, wie es gekommen war. Ein Piepschen eben, leicht und flüchtig, ähnlich einer Maus. Und ganz umgekehrt sei es mit der Bezeichnung Mausedrummel, deren Schwingungen sich in vollkommenem Einklang mit Hildes charakterlichen Merkmalen befänden. Dunkle Kellergänge, die man entlang wanderte, sich in Labyrinthen verirrend, deren steinerne Böden, übersät von Exkrementen, eben Mausedrummeln, waren, deren seltsam piefiger Geruch eine Allianz mit den moderigen Ausdünstungen der feuchten Wände eingegangen zu sein schien und jeden Atemzug erschwerten, sodass der Mensch sich vorkam wie eine Luftpumpe.

Dabei war Hilde einfach nur etwas ruhiger als ihre wilde Schwester, und das, was Erna Gurke als Trägheit bezeichnet hatte, eine kluge Voraussicht, die Hilde nichts tun ließ ohne vorher gründlich darüber nachgedacht zu haben, ein früher Pionier der Energiesparbewegung eben. Doch Worte, wenn sie erst einmal ausgesprochen sind, haben eine magische Wirkung. Und die ihnen innewohnende Energie kann leicht vom geistigen in einen körperlichen Zustand übergehen. So wurde das, was Erna Gurke so leichtfertig dahingesagt hatte, zu einer geistigen Krücke für ihre Tochter, die sich mit wachsendem Alter zur Manie auswuchs und als fester Charakterzug integrierte. Hilde war infiziert von dem im Mausedrummel enthaltenen Virus, durch Angewohnheit zum ewigen Grübeln verdammt.

Klara war die Praktische, Zupackende, die nichts anbrennen ließ und immer zur Stelle war, wenn sie gebraucht wurde. Alles, was sie sich in den Kopf setzte, musste immer sofort und ohne Rücksicht auf Verluste geschehen. Während Hilde, die verträumte Dichterin, in ihrem Schmetterlingsgarten hockte, tiefschürfende Gespräche mit den Flattermännern führte und fasziniert deren Paarungsrituale beobachtete, wütete Klara im Hühnerstall, um den Hennen mitten am Tage die Eier unter den Hintern wegzuziehen. Der Gedanke an das bevorstehende Osterfest hatte Klara ganz plötzlich bei den normalen Tagesverrichtungen überfallen und sie daran erinnert, dass umgehend Eier ausgepustet werden mussten, um diese schön anzumalen und einen Osterstrauß damit zu schmücken. Dass in der Zwischenzeit die Pellkartoffeln zu Briketts verschmurgelten, war eben Schicksal.

Es war vorgekommen, dass Klara, die gerade einen Zeitungsartikel über die nützliche Wirkung von kaltem Wasser auf Geist und Gesundheit las, sofort nach Beenden der Lektüre aufsprang, um ihr neu erworbenes Wissen in der Praxis anzuwenden und der Schwester Gutes zu tun. Hilde, die gerade in der Waschküche ein Vollbad nahm und ihre selbstgebastelten Schiffchen aus Zeitungspapier beobachtete, die auf der grünen, badusangetränkten See der Badewanne zwischen Schaumbergen manövrierten, war von Klaras unverhofftem Erscheinen überrascht. Und noch bevor Hilde auch nur ein Wort des Protestes äußern konnte, fühlte sie schmerzlich, wie die eben noch wohlige Temperatur ihres Badewassers die Null-Grad-Marke ansteuerte. Klara hatte mehrere Eimerfüllungen eiskalten Brunnenwassers in die Wanne geschüttet, weil ihr die Gesundheit der Schwester über alles ging.

Hilde liebte es, köstliche Torten zu kreieren und diese an einer schön gedeckten Kaffeetafel an Sonntagnachmittagen bei Bohnenkaffee und Kerzenschein genüsslich zu verspeisen. Klara beherrschte die Kunst des Kochens und war für die Mittagessen zuständig, herrliche Konglomerate, die aus überlieferten Rezepten und Eigenerfindungen, zu der sie der Mangel der ersten Nachkriegsjahre gezwungen hatte, bestanden.

Klara liebte den Winter. Stundenlang konnte sie sich in der Kälte herumtreiben, auf dem Dorfteich mit dem Piekschlitten umhersausen oder an Schneeballschlachten teilnehmen, die sich die Dorfjugend lieferte. Während Hilde in der Wohnstube am heißen Kachelofen saß und vom Frühling träumte, baute Klara im Vorgarten Schneemänner.

Die heißen Sommer wiederum waren ganz und gar Hildes Element. Als Sonnenblume verkleidet, im grünem Kleid und mit wagenradgroßem Strohhut auf dem Kopf, nahm sie ausgedehnte Sonnenbäder in ihrem Schmetterlingsgarten und freute sich, wenn die bunten Falter vertrauensvoll auf ihr Platz nahmen. So saß sie stundenlang, über und über mit Schmetterlingen bedeckt, während Klara im Haus an einem Ventilator aus Gänseflügeln, sogenannten Fledder-wischen, bastelte.

Und hier, zwischen diesen beiden so unterschiedlich geladenen Polen, fand Klaus Wackernagel sein vollkommenes Glück. Wie ein wild gewordenes Neutron sauste er zwischen Plus- und Minuspol umher und lebte in atemlosem Vergnügen. Ein unruhiges Leben zwischen Gegensätzen, die keinen Stillstand aufkommen ließen und sein unstetes Wesen in nie enden wollenden Schlachten vor immer neue Herausforderungen stellte. Seit seiner Pubertät stellte Klaus den Mädchen nach, wie der Jäger dem Wild und erlegte seine Beute erstaunlicher Weise fast immer mühelos. Und Klaus Wackernagel war keineswegs im herkömmlichen Sinne als besonders schön zu bezeichnen. Außer seiner erstaunlichen Körpergröße von 1,95 Metern hatte Klaus nichts, was seine Beliebtheit bei den Damen rechtfertigen konnte. Sein kupferrotes Rosshaar war durch keinen Kamm zu bändigen, kannte weder Scheitel noch Pony und erinnerte eher an Räuber Hotzenplotz als an Casanova. Sein Gesicht war über und über mit kupferfarbenen Sommersprossen übersät, die in hartem Kontrast zu den nicht besonders großen hellblauen Augen standen. An den Fingerknöcheln der klodeckelgroßen Hände kringelten sich kleine, rote Borsten, die sich auch auf Armen und Beinen fortpflanzten.

Es musste wohl Klaus'ens Aura sein, die den Frauen so dermaßen unter die Haut ging, im Verbund mit seinem Körpergeruch, der an Lupinen und frisch gefärbte Ostereier erinnerte. Wenn Klaus bei Klara lag, fühlte er sich an die Trakehner-Pferde in ihrer Heimat erinnert, die ausgelassen über die fruchtbaren, unendlichen Weidengründe tobten. Klara hatte wohl den seltsamen Humor ihrer Mutter geerbt. Wenn der wilde Ritt vom Trab in Galopp überging und endlich ins Schwerelose abzuheben begann, kannte sie nur ein Wort für Klaus, das laut und gellend ihrer Kehle entsprang und Hilde im Nachbarzimmer in den Ohren dröhnte.

»Schneller, mein Borstenvieh, schneller!«, drang es durch die Wände zu Hilde herüber, die sich augenblicklich die Ohren zuhielt, weil die Worte seltsame, obszöne Bilder vor ihrem geistigen Auge entstehen ließen. Derart plastische Titulierungen bereiteten Hildes poetischer Natur fast körperliche Schmerzen. In ihren Armen fand Klaus ein zwar nicht weniger großes, aber doch ganz anders geartetes Vergnügen. Keine barbarischen Schreie drangen zu Klara herüber, da konnte sie ihr Ohr noch so fest an die Wand pressen und sich wundern. Hilde war wie das Kurische Haff in ihrer Heimat, ein großes Wasser, in dem sie mit Klaus zu ertrinken drohte, wenn die Wellen der Lust über ihnen zusammenschlugen. Doch sie schwammen sich frei, in langem, atemlosem Kampf. Und Hildes dunkle, kehlige Stimme ließ Klaus schnell vergessen, dass er sich wie eine ausgepresste Zitrone fühlte. »Roter Riese«, flüsterte die Stimme, »ach, du mein roter Riese!«

Das war es, was ein Mann brauchte, dieses Hin- und Hergeworfensein zwischen den Elementen. Mal sich wie ein in den Schmutz getretener Wurm fühlen und mal wie ein angebeteter Gott. Mal im Lichte und mal in der Dunkelheit stehen. Mal bei Klara liegen, die ihre Spielchen am liebsten bei voller Beleuchtung trieb, weil es sie verrückt machte, das Eindringen von Klaus'ens mächtigem Instrument in ihren Körper ganz genau unter die Lupe zu nehmen. Mal bei Hilde liegen, bei der nicht der winzigste Lichtstrahl ins Zimmer dringen durfte und Beischlaf was mit Dunkelkammer zu tun hatte, weil das Unaussprechliche zwischen Klaus'ens Beinen beim Eindringen in ihren Körper zwar höchste Lust verschaffte, ihr aber visuellen Ekel bereitete.

Was also, fragte sich Klaus Wackernagel immer häufiger, war so schlimm daran, dass er zwei Frauen gleichzeitig liebte? Warum musste man überhaupt heiraten? Und wenn es denn so sein sollte, warum konnte er nicht zwei Frauen heiraten?

Noch hielt sich die Öffentlichkeit über das »unmoralische« Verhältnis zurück. Doch Klaus wusste, dass es nur so lange ruhig bleiben würde, wie er sich immer nur mit einem der Mädchen zeigte. Solange der äußere Schein stimmte, war die Welt in Ordnung. Ein unerträglicher Zustand, den Klaus Wackernagel nicht länger hinzunehmen bereit war. Er tat nichts Schlechtes und Hilde und Klara schon gar nicht.

War es nicht auch so schon schwer genug, sein kleines ganz privates Glück im Leben zu finden? Wie viele Zufälligkeiten und glückliche Fügungen mussten sich ereignen, bis ein Kreis sich schloss und einen als Mittelpunkt umfing? War er, Klaus Wackernagel nicht lange genug wie ein Nomade umhergezogen, auf einer rastlosen Suche nach dem Glück? Und nun hatte ihn das Schicksal für die Intensität und Dauer seiner Suche gleich doppelt belohnt! Und diese Belohnung sollte er einfach so wegwerfen, statt sie zu würdigen, bloß weil es so komische, unnatürliche Vorschriften gab, die sich irgendwelche frigiden Moralapostel ausgedacht hatten? Nix da! Schließlich drehte sich die Sonne nicht mehr um die Erde, und nicht jeder Vogel der auf einem Zaun saß, war ein Zaunkönig. Klaus Wackernagel würde diesem unseligen Zustand ein Ende bereiten. Und er wusste auch schon, wie.

Der letzte Sonntag im alten Jahr soll noch mal angemessen gefeiert werden. Hilde Gurke hat einen Frankfurter Kranz gebacken. Die Kaffeetafel ist festlich gedeckt. Auf dem weißen Tischtuch sind kleine Tannenzweige so drapiert, dass sie jeweils eine dickbäuchige Kerze mit einer geometrischen Figur umschließen. Manchmal knistert eine Kerzenflamme ganz plötzlich in die Stille hinein. Das Licht flackert, lodert auf und tanzt. Es lebt. Auf jeder Tischhälfte stehen zwei solcher lebendigen Lichter. Den Platz in der Mitte nimmt die Torte ein. Breit, behäbig, fast ein bisschen eingebildet, thront sie im Mittelpunkt und verströmt einen hinreißenden Duft nach gebrannten Mandeln. Hilde hat nur die besten Zutaten verwendet und mit guter Butter nicht gespart. Statt der im Rezept vorgeschriebenen Anzahl der Eier nimmt Hilde immer eines mehr. Das gab der Torte eine so appetitliche goldgelbe Farbe. Der Frankfurter Kranz ist mit einer köstlichen Vanille-Butterkrem gefüllt. Auch Dach und Seitenwände sind mit der Krem bestrichen, um den in Zucker und Butter braun gerösteten, abgezogenen und grob gehackten Mandeln Halt zu geben.

Hilde gießt Kaffee ein und schneidet die Torte an. Draußen vor dem Wohnzimmerfenster setzt bereits die Dämmerung ein. Das warme Kerzenlicht im Raum macht die Stimmung besonders gemütlich.

»Mensch, Hilde«, sagt Klara, »die Torte hast du ja wieder prima hingekriegt! Schmeckt herrlich!« »Ja, wirklich«, sagt Klaus und schiebt sich das fünfte Stück auf den Kuchenteller.

Seitdem Klaus zur Familie gehörte, lohnte sich das Kochen und Backen wieder. In so einen Fast-Zwei-Meter-Mann passte ganz schön was hinein. Ähnlich wie bei Gulliver im Lande Lilliput. Mit einer Kuchengabel, wie sie Klara und Hilde zum Tortenschmaus benutzten, fing Klaus erst gar nicht an. So ein Kinderspielzeug verschwand in seiner Pranke wie ein Regentropfen im Dorfteich. Nach dem Kaffee schlägt Hilde vor Weihnachtslieder zu singen und will ihre Klampfe holen. Klaus hat was anderes vor.

»Zieht euch mal beide schön warm an!«, sagt er, »wir machen jetzt einen Spaziergang.«

Aber Hilde hat keine Lust. »Ach, nein, Klaus«, sagt sie, das ist mir zu kalt draußen. Geh du man mit Klara spazieren, die hat ihren Spaß daran!«

»Aber ihr müsst beide mitkommen«, erwidert Klaus. »Ick hab'ne Überraschung.«

»Was ist es?«, schreit Klara aufgeregt.

»Wir geh'n jetzt heiraten«, sagt Klaus. »Wenn ihr einverstanden seid?«

Hilde und Klara sehen ungläubig zu Klaus herauf.

»Aber Klaus«, sagt Hilde, »kein Mensch heiratet um diese Tageszeit. Und schließlich und endlich kannst du uns auch nicht beide heiraten!«

»Doch«, sagt Klaus, »dat kann ick. Ihr müsst nur woll'n.«

Hilde findet, dass ein Aprilscherz nicht in die Jahreszeit passt. Aber sie will Klaus nicht enttäuschen, außerdem wird der sowieso keine Ruhe geben. Widerstrebend machen sich die Bräute ausgehfertig.

Als Klara und Hilde endlich auf den schmalen Gängen im Schnee-Labyrinth Klaus hinterher stapfen, ist es bereits dunkel. Klaus leuchtet mit der Taschenlampe voran. Hilde und Klara folgen im Dauerlauf, um Klaus nicht aus den Augen zu verlieren. Einen Schritt Klaus - drei Schritte Klara und Hilde. Das soll 'n Spaziergang sein?

»Klaus, wann sind wir endlich da?«, ruft Hilde nach fünf Minuten. Nicht, dass ihr noch kalt ist, beileibe nicht, nein. Aber sie ist aus der Puste. Und so was mag Hilde gar nicht leiden. Außerdem hat sie vollkommen die Orientierung verloren. Die Schneemauern links und rechts des Weges türmen sich so hoch, dass man nur die Hausdächer erspähen kann. Aber die sind voller Schnee, sehen alle gleich aus. Nur der Rauch, der aus den Schornsteinen dampft, hat verschiedene Farbtöne. Aus einem räuchert es gar pechschwarz heraus, verbrennt wohl einer olle Lumpen.

Endlich scheinen sie am Ziel zu sein. Der schmale Gang mündet in einen größeren Platz, der schneefrei geschaufelt ist. Als Hilde und Klara hinter Klaus'ens Rücken hervortreten, stehen sie vor Finnitus Tipi. »Ist das die Überraschung?«, fragt Klara.

»Abwarten«, sagt Klaus, schlägt die Plane vor dem Zelteingang zurück und krabbelt hinein. Hilde und Klara hinterdrein. Drinnen müssen sich ihre Augen erst mal an das Licht gewöhnen. Das Tipi ist hell erleuchtet und viel größer, als es von außen den Anschein hat. In der Mitte prasselt ein gemütliches Feuer. Als Klara und Hilde Einzelheiten erkennen können, sind sie etwas erschrocken. Trotz der Stille, die hier drinnen herrscht, ist der Raum voller Menschen. Das ganze äußere Rund des Zeltes ist besetzt mit auf Fellen hockenden Männern, die so zufrieden zu sein scheinen, dass sie das Reden vergessen.

Ganz allmählich gelingt es Klara, deren Gesichter zu erkennen. Neben Affenschmidt, der vor lauter Zufriedenheit sogar das Kratzen zu vergessen scheint, hockt Eisbein. Der hat ein breites Grinsen in seinem Vollmondgesicht und schaut der gerade aus seinem Mund entwichenen Dampfwolke hinterher. Es ist ein angestrengter, starrer Blick, der eigentlich zwei Blicke ist, weil Eisbein mächtig schielt. Irgendwo, hoch oben in der Kuppel des Tipis, da wo sich Eisbeins Blicke kreuzen, wabert seine Glückseligkeit. Neben ihm lümmelt Rübenstrunk, der zufrieden vor sich hingrunzt und sehr intensiv an einer maroden Tabakspfeife von seinem Opa saugt.

Es folgen Detlef Truckenbrot und Heiner Konopka, dicht aneinander gekuschelt naschen die Beiden abwechselnd an einer Gemeinschaftspfeife. Jedes Mal, wenn Detlef am Saugen ist, stiert er Heiner mit seinen basedowschen Augen derart gierig ins Gesicht, als wolle er ihn gleich mit verputzen. Habersack sieht aus wie eine Lokomotive. Pfeife rauchen will gelernt sein, damit sie nicht ausgeht, muss Habersack mächtig Dampf machen. Sein Nebenmann sieht so entstellt aus, dass Klara ihn im ersten Schreck gar nicht identifizieren kann. Wie bei einem wütenden Stier dringen dem mächtige Dampfschwaden aus den Nasenlöchern. Sogar aus den Ohren kräuselt weißer Rauch. Doch bevor Klara endgültig begreift, dass der dampfende Stier Oma Pumpernickel ist, wird ihre Aufmerksamkeit von den drei direkt am Feuer sitzenden Männern angezogen. Till Sauermann kann die ungewohnte Sitzstellung nicht mehr aushalten und versucht angestrengt, seine gekreuzten Beine auseinander zu wurschteln.

»Also, nee Häuptling«, stöhnt er, »kannst du dir nich' 'ne olle Kautsch oder sowat besorgen? Ick bin doch keine Lakritzstange!«

Finnitu steht auf und holt aus dem Hintergrund des Zeltes eine leere Kiste, stellt sie hinter Sauermann. »Na, also«, sagt der und platziert sein gut genährtes Hinterteil auf dem Möbelstück, »das is' doch ganz wat anderes!« Er klopft seine erkaltete Pfeife an der Kistenwand aus und wendet sich wieder an Finnitu. »Karnickeldreck hab ick nu' genug geraucht. Jetzt würd ick gerne mal probier'n, wie die Pflanze schmeckt, wo der heilige Geist in wohnt.«

»Nu bleib mal ganz ruhig«, sagt Karl Lewin, der sich neben Sauermann auf die Kiste gesetzt hat. »Dat wird schon allet. Wir ham heut noch mehr vor.«

Finnitu ist inzwischen zu den Neuankömmlingen gegangen. »Sei gegrüßt, Roter Bär!«, sagt er zu Klaus Wackernagel und klopft ihm auf die Schulter. Dann wendet er sich an Klara und Hilde, die verdutzt auf Roter Bär starren, der sie ein bisschen verlegen angrinst.

»Meinen Gruß den Squaws«, sagt Finnitu, »sie mögen Gast an meinem Feuer sein.«

Hilde und Klara fühlen sich wie in einem anderen Leben. Alles ist so unwirklich und anders als normal. Sogar die überall herumhockenden Männer, die draußen durch bestimmte Charakterzüge immer sehr präsent waren, saßen still und friedlich und ohne den Drang irgendwie auffallen zu müssen, im Halbdunkel des Zelthintergrundes. Zufrieden nuckelten sie an ihren Tabakspfeifen, in denen ein Zeugs schmurgelte, das sie in normalen Zeiten nicht einmal mit der Kneifzange anfassen würden. Und Finnitu, der außerhalb dieses Zeltes immer wie ein exotisches, schönes Tier wirkte, war hier drinnen der große Zampano, ohne sich wie ein wütender Orang-Utan aufführen zu müssen. Das taten die Männer seines Volkes nur in Kriegszeiten, um dem Feind Angst einzujagen. Jetzt reichten wenige Worte und eine beeindruckende Gelassenheit, die sich in seiner Körperhaltung ausdrückte, um Hilde und Klara widerspruchslos seiner Aufforderung Folge leisten zu lassen. Finnitus Tipi ist eine Welt in einer Welt, in der sich alles umgekehrt zu haben scheint und nichts unmöglich ist. Auch die Stille nicht.

Als alle am Feuer sitzen, lüftet Finnitu das Geheimnis, in das außer ihm nur Karl Lewin eingeweiht ist. »Dies«, sagt Finnitu, »ist die Geschichte von Roter Bär, der als Klaus Wackernagel in mein

Tipi kam, als das Laub der Bäume sich rot färbte und die Weiden der gescheckten Bisons trocken und braun wurden:

Vor langer Zeit war Roter Bär ein wilder Fluss und jagte in den eng gesteckten Marken seines Bettes durch das Land. So ungebärdig war er, dass auf dem Scheitel seines unruhigen Wassers stets Schaumberge schwammen und die silberhäutigen Fische in seinen Eingeweiden niemals zur Ruhe kamen. Damals trug er den Namen ›Jäger mit Schürze‹ und wurde gefürchtet, von allen, die fruchtbare Äcker besaßen und diese vor seinen wilden Überschwemmungen schützen mussten. Doch das kümmerte ›Jäger mit Schürze‹ wenig. Überall, wo sich die Gelegenheit bot über das Ufer zu schwappen, tat er dies und knickte die junge Saat, die aus der schwarzen, schweren Erde dem Lichte entgegenstrebte. Er tat dies nicht aus Böswilligkeit, einfach nur aus Übermut und einem unersättlichen Hunger nach jungem Grün.

Manchmal schnappte ›Jäger mit Schürze‹ auch nach altem Grün, einfach aus der Gewohnheit heraus schnappen zu müssen. So schnappte er viele Jahre vor sich hin und wurde immer hungriger statt satt. Aber eines Tages begab es sich, dass ›Jäger mit Schürze‹, der gerade besonders wild durch die Gegend raste, in der Ferne zwei liebliche, junge Blumen leuchten sah. Auf der Stelle versuchte er über die Ufer zu platschen, um die schönen Rosen zu knicken. Aber es wollte nicht gelingen. Ausgerechnet an jener Stelle war die Böschung des Flussbettes besonders steil. ›Jäger mit Schürze‹ kämpfte verzweifelt, aber umsonst. Doch er war nicht nur frech, sondern auch schlau. Und so bat ›Jäger mit Schürze‹ einen Maulwurf, ihm die Blumen auszugraben und in sein Wasser zu betten. Der gutmütige Maulwurf tat dies denn auch und grub die beiden Rosen, es waren eine weiße und eine rote, mit all ihren Wurzeln aus und legte sie in die Arme des Flusses.

Die Rosen hatten lange gedürstet und badeten ausgelassen und fröhlich im Wasser des Flusses. Sie waren noch niemals voneinander getrennt gewesen und freuten sich, dass der Fluss genug Wasser führte, um nicht nur ihren eigenen, sondern auch den Durst der Schwester zu stillen.

›Jäger mit Schürze‹ verliebte sich unsterblich in die Rosenschwestern, die ihre Wurzeln in sein Herz trieben und dort fest verankerten. Fortan blieb er in seinen Grenzen und war glücklich. Doch statt froh über den endlich eingekehrten Frieden zu sein, beschwerten sich die Ackerbesitzer beim großen Häuptling. Sie meinten, dass dem Fluss nur eine Blume gehören dürfe. Ein Fluss - eine Blume, alles andere wäre ungerecht und wider die Natur. Da wurde

›Jäger mit Schürze‹ traurig, kam in Nih-hih-o-ih-wut-tis Tipi und bat um Hilfe.

Nih-hih-o-ih-wuh-tis begann die Trommel zu schlagen, um den Großen Geist zu wecken. Dann rauchten er und ›Jäger mit Schürze‹ die Pfeife. Sie rauchten von der Pflanze, wo der Große Geist in wohnt. Sie rauchten und rauchten, aber der Große Geist ließ sich Zeit. Viele Pfeifen lang dauerte es, bis er sich offenbarte und ›Jäger mit Schürze‹ und Nih-hih-o-ih-wuh-tis in seine Jagdgründe holte. Dort sandte er einen mächtigen Bären. ›Jäger mit Schürze‹ kämpfte mit ihm, viele Stunden. Als der Bär schließlich einsah, dass ›Jäger mit Schürze‹ ein ebenbürtiger Gegner war, verschwand er in die Wälder. Und Nih-hih-o-ih-wuh-tis hatte die Botschaft des Großen Geistes verstanden. Der Bär wurde das Totem-Tier von ›Jäger mit Schürze‹.

Als sie zurückgekehrt waren, führte Nih-hih-o-ih-wuh-tis ihn zum Dorfteich. Er durchschwamm ihn, wusch sich rein und stieg am gegenüberliegenden Ufer als Roter Bär heraus. Als die rote Sonnenscheibe im Westen versank, hatte das Volk der Dakota einen neuen Krieger.

Ich habe gesprochen. Hau.«

Es ist unheimlich still im Zelt. Jeder der Anwesenden hat angestrengt versucht Finnitus Erzählung zu lauschen und für sich zu deuten.

»Na, wie jetzt«, sagt Sauermann endlich, »Klaus Wackernagel is' nu ein Indianer?«

»Nee«, erwidert Klaus, »ein Dakota.«

»Na, meinetwegen, denn eben ein Dakota«, sagt Sauermann. »Aber wie hat Finnitu dir denn nu geholfen? Deine zwei Rosen kannst du immer noch nicht beide gleichzeitig heiraten.«

»Kann er wohl«, mischt Karl Lewin sich ein. »Die Dakota dürfen mehrere Frauen's heiraten.«

»Menschenskinder«, ruft Affenschmidt, »dat is' ja 'n Ding! Bin ick froh, dat ick kein Dakota bin!« »Und die Dakotas sind bestimmt auch froh darüber«, sagt Sauermann. »Aber wie geht's denn nu weiter, Häuptling?«

»Zeremonie", erwidert Finnitu, nimmt seine Trommel und beginnt, dieser nicht eben heiße, aber doch rhythmische Klänge zu entlocken. Dazu lässt er wieder einen so seltsamen Sing-Sang erklingen. Etwas, das bei Karl Lewin gar nicht gut ankommt. Aber in Anbetracht der feierlichen Situation erträgt er den Katzenjammer wie ein Mann. Schon reicht der Platz im Zelt nicht mehr aus. Es ist angefüllt mit Trommelklang und Sing-Sang, der einen Ausgang sucht.

Ganz oben in der Kuppel huscht die Musik aus dem Rauchabzug davon und zieht in den Piepnester Winterabend. Im Hühnerstall dreht sie eine schnelle Runde, reißt das Federvieh aus seinen Eierträumen und verschwindet wieder, eingeschüchtert von der erwachenden Konkurrenz der Schlagersängerinnen, die sie mit ihrem Gegacker übertönen. Die Musik fliegt weiter, zieht nach oben und schwebt über den weißen Dächern der Häuser. Sie will sich mit dem Rauch, der aus den Schornsteinen dampft, verbrüdern. Doch der kriecht erschrocken in den schwarzen Schlund zurück. Die Musik hinterher. Jetzt rumpelt sie in den Kachelöfen der Piepnester Wohnstuben und ängstigt die braven Leute. Nicht lange, im Ofen ist es einfach zu heiß. Aber doch lange genug, um von Else und Betty Lewin verstanden zu werden.

Dies ist das vereinbarte Zeichen. Die Frauen verlassen die warme Stube und begeben sich zu Finnitus Zelt. Bei ihrem Eintreten erhebt Roter Bär sich feierlich und zieht seinen Pullover und seine Hose aus. Jetzt steht er in Unterwäsche da.

Betty ist beim Anblick seiner Unterhose peinlich berührt, lässt sich aber nichts anmerken.

Else und Betty haben nach Finnitus Anleitung ein schönes Jagdhemd aus Wildleder, Leggins und ein Paar Mokassins gefertigt. Else reicht Klaus die Leggins. Finnitu hilft ihm beim Anlegen der Beinkleider. Sieht ein bisschen komisch aus, mit der Unterhose darunter. Doch nachdem Klaus in das von Betty überreichte Jagdhemd geschlüpft ist, stellt sich die Sache schon ganz anders da. Fehlen nur noch die Mokassins, doch in diese ist Klaus schnell hineingeschlüpft. Sind ja fast wie Hausschuhe. Fertig. Klaus sieht toll aus. Else und Betty haben sich auch besonders viel Mühe beim Anfertigen dieser ungewöhnlichen Kleidungsstücke gegeben und auch mit Verzierungen nicht gespart. Und dass die Fransen an den Ärmeln des Hemdes nicht aus Skalplocken, sondern aus Rosshaar bestehen, macht gar nichts. Im Gegenteil! Das Material, aus dem die Stickereien angefertigt sind, ist auch nicht unbedingt original indianisch. Wo sollte man in Piepnest denn wohl auch Stachelschweinborsten herbekommen?! Doch Schafwolle, zu einem feinen Faden gesponnen und bunt eingefärbt, ist mindesten ebenso schön.

Aber die Hauptsache kommt noch. Finnitu hat sich inzwischen mit seiner herrlichen Adlerfederhaube geschmückt. Feierlich tritt er jetzt vor Klaus. In seinen Händen liegt eine prächtige Federhaube aus Hahnenfedern, für deren Bestandteile er lange auf allen Hühnerhöfen der Umgebung sammeln musste. Jetzt krönt er Klaus'ens roten Haarschopf mit dieser Rarität.

»Mein Bruder Roter Bär«, sagt Finnitu und legt ihm die Hände auf die Schultern.

»Mein Bruder Wolf auf dem Berge", erwidert Roter Bär und legt seine Hände auf Finnitus Schultern. Die ganze Situation ist so feierlich und anrührend und über die Maßen beeindruckend, dass Oma Pumpernickel ganz spontan aus dem Zelthintergrund ans Feuer gesprungen kommt. »Hurra!«, schreit sie und klatscht in die Hände. Die anderen machen es ihr nach. Ein vielstimmiges »Hurra!« und Händeklatschen lassen die Zeltplane erzittern.

Klara und Hilde haben Tränen in den Augen, als Roter Bär sie bittet ihn zu heiraten.

Finnitu legt ihre Hände zusammen. »Dies«, sagt er, »sei das Symbol für euren Bund, der, auch wenn Blitz und Donner toben, fest und stark sein soll. Seid weitherzig und nicht allzu bescheiden. Möget ihr immer Rückenwind haben und stets Sonne im Gesicht. Mögen die Schicksalsstürme euch hinauf tragen, auf dass ihr mit den Sternen tanzt. Ich habe gesprochen. Hau.«

Finnitu tritt zu Karl und sieht ihn eindringlich an. »Mein Bruder Old Schetterhend muss auch sprechen.«

Darauf ist Karl nicht vorbereitet. »Nee, nee« erwidert er, »du hast doch schon alles gesagt. Dat hätt' der Pastor auch nich' besser machen können.«

Aber Finnitu hat wieder diesen sturen Büffelblick. Da kommt Karl wohl nicht drumrum. Er tritt vor die drei jungen Leute, malt das Zeichen des Kreuzes in die Luft und spricht:

»I nomine patre, et Filius, et spiritus Kaktus. Seid fruchtbar und mehret euch. Amen. So, nu seid ihr verheiratet, macht dat Beste draus.«

Wieder erzittert die Zeltplane. Klaus hat noch eine Überraschung für seine Ehefrauen, die er schon vor Wochen in der Stadt geordert hat und sich jetzt von Karl überreichen lässt. Es ist eine kleine Schachtel, der Klaus drei silberne Ringe entnimmt. Sie enthalten eine kleine Inschrift.

In den ersten, den er jetzt Klara ansteckt, sind die Initialen K & K eingraviert. Hildes Ring hat die Initialen H & K, Klaus streift ihn feierlich auf ihren Finger. Den dritten Ring stecken Hilde und Klara gemeinsam auf Klaus'ens Finger. In ihm sind die Initialen H & K & K eingraviert.

So, jetzt darf geknutscht werden. Und dann wird endlich gefeiert, aber nicht mit Alkohol. An einer Zeltstange hängt ein großer Kartoffelsack. Finnitu nimmt ihn ab und bittet die Anwesenden, zu ihm zu kommen und sich die Pfeifen zu füllen.

»Nehmt, soviel ihr mögt!«, sagt er. »Dies ist von der Pflanze, wo der Große Geist in wohnt. Wir wollen rauchen und fröhlich sein.«

»Na, denn mal her mit das Gras!«, sagt Sauermann. Er ist als Erster am Sack und schaufelt seinen Pfeifenkopf ordentlich voll. Elfriede Pumpernickel ist als nächste dran. Sie kann ihre Konsumgewohnheiten einfach nicht ablegen und lässt so ganz nebenbei noch ein bisschen Stoff in ihrer Schürzentasche verschwinden. Nur aus Sicherheitsgründen. Wer weiß, wie lange Piepnest noch vom Nachschub aus der Stadt abgeschnitten ist.

Karl nimmt sich nur eine kleine Portion aus dem Sack und mischt sie mit Karnickeldreck. Er will einen klaren Kopf behalten.

Else und Betty lehnen dankend ab. Sie möchten nur noch einen Moment zugucken und sehen, wie das Zeugs wirkt.

Als alle ihre Pfeifen gestopft haben, beginnt das gemeinschaftliche Anzünden. Die Streichhölzer flammen auf, schon ziehen die ersten Dampfschwaden dem Rauchabzug entgegen.

Nach fünf Minuten angestrengten Beobachtens wird es langsam interessant. Oma Pumpernickel hat einen so seligen Ausdruck im Gesicht und lehnt so dermaßen entspannt an der Zeltwand, dass Betty fast noch in Versuchung kommt. Aber schon im nächsten Moment vergeht ihr die Versuchung. Elfriede lässt doch wahrhaftig einen elendig lauten Furz in die Stille fahren und lacht sich halb kaputt darüber. Das Zeugs schien nicht nur fröhlich zu machen, sondern auch jegliche Zurückhaltung über Bord zu werfen.

Elfriede lacht und lacht, nach jedem Zug aus ihrer Pfeife ein bisschen mehr. Jetzt fängt Habersack auch noch zu lachen an und packt Oma Pumpernickel ans Knie.

»Elfriede mein Schatz«, »sagt er, »wieso is' mir noch nie aufgefallen wie knackig du eigentlich bist?« Elfriede jucht vor Vergnügen. Die Krankheit scheint ansteckend zu sein. Detlef Truckenbrot knutscht mit Heiner Konopka. Oh Mann, dabei sind die gar nich' verheiratet!

Bei Affenschmidt erzeugt das Rauchen eine ganz andere Wirkung. Er hat sich eine von Finnitus Rasseln geschnappt und tanzt rasselnd um das Feuer herum. Er hat den Oberkörper weit vorgebeugt. Die Tanzschritte ähneln mehr einem Hüpfen und Stampfen. Affenschmidts Geist scheint sich in die Ewigen Jagdgründe aufgemacht zu haben. Das ganze sieht doch sehr indianisch aus. Für Sauermann nicht. Dem wird von diesem permanenten Umkreistwerden schwindlig. »Verschwinde, du olles Rumpelstilzchen!«, schreit er und stellt Affenschmidt ein Bein. Der schlägt lang hin. Das tut Sauermann aber doch leid. Er springt zu Affenschmidt und hilft ihm auf die Beine. »Dat wollt ick nich'«, sagt Sauermann und putzt Affenschmidt die Jacke ab. Aha, also auch bei Sauermann zeigt das Zeugs schon Wirkung.

Betty hat genug gesehen, sie geht ins Haus zurück. Es ist wie bei einer Feier, wenn alles drum herum besoffen und lustig umherspringt. Da muss man schon selber besoffen sein, um sich zu amüsieren.

Else will noch auf Karl warten. Lange braucht sie dies nicht zu tun. Karl wird es langsam zu laut hier. Er braucht jetzt die Stille und Geborgenheit seines Hauses und die Nähe seiner Frau. Gemeinsam verlassen Else und Karl das Zelt. Finnitu begleitet sie. Draußen, in der klaren Abendluft, stehen die Drei noch einen Moment beieinander. Im Mondlicht glitzert der Schnee wie ein Traumkissen. Karl ist versucht, sich hineinzuwerfen und Schneeengel zu machen oder ein Ohr auf das Traumkissen zu pressen. Sicher würde man die schlafende Erde darunter atmen hören. Oder sich das Ohr abfrieren.

»Also, gute Nacht, mein Freund«, sagt Karl und reicht Finnitu die Hand.

»Warte, mein Freund«, erwidert Finnitu, »lass uns noch ein paar Worte zum Großen Geist sprechen, bevor wir auseinander gehen.« Er zündet seine armlange Pfeife an und nimmt einen kräftigen Zug. Dann bläst er den Rauch in alle vier Himmelsrichtungen aus.

»Wir bitten dich, Heiliges Geheimnis«, sagt Finnitu andächtig, »wie es unsere Väter und die Väter unserer Väter schon taten, dass du uns Nahrung gebest und Frieden.«

Finnitu überreicht Karl die Pfeife. Auch er nimmt einen tiefen Zug und bläst in alle Himmelsrichtungen aus. »Ja, oh du, Heiliges Geheimnis«, sagt Karl dann, »außerdem möchten wir dich noch bitten, manchmal nich' ganz so geheimnisvoll zu sein. Es ist auf die

Dauer ziemlich anstrengend, dauernd Rätselnüsse knacken zu müssen. Mach das Leben nich' gar so kompliziert, wo es klar und einfach sein könnte. Und wenn du noch mal eine Erschaffung ausprobierst und da oben, wo die Sonnensterne blinkern, eine andere Erde mit allem drum und dran bastelst, dann lass dir 'n bisschen mehr Zeit. Sechs Tage sind einfach zu wenig, da könn' zu viele Fehler passier'n. Oder kannst du mir erklären, warum alles, was du hier erschaffen hast, ein Gegenstück hat? Hätte die Liebe nich' genügt? Wozu braucht es auch noch den Hass? Wirf mal 'n Blick in Finnitu sein Zelt. Vielleicht solltest du dir bei der nächsten Erschaffung ab und zu mal 'ne Pfeife Gras gönn'.«

Karl macht eine kurze Pause und überlegt. »Ach ja«, sagt er dann, »oh, du Heiliges Geheimnis. Es wäre schön, wenn du dafür sorgen könntest, dass endlich der Schnee von den Straßen verschwindet. Schließlich könn' wir nich ewig Karnickeldreck rauchen. Ich habe gesprochen. Hau.«

Karl gibt Finnitu die Pfeife zurück. »Danke«, sagt er, »dat hat mir gut getan.«

Drinnen im Zelt wird gelacht und getanzt, dass die Zeltstangen wackeln. Karl geht zu Else, die sinnend in den nächtlichen Himmel sieht. Er legt ihr seinen Arm um die Schulter. Das hat er schon lange nicht mehr getan.

»Na, Mudders«, sagt Karl, »wat grübelst du denn so vor die hin?«

»Ach«, erwidert Else, »Ick heff mir grad so überlegt, wenn dat denn mal so weit is' und ick in'n Himmel komm', denn möcht' ick genau dor hin, in den Großen Wagen.« Sie hebt ihren Arm und deutet mit dem Finger auf die Stelle, an welcher das Sternbild des Großen Wagens am Himmel steht.

»Warum denn dat?«, fragt Karl erstaunt.

»Na, weil da genug Platz in is'«, sagt Else. »Da könn' wir beide auch da oben schön zusamm' bleiben. Du auf'm Kutschbock und ick danäben.«

»Na«, sagt Karl, »dat wird sich wohl einrichten lassen. Ick werd dir schon 'n Platz auf'm Kutschbock freihalten. Da kommt keine andre nich' hin, dat sollst du wohl seh'n. Und überhaupt: Am Ende wird alles gut. Wenn nicht, ist es nicht das Ende.«

# Schluss

Es ist weit nach Mitternacht, als Karoline Lewin endlich eine Entscheidung trifft. Sie wird den alten, gestürzten Kirschbaum nicht wieder aufrichten. An seiner Stelle soll ein neuer Baum wachsen. Auch ein Kirschbaum, aber einer, den sie gemeinsam mit ihrer Tochter Lilli pflanzen wird. Im Schatten dieses neuen Kirschbaumes soll das Grab der Ur-Großmutter liegen, der zur Freude sie auch noch einen Holunderbusch gleich daneben setzen will.

Die Kerzen sind heruntergebrannt und verschmurgeln in ihrem eigenen Saft. Karoline sieht aus dem Fenster in den blinkenden Sternenhimmel und hofft auf ein Zeichen. Lange braucht sie nicht zu warten, denn der Große Wagen, der eben um die linke Himmelsecke geprescht kommt, hat einen Affenzahn drauf. Dem Wagenlenker ist es doch tatsächlich gelungen, den Stier zu fangen und einzuspannen.

Karoline Lewin ist glücklich. Sie weiß, wer da auf dem Kutschbock sitzt. Es gab nur Einen, der so ein Ur-Viech bändigen konnte. Und nur Eine, die kühn genug war, sich dem wilden Wagenlenker anzuvertrauen und neben ihm auf dem Kutschbock zu sitzen.

Am Ende, denkt Karoline, wird alles gut. Wenn nicht, ist es nicht das Ende.

# »Vom Vergnügen anders zu sein«

Autorin: Ute Patel-Missfeldt
Karina Albrecht

Illustratorin: Ute Patel-Missfeldt

192 Seiten, 13,5 x 20,5 cm

Klappenbroschur

ISBN: 978-3-943-168-59-4

19,80 € (D) | 20,40 € (A)

Nachdem der TV-Film „Vom Vergnügen anders zu sein" im Bayerischen Fernsehen über Leben und Werk von Ute Patel-Missfeldt mehrmals gesendet wurde, erscheinen nun die Lebenserinnerungen der international renommierten Ausnahmekünstlerin. Als Co-Autorin stand ihr Karina Albrecht, bekannt für ihre manchmal fast schon schwarzhumorige Erzählkunst, zur Seite. Es gelingt dem Duo, trotz aller Tragik in vielen Lebenssituationen, den Texten stets einen heiteren Unterton zu verleihen. In beeindruckenden Bildern wird veranschaulicht, dass schwere Lebenslagen nicht zwingend zum endgültigen Schicksal werden müssen, sondern allem Negativen auch immer ein Neuanfang innewohnen kann. Zahlreiche Illustrationen und Fotos machen die Lektüre zum Augenschmaus.

Als ganz besondere Überraschung liegt dem Buch eine DVD bei. Der 1996 entstandene Film zeigt die Künstlerin in ihrem Zuhause, in Schloss Grünau, bei der Demonstration der von ihr erfundenen Seidenmaltechnik auf der Glasplatte.

# »Unverblümt« - die Welt in meinem Spiegel

Autorin: Karina Albrecht
Illustratorin: Ute Patel-Missfeldt

87 Seiten, 21,5 x 26,5 cm

Hardcover mit Schutzumschlag

ISBN 978-3-943168-02-0

24,90 € (D) | 25,60 € (A)

Wenn Lachen gesund ist, dann könnte der Gedichtband von Ute Patel-Missfeldt und Karina Albrecht, mit dem vieldeutigen Titel, möglicherweise der Schlüssel zur Unsterblichkeit sein.
Hier verursacht bereits die 'Verpackung' einen geradezu euphorischen Sinnesrausch. Die 'Meisterin der Farben' setzt hier ihren fantasievollen Arrangements die Krone auf: Ein Cover zum Ausziehen! Welch ein wunderbarer Gedanke, denn was zum Vorschein kommt, ist einfach nur bestaunenswert. Das Buch fasziniert mit farbenprächtigen, opulenten Bildern.
In diesem wunderbaren Band ist alles anders - besonders. Und diese Lust am Anderssein wird auf die Spitze getrieben, - unkonventionell und frech, ganz unverblümt eben.
Den beiden Ausnahmetalenten, Patel-Missfeldt und Albrecht, ist hier eine Synthese aus Bild und Wort gelungen, die Ihresgleichen sucht.
Notorische Lyrik-Verweigerer werden beim Lesen von „Unverblümt“ freiwillig ihre Blockade-Haltung aufgeben - garantiert!

# »Distel im Wind«

Autorin: Karina Albrecht
Illustratorin: Elke Steckhan

185 Seiten, 12 x 19 cm

Softcover mit Klappen

ISBN 978-3-943168-16-7

12,90 € (D) | 13,40 € (A)

Auf der Suche nach der eigenen Identität und festem Halt im wogenden Alltagsaufundab beschreibt Karina Albrecht den dornig-schwierigen Weg von der Schwelle zur Kindheit hin zum Erwachsenen-Dasein.
»Leicht macht es sich die Romanheldin Karoline Lewin nicht. Sie verbrachte ihre Kindheit in den 60er Jahren auf dem bäuerlichen Anwesen ihrer Großeltern in Vorpommern. Schulegehen musste nicht sein, zumal - so die überzeugte Ansicht der Unangepassten - sie alles, was das Leben wert macht, von den geliebten Großeltern erfuhr. Und das war viel und das genügte Karoline Lewin. Stets neugierig, unglaublich querdenkend, sorgt das Kind unbewusst-bewusst (oder doch umgekehrt?) für Aufruhr, Stirnfalten und Kopfschütteln ihrer Mitmenschen. Nicht selten ohne Schmunzeln und herzhaftem Lachen. Dabei scheut sie sich nicht, durchaus derbe Begebenheiten ungeschminkt preiszugeben. Die Metamorphose bleibt nicht aus. Hier sehr beklemmend - mit tiefsinniger Anspielung an Kafkas „Verwandlung“ - geschildert.«

Brigitte Karch
Herausgeberin/Chefredakteurin
BRIKADA® MAGAZIN für FRAUEN

# »Auf Stelzen ins Paradies«

Autorin: Karina Albrecht
Illustratorin: Ute Patel-Missfeldt

112 Seiten, 12 x 19 cm

Softcover

ISBN 978-3-943168-36-5

10,80 € (D) | 12,30 € (A)

Das Leben ist lebensgefährlich und verlängert sich nicht, wenn man - nur vorsichtig abwartend - als stiller Beobachter daran teilnimmt. Man muss sich schon mitten ins Getümmel begeben und seine Schlachten schlagen, um lebendig zu bleiben.
So auch Karoline Lewin, die nicht nur mit den alltäglichen Kleinigkeiten zu kämpfen hat, sondern auch die aus den Fugen geratene Welt ihrer 16-jährigen Tochter irgendwie zusammenzuhalten versucht. Eigentlich, meint sie, bräuchte so ein Wesen für diese pubertätskontaminierten Schreckensjahre drei Mütter. Eine zum Trösten und Gelaber anhören, eine, die ständig mit dem Knüppel hinterher rennt, weil ansonsten überall was fallen gelassen wird und man ruck zuck zugemüllt ist. Und dann natürlich noch eine, die die Kohle ranschafft für den ganzen Schietkram, den das Kindchen plötzlich ganz dringend benötigt. Auch Politik und andere Missstände, deren Einfluss ein entscheidender Teil des täglichen Debakels zukommt, beziehen in bester schwarzhumoriger Tradition ihre verdiente Prügel.
Denn - das Leben ist zu kurz, um aufzugeben!